Elizabeth Wrenn

Braaf meisje

the house of books

Oorspronkelijke titel
Second Chance
Uitgave
NAL Accent, an imprint of New American Library, a division of Penguin Group
(USA) Inc., New York
Published by arrangement with Sterling Lord Literistic, Inc.
Copyright © 2006 by Elizabeth Wrenn
Copyright voor het Nederlandse taalgebied © 2009 by The House of Books,
Vianen/Antwerpen

Vertaling
Karina Zegers de Beijl
Omslagontwerp
marliesvisser.nl
Omslagillustratie
Getty Images en Studio Marlies Visser
Opmaak binnenwerk
ZetSpiegel, Best

ISBN 978 90 443 2384 9
D/2009/8899/78
NUR 302

www.thehouseofbooks.com

Voor Stuart
Je moet in een vorig leven een hond zijn geweest,
want je bent de beste vriend van de hele wereld.
Tteote

Een hond kan je nooit vertellen wat ze allemaal weet
van alle luchtjes en geurtjes die er zijn,
maar door haar te observeren
besef je hoe beperkt je eigen kennis is.

– uit *Her Grave*
Mary Oliver

1

Het leek wel of Hairy er een beestachtig genoegen aan beleefde om de haren uit zijn dikke vacht in mijn kookgerei achter te laten. Ik was druk bezig met het schoonmaken van de voegen achter de gootsteen toen ik zag dat hij het deurtje van het draaikastje openmaakte en erin sprong. Woedend, en zonder eerst na te denken, was ik hem achterna gedoken, en nu zat ik met mijn heupen klem tussen het deurtje en het kastje terwijl mijn bovenlijf vastzat tussen de twee lagen van het enorme draaiplateau waarop al mijn potten en pannen stonden.

Mijn derrière hield het meeste licht tegen, maar er was net voldoende om Hairy's zelfgenoegzame Perzische poezensnuit te zien, die vanuit de diepte naar me opkeek. Ik gaf een por met mijn tandenborstel en hij trok zich verder terug in de donkere nis, terwijl hij voldaan met zijn staart zwaaide.

Hairy was dol op alle kasten, maar zijn voorkeur ging uit naar het hoekkastje met de draaiplateaus. Hij klom regelmatig over en rond de stapels potten en pannen, waarna hij in de achterste vrije hoek sprong en het draaiplateau een zwiep gaf. Vervolgens bleef hij naar de langskomende pannen zitten kijken, als een kind op de kermis dat een attractie staat te bewonderen en zich afvraagt of het er wel of niet in zal gaan. Nu echter werd het plateau door mijn schouders stevig op de plaats gehouden. Hairy tilde zijn voorpoot op, gaf er een enkele lik aan en keek me aan.

'Hairy, ga uit de kast!' snauwde ik. Ik kon nét niet bij hem, en dat wist hij. Ik kon het niet uitstaan dat hij in de kasten kroop – en met name in dit hoekkastje – want er zaten regelmatig witte kattenharen in mijn roerbakgerechten.

Hoe had het zo ver met mij kunnen komen, vroeg ik me af. Niet dat ik hier nu klem zat in dit kastje, maar dat ik de eigenaar was geworden van een kat, van een dikke, witte Perzische kat nog wel. Ik ben een hondenmens.

Ik ben opgegroeid met honden. Mijn ouders hadden een meloenenkwekerij in het zuidoosten van Colorado. We kweekten voornamelijk Rocky Ford kanteloepmeloenen, en in de loop der jaren hebben we meerdere zwarte labradors gehad. We hadden er altijd twee, die altijd Rocky en Fordy heetten. Mijn ouders blonken nu eenmaal niet uit in creativiteit.

Mijn ouders hadden Rocky Eén al voordat wij geboren waren. Toen ik drie was, kregen we Fordy. Toen Rocky Eén was gestorven, kregen we een puppy die we Rocky noemden, en daarmee begon het. Toen Fordy dood was gegaan, kregen we Fordy Twee. Mijn inmiddels bejaarde ouders zijn op dit moment de eigenaars van Rocky Vier en Fordy Vijf. Mijn broer Roger was er vandoor gegaan met Fordy Vier, hetgeen betekende dat er op elke familiereünie twee Fordy's rondliepen. Daarna is Roger getrouwd, en hij heeft zijn zoon Rocky genoemd. Breek me de bek niet open.

Toen Neil en ik trouwden, kreeg ik er niet alleen schoonfamilie bij, maar ook katten op de koop toe. Drie stuks die inmiddels al overleden zijn. Hairy was 'Lainey's kat'. Lainey's kat waarvoor ik de kattenbak schoonmaakte, die ik te eten en te drinken gaf, die ik klauwend en krijsend naar de dierenarts bracht, en van tijd tot tijd ook naar de dierenkapsalon voor een luxe was-, knip- en droogbehandeling die drie keer zoveel kostte als mijn eigen kappersbezoek.

Het was niet zo dat Neil een hekel had aan honden – hij hield van Rocky en Fordy. Wanneer we bij mijn ouders op het bedrijf waren, speelde hij met ze, en nam hij ze mee voor een wandeling rond het meer. Hij zei dat hij geen honden wilde hebben omdat 'je zo vastzat' met een hond. Alsof dat niet net zo goed zou gelden voor een vrouw, twee thuiswonende tieners, een studerende zoon en een goedlopende artsenpraktijk. Een andere geliefde uitspraak van hem was: 'De enige goede hond is die van een ander.'

De telefoon ging. Ik duwde me naar achteren en probeerde me los te wurmen, maar het enige deel van mijn lichaam dat bewoog, was het vet van mijn bovenarmen. De telefoon ging opnieuw.

'Verdorie!' Misschien was het wel een van de kinderen die belde van school. Of Sam. Hoewel, Matt en Lainey belden tegenwoordig eigenlijk nog maar nauwelijks – als tiener dééd je zoiets niet – en Sam had, sinds hij vorig jaar het huis uit was gegaan om te studeren, nog maar één keer gebeld. Omdat hij geld nodig had. Maar oud instinct raakte je niet zo snel kwijt. De telefoon rinkelde voor de derde keer. Ik zette extra kracht en probeerde me opnieuw achteruit het kastje uit te wurmen, maar mijn heupen zaten muurvast.

'Au! Verdorie, Hairy!' Ik moest iemand de schuld geven van mijn dikke billen, en een betere kandidaat dan Hairy was er niet. Ik wurmde me opzij, zette me af tegen de as van de draaiplateaus, en wist mezelf ten slotte beetje bij beetje te bevrijden. En ik vloog naar de telefoon.

'Hallo!' Het klonk onvriendelijker dan de bedoeling was.

'Deena? Ik wilde al een boodschap inspreken.'

'O, hallo, Elaine.' Ik haalde diep adem en probeerde zowel mijn ademhaling als mijn boosheid onder controle te krijgen.

'Is er iets?'

'Ik zat vast in het kastje.'

Stilte. 'Wat zeg je?'

'Die verrekte Hairy is weer eens in het keukenkastje gekropen – het hoekkastje met de draaiplateaus – en hij wil er niet uit. Ik kan hem er niet uit krijgen, en zo zit álles weer onder de haren!'

'O, God, vreselijk!' riep ze spottend uit. 'Zijn de jongens van de krant er al?'

Elaine had er een handje van mijn problemen te bagatelliseren, en ik wil best toegeven dat de meeste van mijn problemen behoorlijk triviaal waren. Ik ging met mijn rug tegen het cilinderbureau staan, haalde een paperclip uit de la en begon hem uit model te buigen.

'Leuk hoor. Laat ik je vertellen dat er zich uitgerekend gisteravond weer een Szechuan Perzisch haarincident heeft voorgedaan. De hele familie ging over zijn nek, met inbegrip van Matt.' Als mijn zestienjarige eetmachine iets weigerde te eten, dan mocht dat inderdaad wel in de krant.

'Maar ik wed dat jij er van iedereen het ergste aan toe was. Van een paar kattenharen ga je heus niet dood.' Even zweeg ze, en toen zei ze: 'Vroeger was je nooit zo neurotisch.' Daar had ze gelijk in. Elaine en ik hadden, toen we aan de Universiteit van Wisconsin studeerden, bijna twee jaar samengewoond, en we zouden nooit een prijs voor de schoonste flat hebben gewonnen. Dat lag echter voornamelijk aan Elaines vriendje uit die tijd, een jongen met de ongebruikelijke voornaam Meyer, die echt een ontzettende sloddervos was. Neil werd stapelgek van hem. En gelukkig was Elaine nooit met die jongen getrouwd.

'Hé, heb je Peter onlangs nog gezien?' vroeg ik, van onderwerp veranderend. Ze was uiteindelijk met Peter Ham getrouwd. Voordat ze erachter was gekomen dat ze lesbienne was. Ik had altijd al het vermoeden gehad. Peter ook – dat bleek achteraf – maar hij was zo stapel op haar dat hij desondanks met haar was getrouwd. Nu vonden Elaine en Peter het enig om iedereen die het maar horen wilde te vertellen dat ze juist lang genoeg getrouwd waren geweest om Elaine tot een Joodse Ham te maken.

'Het gaat uitstekend met hem. Ik kwam hem en Bethany toevallig gisteren nog tegen in de supermarkt. Ze zijn druk bezig met plannen maken voor volgend jaar. Stel je voor, Seth doet dit jaar alweer eindexamen.'

'Nee!' Seth was hun jongste. Nou, maar het klopte natuurlijk wel. Peter was ongeveer een jaar na zijn scheiding van Elaine met Bethany getrouwd.

'Volgens mij verheugen ze zich op het lege nest. Ze hebben het erover dat ze aanstaande herfst een cruise willen maken.'

'Een cruise! Waar naartoe?' Neil en ik zeiden vroeger altijd dat we dat zouden doen zodra de kinderen het huis uit waren, maar we hadden het er al in tijden niet meer over gehad.

'Alaska. Niet mijn idee van een cruise, maar zij verheugen zich erop.'

'Laat me raden. Jij denkt bij een cruise aan iets tropisch?' Dat was waar Neil en ik over hadden gefantaseerd.

'Precies. Geef mij maar zon, strand en margarita's!' We zuchtten in koor bij het idee van het leven aan boord van een cruiseschip.

'Maar ja,' zeiden we even later – alweer in koor.

'Jouw beurt,' zei ze, lachend. 'Ik ben, zoals gewoonlijk weer aan één stuk door aan het ratelen.'

Ik miste haar. In de voorbije decennia was ze om de zoveel jaar komen logeren, en we hingen regelmatig aan de telefoon. Toch verbaasde het me altijd weer dat onze vriendschap zo hecht was gebleven. Onze levens waren zo verschillend.

'Nou, ik wilde je juist naar Wendy vragen, en naar je werk.' Aan de ene kant was ik verschrikkelijk nieuwsgierig om over die beide thema's te horen, maar aan de andere kant had ik moeite om ernaar te vragen. Elaine was altijd zo hartstochtelijk over die onderwerpen dat ik me altijd weer realiseerde dat er in mijn leven eigenlijk niets was waar ik me met hart en ziel voor in kon zetten.

'Met Wendy gaat het fantastisch! De ene nieuwe klant na de andere – ik ben ontzettend trots op haar. En voor wat mij betreft, nou, laat ik je zeggen dat ik het reuze naar mijn zin heb. Ik ben met een paar nieuwe projecten bezig, en we zullen zien hoe het gaat.' Ze was ongewoon vaag, en waarschijnlijk had ze meer werk dan ze aankon. Elaine was art-director van het blad *Art of the Matter*. In tegenstelling tot mijzelf had ze niet alleen de kunstacademie afgemaakt, maar was ze doorgegaan voor een master en had daarna een indrukwekkend cv opgebouwd. Daarnaast was ze in haar vrije tijd ook dingen blijven maken, en van tijd tot tijd had ze een bescheiden expositie in Madison.

'En wat deed je voordat je in het vak van kattenuitdrijver terecht bent gekomen?' vroeg ze. Ik was stapel op Elaine – het lukte haar altijd om me aan het lachen te maken.

'Voegen poetsen.' De woorden kletterden als bakstenen op de vloer.

'*O jee*, meisje toch!' riep ze uit, waarbij ze even Joods klonk als ze was. 'Wat heb jij de laatste jaren toch met dat schoonmaken? Je moet er dringend eens uit,' verklaarde ze nadrukkelijk.

'Maar ik ben fulltime moeder. Dat is mijn werk. En mijn kinderen hebben me nog steeds nodig, ook al denken ze daar zelf anders over.'

'Natuurlijk, Deena-leh, maar niet elke minuut van de dag. Het zijn heus geen baby's meer, schat.'

Baby's. Dat was nog eens zuivere, onvoorwaardelijke liefde. Tegenwoordig voelde het alsof mijn kinderen me alleen maar nodig hadden als muur om zich tegen af te zetten. 'Nee, het zijn geen baby's meer.' Ik zuchtte opnieuw.

'Ho, ho, ho! Je gaat me toch niet vertellen dat je weer aan een baby denkt, of wel?'

Toen ik begin veertig was, moeten mijn eierstokken iets van een boer hebben gelaten of zo, en ik had Neil voorgesteld om nog een kind te nemen. Nadat we die uitpuilende ader op zijn voorhoofd weer terug op zijn plek hadden, waren we het erover eens geworden dat we te oud waren voor baby's. En daarbij, baby's werden tieners, en uiteindelijk zou ik weer voor precies dezelfde problemen komen te staan, namelijk – leve de ironie – dat ik nu eindelijk wel eens iets anders wilde zijn dan echtgenote en moeder. Steeds vaker betrapte ik mezelf erop dat ik ervan droomde om weg te gaan. Van gewoon opstappen en vertrekken. Het was maar een dróóm, en ik zou het natuurlijk nooit echt doen. Waarschijnlijk niet. Nee. Natuurlijk niet. Maar dromen stond vrij, ja toch? En ik deed het dagelijks.

'Nee. Geen baby's meer. En waarschijnlijk zou ik het niet eens meer kunnen. Ik ben al maanden niet meer ongesteld geweest.' Om nog maar te zwijgen over het hebben van seks om zwanger te kunnen raken.

Ik legde de uit elkaar getrokken paperclip neer, liet me van het bureautje glijden, liep naar de gootsteen en keek door het raam naar buiten, naar de loodgrijze hemel. 'Maar weet je, E, alleen een baby heeft het vermogen om, zuiver en alleen door er te zijn, de wereld tot een betere plek te maken.' Aan de andere kant echter, hadden ze er ook een handje van om je, wanneer je even niet oplette, volledig op te slokken en in beslag te nemen.

'Om je de waarheid te zeggen, E, zie ik het even helemaal niet meer zitten.' Ziezo. Dat was dat. Het was eruit.

'O, Deena, je moet er gewoon eens een tijdje tussenuit. Waarom kom je niet een poosje bij ons logeren?' Nadat ze me gedurende tientallen jaren te logeren had gevraagd en ik haar invitatie nooit had aangenomen, was ze uiteindelijk opgehouden me te vragen. Ik had altijd bedankt omdat ik vliegangst heb en omdat ik niet zo lang weg wilde bij de kinderen, maar meestal gooide ik het op geldgebrek en het verkeerde moment, of op beide.

Maar nu wilde ik naar haar toe. Nou ja, in zekere zin, dan. Alleen al de gedachte aan vliegen bezorgde me acuut een verhoogde bloeddruk, maar ik had ook geen zin om met de bus of met de auto te gaan. Kon ik maar naar haar toe zonder die lange reis te hoeven maken. Ik dacht er net zo over als over afvallen. En fitness. En de menopauze.

Transities. Volgens mij was het niet zomaar dat ze het zwaarste deel van de bevalling zo noemden.

En verder was er nog die verschrikkelijke gedachte dat ik, áls het me zou lukken om naar Madison te gaan, misschien wel helemaal niet meer terug zou willen. Ik pakte de tandenborstel weer op en ging verder met het poetsen van de voegen. 'Nee, dank je,' zei ik tegen Elaine. 'We zitten nogal krap, met al die studiekosten van Sam.' Ik boende nog wat harder.

'Deena, hebben jullie echt zo weinig geld? Of is het alleen maar dat je verslaafd bent aan jezelf op te offeren voor je gezin?'

Wat bedoelde ze daar nu weer mee?

'Moet je horen, je komt gewoon. We maken er een gezellig vrouwenweekend van. Ik betaal je reis en de verwennerijen. Ik trakteer. Bij wijze van je verjaardags- en kerstcadeau. Geef mij en Wendy voor de verandering eens de kans je te vertroetelen.'

'Ik... ik kan niet. En daarbij ben ik – en dat weet je best – vorige maand al jarig geweest en hebben we Kerstmis net gehad. En je hebt voor alle twee al cadeautjes gestuurd.' Ik knielde op de vloer – de telefoon in mijn linker- en de tandenborstel in mijn rechterhand – en begon als een gek de voegen van de vloertegels te boenen.

'Wat doe je? Ben je de voegen weer aan het boenen?'

'Ja, maar nu die van de vloer. Niet die van de tegels boven het aanrecht.'

'Wat maken die voegen uit? Leg neer die tandenborstel. Je doet het met een tandenborstel, niet?'

'Nou, eh, ja.' Ik ging staan en legde de tandenborstel gehoorzaam op het aanrecht. Met de telefoon tegen mijn oor gedrukt bukte ik me voor het hoekkastje en keek naar Hairy, die in de wok was gaan zitten.

'Allemachtig, Deena-leh! Tandenborstels zijn voor tanden, en wie ze voor iets anders gebruikt heeft een probleem. Ik maak me zorgen om je.'

Opnieuw volgde er een lange stilte. Wat kon ik zeggen? Ik maakte me ook zorgen om mezelf.

Ten slotte vroeg Elaine: 'Dus dan kom je?'

Ik durfde haar de ware reden niet te bekennen. Het was nagenoeg onmogelijk om een reisje voor mij alleen te verantwoorden. Een reisje voor mij alleen – zonder man of kinderen. En daarbij was ik bang om te vliegen en om alleen te reizen. Ik durfde niet eens alleen te gaan wandelen in de bergen achter ons huis. Soms vroeg ik me wel eens af of ik misschien niet een beetje last had van agorafobie.

'Deena?' Elaines stem klonk aarzelend nu – een beschermende hand rond mijn kwetsbare plek.

Ik keek naar buiten, naar de eerste sneeuwvlokken. Grote, dikke vlokken. Ik masseerde mijn slapen. 'Het spijt me, E. Ik kán niet.'

Nadat we hadden opgehangen, bleef ik een poosje naar de telefoon in mijn hand staan staren. En toen, na enige aarzeling, toetste ik het nummer van Sams mobiel in. Ik kende het uit mijn hoofd, maar mijn hand beefde. Bespottelijk. Hij nam toch nooit op. In gedachten zag ik hem voor me, ergens in de schaduw van een boom op de campus. Hij bleef staan, keek naar zijn telefoon, zag wie het was, stopte het ding terug in zijn zak en liep verder. Zijn voicemail sprong aan: 'Hé, met Sam. Spreek een boodschap in.' Ik hing op. Ik vertikte het om nóg een bericht in te spreken en zette de telefoon in de houder terug.

Ik deed echt mijn best om hem ruimte te geven, zoals hij me in die ene e-mail had gevraagd. Maar van Colorado tot Californië is op zich al ruimte genoeg.

De herrie van de stofzuiger was onvoldoende om het kabaal in mijn hoofd te overstemmen. *Vooruit, ga dan toch! Pak een koffer en ga! Ga het weekend naar Elaine! Nu!* Maar ik was echt bang. Bang om te vliegen. Bang om Neil om geld te vragen, nu hij de laatste tijd zulke enorm lange dagen maakte in het ziekenhuis. Bang om weg te gaan. Bang dat ik bij Elaine weg zou kruipen in een hoekje en niet meer terug zou willen komen. Ik bewoog de stofzuiger heen en weer over de groene vloerbedekking – heen en weer, heen en weer. Mijn brein werkte op volle toeren, en normaal gesproken was de herrie van het apparaat luid genoeg om al het andere te overstemmen: telefoons, katten, kinderen en echtgenoten. Grasmaaiers deden het ook heel aardig. En beide lieten van die bevredigende schone, donkere banen na. Als van telkens weer een nieuw begin.

Langzaam liet ik me op de grond zakken – de stofzuiger loeide onverminderd voort. De eerste snikken waren stil en geruisloos, maar even later brulde ik, met mijn armen om zijn plastic hals geslagen, om het hardst met de stofzuiger mee. Het was een intens dierlijk gejammer, en ik had geen idee waar het vandaan kwam.

Ik hield van mijn gezin. Ik hiéld van hen. Maar, God! Stel dat het intussen alleen maar uit gewoonte was? Als 'liefde op papier'?

Hoe lang ik huilde, daarvan had ik geen idee. Uitgeput zette ik de stofzuiger uit en pakte een doos tissues van tafel. Ik leek wel een peuter die een driftbui had gehad – mijn gezicht was rood en opgezet, en het snot liep uit mijn neus. Werd ik maar ongesteld, dan zou het met die wisselende stemmingen waarschijnlijk snel afgelopen zijn. Waarschijnlijk werd ik nooit meer ongesteld. Maar altijd wanneer ik dacht dat het de laatste keer was geweest, gebeurde het opnieuw en dan natuurlijk op het meest ongelegen moment – zoals, bijvoorbeeld, die dag dat ik voor het eerst met fitness was gaan zwemmen, en ik tot aan de kleedkamer een spoor van rode plasjes achterliet. Vanaf die dag was het gedaan geweest met mijn behoefte aan fitness.

Ik snoot mijn neus en zette de televisie aan voor iets anders dan mijn eigen gedachten. Op PBS was kunstschilder Bob Ross bezig met een van zijn lessen. Zijn invloed was nog kalmerender dan die van de stofzuiger. Neil plaagde me altijd door te zeggen dat er twee mannen waren voor wie ik hem in de steek zou laten – Mister Rogers of Bob Ross. Beiden leefden intussen niet meer. Ik vroeg me af of ik de leeftijd had bereikt waarop ik meer overleden dan levende beroemdheden kende.

De uitzending was bijna afgelopen. Zijn schilderij van besneeuwde bergtoppen achter een fonkelend Alpenmeer was bijna voltooid. Op de voorgrond hield een enkele spar de wacht. Het water leek schoon en fris en... nát. Mij lukte het nooit om water op water te laten lijken. Tenminste, dat was dertig jaar geleden zo geweest, toen ik schilderles had gehad. Elaine zei altijd dat ik goed was met getallen. Met de nadruk op wás. Wat ik in de afgelopen dertig jaar aan kunstwerken had geproduceerd, was beperkt tot met glitter beplakte dennenappels, valentijnskaarten en huisjes van ontbijtkoek. Hoewel ik in alle eerlijkheid moet bekennen dat ik van dat soort knutselwerk heb genoten, was ik er uiteindelijk weinig mee opgeschoten. Wat had ik nu aan al die knutselwerkjes?

De aftiteling rolde over het scherm, en ineens had ik verschrikkelijke honger. Ik wist ook meteen wat ik wilde. De kinderen zouden over een uur thuiskomen, en tot aan dat moment was de tijd voor mij – een grote, nee, een enórme bak Frosties en Oprah.

Dat was een favoriet tijdverdrijf van mij – Frosties eten en televisiekijken. Soms kreeg ik het wel even een beetje te kwaad wanneer de uitzending over afvallen of lichaamsbeweging ging, hetgeen eigenlijk vrij regelmatig het geval was. Maar als ik heel eerlijk was, kon het me al niet meer schelen.

Met mijn Tupperware-bak vol met goudgele korrels, maakte ik het me gemakkelijk op de bank op het moment dat Oprah, hier en daar de handen van enkele van haar volgelingen aanrakend, de studio binnen kwam gelopen. Ik vroeg me af of ik, als ik ooit een opname van haar programma bij zou kunnen wonen, het op een schreeuwen zou zetten en, met tranen in de ogen, mijn handen naar haar zou uitstrekken in de hoop op een heilige beroering van haar. Ik hoopte van niet. Nou ja, die tranen, dat zou ik niet kunnen helpen. Ik kreeg tegenwoordig al om niets tranen in de ogen.

'Vandaag gaan we het hebben over de zingeving van het leven.' Ik zette het geluid wat harder. 'De zín-geving van het leven! De zingéving van het leven!' Ik glimlachte. Oprah was dol op het beklemtonen van lettergrepen. Na de introductie kwam de reclame, en in die paar minuten zapte ik langs een aantal kanalen en snoepte van de Frosties. Ik bleef wat te lang op het Weather Channel hangen, en was net even te laat terug bij Oprah. Maar de strekking was me duidelijk. Een meisje van tien was begonnen met het inzamelen van gebruikte koffers van vriendinnen en buren, en die schonk ze aan pleegkinderen voor wanneer ze van het ene naar het andere gezin gingen. Er volgden beelden van een bonte groep kinderen van uiteenlopende leeftijden die, trots hun koffer achter zich aan trekkend, het huis verlieten. Het viel niet mee om gelijktijdig te huilen en Frosties te eten. Daarna kwam er een stukje over een stewardess die in Vietnam een school voor weeskinderen bouwde. Vervolgens was er een man die kinderen uit de binnenstad leerde hoe je een huis moest bouwen en wat teamwerk betekende. Als laatste was er een reportage over een echtpaar dat elf broertjes en zusjes had geadopteerd om te voorkomen dat ze in verschillende pleeggezinnen zouden worden geplaatst. Elf! Goeie genade.

Zelf zou ik misschien koffers en rugzakken kunnen inzamelen.

Tijdens de volgende reclameboodschappen haastte ik me naar de keuken om mijn Frosties aan te vullen. Dit was precies wat ik nodig had. Vulsel voor de leegte in mijn hart. Net toen ik bezig was er sojamelk overheen te schenken, klonk het themamuziekje van Oprah alweer vanuit de kamer. De soja werd geacht de symptomen van de menopauze te verminderen, maar daar had ik tot op dat moment nog weinig van gemerkt. Maar met Frosties was het een lekkere combinatie. Ik haastte me terug naar de kamer, waar Oprah juist haar volgende gast introduceerde.

'Mijn volgende gast, Annie Forhooth, raakt regelmatig, telkens voor ongeveer een jaar, verliefd. Keer op keer echter moet ze weer afscheid nemen, na haar hart te hebben verpand. Dit herhaaldelijk verdriet doet ze zichzelf vrijwillig aan. Waarom? Om blinden aan liefdevolle, ziende ogen te helpen. Kijkt u maar mee.'

De reportage begon met een acht weken oude zwarte labradorpup die over Annie's gazon rollebolde. Ik zette mijn bak met Frosties op tafel en luisterde naar Annie's ingesproken stem die vertelde hoe spannend het is om kennis te maken met een nieuwe pup in de wetenschap dat je hem met één bepaald doel voor ogen zult gaan verzorgen en trainen. Ik ging rechterop zitten en greep mijn knieën vast.

De laatste beelden waren van Annie met een blinde vrouw tijdens een soort van eindproef. Ze vertelde: 'Je verliest je hart aan de honden, maar je weet van het begin af aan dat je ze met een speciaal doel grootbrengt en africht, dat je het doet opdat zij later iemand kunnen helpen. Dit soort honden houdt van werken. Ze willen niets liever dan midden in het leven staan. En het enige wat ik doe, is ze daarbij op weg helpen.'

Het filmpje liet zien hoe Annie, lachend en huilend tegelijk, de riem van een volgroeide, glanzende en levendige zwarte labrador aan een blinde vrouw overhandigde. De vrouw stond met haar gezicht opgeheven en had eveneens tranen in de ogen. Annie legde de riem in haar handen, en je zag hoe vier handen zich om de smalle reep leer sloten. Toen vielen de twee vrouwen elkaar lachend en huilend om de hals. De hond stond kwispelend en met stralende ogen tussen hun benen in geklemd.

Ik keek ernaar en veegde mijn eigen tranen weg, en ik had maar één gedachte: zo ziet liefde eruit.

2

Ik droomde alweer van mijn schilderleraar. In de afgelopen maanden had ik al een paar keer van hem gedroomd. Het waren niet echt erotische dromen, in ieder geval niet in de gebruikelijke zin van het woord, en ik moet eerlijk bekennen dat mijn definitie van erotisch meer en meer de betekenis begon te krijgen van 'tijd voor mezelf'. Wat voor mij erotisch aan die dromen was, was dat de schilderleraar nooit iets van me verlangde, maar dat hij me alleen maar dingen aanbood – mooie dingen om te bewonderen en om aandachtig bij stil te staan. En daarna trok hij zich dan altijd beleefd terug.

In deze droom liepen we door een sinaasappelboomgaard. De leraar was lang en knap, maar hij was bepaald niet donker. Hij was wit. Wit als steen. En voor zover ik kon zien, was hij ook naakt. Hoewel, het enige wat ik altijd van hem zag, was zijn gebeeldhouwde rug. Een rug als van de *David* – volmaakt symmetrisch en prachtig gespierd. In deze droom reikte hij omhoog met een eveneens prachtig gespierde arm en plukte een dikke, ongewoon glanzende sinaasappel waarvan de oranje kleur zo intens was dat hij leek te pulseren. Zonder zich om te draaien, reikte hij naar achteren om me de vrucht aan te geven. Op dat moment drong tot me door dat hij geen hand had. De sinaasappel kleefde als het ware aan het uiteinde van zijn pols, en de kleur contrasteerde fel met zijn blanke arm. Toen draaide hij zich om, en voor de eerste keer in al die dromen over hem, liet ik mijn blik zakken. Naar de plek tussen zijn benen. Zijn geval was eveneens afgebroken. Ik glimlachte in mijn slaap.

Plotseling begon zijn gestalte te vervagen, en even later was de schilderleraar verdwenen, en de boomgaard ook. Wat bleef, was de sinaasappel, en ik kon elk putje in de schil heel duidelijk onderscheiden – zó duidelijk zelfs, dat ik in elk van de kratertjes een schaduw zag.

Dat was het moment waarop ik me realiseerde dat Neil weer in bed kwam gekropen – zijn haar was nog nat en hij rook naar zeep.

Ineens drong het met enige paniek tot me door dat het zaterdag was.

Het was geen specifieke afspraak, seks op zaterdag, maar het was de enige dag waarop we er nagenoeg zeker van konden zijn dat alle drie de kinderen tevreden voor de televisie naar tekenfilms zaten te kijken, ergens aan het logeren waren of – naarmate ze ouder werden – zeker tot een uur of twaalf door zouden slapen. En in de loop der jaren had ik Neil, ongeacht of ik ervoor in de stemming was of niet – meestal niet – zijn zin gegeven.

Ik wist dat hij dit weekend weer naar het ziekenhuis moest – de oprichting van de kliniek voor arme mensen was Neils levenswerk, en het project naderde zijn voltooiing – want daarom had hij zich gedoucht. Dat betekende dat hij schoon was. Zijn tanden gepoetst. Geschoren. Desondanks kromp ik innerlijk ineen, en voelde ik hoe dat verschrompelde plekje in mijn binnenste nog verder verschrompelde. Ik wilde geen seks. Ik wilde een sinaasappel schilderen. Het kwam waarschijnlijk doordat ik de dag ervoor naar Bob Ross had gekeken. Ik had al jaren niet meer geschilderd. Maar de laatste tijd had ik nog liever een wortelkanaalbehandeling dan seks.

Neil bleef even stil liggen, en toen begon hij met de rug van zijn hand, met zijn knokkels, mijn arm te strelen. *Hallo, ben je thuis voor een potje vrijen?* En alweer bleek er niemand open te willen doen.

Lag het aan mij? Aan Neil? Waarom raakte ik opgewonden van een stomme sinaasappel en niet van de man met wie ik al twintig jaar getrouwd was? Hoe en wanneer was seks verworden tot de zoveelste plicht? Als iets wat deel uitmaakte van mijn taakomschrijving? *Fulltime huisvrouw. Moet dag en nacht beschikbaar zijn om alles voor iedereen te doen. Moet alert reageren op alle situaties waarin om al dan niet lichamelijke aandacht wordt verzocht. Is rechtstreekse verantwoording verschuldigd aan: echtgenoot, kinderen en kat.* Zonder het kussen van mijn hoofd te halen, trok ik de sprei op tot onder mijn kin, schoof naar de rand van het bed en probeerde te doen alsof ik sliep.

'Dee? Deena? *Dee-deelicious...*' Even niets, en toen een verslagen en gefluisterd: '*Shit.*' Ik haalde geruisloos adem en wachtte. Wat moest ik ook zeggen? Ik had al op meerdere manieren nee gezegd. Ik kon een boek, een soort van kookboek, schrijven met verschillende recepten om je man duidelijk te maken dat het er niet in zit.

Wat van mij werd verwacht, was dat ik me zonder iets te zeggen naar hem toe zou draaien. En de liefde zou bedrijven. Of op zijn minst gewillig mee zou willen werken. Maar dat bracht ik niet op. Niet meer. De haastige terugtrekking van oestrogeen uit mijn lijf had tot gevolg dat mijn borsten extra gevoelig waren, dat mijn gewrichten en spieren pijn deden, en dat ik op de meest onverwachte momenten hoofdpijn kreeg. Zoals, bijvoorbeeld, bij het stijf worden van een penis. En ik kon tegenwoordig ook heel weinig hebben. Echt heel weinig. Daar had ik voorheen nooit last van gehad. Soms was een enkele aanraking al voldoende om me verschrikkelijk geïrriteerd te voelen. Hoewel, ik was er goed in om nooit iets van die gevoelens te laten blijken. Nooit. Ik onderdrukte ze gewoon. Omdat dat van mij werd verwacht.

Neil verzuchtte: 'Waarom slik je geen hormonen? Dit is niet goed voor ons.'

Hij stond op en begon zich met zoveel mogelijk lawaai en het onnodig hard dichtdoen van laden en kastdeuren aan te kleden. Daarna klonk het alsof hij elk rinkelend en rammelend voorwerp van de toilettafel een paar keer in en uit zijn zakken deed. Ten slotte liep hij stampvoetend de trap af. Ik nam het hem niet kwalijk. Maar aan de andere kant deed ik dat ook weer wel. Neil was een goeie vent. Of liever, dat was hij geweest toen we getrouwd waren. In zekere zin was dat nu ook nog wel zo, maar we waren in de laatste jaren uit elkaar gegroeid – de zeilbootjes van ons leven waren elk een eigen kant op gevaren, niet zozeer van koers veranderd door zachte, liefdevolle briesjes, als wel door harde rukwinden van verantwoordelijkheid. En daar kwam voor mij persoonlijk, als vrouw, nog eens bij dat ik me onlangs had gerealiseerd dat ik in een windstil gebied was aangeland.

Ik luisterde naar Neil, die beneden in de keuken met de deur van de ijskast en de deurtjes van de kastjes sloeg. Daarna volgde een korte stilte, en toen hoorde ik hem zijn dokterstas nakijken, de gangkast opentrekken voor zijn jas, en enkele seconden later het luidruchtig dichtsmijten van díé kastdeur.

De deuren en kastjes in huis betaalden de prijs van ons seksprobleem.

Seks. Zo fantastisch als het ooit was geweest, maar tegenwoordig... Net zo goed als de ene mens behoefte aan seks kan hebben, kan de ander daar totaal géén behoefte aan hebben. Beide zijn even legitiem, maar waarom moest er altijd eentje winnen? Waarom werd van vrouwen verwacht dat ze hormonen zouden slikken om zin te hebben? Waarom kwam niemand op de gedachte mannen hormonen te laten slikken om ervoor te zorgen dat er van elke drie gedachten die ze hadden, er niet twee aan seks waren gewijd? Misschien dat ze dan ook eens stil zouden staan bij de vele facetten van 'goed voor ons', zoals het feit dat werkweken van tweeënzeventig uur, ook al was het voor nóg zo'n nobel doel, in feite ook een soort van ontrouw waren.

De garagedeur ging open, zijn auto startte en hij reed naar buiten. De garagedeur ging dicht en ik kon zweren dat het ding, hoewel Neil de afstandsbediening gebruikte, harder dichtsloeg dan anders. Met gesloten ogen liet ik de ingehouden adem uit mijn longen ontsnappen.

Maar ik was klaarwakker en had nog steeds zin om een sinaasappel te schilderen. En ja, toen ik mezelf in gedachten voor me zag met een penseel in mijn hand, kwam ook dat gevoel weer terug. Opwinding. Hoe komt het toch dat het leven, wanneer je tegen de vijftig loopt, steeds meer ironische momenten krijgt?

Ik stond op en trok het rolgordijn open. Het was alweer een voorjaarsdag in januari. Colorado stond bekend om het snel omslaande weer en de grillige seizoenen. Volgens de verwachting zou het vandaag vijftien graden worden. Ik keek uit over onze straat in de rustige buitenwijk. Op schaduwplekken waar de zon niet doordrong, zoals onder bomen of naast huizen, lagen nog altijd koppige resten sneeuw. Maar ook die zouden er vandaag aan moeten geloven met de warme chinook-wind die nu al vanaf de bergen blies. Twee huizen verderop, aan de overkant, zag ik Melba, de bastaardherder van de Kellermans, aan de boom gebonden staan. De wind speelde door haar vacht. Mijn blik bleef op haar rusten. Melba stond te vaak en te lang aan die boom.

Even speelde ik met de gedachte om een eindje te gaan lopen. Ik zou Melba mee kunnen nemen, de bergen in gaan en wat aan mijn conditie doen. Dat had ik al jaren niet meer gedaan – in de bergen lopen. En eigenlijk had ik ook nauwelijks iets aan mijn conditie gedaan. Mijn borsten hingen op mijn steeds dikker wordende buik, en ik kon het voelen. Het was net een wedstrijdje – borsten omlaag en buik vooruit. Op dit moment viel nog niet te voorzien wie zou winnen. Beide deden het lang niet slecht. Maar ik wilde schilderen. Voor het eerst in jaren.

Ik trok mijn oeroude grijze sweatshirt met rits, en bijpassende broek aan – beide zaten onder de vlekken van het moederschap – en ging op weg naar de kelder. In de keuken zag ik een briefje op het aanrecht liggen, en ik bleef staan om het te lezen.

Theezakjes zijn op. Bel Sondra O'Keefe ivm galadiner vrijdagavond.

Verdorie, ik was dat diner vrijdagavond helemaal vergeten. Het was om geld in te zamelen voor de kliniek. Iedereen werd geacht zich zo fraai en chic mogelijk uit te dossen, maar ik had niets fraais en chics. Afgezien daarvan was het alwéér een verplichting. De O'Keefes waren aardige mensen, maar ik had niet eens zin om bij mijn man en kinderen te zijn, laat staan in het gezelschap van een heel stel onbekende, opgedofte lui – ook al wás het dan voor een goed doel. Ik had er gewoon geen energie voor. Ik keek weer naar het briefje en stelde vast dat er niet eens een 'x' onder stond, iets wat normaal wel het geval was wanneer Neil een briefje voor me neerlegde. Wanneer was hij daarmee opgehouden? Misschien vanochtend. Ik propte het briefje in de zak van mijn vest en daalde de keldertrap af.

Eerst de was. Ik vulde de wasmachine met een lading wit, deed achtereenvolgens een hoeveelheid waspoeder en bleek in het laatje en keek hoe de sokken, onderbroeken en T-shirts in beweging kwamen. Daarna liep ik door naar de grote opslagruimte. Glimlachend dacht ik aan de grote papieren draagtas van het Art Department – de plaatselijke winkel voor kunstenaarsbenodigdheden – die ik daar had zien staan toen ik de week ervoor de kerstspullen had weggeruimd. Ik begon de zorgvuldig van etiketten voorziene dozen opzij te schuiven. Voorzichtig zette ik de doos met *Glasversieringen & Lainey's versieringen* op de grond. *Slinger voor trapleuning* kwam op een andere stapel. Sommige van deze dozen waren al een paar jaar niet open geweest. Tieners zijn totaal ongevoelig voor versierde trapleuningen.

Uiteindelijk vond ik de tas achter *Krans voor open haard en rode kaarsen*. Hij stond ingeklemd tussen de kerstdozen en de dozen met voorjaarsfeestdagen (van Valentijnsdag tot en met Pasen). Ik stak mijn hand door de hengsels van gedraaid papier, en tilde. De hengsels scheurden van de zak. Waarschijnlijk waren het papier en de lijm in de loop der jaren voor een deel vergaan. Ik stond wat beteuterd naar de twee hengsels in mijn hand te kijken, toen ik Lainey opeens keihard door het huis hoorde schreeuwen.

'Maaa-ahhh-ammm! Waar zít je?'

Met de hengsels in mijn hand liep ik terug naar boven. Het zat er dik in dat alle verf ook was uitgedroogd.

Lainey kwam juist opnieuw brullend om de hoek van de keuken gerend, toen ze tegen me op botste.

'MA – oei! Daar ben je. Waar zát je?' Ze zei het alsof ik me opzettelijk voor haar had verstopt. Hairy zat op de stoel van het bureautje te mauwen om duidelijk te maken dat hij, afgezien van zijn brokjes, ook wat blikvoer wilde hebben.

'Lainey, het is zaterdag. Wat doe ik altijd op zaterdag? En op woensdag?' Ze keek me verbaasd aan. 'Ik zal je een hint geven. Op zondag en donderdag hebben we plots allemaal schone kleren in de kast.'

Ze rolde met haar ogen. 'Ja, best, hoor. Je moet ons om elf uur naar het winkelcentrum brengen. Sara kan nu niet.'

Lainey en de buurmeisjes, Nan en Sara Kellerman, waren van plan geweest om deze dag in het winkelcentrum door te brengen om te winkelen en naar jongens te kijken. Matt zou met hen meerijden, want hij had met zijn vrienden afgesproken – ze wilden naar de film. Ik zou het huis die dag voor mij alleen hebben gehad. Maar kennelijk dus niet.

'Wat is er gebeurd?' vroeg ik, terwijl ik langs haar heen naar de keukentafel liep en haar ontbijtboel begon op te ruimen.

Ze leunde verslagen tegen de deur en sloeg haar armen over elkaar. 'Kurt,' luidde haar nogal dromerige antwoord, en daarmee moest alles verklaard zijn.

Met haar kom, glas en bord in mijn handen keek ik haar vragend aan. Toen er geen antwoord kwam, haalde ik mijn schouders op en begon de boel in de vaatwasmachine te doen. 'Mag ik misschien vragen wie Kurt is?' Mijn slof plakte aan een kleverige vlek op de vloer. Wat was dat? Ik had de vorige middag nog gedweild.

'O, mam! *Kurt!*' Ik keek mijn dochter stomverbaasd aan, herinnerde me dat mijn moeder me ook zo had aangekeken, en kon mezelf wel slaan. Lainey trommelde met haar vingers op haar armen en keek me aan alsof ze wilde zeggen: Ben je nou echt zo stom of moet je hier je best voor doen? Ook dat herkende ik. In gedachten bood ik mijn moeder mijn excuses aan. Lainey zette zich met haar schouders af tegen de deur, zwaaide haar lange bruine haren over haar schouder, zette haar handen in haar zij en deed een stap in mijn richting. 'Sara's vriend?'

'O,' zei ik. Als laatste zette ik het glas in de vaatwasser en deed hem dicht. O ja. Kurt de Fantastische. Vagelijk herinnerde ik me weer dat de zestienjarige Sara een maand eerder ook al een ski-uitstapje met de meisjes had afgezegd omdat Kurt 'niet van skiën houdt'. Ik pakte het schuurmiddel onder de gootsteen vandaan en schudde er wat van in de verouderde wit porseleinen spoelbak. Toen we een aantal jaren eerder een nieuwe keuken hadden genomen, had ik zo'n nieuwe kunststof spoelbak willen hebben, maar die was toen te duur geweest. Het porselein kon er nog steeds mee door, hoewel er hier en daar schilfers af waren en de glans ook al lang verdwenen was. Ineens hield ik op met schuren. Een van mijn goede theedoeken lag als een natte, oranje prop in de spoelbak ernaast.

'Heb jij die theedoek gebruikt om je jus d'orange mee op te dweilen?' vroeg ik. Woede laaide op in mijn binnenste en het kostte me enorme moeite om mijn stem onder controle te houden. Dus dat was die kleverige vlek.

'Nee. Die lag er al. Het zal pap zijn geweest.'

'Godverdomme!'

'Mám! Dat kost je een dollar!' Lainey schrok even, maar toen grijnsde ze voldaan. Shit. Maar ze had gelijk. In een poging hun overmatige vloeken tegen te gaan bracht ik ze een dollar in rekening voor elke keer dat ze een woord van de zwarte lijst gebruikten. Ik vloekte nooit. Tenminste, tot voor kort. En hoewel ik de kinderen meestal niet liet betalen en volstond met een waarschuwing dat ik de volgende keer wél geld van hen zou eisen, voelde ik me zelf wel gedwongen om uit te keren.

Ik pakte mijn tas, gaf haar het geld, en nam de draad van het gesprek weer op. 'En nu heeft die Kurt gezegd dat Sara niet met jou en Nan mag gaan winkelen? En wat wil Sara? Wil ze met jullie mee?' vroeg ik, terwijl ik verder ging met het schuren van de vlek van Neils theezakje.

'Jeez, mam! Natuurlijk wil ze met ons mee. Maar jongens houden niet van winkelen. En als je een stel bent, brengt dat natuurlijk een aantal verplichtingen met zich mee. Dus nu moet jij ons brengen, goed?'

Hoewel ik me realiseerde dat ik haar zou moeten corrigeren en 'alsjeblieft' moest laten zeggen, begon ik in plaats daarvan met dubbele kracht te schuren en had ik spijt van het feit dat Neil en ik Matt hadden verboden om nog langer de auto te nemen nadat hij de buitenspiegels van mijn Camry had gemold. Béide buitenspiegels. De eerste spiegel, de linker, was eraan gegaan toen hij de garage uit was gereden. Van de schrik was hij de garage weer in gereden, om het opnieuw te proberen. Bij het opnieuw uitrijden had hij meer bijgestuurd dan nodig was, en toen was ook de rechterspiegel gesneuveld. Arme jongen. Volgens mij was hij heimelijk opgelucht dat hij nu tenminste niet meer hóéfde te rijden. Het kwam niet echt als een verrassing. Toen hij drie was en een driewieler had gekregen, had hij eerst een week lang in de garage geoefend voor hij er de stoep mee op durfde. Kennelijk deed hij hetzelfde met mijn auto.

Nu Sam aan Stanford studeerde, was ik zuiniger dan ooit. Dat betekende dat mijn buitenspiegels, heel decoratief, met een halve rol isolatieband op de plek werden gehouden. En Lainey had al te kennen gegeven dat ze wilde leren rijden. De hemel sta ons bij.

'Mam! Breng je ons nou, of niet?'

Ik spoelde het schuursponsje uit en keek tevreden naar de plek waar nu niet meer te zien was dat er ooit een vlek had gezeten. 'Misschien. Goed. Misschien ga ik daar dan wel een eindje lopen. Een beetje lichaamsbeweging kan geen kwaad.'

'Zeg dat wel.' Ze moest zich van de klank van die woorden bewust zijn geweest, want ze kwam naar me toe en omhelsde me even, alvorens naar boven te gaan om haar spullen te halen.

Ik stopte voor een rood licht. Matt, Lainey en Nan zaten alle drie achterin. Ik kon me nog heel goed herinneren hoe mijn kinderen ruzie hadden gemaakt over wie er naast mij voorin mocht zitten. Zo lang geleden was dat niet. Maar dat was het wel.

Het drietal zat een uiterst levendig potje steen, papier, schaar te spelen. Terwijl ik het stoplicht in de gaten hield en zat te luisteren naar hoe ze herhaaldelijk tot drie telden om vervolgens in gieren uit te barsten, voelde ik de opvlieger op komen zetten. Even later droop het zweet in straaltjes van mijn oksels langs mijn zij. Ik hoefde niet in de achteruitkijkspiegel te kijken om te weten dat ik knalrood tot pimpelpaars was aangelopen. Ik kon mijn hoofdhuid vochtig voelen worden, en toen begon het zweet ook over mijn gezicht te lopen.

'Pfff!' verzuchtte ik, terwijl ik mijn gordel losdeed en op het knopje van het zijraam drukte. 'Warm in de auto.' Nu keek ik toch in de spiegel. Matt en Lainey wisselden een blik van verstandhouding, rolden met hun ogen en wendden zich tot Nan.

'Daar heeft ze vaak last van, de laatste tijd,' zei Lainey. 'Als ik jou was, zou ik mijn jas maar aantrekken.' Matt, die zijn hoofd schudde waarbij zijn lange, lichtblonde pony heen en weer zwiepte, kreeg een kleur.

Ik wist niet hoe snel ik de rits van mijn fleece-jack en daarna van het vest van mijn trainingspak open moest krijgen. Eronder droeg ik een oud, mouwloos topje. Ik had me aangewend om kleding in laagjes te dragen. Het jack was gemakkelijk, maar de rits van het vest zat halverwege vast. Het licht sprong op groen en de auto achter me begon onmiddellijk te toeteren. Een kind van Matts leeftijd in een rode Mazda Miata.

'Ma-ahm! Rijden!' riep Lainey. In de achteruitkijkspiegel zag ik Matt met enorme interesse naar buiten kijken, naar de rijen identieke flatgebouwen die de laatste tijd als paddenstoelen uit de grond schoten op plaatsen die onlangs nog akkerland waren geweest. Ik zat met één arm in mijn mouw, en de andere eruit. Met mijn vrije hand greep ik het stuur vast en reed vervolgens langzaam de kruising op omdat ik mijn gordel nog niet vast had gemaakt. Ik stak mijn arm met mouw uit het raampje en hield ook mijn hoofd buitenboord. De zalige frisse lucht streek langs mijn gezicht, en toen ik wat meer gas gaf, voelde ik mijn paardenstaart achter me aan wapperen.

'Ma-ahm!' zei Lainey. 'Je lijkt net een hond!' De achterbank schoot in de lach.

Het Miata-joch toeterde opnieuw, haalde me vervolgens in, sneed een vrouw in een gele Kever op de andere rijstrook en ging weer voor me rijden. De gele Kever toeterde, en het Miata-joch stak zijn hand uit het raampje en stak zijn middelvinger naar mij op.

Snel deed ik, nog steeds met mijn vest half aan, mijn gordel weer vast. Mijn hart ging als een wilde tekeer in reactie op de middelvinger van dat kind van amper zestien. En het lachen op de achterbank.

Ik sloeg af, de parkeerplaats van het winkelcentrum op, en de kinderen begonnen hun spullen te verzamelen om er zo snel mogelijk vandoor te kunnen gaan. Matt had afgesproken met zijn vrienden, en hij wist dat hij in de *Scourge of the Underworld*, of hoe die speelhal ook mocht heten, niets van mij te vrezen had. Maar toen ik een parkeerplaatsje had gevonden, vond Lainey het nodig om mij duidelijk uiteen te zetten wat ik ten aanzien van haar wel of niet mocht doen.

'Mam, laat ik even heel duidelijk zijn, we willen alléén zijn.' In gedachten zag ik de meisjes winkels met tienerkleding en met geurtjes in alle mogelijke varianten in en uit struinen. Ik gaf haar de verzekering dat ze niets van mij te vrezen hadden. Ik ging een stevig eind lopen, zou een cappuccino met magere melk halen, ermee op een leren bank gaan zitten bij de Pottery Barn en in het niets voor me uit staren.

Toen de meisjes uitstapten, riep ik: 'Zullen we om half één afspreken bij de restaurantafdeling?' Ze waren al weg, en Lainey zwaaide zonder achterom te kijken.

'Tot straks,' zei Matt. Hij slenterde weg op de gemaakte, slungelachtige manier die tienerjongens zo aantrekkelijk vinden.

Ik vond het startpunt van het wandelpad van het winkelcentrum. Het was, uiterst strategisch, vlak naast de speciaalzaak van Godiva. Hoe verzonnen ze het. Nou ja, zo moeilijk was dat niet. Dikke mensen waren een voor de hand liggende doelgroep voor de chocoladefabrikant. Maar ik was gemotiveerd, en liep er in hoog tempo langs. In hetzelfde tempo passeerde ik ook Orange Julius. Maar ineens moest ik weer aan die theedoek in de gootsteen denken, en opnieuw maakte die naamloze woede zich van mij meester. Stevig doorstappend, maar intussen wel een beetje buiten adem, haalde ik mijn mobiel uit mijn tas en drukte de sneltoets voor Neils gsm in, hoewel ik er nagenoeg zeker van was dat het ding uit stond. Zoals ik gehoopt had, kreeg ik zijn voicemail aan de lijn met eerst de begroeting en vervolgens de piep.

'Neil. Voor de honderdste keer (hijg, puf) in twintig jaar. Theedoeken zijn (hijg) om mee af te drogen en níét om de vloer mee te dweilen. We hebben een keukenrol, en zelfs een heuse dwéil (puf) die speciaal voor dat doel bestemd zijn!' Ik hing op, en nog steeds doorstappend, stopte ik de mobiel terug in mijn tas.

Mijn tempo viel wat terug toen ik Popcorn Palace passeerde, maar ik hield vol. Drie verleidingen en ik was nog altijd niet bezweken. Misschien had ik mijn nieuwe fitnessplan beter niet in het winkelcentrum kunnen beginnen, maar mijn woede dreef me voort.

Tien minuten later echter was ik totaal buiten adem. Ik was uitgeput en mijn woede was beetje bij beetje omgeslagen in een verlangen naar de bijna zichtbare golven kaneel, suiker en boter die me vanaf CinnaMania tegemoet kwamen gezweefd. En pal daar tegenover had je Coffee Cauldron. Ik werd belaagd door drie van de vier favoriete Amerikaanse voedingscategorieën: vet, suiker en cafeïne. En er zat ongetwijfeld het alom vertegenwoordigde zout in het brooddeeg, zodat de schijf van vier compleet was. Ik bleef staan en zocht steun bij een geelkoperen reling en wachtte tot ik weer een beetje op adem was gekomen. Misschien verstonden ze me wel verkeerd als ik hijgend om een kaneelbroodje vroeg. Of erger nog, misschien begrepen ze me juist maar al te goed.

Tien minuten later bevond ik me in de onmiddellijke nabijheid van Victoria's Secret. Ik likte het laatste restje van het liederlijk lekkere kaneelglazuur van mijn vingers, en hield mijn koffie in mijn andere hand. Ik had mijn wijsvinger in zijn geheel in mijn mond, toen ik opkeek en mezelf weerspiegeld zag in een etalage met een minuscuul, gebloemd behaatje en bijpassend slipje. Ik had glazuur op mijn wang én op mijn neus.

Mijn oren gloeiden van schaamte. Hoewel dit nieuwe winkelcentrum niet in Fairview was, was het groot genoeg om ook massa's bezoekers van daar, Denver en nog verder te trekken. Ik kon alleen maar hopen dat niemand mij, of liever, 'de vrouw van dr. Munger', had gezien. Neil was geliefd in onze kleine gemeenschap aangezien hij een van de weinige, al wat oudere, nog echte huisartsen was. Inmiddels had hij al een paar bevallingen gedaan van de inmiddels volwassen geworden baby's die hij een generatie eerder geboren had helpen worden. Ik zou niet kunnen verdragen dat zijn bloeiende praktijk of mijn nagenoeg niet meer bestaande trots onder mijn gebrek aan wilskracht te lijden zou hebben.

Mijn vingers plakten nog, dus ik gooide mijn lege bekertje in een prullenbak en viste het pakje vochtige zakdoekjes uit mijn tas. Ondanks het feit dat ik me flink opgelaten voelde, of misschien juist wel om dat gevoel te overwinnen, realiseerde ik me tot mijn uiterste voldoening dat ik alles wat een mens maar nodig kon hebben, in mijn tas had zitten. Toen we nog maar pas getrouwd waren, plaagde Neil me al met mijn tas, die hij mijn 'luiertas' noemde. Alles zat erin, van eerstehulpartikelen tot alles waar je bij autopech behoefte aan zou kunnen hebben. En het pleitte voor hem dat hij er nooit een punt van maakte om hem vast te houden wanneer ik iets wilde passen of alleen maar mijn schoenveter opnieuw wilde strikken. Ik glimlachte onwillekeurig bij de herinnering aan Neil die een keer op de kermis mijn tas had vastgehouden. Dat was voordat de kinderen er waren, in de tijd dat we nog leuke dingen deden. We waren naar die kermis gegaan en ik wilde in het reuzenrad. Neil had last van hoogtevrees en hij was panisch voor al dit soort kermisattracties, dus hij bood aan mijn tas – een grote rode tas van raffia waar ik dol op was – voor me vast te houden. Het ding had leren hengsels, een grote gouden gesp en – dát vond ik het mooiste – op elke kant een stuk of vijf veelkleurige, geborduurde margrieten. Het reuzenrad was leuk, maar waar ik vooral de grootste pret om had gehad terwijl ik steeds hoger en hoger werd getild, was Neil, die met die tas van mij over het kermisterrein heen en weer liep, zwaaide en me handkussen toe blies. Daarna had hij erop gestaan het ding de rest van de dag te blijven dragen, en lachte hij goedmoedig naar allen die hun grijns achter hun suikerspin probeerden te verbergen.

Mijn tas dragen deed Neil tegenwoordig niet meer. De kinderen schaamden zich ervoor. Een tiener schaamde zich al als je je glas verkeerd vasthield. En hoewel we wisten dat hun reacties overdreven waren, probeerden we er zoveel mogelijk rekening mee te houden. Aan de andere kant was het ook geen punt meer. Neil en ik gingen nog maar zelden samen ergens heen. Even snel als de kinderen uit hun spijkerbroeken groeiden, leken Neil en ik uit elkaar te groeien. Maar net als met die broeken, zou ik niet kunnen zeggen wélke naden van ons huwelijk waren gaan knellen, alleen maar dat die broek steeds strakker en benauwder was gaan zitten.

Ik mikte het gebruikte doekje in de prullenbak en stopte het pakje terug in mijn tas – netjes op zijn plekje tussen het pakje Kleenex en het doosje pepermuntjes. Ik pakte een open pakje Doublemint, trok er met mijn tanden een stripje uit, stopte het pakje weer terug in mijn tas en worstelde met de kapotte rits. Opnieuw keek ik op, en zag ik mezelf weerspiegeld in de winkelruit.

Met het uiteinde van het in zilverpapier verpakte kauwgompje nog tussen mijn tanden, draaide ik me naar links, en toen langzaam naar rechts. Het zilveren stripje wees naar talloze voorbijgangers.

Niemand die het merkte.

Niemand die me zag.

Mooi.

Dat was toch mooi. Of niet soms?

Ik zeeg neer op een bankje vlakbij en pakte het stripje uit mijn mond. Sinds wanneer was ik... onzichtbaar? Op een gegeven moment moest ik, zonder dat ik me daar bewust van was geweest, van top tot teen onzichtbaar zijn geworden. En het was niet alleen hier in het winkelcentrum, realiseerde ik me. Ik was even onzichtbaar in de supermarkt, in mijn buurt en binnen mijn gezin. Sinds wanneer was dat zo? Sinds mijn veertigste? Mijn dértigste?

Misschien was het zelfs nog erger dan dat. Bestónd ik – Deena – eigenlijk nog wel? Niet Deena de moeder of Deena de echtgenote, maar Deena, geboren Hathaway, voorheen mens met gevoelens, gedachten, dromen en een leven voor de boeg. Díe Deena?

Opnieuw keek ik om me heen. De mensen liepen langs, maar er was niemand die me in de ogen keek. Nu keek ik weer naar de etalageruit. Het kwam waarschijnlijk doordat ik niet meer op dezelfde plek stond en dat de lichtval hier anders was, maar nu kon ik zelfs mijn spiegelbeeld niet meer in de ruit ontdekken.

3

Aangeslagen door het besef dat ik onzichtbaar was, begon ik langzaam naar de ingang van Victoria's Secret te lopen. Ik had een idee, een manier om te testen of ik inderdaad onzichtbaar was. Als er íéts was wat opviel, was dat wel een dikke vrouw van middelbare leeftijd in een afgedragen trainingspak in Victoria's Secret.

Ik probeerde een uiterst verveelde indruk te maken, net alsof ik dagelijks in deze lingeriezaak kwam. In werkelijkheid kon ik me niet herinneren ooit bij Victoria's Secret binnen te zijn geweest. Ik ben meer het type van Sears, het grote warenhuis, waar je in één keer je nieuwe beha en een nieuwe pan kon afrekenen. Vanaf het moment dat ik bij Victoria's Secret over de drempel was gestapt, had ik het gevoel dat ik in een bordeel terecht was gekomen.

'Kan ik u helpen?' vroeg het ranke tienermeisje, me van top tot teen opnemend. Ik kon me vergissen, maar had ze zwárte contactlenzen in? Ze bleef me opnemen op een manier die me vroeger al, toen ik jong was en er nog wezen mocht, waanzinnig maakte, hoewel ik me er tegelijkertijd ook wel gevleid door had gevoeld. Maar nu kreeg ik alleen maar een rood hoofd.

Bijna had ik me omgedraaid om zo snel mogelijk weer te verdwijnen, toen ik achter in de winkel een bord zag hangen. Er stond maar één woord op. De letters hadden een hartstochtelijke rode kleur. Het was het meest verleidelijke woord van het hele woordenboek. 'Afgeprijsd'. Dankzij dat ene woord wist ik mijn schaamte en trots te overwinnen, en lukte het me zachtjes te antwoorden: 'Ik kijk even, dank je.'

Ik liep langs de bakken met bonte slipjes, waarvan de meeste zo te zien net groot genoeg waren om een tomatenplant mee op te binden. Onwillekeurig stelde ik me voor hoe blij mijn tomatenplanten met dergelijk pikant opbindmateriaal zouden zijn. De opbrengst zou verdubbelen, en ik zou de tomaten van de zomer op de markt kunnen verkopen. Tanga's glorie. Niemendalletjes ochtendgloren. Een heel nieuw imago voor de groentekweek.

Na de bakken kwamen de rekken met minuscule glanzende ondergoedjes, al dan niet voorzien van kant. Ik bleef staan om een indrukwekkend donkergroen negligé te betasten. Het was een setje. Een negligé én een ochtendjas. Net wat ik nodig had. Over dubbelop gesproken. Ik keek of ze er ook een 'L' in hadden – niet dat ik echt geïnteresseerd was, maar ik kon de ogen van dat meisje in mijn rug voelen branden, dus ik voelde me gedwongen om te doen alsof ik echt keek. Ik hield het etiket zo ver mogelijk van me af, maar mijn armen waren niet lang genoeg om de kleine lettertjes te kunnen lezen. Ik realiseerde me dat het, als je een vergrootglas nodig hebt om een etiketje in ondergoed te kunnen lezen, waarschijnlijk een subtiel teken van God is om je duidelijk te maken dat je te oud bent voor dit soort dingen. Maar ik kon de verleiding niet weerstaan en zocht weer in mijn tas.

Met mijn bruine leesbrilletje op mijn neus, lukte het me ten slotte om een 'L' te vinden. Was dat groot genoeg? Ik haalde het setje van het rek en hield het op – eveneens een eindje van me af, omdat ik me te onzeker voelde om het tegen me aan te houden. Het scheelde niet veel. De kans was groot dat het paste, maar misschien paste het ook niet. De pondjes waren er met de jaren heel stiekem, en altijd wanneer ik niet oplette, aan gekomen.

Het was niet dat ik corpulent was. Ik was één meter tweeënzeventig lang en woog evenveel als mijn man van één meter negenenzeventig, en daarmee behoorde ik waarschijnlijk tot het Amerikaanse gemiddelde, maar ik was dikker dan ik ooit van mijn leven was geweest – bijna even dik als tijdens elk van mijn drie zwangerschappen. Als vrouw van middelbare leeftijd was ik opgehouden me er druk om te maken, maar wat ook had geholpen, waren meerdere afleveringen van Oprah, die ons leerde dat je van je lichaam moest houden. Ik was inmiddels zo ver dat ik mijn lijf niet langer haatte, dat wil zeggen, ik verkeerde in de nogal dubieuze fase waarin ik mijn lichaam negeerde.

Maar misschien zou ik mijn lichaam in een groen negligé wél lief kunnen hebben. Ik hing de L terug in het rek en zocht, met mijn bril op mijn neus, verder tot ik zowaar, en helemaal achteraan, een XL had gevonden. Een vergeten, puberaal gevoel van opwinding kroop langs mijn rug omhoog. Was dat geen geweldig plan? Neil zou zó verrukt zijn dat hij even niet zou weten waar hij het zoeken moest!

Het duurde niet lang voor mijn enthousiasme bekoelde. Als ik dit setje kocht, draaide het waarschijnlijk uit op seks. Natuurlijk. Daar was het deze hele winkel immers om te doen. Vrouwen die zich uitdosten als zinnelijke wezens. Voor iemand anders. Maar ik wilde dit alleen maar voor mezelf. Wat ik wilde, was lekker lang in bad liggen en mezelf vervolgens afdrogen met een nieuw, dik badlaken – van die joekels van handdoeken die zo obsceen groot zijn dat er maar één van in je wasmachine past. En daarna wilde ik dit sexy setje aan en me, met een glas merlot in de hand, neervlijen op mijn satijnen lakens waar ik dan, na een tijdje, met genietende, trage bewegingen, tussen zou kruipen. Zodra de warmte van mijn lichaam de kilte van de lakens had verdreven. En dan pas, en niet eerder dan dat, zou ik mijn hand uitsteken naar het voorwerp dat ik begeerde – die detective van Barbara King die ik al zo lang wilde lezen. Als ik het goed heb, gaat het over een vrouw die alleen in het bos woont.

Ik slaakte een diepe zucht van overgave. Het verlangen naar seks in mijn leven had moeten wijken voor een verlangen naar fictie. Alleen kunnen zijn was veel verleidelijker geworden dan seks.

Dus misschien dat ik dit op een doordeweekse dag aan zou kunnen trekken – een doodnormale woensdag, bijvoorbeeld – wanneer iedereen naar school en naar het werk was. Ik pakte het prijskaartje en tuurde door mijn brilletje naar de sticker. Negenentachtig dollar. Ik slaakte een gesmoorde kreet, waardoor mijn kauwgompje in mijn keelgat schoot en ik als een waanzinnige begon te hoesten en te kokhalzen.

Het meisje haastte zich naar me toe. 'Gaat het, mevrouw?' Ze leek vooral bang te zijn dat ik ter plekke zou omvallen en ze actie zou moeten ondernemen om me weg te krijgen. Ik had een rood hoofd gekregen en begon als een idioot te knikken. Het lukte me nog net om met een gierende piepstem uit te brengen: 'Ja, ja, het gaat! Dank je!'

Zo snel als ik kon, maakte ik dat ik naar het rek met afgeprijsde spullen kwam, waar ik me verstopte achter de badjassen die daar hingen. De badstof was heerlijk dik en zacht, en ik hield mijn rood aangelopen gezicht tussen de mouwen geklemd tot mijn kauwgompje was losgeschoten en mijn gelaatskleur weer enigszins normaal was.

Het was een prettig plekje. Goed, ik geef toe, het was nogal struisvogelachtig van me om mijn hoofd daar zo tussen de badjassen te verstoppen terwijl de rest van mijn lijf een flink deel van het gangpad in beslag nam, maar ik voelde me nu eenmaal veilig, zo met mijn hoofd tussen de badjassen. En bovendien was ik nagenoeg alleen.

En als ik eerlijk was, moest ik ook wel erkennen dat dit veel meer mijn stijl was. Ik had ze even niet allemaal op een rijtje gehad, daarginds. Uiteindelijk ben ik een badstof-flanel-type. Ik was tijdelijk even de weg kwijt geweest, verdwaald in het donkere en verleidelijke Woud van Satijn, maar gelukkig had ik de weg terug weten te vinden zodat ik me weer veilig en wel op de Menopauze Wei bevond.

Een lange minuut later haalde ik mijn hoofd uit de mouwen en bekeek de badjassen eens wat beter. Deze keer begón ik met het prijskaartje. Helemaal onderaan stond, doorgekrast, honderdtien dollar. Daarboven stond, alweer doorgekrast, negenentachtig dollar. Dáárboven, eveneens doorgekrast, negenenvijftig dollar. En ten slotte stond er, met rode pen, vierentwintig dollar en negenennegentig cent. Dit moest hun laatste bod zijn, want anders sloeg die 'negenennegentig cent' helemaal nergens op. Over sexy gesproken! Voor mij was niets zo opwindend als bodemprijzen.

Ze hadden nog maar een paar kleuren in large en extra large (het was duidelijk dat de zaak niet werd platgelopen door vrouwen als ik) maar ik had nog nooit zo'n luxueuze badjas bezeten. Dit soort badjassen verwachtte je in de kast van een chic hotel, waar ze klaar hingen om hun mouwen om je heen te slaan en je te vertroetelen.

Ik besloot dat ik dit beetje luxe verdiend had – want ondanks het sterk afgeprijsde bedrag voelde het nog steeds als een luxe. Ik was opgegroeid op een boerderij waar we het nooit breed hadden gehad, en daarna hadden we Neils studie moeten betalen. Nu leefden we van zijn ene inkomen – we moesten ervan rondkomen en daarnaast spaarden we voor ons pensioen en voor de studie van onze drie kinderen. Waar het bij onze uitgaven in de eerste plaats om ging, was dat die kinderen van ons zoveel mogelijk kregen wat ze 'echt, echt, écht nodig hadden', en dát betekende weer dat ik mezelf zo goed als nooit iets cadeau deed.

Juist toen ik stond te beslissen of ik het zachtroze (volgens het etiket was het 'Little Girl Dawn', oftewel 'kleinemeisjes-dageraad', hetgeen nogal mal aandeed voor een badjas maatje XL) of het lilapaarse exemplaar ('Violet Haze', oftewel 'violette nevel') zou nemen, stonden Lainey en Nan opeens naast me. Geschrokken, alsof ik tijdens het masturberen op heterdaad was betrapt, liet ik de mouw van de badjas los.

'Lainey! Hé, meisjes. Wat doen jullie hier?' vroeg ik. Ik deed mijn best om opgetogen en liefhebbend en moederlijk te klinken, maar was bang dat ik eerder verwijtend en schuldig was overgekomen.

'Nou, dat kan ik beter aan jóu vragen!' Lainey glimlachte en keek me zowel geïntrigeerd als diep geschokt aan, net alsof ik zojuist mijn shirt had opgetild en had gevraagd: 'Zeg lieverd, wil je nu die derde tepel van mij zien waarover ik je heb verteld?'

Ineens werd ze verontwaardigd en voegde ze eraan toe: 'Hoe bedoel je, wat doen wíj hier? Ik kom hier vaak. Soms. Ik kom hier af en toe en dan ga ik hier naar binnen om iets te kopen.' Help! Zoals de rollen zich hadden omgedraaid. Ik gedroeg me als een puberale jongen die met een *Playboy* was betrapt. Wat mankeerde me? Ik ben een vrouw van negenenveertig, en als ik iets bij Victoria's Secret wil kopen, dan is dat geen enkel probleem. En ik sta nog wel bij de bádjassen, nota bene! Ik haakte mijn uitgegroeide pony achter mijn gloeiende oor en concentreerde me opnieuw op de badjassen.

'Ga je zo'n badjas kopen?' vroeg Lainey, ineens weer zacht en lief, terwijl ze de mouw van het roze exemplaar op haast aandoenlijke wijze over haar wang haalde. 'Wat zijn ze zacht.' Ze glimlachte, pakte de mouw van de paarse badjas en haalde hem over Nans wang. 'Moet je voelen.'

'Ja,' zei Nan. Ze was zichtbaar opgelucht dat de kibbelpartij tussen moeder en dochter even snel voorbij was als hij begonnen was. Ik moest me bij Nan altijd bedwingen om niet mijn arm om haar schouders te slaan. Een jaar geleden was haar vader er met een jongere vrouw vandoor gegaan, en haar bestaan was, net als dat van Sara en hun moeder, in puzzelstukjes uiteengevallen. En dat van Melba ook, realiseerde ik me nu.

'O, mam, wat zijn ze zacht,' zei Lainey. Ze had zich even laten gaan en keek me met liefdevolle, kinderlijke ogen aan.

Ik glimlachte. Kleine Lainey. Mijn schattebout.

'Ja, dat vind ik ook,' zei ik, met een samenzweerderig knikje naar beide meisjes. 'Ik denk erover. Welke kleur zal ik nemen?' Ik pakte de roze badjas van het rek en hield hem onder mijn kin, en vervolgens deed ik hetzelfde met de paarse. Bij het verwisselen van de badjassen gleed de riem van mijn tas van mijn schouder naar mijn elleboog.

Mijn arm boog onder het onverwachte gewicht, en de beide badjassen vielen van hun hangertjes op de vloer.

'Mah-ahmm!' siste Lainey. Het lieve dochtertje was weer verdwenen.

'Oei, neem me niet kwalijk. Kom, help me even ze weer op de hangertjes te doen.' Even later was de schade hersteld, en nu zette ik mijn tas tussen mijn voeten en hield de badjassen opnieuw om de beurt bij mijn gezicht. Inmiddels stond mijn besluit vast – ik ging er eentje kopen.

'Welke van de twee staat mij het beste? Ik geloof de roze. Die paarse lijkt me te donker – ik weet niet, te ouwelijk en een beetje tuttig.'

'Nou, ik vind ze alle twee mooi,' zei ze, weer lief nu. Je zou nog letterlijk het heen en weer krijgen van die manier waarop tieners voortdurend van toon veranderden. 'Maar die roze vind ik eigenlijk een beetje te jong voor je. Ik zou die paarse nemen.'

Beng! Alsof je een baksteen op je hoofd krijgt. Ik keek op en zag mezelf door haar ogen. Niet de allerliefste mammie uit haar kinderjaren, niet de te gekke mam van haar prepuberteit, maar de wisselend welkome en onwelkome moeder die je maar het beste niet kon horen of zien. En al helemáál niet in het roze. Zij koos voor de mantel van onzichtbaarheid.

Ik keek op mijn horloge. Kwart over twaalf. Ik stuurde de meisjes weg om Matt te zoeken, en begaf me met de paarse badjas naar de kassa – niet omdat ik vond dat paars beter bij me paste, maar omdat ik bang was dat ik er in de roze badjas uit zou zien als een enorme bonk kauwgom. Ik overhandigde het meisje mijn *Discover*-kaart, en probeerde alleen maar te denken aan de één procent contanten die we terug zouden krijgen, en niet aan het feit dat die andere negenennegentig procent wel betaald moest worden.

Neil verklaarde altijd trots dat ik elke cent net zo lang uit kon knijpen tot er echt niets meer uit te halen viel, en dat was waar. Ik ken vrouwen die elke twee maanden veertig tot honderd dollar aan hun haar uitgeven. Ik wachtte net zo lang tot ik ergens een kortingsbon voor de plaatselijke *Quickie Clips* zag, en dat betekende in de praktijk dat ik gemiddeld twee keer per jaar bij de kapper kwam. Dat we zo zuinig konden leven, kwam door het feit dat ik als fulltime moeder thuis was en mezelf geen enkele luxe permitteerde. Andere vrouwen hadden mooie kleren nodig voor hun werk, of ze trakteerden zichzelf op een nieuwe ketting of make-up, maar mijn oude trainingspak ging al ruim twintig jaar mee, en als ik me zo heel nu en dan eens ergens op trakteerde, dan was het iets voor het huis, en dan alleen nog als het drastisch was afgeprijsd. Een tafelloper. Een glazen vaas. Ik had bijna een jaar lang niets anders dan basisbehoeften gekocht, zodat we een nieuwe eettafel hadden kunnen kopen. Aan onze minimalistische keukenverbouwing was jarenlang extra sparen voorafgegaan, aangezien studiegeld en pensioen bij ons op de eerste plaats kwamen en we veel krapper leefden dan je met Neils inkomen zou mogen verwachten. Als het me, zonder titel en zonder ervaring, gelukt zou zijn om ergens een baantje te vinden, dan zou ons dat alleen maar geld hebben gekóst. Ik had nog geen twee jaar gestudeerd (waarvan het eerste jaar klassieke talen – een typische studie voor iemand die niet wist wat hij wilde in het leven, en het tweede jaar kunstvakken, en dat stelde ook al niet veel voor). Maar hoe je het ook noemt – huisvrouw, huismoeder, huishoudmanager – je kreeg er geen cent voor, en daardoor had ik altijd het gevoel dat ik het geld uitgaf dat van iemand anders was. Wat ik mijn gezin kon bieden, was mijn tijd, te vergelijken met zand op het strand: warm, uitnodigend, leuk om handenvol van te pakken, in je vuist te knijpen en dan tussen je vingers door te laten lopen om er ten slotte overheen te rennen.

Het meisje gaf me het bonnetje. Ik zette mijn handtekening en gaf het aan haar terug. Ze keek van het bonnetje naar het pasje en terug. 'Mevrouw?' vroeg ze, terwijl ze beide over de toonbank naar me terug schoof.

Ik keek naar mijn handtekening. Ik had het gevoel alsof ik achterwaarts en omlaag in een tunnel werd weggezogen. De lucht suisde in mijn oren. Zo snel als ik kon, kraste ik Deena Hathaway door en tekende met de naam van mijn man, met wie ik al drieëntwintig jaar getrouwd was – Deena Munger.

'Neem me niet kwalijk. Ik was even niet bij de les.' Opnieuw voelde ik dat ik knalrood werd. De laatste tijd leek het wel alsof ik niets anders deed dan rood aanlopen – hetzij van de opvliegers of omdat ik me ergens opgelaten over voelde.

'Kunt u zich identificeren?' vroeg ze, op een achterdochtig toontje.

Ik gaf haar mijn rijbewijs – de slechtste foto die ooit van mij was genomen, afgelopen maand nog maar, toen ik mijn rijbewijs op mijn verjaardag had laten verlengen. Nadat ze het document terug had gegeven, bleef ik er even naar kijken, en ik vroeg me af of ze iemand van de beveiliging zou bellen. Ik herkende mezélf niet eens op die foto. Maar ze glimlachte en leek volkomen gerustgesteld nu ze had gezien dat ik de afgepeigerde vrouw met de afwezige blik op de foto was. Ze gaf me mijn paarse badjas in het roze gestreepte tasje, en voegde er met een geoefend glimlachje aan toe: 'Een prettige dag nog.'

Op de restaurantafdeling bood Matts vriend Josh aan om iedereen later op de middag thuis te brengen. Voordat ik me bij hen had gevoegd, hadden ze afgesproken dat ze naar de film wilden, en daarna naar Josh's huis voor een potje tafeltennis en pizza. Nadat ik de openlijk geschokte, en daarna geamuseerde blikken van de jongens op het roze gestreepte tasje had geïncasseerd, maakte ik me, zonder verder nog iets te vragen of met hen mee te eten, uit de voeten.

Thuis hing ik de badjas achter in de kast, waarna ik het tasje in de afvalcontainer in de garage propte. Op die manier zou Neil het nooit vinden en zou ik geen vragen hoeven te beantwoorden over hoeveel ik had uitgegeven of waarom ik dát bij Victoria's Secret had gekocht.

Ik was met een stapel schriften en lesboeken die de kinderen in de woonkamer hadden laten liggen op weg naar de slaapkamers, toen ik in de eetkamer de bos bloemen op tafel zag staan. Een ongebruikelijk boeket – en dat was nog zwak uitgedrukt. Glimlachend legde ik de stapel boeken op de trap en keerde, met een ontluikend warm gevoel in mijn hart, terug naar de eetkamer. Er zaten vier nieuwe, bonte theedoeken, opgerold en met een van Lainey's haarelastieken bijeengehouden, in een van mijn glazen vazen. Neil moest een uurtje vrij hebben genomen – iets wat op zaterdag al even ondenkbaar was als tijdens de rest van de week – om ze voor me te kopen en naar huis te brengen. Op de vaas zat een envelop van een mailing geplakt – die hij uit de mand met oud papier gevist moest hebben – waarop hij snel een paar woorden had gekrabbeld.

Het spijt me van de theedoek, D. Deze komen van de dollarwinkel – twee voor één dollar, dat lijkt me een koopje. Had met je willen lunchen, maar je was niet thuis en er stond niets klaar, dus ik ben weer gegaan. Laten we vanavond gaan eten – we nemen het ervan. Wat dacht je van pasta bij Guiseppe? Maar het zal wel iets later moeten, want ik heb om 6 uur afgesproken met een man van de Washington Square Health Foundation. Ik zie je om 7.30 bij G. xx

Ik werd overvallen door een volledig symfonieorkest van emoties. Een trompet van intens plezier om het feit dat mijn man me mee uit eten had gevraagd. Een trillende dwarsfluit omdat hij spijt had betoond en daar op zo'n creatieve manier blijk van had gegeven. Maar tegelijkertijd waren er ook valse klanken omdat hij het nodig had gevonden erbij te vertellen wat de nieuwe theedoeken hem hadden gekost, en hij mij niet eerst had gevraagd of het me wel schikte vanavond. Waaruit alleen maar bleek dat hij er geen moment aan had getwijfeld dat ik vanavond niets beters te doen had. Ik sloot me af voor de valse tonen. Ik had inderdaad niets beters te doen, en Neil had me al in tijden niet meer mee uit gevraagd. Ik glimlachte opnieuw terwijl ik hem in gedachten de theedoeken zag uitzoeken, en zag aarzelen over of hij wel of niet een extra dollar aan een leuke verpakking zou spenderen terwijl hij net zo goed een haarelastiek van Lainey zou kunnen gebruiken. Ah, en nu schoot me ook te binnen dat de dollarwinkel vlak naast de Italiaan was, dus daardoor was hij waarschijnlijk op het idee gekomen.

Om zes uur begon ik me klaar te maken. Ik waste mijn haar en probeerde het zo goed mogelijk te föhnen, hetgeen niet meeviel omdat ik eigenlijk al vier maanden eerder naar de kapper had gemoeten. Ik probeerde zelfs een beetje mascara op te doen, maar de roller was uitgedroogd en het spul was geklonterd, zodat ik de korreltjes met een tissue uit mijn wimpers moest trekken, wat me bovendien nog een aantal haartjes kostte. Ik haalde een beige broek uit de kast, maar net toen ik erin wilde stappen, viel mijn blik op mijn blauwe jurk – waarschijnlijk de enige jurk in mijn bezit die ik nog aan kon. Neil klaagde altijd over het feit dat ik nooit meer een jurk droeg. Daar was ook nooit een reden voor, en daarbij zat een broek nu eenmaal veel gemakkelijker bovendien. Vooral broeken met elastiek in de taille. Ik liet mijn handen over de donkerblauwe jurk met zijn witte bloemen gaan. Achterop zat een strik. Hopeloos ouderwets. Maar Neil had een gebaar gemaakt, en ik wilde een gebaar terug maken.

Ik vroeg me af of het warm genoeg was om zonder panty te kunnen gaan. Ik haatte panty's. Ik keek naar mijn korte, dikke benen. Al was het veertig graden, deze benen kon ik de gasten van Guiseppe niet aandoen, alhoewel, zó chic was het restaurant nou ook weer niet – maar toch. Ik zocht in mijn la en vond een oude blauwe maillot. Ik hing de broek terug, haalde de jurk van het hangertje en legde hem op bed. Toen schudde ik de maillot uit – het elastiek was zo uitgerekt dat het geschulpt leek. Niet echt betrouwbaar, maar wel prettiger dan een panty. Ik trok de jurk over mijn hoofd. Hij spande nog strakker om mijn buik dan ik had verwacht, en ik oogde er ouder in dan mijn negenenveertig jaar. Met een zucht spoot ik wat White Shoulders op, legde voor de kinderen een briefje op de keukentafel en ging weg.

Het was kwart over zeven toen ik bij Guiseppe arriveerde. Ik bleef in de auto naar de radio zitten luisteren en vroeg me af of ik hier zou blijven wachten, of dat ik alvast naar binnen zou gaan. Hoewel ik sinds kort het liefste alleen was, voelde ik er toch weinig voor om in mijn eentje in een restaurant te zitten. Maar toen ik een stel naar binnen zag gaan, bedacht ik dat het waarschijnlijk een goed idee zou zijn om een tafel te reserveren.

Ik legde mijn hand op de houten deurkruk en bleef staan bij het zien van het grote schoolbord waarop, compleet met spelfouten en met willekeurige hoofdletters in felrode letters stond geschreven:

AanbiedinG: Alleen vanAvond!
Zoveel aLs U maar opkunt van Onse overHeerlijke Spagettie.
VolWassenen: 3,95. KindeRen tot 12: 1,95.

Opnieuw ontsnapte er een zucht aan mijn lippen, maar ik riep mezelf onmiddellijk tot de orde – het deed er niet toe dat Neil vanwege deze aanbieding voor Guiseppe had gekozen. Het ging om het idee.

Helaas was het niet bepaald druk in het restaurant, en de serveerster gaf me meteen een tafeltje voor twee. Ik bestelde een glas chianti, en terwijl ik erop zat te wachten, deed ik mijn best om er niet zo opgelaten uit te zien als ik me voelde. Ik vond het echt verschrikkelijk om daar zo in mijn eentje te moeten zitten, en ik wou dat ik een boek had meegenomen. Ik bestudeerde de kaart om te doen alsof ik behalve wachten nog iets anders deed, hoewel ik nu al wist dat ik me Neils zwijgende verwijten wilde besparen en voor de overheerlijke aanbieding zou kiezen.

De wijn kwam en ik nipte ervan terwijl ik naar buiten keek. Er was werkelijk niets om naar te kijken. Een treurig klein winkelcentrum met een even treurige kleine parkeerplaats met, langs de randen en in de barsten van het asfalt, resten verdord onkruid. Toen kwam er een meisje de straat overgestoken. Ze liet haar hond uit. Ze kwam de parkeerplaats op. Haar hond was een zwart bastaardje met krullen – zo te zien een kruising tussen een spaniël en een poedel. Opeens begon de hond als een gek te snuffelen, net alsof hij iets belangrijks op het spoor was. Hij trok het meisje achter zich aan – zigzaggend, van links naar rechts. Ze lachte en liet zich gewillig mee trekken. Ik keek ze glimlachend na tot ik me uiteindelijk half om moest draaien, en ze even later de parkeerplaats weer verlieten.

Ik keek op mijn horloge. Tien over half acht. Ik hield mezelf voor dat het wachten extra lang leek omdat ik veel te vroeg was geweest. Bovendien kon het ook zo zijn dat mijn horloge voorliep.

Om drie minuten over acht belde ik zijn mobiel. Ik kon het niet uitstaan wanneer mensen in restaurants hun mobiel gebruikten, dus ik draaide me naar het raam en sprak zachtjes een boodschap in. 'Neil, ik ben bij Guiseppe. Het is over achten. Ik hoop dat er niets is gebeurd. Bel mijn mobiel, alsjeblieft.' De serveerster kwam naar mijn tafel op het moment dat ik ophing, en meer uit schaamte dan uit andere overwegingen, bestelde ik een tweede chianti.

Het was mogelijk dat Neils gesprek uitliep, maar hij zou zich altijd even kunnen excuseren om mij snel te bellen om te zeggen dat het wat later zou worden. Maar hij was waarschijnlijk al onderweg, en waarom zou hij dan stoppen om te bellen? Dat bewonderde ik van Neil – hij belde nooit wanneer hij reed. Als dokter had hij al té veel ellende gezien van mensen die dat wel hadden gedaan.

Om halfnegen, nadat ik nog twee keer een boodschap op Neils mobiel had ingesproken, en ik na twee chianti's op een lege maag te aangeschoten was om te kunnen rijden, was het voor het personeel, voor het handjevol gasten en vooral voor mijzelf overduidelijk dat mijn afspraakje niet zou komen. Maar zó kon ik niet naar huis – ik moest eerst iets eten. Toen die verschrikkelijk aardige serveerster nog maar weer eens even langsging bij die oude vrouw in die lelijke jurk en die blauwe maillot waarvan het kruis inmiddels zo ongeveer op haar knieën hing, bestelde de oude vrouw de aanbieding van de dag. Met de drie volle borden die ze ervan naar binnen wist te werken, had ze ruimschoots waar voor haar geld gekregen.

Neil deed de deur voor me open. Zijn opwinding botste frontaal op mijn woede. En op mijn brandend maagzuur.

'Ben je blijven eten?' vroeg hij verbaasd, maar zonder op een antwoord te wachten. 'Mooi. Het spijt me dat ik het niet heb gered, Dee, maar het ziet ernaar uit dat we het laatste bedrag dat we nog nodig hebben van die mensen zullen krijgen! Ik ben gebleven om het feit met hen te vieren!' Hij stond bijna te huppen van pure opwinding. Neil had zich zó met hart en ziel op het project gestort, dat hij werkelijk geen moment besefte dat hij er zijn gezin voor opzij had geschoven. Of mij in elk geval.

'Neil, waarom heb je niet even gebeld?' vroeg ik, terwijl ik mijn tranen in bedwang probeerde te houden. Ik wilde boos blijven, maar mijn maag deed pijn en ik voelde me in meerdere opzichten ellendig. Maar wat ik vooral niet wilde, was alweer in tranen uitbarsten.

'Dat heb ik geprobeerd, maar ik had geen ontvangst. Ik wilde niet te lang weg uit die vergadering, en er was ook nergens een telefooncel in de buurt. Maar kom op, Deena, je bent een stevige tante en je kunt best wel tegen een stootje. Ik ging er vanuit dat je wel begrepen had wat er aan de hand was. Het was uiteindelijk een zákengesprek.' Hij spreidde zijn armen. 'Het spijt me, maar ik dacht dat je het wel zou begrijpen.'

Ik vluchtte naar de slaapkamer en smeet de deur achter me dicht. Ik was bang dat ik zou moeten overgeven, maar dat gebeurde niet. Nadat ik de luidruchtige ventilator van de badkamer had aangedaan, ging ik op de wc-deksel zitten en huilde. Ik snapte heus wel dat Neil werkte, en dat hij dat niet alleen deed om voor ons, zijn gezin, de kost te verdienen, maar ook om mensen te helpen. Ik was niet zozeer boos als wel gekwetst, en waar ik vooral zo gegriefd om was, was niet omdat hij niet was komen opdagen, en ook niet omdat hij niet even had gebeld, maar omdat hij niet in staat was om zijn excuus aan te bieden zonder een 'maar' om alles weer in zijn voordeel recht te praten. En wat nóg meer pijn deed, en vooral na drie volle borden spaghetti, was dat hij me een 'stevige tante' had genoemd.

4

'Heb je dat van Victoria's Secret?' De manier waarop Neil me aankeek, grensde aan walging. 'Dát?'

Ik had mijn nieuwe badjas – na hem voor de eerste keer aangetrokken te hebben – net uitgetrokken en precies die reactie gekregen die ik had verwacht. We waren ons aan het klaarmaken voor het galadiner van de O'Keefes, en hoewel ik er helemaal geen zin in had, voelde ik me verplicht erheen te gaan. Ik geloofde in de kliniek, want er waren te veel mensen die een ziektekostenverzekering niet konden betalen. Daarbij deed ik zelf niets nuttigs met mijn leven en zou ik me op zijn minst indirect nuttig kunnen maken door mijn man in zijn werk te steunen.

Ik hing mijn badjas aan de haak van de kast. Het paars kwam me ineens een stuk fletser voor dan het aanvankelijk had gedaan. Ik zuchtte. 'Ja, hij was afgeprijsd.'

'Maar, Dee, jíj en Victoria's Secret?' Hij grinnikte. 'En die ene keer dat je er naar binnen gaat, koop je uitgerekend dat.'

Neil, in schoon maar versleten ondergoed, wierp een blik op de badjas en zuchtte ook. 'In plaats daarvan had je beter iets voor míj kunnen kopen, als je snapt wat ik bedoel.' Ik snapte precies wat hij bedoelde, maar ik had bij lange, lange na niet voldoende energie om hem uit te leggen dat ik er schoon genoeg van had om altijd maar dingen voor anderen te doen, te kopen en te zíjn. Ik zei niets, en Neil ging de badkamer in om zich te scheren.

Ik ging op het bed zitten, stak mijn duimen in een been van een bruine panty en nam het materiaal beetje bij beetje op. Ik zette mijn voet erin en bedacht dat ik me niet eens kon herinneren wanneer ik voor het laatst een panty had gedragen. Het was niet ondenkbaar dat deze panty vijftien jaar oud was. Tien minuten eerder had ik hem opgegraven uit mijn la met ondergoed, en hem uit de verpakking gehaald. Toen ik die avond onder de douche uit was gekomen had Neil me – voorspelbaar – gevraagd om, in plaats van mijn eeuwige broekpakken, een jurk aan te trekken naar de O'Keefes. 'Vroeger droeg je veel vaker jurken en ze stonden je zo goed,' had hij gezegd. 'Dit zou wel eens je enige kans kunnen zijn om je echt mooi te maken totdat een van de kinderen trouwt.'

'Ik heb pas nog een jurk gedragen,' mompelde ik zo zacht dat hij me in de badkamer niet kon horen. Ik legde de jurk op bed en stelde vast dat hij me nu zelfs nog minder modieus voorkwam dan zes dagen ervoor.

Met een diepe zucht bedacht ik dat ik echt helemaal geen zin had in deze avond, en dat het uiteindelijk niets uitmaakte of ik me daar nu in een jurk of in een broekpak ellendig zou voelen. 'Ik heb Sam vandaag weer geprobeerd te bellen,' zei ik, naar mijn voet kijkend. Ik zat met mijn enkel op mijn knie, nog steeds slechts met mijn tenen in de panty, en wachtte op de nodige motivatie en inspiratie om hem op te trekken.

'Hak je heng eng aah ageng gehedeng gnie ooh ah gekelk?' Hij klonk als een oude man die zijn valse gebit had uitgedaan, en vertrok zijn gezicht om onder zijn neus te kunnen scheren.

'Ja, maar ik heb hem niet te pakken gekregen. Ik krijg hem nóóit te pakken. Ik spreek alleen maar boodschappen in.'

Vanuit de badkamer klonk een kort lachje en het uitspoelen van zijn scheermes in het water.

'Ah, Dee. Hij is gewoon feest aan het vieren. Je kunt je vast nog wel herinneren hoe het is om student te zijn. Het is een heel nieuw bestaan voor hem waarvan wij geen deel meer uitmaken. En dat moeten we accepteren.' Waarmee hij wilde zeggen dat ík dat moest accepteren. Neil scheen er helemaal geen moeite mee te hebben dat we van drie naar twee kinderen waren gegaan, en dat het niet lang meer zou duren voor die twee ook uit ons leven waren verdwenen.

Langzaam en somber trok ik de panty omhoog over mijn enkel, en toen over mijn kuit. Toen ik bij mijn knie was gekomen, stopte ik terwijl ik me afvroeg of panty's ook een uiterste verkoopdatum hadden. De latex voelde veel korreliger en knellender dan ik me herinnerde. Mijn blik ging naar het doosje op het bed, maar ik kon er geen houdbaarheidsdatum op ontdekken. Er zou toch op zijn minst een indicatie op moeten staan voor welk gewicht deze panty geschikt was, dacht ik toen, maar herinnerde me vrijwel meteen dat die er wel degelijk op stond – op de achterkant. Ik draaide het doosje om naar het schemaatje voor lengte en gewicht en stelde vervolgens vast dat mijn geval een grensgeval was – een ander soort houdbaarheidsdatum, maar minstens even riskant.

Ik trok de panty over mijn knie en vroeg me af of het materiaal met de jaren aan elasticiteit verloor. Er restte mij onvoldoende materiaal in verhouding tot het eind dat ik nog te gaan had. Ik stak mijn duimen in het andere been van de panty, rolde het tussen mijn vingers, stak mijn voet in de honingkleurige donut en trok ook die kant langzaam omhoog tot aan mijn dij. Nadat ik mijn voeten op de vloer had gezet, ging ik staan. Ik hees achtereenvolgens het linker-, het rechter-, en toen weer het linkerbeen een eindje op, waarbij ik ondertussen mijn billen heen en weer draaide in een poging enkele decimeters panty over een halve meter heup te krijgen. Toen ik even stopte om op adem te komen en opkeek, zag ik mijn voorovergebogen gestalte in de spiegel – mijn bleke vlees puilde op meer plaatsen uit dan ik me herinnerde. Afgezien van het uitpuilende vet langs de elastieken randen van mijn beha, en de Michelinmannetjes-achtige vetrollen rond mijn middel, had ik nu ook nog extra kwabben boven mijn knieën. Maar het ergste was nog wel dat ik niet de enige was die dit zag, maar dat ik daar, in dezelfde spiegel, Neils spiegelbeeld naar mijn spiegelbeeld zag staren. Hij stond, bijna helemaal gekleed, tegen de deur van de inloopkast geleund met pretlichtjes in de ogen naar mij te kijken.

'Hé, Dee, wat zou je ervan zeggen als we wat later gingen?' opperde hij op suggestieve toon. 'Dat is immers mode?'

O, God. Help. Als hij hiervan opgewonden raakte – van een vette vrouw van middelbare leeftijd die haar best deed om haar lijf in een minipanty geperst te krijgen – dan was Neil duidelijk degene die hormoontherapie nodig had.

'Doe me een lol,' snauwde ik geïrriteerd. Ik ging rechtop staan, gaf een ruk aan de panty, en prikte prompt mijn nagel door het dunne weefsel. Terwijl ik keek hoe de ladder langs de zijkant van mijn been naar mijn knie kroop, begonnen de tranen me over de wangen te stromen. 'Verdomme! Verdomme, ze kunnen me wat! Verdomme, laat ze de klere krijgen!'

'Wat is er aan de hand? Rústig Deena. Op wie ben je zo boos?'

'Op iedereen! Mannen. Op de mannen die de panty hebben uitgevonden!' Ik keek hem woedend aan. 'Ik neem aan dat je weet dat het een man was, ja?' Ik wist zelf niet eens of het een man was geweest, maar ik durfde er aardig wat om te verwedden.

Neil hield zijn handen op in een defensief gebaar.

'Nou, het wás een man! Rotkerels. Panty's en naaldhakken! En jarretelgordels. En make-up.' Ik wist alweer niet of het waar was wat ik beweerde, maar op dat moment kon het voor mij onmogelijk anders zijn. 'Al die dingen die vrouwen laten weten dat we niet goed genoeg zijn zoals we zijn. We moeten bruiner zijn, zachter, langer en mooier.' Neil keek me aan alsof mijn gezicht hem bekend voorkwam, maar hij zich niet meer kon herinneren hoe ik heette. 'En vooral jonger en slanker!' krijste ik. Wauw. Als de deksel van de snelkookpan knalt, dan knalt het echt.

Het volgende moment kwam Neil naast me op de rand van het bed zitten, gaf me een paar klopjes op mijn knie en sprak tegen me alsof ik nog geen vijf was. 'Kom, kom, Deedle.'

'Behandel me niet als een klein kind.'

'Wie zegt dat ik jou als een klein kind behandel?'

Ik keek hem alleen maar aan. Het zou me niets verbaasd hebben als hij, zoals hij met zijn jongste patiëntjes deed wanneer ze over hun toeren waren, op dat moment een rol stickers uit zijn zak had gehaald en me er eentje had gegeven. Maar toen gleed er opeens een andere, begripvollere uitdrukking over zijn gezicht. 'Wil je liever thuisblijven?' vroeg hij zacht.

Tranen van opluchting rolden over mijn wangen. 'O, Neil, kan dat? Hoeven we niet te gaan? Dank je.' In plaats van geforceerd geklets over koetjes en kalfjes en knellende schoenen, zag ik ons in gedachten al hand in hand en op gemakkelijke stappers een wandeling rond het meer achter ons huis maken. Net als vroeger. En misschien kreeg ik zelfs wel de kans om iets te zeggen over die blindengeleidehonden waarvan ik die reportage op de televisie had gezien.

Even keek hij beteuterd, en toen werd hij ineens ongeduldig. 'Nee, jíj kunt thuisblijven. Ik wil er juist dolgraag heen. Ik heb mijn leven aan die kliniek gegeven. Het is belangrijk.'

Ik keek hem alleen maar aan en wilde vragen of zijn gezin dan niet belangrijk was. Ja, het was waar, de laatste jaren leefde hij alleen nog maar voor de kliniek. Niet voor zijn kinderen en niet voor zijn huwelijk. Geen wonder dat Sams vertrek hem zo onverschillig liet, en het feit dat Lainey en Matt steeds zelfstandiger werden en minder thuis waren. Hij stortte zich met hart en ziel op zijn werk.

Neil stond op, liep naar de deur, legde een hand op de knop en draaide zich naar me om. Hij zag er knap en aantrekkelijk uit in zijn donkergrijze pak. 'Wat gaat het worden, Deena?'

Ik keek naar de blauwe jurk, waaronder ik nu alleen nog maar de blauwe maillot met de uitgelubberde taille aan kon. We zouden er niet eens uitzien alsof we bij elkaar hoorden.

'Ik blijf thuis bij de kinderen.'

'Allemachtig, het zijn tien... Ze hebben al lang geen op... O, laat ook maar zitten.' Hij sloot zijn ogen, schudde zijn hoofd en ging weg.

Ik ging op bed zitten en pelde de panty van mijn benen, en toen ik opkeek, zag ik meerdere Deena's naar mij kijken. De spiegel op de kastdeur weerkaatste mijn spiegelbeeld in de spiegel op de toilettafel, die dát spiegelbeeld weer weerkaatste, enzovoort. Ik verfrommelde mijn panty tot een bal en slingerde hem naar de spiegel, maar het ding had te weinig gewicht en volume om enige impact te kunnen maken, en halverwege de kast viel hij geruisloos op de vloerbedekking.

Nadat Neil was weggegaan en de stilte in huis was weergekeerd, ging ik in mijn paarse badjas naar beneden, naar de keuken, waar drie lunchpakketten op het aanrecht lagen, en Hairy op het bureautje om blikvoer zat te miauwen.

'Nee,' zei ik tegen hem. 'Je hebt je brokjes. Je krijgt alleen maar 's ochtends blik.' Hij miauwde nog wat harder. Ik werd gek van de herrie, dus ik gaf hem een paar kattensnoepjes. Terwijl hij die naar binnen schrokte, begon ik de lunchpakketten uit te pakken – ik haalde de lege broodtrommels eruit, verwijderde de lege chipszakken en de niet of nauwelijks gebruikte servetten. Net toen ik de rommel in de afvalemmer deed, kwam Matt de keuken binnen.

'Hé, mam,' zei hij laconiek, zonder me aan te kijken, en regelrecht naar de voorraadkast lopend. 'Waarom ben je vanavond niet met pap meegegaan?' Hij trok allebei de deuren open, hing aan de handvatten hoewel ik hem al honderden keren had gezegd dat hij dat niet mocht doen en keek met een verveeld gezicht naar wat er op de planken stond.

'Ik... ik voel me niet zo lekker.' Ik had moeite met het open krijgen van de lunchbox waarin ik een portie van Matts favoriete, zelfgemaakte chocoladepudding had gedaan. Lainey vond de fabrieksvariant lekkerder, maar dat was vooral omdat ze zich schaamde om iets bij zich te hebben wat niet van een bepaald merk was. Maar Matt zei altijd dat hij die van mij veel liever had, en dat maakte me blij, hoewel ik hem er duidelijk te veel van had meegegeven, want hij had het niet opgegeten. Ik trok opnieuw aan het dekseltje dat maar niet open wilde. Ik zou wel eens een reclamespotje willen zien waarin ze dekseltjes tonen die makkelijk opengaan, in plaats van dekseltjes die zo goed blijven zitten.

Matt griste een open zak popcorn uit de kast. 'Wat eten we vanavond?' vroeg hij, terwijl hij een handvol in zijn mond propte.

'Ja, ik heb honger.' Ineens stond Lainey achter me. Volgens mij waren ze op deze vrijdagavond alleen maar thuis omdat ze hadden gedacht dat hun ouders weg zouden zijn.

'Ik dacht dat jullie een pizza zouden bestellen. Heeft pap geen geld op tafel gelegd?'

'Nee. Hij zei dat jij wel zou koken omdat je niet mee ging.' Lainey betastte de ceintuur van mijn badjas. 'Weet je, mam, ik vind deze kleur toch niet zo mooi als in de winkel. Je had die roze moeten nemen. Ik hoop dat je het niet verkeerd opvat, maar dit paars maakt je een beetje dik.' Ze deed een stapje naar achteren en keek me meelevend aan.

Wie kon mij zeggen wat de juiste manier was om dat op te vatten? Ik wilde het haar vragen, maar ik deed het niet. Ik wilde niet nog eens moeten huilen. Wat was dat toch dat tienermeisjes dachten dat ze alles konden zeggen, en dat het niet uitmaakte of iemand zich diep gekwetst voelde? En het hielp niet echt dat ik wist dat ze me niet expres pijn had gedaan.

Ik keek naar Matt, die op de volgende hap popcorn stond te kauwen en zijn hand al in de zak had gestoken om de derde hap te pakken. 'Dus... eh... gaan we binnenkort aan tafel?' vroeg hij met volle mond.

Ik greep het dekseltje van de lunchbox zo stevig beet dat mijn knokkels er wit van zagen. En toen, alsof mijn avond al niet geweldig genoeg was, voelde ik ineens hoe het zweet uit de poriën van mijn voorhoofd en bovenlip begon te stromen terwijl mijn temperatuur in een flits van normaal naar het kookpunt schoot.

Ik trok mijn badjas uit, greep de hals van mijn versleten pyjama vast en begon het shirt als een bezetene heen en weer te wapperen in een poging mezelf koelte toe te wuiven. Ik keek naar mijn kinderen en wist werkelijk niet wat ik moest zeggen. Ik had niets gepland. Ik wist dat ik altijd iets van spaghetti met tonijn zou kunnen maken, maar ik was niet van plán geweest om vanavond te koken. Ik wílde niet koken vanavond. De boosheid die ik eerder in de slaapkamer had gevoeld, kwam opnieuw in alle hevigheid omhoog. Ik vroeg me af of er meer vrouwen waren die in de overgang last hadden van woedeaanvallen. Ik zette de lunchbox op mijn heup en rukte met zoveel kracht aan het dekseltje dat het losschoot en door de keuken vloog. Het zeilde als een frisbee naar Hairy, wiens witte vacht onder de spetters chocoladepudding kwam. Hij stond op en begon tegen me te blazen en te miauwen.

'Verdorie!' riep ik.

'Mah-am,' riep Lainey, die zich naar naar Hairy toe haastte, maar opeens met een ruk bleef staan. 'Arme kat!' Ze keek me over haar schouders aan en trok haar wenkbrauwen op. 'En je bent me alweer een dollar verschuldigd.'

Matt boog zich lachend voorover en liet stukjes fijngekauwde popcorn uit zijn mond op de tegelvloer vallen. 'Nu hebben we een kat die een dalmatiër lijkt!' Opnieuw schaterde hij het uit.

'Arme kat,' herhaalde Lainey, hoewel ze hem nog steeds niet aanraakte en ze haar best deed om haar lachen de baas te blijven.

Ik gaf haar een nat stukje keukenrol aan. 'Veeg het van zijn vacht, alsjeblieft,' zei ik tegen haar, terwijl ik een natte spons pakte om de chocola van mijn badjas te halen.

Ze nam het papier van me aan, maar deed er niets mee omdat ze haar lachen ineens niet meer de baas kon. 'Ik heb die pudding niet gegooid,' zei ze, terwijl ze tegen de tafel leunde, zich omdraaide en haar hand voor haar mond sloeg, alsof ze niet wou dat Hairy haar zo zag lachen. Hij had een klodder pudding op zijn voorhoofd, vlak boven zijn wenkbrauw. Hij had wel iets van Groucho Marx, maar ik was bang dat hij het in zijn oog zou krijgen.

'Nou, goed, dan maak ik hem wel schoon.' Ik griste het stukje keukenrol uit haar hand, en zij pakte haar buik vast van het gieren en botste tegen Matt op die nog steeds dubbel lag van het lachen. Ik veegde de pudding van Hairy's oog waarna ik het enorme beest oppakte – Hairy en ik kreunden in koor – en meenam naar de gootsteen. 'Het spijt me, Hairy, het was een ongelukje.' Perzische katten kijken van nature al boos, dat kunnen ze niet helpen, maar nu lag er zelfs een moordlustige blik in Hairy's ogen.

'Ik ga naar beneden,' zei Matt, half buiten adem.

'Ik ook,' zei Lainey. 'Je roept maar wanneer het eten klaar is.' Ze liepen de keldertrap af, en terwijl ik Hairy in de gootsteen in bedwang hield, keek ik, met mijn mond open maar zonder dat daar enig geluid uitkwam, hoe ze over Matts schouder reikte en haar hand in de zak popcorn stak.

De daaropvolgende paar uur besteedde ik aan het wassen van de kat, aan het plakken van een pleister op de kras op mijn arm, het vegen van de keukenvloer, het maken van een pan spaghetti met tonijn en het opvouwen van de was terwijl de kinderen aan het eten waren. Na Lainey's opmerking had ik geen honger meer. Toen de kinderen klaar waren met eten en op de bank naar een film zaten te kijken, deed ik de afwas, dweilde de vloer en stofte – en dat alles bij wijze van therapie.

Om negen uur ging ik naar boven met het idee dat ik wilde slapen wanneer Neil thuiskwam. Dat lukte niet, maar ik deed weer eens alsof. Ik begreep werkelijk niet hoe ik voortdurend zo moe kon zijn en tegelijkertijd zo slecht sliep. Maar ik wist steeds beter te doen alsof. Ik lag roerloos, zo ver mogelijk op mijn helft van het bed, met mijn rug naar het midden gekeerd op mijn zij. Neil kwam uitgekleed de slaapkamer binnen, was geruime tijd in de badkamer en kwam uiteindelijk naar bed. Gelukkig raakte hij me niet aan.

Het was zuiver schuldgevoel dat me tegen hem aan deed kruipen. Ik voldeed aan mijn plicht van echtgenote en ging weer zo ver mogelijk op mijn eigen helft liggen.

Zo bleef ik bijna een uur doodstil liggen, tot ik er zeker van was dat hij sliep. Toen stond ik stilletjes op, trok mijn nieuwe, paarse, dikmakende badjas aan en ging naar beneden, naar de keuken. Ik haalde de schaal met spaghetti uit de koelkast, pakte een vork en nam een grote hap. En toen nog een. Nog voor ik die hap had doorgeslikt, stak ik, naar de foto's en briefjes op de koelkastdeur kijkend, mijn vork opnieuw in de pasta. Een uitnodiging voor een verjaardagsfeest van een vriendin van Lainey. Een boodschappenlijstje. Matt en Lainey's schoolfoto's in pasfotoformaat. Een foto van Sam met zijn vrienden op een eindexamenfeest. Die had ik van een andere moeder gekregen. En onder de magneet van een autowerkplaats zat een oud kiekje van Rocky en Fordy die een stok in het meer achterna gingen. Ik staarde ernaar met in mijn linkerhand de oeroude witte ovenvaste schaal die we indertijd als trouwcadeau hadden gekregen, en in mijn andere hand de zwaarbeladen vork. Ik slikte de hap in mijn mond door, keek naar de volle vork en liet de spaghetti terugvallen in de schaal. Nadat ik de deksel er weer op had gedaan, zette ik hem terug in de koelkast. Ik stopte de vork in de afwasmachine en deed de deur zachtjes dicht. Onder het strakker trekken van de ceintuur van mijn badjas, ging ik de keldertrap af, naar de hobbykamer. Ik ging zitten, deed de computer aan en pulkte, in afwachting van het moment waarop hij opgestart was, zenuwachtig aan een velletje van de nagel van mijn wijsvinger. Het blauwe licht van de monitor verspreidde zijn zachte schijnsel door de té schone kamer. Ik klikte, typte, en klikte opnieuw tot ik bij het venstertje van Google was. Toen haalde ik diep adem en typte langzaam en één voor één de letters van:

GELEIDEHONDEN PUPPYPLEEGGEZIN

5

Ik had zojuist het laatste en grootste boeket op de tafel in de serre gezet. Ik had meer uitgegeven dan verantwoord was, en had bij Costco twee verschillende bossen gekocht die ik had gemengd en waarmee ik uiteindelijk vier vazen had gevuld. Ik had er ook nog een paar vroeg uitgelopen narcissen uit de tuin bij gedaan. Van tevoren al had ik het huis een intensieve schoonmaakbeurt gegeven – ik had van mijn leven nog nooit zo hard geschrobd en geboend – en nu haalde ik overal snel nog even een lapje overheen. Die intensieve schoonmaakbeurt wilde wat zeggen. Ik had zelfs, en ondanks Elaines berispingen, de tandenborstel weer tevoorschijn gehaald.

Niemand wist van mijn plan – ik had het aan niemand verteld, zelfs niet aan Elaine.

Om een paar minuten over twee stapte ik uit de douche, föhnde mijn haren, trok een schoon wit gesteven overhemdblouse en mijn schone en gestreken beige broek aan, en ging voor de spiegel staan. God. En dit was zoals ik er op mijn best uitzag? Dik en kakkerig? Ik voelde aan de grijze haren bij mijn slapen en de kraaienpootjes bij mijn ogen, en vroeg me af of ik te oud bevonden zou worden om voor een puppy te mogen zorgen.

Om drie uur was ik klaar voor mijn eerste sollicitatiegesprek in jaren. Het was een prettig idee dat het hier thuis plaats kon vinden. Als ik een cv had gehad, dan zouden daar alleen mijn huis en mijn kinderen maar op voorkomen.

'Wauw,' zei Bill, toen de rondleiding compleet was en we voor een kopje thee in de serre waren gaan zitten. 'Wat is jóuw huis schoon – van binnen en van buiten.'

'Dank je,' zei ik stralend. Het was heerlijk om te kunnen stralen. En Bill, de plaatselijke manager van de *K-9 Eyes*-groep – de stichting die geleidehonden selecteert en traint – was iemand voor wie stralen nagenoeg vanzelf ging. Hij was lang, had prachtig dik haar en lichtblauwe ogen – een onweerstaanbare combinatie. En het beginnende grijs bij zijn slapen stond niet oud maar sexy.

Hij liet zijn blik zakken naar zijn theekopje, fronste zijn voorhoofd en zei verder niets. Mijn stralende gezicht betrok.

'Is er iets?' vroeg ik. 'Wil je suiker in de thee? Of heb je zin in een brownie?' Ik pakte de schaal met mijn beroemde godsliederlijklekkere brownies en bood hem er eentje aan. 'Er zitten víér verschillende soorten chocola in!'

Bill wendde zijn blik af. 'Nee, dank je, Deena.' Hij keek de serre rond. Toen hij me ten slotte weer aankeek, glimlachte hij, maar het was een onecht glimlachje. Een glimlachje als van een pleister die aan de wond voorafgaat.

'Deena, ik weet niet of je wel echt de beste kandidate voor een puppypleegmoeder bent.'

De woorden weergalmden door de stilte. Ik kreeg een brok in mijn keel. Ik was niet alleen niet als beste uit de bus gekomen, ik was zelfs niet eens voor de test geslaagd. Mijn hand ging naar mijn open boordje en kneep het dicht.

'Waarom niet?' kwam het fluisterend over mijn lippen. In gedachten probeerde ik mijn fouten en tekortkomingen als soldaatjes in het gelid op een rijtje te zetten.

Bill boog zich naar me toe en legde zijn vingers op mijn andere hand, die trillend op tafel lag. Zijn aanraking verbaasde me, en deed me opkijken in zijn vriendelijke blauwe ogen.

'Het is duidelijk dat je veel zorg en tijd aan je huis besteedt, en je hebt prachtige spullen.' Hij wees op de voorwerpen van gekleurd glas op de vensterbank, en toen op het grootste boeket dat ik heel strategisch voor het grootste effect op de glazen salontafel had gezet. 'Alles is zo schoon en netjes, en ik ben bang dat een hond niet in dit plaatje past. En een *K-9 Eyes*-hond al helemaal niet. Het zijn geen gewone huisdieren en ze mogen ook niet zo behandeld worden. Ze moeten zo ongeveer vierentwintig uur per dag bij je kunnen zijn – ochtend, middag en avond. En er zijn een heleboel regels, zoals dat ze bijvoorbeeld buiten nooit los mogen lopen. En ze moeten leren poepen en plassen wanneer jíj dat zegt. Als geleidehond mogen ze ook niet geleerd hebben om dingen te zoeken en terug te brengen, dus je kunt nooit een stok of een bal voor ze gooien.' Hij keek me aan met een blik die het midden hield tussen meelevend en bezorgd.

'En, Deena, honden – en met name pups – kauwen en graven en gooien dingen om en halen alle mogelijke soorten kattenkwaad uit. Jouw huis en tuin zijn daar niet op ingesteld. Is een schoon huis erg belangrijk voor je?'

Help. Wat moest ik daar nu op zeggen?

Mijn huis was... het was mijn... wat? Mijn leven? O, God.

Hoe had het zo ver met mij, de boerendochter, kunnen komen? Nou, waarschijnlijk doordat mijn moeder, een boerin, zich van de vroege ochtend tot de late avond had uitgesloofd om het bedrijf buiten de deur te houden. Rocky en Fordy mochten nooit binnen, zelfs niet hartje winter wanneer het vroor. Ze sliepen in de verwarmde stal, dus ze hadden het niet koud, maar ze waren met hun modderpoten en haaruitval niet welkom in huis. Ik wist dat *K-9 Eyes* erop stond dat de pups altijd in huis waren, dus ik had een mand klaargezet in het washok, waar zeil op de vloer lag. Eventuele ongelukjes waren daar makkelijk op te ruimen. Toen ik Bill een rondleiding door het huis had gegeven, had hij verteld dat de honden niet alleen in huis moesten zijn, maar dat ze ook dicht in je buurt, naast je bed moesten slapen, want dat zouden ze ook moeten wanneer ze later aan een blinde werden toegewezen.

Hoe was het mogelijk – ik had me nog nooit zó kapot gewerkt voor een op-en-top schoon huis, en nu kreeg ik te horen dat ik juist daarom was afgewezen! Mijn leven werd steeds ironischer.

Ik sloeg mijn handen voor mijn gezicht. *Niet huilen. Niet huilen.* Ik haalde diep adem, liet mijn handen zakken en keek Bill aan.

'Ja, tot nu toe was dat erg belangrijk voor me. Maar dit werk is belangrijker. Ik heb er alles voor over. Zeg me wat ik moet doen. Als het moet, ben ik bereid een kruiwagen vol aarde op de grond te storten, echt.' Ik haalde diep adem en kalmeerde wat. 'Ik wil echt niets liever dan een pup van *K-9 Eyes*.'

Bill keek me zwijgend aan, maar tot mijn opluchting leek hij eerder geïntrigeerd dan geschrokken door mijn uitbarsting.

Ten slotte stelde hij de simpele vraag: 'Waarom?' Zijn vriendelijke, oprechte stem bezorgde me een brok in de keel.

Tja, waarom eigenlijk? Nu was ik op mijn hoede. Ten aanzien van het huis was ik de mist in gegaan, en nu leek de uitkomst enkel en alleen afhankelijk te zijn van mijn antwoord op die ene, simpele vraag.

De aanhoudende stilte in de serre voelde als een elastiekje dat verder en verder werd uitgerekt.

Ik forceerde een glimlachje om te voorkomen dat ik zou moeten huilen. 'Omdat ik een hondenmens ben en omdat ik, nou ja, vast zit in...' Ik realiseerde me dat ik zenuwachtig aan mijn trouwring zat te draaien. Ik hield ermee op, legde mijn handen plat op tafel, maar besefte toen ineens dat ik was begonnen aan een zin waarvan ik niet wist hoe ik hem af zou moeten maken.

Ik keek om me heen. Mijn ademhaling was snel en oppervlakkig. Hairy lag in het zonnetje op de bank te slapen. In de lichtbaan boven hem zweefde een enkele kattenhaar. Zonder Bill aan te kijken, zei ik tegen hem: 'Omdat ik een hondenmens ben die vast zit in een kattenbestaan.' Nu pas keek ik hem aan. Hij glimlachte.

Nog nooit eerder had ik stilgestaan bij de vele verschillende betekenissen die een glimlach kon hebben. Bill trok zijn ogen samen en er gleed iets van opluchting over zijn gezicht.

'Mooi zo. In dat geval stel ik voor om de procedure in gang te zetten,' zei hij, waarop hij zijn aktetas opendeed en er een dikke instructiemap voor me uit haalde.

Even zeiden we geen van allen iets. Matt, Lainey en Neil, die in de woonkamer naast elkaar op de bank zaten, staarden me aan. Je zou bijna denken dat er geen woorden, maar goudvissen van mijn lippen waren gerold. Ze leken zelf trouwens ook wel een beetje op karpers, zoals ze me met open mond zaten aan te gapen.

Uiteindelijk was het Matt die de stilte verbrak. 'Een hónd, mam? Wil je een hond in huis halen?' Ze keken elkaar vragend aan als om na te gaan of ze het wel goed hadden verstaan.

'Ja.'

'Ongelooflijk,' zei Matt. Hij trok één wenkbrauw op, liet de andere zakken, en zijn mond zakte ook nog wat verder open.

Lainey maakte zich maar over één ding zorgen. 'En Hairy dan?'

'Hairy kan heus wel op tegen een wolf. Ik maak me eerder zorgen om het hondje,' zei ik.

'Maar Hairy zal jaloers zijn,' klaagde ze.

'Nou, misschien zou je wat meer tijd aan hem kunnen besteden.'

Ze sloeg haar armen over elkaar en keek me venijnig aan.

'Deena,' zei Neil zacht, 'heb je niet al meer dan genoeg in huis te doen zonder ook nog voor een pup te moeten zorgen? En daarbij, ik dacht dat we duidelijk hadden afgesproken dat we geen honden zouden nemen. Met een hond zit je – '

'Ja, ja, ik weet het,' viel ik hem in de rede terwijl ik mijn hand ophief. 'Met een hond zit je vast. Maar dat is in dit geval helemaal niet waar! Ik neem hem overal mee naartoe. Dat moet. En de plaatselijke puppygroep heeft een groot aantal vrijwilligers die bereid zijn om op te passen. Als we een weekendje weg willen, hoeven we alleen maar even te bellen en er wordt iets geregeld.' Ik kon niet precies zeggen waarom ik dat eraan toe had gevoegd. We gingen nooit een weekendje weg. De laatste keer dat we met het gezin weg waren geweest, was toen we voor Sams twaalfde verjaardag met de auto naar Disneyland waren gegaan. Neil en ik – wij met zijn tweetjes – waren niet meer weg geweest sinds... nou, sinds we op huwelijksreis waren geweest.

Voor hij met nog meer argumenten zou kunnen komen, voegde ik eraan toe: 'En daarbij, het is niet dat wíj dat hebben afgesproken. Ik heb altijd een hond willen hebben. En dit is nu precies het soort hond waarvan jij altijd hebt gezegd dat het een goede is – de hond van iemand anders. Deze hond behoort van het begin af aan iemand anders toe. En als alles goed gaat, dan is de hond die we verzorgen –'

Neils ogen werden groot.

'Ik bedoel, die ík verzorg, straks een enorm geschenk voor iemand met een visuele handicap.' Ik wachtte, maar niemand zei iets. 'Het is iets wat ik voor een ander kan doen. En dit kan ik.'

'DeeDee,' zei Neil op die kinderarts-toon van hem.' Ik kreeg de rillingen van 'DeeDee.' Jaren geleden had het lief geklonken, maar tegenwoordig bezorgden de meeste van zijn koosnaampjes me de kriebels. 'Je weet dat je verliefd zult worden op die hond, en wat dan? Je zult er kapót van zijn als je hem af moet staan.' Hij zei het met een voor hem ongewone theatraliteit.

'Dat zeg je alsof ik nú al rijp ben voor een inrichting.' En misschien was ik dat ook wel, dacht ik, maar ik doe wat ik kan om het hoofd boven water te houden. Dit was mijn persoonlijke strijd. 'Ik weet precies waar ik aan begin, Neil. En ja, natúúrlijk word ik verliefd op dat beest, dat hoort ook bij dat werk. Maar ik hou ook van Sam en Matt en Lainey, dat hoort eveneens bij het werk, en Sam is het huis uit, en over niet al te lange tijd zullen Matt en Lainey ook gaan studeren. Denk je echt dat mijn wereld dan instort?

Hij keek omhoog naar het plafond en plukte met zijn hand aan zijn kin. Ik wist precies wat hij dacht. Ja. Hij dacht dat ik weg zou kwijnen zonder mijn kinderen. Toen Sam naar de universiteit was gegaan, had ik hem verteld dat het voor mij voelde alsof er binnen in mij iets was gestorven. Neil had automatisch aangenomen dat dit een derde deel van mij was, en dat het, wanneer ook de andere twee kinderen die nu nog op de bank zaten het huis zouden verlaten, met Deena Munger gedaan zou zijn. Geen kinderen, geen leven.

Maar het vooruitzicht van deze pup, van dit werk voor een goed doel, had me opnieuw zin in het leven gegeven. Waarom dat precies zo was, dat wist ik niet. Was het alleen maar het idee van weer een hond te hebben? Of was het omdat ik iets deed waar Neil op tegen was? Of omdat ik mezelf nuttig kon voelen door voor een van mij afhankelijk wezen te zorgen? Wat het ook was dat mij ertoe dreef, het kon me niet schelen. Waar het om ging, was dat ik me voor het eerst sinds lange tijd weer gemotiveerd voelde.

Ik haalde diep adem. 'Volgens mij maakt het echt heel veel verschil dat ik van tevoren weet dat ik deze hond moet afstaan en dat hem een belangrijke taak en een goed leven wacht. De blinden die uiteindelijk voor deze honden in aanmerking komen, hebben een speciale training achter de rug, en een hond kan zich geen betere baas of bazin wensen.' Ik wist dat ik net zozeer bezig was om mijzelf te overtuigen als Neil, maar op de een of andere manier maakte het onderwerp me verschrikkelijk koppig.

'Nou...' zei Matt. 'Eh, als we dan toch een hond nemen, waarom kunnen we dan geen echte hond krijgen? Ik bedoel, eentje die we mogen houden?'

Mijn zoon! Een hondenmens! Wie had dat gedacht?

Neil leunde naar achteren en sloot zijn ogen.

'Laten we eerst maar eens zien hoe het gaat, goed, Matt?' zei ik, en ik moest me beheersen om niet naar hem toe te gaan en hem in mijn armen te nemen. Hij haalde zijn schouders op en ging naar de keuken, ongetwijfeld om dat gat in zijn maag te vullen. Lainey volgde zijn voorbeeld, maar riep daarbij klaaglijk uit: 'Hair-yyyy? Hair-yyyy?'

Neil bleef me aan zitten staren. Ik wachtte tot hij iets zou zeggen, maar hij zei niets. Dat deed hij wel vaker wanneer we het ergens niet over eens waren. Hij wist dat ik die stilte niet kon verdragen en uiteindelijk het woord zou nemen en uit mezelf terug zou komen op wat ik had gezegd. Maar deze keer hield ik mijn poot stijf en liet ik de stilte voortduren. Uiteindelijk draaide ik me om en ging met een zucht naar beneden om de was op te vouwen.

6

De parkeerplaats was bedekt met een laagje natte voorjaarssneeuw, en de meesten van ons stonden te rillen – sinds het middaguur was de temperatuur ineens weer gedaald. Maar iedereen – mensen en honden – stond geduldig te wachten. Nou ja, het overgrote merendeel, dan. Lainey en Matt stonden te huppen en met hun armen te zwaaien. Om de haverklap vroegen ze: 'Wanneer kómt hij nou eindelijk eens? We vriezen hier nog dood!'

'Het kan nooit lang meer duren,' antwoordde ik elke keer.

'Nou, ik ga naar de *7-Eleven*, iets te eten halen,' zei Matt, weglopend.

'Hier, Lainey,' zei ik, terwijl ik mijn portemonnee uit mijn zak haalde en haar een briefje van tien dollar gaf. 'Voor jullie samen. Maar niet meer dan een warme chocolademelk en iets van een reep erbij, goed? En ik wil –' ze griste het briefje uit mijn hand en haastte zich achter Matt aan '– het wisselgeld terug.' Ik schonk Bill een schuchter glimlachje.

Hij legde zijn hand even op mijn schouder. 'Spannend? Verheug je je op je eerste pup?' Opnieuw verraste zijn aanraking me, maar ik vond het ook plezierig.

Ik knikte. 'En ik ben zenuwachtig.' Dat was zwak uitgedrukt. Voor de zoveelste keer liet ik mijn blik over de groep wachtenden gaan.

Op weg hierheen had Bill uitgelegd dat er mensen van verschillende puppyclubs uit de hele regio Denver zouden komen. Terwijl we in de sneeuw stonden te wachten, noemde hij me alle namen, maar die was ik even snel weer vergeten. Er waren er maar één of twee die me bekend voorkwamen van de paar puppy-bijeenkomsten die ik in de afgelopen maand had bijgewoond.

De kinderen hadden gelukkig geen enkele interesse gehad om naar de bijeenkomsten te gaan, of om het handboek door te lezen. Ik beschouwde het echt als mijn persoonlijke taak. Maar twee weken eerder had ik Het Telefoontje gekregen, en daar hadden de kinderen wel op gereageerd. Bill had verteld wat het ras en het geslacht zou zijn, en met welke letter de naam van de pup begon – de H. Hij legde uit dat elke pup van een nest een naam kreeg die met dezelfde letter begon, en dat *K-9 Eyes* de pleegouders alleen maar de eerste letter verklapte voor het geval er op het laatste moment iets mis mocht gaan en pups omgewisseld moesten worden. De kinderen en ik bedachten tientallen namen voor mijn hond, een blonde labrador, een teefje, precies waar ik om had gevraagd. We hadden een lange lijst van namen met een H op de koelkast gehangen, en ieder had zijn favoriete naam omcirkeld. Lainey hoopte op Harmony, Matt hield het op Hooter. Ik had, met blauwe viltstift, mijn eigen keuze onderstreept – Hope. Neil weigerde mee te doen, maar op zekere dag stond er opeens een nieuwe naam onder aan de lijst – Helen, de naam van Neils moeder. In de afgelopen weken was onze relatie meer en meer gaan lijken op die van studenten die een huis met elkaar deelden – behoedzaam en eigenlijk alleen maar contact zoekend wanneer er een logistieke kwestie besproken moest worden. Daarentegen had ik geen enkele moeite om met Bill te praten.

'Krijgen al deze mensen hier vandaag een hond?' vroeg ik, terwijl Bill zwaaide naar iemand aan de andere kant van de parkeerplaats.

'De meesten wel, ja,' antwoordde hij. Hij hield zijn handen voor zijn mond en blies er zijn warme adem in. 'Maar er zijn een heleboel gezinnen, dus dat betekent soms wel vijf, zes mensen voor één pup. Grofweg kun je zeggen dat er drie categorieën zijn. De mensen die hun eerste pup krijgen, zoals jij.' Hij glimlachte. 'En dan zijn er mensen met ervaring die een jaar puploos zijn geweest maar nu weer voor een nieuw hondje komen. Dat is bijvoorbeeld Jeannie Marris, hoewel ze zelf niet kon komen, en ik haar pup voor haar meeneem. Dit is al haar zesde of zevende hond die ze adopteert.' Hij aarzelde even en vervolgde toen wat zachter: 'En dan is er de laatste groep. Dat zijn mensen die zijn gekomen om de hond waar ze pakweg een jaar voor hebben gezorgd weer in te leveren.'

Ze waren makkelijk te herkennen. Het waren de mensen met de volgroeide en verschrikkelijk gehoorzame honden met hun groene dekjes. Deze mensen stonden wat afzijdig van de grote groep en konden maar moeilijk van de honden afblijven.

'Een paar van hen,' vertelde Bill verder, 'krijgt meteen weer een nieuwe pup. Vandaag nog. Maar de meesten willen daar toch liever een poosje mee wachten om eerst het verdriet te verwerken.' Hij wees op een picknicktafel onder een hoge boom, waar op een van de banken een jongen van een jaar of zestien over een grote zwarte labrador zat gebogen. Met beide handen aaide hij de hond over zijn grote, vierkante kop. Ik zag dat de jongen tranen in de ogen had, en het volgende moment sloeg hij zijn armen om het lijf van de hond en drukte hij zijn gezicht in zijn nek. Toen hij begon te schokschouderen, kon ik het niet langer aanzien en wendde mijn blik af.

Ik kon niet precies zeggen of ik rilde omdat ik het koud had, of omdat ik zenuwachtig was. Het was een gemengde groep. De ene helft was in de rouw en moest hun hond weldra afstaan, en de anderen stonden in afwachtende spanning reikhalzend uit te kijken naar het moment waarop ze hun nieuwe huisgenootje overhandigd zouden krijgen. Het was net alsof het ziekenhuis de doden en de baby's bij elkaar op één zaal had gelegd.

Hoewel ik tot de tweede groep behoorde, kon ik het niet helpen dat het vooral de eerste groep was die mij fascineerde. Over een jaar zou ik er net zo aan toe zijn als zij nu. De jongen had zich van de bank af laten glijden en zat nu op de grond, in de sneeuw, en liet zijn hond de tranen van zijn wangen likken. De jongen hief zijn gezicht een beetje op en draaide zijn hoofd naar links en naar rechts, zich wentelend in de liefde van zijn hond. Nu zag ik hem ook een beetje glimlachen.

Het volgende moment hoorden we een zware motor terugschakelen, en als één man draaiden we ons allemaal om naar de straat. Een witte camper met het groene *K-9 Eyes*-logo kwam langzaam onze kant op gereden. Ik keek snel even om naar de *7-Eleven*, maar Lainey en Matt waren nergens te bekennen.

Er viel een afwachtende stilte over de groep, en allemaal keken we naar de camper die vaart minderde en een parkeerplaats zocht. Een klein meisje begon opgewonden te huppen en in haar handjes te klappen. Mijn maag deed haar gehuppel na. Ik wierp een tersluikse blik op de jongen. Hij had zijn armen op bezitterige wijze om de hals van zijn labrador geslagen en hij hield zijn hoofd achter de hond, alsof hij de aanblik van de camper niet kon verdragen.

Het portier zwaaide open, en een opgewekte vrouw van een jaar of zestig ging op de bovenste trede van de cabine staan. 'Hallo, allemaal!' Ze zwaaide en lachte waardoor haar appelwangen opwaarts naar haar stralende ogen toe bewogen. Ze was klein maar wekte de indruk van iemand die tegen een stootje kon, en haar korte, blonde krullen neigden al aardig naar het grijs. 'Komen jullie eens wat dichterbij staan allemaal, dan hebben we het wat warmer en hoef ik ook niet zo te gillen!' riep ze, met een stem die tot halverwege Nebraska te horen moest zijn. Terwijl de meesten van de aanwezigen braaf haar kant op liepen, kreeg ik het gevoel dat zelfs de grootste Duitse herder deze vrouw nog zou gehoorzamen. En daarbij had ik tevens het gevoel dat diezelfde hond absoluut stapel op haar zou zijn.

'Ik ben Josie!' Ze knikte naar links en rechts. 'Ik weet dat jullie zo snel mogelijk weer weg willen, dus ik zal meteen maar vertellen hoe we dit gaan doen. We beginnen met de pups, en dan zamelen we de grote honden in. Wanneer ik jullie naam noem, dan kom je naar voren en geef ik jullie je pup en zijn papieren, en dan ga je meteen weer weg, alsjeblieft.' Ze grinnikte, en verdween in de wagen.

Opnieuw keek ik of ik Matt en Lainey al ergens zag. Ze stonden waarschijnlijk tijdschriften te lezen.

'Ik geloof dat ik mijn kinderen maar even ga halen,' zei ik, me omdraaiend.

Bill legde zijn hand op mijn mouw. 'Nee, je moet hier blijven voor het geval je aan de beurt bent. Je kinderen zijn oud genoeg, ze letten heus wel op.' Maar dat betwijfelde ik. Ze rekenden erop dat ik ze zou komen vertellen dat de honden er waren.

Josie kwam weer tevoorschijn, maar nu hield ze een slaperig kijkende blonde labradorpup in haar armen. Mijn hart sloeg op hol. Matt en Lainey zouden het moment moeten missen, want wie weet was dit mijn hond!

Bill had verteld dat veel mensen om verschillende redenen om een speciaal ras of geslacht vroegen. *K-9 Eyes* probeerde zoveel mogelijk met al die wensen rekening te houden, maar ze konden niets garanderen. Ik vermoedde dat hij had begrepen dat mijn verzoek gebaseerd was op het werk in huis – met mijn bruine tegelvloer en lichte parket zouden blonde haren minder opvallen. Ik hoopte dat hij niet had bedacht waarom ik graag een teefje wilde – dat was omdat zij en ik van het begin af aan iets met elkaar gemeen zouden hebben.

'Covington!' riep Josie. Oké. Niet voor mij, dus. Nu pas realiseerde ik me dat ik mijn adem had ingehouden. Een stel van ongeveer mijn leeftijd kwam naar voren, en de man nam de pup in ontvangst. 'Dit is Amaranth,' zei Josie. 'En dit zijn de papieren.' De man en de vrouw schoten in de lach, maar draaiden zich meteen weer om en liepen terug. De vrouw gaf de man een arm en aaide het hondje over zijn kop.

Amaranth? Wat een naam voor zo'n klein ding. Klein of niet – wat een naam voor een hónd! Ik wist dat je de gegeven naam van de pup niet mocht veranderen, maar... *Amaranth?*

'Marris?' Nu had ze een jonge Duitse herder in haar armen. De pup had in verhouding enorme oren. 'Hij lijkt net een ezeltje,' fluisterde ik tegen Bill, en we lachten zachtjes. Het hondje keek wat angstig naar de groep mensen. Er kwam niemand naar voren om hem te halen, en ik had de neiging naar hem toe te gaan en hem geruststellend in mijn armen te nemen.

'Marris?' herhaalde Josie.

'O, help! Dat ben ik!' zei Bill, terwijl hij op zijn voorhoofd wees en naar voren liep. Hij riep naar Josie: 'Jeannie Marris heeft me gevraagd of ik hem voor haar mee wil nemen. Ze moest dit weekend naar de bruiloft van haar nichtje.'

'Hallo, Bill! Hoe staat het leven?' vroeg Josie. 'Doe Jeannie de groeten van me. Dit is Ezequiel.'

Ik verborg mijn gezicht achter mijn tas en lachte. Ezequiel. Ezie! Wát een naam, en het leek bovendien verdacht veel op ezel. Maar ik kon me voorstellen dat er over een jaar of zo niemand nog om die herder zou lachen. Of om zijn oren.

Ik keek over mijn schouder. Nog steeds geen spoor van Matt en Lainey.

'Munger?'

Mijn hart klopte in mijn keel. Ik draaide een rondje om mijn eigen as. Bill kwam grinnikend mijn kant weer op gelopen. Josie stond op de bovenste tree en liet haar blik over de menigte gaan. In haar armen hield ze een volmaakte blonde labradorpup die haar oogjes half dicht hield tegen de felle zon. Het puntje van haar staartje was nog net zichtbaar onder Josie's elleboog.

'*Munger!* Jongens, jullie moeten wel lúisteren, hoor!'

'Ik! Hier!' riep ik, mijn enorme tas boven mijn hoofd uit tillend. Ik liet hem snel weer zakken en voelde dat ik knalrood werd. *Je bent niet op een veiling, Deena!* Ik hees de riem van mijn tas over mijn schouder en baande me een weg door de glimlachende menigte.

Ik stond voor haar. Mijn hart ging nog steeds als een bezetene tekeer, maar tegelijkertijd voelde ik me ook nagenoeg verlamd. Josie legde het warme bundeltje in mijn stijve armen. 'Dit is Heloise. En dit zijn de papieren.' Ze klemde het pakketje onder mijn arm, en ik worstelde met hond, tas en het mapje.

De tijd stond stil terwijl ik in de glanzende bruine ogen van mijn hondje keek. Ze had haar bruine wenkbrauwen opgetrokken waardoor het vel erboven, dat een paar maten te groot leek voor haar kop, diepe rimpels vormde. Haar volmaakte driehoekige oren kwamen omhoog, en ze keek me aan. Rond haar ogen had ze een zwart randje, net alsof ze honden-eyeliner had opgedaan. Ik legde mijn wang tegen haar warme, zachte kop. Vrijwel meteen begon ze mijn kin te likken, en ik snoof haar zoete puppyadem diep in me op. Als dit een film was, dacht ik, dan was dit het moment waarop alles ineens vertraagd werd terwijl de violen op volle sterkte begonnen te spelen. En dan zoomde de camera in op mijn gezicht, en vervolgens op het kopje van...

Krrrrr! In mijn gedachten schoot de naald dwars over de plaat.

Zei ze Heloise? Ik keek naar wat er voorop het mapje stond dat ik onder mijn arm hield. Munger/Heloise.

Dat was een naam voor een koe – niet voor een hond. *Hé, pap, ik ga Heloise even melken!*

'Zou je opzij willen gaan, alsjeblieft?' vroeg Josie nadrukkelijk, maar niet onvriendelijk. Ze glimlachte om mijn gezicht, waar de verbazing vanaf moest stralen. Ik draaide me om en liep bij de camper vandaan. Bill stond tegen zijn auto geleund. En vanaf de overkant kwamen Matt en Lainey – elk met een beker chocolademelk en een tijdschrift in de hand – haastig aangelopen. Het mapje dreigde onder mijn arm uit te glijden. Ondanks de lage temperatuur droop het zweet me in de ogen.

Ik begon over de grote parkeerplaats naar de kinderen te lopen, maar bedacht me, en liep in plaats daarvan naar Bill. Ik keek achterom en zag de stomverbaasde gezichten van de kinderen, maar toen kwamen ze ook naar Bills auto gelopen.

Hij nam me glimlachend op. Ik was me bewust van de absurd brede grijns op mijn gezicht. Bill had Ezequiel op zijn arm en kroelde hem achter een van zijn enorme oren. Ik haalde diep adem en blies de lucht uit mijn longen, en merkte toen pas dat ik al die tijd mijn adem had ingehouden. Als ik dit wilde overleven, dan kon ik maar beter heel snel leren ademhalen. Ik keek naar mijn baby met haar donzige vacht, bracht mijn gezicht opnieuw naar haar kop en snoof haar zoete puppygeur in me op. *Heloise.* Bij nader inzien was het eigenlijk een prachtige naam.

'Mam! Waarom ben je ons niet komen waarschuwen?' vroeg Lainey kribbig, mijn mijmeringen onderbrekend.

Ik zag Bill van haar naar mij kijken.

'Nou, lieverd, mijn naam werd afgeroepen. Kijk, dit is Heloise.' Ik sprak de naam langzaam uit – Hee-loo-wiese.

'*Heloise?* Wat een rare naam voor een hond!' zei Lainey. Ze klemde haar stripboek onder haar arm en krabbelde Heloise achter haar oor. Heloise beet onmiddellijk op haar vinger, en ze lachte. 'Wat een schatje. Mogen we haar Harmony noemen?'

'Lieverd, laat haar alsjeblieft niet zo op je vinger knagen, wil je?' zei Bill vriendelijk.

Lainey keek hem wat onthutst aan, maar trok haar vinger niet weg. 'Het doet geen pijn.'

'Daar gaat het niet om,' zei Bill. Nu trok hij haar hand met zachte dwang bij mij en Heloise vandaan. 'Deze honden moeten van het begin af aan leren dat mensen niet zijn om op te knagen.'

Lainey wisselde een blik met Matt, maar ze zei verder niets.

Bill wendde zich tot mij. 'Wil je naar huis of wil je nog wat blijven? Ze zijn begonnen met het terugroepen van de oudere honden.' Hij wees met zijn kin in de richting van de camper.

Ik keek en zag dat de jongen opnieuw naast zijn hond zat geknield, maar nu waren ze bij Josie. Josie stond geduldig te wachten en gaf hem alle tijd die hij nodig had. De jongen sloeg zijn armen voor de laatste keer om de kop en de schouders van zijn hond.

'Laten we gaan,' zei ik. Ik had er zelf tranen van in de ogen gekregen.

We gaven de pups een kans om te plassen, waar ze dankbaar gebruik van maakten. Bill deed de achterzijde van zijn oude stationwagon open, waar hij voor de honden twee kratten had staan. De kratten stonden op een speciaal voor het doel ingebouwde basis. Hij deed een luikje open en stopte er de riem en het mapje met de papieren in. Matt en Lainey waren al achter in de auto gaan zitten.

Bill zette Ezequiel met behendige gebaren in een van de kratten, waarna hij afwachtend van mij naar het andere krat keek.

'Moet ze daarin?' vroeg ik, mijn hondje stevig vasthoudend. Bill knikte. Onhandig zette ik de tegenstribbelende Heloise in het krat. Bill deed het snel dicht voordat ze er weer uit kon glippen. Ze begon meteen te piepen. Ik keek Bill vragend aan, maar hij glimlachte en schudde zijn hoofd.

'Nee. Hier zit ze goed.' Hij draaide de kratten om zodat we op de terugweg naar huis naar de hondjes konden kijken. 'Okidoki, jongens,' zei hij, en sloeg de achterklep dicht.

We reden van de parkeerplaats, en toen Bill in de tweede versnelling schakelde, zette Heloise het op een brullen. Ik had ooit eens ergens een onderzoek gelezen waarin stond dat vrouwen, wanneer ze ergens een baby hoorden huilen, onmiddellijk een verhoogde bloeddruk kregen, terwijl de bloeddruk van de moeder van de baby in kwestie op dergelijke momenten recordhoogten bereikte. Het was duidelijk dat mijn moederinstinct ook voor jonge hondjes gold. Ik voelde me onmiddellijk geroepen het arme dier te redden. Ik dacht aan die jongen met zijn labrador, en vroeg me af of hij al klaar was met afscheid nemen. En wat hij de rest van de dag zou doen. En morgen. En de dag daarna.

Míjn twee pubers op de achterbank hadden al afscheid genomen, dat wil zeggen, ze hadden zich gedistantieerd. Ze hadden hun koptelefoons opgezet en hadden de geluidsknop ver genoeg opengedraaid om Heloise te overstemmen, en voor mij om de zware bassen van hun individuele muziekkeuze te voelen dreunen. Ik vroeg me af of ze, als ze zo oud waren als ik nu, nog iets zouden kunnen horen.

Ik keek naar buiten, naar de langsglijdende winkels en restaurants. Toen we voor een rood licht moesten stoppen, bleef mijn blik rusten op een jonge vrouw die met haar baby in een draagzak op haar borst over het trottoir liep. Even later sprong het licht weer op groen, en de vrouw bleef achter, samen met de donutzaak en de stomerij. Ik knipperde de opkomende tranen terug. Heloise staakte haar geblaf en begon te kermen. Ik staarde met nietsziende ogen voor me uit, en kleuren, vormen en jaren vlogen aan me voorbij.

Wat me van alles het sterkst is bijgebleven, is het moment waarop ik de pasgeboren Sam – hij zat nog onder het smeer en het bloed – in mijn armen nam en op mijn borst voelde. En wat ik ook nog precies weet, is hoe ze hem mij weer afnamen. Herhaaldelijk. De eerste keer was dat om hem te wassen en te wegen, en de hemel weet wat nog meer. Het voelde of ze me een orgaan afhandig hadden gemaakt en ermee aan de haal waren gegaan. En dat was natuurlijk ook zo. En toen haalden ze hem opnieuw weg 'om mij te laten slapen'. Maar zelfs met slaapmiddelen kon ik de slaap niet vatten. Ik drukte op de bel en smeekte ze om mijn baby, net zolang tot ze hem in zijn plexiglas wiegje de kamer binnen brachten – mijn hart dat, uit mijn lichaam gereten, nu in een kweekbakje naast me lag. Ik wilde niets liever dan hem in mijn armen houden, maar ik was te uitgeput en had te veel pijn, en de verpleegster wilde hem mij niet aangeven.

'Je hebt je slaap hard nodig, schat,' zei ze. 'En hij ligt daar best.' Met Matt en Lainey was ik een stuk assertiever, en vaak sliep ik met hen in mijn armen. Ik zou nooit weten of ik, als ik Sam in mijn armen had kunnen houden, wel geslapen zou hebben, maar toen lag ik de hele nacht met mijn hoofd over de rand van het bed te kijken naar hoe hij naar mij keek. Ik deed geen oog dicht – slapen was er niet bij. En hij ook niet. En terwijl ik daar zo naar mijn stille, slapeloze kind lag te kijken, wist ik heel zeker dat ik, nog voor hij zelfs maar een dag oud was, een enorme fout beging.

Heloise's klaaglijke kermen weergalmde door de auto.

'Die laat graag horen dat ze er is,' zei Bill. Hij glimlachte, en de lachrimpeltjes bij zijn ogen plooiden zich. Maar mijn aandacht werd vooral getrokken naar zijn handen die losjes op het stuur lagen. Lange, smalle handen, vrijwel onbehaard, en lange, sterke vingers met schone, vierkante nagels. Ik had handen altijd al fascinerend gevonden. Toen ik Neil had leren kennen, was ik als eerste verliefd geworden op zijn handen. En Neil had ook van mijn handen gehouden. 'Krachtige, maar vrouwelijke handen,' had hij tijdens ons derde afspraakje gezegd. We waren, na de film, naar Denny's gegaan om koffie te drinken, en hij had mijn handen in de zijne genomen. 'Als ik alleen maar op grond van je handen had moeten beslissen of ik een relatie met je wilde, zou ik zonder meer ja hebben gezegd,' had hij gezegd, en toen had hij er zachtjes aan toegevoegd: 'En als ik dan de rest van je te zien had gekregen, zou ik zonder meer extatisch zijn geweest.' Daarna was hij knalrood geworden. Ik had gelachen, maar mijn inwendige romantiekmeter was naar het allerhoogste punt geschoten.

Ik schudde mijn hoofd en schaamde me dat ik Bill en Neil met elkaar had vergeleken. 'Ik denk dat ze bang is,' zei ik, in reactie op zijn opmerking over Heloise. Ik draaide me half om en keek naar de kratten achterin, terwijl ik in een zelfbewust gebaar mijn haar achter mijn oren duwde. 'Stil maar, meisje,' zei ik geruststellend over de achterbank heen. 'Het is al goed, stil maar.'

Lainey en Matt trokken allebei één kant van hun koptelefoon van hun oor.

'Wát?' vroeg ze in koor.

'Ik heb het tegen Heloise.' Ik wees over hun schouders. Beiden zetten hun pulserende koptelefoon weer goed op.

Heloise keek me recht aan. 'Het is al goed,' herhaalde ik, waarna ik weer goed ging zitten.

Wat een leugen! Het was natuurlijk helemaal niet goed. Ze was bij haar moeder weggehaald en aan mijn zorgen toevertrouwd, en het zou me niets verbazen als ze, zo jong als ze was, haarfijn aanvoelde dat ik nauwelijks enige ervaring had en dat ik me alleen maar aan dit hondenavontuur had gewaagd omdat ik aan mijn eigen bestaan had willen ontsnappen.

Opnieuw keek ik, mijn best doend om vooral geen oogcontact met Matt en Lainey te maken, achterom. Door het deurtje van het andere krat kon ik Ezequiel rustig op zijn zij zien liggen. Hij keek me aan alsof hij zich schaamde voor het gejammer van Heloise. Het leek wel alsof hij dacht: meisjes! of: labradors!

Ik begon me van al dat achterom kijken een beetje wagenziek te voelen, en nadat ik weer gewoon was gaan zitten, merkte ik op: 'Ezequiel schijnt nergens moeite mee te hebben.'

'Weet je, Deena,' zei Bill, 'het zou best kunnen dat Heloise zich bewust is van jouw onzekerheid. In dat opzicht zijn het net kinderen. Ze merken onmiddellijk wat je voelt.' Hij schonk me een bemoedigend glimlachje.

Het leek wel alsof hij mijn eerdere gedachten had gelezen. Ik had me meer dan eens afgevraagd of het mijn schuld was geweest dat Sam die eerste nacht, en de vele nachten daarna, niet had geslapen omdat hij zich bewust was geweest van mijn onzekerheid en angst. Het stond voor mij als een paal boven water dat ik mijn kinderen in veel situaties eerder een angstgevoel meegaf dan een besef van moed en zelfverzekerdheid. Als ze waren gevallen en Neil was in de buurt, dan was er nooit iets aan de hand. Maar zodra ik me intens geschrokken en bezorgd naar hen toe haastte, waren ze onmiddellijk gaan huilen. En ikzelf vaak net zo.

'Hoe kan ik dat voorkomen?'

'Nou, je zou nu bijvoorbeeld gewoon met mij kunnen praten. Je zou kunnen proberen te vergeten dat ze achterin zitten.'

Dat was gemakkelijker gezegd dan gedaan, met Heloise die elke rol van De Krattenopera zong. En daarbij, ik wist helemaal niet hoe ik met mannen moest praten. Ik sprak tegenwoordig zelfs niet eens meer met mijn eigen man.

'Nou, eh, jammer van de Nuggets, hè?' *O, Deena, dat was geweldig.* Ik had een bloedhekel aan sport, en het enige wat ik van het basketbalteam van Denver wist, was dat ze hun laatste wedstrijd hadden verloren. Dat had ik toevallig gehoord toen ik in de keuken een salade stond te maken terwijl Matt in de woonkamer naar de televisie keek. Kennelijk was het de zoveelste wedstrijd die ze hadden verloren, en hun positie in de competitie zag er zorgelijk uit.

'Eh, Deena, ik weet nauwelijks iets van sport.'

Ik glimlachte van pure opluchting. 'Ik eigenlijk ook niet.' Ik beet op mijn lip en probeerde een ander onderwerp te verzinnen terwijl Bill de snelweg opreed. Kinderen! 'Vertel eens wat over je kinderen, Bill.' Dat was een onderwerp waarin ik me thuis voelde en waarover ik kon praten. Op de heenweg had hij zijdelings opgemerkt dat hij kinderen had, dus ik wist dat we dat met elkaar gemeen hadden. Heloise was intussen weer gaan blaffen. Ik bedacht glimlachend dat ze er een zekere ambulance-logica op nahield en, om de aandacht van de mensen te trekken, afwisselend als een sirene jammerde, of blafte bij wijze van toeteren.

'De oudste is achtentwintig, en werkt voor een technisch bedrijf in Denver.' Hij sprak heel rustig en kwam daarbij net boven Heloise's volume uit. 'De volgende is zesentwintig, en hij is aan het afstuderen. De volgende is vierentwintig en die studeert. En de jongste van veertien doet een master in hormonen.' Bill grinnikte en keek me van terzijde aan. Hij moest aan mijn gezicht hebben gezien dat ik snel een rekensommetje zat te maken. Of liever, dat probeerde ik. Rekenen is bepaald niet mijn sterkste kant zodat ik, wanneer ik iets uit mijn hoofd moet uitrekenen, altijd een gezicht trek alsof ik op een citroenschil zit te kauwen.

'Ja, dat is een flinke sprong,' beaamde hij met een knikje. 'Mijn vrouw,' vervolgde hij, en hij glimlachte, 'die nu mijn ex is, had last van ontwenningsverschijnselen, en daarbij wil ik ook best bekennen dat het een soort van krampachtige laatste poging was om ons huwelijk te redden. Maar ik ben nog steeds blij dat we Macie hebben. Ze is een drammertje, maar je kunt verschrikkelijk met haar lachen. Ze heeft overal een mening over en die laat ze horen ook. Maar van allemaal was zij het beste met de pups.'

Ik keek naar deze charmante, aantrekkelijke man die naast me zat. Deze charmante, aantrekkelijke en geschéiden man. Na een huwelijk van vele jaren. Ik ging met een ruk rechtop zitten en realiseerde me dat ik alwéér aan mijn trouwring zat te draaien. Dat was een tic die ik in de loop van mijn twintigjarige huwelijk had ontwikkeld. Ineens voelde ik me schuldig en klemde mijn handen stevig in elkaar – en ik hield ze stevig in elkaar geklemd tot we bij mijn huis waren.

7

Flauwtjes glimlachend, en met het wiebelende en onverwacht zware krat in mijn hand, zwaaide ik Bill na, die achteruit de oprit afreed.

'Ziezo, Heloise, vanaf dit moment staan we er alleen voor,' zei ik tegen haar. Matt en Lainey waren al naar binnen gegaan, en hadden de deur achter zich dichtgesmeten.

Ik zeulde het krat mee naar de keuken en probeerde er zo min mogelijk mee te zwaaien en er niet mee tegen de deurkozijnen te stoten. Maar ze probeerde in het krat te gaan staan, waarmee ze het gevaarte alleen maar extra aan het wiebelen maakte. In de keuken zette ik het ding op de tegelvloer.

'Laten we haar eruit laten!' zei Matt. Hij had de riem van zijn sporttas over zijn schouder gehesen.

'Ga je naar de sportschool?' vroeg ik.

'Ja,' antwoordde hij. 'Laat je haar eruit?'

Lainey kwam de keuken binnen, zag Matts tas en zei: 'Wacht op me, Matt. Ik ga ook mee.' Ze rende de trap op.

'Mam?' vroeg Matt. Ik keek hem aan. 'De hond?'

'Eh, ik denk dat ik er nog even mee wacht,' zei ik, terwijl Lainey de trap af bonkte en de keuken weer binnen kwam. 'Ik denk dat ik haar eerst vanuit dat hokje wat aan de keuken wil laten wennen.' Ik keek of ik Hairy ergens zag.

Lainey trok aan de mouw van haar broers jack. 'Kom mee, Matt. We hebben de hele dag verspild met het halen van die stomme hond, en nu laat ze hem nog niet eens uit zijn kistje.' Ze gingen samen weg, lieten de keukendeur openstaan en sloegen alleen de buitendeur maar achter zich dicht.

'Zorg dat jullie voor het eten thuis zijn,' riep ik ze achterna, terwijl ik de deur dichtdeed en de keuken weer in liep. Ik ging voor het krat op mijn hurken zitten. 'Hallo, kleine meid. Welkom thuis.' Heloise hield haar kopje schuin. Gedurende enkele seconden zaten we elkaar zonder iets te zeggen roerloos aan te kijken. Ik genoot van de stilte. Heloise blafte niet en kefte niet, ze jankte zelfs niet eens.

Ik ging aan het bureau zitten en sloeg het informatiemapje open. Formulieren voor de dierenarts, voor maandelijkse verslagen, wormenpillen en een tiental pagina's met informatie die ik alleen maar even doorbladerde zonder ze echt te lezen. Eindelijk vond ik iets interessants. Persoonlijke gegevens van _____. Op het lijntje stond met de hand *Heloise* geschreven.

Haar ouders heetten Kaylor en Raspberry, en beide namen waren eveneens met de hand ingevuld. Ik liet mijn blik over de gegevens gaan tot ik zag wat ik wilde weten. Heloise's verjaardag. Ze was van negentien januari, en daarmee was ze ruim een maand na mij jarig. Met een blik op de kalender aan de muur en wat telwerk rekende ik uit dat ze tien weken oud was.

Heloise maakte een zacht, kermend geluidje. Hairy viel nog steeds nergens te bekennen, en ik vermoedde dat hij ergens in het zonnetje lag te dutten. Heloise blafte. 'Stil, maar, meisje.' Ik ging weer op mijn hurken voor het krat zitten, en nu begon ze met haar hele lijfje te kwispelen. 'Wacht. Wa-acht.' Ik had het deurtje nog niet goed en wel open, of ze schoot als een pijl uit een boog op me af. Achteraf realiseerde ik me dat ze me nooit zo gemakkelijk omvergelopen zou hebben als ik op mijn knieën had gezeten. Ik lag op mijn rug en met mijn benen in de lucht, en Heloise was op mijn borst komen staan en likte mijn kin. Ik giechelde als een klein kind terwijl ze mijn gezicht aflikte en ik haar zoete puppyadem in me opsnoof.

'Oké, oké, meisje, zo is het wel genoeg,' riep ik uit. Ik herinnerde me dat Bill op een van de bijeenkomsten had verteld dat dit soort honden gefokt werd op moed en zelfverzekerdheid en dat we ze niet op ons mochten laten springen, of konden toestaan dat ze iets deden waarvoor we geen toestemming hadden gegeven. Zoals dit, dus. Maar ze was zo'n schatje!

'Kom op, meisje.' Ik ging zitten, tilde haar boven mijn hoofd en drukte een kusje op haar bolle buikje. Ik schatte dat ze zo'n vijf kilo woog. Nadat ik haar op de grond had gezet, kwam ik overeind, iets wat twintig jaar geleden en vijftien kilo lichter bepaald eenvoudiger was geweest. Heloise ging zitten, beet even aan een jeukend plekje op haar heup, en deed vervolgens haar poten op een ondamesachtige manier vaneen. Toen keek ze me aan met die ogen als vloeibare chocolade van haar alsof ze wilde zeggen: 'Dat was leuk. Wat gaan we nu doen?'

'Hier, meisje.' Ik liep naar de andere kant van de keuken en riep: 'Hier, Heloise! Kom!' Ze bleef zitten alsof ze verwachtte dat ik opnieuw op de grond zou gaan liggen.

'Hier, meisje, vooruit!' moedigde ik haar aan, terwijl ik op mijn knieën sloeg.

Ze hield haar kopje een beetje schuin en kwam vervolgens opgetogen kwispelend met enkele grote sprongen naar me toe.

'Braaf meisje!' zei ik, en ik gaf haar een klopje op haar zij.

'Hé, meisje, kijk eens hier.' Ik liet haar de bak met water zien die ik op een gebloemd plastic dienblad had gezet om het onvermijdelijke gespetter enigszins binnen de perken te houden. Ze likte er genietend wat van op, en haar hele lijfje deed mee terwijl ze haar tong in het water stak, hem naar boven toe krulde en het water in haar mond zwiepte. Toen ze genoeg had, deed ze een paar stapjes naar achteren. Het water droop van haar snuit – overal, behalve op het blad. Ik scheurde een stukje van de keukenrol om het op te nemen, maar Heloise begon prompt met het papier te spelen. Ik nam haar onder mijn arm en veegde het water op met mijn andere hand, terwijl ze verwoed wurmde om los te komen. Ineens schalde er een allerakeligst geluid door de keuken. Heloise en ik verstijfden – ik met mijn hand met het papier roerloos op de grond. Achter ons hoorden we een zacht, gutturaal miauwen dat deed denken aan iemand die aarzelend een snaar op een viool aanstreek en in dat geluid bleef hangen. Heloise probeerde, vanaf haar beknelde positie onder mijn arm, haar hoofd te draaien en om mijn elleboog heen te kijken wat er aan de hand was. Zonder overeind te komen, keek ik achterom over mijn schouder. Hairy stond – met al zijn toch al lange en overvloedige haar overeind – op de drempel van de keuken.

Hij keek strak naar de inmiddels kronkelende blonde massa onder mijn arm. Ik had het nooit voor mogelijk gehouden, maar nu zette hij ook het haar rond zijn nek nog op, waarmee hij er nóg dreigender uit kwam te zien. Ik begreep precies wat hij bedoelde met dat miauwachtige gegrom dat uit zijn binnenste leek op te stijgen: wat krijgen we nou, verdorie?

Heloise, daarentegen, popelde van ongeduld om haar nieuwe speelkameraadje nader te leren kennen. Kennelijk had ze er geen idee van wat een opgezette rug betekende, of misschien was ze ook wel te dom om zich er wat van aan te willen trekken, of anders dacht ze misschien ook wel dat ze Hairy met haar charme en uitbundigheid voor zich zou kunnen winnen. Ik hield het op het laatste. Hoe kon ze weten dat Hairy niet alleen ongevoelig was voor charme en uitbundigheid, maar dat hij bovendien de diepste minachting had voor dergelijke eigenschappen? Maar Heloise wilde het dolgraag proberen. Als ik het stukje keukenpapier niet had laten vallen en haar niet met beide handen had vastgegrepen, zou ze zich uit mijn arm bevrijd hebben en op Hairy zijn afgestoven, die inmiddels zat te blazen en te loeien, iets wat hij normaal alleen maar deed als hij indringers als motten en krekels in huis had betrapt.

'Oké, jongens,' zei ik, met een rare stem die het midden hield tussen geamuseerdheid en angst, 'dan zal ik jullie maar even aan elkaar voorstellen. Hairy, Heloise, en Heloise, dit is Hairy.' Ik greep het hondje nog wat steviger vast, en ging zó met haar staan dat Hairy haar goed kon zien. Hij blies opnieuw. Heloise kronkelde zich in alle denkbare bochten om naar hem toe te kunnen. Bill had gezegd dat ik deze kennismaking vooral niet moest forceren, en dat ik op mijn intuïtie af moest gaan. Mijn intuïtie zei me dat Heloise's welzijn gevaar liep. Ik wilde niet dat ze een klauw in haar oog zou krijgen, hoewel ik Hairy twee dagen eerder, ter voorbereiding op Heloise's komst, naar de trimsalon had gebracht om zijn nagels te laten knippen. Tegelijkertijd wilde ik Hairy ook laten ontdekken wat zijn ontsnappingsroutes en veilige verstopplaatsen waren. En ik wilde dat hij zou beseffen dat hij wel eens zou moeten vluchten, alhoewel, kón hij eigenlijk wel hard lopen?

Nadat ik Heloise opnieuw heel stevig onder mijn arm had geklemd, liep ik met haar naar Hairy toe. De arme kat – zijn witte haar stond nu echt recht overeind, en ik had hem nog nooit zo'n hoge rug zien zetten. Eerlijk gezegd had ik niet gedacht dat hij die dikke buik van hem zo hoog op zou kunnen tillen. Vreemd genoeg waren zijn dreigende en intimiderende bewegingen heel sierlijk en bevallig. We liepen de woonkamer in, en Hairy draaide zich langzaam om – nog steeds met een heel hoge rug. Daar aangekomen zette ik Heloise langzaam op het parket, maar ik bleef haar kronkelende lijf stevig vasthouden.

'Oké, Hairy, daar komt ze!' riep ik. Hairy was midden in de keuken gaan staan. Hij had zijn haren wat laten zakken, en ook zijn rug was niet meer zo hoog. O help. Ik zag aan zijn superieure snuit dat hij aannam dat ik mijn plicht had gedaan door het gevaar uit zijn keuken te verwijderen – wist hij veel dat ditzelfde gevaar ruim een jaar bij ons zou blijven wonen?

'Goed, zo meisje, daar gaat-ie, maar wel rustig aan, hoor je?' zei ik tegen Heloise, alsof het ook maar enig verschil zou uitmaken. Op het moment dat ze de vloer voelde onder haar pootjes, begon ze ze als een gek te bewegen om weg te komen, maar ik bleef haar heel stevig vasthouden. Hairy's haar kwam opnieuw overeind. Hij leek net een behaarde kogelvis. Heel langzaam liet ik Heloise los. De eerste paar seconden bleef ze alleen maar uitglijden op het gladde parket. Hairy observeerde haar spastische danspassen met een blik van verwarring en onbegrip, maar toen begon het tot hem door te dringen dat Heloise inderdaad zijn kant op kwam. Toen ze van het parket in de kamer op de minder glibberige tegelvloer van de keuken kwam, zwaaide Hairy met zijn staart en sprong, met voor zijn omvang drie uiterst elegante hupjes, van de vloer op de stoel, van de stoel op de tafel en van de tafel op het aanrecht. Heloise was, met het plan om Hairy tot haar grote vriend te maken, nog steeds naar hem op weg, en dus leek het hem verstandig om een nóg hoger gelegen plekje op te zoeken – de koelkast. Dit keer was zijn sprong echter niet zo elegant, en werkte hij zich met zijn nagels over het metaal krassend omhoog.

Hijgend van de inspanning keek hij, als een gier, neer op de keffende en opspringende Heloise. Omdat hij een Pers is, en omdat Perzen zo goed als geen neus hebben, leek het alsof Hairy altijd boos en vol minachting de wereld in keek. Maar nu was hij echt ten diepste verontwaardigd. Zo lang als ik Hairy kende – en dat was eigenlijk zijn hele leven – had hij nog nooit boven op de koelkast gezeten. Dat was nog nooit nodig geweest. Hij kon alles en iedereen perfect de baas vanaf de vloer en de meubels.

Eerlijk gezegd had ik wel een beetje medelijden met hem, maar er leek niets anders op te zitten dan het ze samen uit te laten zoeken. Hairy had zich nog nooit zo intens bewogen. Voor zover ik wist, was er geen kat die zo moeilijk van zijn plaats kwam als Hairy. Ik wil best toegeven dat ik helemaal niet zo stapel was op Hairy, maar toch had ik nu met hem te doen. Zijn leven was van het ene op het andere moment ingrijpend veranderd. Hij en Heloise zouden het uit moeten vechten, al was het maar om te voorkomen dat Hairy tot aan zijn dood op Mr. Kenmore zou moeten wonen.

Ik pakte Heloise, deed haar aan de riem en nam haar mee naar de achtertuin – op die manier kon Hairy ook zijn waardigheid herwinnen en weer op adem komen. Ik trok de laarzen aan die ik in het hok naast de deur had gezet, trok de deur open, en Heloise leek Hairy op slag te zijn vergeten. Ze trok me mee, de twee stoeptreden af, de tuin in.

'*O, dit is het éinde!*' riep haar hele lijfje uit. Nu pas besefte ik hoe sterk ze al was. '*We hebben een achtertuin!*' De zon scheen inmiddels, en de sneeuw was grotendeels gesmolten. Ik maakte een plekje schoon met mijn laars, en Heloise snuffelde uitvoerig aan het vrijgekomen, natte gras. Ten slotte ging ze op haar hurken zitten waarop ik, zoals ik in de handleiding had gelezen, het bevel gaf dat ze moest leren. 'Doe je behoefte! Doe je behoefte, Heloise! Mooi zo! Braaf, Heloise!' Onder het plassen keek ze met enige scepsis achterom naar de vrouw die zo'n ophef maakte over haar plasje. Toen ze klaar was, begon ik met wat volgens Bill de beste manier was om je hond iets bij te brengen: prijzen.

'Bráve hond! Wát een bráve hond! Braaf, Heloise!' Ik herhaalde het eindeloos terwijl ze kwispelend in mijn armen lag.

Hemel, moet je zien! Ze was al bijna zindelijk! Misschien dat het uiteindelijk reuze mee zou vallen, allemaal.

8

De wittebroodsweken waren van korte duur. Heloise sliep ongeveer een uur – en ik gebruikte die tijd om het avondeten te maken – maar daarna ging het bergafwaarts. Ik had het oude traphekje van de kinderen tevoorschijn gehaald en voor de deur van de keuken naar de kamer gezet om haar in de keuken te houden, maar die avond plaste ze maar liefst vier keer op de tegelvloer. Daarnaast gaf ze blijk van een enorme behoefte om te knagen. Ze knaagde op alles – vingers, kleren, Lainey's haar en het mijne, schoenveters, haar krat, de poten van de stoelen en die van de kat, hoewel Hairy al snel leerde om uit haar buurt te blijven. Neil en de kinderen hadden na het eten een poosje met Heloise gespeeld, maar als gevolg van mijn bezorgdheid over hoe we geacht werden met haar te spelen, en haar neiging om op de meest onverwachte momenten een plas te doen, hadden ze er al snel genoeg van en verdwenen naar beneden om tv te kijken. Uiteindelijk, om een uur of negen, viel ze van pure uitputting in slaap, en nam ik haar, in haar krat waarvan ik inmiddels wist dat het geen krat maar bench heette, mee naar boven, naar onze slaapkamer. Enkele minuten later viel ik ook, eveneens totaal uitgeput, in slaap.

Nu leek het alsof ik maar een paar minuten had geslapen, en ze jankte. Alweer. Ik was nog niet eens weer ingeslapen na de laatste keer dat ze me had gewekt. Ons. Ik kon er niets aan doen dat ik me afvroeg of degene die de regel had bedacht dat puppy's bij de verzorger op de kamer moesten slapen, zelf wel een puppyverzorger was. Ik tastte naar de wekker op mijn nachtkastje. Elf minuten voor twee. Midden in de nacht, en ze had nog geen vol uur geslapen. Ze was al twee keer wakker geworden – de eerste keer rond half twaalf, en daarna iets na één uur. Beide keren was ik met haar de koude nacht in gegaan, naar de voortuin. De eerste keer had ze geplast, de tweede keer had ze alleen maar op een tak gekauwd.

Neil maakte boze, kreunende geluiden, trok het kussen over zijn hoofd en draaide zich op zijn andere zij. Heloise begon te blaffen. Ik strompelde uit bed, vond tastend mijn weg naar haar bench en maakte sussende geluidjes. Nog voor ik het deurtje open had, ging Neil rechtop in bed zitten en riep: 'Deena! Laat dat beest haar kop houden. Ik heb patiënten morgenochtend!'

Het enige wat ik kon denken, was: *Jij hebt ook geen greintje geduld 's nachts.* Maar ik hield mijn mond.

'Zet haar toch in de kelder.'

'Dat gaat niet. Ze wordt geacht bij mij te slapen.'

'Zet dat krat dan in Sams kamer, en ga daar slapen.'

'Best,' zei ik, en ik knielde voor de bench.

'Best,' zei hij, waarna hij een verongelijkt geluid maakte en de dekens over zijn hoofd trok.

Ik maakte het deurtje van het krat open, en Heloise dook met één sprong in mijn armen. Ze kwispelde als een bezetene en likte me waar ze maar kon, maar ik was zó moe dat mijn hele lichaam er pijn van deed, waardoor haar charmes een groot deel van hun bekoring hadden verloren.

'Rustig maar, meisje,' fluisterde ik. Bill had me een tweede bench gegeven zodat ik niet elke avond en ochtend met een exemplaar de trap op en af zou hoeven sjouwen. Hij had me bovendien verteld dat puppy's tegen de tijd dat ze een week of twaalf waren, doorgaans de hele nacht door konden slapen zonder te hoeven plassen. Dat betekende dat me nog minimaal twee weken met gedoe 's nachts te wachten stonden. In een vermoeid gebaar wreef ik mijn nek met de rug van mijn hand. Maar moe of niet, Heloise moest opnieuw naar buiten, want je wist maar nooit. Terwijl ik met Heloise in mijn armen overeind kwam, stootte ik mijn knie tegen de punt van het metalen deurtje, dat vervolgens luidruchtig dichtsloeg. Met Heloise in één arm, greep ik met mijn andere hand naar mijn knie en onderdrukte een kreet van pijn. Ik danste op mijn ene voet en probeerde mijn evenwicht niet te verliezen. Dat bleek lastiger dan verwacht, en het volgende moment stootte ik mijn schouder tegen de muur. 'Verdorie!' fluisterde ik fel. Neil kreunde onder de dekens.

Met Heloise, die enthousiast op de mouw van mijn pyjama kauwde, bleef ik tegen de muur geleund staan tot ik weer adem kon halen. Ik keek naar Neil in ons bed, zoals hij daar lekker weggedoken onder de dekens lag. Hij had het hele bed al in beslag genomen door zijn benen in een L over mijn helft te leggen. Ik stopte Heloise terug in de bench, deed het deurtje dicht, tilde hem op en verliet de slaapkamer.

Op de gang bleef ik even voor Lainey's deur staan. Ze had hem op een kier, zodat Hairy erin en eruit kon. Haar nachtlampje in de vorm van een elf, waar ze dol op was maar dat ze verstopte wanneer er vriendinnen kwamen logeren, gaf juist voldoende licht om te zien dat ze op haar zij lag, en dat haar hoofd slechts een hoekje van het grote kussen in beslag nam. De rest ervan werd door Hairy in beslag genomen. Op mijn tenen liep ik verder. Matts deur was dicht.

Sams kamer was aan het einde van de gang. Sinds zijn vertrek hield ik de kamer zoveel mogelijk dicht, en als ik er kwam, was dat alleen maar om te stoffen en te zuchten. Ik legde mijn hand op de kruk en deed de deur langzaam open. Hij piepte een beetje. In de smalle streep licht van de gang deden de sportprijzen, teamfoto's en snuisterijen in de boekenkast bijna historisch aan.

Ik zette de bench onder het bureau naast het tweepersoonsbed, liet Heloise eruit, pakte haar op en ging naar beneden – naar buiten. Alweer.

Het was kouder dan een uur geleden, maar er leken twee keer zoveel sterren aan de hemel te staan. Ik deed haar aan de riem en zette haar op het gras. Ik had alleen mijn pyjama en Matts laarzen aan, en ik rilde van de kou terwijl ik hoopte dat ze snel iets zou doen. Ik had alleen maar het eerste hoofdstuk van het handboek gelezen. Er stonden zoveel regels in, dat ik het had weggelegd. Een van die regels was dat de pup altijd aangelijnd moest zijn wanneer hij zijn behoefte deed. Heloise hief haar kopje op en keek me aan, kwispelde en begon aan het gras te snuffelen. Brave hond. Maar het volgende moment vond ze een takje, nam het in haar bek en ging ermee zitten. Het takje stak aan beide kanten uit haar bek, waardoor haar lippen omhoog werden geduwd en het net leek alsof ze grijnsde. Ik zuchtte. Ze hoefde helemaal niet te plassen. Ze had alleen maar even naar buiten gewild om een hondensigaretje te roken. Ik was absoluut niet in de stemming om haar een lolletje te gunnen, al was het maar om te voorkomen dat ze het idee zou krijgen dat ze hier een gewoonte van zou kunnen maken. Nadat ik de tak uit haar bek had getrokken, nam ik haar weer mee naar boven. Op de overloop wilde ik rechtsaf gaan naar de grote slaapkamer, maar ik herinnerde me op het laatste moment dat ik de andere kant op moest. Terug in Sams kamer, stopte ik Heloise in de bench en deed het deurtje dicht. Ze begon onmiddellijk te janken.

'Sst, Heloise!' fluisterde ik. Ik stak mijn vinger door de zilverkleurige spijlen en ze begon erop te kauwen. Snel trok ik mijn vinger weer terug. Ze zat in haar hok, stak haar snuit in de lucht en blafte twee keer kort achter elkaar. En toen nog eens.

'Sst!' fluisterde ik, wat nadrukkelijker nu. Heloise ging staan, kwispelde en blafte opnieuw.

'Mah-am! Laat dat beest haar kop houden!' riep Lainey boos vanuit haar kamer. Ik deed de bench weer open en haalde Heloise eruit, en juist op dat moment ging de deur van Sams kamer open. Geschrokken keek ik om. Matt stond, met alleen zijn pyjamabroek aan, op de drempel. Zijn brede borst paste totaal niet bij de kinderlijke manier waarop hij met zijn knokkels in zijn ogen wreef.

'Wat is er met haar?'

'Dat weet ik niet, lieverd. Ik denk dat ze haar moeder mist.'

Hij knikte slaperig.

'Alles is in orde, schat. Ga maar weer slapen.' Matt schuifelde terug naar zijn kamer. Ik wachtte met ingehouden adem tot ik zijn bed had horen kraken.

'Ben jij te jong om het al zonder je mammie te moeten stellen?' vroeg ik fluisterend, en ik gaf een kusje op Heloise's zachte oortje. Ik zette haar op de grond, ging naar Sams bureau, pakte een potlood en maakte een sommetje, maar was niet in staat om de verhouding van één op zeven jaar om te rekenen naar weken. Ik had het gevoel dat ze, door de manier waarop ze probeerde de wereld met haar mond te ontdekken, qua ontwikkeling vergeleken kon worden met een kind van één.

Een kind van één dat van zijn moeder was gescheiden?

Dat voelde helemaal niet goed! Ik ging verzitten en boog me opzij om haar te pakken. Maar ze was er niet. Ik was onmiddellijk in paniek, keek onder het bureau, in haar bench en fluisterde haar naam: 'Heloise! Heel-o-wieze!' Toen ik om me heen keek, drong het tot me door dat Matt de deur van de kamer open had laten staan. De trap! Ik liep de gang op, doodsbang dat ik haar levenloze lijfje onder aan de trap zou zien liggen. Maar nee hoor, daar zat ze, boven aan de trap, waar ze net klaar was met het plasje dat ze had gedaan.

Om tien over half zeven maakte Heloise me opnieuw wakker. Tegen drieën was ik uiteindelijk in slaap gevallen, nadat ik de spuitbus met tapijtreiniger had gevonden en de vlek van haar plas ermee had behandeld. En omdat ik niet wilde dat ze met haar gejank de rest van de familie wakker zou maken, kwam ik meteen uit bed. Met Heloise in mijn armen stapte ik om de natte plek heen, die ik met drie van Sams trofeeën – voorovergebogen figuurtjes met de handen achter de rug – had gemarkeerd. De beeldjes, die ik er op gelijke afstand van elkaar in een cirkel omheen had gezet, zagen eruit alsof ze op het punt stonden in de plas te duiken.

Beneden deed ik Heloise aan de riem en stapte opnieuw in Matts laarzen. We gingen naar buiten. Het was nog steeds even koud, ondanks het feit dat het aan de oostelijke horizon al begon te gloren. Het duurde even, maar toen liet ze zich door haar achterpoten zakken, waarop ik haar slaperig opdroeg haar behoefte te doen, en haar prees toen ze dat deed. Toen ze klaar was tilde ik haar op aan haar voorpoten, zodat eventuele druppeltjes aan de lucht konden drogen terwijl ik haar het huis weer binnen droeg.

In de keuken deed ik twee kopjes puppybrokjes in haar roestvrijstalen bak op het aanrecht, terwijl ze als een gek tegen mijn benen en tegen de kastjes op stond te springen. 'Nee, Heloise, niet springen.' Verdorie. In hoofdstuk één stond dat je geen 'nee' en geen 'niet springen' mocht zeggen. Je had 'af,' 'zit' en 'lig'. En nu wist ik ook niet meer wat je in plaats van 'Nee!' moest zeggen, en dat was jammer, want 'nee' drukte heel precies uit wat ik op dat moment voelde.

Ik had haar veel te snel gekregen, en niet voldoende gestudeerd. En nu was er geen weg terug meer. Die avond was er een puppy-bijeenkomst, maar de uren tussen nu en vanavond kwamen me als één grote ellende voor. Mijn hele lijf deed nú al pijn van te weinig slaap.

Ik nam Heloise onder mijn arm en zette haar bak op de grond. Ze bewoog wild met haar pootjes, dus ik zette haar op een kleine meter van het eten neer. 'Rustig aan, meisje. Wacht. Wacht.' Ik liet haar langzaam los, en toen schoot ze als een pijl uit een boog naar haar brokjes, en hapte er al naar nog voordat haar neus er zelfs maar contact mee had gemaakt.

Met het idee dat mijn gezin na alle herrie van afgelopen nacht recht had op pannenkoeken, haalde ik de eieren uit de koelkast, maar tegen de tijd dat ik ze op het aanrecht had gezet, had Heloise haar bak al leeg. Ik keek op de klok van de magnetron. Het was bijna zeven uur. Dat betekende dat ik achter lag op schema. De kinderen konden elk moment beneden komen voor het ontbijt.

En ja hoor, precies op dat moment riep Lainey van boven aan de trap: 'Mam! Waarom staan Sams zwemprijzen op... Getver! Laat maar. Ik weet het al. De hond heeft geplast, ja toch?'

'Stap er maar omheen, lieverd,' schreeuwde ik. En toen hoorde ik het kokhalzen. Ik draaide me met een ruk om en zag Heloise met de grootst mogelijke aandacht naar een bepaalde tegel staren terwijl haar ribbenkast op en neer ging. En juist op het moment dat Lainey de keuken binnenkwam, kwam Heloise's ontbijt in één grote golf weer naar buiten.

'O, God! O, getver, wat smérig! O, getverdémme!' Ze draaide zich met één ruk om en liep op haar roze slofjes sputterend en scheldend de trap weer op. 'Wat een zooi, krijg wat, eerst dit, en dan dát! Waarom hebben we dat stomme beest...' En de deur van haar kamer sloeg dicht.

Ik keek weer naar Heloise, die inmiddels bezig was om heel enthousiast haar ontbijt opnieuw naar binnen te werken. Ik wendde me af met het idee dat ze niet écht misselijk kon zijn, omdat ze anders nooit zo gretig gegeten zou hebben. Het probleem was alleen dat ík me ineens ontzettend misselijk voelde. Ik ging voor de gootsteen staan en greep het aanrecht met beide handen beet, en terwijl ik naar buiten, naar de nieuwe dag keek, hoorde ik achter me hoe Heloise vrolijk haar uitgebraakte hap weer naar binnen schrokte.

Ik kon de gedachte aan eten niet verdragen, en volstond met de verschillende pakken cornflakes en cheerio's uit de kast halen en op het aanrecht zetten. De kinderen zouden die ochtend zelf hun ontbijt moeten maken. Ik pakte Heloise op en keerde terug naar boven.

Neil was in onze badkamer. De douche stond aan en de deur was dicht. Ik sloot de deur van onze slaapkamer en liet Heloise los. Ik had alle stopcontacten van beveiligingsstekkers voorzien en alle losliggende dingen zoveel mogelijk weggeruimd, dus ik wist dat ik haar probleemloos kon laten rondlopen. Daarbij, ze had nog geen twintig minuten eerder een plas gedaan. Ik trok mijn spijkerbroek en een trui aan, en toen ik op de rand van het bed was gaan zitten om mijn sportschoenen aan te trekken, kwam Neil, in zijn badjas en met een handdoek om zijn nek, de badkamer uit.

'Hé. Waar heb je geslapen?'

Ik keek hem strak aan en antwoordde: 'Ik ben met Heloise naar Sams kamer gegaan om te voorkomen dat je last van haar zou hebben. Weet je nog?'

Hij haalde de handdoek over zijn oor en zijn natte haar. 'Nee, niet echt. En waar is de hond nu?' Hij zei 'de hond' alsof het dikke plukken watten waren die uit zijn mond kwamen gerold. Maar hij glimlachte.

Ik wees. 'Daar.' Heloise kwam juist onze inloopkast uit, waar ze op onderzoek was gegaan. Ze keek op, zag Neil en – je gelooft het niet maar ik zweer het – ging glimlachend, wild kwispelend op hem toe en sprong, smekend om een aai, tegen zijn enkels op.

'Hallo,' zei hij, terwijl hij zich aarzelend naar haar toe boog. Ze hapte vrolijk in zijn vingers bij wijze van begroeting.

'Au!' Hij trok zijn hand meteen terug en kwam overeind.

Ik haastte me naar haar toe en pakte haar op. 'Neem me niet kwalijk. Ik denk dat ze tandjes krijgt. Ik neem haar wel met me mee naar de badkamer, dan kun je je rustig aankleden.'

Neil masseerde zijn vinger en keek me woedend aan.

Veilig in de badkamer, deed ik de deur achter ons dicht. Ik zette Heloise op het vochtige badmatje, dat ik meteen uit haar bek moest trekken. Ik legde het in het bad, en ze begon opgewonden rond te snuffelen. Ik was net begonnen mijn tanden te poetsen, toen ik Neil een woedende kreet hoorde slaken.

'Jezus, God-allemachtig!'

Met de tandenborstel in mijn mond trok ik de deur open en zag Neil, die doodsbleek in de kast stond en zich met zijn rechterhand aan de kledingstang vasthield. Zijn badjas hing los, en zijn woede was bijna tastbaar. Hij stond met zijn rechterenkel tegen de knie van zijn linkerbeen, als in een soort van verdraaide flamingohouding. Naast zijn linkervoet zag ik een klein, platgetrapt bruin hoopje. De rest bevond zich tussen zijn tenen. En een smerige stank verspreidde zich door de kamer.

'O, Neil! Het spijt me. Ik heb haar net nog uitgelaten. Ze... ik...'

'Zou je me iets kunnen geven om deze troep aan af te vegen, alsjeblieft?' vroeg hij op effen toon, terwijl hij langzaam maar zeker rood aan begon te lopen.

'O! Ja! Sorry!' Behoedzaam, om te voorkomen dat Heloise zou

ontsnappen, dook ik de badkamer weer in om een rol wc-papier te pakken. Ik haalde er een flink stuk vanaf, wikkelde het tot een prop en begon er de poep mee van Neils voet te vegen. Hij griste het papier uit mijn hand en deed het zelf. Toen liet hij het papier op de ingetrapte drol vallen en hinkte boos naar de badkamer. Ik volgde hem, pakte Heloise op en trok me terug. De deur sloeg achter ons dicht en ik luisterde naar de badkraan die begon te lopen.

Een blik op de drol deed me zuchten. Dit had ik me toch echt heel anders voorgesteld, dacht ik, om me vervolgens af te vragen wát ik me eigenlijk had voorgesteld. Mijn puppy en ik die samen in een wei met veldbloemen lagen te stoeien. Mijn puppy en ik, samen sterk in de grote wereld. Mijn puppy en ik die samen een heel nieuw bestaan voor mij schiepen. Kortom, een reclamespotje.

Terwijl ik daar zo met een innig tevreden Heloise op de arm stond te wachten, bedacht ik dat het verplicht gesteld zou moeten worden om, in reclameboodschappen waarbij beelden van aandoenlijke puppy's werden gebruikt om een product aan te prijzen, ook beelden te tonen van hondenpoep tussen de tenen van iemands toornige echtgenoot. En in die zin zou het eveneens een regel moeten zijn dat spotjes met lieve baby'tjes ook lastige, gecompliceerde en onbereikbare tieners moesten tonen. Of het lege bed van een zoon die het huis uit is om te studeren en niets meer van zich laat horen.

Wie het begin toonde om daarmee te verleiden, zou ook het eind moeten laten zien.

9

Neil ging naar zijn werk zonder verder nog één woord tegen me te zeggen. De kinderen waren ook overhaast vertrokken, en lopend naar school gegaan. Het was een kwartiertje lopen, en gewoonlijk wilden ze altijd dat ik ze bracht, maar vandaag waren ze zonder iets te vragen de deur uit gegaan.

En nu waren Heloise en ik dus alleen thuis. Ze snuffelde de keuken rond. Ik zat aan de tafel en tuurde, met mijn handen dankbaar rond een mok koffie, met nietsziende ogen voor me uit. Heloise liep naar het babyhekje dat ik voor de doorgang naar de woonkamer had gezet. De andere ingang van de keuken, vanaf het halletje bij de voordeur, had een deur, en die zat dicht. Ik had ontdekt dat Heloise deuren open kon duwen wanneer ze niet echt goed dicht zaten. Zo was ze uit onze slaapkamer ontsnapt, en ik beleefde opnieuw een paar angstige momenten bij de gedachte dat ze misschien van de trap was gevallen. Maar uiteindelijk vond ik haar in de badkamer van de kinderen, waar ze Hairy's kattenbak had ontdekt en daar enthousiast de drollen uit viste en opat. Als ik het vol wilde houden met dit hondje, zou ik hard aan mijn braakreflexen moeten werken.

Ik gooide drie kauwspeeltjes op de keukenvloer, maar ze had het te druk met onderzoeken. Ze was daar zó geconcentreerd mee bezig dat ze me bijna aan het lachen maakte. Ik, op mijn beurt, concentreerde me op mijn koffie, waar ik echt een enorme behoefte aan had – de geur, het warme aardewerk in mijn handen, de ondoorgrondelijke diepten van het zwarte brouwsel, maar ook de kick ervan. Ik bracht de mok naar mijn lippen en wilde er net een slokje van nemen, toen ik een afschuwelijk knagend geluid hoorde.

'Néé! Heloise!' Ik plukte haar van een keukenkastje en kreunde bij het zien van de geulen die haar nagels in het hout hadden gemaakt. Ik zette haar midden op de vloer en drukte het blauwe rubberen bot in haar bek. Ze legde er een poot overheen en begon te knagen, waarbij haar tanden die langs het rubber streken een piepend geluid maakten. Ik ging weer zitten, nam een slokje koffie en pakte de blocnote om een lijstje te maken van de dingen die vandaag moesten gebeuren. 1. Boven plasplekken stofzuigen. Heloise had opnieuw in de gang geplast en ik had nog meer gouden zwemmers neergezet. Beide plekken waren met schuim behandeld, en dat moest worden opgezogen.

Ik wilde net een tweede taak opschrijven, toen ik opnieuw hoorde knagen. Met een ruk draaide ik me om. Nu kauwde ze aan het aanrechtkastje.

'Heloise! Nee – eh, stop!' Ik klemde haar onder mijn arm en pakte de fles met bitterspray die in mijn starterskit had gezeten. Ik spoot er alle keukenkastjes tot op haar hoogte mee in, waar ik bijna de halve fles aan kwijt was.

'Nou, dat moet helpen,' zei ik, terwijl ik haar weer midden in de keuken bij haar bot op de vloer zette.

Ik vulde mijn koffiemok bij, nam een slok en voltooide mijn lijstje met taken voor die dag. Toen ik opkeek, lag Heloise midden in de keuken op haar zij te slapen. Haar oortje was naar achteren toe dubbelgeklapt, en ze maakte kleine, spastische beweginkjes met haar tenen – een toonbeeld van onschuld en aandoenlijkheid. Ik bleef even naar haar kijken en zuchtte.

Ineens drong het tot me door dat ik geen seconde te verspillen had. Elke moeder wist dat als je echt op wilde schieten, de dutjes van je kinderen gouden momenten waren. Ik kon niet stofzuigen, want daarvan zou ze wakker worden, maar vegen stond ook op mijn lijstje. Ik haalde de bezem uit de kast en stapte over het babyhekje. Heloise werd meteen wakker en haastte zich naar het hekje.

'Och, lieverd,' zei ik, terwijl ik als een grote waadvogel opnieuw over het hekje stapte, haar optilde, en er nóg eens overheen stapte. 'Waarom kon je niet gewoon lekker blijven slapen?' Ze likte mijn kin en ik glimlachte. 'Goed. Blijf dan maar lekker bij mij, waar ik je in de gaten kan houden.'

Ik begon te vegen en Heloise begon te snuffelen. Ik zag haar naar de boekenkast lopen, waar ze probeerde om zich erachter te wurmen, maar ik wist dat de kier veel te nauw voor haar was. Ik haalde de bezem onder het antieke bureautje van mijn oma door, en haalde er een dikke dot stof en haren uit. De haren waren voornamelijk van Hairy. Ik ging op mijn handen en knieën zitten voor een tweede beurt.

Even later hoorde ik een krijsend gemiauw, en het volgende moment schoot Hairy, met zijn haren recht overeind, en achtervolgd door een opgetogen Heloise, door de kamer. Hairy's oortjes lagen plat tegen zijn schedel, en hij hield zijn staart in een rechte, horizontale lijn. Heloise daarentegen had haar oortjes recht overeind en haar staartje idem dito.

'Stop!' schreeuwde ik, terwijl ik, met de bezem uitgestoken, dapper tussen hen in ging staan. Hairy schoot, zonder vaart te minderen, onder het bankje. Heloise moest op het laatste moment bijsturen en trapte op de rem, waarbij haar pootjes uitgleden op de houten vloer, ze op haar zij viel, doorgleed en tegen de schemerlamp aan knalde. Ik dook er op af, maar het was te laat, en de klap van de vallende lamp deed Heloise overeind krabbelen en naar de andere kant van de kamer snellen, maar toen ze op het kleedje was gekomen, kwam ze ineens geen centimeter meer vooruit, maar plooide ze het onder haar pootjes. Even later sprong ze van het gekreukte kleedje, en ging opnieuw de kat achterna, die zo dom was geweest om onder het bankje uit te komen. Kat en hond schoten in flitsende vaart naar de serre, op de voet gevolgd door mijzelf die, met de bezem zwaaiend, schreeuwde dat ze op moesten houden.

'Heloise! Stop!' Hairy sprong op de armleuning van de bank. Zijn flanken bewogen heftig in en uit. Heloise probeerde hem achterna te klimmen, maar haar pootjes waren te kort en ze waren ook niet sterk genoeg. Het lukte haar wel om haar neus in de buurt van Hairy te krijgen, en hij bedacht zich geen moment een gaf haar een waarschuwende tik met zijn poot. Ik was onder de indruk van zijn zelfbeheersing. Ik kon me niet voorstellen dat hij Heloise meer dan één waarschuwing zou geven voordat hij haar de kracht van zijn klauwen zou laten voelen.

'Heloise! Néé! Of hou daarmee op! Of wat ook het juiste commando is! Laat die kat met rust!' Ik trok haar, nog steeds met de bezem in de aanslag, bij de bank vandaan. Niemand kon mij verwijten dat ik niet voorbereid was, mocht een stofwolk besluiten zich ook in de strijd te storten.

Ik bedacht dat dit wel eens het ideale moment kon zijn voor een kennismaking onder toezicht. Ik zette de bezem tegen de muur, nam Heloise op en hield haar, onder het maken van geruststellende geluidjes, vlak bij Hairy. Hairy probeerde Heloise opnieuw een tik te geven, en toen nog eens, en kennelijk dacht hij dat ik hem probeerde te helpen door hem de hond aan te reiken. Heloise hapte naar Hairy's poten, maar aldoor net een fractie van een seconde te laat. Ik zette de bezem tussen hen in. 'Hairy! Hou op met dat meppen! Heloise, hou op met dat happen! Jullie zullen toch echt moeten leren om aan elkaar te wennen.' Heloise blafte spottend. Hairy begon te blazen en deinsde achteruit tegen een kussen van de bank. Heloise vond het dolle pret en kefte opgetogen in reactie op de enorme verscheidenheid aan geluiden die dit geweldige nieuwe speeltje wist voort te brengen.

Ik gaf het op en keerde, weer over het hekje heen stappend, met Heloise terug naar de keuken. Ik zette Heloise op de grond en bleef met gesloten ogen en mijn handen op mijn knieën uit staan puffen. In een flits had ik een beeld van mijzelf – hoe ik vanuit een grote braadpan in een hoog oplaaiend vuur was gevallen.

Waarschijnlijk kon ik maar beter even naar Hairy gaan kijken om te zien of hij daar op de bank geen hartaanval had gehad. Ik stapte juist terug over het hekje toen Heloise onder mijn been door met haar voorpoten tegen het witte gaas van het hekje aan sprong, waardoor ik, om niet op haar te stappen, een grotere stap moest nemen dan ik feitelijk kon. De neus van mijn slof bleef haken achter de bovenkant van het hekje, en ik sloeg met mijn pols tegen de deurlijst en viel op één knie – dezelfde knie waarmee ik de avond tevoren tegen de bench was gevallen – voorover, de kamer in.

Ik landde op het verkreukte kleedje, greep mijn knie vast en uitte een aantal vloeken. Toen ik even later ging zitten, stond Heloise nog steeds met haar voorpoten tegen het hekje. Haar hele lijfje bewoog heen en weer van het uitbundige kwispelen, terwijl ze haar oortjes afwisselend spitste en ontspande. Ik wist bijna zeker dat ze zich afvroeg of die fantastische manoeuvre over het hekje mijn opzet was geweest.

Op dat moment kwam Hairy, die springlevend bleek te zijn, om het hoekje geslopen en keek Heloise doordringend aan. Toen Heloise hem zag, begon ze als een gek te blaffen, terwijl ze met volle kracht aan het hekje krabde. Hairy verstijfde, zette zijn rechtervoorpoot een stapje voor de linker, en begon achterdochtig met zijn staart te zwiepen. Hij wachtte en observeerde alle drukte achter het hekje.

'Rustig, Heloise,' zei ik, met een zucht. Ik zat nog steeds op de vloer, en was me er terdege van bewust dat mijn poging om haar te kalmeren weinig voorstelde, maar mijn knie en mijn pols deden echt veel pijn.

Toen Hairy begon te beseffen dat Heloise niet bij hem kon komen, liep hij stapje voor stapje en met uitdagend opgeheven kop naar het hekje toe, en bleef pas staan toen hij vlak voor haar was gekomen. Hij staarde haar aan, waardoor ze alleen maar nóg hysterischer werd, en beschreef toen een vorstelijke halve cirkel, ging met zijn rug naar haar toe zitten en begon uitdagend met zijn staart over de vloer te zwiepen. Even later, nadat hij even achterom naar Heloise had gekeken, draaide hij zich naar mij toe en schonk me een voldane blik.

'Gemene provocateur die je bent!' Ik stond op, pakte hem onder zijn buik en hinkte met hem de kamer uit naar de trap. Daar zette ik hem op de tweede tree en gaf hem een zetje met mijn voet. 'Vooruit jij, naar boven!'

Onze aandacht werd getrokken door een plotseling kabaal. Even, gedurende de fractie van een seconde die Heloise nodig had om bij ons te komen, waren we verlamd van schrik. Het kon zijn dat het hekje was losgeraakt toen ik er met mijn voet achter was blijven haken, of anders had Heloise het zelf, met dat aanhoudende duwen en krabben van haar, van zijn plaats weten te krijgen.

Hairy vloog naar boven. Heloise probeerde hem achterna te gaan, maar de gladde houten treden waren niet alleen te glad, maar ook te hoog voor haar. Heloise rende de keuken weer in, stortte zich op haar blauwe bot en deed alsof er op de hele wereld niets leukers bestond. Ze bracht haar schat naar mij toe en liet hem zien. 'Braaf zo, meisje, Heloise. Dáár mag je op kauwen. Op het bot. Niet op de kat.' Ik slaakte de zoveelste zucht en stapte toen heel voorzichtig over het hekje om naar boven te gaan, naar Hairy, om te kijken hoe het met hem was.

Hij was naar Lainey's kamer gevlucht, waar hij zich op het onderschuifbed had verstopt. Dat zou niet zo zielig zijn geweest als dat bed uitgeschoven was geweest. Maar Hairy had zich er op de een of andere manier tussen weten te wurmen. Het enige wat ik tussen de twee matrassen van hem kon onderscheiden, waren zijn fel fonkelende groene ogen. Hoewel Heloise op dat moment veilig in de keuken zat opgesloten, zag ik geen aanleiding om de arme kat uit zijn schuilplaats te halen. Vanaf hier kon hij de hond verder niet sarren. Hoewel, als ik eerlijk was, moest ik toegeven dat Heloise er geen enkel probleem mee scheen te hebben. Het hondje leek werkelijk alles even leuk te vinden – hilarisch, zelfs. Ik bukte me en keek in Hairy's radio-actieve ogen. Ik kon zijn nasale ademhaling horen, en kwam tot de conclusie dat hij daar best zat. Ik moest er alleen aan denken dat ik hem, als hij zich tegen de avond nog niet had vertoond, daar moest gaan halen. Omdat ik de laatste tijd nogal vergeetachtig was, maakte ik een aantekening op Lainey's kladblok. *Hairy halen.* Ik stopte het papiertje in het borstzakje van mijn pyjama.

Ik had het idee gehad om het briefje beneden op de magnetron te plakken, waar Lainey of ik het later die dag vanzelf zou zien. Maar ik was mijn goede voornemen op slag vergeten toen ik bij de keuken kwam en zag dat Heloise niet meer op haar blauwe bot, maar op een deurtje van een van de keukenkastjes knaagde. Kennelijk vond ze die bitterspray juist erg lekker.

'Heloise! Néé!' Ik stapte over het hekje heen, pardoes in een nog lauwwarm plasje. 'O, *shit!*' riep ik uit, hoewel dat natuurlijk niet hele-maal accuraat was. Ik trok mijn natte slof uit, hinkte door de keu-ken en trok Heloise bij het deurtje vandaan. Ik realiseerde me, dus duidelijk te laat, dat ik haar na het incident met Hairy in de tuin had moeten zetten. Ik herinnerde me hoe mijn kinderen toen ze klein waren, altijd meteen bij aankomst in de dierentuin, in pretparken of op de kermis, hadden moeten plassen omdat hun blaas niet tegen alle opwinding bestand was geweest. Hairy was Heloise's persoon-lijke attractie.

In de voortuin zei ik haar dat ze haar behoefte moest doen. 'Heb ik al gedaan,' zei ze, met die grote bruine ogen van haar, en ze begon op een takje te kauwen.

Terug in de keuken wees ik haar op de schade die ze had aange-richt. 'Nee!' Ze legde haar oortjes in haar nek. Ik zag dat ze zich rea-liseerde dat ik niet blij met haar was, maar ik zag ook dat ze er geen idee van had waar mijn ontstemdheid aan te wijten was. Ik was me van mijn eigen ontoereikendheid bewust en had met haar te doen. 'Het spijt me, meisje,' zei ik, en gaf haar een zoen op haar kop.

'En dit spijt me ook,' zei ik, terwijl ik me bukte, haar oppakte, in de bench stopte en het deurtje snel dicht deed. Ze begon meteen te janken, en ik kromp ineen. Ik duwde het kleine witte bot tussen de spijlen door, maar ze negeerde het, zette haar pootjes tegen het deur-tje en trakteerde me op een mix van janken en keffen. Ze leek net een gevangene. Het enige waar het haar aan ontbrak, was een tinnen beker om mee tegen de spijlen te slaan.

Snel ging ik naar de woonkamer, trok de kleden recht en haalde de stofzuiger uit de kast. Toen ik hem aanzette, begon Heloise luid te blaffen, zó luid, dat ze boven het kabaal van de stofzuiger uit te horen was. Ik rende naar boven en pakte Matts oude walkman. Met de gecombineerde herrie van de stofzuiger en de luidruchtige muziek van Matts favoriete band – DeBased – kon ik Heloise's protesten niet langer horen.

Ik stofzuigde de woonkamer op de klanken van *You Leave Me Heaving*, de eetkamer op die van *Get Down, Get Dead* en de serre onder het genot van *Loser From Leavenworth*. Toen ik de stofzuiger en de walkman uitzette, dreunde mijn hoofd en kon ik mijn oren in de stilte horen suizen. Stilte! Maar dat was van korte duur – het achterwege blijven van het stofzuigerlawaai was voldoende om Heloise weer aan het blaffen te krijgen. Ik keek op de klok. Half één. Het voelde alsof er vanaf het ontbijt tot aan lunchtijd drie hele dagen waren verstreken. Ik hield een glas onder de kraan en nam twee ibuprofen.

Ik liet Heloise uit de bench, pakte haar voerbak en begon haar middagmaal – twee maatbekertjes brokjes – erin te scheppen. Terwijl ik daarmee bezig was, sprong ze blaffend rond mijn knieën. 'Nee! Eh, Fout! Stout! Heloise, toe, niet doen, alsjeblieft. Rustig, meisje.' Ik had net zo goed niets kunnen zeggen. Ze was net een hondenversie van een Masai-danser die keer op keer opsprong om het aanrecht te kunnen zien.

Nog voor ik de bak goed en wel op de grond had gezet, dook ze er bovenop, en ook nu had ze alles weer in enkele seconden tijd naar binnen geschrokt. Ik stelde me erop in dat ze het uit zou braken, en dat gebeurde ook. Ik ging weer met mijn rug naar haar toe staan, en toen ze haar lunch voor de tweede keer had geconsumeerd, nam ik haar weer mee naar buiten. En ja hoor, na een poosje deed ze haar behoefte zowaar op het gras. 'Er is een god,' mompelde ik, waarna ik Hem en Heloise uitbundig prees.

Terug in de keuken kroop ze uit eigen beweging weer in de bench en viel – gelukkig – diep in slaap. Ik stapte over het hekje en ging op de bank voor me uit zitten staren. Mijn hoofd deed pijn en ik zag wazig als gevolg van te weinig slaap, en het enige waar ik aan kon denken, was mijn hoofd neervlijen op het kussen van de bank. Heel eventjes maar. Ik luisterde naar geluiden uit de keuken, maar het enige wat ik hoorde, was het zachte tikken van de klok in de serre, een metronoom voor 'Een ode aan de Slaap.'

Ik werd wakker van het onmiskenbare geluid van tandjes op hout. Nog slaapdronken van mijn dutje, maakte ik dat ik naar de keuken kwam. Daar zat ze, bij de deur. Maar deze keer was ze niet met de keukenkastjes aan de gang, maar met de sierlijst van het deurkozijn. De lijst zag eruit alsof een bruine beer er zijn klauw overheen had gehaald. De verf was eraf geschraapt en een deel van het houtwerk eronder was versplinterd. Ik nam het mezelf kwalijk dat ik had nagelaten om het deurtje voor de bench te doen toen ik was gaan slapen. Ze was uit eigen vrije beweging in de bench gekropen. Bill had me verteld dat de meeste pups hun hokje prettig vonden – het was hun eigen kleine huisje. Dus waarom had ik er dan zo'n moeite mee om haar erin op te sluiten?

Terwijl ik bezig was de schade op te nemen, begon Heloise aan de vloer te snuffelen. 'Denk maar niet dat je daar kruimeltjes zult vinden – Heloise!'

Halverwege een plas pakte ik haar op onder haar oksels en droeg haar – met de buik vooruit en weer in druippositie – naar de achtertuin. De riem kon me wat. Ik zette haar neer en zei dat ze haar behoefte moest doen. Maar ze ging gewoon weer, in die specifieke houding van haar, wijdbeens zitten, hield haar kopje schuin en keek me met haar grote ogen aan.

Ik liet me op mijn knieën vallen en pakte me vast aan het gras alsof ik ieder moment van de aarde geslingerd zou kunnen worden. Ik voelde me duizelig, en kon me niet voorstellen dat er op de hele wereld ook maar iemand was die er een grotere puinhoop van maakte dan ik. Heloise, die het prachtig vond dat mijn gezicht zich nu zo vlak bij het hare bevond, sprong op en beet me speels in mijn kin.

'Nee!' riep ik uit. Ik stond op, voelde aan mijn kin en keek of ik bloed aan mijn vingers had. Niets te zien. Mijn hoofd dreunde bij mijn slapen.

'Jij blijft hier!' riep ik tegen haar. Het plasje in de keuken zou zichzelf niet opdweilen. Ik liet Heloise in de achtertuin in de hoop dat ze op het gras af zou maken waar ze op de tegels aan was begonnen.

Ik nam het plasje op met een stuk keukenrol, en ging er toen nog even met schoonmaakmiddel overheen. Even overwoog ik de hele vloer te dweilen, maar het leek me onverstandig om Heloise te lang alleen in de tuin te laten.

Toen ik het terras op stapte en de zon op mijn gezicht voelde, realiseerde ik me ineens wat een heerlijke dag het was. Ik haalde diep en kalmerend adem, en snoof de geur van natte aarde en nieuw groen genietend in me op. De narcissen langs het hek achter in de tuin wiegden met hun kopjes in het briesje. In de border langs het huis was het eerste groen van de tulpen al te zien, en van sommige viel ook al het eerste begin van een knop te bespeuren. Vlakbij echter, stond een dikke paardenbloem brutaal uit te dijen. Ik ging erop af, maar bleef staan en onderdrukte mijn verlangen, nee, behóéfte om iets met wortel en al uit te rukken.

'Heloise!' riep ik. Ik was naar buiten gegaan om de pup binnen te halen, en niet om in de tuin te werken, hield ik mezelf voor.

'Heloise?' Zo groot wás de tuin niet.

'Heloise!' Ik liep met haastige stappen naar de zijkant van het huis en begon bang te worden. Wie wist hoeveel dingen hier waren die een gevaar konden betekenen voor een jong hondje. Hoe had ik zo stom kunnen zijn? Ik zou mijn kinderen op die leeftijd toch ook nooit alleen in de tuin hebben gelaten? Ook al waren hun leeftijden dan natuurlijk niet echt te vergelijken.

Op de hoek kwamen we elkaar tegen. Heloise begroette me met haar oortjes recht overeind en haar poten vol modder, stralende ogen en een enkele, slaphangende narcis in haar bek. Ik tilde haar op, trok de bloem tussen haar tanden vandaan en klemde haar, met modderpoten en al, onder mijn arm. Het had erger kunnen zijn, bedacht ik, terwijl ik terugliep. Ze had een bulldozer kunnen gebruiken om het bloembed naast het huis mee af te graven.

Aan het bed was duidelijk te zien waar ze had gegraven. Hier en daar liepen geulen door de grond, en op de houtsnippers lagen kleine hoopjes aarde – een bescheiden botanisch slagveld. Ze had van een paar hyacinten geproefd, maar kennelijk zagen die er lekkerder uit dan ze waren – hun lila kopjes lagen op de donkere aarde naast het loof, dat nog onaangetast was. Een aantal tulpenblaadjes leek op het gekrulde lint dat je vaak om feestelijk ingepakte cadeautjes ziet.

Aan de andere kant van het bloembed zag ik dat ze ook onder de sering had gegraven, maar gelukkig had ze niet bij de hartvormige blaadjes en prille bloesemknoppen gekund die reikhalzend uitkeken naar een zonnetje dat warmer zou zijn dan dat van maart. En ik zou veertien maanden voor deze hond moeten zorgen? Onmogelijk.

Ik controleerde de datum op mijn horloge. Nee, ik had me vergist. Daar, in mijn vernielde tuin met de kwispelende vernieler onder mijn arm, zag ik dat het niet langer maart was. Het was april. Eén april.

'Hallo, ik ben het. Het is één april.'

Elaine lachte ondanks de sombere klank van mijn stem. 'Nou en? Moet ik je feliciteren? Heb je je baby?' Ze kraaide bijna van plezier. Elaine was stukken enthousiaster geweest over mijn pup-project dan de leden van mijn gezin. Ik had haar zelfs verteld hoe knap en aardig Bill was, hoewel ze daar wat minder blij op had gereageerd.

Bill. Hij had een gok gewaagd met mij. Ik kon me zijn diepe teleurstelling nu al voorstellen, en ik voelde me erdoor verpletterd. Al was mijn eigen teleurstelling nog veel groter.

'Ik kan het niet, E.' Ze werd op slag ernstig. Grappig, zoals ik dat kon horen.

'Natuurlijk kun je het wel, Deena-leh. Wat is er aan de hand?'

Ik keek naar Heloise, die vredig op de keukenvloer lag te slapen. Haar pootjes en bolle buikje waren nog nat van haar bad in de gootsteen. 'Alles. Het hele huis zit onder de vlekken op de plaatsen waar ze haar behoefte heeft gedaan, ze knaagt op alles wat ze maar te pakken kan krijgen. Bij voorkeur onze nieuwe keukenkastjes, en de sierlijsten van de deuren. Ze heeft een van mijn bloembedden omgeploegd. 's Nachts huilt ze vrijwel aan een stuk door, en ik moet om de haverklap mijn bed uit om haar buiten te laten plassen.' Ik keek om me heen, en mijn blik bleef rusten op Hairy's bakje dat op het aanrecht stond. Hairy. Het briefje! Ik was het briefje vergeten dat ik had geschreven om het niet te vergeten. Ik vermoedde dat het geheugen in sterke mate van oestrogeen afhankelijk was, en het scheen dat ik over geen van beide beschikte. Ik haalde het briefje uit het zakje van mijn pyjama. O, God. De middag was al bijna om en ik liep nog steeds in mijn pyjama. Terwijl ik het briefje op de magnetron plakte, zei ik tegen Elaine: 'En ze zit de kat achterna.' Ik drukte mijn vinger harder dan nodig was op het plakband. 'Hairy verschuilt zich in het logeerbed onder Lainey's bed.'

'En daar maak je je druk om?' Opnieuw hoorde ik haar lach – ze plaagde me met het feit dat ik bepaald niet dol was op de kat – maar ik werd er alleen maar chagrijniger van.

'Ik ben hier niet voor in de wieg gelegd. Ik begrijp niet wat me bezielde toen ik dacht dat ik dit kon. Op dit moment heb ik echt het gevoel dat ik nergens voor deug.'

'Och lieverd, je kunt het best. Hoe lang heb je haar nu? Eén dag? Twee?' Dat was precies wat ik bedoelde. Ik knikte omdat ik wist dat ik zou moeten huilen als ik iets zei.

'D? Gaat het?'

Ik schudde mijn hoofd, in de hoop dat ze dat zou kunnen horen.

10

'Mah-amm!' Lainey's kreet was voor één deel schrik, één deel woede en acht delen theatrale overdrijving. Toen zij en Matt van school waren thuisgekomen, had ik op het briefje op de magnetron gewezen en het uitgelegd. Lainey had vrijwel op hetzelfde moment haar rugzak laten vallen en was, onder het roepen van Hairy's naam, naar boven gerend. Matt was haar gevolgd, en ik zag dat hij zijn best deed om niet te lachen.

Lainey riep opnieuw, en ondanks het feit dat ik maar al te goed wist dat ze de neiging had om overal een drama van te maken, vloog ik met angstige voorgevoelens naar de trap. Stel dát die arme kat daar onder het bed het loodje had gelegd?

Lainey kwam, in haar nauwsluitende topje, plechtig – even plechtig alsof ze Miss America was – de trap afgedaald, maar in plaats van dat ze een boeket rozen in haar armen hield, had ze een geplette en boos kijkende Perzische kat op de arm.

'Kijk!' jammerde ze. 'Moet je hem zien! Hij is helemaal... verknoedeld!' Ze trok een pruillip, en ze vormden een interessant stel, Lainey die aan alle kanten uitpuilde, en Hairy die juist gekrompen leek. Afgezien van het ingedeukte snuitje dat zo kenmerkend was voor zijn ras, was zijn anders zo weelderige vacht op zijn kop en op zijn rug volledig geplet. En ook zijn oortjes leken door de matras te zijn platgedrukt, of anders hield hij ze alleen maar zo omdat hij woedend was. Eigenlijk was ik er zo goed als zeker van dat het dat laatste was, want ik kon me niet voorstellen dat het door het bed kwam dat zijn oortjes nu plat in zijn nek lagen.

Voordat Lainey helemaal beneden was, was Matt uit zijn kamer gekomen en boven aan de trap verschenen. Hij hield iets in zijn hand en maakte een uiterst geamuseerde indruk. 'Hé, mam, en heb je dit al gezien?' Hij hield een van zijn enorme zwarte sportschoenen op, en ik zag dat er een flinke hap uit de neus ervan ontbrak.

'Help! Wanneer heeft ze dát gedaan? O, Matt, het spijt me verschrikkelijk. Je krijgt een paar nieuwe van me.'

'Ik vind het te gek, mam. En ze waren toch al te klein.' Hij draaide zich om, ging terug naar zijn kamer en deed de deur achter zich dicht. Lainey draaide zich ook om en liep de trap weer op, vermoedelijk om Hairy óp haar bed, in plaats van erónder, te troosten. Ze smeet de deur met een harde klap achter zich dicht. Ik ging weer naar de keuken om, aangemoedigd door het zachte grommen, keffen en janken van Heloise, aan het avondeten te beginnen.

Ik stond de tomaten voor de sla te snijden toen ik Neil thuis hoorde komen, en ik verstijfde. Dat hij uitgerekend vandaag zo vroeg moest komen. Dat deed hij waarschijnlijk expres om de puinhopen te zien en zich erover te verkneukelen. Ik kon alle schade die Heloise vandaag had aangericht – met name aan het deurtje van het keukenkastje rechts van mij – bijna lijfelijk voelen, maar besloot dat de beste reactie géén reactie was.

De sla was voor bij de lasagne die in de oven stond te pruttelen. Die lasagne had ik de maand ervoor gemaakt en ingevroren. Het was een van mijn vele culinaire voorbereidingen op de komst van het hondje. Ik had zo'n acht maaltijden in de diepvries, gemaakt met het naïeve idee dat dit het opvoeden van de pup zou vergemakkelijken. Ik wist niet wat wél handige voorbereidingen zouden zijn geweest, maar voor zover ik kon overzien, veranderde lasagne niets aan Heloise's nachtelijke huilen, haar knagen op de kastjes, plasongelukjes of wat dan ook.

Vanaf de gang, waar hij zijn jas in de kast hing, riep Neil: 'En, hoe was je dag? Met de hónd?'

Ik verstarde met mijn mes halverwege een tomaat. En staarde naar de snijplank. Hij hoopte waarschijnlijk te horen dat het een ramp was geweest. Ik kreeg het warm. O, ja hoor, ook nog een opvlieger. 'Niet echt geweldig,' antwoordde ik. Ik pakte een stukje keukenrol en bette mijn voorhoofd.

Toen Neil het volgende moment de keuken binnenkwam, bette ik nog steeds. Ik keek op en zag hoe hij rondkeek en elk plekje waar de hond had geknaagd, registreerde. Het zweet gutste van me af.

'Jezus, Deena! We hebben twee jaar voor deze keuken moeten sparen, het heeft twee maanden geduurd voor alles klaar was, en hij is nog geen jaar oud. En die hond van jou heeft nog geen dag nodig gehad om de boel te vernielen.'

'Ze is niet míjn –' Neils berispende blik legde me het zwijgen op. 'Ja, je hebt gelijk. Het spijt me. Ik heb alles met de bitterspray ingespoten, maar...'

'Moet je horen, Deena, dit wordt niets. En wat probeer je er eigenlijk mee te bewijzen?' Hij stond midden in de keuken en had zijn armen over elkaar geslagen.

Goede vraag. Ik keek weer omlaag, naar de snijplank, en de opvlieger was verdwenen – zomaar. Nu had ik het koud. Ik zette de scherpe kant van mijn mes weer op de tomaat. 'Maak je geen zorgen,' zei ik zacht. Ik staarde naar de tomatenzaadjes op de plank, elk omgeven door zijn eigen beschermende vliesje. Wat is er in de natuur toch diep nagedacht over zaden – hun bescherming, de manier waarop ze naar andere plaatsen worden overgebracht en hoe ze aan hun voeding komen. En dat alles voor niets, want zo meteen, wanneer ik de snijplank waste, zouden alle zaadjes door de afvoer verdwijnen.

Strak naar de tot hun ondergang gedoemde zaadjes starend zei ik: 'Ik geef het op, Neil. Er is vanavond een puppybijeenkomst, en dan geef ik haar terug.' Ik drukte het mes door het vel van de tomaat en sneed er een plakje vanaf.

Heloise jammerde in haar bench die ik, ook al was het nog zo'n kort ritje, veilig achter in mijn auto had gezet. Ik durfde haar niet los te laten uit angst dat ze rond zou springen en we een aanrijding zouden krijgen. Al zou dat natuurlijk wel weer typisch iets voor mij zijn – dat ik een aanrijding zou krijgen door het ronddarren van de pup in de auto, terwijl ik juist op weg was naar de bijeenkomst waar ik haar terug wilde geven.

Toen ik het huis uit was gegaan, had iedereen nog aan tafel gezeten. De ader op Neils voorhoofd was nog steeds zichtbaar geweest, en hij prikte ongewoon fel met zijn vork in de sla, alsof het die blaadjes waren geweest die aan de kastjes hadden geknaagd. Nadat ik Heloise in de bench had gedaan, was ik met haar in de keuken blijven staan om de kinderen de kans te geven afscheid van haar te nemen. Neil had opgekeken, had me een vals glimlachje geschonken en was doorgegaan met het eten van zijn sla. Lainey had vanaf haar plek onverschillig 'dag' gemompeld. Matt was opgestaan en naar de keuken ge-

komen, en toen had hij zijn vinger door de spijlen van de bench gestoken en haar erop laten kauwen. 'Sterkte, meisje,' zei hij zacht,
waarop hij, zonder mij zelfs maar een blik waardig te keuren, weer
aan tafel was gaan zitten.

Ik had een beetje afstand van mijn gezin willen hebben, maar nu
leek het alsof ik nauwelijks nog voor ze bestond. En dat nam ik ze
niet eens kwalijk. Ik had de pup en alles wat erbij kwam kijken ernstig onderschat.

Toen ik voor een rood licht moest stoppen, repeteerde ik hardop
wat ik tegen Bill wilde zeggen. 'Het spijt me Bill, je had helemaal gelijk. Ik ben hier inderdaad niet de aangewezen persoon voor. Na één
nacht en één dag met haar, weet ik dat ik dit onmogelijk nog langer
kan volhouden.' Bij het horen van mijn stem was Heloise ineens stil.
Onze blikken vonden elkaar in de achteruitkijkspiegel – haar kopje,
omlijst door het frame van het deurtje, kwam nog juist boven de rugleuning van de achterbank uit.

Ik knipperde mijn tranen terug en deed mijn richtingaanwijzer
aan, want we waren er. De bijeenkomsten werden gehouden in een
door een zakenman ter beschikking gesteld magazijn op een indus-
trieterrein. Voor ik Heloise had gekregen was ik al meerdere keren
naar bijeenkomsten geweest, en had geluisterd naar problemen die de
mensen hadden, en naar hoe ze moeilijkheden te boven waren gekomen. De meesten van hen hadden echter al wat oudere honden, en
dat betekende dat ze de puppy-fase overleefd hadden. Ik wist intussen dat ik het niet aankon, en dat betekende dat mijn eerste bijeenkomst als puppy-pleegouder, tevens mijn laatste zou zijn. Toen ik
parkeerde, begon Heloise opnieuw te blaffen.

Ik deed haar aan de riem en zette haar op de grond. Ze begon
onmiddellijk in de richting van het gebouw te trekken. Zo klein als
ze was, was ze al behoorlijk sterk. Ik had de auto amper afgesloten,
of ze trok me al mee. Toen ze me het gebouw binnen had getrokken
– haar nagels krasten over de betonnen vloer – zag ik dat we een van
de eersten waren. De in een kring opgestelde stoelen waren nog allemaal vrij. Een aantrekkelijke vrouw met grijs haar – ik schatte haar
een paar jaar ouder dan ikzelf – met een ranke rode golden retriever
aan de riem, stond midden in de kring te praten met een jong stel dat
een enorme zwarte labrador had. Ik nam plaats op een stoel bij de
deur, nam Heloise op schoot en wachtte op Bill.

Naarmate er meer mensen binnenkwamen, verbaasde ik me over hoe verschillend iedereen was. Er waren twee paar ouders met kinderen in de leeftijd van de mijne. Ik zag meerdere mannen en vrouwen die zelfs nog ouder waren dan ik, en twee jonge stellen. Ik zag twee pups die ongeveer even oud waren als Heloise, en verder waren er een aantal volwassen honden, en de rest was er tussenin. De meeste waren blonde en zwarte labradors, en verder waren er twee golden retrievers en een Duitse-herderpup. Naar zijn oren te oordelen moest dat Ezequiel zijn.

Bill was er nog steeds niet. Ik keek op mijn horloge. Om een scène te voorkomen zat er nu niets anders meer op dan dat ik de hele bijeenkomst tot aan het eind toe uitzat. Daarna zou ik moeten wachten tot iedereen zo'n beetje weg was, en dan pas zou ik Bill kunnen vertellen dat ik mijn ontslag indiende. Wat een akelig woord. Het was niet eens een echte baan, en ik had het nog geen twee dagen uitgehouden.

Eindelijk kwam Bill binnen, en hij verontschuldigde zich voor het feit dat hij zo laat was. Aller ogen – van de mensen zowel als van de honden – waren op hem gericht terwijl hij iedereen begroette en hier en daar een hand gaf en anderen omhelsde. Tot mijn verbazing zag ik dat hij de honden negeerde.

Ik vond hem nog knapper dan de vorige keer. Hij droeg een fris zalmroze overhemd, een nieuwe spijkerbroek en, stel je voor, cowboylaarzen. Toen hij zijn vingers door zijn peper-en-zoutkleurige haar kamde, viel ik bijna in zwijm, en toen ik hem de vrouw met de golden retriever zag omhelzen, vroeg ik me af hoe het zou voelen om door Bill omhelsd te worden. Krachtiger dan een omhelzing van Neil, dat wist ik bijna zeker. En toen keek hij naar mij! Ik was ervan overtuigd dat hij het wilde bonzen van mijn hart kon horen.

Voor mij geen omhelzing – ik was natuurlijk ook nog te nieuw. Hij gaf me zelfs geen hand. Maar in het voorbijgaan op weg naar een vrije stoel, gaf hij me een knikje, een oogverblindende glimlach en een knipoog. Vlak voordat hij ging zitten, reikte hij opzij en omhelsde de vrouw met de herderpup, maar ik kon zijn armen om mij heen voelen.

'Hoe gaat het?' Mijn dromerijen werden onderbroken door een vrouw die op de vrije stoel naast me was gaan zitten. Dwaze dromerijen waren het. Wat bezielde me? Ik was hier om mijn ontslag te nemen, om deze man op te zadelen met een enorm probleem – want waar moest hij zo snel nieuwe pleegouders vandaan halen? – en hem in ieder opzicht teleur te stellen, en ondertussen leek ik wel een verliefde tiener. Bovendien was ik getrouwd. Getrouwd.

'Eh, nou, niet zo best, eigenlijk,' antwoordde ik. Het was de vrouw met het grijze haar en de golden retriever. Ik liet mijn hoofd hangen en keek naar Heloise. De vrouw legde haar hand even op mijn knie.

'De eerste paar dagen zijn nooit gemakkelijk, en al helemaal niet als het je eerste is,' zei ze. Ze had lieve blauwe ogen. 'Je moet ineens zoveel leren, en alles tegelijk. Maar je kunt rustig van me aannemen dat het beter wordt.' Ze bood me haar hand, ik nam hem aan en ze gaf me een stevige handdruk. 'Ik ben Marilyn Grigsby,' zei ze. 'En dit is Salsa,' voegde ze eraan toe, met een knikje op de retriever die aan haar voeten lag. Ik was ervan overtuigd dat Marilyn ouder was dan ik, mogelijk zelfs wel een jaar of tien, maar het viel moeilijk te zeggen omdat ze zo'n opgewekte, ontspannen en gezonde indruk maakte. Ze droeg een groenblauw-met-geel geruite overhemdblouse waarvan ze de mouwen tot aan haar ellebogen had opgerold. Haar zongebruinde polsen waren smal, maar haar onderarmen leken opvallend sterk. 'Gebruik je de bench?' vroeg ze, met een glimlach.

Ik wilde antwoorden, maar juist op dat moment klapte Bill in zijn handen en werd het op slag stil in de ruimte. Iedereen keek hem aan.

'Oké mensen, het spijt me dat ik zo laat ben. Laten we meteen maar beginnen. We hebben twee mensen hier met hun eerste pup, dus ik begin met de Gouden Regel voor pups.' Het jonge stel tegenover mij met de zwarte labradorpup, maakte een even ongemakkelijke indruk als ik.

Bill stak zijn wijsvinger in de lucht. 'Nummer één: Om deze taak tot een goed einde te brengen, moet je ophouden als mens te denken, en moet je als hond gaan denken. Als leider van de roedel.' Hij ging verder met te vertellen over het aangeven van grenzen, het eisen en opleggen van correct gedrag en wat je moest doen om een zelfverzekerde leider te zijn. 'Verwacht het gedrag dat je wilt zien. Je moet weten wat je wilt, en dat moet je duidelijk en steeds opnieuw weer kenbaar maken. Als ze merken dat je twijfelt, of dat je niet zeker van je zaak bent, dan kunnen ze het je behoorlijk lastig maken. Wees altijd geduldig en liefdevol, maar ook onvermurwbaar en consistent, dan zullen ze al heel snel begrijpen wat er van ze verwacht wordt. Dat geeft ze een gevoel van veiligheid, en op grond daarvan zullen ze je vertrouwen en naar je luisteren.' Hij laste een dramatische pauze in en voegde er toen aan toe: 'Meestal, dan.' Iedereen schoot in de lach. Daarna ging hij verder met tot in de details op het belang van de bench te wijzen. De bench mocht nooit als strafmaatregel worden gebruikt, maar was bedoeld als een manier om de leefruimte van de hond in te perken waardoor die niet meer uit zoveel dingen te kiezen had en daardoor minder stress had. Daar had ik nog geen moment bij stilgestaan, dat het háár stress er minder op zou maken.

'Mooi. Maak de pups dan maar wakker,' zei Bill, en hij klapte opnieuw in zijn handen. 'We gaan ze doorgeven.' Terwijl ik met verrukking naar Bill had zitten kijken, was Heloise op mijn schoot in slaap gevallen. Een van de andere pups lag ook heerlijk te slapen. Ik stak mijn handen onder haar door, tilde haar tot voor mijn gezicht en kuste haar wakker. Ze keek me met slaperige oogjes aan.

'Doorgeven' bleek niets anders te zijn dan dat – doorgeven. Iedereen ging staan, en toen Bill het teken gaf, gaven we onze pup voorzichtig aan degene links van ons. Een paar van de grotere honden liepen gewoon van de een naar de ander, maar de jongere dieren werden liefdevol van de een naar de ander doorgegeven. Elke hond nam me nieuwsgierig en ook een tikje terughoudend op. Ik wist zeker dat ze wisten dat ik nieuw was. Dat ik nog getest moest worden. Maar ik deed wat de anderen deden, en begroette elke hond vol overtuiging, waarbij ik hem of haar een paar aaitjes over de flanken gaf en overtuigend toesprak. Ondertussen bleef ik Heloise angstvallig in de gaten houden. Ze hield zich slap en keek elk nieuw mens achterdochtig in de ogen. Toen ze ten slotte weer bij mij terug was, begon ze wild te kwispelen en mijn kin te likken.

Ze had me herkend! Na slechts twee dagen wist ze al dat ik haar moeder was!

'Deena, waarom laat je Heloise niet even uit?' vroeg Bill. 'En Corinne ook. Volgens mij moeten ze plassen.'

Wat, stond hij soms rechtstreeks in verbinding met hun blaas? Hoe wist hij dat? Maar ik stond gehoorzaam op en deed haar opnieuw aan de riem. Het andere stel was, met de kleine Corinne op de arm van haar vrouwtje, al bij de deur. 'Deena, je kunt haar beter dragen. In je armen zal ze niet plassen, maar wel wanneer ze op de vloer is, en we willen dat ze ermee wacht tot ze buiten is. Het is honderd keer effectiever om het gedrag dat we willen te prijzen, dan om het gedrag dat we níét willen te corrigeren.'

Ik droeg haar naar buiten. Ze snuffelde even aan het koude gras, en toen liet ze haar buikje zakken en deed vrolijk haar behoefte.

'Doe je behoefte, doe je behoefte!' kraaide ik. En toen: 'Braaf zo, braaf meisje! Braaf meisje, Heloise! Braaf!' Ik lachte toen ik Corinne's ouders aan de andere kant van het donkere terrein precies dezelfde kreten hoorde slaken. Ongelooflijk. Hoe had Bill dat geweten?

Toen we weer binnen kwamen, was hij de groep iets aan het vertellen, dus ik nam Heloise weer op de arm en we gingen stilletjes zitten.

'Ik wil dat jullie in de loop van de avond allemaal afscheid nemen van Redondo, en dat jullie hem succes wensen,' zei Bill. Hij klonk ineens heel ernstig, en wees op het jonge stel met de grote zwarte labrador. 'Hij is teruggeroepen en vertrekt over enkele dagen naar de geleidehondenopleiding.' Een aantal mensen slaakte een gesmoorde kreet. Bill hield zijn hand op en knikte. 'Ja, ik weet het, het is nogal onverwacht. Zoals de meesten van jullie weten, gaan de teruggeroepen honden meestal mee terug met de camper die nieuwe pups komt brengen, en in de regel krijgt de adoptiefouder het een paar maanden voor de definitieve datum te horen. Het kan echter gebeuren dat er landelijk opeens een plekje vrij komt, of dat ze extra tijd nodig hebben om een hond voor speciale omstandigheden wat langer te observeren. In dit geval gaat het om een vrijgekomen plaats. Josie vliegt volgende week met een afgekeurde hond die nu gewoon huisdier wordt, naar Denver. De hond die na de afgekeurde hond het oudste is of het beste getraind is, Redondo dus, gaat in haar plaats in opleiding, en Josie neemt hem ook meteen mee.' Hij keek het stel recht aan, en aan zijn gezicht was te zien dat hij met hen te doen had. 'Kent en Isabelle hebben fantastisch werk geleverd met deze jongen. Gefeliciteerd, jongens.' Ze zagen er eerder uit alsof ze gecondoleerd wilden worden. Alsof ze er spijt van hadden dat ze zulk goed werk hadden geleverd. Ze hielden elkaars hand vast, aaiden Redondo met hun andere hand en keken strak naar het dier. Een paar mensen waren opgestaan om Redondo even te knuffelen en een paar woorden tot Kent en Isabelle te richten.

Bill klapte opnieuw in zijn handen om aan te geven dat het nu tijd was voor de vragen. Op elk van de gestelde vragen kwam een antwoord dat ik nodig had.

Hoe minder commando's, hoe beter. Trek hun aandacht door hun naam te roepen, en zeg één keer wat je van ze wilt. Geef ze de kans om het meteen de eerste keer goed te doen. Als je gehoorzaamheid verwacht, krijg je dat meestal ook. Met de jonkies is het een goed idee om zoveel mogelijk van de bench gebruik te maken – laat de pup weten dat hij daar veilig is. Als je de pup uit de bench laat, laat hem dan weten dat daar een reden voor is – etenstijd, een plas, speeltijd of, en dat was volgens Bill het belangrijkste, een wandeling. Laat de honden zoveel mogelijk lopen, en laat ze van het begin af aan wennen aan het lopen aan de riem.

Wandelen. Ik was nog niet één keer met Heloise gaan wandelen. Bill kwam zelfs met het idee om voor de allerkleinsten een babydraagzak te gebruiken, om ze tijdens langere wandelingen te kunnen laten uitrusten. Ik had mijn oude draagzak nog! Ik keek naar het stel van Corinne – zij waren immers ook nieuw – en vroeg me af of ze dit idee net zo geweldig vonden als ik. De jonge vrouw zat als een bezetene aantekeningen te maken in een schrift. Ik zocht snel in mijn tas en haalde er een hartvormig blokje roze post-it's uit dat Lainey per se had willen hebben, maar uiteindelijk nooit had gebruikt. Dus ik begon vlijtig mee te schrijven terwijl Bill verder vertelde.

Zindelijk maken, schreef ik, en daaronder:

Na elke maaltijd naar buiten, 15 min daarna opnieuw.

Altijd bij wakker worden. Dus daarom had hij ons voorheen naar buiten gestuurd.

Let op de hoeveelheid water die ze drinkt.

Opeens had ik het weer warm, maar het was geen opvlieger. Ik was duizelig van de opwinding terwijl ik als een gek aantekeningen aan het maken was. Ik voelde me net een student op de eerste collegedag, in het vak waar mijn absolute voorkeur naar uitging. Bill bleef allerlei tips opsommen, en ik pende dapper verder. Tekenen dat ze moesten plassen, zoals het snuffelen aan de vloer, of opeens ophouden met waar ze mee bezig waren. Natuurlijk! Heloise had al die dingen gedaan, maar ik had haar taal niet gesproken.

Toen Bill klaar was met zijn les van die avond, stond een aantal mensen op en ging weg, maar anderen bleven om een praatje te maken. Tot de blijvers hoorden Marilyn en Bill, een oudere man die

Hank heette en die al aan zijn tiende pup bezig was, en het nieuwe stel dat Heidi en Alan heette. Hank maakte ons allemaal aan het lachen met een verhaal over een van zijn pups die zich, zonder dat hij het had gemerkt, in de bioscoop uit zijn halsband had gewerkt en, toen Hank ontdekte dat hij weg was, al vier rijen verder was met oplikken en snoepen van gevallen popcorn en chips. Marilyn vertelde dat Salsa een speciale voorkeur voor een bepaald paar van haar schoenen had – ze knaagde er niet op, maar ze verstopte ze alleen maar. Een man die Jeff heette, vertelde over de keer dat hij in een restaurant zat te eten en zijn zwarte labrador maar steeds had zitten piepen en draaien. Om het dier rustig te krijgen, was hij heel overdreven gaan zitten gapen, en het had nog gewerkt ook! De pup had zich door het geeuwen laten aansteken, en was even later gaan liggen en in slaap gevallen. Aangemoedigd vertelde ik over de ontmoeting tussen Heloise en Hairy, een gebeurtenis die nog maar enkele uren eerder had plaatsgevonden en waarover ik bijna in tranen was geweest. Nu hadden we allemaal tranen in de ogen van het lachen. Iedereen had wel één of twee verhalen te vertellen. Het was net als ouders die sterke verhalen over hun kinderen vertellen. Er heerste een kameraadschappelijkheid die ik al in jaren niet meer had beleefd. Door het uitwisselen veranderden dingen die mis gingen in stapjes in het grote proces. En terwijl we zo met elkaar stonden te praten en te lachen, lagen de meeste honden braaf te slapen.

Toen ik op mijn horloge keek en zag dat het over negenen was, nam ik met tegenzin afscheid, en ik bedankte iedereen voor hun steun. Ik weigerde te denken aan wat Neil zou zeggen als hij me weer met Heloise zou zien. Want ik nam Heloise weer mee naar huis. Ik besefte dat ik dat al besloten had op het moment dat ze me, nadat ze de hele kring rond was geweest, herkend had. Maar intussen voelde ik me ook nog gesterkt door duidelijke en praktische adviezen.

Terwijl ik bezig was mijn jas aan te trekken en Heloise oppakte, was Marilyn iets op een papiertje aan het krabbelen. Ze stopte het in mijn jaszak. 'Hier heb je mijn nummer. Bel maar als je iets nodig hebt, wilt vragen of alleen maar een potje wilt janken...' Ze grinnikte. 'We zijn er om elkaar te helpen. En denk eraan dat je die bench gebruikt, Deena!' Ik glimlachte.

Ik reed weg met een positief gevoel. Heloise lag in de bench te slapen. Ik was echt geïnspireerd en vol goede moed. Ik had de steun gevonden die ik nodig had, en ik wist bijna zeker dat het me zou lukken.

Tegen de tijd dat ik via de keukendeur het huis binnen ging, was mijn optimisme tot een mantra geworden: *Natuurlijk kun je het, natuurlijk kun je het...* Ik zette de bench, heel voorzichtig om Heloise niet wakker te maken, op de grond. Ik hoorde dat beneden, in de televisiekamer, de televisie aanstond. Beneden. De meute zat voor de buis. Ik ging erheen.

'Hallo,' zei ik vanaf de drempel. Neil en Lainey zaten elk in een hoek van de bank; Matt zat onderuitgezakt op de grond. Lainey keek niet op en zei niets terug. Matt hief zijn arm op, maar bleef naar de televisie kijken. Neil stond zowaar op en spreidde zijn armen. 'Kom hier, lieverd. Je hebt de juiste beslissing genomen. Ik weet dat het moeilijk voor je is, maar het was verstandig. Kom hier.' Hij deed, nog steeds met zijn armen gespreid, een stapje naar me toe.

Ik bleef staan waar ik stond en rechtte mijn schouders. 'Ja, Neil, ik denk inderdaad dat ik de juiste beslissing heb genomen. Ik heb Heloise weer mee naar huis genomen.' Bijna had ik nog meer gezegd, maar ik beet letterlijk op het puntje van mijn tong om het daarbij te laten. Als ik meer zou zeggen, zou ik beginnen met me te excuseren en zou ik waarschijnlijk ook terugkrabbelen.

Neil keek alsof hij een stomp in zijn maag had gekregen. Hij liet zijn armen vallen en zijn mond zakte open.

Ik kon het niet helpen, ik móést wat zeggen. 'Ik heb zóveel geleerd vanavond!' gooide ik eruit. 'Al die dingen die ik verkeerd deed. Maar nu weet ik hoe het wel moet! Ik...' Neil kamde zijn vingers door zijn dunne haar en blies de ingehouden adem uit zijn longen. Hij hield zijn hoofd schuin. Als Heloise haar kopje schuin hield, was dat vertederend – in Neils geval was het dat niet.

Ik haalde diep adem. 'Dit is het plan. Eh, voorlopig, dan. Aangezien Heloise al moe is, laat ik haar nu uit, en dan gaan we naar bed, omdat we moe zijn, en we de afgelopen nacht nauwelijks hebben geslapen omdat...' Oei, ik ratelde er weer eens op los! Niet bepaald het gedrag wat bij de aanvoerder van een roedel hoort. 'Hoe dan ook, morgenochtend vroeg wil ik dus met haar gaan wandelen.' Dus? 'Welterusten,' riep ik, quasi-opgewekt. Nu pas keek ik langs

Neil heen, en zag dat beide kinderen met open mond naar ons zaten te kijken – van Neil naar mij, en van mij terug naar Neil.

Hoe minder hoe beter. Hou het kort. 'Welterusten, jongens.' Ik blies ze een handkus toe en draaide me om. Met elke stap die ik deed, was ik me ervan bewust dat ik bij mijn gezin vandaan liep, naar Heloise toe.

De volgende ochtend werd ik wakker van Heloise, die zachtjes zat te janken in haar bench onder Sams bureau. Ik pakte de wekker. Tien over zes! Ze had de afgelopen nacht maar twee keer gehuild. Beide keren had ik haar op zelfverzekerde toon laten weten dat alles in orde was, waarna ik me gedurende een halve minuut bewust had ontspannen. De eerste keer was ze blijven piepen, dus had ik haar in mijn armen mee naar beneden en naar buiten genomen, en toen ik haar op het gras had gezet, had ze meteen een plasje gedaan. De tweede keer was ze, nog voor de halve minuut om was, weer in slaap gevallen. En nu had ze tot ruim zes uur doorgeslapen! En zelf had ik, in Sams smalle tweepersoonsbed, zowaar nog redelijk geslapen ook.

Ik haalde haar uit de bench en droeg haar in mijn armen naar beneden. Ze voelde als een warm, tevreden balletje. Ik fluisterde dat ze zo'n ontzettend lief beest was, en ze bewerkte mijn keel met haar tong. En ik vond haar adem zo lekker ruiken. Ik wist niet waar het aan lag, maar het had een heus, lijfelijk effect. Het bezorgde me een gevoel dat alles nieuw en mogelijk was. Ik lachte zacht, en bedacht wat er zou kunnen gebeuren als oude getrouwde stellen bij het wakker worden over en weer puppyadem zouden kunnen ruiken bij elkaar. Misschien dat ze dan weer opnieuw in elkaars ban zouden raken.

We stapten naar buiten, de voorjaarsochtend in, en ik zette Heloise in het gras dat nog nat was van de dauw. Op bijna elk sprietje fonkelde een druppel waarin een volledige, piepkleine regenboog zichtbaar was. Ze deed wat ze moest doen, en ik bukte me om haar te prijzen.

Ik stond met haar op één arm, en wreef met mijn andere hand in mijn opgezette ogen. Ik had tot na middernacht in het handboek zitten lezen. Wat me vooral had geïntrigeerd, was de opmerking dat puppy's, en met name labradors, de neiging hadden om zo snel te eten dat ze het meteen weer uitbraakten. Een van de suggesties om dit te voorkomen maakte me aan het lachen, en ik popelde om het uit te proberen.

Weer binnen zette ik Heloise in de bench, waarna ik een kop koffie voor mezelf inschonk. Toen begon ik aan haar ontbijt – in mijn gietijzeren tulbandvorm die nog van mijn grootmoeder was geweest, en waarin drie generaties vrouwen tulbanden en puddingen hadden gemaakt. Grinnikend schonk ik warm water op de brokjes, en bedacht dat dit ongetwijfeld de eerste keer was dat iemand er hondenvoer in deed.

Ik nam een paar versterkende slokjes koffie terwijl Heloise in haar bench zat te piepen. 'Alles is in orde, meisje!' liet ik haar zelfverzekerd weten. Ze werd stil. Toen de brokjes zacht waren geworden, liet ik haar eruit. Ze begon te springen en te blaffen en verschrikkelijk opgewonden te doen. Maar na de bijeenkomst en het lezen van het handboek, was ik gewapend met kennis. *Denk eraan dat je, alvorens een commando te geven, eerst haar volle aandacht hebt.* 'Heloise, zit,' zei ik luid en met klem. Ik moest haar eerst even helpen, maar ze had het al snel door. Toen doorliep ik de stappen die Bill ons had laten zien – ik zette de bak op de grond, maar tilde hem meteen weer op zodra ze uit haar zit kwam. Na zo'n vijf of zes keer begreep ze dat ze stil moest blijven zitten en op mijn commando moest wachten alvorens te mogen eten. Het was net toveren! En omdat ze rond de zuil in het midden van de bakvorm moest eten, moest ze het nu een stuk kalmer aan doen en kon ze niet meer zo schrokken.

Terwijl ze at en ik haar gadesloeg, herinnerde ik me meer uit het handboek. *Veel honden moeten meteen na het eten hun behoefte doen.* Ze had meteen na het ontbijt in onze kast gepoept! Ik voelde me net een detective. Toen ze klaar was met eten, tilde ik haar op en bracht haar naar buiten. Ik bleef op één plek staan en liet haar rondsnuffelen aan de riem. *Hou je hond in een krappe cirkel bij je. Zodra hij de hele cirkel rond heeft gesnuffeld, doet hij meestal een hoop.* En ja hoor, nadat Heloise twee maal om me heen had gesnuffeld, deed ze haar drol. Voor mijn gevoel had ze een gouden ei gelegd! Ik liet haar op meerdere manieren weten dat ze een heuse poep-ster was en overlaadde haar met complimentjes. Nadat ik de drol had opgenomen en weggegooid, gingen we weer naar binnen. Hoofdschuddend stelde ik vast dat zo'n klein beetje informatie het leven van een hel in een meer dan aangenaam oord kon veranderen.

Ik zette haar terug in de bench en zei haar dat we weldra zouden gaan wandelen, maar dat ik eerst voor iedereen ontbijt en lunch moest maken. Ze begon te piepen, en ik zei streng: 'Heloise, je zit daar best. Wacht.' Vervolgens begon ik zachtjes zingend aan het klaarmaken van de broodjes. Toen ik tersluiks even naar haar keek, zat ze – o zo aandoenlijk – met haar kopje schuin naar me te luisteren. Ik popelde om haar mee uit, en de wereld in, te nemen.

Vandaag kreeg de hele familie boterhammen met pindakaas en jam. Lekker en snel. Ik had ze in recordtijd klaar, stopte ze in de lunchdozen, deed er chips, fruit en een koekje bij, en ging verder met het ontbijt. Ik haalde de eieren uit de deur van de koelkast, de bacon uit de vleesla, en bleef toen, met de deur nog in mijn hand, ineens staan. Nee. Ik had vandaag geen tijd voor bacon. En ook niet voor eieren. Ik zette ze weer terug in de koelkast.

Nadat ik de cornflakes, kommen en lepels op het aanrecht had klaargezet, schreef ik er een briefje bij:

H en ik zijn wandelen. Mam xx.

Ik liet Heloise uit de bench, deed haar aan de riem en toen herinnerde ik me iets en droeg haar in mijn armen naar de kelder. In de rommelkamer deed ik het licht aan, en we knipperden alle twee tegen het felle schijnsel van het kale peertje. Ik keek om me heen en aaide Heloise ondertussen over haar kopje. Daar was de draagzak, de Snugli, achteraan, in de schaduw van de verwarmingsketel. Hij was een beetje verschoten na al die jaren, het geel was niet zo zonnig meer en de bloempjes waren ook wat flets, terwijl de vulling van de schouderbanden na drie baby's ook niet meer echt veerkrachtig was. Maar toen ik hem van de haak pakte en het licht erop viel, leken de kleuren ineens wat feller bij het vooruitzicht opnieuw dienst te kunnen doen.

11

'**K**om, meisje! Kom!'
Heloise, die helemaal niet blij was met de riem, weigerde naar het eind van de oprit te lopen. Sterker nog, ze deinsde achteruit. We waren hier nu al zeker vijf minuten mee bezig. Voor de zoveelste keer gaf ik een zacht rukje aan de stevige nylon riem. Op den duur zou ze een mooie riem van leer krijgen, maar die was op dit moment nog veel te zwaar voor haar. Heloise weigerde naar mij te luisteren, en daar had haar riem niets mee te maken. Ze ging zitten en zette haar voorpoten schrap.

Ik droeg de Snugli op mijn borst, en ik wist dat ik haar erin zou kunnen zetten en haar op de wandeling zou kunnen dragen. Maar ik vond dat ze, om dit als oefening te laten tellen, toch echt wel meer dan vijf stappen de oprit af gedaan moest hebben.

Ik trok de riem strak, hurkte en riep haar opnieuw, terwijl ik op mijn knieën sloeg. Ze vloog naar me toe en sprong op toen ik ging staan. 'Brave hond! Kom mee!' Ik deed een stap voorwaarts, gaf een minimaal rukje aan de riem, en opnieuw zette ze zich schrap, waarbij ze nu ook nog probeerde haar kop uit de halsband te wurmen.

Oké. Het was tijd om als aanvoerder van de roedel op te treden. Een moederwolf zou haar jong met de tanden in zijn nekvel grijpen. Ik had er veel voor over om aanvoerder te zijn, maar er waren grenzen.

'Let op, Heloise. We gaan nu weg.' Ik tilde haar op en droeg haar, met mijn arm onder haar buik, op mijn heup. Ze liet zich loodzwaar hangen, maar ik vertikte het haar gedrag te belonen met haar in de buurt van mijn hart of mijn gezicht te dragen. Ik bracht haar naar de overkant van de straat. Ze zou eerst een eindje moeten lopen voor ze in de Snugli mocht.

Ik zette haar op de stoep, en deed een nieuwe poging. Ze zag een stok en sprong er bovenop alsof het een levende prooi was. Ik trok de stok uit haar bek en moedigde haar aan. Ze keek me aan, deed een paar stapjes en zag toen een sigarettenpeuk, waar ze zich razendsnel, voordat ik de kans had gekregen haar tegen te houden, bovenop stortte. Nu viste ik ook de peuk uit haar bek. 'Bah, Heloise!' Ik trok weer aan de riem, maar ze bleef koppig en stokstijf zitten. Ik wachtte een paar seconden, en toen probeerde ik het opnieuw. 'Heloise! Kom!' Ik zette één voet voor de andere, en begon pompende bewegingen te maken. Ze keek me aan maar bleef zitten. Ik nam me voor om straks in het handboek op zoek te gaan naar het hoofdstuk Hoe laat ik een hond lopen die dat niet wil.

Gefrustreerd blies ik mijn pony van mijn voorhoofd. Heloise keek met stralende ogen naar me op. Ik ging, zo ver als de lengte van de riem het toeliet, achter haar staan en begon met overdreven kleine stapjes te rennen. 'Kom, Heloise! Kom!' zong ik. Toen ik naast haar was gekomen, greep ze de riem in haar bek en begon ermee te rennen. Dat was tenminste iets. Ze deed iets van twaalf pasjes, en toen liet ze de riem los om een paardenbloem te lijf te gaan. Ik trok hem uit haar bek, en ze hield er een gele veeg op haar lip en neus aan over. Ze nam een paar sprongen vooruit en stortte zich op een steentje, dat ze ook meteen in haar bek nam. Ik stak mijn vinger in haar bek en tastte rond op zoek naar het steentje, maar kon het nergens ontdekken. Volgens mij was er niets wat ze niet zou eten. Ik trok mijn vinger terug, tilde haar op, hield haar op ooghoogte voor me en keek haar ernstig aan.

'Luister, jongedame. Steentjes zijn niet om te eten. Heeft je moeder je dat nooit verteld?' Ze spitste haar oren, stak haar kopje naar voren, begon speels te kwispelen en beet me zachtjes in het puntje van mijn neus.

'Au! Afgelopen! Jij wilt dan misschien niet lopen, maar ík wel.' Ik stopte haar in de Snugli en trok haar staart uit een van de openingen voor de benen. Op die manier liepen 'we' een blokje.

Heloise genoot van de rit, en ik genoot van het wandelingetje. Het was nog heerlijk stil zo vroeg, en overal zongen vogels die blij waren dat de winter voorbij was. Zelf vond ik het zalig dat ze allemaal weer terug waren en dat het volop voorjaar was. Ik genoot ervan om te zien wat er in de tuinen van de mensen aan het uitlopen was, en van de bomen die al schuchter groen begonnen te worden. Ik snoof alle nog subtiele geuren diep in me op, in het besef dat ze pas later, wanneer het wat warmer was en de zon de bloesems had bereikt, veel sterker zouden worden. Over een paar uur zouden de geuren in de wijk nauwelijks onderdoen voor die van een parfumfabriek.

Ik wist dat Moeder Natuur in Colorado zo af en toe wel eens een streek kon uithalen, en dat ze het aan het begin van de zomer wel eens een keertje liet sneeuwen. Maar vandaag scheen er een lekker warm zonnetje. Er stond een zacht briesje en de wereld was nieuw. Ik had zin om mijn vel open te ritsen en eruit te stappen.

Toen we de hoek van onze straat weer om kwamen, zag ik Amy Kellerman op de oprit van haar huis. Ze bukte zich om met één hand de krant op te rapen, terwijl ze met de andere haar rood met gouden satijnen kamerjas dichthield. Melba zat aan de boom gebonden.

'Goeiemorgen,' zei ik.

Ze keek op zonder overeind te komen. Haar gezicht was opvallend bleek en haar ogen waren opgezet. Ik kon me niet herinneren dat ik Amy ooit zonder een flinke hoeveelheid make-up had gezien – een dikke laag foundation, lange valse wimpers en volle, omlijnde rode lippen. Amy was stewardess en haar man – van wie ze net was gescheiden – was piloot. In de buurt werd gefluisterd dat hij haar voor een veel jongere stewardess had ingeruild.

'Eh, goeiemorgen,' zei ze, haar kamerjas nog wat strakker om zich heen trekkend. Quasi-onopvallend streek ze haar hand over haar ongekamde haren. Ik had er geen idee van wat haar oorspronkelijke, eigen haarkleur was. In de loop der jaren had ze alle denkbare tinten gehad, en tegenwoordig was ze lichtblond.

Amy en ik waren geen vriendinnen. Ik geloofde dat ze nogal op me neerkeek omdat ik niet werkte. En ik had ook wel eens een hekel aan haar, voornamelijk om het feit dat ze veelvuldig, en vaak op het allerlaatste moment, vanuit Chicago of New York of Los Angeles belde en vroeg of ik 'met de meisjes wilde carpoolen', hetgeen betekende dat ik voor het transport naar school, voetballen, partijtjes enzovoort van haar dochters moest zorgen. En dat deed ik altijd, want Sara en Nan konden het ook niet helpen. Slechts zelden durfde ik toe te geven dat ik haar ook benijdde om al haar reizen, het feit dat ze zoveel van de wereld zag en dat ze haar eigen geld verdiende en onafhankelijk was. Maar dat met dat vliegen, dat was iets wat ik nooit zou kunnen. En ik wilde ook wel toegeven dat zij, en alle vrouwen zoals zij, ervoor zorgden dat mijn dochter en alle dochters het later minder moeilijk zouden hebben om als vrouw werk te vinden. Zij had haar keus gemaakt, en ik de mijne.

Ik wist echter dat Amy niet erg van mijn keus onder de indruk was, ook al hadden zij en Marty dan iemand ingehuurd om te doen wat ik deed. Of liever, meerdere iemanden. Het schoonmaken van het huis, de boodschappen, het koken, grasmaaien en het verdere onderhoud van de tuin werd allemaal door andere mensen gedaan. En dan de kindermeisjes. In de loop der jaren had ik Amy meerdere keren horen zeggen dat ze knettergek zou worden als ze dag en nacht thuis zou moeten blijven bij haar dochters – 'zoals jij, Deena.' Dat zei ze altijd op een quasi-bewonderend toontje, maar de minachting en het medelijden ontgingen me niet. En wat nog wel het ergste was, was dat ze, wanneer we elkaar zagen, altijd wel iets opmerkte in de trant van 'wat ik eigenlijk zou moeten zijn'.

'Je zou interieurs moeten ontwerpen,' zei ze, toen onze nieuwe bank werd bezorgd. 'Je zou catering moeten doen,' zei ze, toen ze allemaal de griep hadden en ik ze een pan kippensoep bracht. 'Je zou in de verpleging moeten,' was haar idee, toen Sara van zeven voor onze deur van haar fiets was gevallen en ik haar knie had behandeld. Amy was niet onaardig, maar uit al haar 'goede 'ideeën' bleek dat ze het idee had dat ik op dit moment niets was.

Het was voor mij echter nooit een optie geweest om de zorg voor mijn gezin aan anderen uit te besteden. En in werkelijkheid kon je rustig stellen dat ik al die dingen die ze me aanraadde, al lang deed – voor mijn gezin, en voor andermans gezinnen, met name dat van haar. Ik werd er alleen niet voor betaald. En zowel Neil als ik was er altijd van overtuigd geweest dat hetgeen ik deed waardevol was. Wat we wilden, was een hechte onderlinge band, een band met ons gezin en met onze gemeenschap. En het feit dat er altijd iemand thuis was, was de beste manier om dat te bereiken, en om ons te verzekeren van de kwaliteit in ons leven die we allebei wilden hebben. En we hadden een goed leven. Dat wil zeggen, tot voor kort. Tot ik me bewust was geworden van mijn ophanden zijnde pensioen, en niet had geweten wat ik dan zou moeten doen. Of zelfs maar hoe ik van de ene fase naar de andere zou moeten laveren.

Neil had altijd laten blijken dat hij mijn werk waardeerde, maar ik vroeg me regelmatig af of hij wel wíst wat ik deed. Soms verklaarde hij met overdreven veel bombarie dat mijn taak de allerbelangrijkste taak ter wereld was, maar volgens mij sprak hij alleen maar na wat hij in mijn damesbladen had gelezen. Meer dan eens had ik mijn *O, Women's Day, LHJ* of andere tijdschriften in onze badkamer gevonden, en dat was niet waar ík ze had laten liggen. Vroeger had ik het – net als veel andere dingen die hij deed – altijd amusant gevonden dat hij mijn bladen leende, maar tegenwoordig irriteerde het me alleen maar.

Ik liep verder in Amy's richting de stoep af. Ze draaide zich om en wilde naar binnen gaan, maar opeens verstijfde ze, en keek ze me weer aan. En naar de Snugli. Ik moest onwillekeurig glimlachen bij het zien van haar gezicht. Ik kon haar bijna horen denken: *Wat, nóg een kind? Op háár leeftijd?* Even leek ze haar onverzorgde uiterlijk helemaal te zijn vergeten, en ze fronste haar smalle wenkbrauwen bij het zien van de bobbel op mijn borst. Heloise was in slaap gevallen, en het enige wat van haar te zien was, was haar staart die uit het beengat stak.

De verleiding om te doen alsof ik een baby in de draagzak had, was groot, maar inmiddels had ze de staart al gezien.

'Hemel, Deena, wat heb je in die Snugli zitten?' vroeg ze, en rond haar getuite lippen speelde een aarzelend glimlachje.

'Een baby. Met een staart,' zei ik, glimlachend. 'Dit is Heloise. Ik ben vrijwillige puppy-adoptieouder voor de blindengeleidehonden van *K-9 Eyes*.' O, het voelde heerlijk om dat te kunnen zeggen! Mijn Snugli met hond puilde extra uit van pure trots.

'Je zorgt voor een pup die blindengeleidehond moet worden?' Ik vond de ongelovige klank van haar stem een tikje onthutsend. En ze had het op dezelfde toon gezegd, dus ik wist niet wat haar meer verbaasde – dat ík iets – wat dan ook – deed, of het zorgen voor deze pup in het bijzonder.

'Ja,' antwoordde ik alleen maar. Ik begon steeds meer waardering te krijgen voor korte antwoorden.

'Mag ik hem zien?' Ze hield de krant tegen haar borst gedrukt, en had haar armen eroverheen over elkaar geslagen.

'Ja, hoor. Maar ze slaapt net. En je weet toch wat ze zeggen over het wakker maken van slapende honden.'

Ze keek me aan, glimlachte, deed twee aarzelende stapjes naar me toe, boog zich naar voren en keek in de Snugli. Heloise lag met haar kopje over haar schouder, net als een vogel, maar dan zonder een vleugel over haar neus. En ze snurkte, een beetje zoals ik me van Pino uit Sesamstraat herinnerde.

Amy's gezicht ontspande zich, en ik vond het fascinerend om haar naar het hondje te zien kijken. Ze leek ineens een heel ander mens en het was alsof ze al haar zorgen en problemen was vergeten – alsof de zware last even van haar schouders was gegleden.

Toen keek ze me weer aan en was ze weer de oude Amy. 'Weet je wel wat je je hiermee op de hals hebt gehaald?'

Even voelde ik me gekwetst. Boos, ook. Maar toen ging Heloise verliggen, en veranderde ze van snurkritme. Ik keek Amy aan en haalde mijn schouders op. Glimlachend zei ik: 'De tijd zal het leren.'

In de loop van de daaropvolgende weken oefenden Heloise en ik van alles en nog wat, variërend van het gedrag tijdens het klaarmaken van het eten tot het wachten op een 'oké' alvorens een deur door te gaan of in of uit de auto te springen en het op bevel in haar bench kruipen. Ze was intussen al heel goed in 'zit', 'blijf', en 'kom'. Maar wat nog steeds niet wilde lukken, was de oprit. Heloise weigerde keer op keer naar de straat te lopen, en het leek bijna alsof ze gewoon niet wilde wandelen. Zodra ik haar echter naar de overkant had gedragen, was ze heel enthousiast en wilde ze dolgraag lopen en op zoek naar nieuw avontuur. Toen ik op de puppybijeenkomst over dit gedrag van haar vertelde, zei Bill dat elke hond zijn eigenaardigheden had, dat ik het niet op moest geven, me door het handboek moest laten inspireren en dat ik 'creatief moest zijn'. Aan de manier waarop hij naar me glimlachte, zag ik dat hij wilde dat ik dit probleem zelf oploste. Maar het liep anders. In de tweede week van mei kwam de grote doorbraak – maar dat gebeurde niet dankzij mij, maar dankzij hulp uit een totaal onverwachte hoek.

Het was een heerlijke voorjaarsmiddag, en Heloise en ik waren ons binnen aan het voorbereiden op onze tweede wandeling van die dag. Nou ja, Heloise lag op haar blauwe bot te knagen. Ik was het handboek aan het lezen, in de hoop dat ik er een nuttige aanwijzing in zou kunnen ontdekken voor het oprit-probleem. Ik zat aan het bureau in de keuken en had het handboek opengeslagen op schoot. Het hoofdstuk 'Wandelen aan de lijn' bood maar ten dele uitkomst. *In het begin*, stond er, *is het een goed idee om te hond te laten leiden, maar laat hem niet trekken.* Daarna volgden acht suggesties om te voorkomen dat de pup zou trekken. Maar Heloise had op geen enkele manier blijk gegeven van een behoefte aan leiden, laat staan aan trekken. In ieder geval niet op de oprit. Het enige wat ze daar wilde doen, was zitten. Ik las de volgende alinea. Daarin werd uitgelegd wat je moest doen om de pup die had leren leiden, zo ver te krijgen dat hij nu wilde volgen. Ik keek bij de inhoud onder 'zitten', maar vond alleen maar aanwijzingen over hoe je de pup moest leren zitten. En 'koppig' kwam niet in de index voor.

Ik keek naar Heloise. Ze stond bij haar bench en keek strak naar het blauwe bot op de grond. Ik wist dat ze zich er elk moment bovenop zou storten. Ze was al aardig gegroeid, maar ze deed nog steeds van die malle dingen.

'Heloise?' Ze keek me aan alsof ze vergeten was dat ik ook in de keuken was. 'Heb jij dit eigenlijk al eens gelezen?' vroeg ik, met mijn wijsvinger op het boek tikkend. Ze kwispelde. 'Hier staat namelijk dat je, wanneer we wandelen, moet léiden. En er staat nérgens dat je op de oprit moet gaan zitten.' Ze ging zitten en maakte me aan het lachen. 'Brave hond,' zei ik.

Ik las verder en vond ten slotte iets waar ik mogelijk wat aan zou kunnen hebben. *Als je pup extra aanmoediging nodig heeft om je te volgen, maak je dan zo klein mogelijk – ga voor zo ver dat mogelijk is op ooghoogte voor hem zitten en trek op deze manier zijn aandacht. Vergeet ook niet om hem tegelijkertijd verbaal aan te moedigen.* 'Dus dan is het idee dat ik mijn gezicht als lókmiddel gebruik?' vroeg ik hardop. Heloise was op haar bot gesprongen en hield het tussen haar tanden toen ze mijn stem hoorde. Ze draaide zich opnieuw naar me om en keek me aan. Ik las verder, hardop, om Heloise te laten weten dat hetgeen ik weldra wilde proberen officieel goedgekeurd gedrag was. *Andere manieren om je pup zo ver te krijgen dat hij volgt, is opgewekt in de handen klappen, kruipen, met de heupen draaien, huppen en springen, voor de pup op de grond slaan, enzovoort.* Ja, hoor. Ik zag me al over de oprit kruipen, en huppen en springen om Heloise te amuseren. Ik pakte de hond en haar riem, en ging naar buiten.

Het was een doordeweekse middag, dus met een beetje geluk was geen van de buren thuis, of zat er niemand voor het raam. Heloise sprong van de stoep, liep langzaam naar het begin van de oprit en ging zitten. Met een hoog piepstemmetje riep ik: 'Kom, Heloise!

Kom!' Ik bukte me voor haar, ging half op mijn hurken zitten en sloeg op het beton. Het voelde prettig warm van de zonnige dag, niet heet, dus dat excuus had ze niet. Ik sloeg nog eens op het beton, en gaf tegelijkertijd een rukje aan de riem. Ze stond op en trok naar achteren. Ik zuchtte, ging voor haar op mijn knieën zitten en bracht mijn gezicht tot voor het hare. Ze bleef staan en spitste haar oren. 'Hallo, lieverd. Kom!' Ik bewoog mijn glimlachende gezicht een eindje bij haar vandaan. Ze hield haar kop schuin maar liet haar oren hangen. Opnieuw bracht ik mijn gezicht tot vlak voor haar neus. Opnieuw spitste ze haar oren. Ik bewoog me naar achteren. En toen sprong ze plotseling op me af, hapte naar mijn gezicht en schraapte me met één scherp tandje over mijn wang.

'Au!' Ik ging op mijn hielen zitten en wreef mijn gezicht met mijn vrije hand. Heloise stond nog steeds met gespitste oren, en ze kwispelde als een bezetene. Nou, één ding was duidelijk, mijn pup had plezier in de oefening.

Ik ging weer op mijn handen en knieën zitten, klemde het uiteinde van de riem tussen mijn tanden en begon de oprit af te kruipen. 'Ier, E-o-iese!' riep ik met mijn mondvol riem achterom, terwijl ik oogcontact met haar probeerde te houden. Ze volgde! Ik kroop sneller. 'Ier, E-o-iese!' riep ik opnieuw, haar opgewonden aankijkend.

'Eh, mam?'

Ik verstijfde. Langzaam draaide ik mijn hoofd naar voren terwijl ik voelde dat ik een kleur kreeg. Daar, aan het eind van de oprit, stonden Lainey en Matt, elk met hun rugzak over hun schouder. Was het nu al half vier? Ik was vuurrood van schaamte.

'Wat dóé je?' vroeg Lainey. Ze had haar handen in haar zij, en beide kinderen namen me lachend op.

'Ik gebruik mijn gezicht als lokmiddel.'

Matt schaterde het uit. Lainey glimlachte en vroeg toen: 'Wat?'

Ze kwamen naar ons toe gelopen terwijl ik het uitlegde. 'Om de een of andere onduidelijke reden weigert ze de oprit af te lopen.'

Ik ging op mijn hielen zitten terwijl Heloise opsprong om de kinderen te begroeten. Ze zat meestal in haar bench wanneer ze uit school kwamen, en dat betekende dat ze haar in de regel negeerden. Nu bukten ze zich om haar te begroeten.

'Eén seconde, jongens. Ze moet eerst gaan zitten voordat jullie haar mogen aaien. En als ze toch weer gaat staan, dan houden jullie meteen weer op met aaien, goed?' Ze knikten, en tot mijn verbazing leken ze het alle twee leuk te vinden om deel te mogen hebben aan haar officiële training.

Ik ging voor haar staan. 'Heloise?' zei ik. Ze keek me aan. 'Zit.' Ze gehoorzaamde meteen.

'Wauw,' zei Lainey, en beide kinderen bukten zich om haar te aaien. Maar Heloise ging weer staan. Matt en Lainey kwamen prompt overeind, glimlachten en hielden hun handen op hun rug.

'Nee, nee,' zei ik tegen Heloise, terwijl ik een achterwaarts rukje aan de riem gaf. Pas toen ze weer was gaan zitten, zei ik tegen de kinderen: 'Dat was volmaakt, jongens! Kunnen we dat nog een keer proberen?' Nu was het hun beurt om trots te zijn. Het werkte aanstekelijk! We herhaalden de oefening, en na nog eens drie keer had Heloise begrepen dat ze alleen maar aandacht van hen zou krijgen als ze bleef zitten.

'Wauw,' zei Matt. 'Wat een intelligent beest.'

'Braaf, Heloise,' zei Lainey, terwijl ze haar achter haar oor krabde.

'Dank je, jongens, dat was echt geweldig. Zouden jullie me met nog iets willen helpen?' Ze keken me achterdochtig aan, en ik lachte. 'Ik wil haar per se die oprit af laten lopen.'

'Moeten we ons gezicht als lokmiddel gebruiken?' vroeg Lainey, met een gekweld gezicht.

'Nee.' Ik lachte. 'Maar ze was echt blij met jullie aandacht, dus als jullie nu eens aan het eind van de oprit gaan staan en haar dan roepen?'

'Goed.' Ze gooiden hun rugzakken op het gras en jogden naar het eind van de oprit. Toen ik knikte, begonnen ze haar enthousiast te roepen en op hun dijen te kletsen. Heloise spitste haar oren, deed een pasje naar voren, maar begon toen opeens met zoveel kracht naar achteren te trekken dat ik dacht dat ze haar kopje uit haar halsband zou werken.

'Waarom proberen we het niet met iets lekkers?' suggereerde Matt. 'Ik zal een paar plakjes van die salami uit de koelkast halen, of een paar stukjes kaas! En we hebben popcorn in de kast. O, of anders een Beefy?' Echt weer iets voor Matt, om precies te weten wat we in huis hadden.

'Nee, dat mag ze allemaal niet hebben. En we mogen geen eten gebruiken om haar dingen te leren. Op die manier leert ze op een

beloning te reageren, en doet ze het niet uit vertrouwen en gehoorzaamheid.'

Matt haalde zijn schouders op. 'Wat doen we dan?'

'Nou, ik weet niet,' zei ik, naar Heloise kijkend. 'Ik heb echt álles
geprobeerd.' *Denk als een hond.* Ik keek naar Matt en Lainey, en beiden keken me even strak aan als Heloise. *Roedel.* 'Oké!' zei ik. 'Dit is
het plan. Ik geloof dat ze net op het punt stond me te volgen toen jullie kwamen. Dus misschien is het een idee als we allemaal over de
oprit kruipen. Dan zijn we net haar roedel, en ze wil niets liever dan
daar deel van uitmaken.' Ik ging weer op mijn handen en knieën zitten, nam de riem weer in mijn mond, trok eraan door met mijn hoofd
te bewegen, en riep haar.

'Ier, E-o-iese!' Ze ging zitten. Matt lachte, maar kwam naar ons toe
en ging naast me op zijn knieën zitten.

'O, wat kan het ook schelen,' zei Lainey, en ze volgde ons voorbeeld.

Alle drie keken we naar Heloise, en toen begonnen we te kruipen
terwijl we enthousiast haar naam riepen.

Ze hield haar kopje schuin, begon te kwispelen en deed een paar
aarzelende stapjes. En toen nog een paar. Het werkte! 'Graaf, E-o-
iese!' riep ik, om de inmiddels nat gekwijlde riem heen. Hand, knie,
hand, knie, we kropen met zijn drieën en riepen haar, en de kinderen
werden steeds enthousiaster naarmate ze wat sneller volgde. Ik voelde de kleine steentjes in mijn handen drukken en wist dat de knieën
van mijn spijkerbroek smerig werden, maar Heloise liep de oprit af!
'Snelleh!' zei ik, en we versnelden ons tempo. In het besef dat we bijna bij het eind van de oprit waren, draaide ik mijn hoofd naar voren,
en bleef zitten. Pal voor me, op de grond, stond een paar zwarte, verstandige wandelschoenen. Langzaam liet ik mijn blik naar boven
gaan. Blauwe sokken, behaarde witte benen, en dan die veelzeggende
katoenen short met zwarte strepen langs de zijnaad, de grote tas op
zijn heup. Walter. Onze postbode.

'Dag mevrouw Mungor, jongelui,' zei hij joviaal, terwijl hij strak
op mij neerkeek. Ik voelde me knal- en knalrood worden. Lainey
kwam met een ruk overeind en zag eruit alsof ze moest huilen. Het
volgende moment vloog ze, zonder haar rugzak te pakken, het huis
in. Matt keek van mij naar Walter, en toen naar zijn eigen rugzak.
Heloise haastte zich naar Walter en sprong tegen diens blote benen
op.

'Nee, Heloise!' zei ik, terwijl ik haar met de riem – die ik inmiddels weer in mijn hand had – van hem af trok. Ik ging staan en streek mijn haren uit mijn rood aangelopen gezicht. Walter had het voor ons bestemde stapeltje post in zijn hand. Ik nam het zo bevallig mogelijk van hem aan.

'Dank je, Walter. Ik, eh...' Ik wees op Heloise. 'Ze wil de oprit niet af lopen, dus we, eh –'

'U hoeft het heus niet uit te leggen, hoor, mevrouw Munger,' zei Walter lachend. Hij krabbelde Heloise achter haar oor. 'Ik heb zelf ook een aantal pups grootgebracht. Hondentraining noemen ze dat, maar in werkelijkheid is het de hond die de baasjes traint!'

Ik knikte en lachte instemmend, en voelde het zweet van mijn rug lopen. Het was weer zo ver. Met mijn mouw veegde ik de straaltjes van mijn gezicht, en ondertussen hoopte ik maar dat Walter niet dacht dat ik een hartaanval had, of zo. 'Ik wist me geen raad,' zei ik energiek, om duidelijk te laten zien dat er niets aan mijn gezondheid mankeerde. Relatief gezien, dan. 'Ik weet niet waarom het zo'n probleem is om de oprit af te lopen. Hoe dan ook, ze is van *K-9 Eyes*, je weet wel, die blindengeleidehonden. Ik heb haar voor een jaar, om haar de basistraining te geven, en daarna wordt ze opgeleid tot een echte blindengeleidehond.' Ik wuifde mezelf koelte toe met de post in mijn hand.

'Echt? Nou, dat zou best wel eens zwaar kunnen vallen om haar af te moeten staan.' Ik knikte. 'Goh, maar wat fantastisch dat u dit doet. Geweldig, hoor!'

Matt glimlachte. Hij zat nog steeds op de oprit, terwijl hij Heloise afwezig achter haar oor krabde. Kennelijk was zij tot de conclusie gekomen dat ze het liefste in de buurt was van iemand die meer van haar formaat was. Beiden keken van Walter naar mij en terug.

'Hé, ik heb een idee,' ging Walter verder. 'Waarom kijken we niet of ze míj wil volgen?' Hij lachte en trok zijn wenkbrauwen een paar keer op. 'Iedereen weet toch dat alle honden dol zijn op de postbode!'

Ik haalde mijn schouders op en lachte. 'Waarom ook niet? Ik heb niet echt de behoefte om elke keer met haar die oprit af te kruipen. Alles is de moeite van het proberen waard, niet, Matt?' Ik wilde hem erbij betrekken.

Matt stond op. 'Alles, met uitzondering van eten. Want dan gaat ze op het eten vertrouwen, in plaats van op ons,' liet hij Walter weten, alsof hij de wijsheid in pacht had. Het was niet helemaal zoals hij het zei, maar ik wilde hem er toch een zoen om geven. In plaats daarvan gaf ik hem de riem aan, waarna we weer met zijn allen naar het begin van de oprit liepen. Walter volgde. Ik maakte me een beetje zorgen om Lainey. Ik vroeg me af of ze over haar schaamte heen was, of dat ze op haar bed, weggedoken onder de sprei, lag te huilen. Ik wierp een blik op het huis, en zag haar tot mijn verbazing met een blikje fris voor het raam staan kijken. Ze zwaaide. Ik zwaaide terug.

Aan het begin van de oprit zette Walter zijn tas op de grond. 'Ooo! Kijk eens hier, hondje,' zei hij, alsof hij haar een vette biefstuk liet zien. 'Hier is de verrrúkkelijke post! Kom dan –' Hij keek me aan. 'Hoe heet ze?'

'Heloise,' antwoordde ik. Hij zette grote ogen op.

'Die naam had ze al,' zei ik glimlachend, en ik haalde mijn schouders op.

Walter lachte kort en wendde zich toen weer tot Heloise. 'Vooruit, Heloise, dan maar! Kom dan, meisje, kom Heloise!' Half voorovergebogen, en de tas achter zich aan trekkend, liep hij de oprit af. Heloise sprong opgetogen blaffend achter de tas aan, op geringe afstand gevolgd door Matt en mijzelf. We liepen weer gewoon en Matt had de riem nog steeds vast. 'Hou hem losjes vast, liever,' zei ik. 'We willen niet dat ze merkt dat ze vast zit, al is het maar om te voorkomen dat ze een onduidelijk signaal krijgt.' Hij liet zijn hand zakken zodat er geen spanning meer op de riem stond. Aan het eind van de oprit liep Walter, zijn tas achter zich aan slepend, rechtsaf, de stoep af – en Heloise draafde er braaf achteraan. Matt begon het tafereel van commentaar te voorzien alsof het een paardenrace was: 'En daar gáát ze! Heloise heeft het einde van de oprit bereikt – wat een vorm, wat een vorm! Mensen, mensen, haar training is duidelijk niet voor niets geweest!'

We vervolgden onze bescheiden optocht van het ene huis naar het andere, en hielden bij elk even halt opdat Walter er de post in de bus kon doen. Matt ging verder: 'Het veulen "Mams Kleine Heloise" heeft nog een heel eind te gaan, maar ze loopt er prachtig bij! Ho, ho! Afgeleid door een bromvlieg! Maar nee! Daar gaat ze alweer! Voluit de finish tegemoet!' Ik moest zo verschrikkelijk lachen dat ik bang was dat ik zelf een ongelukje zou krijgen.

Maar het was ons gelukt. We hadden Heloise zo ver gekregen dat ze op eigen kracht de oprit had verlaten, en dat niet één, maar twéé keer! En daarbij was het ons ook nog eens gelukt om de oefening een spel te laten zijn. Een spel voor de pup, de trainer, haar zoon en de postbode.

12

'Mah-ammmm! Waar is mijn voetbalbroek?'
Lainey's stem denderde de trap af en de keuken in, waar ik bezig was met het klaarmaken van het ontbijt en de lunchpakketten. De paniek in haar stem klonk eerder als een slagaderlijke verwonding dan als het tijdelijk moeten missen van een kledingstuk. Met nijdige gebaren droogde ik mijn handen af aan de theedoek, terwijl Heloise opsprong en ernaar hapte.

'Heloise, nee!' zei ik streng. Ze ging zitten. De laatste tijd deed ze dat altijd – gaan zitten wanneer ze een standje kreeg – in het besef dat ik haar daarvoor zou prijzen. En dat was precies wat ik nu dus ook deed.

Het was eind mei, en het voorlaatste weekend voor het begin van de grote vakantie. Beide kinderen zaten vol plannen voor deze dag, en zouden pas laat thuiskomen om voor hun laatste proefwerken te leren. Ik liep naar de keldertrap om beneden naar Lainey's broek te gaan zoeken, maar bleef ineens staan. 'Nee,' zei ik bij mezelf. Heloise keek verbaasd op. Ik moest voortdurend in de gaten houden wat ik in haar bijzijn zei – ze was als een spons die voortdurend kennis opzoog. Van mij.

Ik liep naar de voet van de trap naar boven. 'Lainey!' riep ik. 'Je zult hem zelf moeten zoeken. Als hij niet in je la ligt, dan ligt hij in de kelder.' Geen reactie. Ik had de trapleuning zo stevig vast dat mijn knokkels er wit van zagen. Heel even wenste ik dat Neil hier was om me te helpen, maar hij was naar de kliniek gegaan om de muren te schilderen. Ik was aan zijn afwezigheid gewend geraakt, en die zeldzame momenten waarop we gelijktijdig thuis waren, leken we elkaar alleen maar voor de voeten te lopen. Dat was vroeger heel anders geweest. Wat in het verleden een zorgvuldig gechoreografeerde dans om elkaar heen was geweest waarbij we ons lachend en met plezier van onze taken kweten, was verworden tot een zowel lichamelijke als emotionele ramkoers. Als hij op dit moment thuis was geweest, zou hij hebben aangeboden om de lunches klaar te maken, maar dan wel op die methodische manier van hem, waarbij hij, onophoudelijk piepend door zijn neusharen ademhalend, alles eerst klaarlegde als de instrumenten voor een operatie – eindeloos langzaam en zorgvuldig. Ik moest hem altijd weer vertellen wat hij er voor het ene kind wél, en voor het andere kind níét bij moest doen. Het was veel beter, hield ik mezelf voor, dat hij niet thuis was.

Er werd aangebeld. Heloise stond meteen keffend en heftig kwispelend voor het veiligheidshekje.

'O, hallo, Amy,' zei ik vriendelijk, hoewel ik eerlijk gezegd nogal verbaasd was om de buurvrouw op de stoep te zien. 'Is er iets?' Ik hoorde de paniekerige ondertoon in mijn stem. Ik moest ook bijna lachen toen ik het gezegd had, want ik klonk precies als mijn moeder. Uit niets aan Amy's uiterlijk bleek dat er iets aan de hand was. Ze droeg een vest van oranje velours en een bijpassende broek, en ze was – voor haar doen weliswaar heel licht – opgemaakt. Ze droeg oranje, met namaak-edelstenen versierde sandaaltjes die me aan de muiltjes van Barbie deden denken. De hoge hakken maakten de gelijkenis met Barbie er alleen nog maar groter op. Bijna verlegen glimlachend, reikte ze me een grote, lege, Tupperware-bewaardoos aan. Ik was er zo goed als zeker van dat die van mij was – dat het de plastic doos was waarin ik hen twee jaar geleden, toen ze allemaal met griep in bed hadden gelegen, die kippensoep had gebracht. Ik had me al afgevraagd waar dat ding was gebleven.

'Neem me niet kwalijk dat ik je zo vroeg stoor, maar zou ik misschien een paar kopjes hondenvoer van je kunnen lenen? Het onze is op.'

'Ja hoor, kom binnen.' Ik nam de doos van haar aan en deed een stapje naar achteren. Ik bedacht dat ze, met die scheiding en zo, waarschijnlijk nu geen boodschappenservice meer had. Ik liet haar op de gang staan en stapte over het hekje heen de keuken in. Ik vulde de doos met hondenbrokken. Heloise zat kalm, maar over haar hele lijfje trillend van opwinding bij het horen van het geluid van haar brokjes, naast me. Nog voor ik er goed en wel een paar van in haar bak had laten vallen, had ze ze al opgeslokt. Het was niet eerlijk om je eten te moeten hóren, en er dan niets van te krijgen. Ik deed de deksel op de doos en drukte hem aan. Toen ik de gang weer in kwam, stond Amy glimlachend om het hoekje van de kamer te gluren. Ik volgde haar blik, nieuwsgierig naar wat ze zo amusant vond. Iemand had een hart getekend in de laag stof op het bijzettafeltje.

Ik gaf haar de doos aan. 'Het is puppyvoer, maar ik denk dat Melba wel raad weet met de hoeveelheid.'

Amy keek me aan, en ze glimlachte nog steeds. 'Vast wel. Reuze bedankt, Deena.' Ze ging weg en liep de oprit af met de doos vol puppybrokjes op haar heup. Amy was de enige vrouw die ik kende die het voor elkaar kreeg om hondenbrokken een sexy lading mee te geven.

'Mah-ammmm! Hij ligt niet in de la!' schreeuwde Lainey weer vanuit haar slaapkamer.

Ik draaide me met een ruk om en riep weer naar boven: 'Lainey! Ik heb gezegd dat je ook in de kelder moest kijken. Heb je me gehoord? Kom hier!' Als ze die verrekte koptelefoon weer op had...

Heloise begon weer te blaffen, en ik liep terug naar de keuken. Hairy zat op het aanrecht. Ik wist zeker dat hij die arme Heloise had zitten uitdagen. Zijn meest recente methode was om vanaf het aanrecht strak op haar neer te staren. Ik griste hem van het aanrecht, gaf Heloise haar dinosaurus-speeltje om op te knagen, en keerde met Hairy op de arm terug naar de voet van de trap.

Lainey stond bovenaan, inderdaad met haar koptelefoon op, maar ze hield één van de speakers op enige afstand van haar hoofd in haar hand. 'Wát?'

'Grrr, Lainey! Doe dat ding af. Nu!' Ik keek haar strak aan, en ze keek even strak terug. Ik ging op de onderste tree staan. De onverbiddelijke moederwolf. Ze trok de koptelefoon van haar hoofd en hing hem om haar nek. Ik kon duidelijk aan haar zien dat ze vond dat ik me vreemd gedroeg.

'Mooi zo. Het volgende doet zich voor. Ik doe mijn best om je broer als eerste het huis uit te krijgen. Jij hebt nog anderhalf uur, maar Matt wordt al over –' ik keek op mijn horloge, draaide me weer om en keek uit het raam, en zag dat Josh's auto al op onze oprit stond te wachten.

Ik brulde langs de trap naar boven: 'Matt! Josh is er!' En toen blafte ik, wat kalmer maar met even veel overtuiging: 'Lainey! Broek! Kelder!' Daarbij wees ik eerst op haar, en vervolgens op de kelder. Ik zette Hairy op de hoogst mogelijke tree. 'Maar eerst breng je hém naar jouw kamer!'

Zo snel als ik kon, maakte ik dat ik terugkwam naar de keuken om Matts lunch in te pakken. De jongens hadden onderzoek gedaan naar zomertaken van de scouting, en ze hadden drie projecten uitgekozen: de aanleg van een tuin bij een complex van sociale woningbouw, de restauratie van een half vervallen brug in een park of het maken van een muurschildering voor een *Head Start*-schoolcentrum. Vandaag zouden ze bij alle drie langsgaan om tot een definitieve keuze te kunnen komen.

Ik vulde zijn rugzak met twee broodjes, een zak chips, twee flessen Gatorade, een paar snoeprepen en een appel, die waarschijnlijk gebutst en onaangeroerd weer terug zou komen, maar ik kon het niet nalaten om voor gezond voedsel te zorgen. Terwijl ik de rugzak dichtritste, snuffelde Heloise rond mijn voeten in de hoop dat ik een kruimeltje had laten vallen. Zij en ik zouden later ontbijten, zodra de rust in huis was weergekeerd.

Matt kwam de trap af gerend. Bij de deur reikte ik hem zijn rugzak aan. 'Bedankt, mam.'

'Niets te danken. Eh, Matt?' Hij was al bijna buiten en draaide zich om. 'Eh, veel plezier!' zei ik. 'En dank je wel voor je dank je wel.' Hij knikte en stapte de veranda op. 'Matt?' Heloise blafte in de keuken.

'Mam, ik moet wég!'

'Dat weet ik. Ik wil alleen maar – Nou, als jullie besluiten om die muurschildering te doen? Misschien dat ik jullie daarbij zou kunnen helpen.' Hij keek me met grote ogen aan. 'Ik bedoel, we hebben een heleboel verf in de kelder. En kwasten ook.'

'O, best.' Hij liep de deur uit. Heloise blafte opnieuw. Ik deed de deur dicht, legde een hand op de koele ruit en keek hoe hij in de auto stapte.

Een paar dagen later, op alweer een zonnige ochtend, kwamen Heloise en ik terug van ons wandelingetje door de buurt, toen ik Amy weer buiten zag. Deze keer was ze niet de krant aan het halen, maar zat ze op een strandlaken op haar ongemaaide gazon. Ze droeg een gele piratenbroek en een nauwsluitend wit topje. Ze steunde met één hand op de handdoek, en gebruikte de andere om Melba mee te borstelen. Zo te zien borstelde ze alleen op die plaatsen waar geen klitten zaten. Amy zat met haar benen naar één kant, en vandaag droeg ze gele, met margrieten versierde judoslippers. Haar teennagels waren felroze. Ze deed me denken aan een blonde versie van Annette Funicello in *Beach Blanket Bingo*. Alleen had háár Frankie Avalon beduidend meer haar. In al die jaren dat Amy tegenover ons woonde, had ik haar zelden met Melba gezien, laat staan dat ze haar borstelde.

'Hé, Deena!' zei ze, toen we dichterbij haar waren gekomen, en ze sprong op. 'Hallo buurvrouw!' Haar glimlach was te breed en overdreven. 'Wat is ze al groot, hè?'

'Ja,' beaamde ik met een blik op Heloise, die inmiddels tot aan mijn knie reikte. 'Ze groeit snel, dat is waar.' En met een blik op mijn horloge voegde ik eraan toe: 'Nou, ik –'

'Hoe is het met je meisjes? Eh, hi-hi–' Ze kreeg een kleur en gaf zichzelf een speelse tik op haar wang. 'Ik bedoel, met je kinderen? Met Matt en Lainey? Vol plannen voor de zomer?'

'Met hen gaat het goed. Ja. Maar het belangrijkste is voor hen dat ze al die tijd niet naar school hoeven, geloof ik.' O, o, wat had dit te betekenen? Hoopte ze soms dat ik tijdens de vakantie op haar dochters wilde passen?

'Ja, ik denk dat het voor Nan en Sara net zo is.' Geen van tweeën zeiden we iets. Ik wilde net iets van een afscheidsgroet mompelen toen Amy zachtjes zei: 'Ik zie mijn meisjes nog maar zelden tegenwoordig. Je weet wel, sinds Marty weg is. Zijn ze vaak bij jou?' Haar stem had een fragiele klank gekregen, en haar glimlachje was onderzoekend.

Heloise, die genoeg had van het zitten, ging liggen.

'Nou, nu je het zegt... Nee, de laatste tijd zie ik ze ook maar zelden,' zei ik. 'Maar mijn kinderen zijn ook amper thuis. Dat is normaal voor tieners – die zijn liever elders dan bij moeder thuis.' En dan gaan ze definitief het huis uit. Ik forceerde een glimlachje en haalde mijn schouders op.

'De luchtvaartmaatschappij staat op het punt een groot aantal mensen te ontslaan,' zei ze opeens. O, nee, arme Amy. Eerst die scheiding, en nu dit ook nog. Ik moest nogal geschrokken hebben gekeken, want ze haastte zich eraan toe te voegen: 'Nee! Ik zie het juist als iets positiefs. Er is een heel interessante afvloeiingsregeling voor oudere werknemers die vervroegd met pensioen willen. En ik denk erover om dat te doen. Dan kan ik meer thuis zijn. Voor de meisjes. En dan wil ik een makelaarsopleiding gaan doen.'

Hemel! Dat was even slikken. Waarom vertelde ze me dat allemaal? 'Nou, Amy, dat vind ik geweldig,' zei ik, in een poging zo enthousiast mogelijk te klinken. En het was waarschijnlijk ook wel een goed idee. Ze maakte in ieder geval een voldane indruk. Een beetje bang en onzeker, maar wel voldaan.

'En misschien dat we tegen die tijd ook eens samen de honden uit kunnen laten?' vroeg ze hoopvol.

Ik knikte en mijn glimlach was een tikje verbaasd. Ik had haar de hond nog nóóit zien uitlaten. Toen ze Melba pas hadden, waren de meisjes met haar gaan wandelen. Tegenwoordig deed Nan het nog wel eens. Maar nu was Amy – Amy! – Melba aan het borstelen, en wilde ze met ons mee wandelen. Het leven zat vol verrassingen.

Ze wees weer op Heloise. De arme hond lag intussen met haar kop op mijn voeten en keek verveeld naar me op.

'God, ze is toch zo'n schatje,' zei ze, terwijl ze weer verder ging met het borstelen van Melba maar ondertussen naar Heloise bleef kijken. 'Degene die haar straks krijgt, zal wel heel erg blij met haar zijn, denk je ook niet?'

Ik dacht aan de aangevreten keukenkastjes, aan alle ongelukjes op de vloer en in de kast, aan het graven in de tuin en het koppige gedrag – dingen die nog steeds konden gebeuren als ik even niet oplette. En toen keek ik neer op Heloise, die naar me opkeek.

'Net zo blij als ik nu met haar ben,' zei ik. Amy hield op met borstelen en keek me aan. We glimlachten alle twee.

13

Een week later, op een bewolkte, regenachtige dag, stond Amy tot mijn verbazing opnieuw op de stoep.

'Hallo, daar ben ik weer!' zei ze vrolijk. Deze keer droeg ze een hoogst modieuze spijkerbroek, een duur T-shirt en een openhangende witte regenjas. Ik vroeg me af of het T-shirt van haar was of van Sara. Van Nan wist ik dat ze weigerde om merkkleding te dragen. Lainey daarentegen snakte ernaar, maar ik had geweigerd om vierenveertig dollar aan een T-shirt uit te geven, en gezegd dat ze het zelf maar moest kopen als ze het zo graag wilde hebben.

'Ik hoop dat ik niet ongelegen kom, Deena,' zei Amy. Heloise was opgehouden met blaffen, en stond nu wild kwispelend met haar voorpoten op het kinderhekje.

'Nee, nee hoor, helemaal niet. Hoe is het met je?' Ik trok de deur verder open. 'Kom binnen.'

'Dank je,' zei ze, en ze kwam binnen. Ze bleef zenuwachtig met haar handen wringend in de gang staan.

'Eh, wil je misschien een kopje koffie?' vroeg ik.

Ze keek me wat bevreemd aan. Had ze dat niet verwacht? 'Dat lijkt me heerlijk, maar ik kan niet. Mag ik het te goed houden voor een ander keertje?'

'Natuurlijk.'

'Ik wilde je eigenlijk om een gunst vragen.' Ze vouwde haar handen onder haar kin en keek me smekend aan. 'De zóveelste.'

Ik lachte. 'Natuurlijk, als ik kan...' Ik wilde me niet vastleggen voordat duidelijk was waar het om ging. Bij Amy wist je het nooit.

'Weet je nog dat ik je vertelde dat ik een makelaarsopleiding wilde doen?' Ik knikte. Toen begon ze in rap tempo te vertellen, en haar handen gebaarden in ongeveer hetzelfde tempo mee. 'Nou, volgend weekend is er een cursus – het héle weekend – en ik vlieg nog tot het einde van de maand, maar ik heb het weekend vrij en Marty heeft aangeboden om de meisjes te nemen, maar hij vliegt vrijdag en zaterdag, en, nou ja, zíj is daar, en ik wil niet dat de meisjes... Het is alleen dat ik vind dat de meisjes... Nou ja, Sara wil thuisblijven, alleen, dat vind ik niet zo'n geslaagd idee. Niet nu, met –'

'Amy, het lijkt me reuze gezellig als de meisjes het weekend komen logeren.'

Ze slaakte een dramatische zucht. 'O, Deena, ontzettend bedankt.' Zonder een stap naar voren te doen, nam ze mijn handen in de hare. 'Ik ben je... Je bent... Nou, ik zou niemand weten bij wie ik ze liever laat logeren.' Ze had tranen in haar ogen gekregen.

Verdorie. Ik ook.

Vrijdagmiddag, even over twaalf, werd er aangebeld. Sara en Nan stonden met hun weekendtas in de hand in de regen op de stoep.

'O! Meisjes, kom binnen, kom binnen!' zei ik, terwijl ik de deur voor ze open hield.

'Dank je, Deena, lief van je dat we mochten komen,' zei Nan. Er hing, midden boven haar voorhoofd, een glinsterende regendruppel aan de capuchon van haar gele jack. Sara, die een nat sweatshirt met rits aan had, zag eruit alsof ze zojuist uit bed was gehaald, en ze veel liever nog een paar uur geslapen zou hebben. Ochtenden en kinderen van zestien hadden even weinig met elkaar gemeen als Hairy en Heloise. Alhoewel, uitgerekend vanochtend had Matt zijn wekker gezet om op tijd wakker te worden en te ontsnappen naar Josh's huis, waar minder vrouwen waren. Matt voelde zich niet op zijn gemak met Sara. Ze was vanaf haar twaalfde stapelverliefd geweest op Sam, en na diens vertrek was ze als vanzelf verliefd geworden op Matt, die daar nog helemaal niet aan toe was geweest. En dat was hij nog steeds niet. Maar volgens mij hoefde hij al nergens meer voor te vrezen, want het scheen dat Sara helemaal opging in die Kurt, van wie Amy me op het hart had gedrukt dat hij vooral niet op bezoek mocht komen. Maar Matt had hoe dan ook een volmaakt excuus om weg te gaan, aangezien hij en Josh nog steeds geen keuze hadden kunnen maken voor hun scoutingproject. Als ze hun project voor het eind van de vakantie af wilden krijgen, had ik gezegd, moesten ze toch echt wel beslissen. Inmiddels twijfelden ze nog maar tussen twee projecten – de tuin en de muurschildering.

'Ik vind het enig dat jullie er zijn, Nan,' zei ik. Het meisje had werkelijk voortreffelijke manieren. Ik wendde me tot Sara opdat ze zich niet buitengesloten zou voelen. 'Regent het al lang?' Het had nog niet geregend toen ik eerder die ochtend met Heloise was gaan wandelen.

Sara haalde haar schouders op en keek met een verongelijkt gezicht naar de muur. Kennelijk had ze het idee dat ik hun oppas was, en ik kon best begrijpen dat ze liever niet hier was. Aan de andere kant echter, en gezien de situatie, begreep ik even goed dat Amy het een prettige gedachte vond dat de meisjes bij mij waren.

Daarbij, en dat realiseerde ik me nu pas, was het een domme vraag van me geweest, want uiteindelijk was ze nog maar net wakker.

'Het is ongeveer een uur geleden begonnen,' zei Nan, opnieuw met dat hartveroverende glimlachje van haar. Nan was een oude ziel. Ze straalde iets uit van onschuld en medeleven. 'Nou ja, het is goed voor de natuur, zullen we maar zeggen,' verklaarde ze opgewekt, en ze trok haar jack uit. Ik nam het van haar aan. 'Dank je,' zei ze weer.

'Niets te danken.' Ik sloeg mijn vrije arm om haar schouders. Ik vond het onvoorstelbaar dat Lainey en zij alle twee vijftien waren. Lainey was de laatste tijd onhandelbaarder dan ooit, terwijl Nan bijna honderd procent dankbaarheid leek. En dat terwijl Nan het afgelopen jaar zoveel te verwerken had gekregen.

'Sara, kom, geef me je vest maar aan, dan hang ik het wel te drogen.'

Zonder me aan te kijken trok ze het vest uit en gaf het aan me. In de afgelopen maanden was de eens zo energieke en stralende Sara veranderd in een stil, nors en soms ook kribbig kind. Aan de ene kant was dat ook wel begrijpelijk, wanneer je bedacht wat de ouders, en daarmee ook de meisjes, hadden meegemaakt. Maar het viel echt op, zo verschillend als Nan en Sara op de gebeurtenissen hadden gereageerd. Sara scheen het haar beide ouders kwalijk te nemen, sterker nog, ze leek hen te minachten. Nan, daarentegen, leek te denken dat het haar taak was om voor iedereen te zorgen. En dát had weer tot gevolg dat ik voor haar wilde zorgen.

'Hebben jullie gegeten?'

'Ik heb ontbeten,' zei Nan, 'maar dat is alweer een tijdje geleden.' Ze keek langs me heen en voegde eraan toe: 'Maar je hoeft ons niet ook nog te eten te geven, Deena.'

'Mensen te eten geven is mijn specialiteit, Nan.' Opnieuw sloeg ik mijn arm om haar schouders en nam hen mee naar de keuken.

'O, wat een snoesje!' riep Nan uit, toen ze Heloise zag, die opgerold als een balletje in haar bench lag te slapen. 'Mam zei al dat ze zo'n schatje was, maar, o!'

Aan de ene kant deed het me een beetje verdriet dat Nan Heloise nu pas voor het eerst zag, maar aan de andere kant was het alsof ik in mijn hart een bloemetje voelde ontluiken. Lainey's eerste reactie op Heloise was zo totaal anders geweest. Welk meisje werd er nou niet op slag verliefd op een puppy? Nou ja, misschien eentje dat in de eerste vierentwintig uur dat de hond in huis was, met haar plasjes en braaksel geconfronteerd was geweest. Hoewel, te oordelen naar de koosnaampjes die de kinderen Heloise hadden gegeven, schenen ze inmiddels wel min of meer op haar gesteld te zijn. Totdat ze iets van hen kapot had geknaagd, of ergens een ongelukje had. Dan kreeg ze meteen een laag scheldwoorden over zich heen, of was het van: 'Mam! Moet je zien wat jóuw hond heeft gedaan!'

'Lainey!' riep ik naar boven. 'De meisjes zijn er!' Ik vermoedde dat ze die koptelefoon weer op had. Ik schreeuwde nog eens, luider nu. En ja hoor, daar kwam ze al, met de koptelefoon om haar nek, de trap af gestampt.

'Hé!' Ze sloeg haar armen om Nan heen en omhelsde haar. Sara kreeg ook een omhelzing. Hun affectie verbaasde me, maar het deed me goed om te zien.

'Het weer vraagt om tosti's en tomatensoep, lijkt mij,' zei ik, in mijn handen wrijvend. 'Hoe klinkt dat?' Ik had té enthousiast gesproken, want Heloise sprong op in haar bench en rekte zich uit. Of misschien wist ze wel dat ik het over eten had.

'Heerlijk, Deena!' zei Nan. 'Dank je wel. Kan ik je ergens mee helpen?' Ik wilde nee zeggen, maar toen voegde ze eraan toe: 'Ik zou voor je met de hond kunnen spelen.'

Lainey keek me aan en vroeg: 'Ja, mogen we dat, mam?'

Ik was stomverbaasd, maar ik knikte. Lainey maakte het deurtje van de bench open. Mijn mond viel zo ongeveer open. Ik had er geen idee van dat ze wist hoe ze het open moest krijgen. Lainey nam Heloise in haar armen, en alle drie de meisjes stortten zich – met hun gelakte nagels en glimmende roze lippen– boven op haar.

'Goh, mam, wat wordt ze al zwaar!' zei Lainey met een glimlach.

'Mag ik haar?' vroeg Nan.

'Zouden jullie haar misschien even naar buiten willen laten, alsjeblieft? Ze is net wakker, en moet waarschijnlijk een plasje doen.'

'Doen we, Deena,' zei Nan. 'Mag ik haar dragen, Lain?' Lainey deed Heloise over aan Nan, en hun glimlachjes brachten extra licht in de keuken. Heloise likte Nans kin alsof het haar lievelings ijssmaakje was. Nan giechelde en boog haar hoofd naar achteren. Zelfs Sara moest nu glimlachen.

'Weet je hoe het moet, Lainey?' vroeg ik. Als ze wist hoe de bench open ging, wist ze misschien wel meer.

'Moeten we haar niet gewoon op het gras zetten? Dan plast ze toch vanzelf, als ze moet, of niet?'

'Ik moet haar leren dat ze alleen maar een plas of een hoopje mag doen als ik haar daar toestemming voor geef. Dus als ze gaat, dan zeg je: "Doe je b-e-h-o-e-f-t-e."' Ik spelde het woord, want inmiddels was Heloise al zo ver dat de kans groot was dat ze alleen al bij het horen van het woord tot daden over zou gaan. De meisjes wisselden een verbaasde blik, en toen schoten ze alle drie in de lach.

'Wát zeggen we dan?' vroeg Lainey, lachend.

Ik lachte ook. 'Ik wil het niet zeggen, want ze heeft het al heel aardig onder de knie en de kans is groot dat ze het meteen doet. Je zet haar neer, en dan zeg je: "Doe je –"' Opnieuw spelde ik het woord. 'En dan maar hopen dat ze het doet. Ze moet leren dat ze het alleen maar mag doen wanneer ze daar een commando voor krijgt.'

'Dat is niet eerlijk!' riep Lainey verontwaardigd uit. Als ze niet voor zichzelf verontwaardigd kon zijn, dan aarzelde ze niet om het wel voor een ander op te nemen.

'Nou, toch wel, misschien,' zei ik. 'Stel je voor, jij bent blind en je geleidehond moet je naar je werk brengen. Hoe zou jij het dan vinden als je hond aan elke boom en struik wilde ruiken, en voortdurend wilde plassen of, wanneer het hém uitkwam, ergens een hoopje wilde doen?'

'Ja... daar zit wel wat in,' zei ze, Heloise over de rug aaiend.

'En als je nog even wat verder denkt,' zei Nan, 'dan kunnen wij ook niet altijd waar en wanneer we maar willen.' Nu giechelde ik met de meisjes mee.

'Laten jullie haar nu maar gauw naar buiten, want intussen is ze al helemaal wakker.' Heloise keek de meisjes om de beurt doordringend, en misschien zelfs wel smekend aan. 'Als jullie onder de grote spar blijven, worden jullie niet nat.' De meisjes liepen naar de deur, maar op het laatste moment draaide Lainey zich om.

'Mam?'

'Ja?'

'Ik moet toch gewoon "behoefte" zeggen, en het niet spellen, of wel?'

Ik beet op mijn lip om niet te lachen. 'Ja, lieverd. Dank je.' Ze knikte, keek me met een diep geconcentreerd gezicht aan, pakte de paraplu en deed de deur open.

'Het is gelukt, mam! Ze heeft het gedaan!' Lainey had een kleur van opwinding. Ze leek ineens een heel ander kind – ik kon het nauwelijks bevatten. Het was als toen ze klein waren – zodra een ander kind interesse toont voor een stuk vergeten speelgoed, is dat speeltje ineens weer helemaal actueel.

'Ik zei dat ze haar, je weet wel, moest doen, en toen deed ze meteen een plas! Wat is ze slim!' Het knopje in mijn hart was helemaal opengebloeid.

'O ja? Dat is geweldig, lieverd! Dank jullie wel. De lunch is bijna klaar, dus stoppen jullie haar maar weer terug in de bench en gaan jullie je handen wassen. Maar eerst moet je het woord tegen haar zeggen.'

Lainey en Nan, die met hun rug naar me toe stonden, keken elkaar aan, en toen draaiden ze zich langzaam naar me om. 'Welk woord?' vroegen ze in koor.

'Bench,' zei ik. Nan schoot opnieuw in de lach.

'O. Duh!' Lainey sloeg zichzelf tegen haar voorhoofd, en op dat moment leek ze even heel sterk op mij.

Na de lunch wilde Nan per se helpen met de afwas. De vaatwasser maakte sinds enkele dagen een geluid als van een cementmolen, dus in afwachting van het moment waarop ik een reparateur zou bellen, leek het me beter om in de gootsteen af te wassen. Ik stelde het opbellen zo lang mogelijk uit, want ik wist nu al dat de reparatie zo duur zou zijn dat het veel slimmer zou zijn om meteen maar een nieuwe afwasmachine te kopen, en dát betekende dat ik eindeloos zou twijfelen tussen repareren of nieuw kopen. Dus al met al was het veel gemakkelijker om gewoon maar de afwas in de gootsteen te doen.

Lainey en Sara waren onze collectie video's en dvd's aan het bekijken om te zien of er iets bij was waar ze het allemaal over eens konden zijn. Heloise was niet in de bench, maar wel in de keuken, waar ik een oogje op haar kon houden. Ik kon er nog steeds niet helemaal van op aan dat ze zich niet nog eens op een keukenkastje zou storten. Maar op dit moment lag ze midden op de vloer, op haar rug, en met haar poten in de lucht. Ze wipte haar witte botje, haar lijf van links naar rechts kronkelend, van de ene kant van haar bek naar de andere en terug.

'Ze is echt een schatje, Deena,' zei Nan, terwijl ze een bord stond af te drogen. Ze zette het voorzichtig in de kast, en toen keek ze me aan. 'Het zal wel verschrikkelijk moeilijk zijn om haar weer af te moeten staan.'

'Ja, dat zal het zeker, Nan. Maar het is ook moeilijk om haar op te voeden. Als ik heel eerlijk ben, wil ik best bekennen dat ik een paar keer op het punt heb gestaan om het op te geven. Pups kauwen en knagen op alles, en ze doen hun plasjes en hoopjes overal in huis.'

'O. Ja, ik kan me voorstellen dat het veel werk is.' Ik knikte. 'Waar moet deze?' vroeg ze, met een blik op de droge pan in haar hand.

'Daar.' Ik stond tot aan mijn ellebogen in het sop en wees met mijn kin naar de hoekkast.

Nan ging naar het kastje. 'Maar ze lijkt nu toch volkomen zindelijk en z... O, help! O, hélp! Wat grappig!' Nan, die het kastje had opengetrokken, deinsde giechelend, en met de pan en de deksel in haar hand, achteruit. Ik boog me half naar achteren en keek in het kastje, hoewel ik al wist wat ik zou zien. Inderdaad. Daar zat Hairy in de wok. Ik zag meerdere witte haren op het zwarte gietijzer.

Ik was net begonnen om hardop te vragen hoe het kon dat hij daar weer in was gekropen, toen er een beige waas voor me langs schoot, onmiddellijk gevolgd door een krijsende miauw. Nog voor ik mijn handen uit het sop had kunnen halen, was Heloise al in de kast gedoken, en draaide het plateau, aangedreven door de impact van haar sprong, met haar en Hairy erop, in de rondte. Hairy krijste opnieuw en sprong uit de kast, waardoor het plateau de andere kant op draaide. Heloise lag languit op een glazen deksel die zo glad was dat haar pootjes erop weg gleden zodat ze, mede als gevolg van het ronddraaien, niet overeind kon komen. Ik stak mijn hand in de kast, bracht het plateau tot stilstand, trok Heloise eruit en greep haar vast. Hairy was op het bureau gesprongen, van waar hij met een opgezette rug op Heloise neerkeek.

Ik liet Heloise los en pakte de theedoek. Net toen ik bezig was de zeepvlokken uit de kast te vegen, hoorde ik Nan een gilletje slaken.

'O, o, Deena!' Ik hoorde aan haar stem dat het dringend was, en keek om. Heloise zat met haar poten vaneen op de grond, en onder haar lag een groter wordend plasje.

'O, heer!' riep ik uit, terwijl ik haar opnieuw vastgreep. 'Nee, nee!'

'Ik ruim het wel op,' zei Nan. Ze sprong op en scheurde een enorme hoeveelheid keukenpapier af – voldoende om een kleine vijver mee op te nemen – maar mij hoorde je niet klagen. Integendeel, ik was zelfs opgetogen toen Sara en Lainey de keuken binnen kwamen gerend om te zien wat er aan de hand was. Ik hoopte dat Lainey zag dat Nan uit zichzelf dit onaangename klusje klaarde. Ik rende met Heloise naar buiten, waar ze haar plas afmaakte.

Toen we weer binnenkwamen, stond Lainey met haar handen in haar zij, en ik zette me onmiddellijk schrap voor een tirade over Heloise die Hairy achterna had gezeten.

'Mam, we hebben niets wat ik al niet zeker honderd keer heb gezien,' zei ze. Ik snapte niet meteen wat ze bedoelde, maar toen ik Heloise weer terugstopte in de bench, begreep ik het. Dvd's.

Ik was opgelucht dat Lainey niet van streek was over Hairy, aangezien ik het op zich helemaal niet erg had gevonden dat Heloise de kat uit het kastje had gejaagd. Stukken effectiever dan een tandenborstel. 'Waarom doen jullie geen bordspel of zo?' stelde ik voor.

'Hè, mam, dat is zo saai.' De twee zusjes knikten instemmend.

'Nou, ik heb een idee,' zei ik. 'Maar jullie moeten me beloven dat je me laat uitpraten, goed? Het is iets met Heloise.'

Alle drie de meisjes schonken me hun onverdeelde aandacht. 'Kom mee naar de kamer.' Ze haastten zich naar de kamer en gingen naast elkaar op de bank zitten. Ik genoot. Dankzij Heloise werd er ineens naar me geluisterd!

'We zouden naar het winkelcentrum kunnen gaan –'

'Ja!' riep Lainey, en ze sprong op.

Ik stak mijn hand op. 'Wacht! Jullie zouden me laten uitpraten, oké?' Ik keek haar strak aan, en ze ging weer zitten.

'We kunnen Heloise haar eerste officiële socialisatie-uitstapje laten maken.' Tot nu toe was ik alleen maar met haar naar de plaatselijke supermarkt geweest, en ik had het idee dat ze intussen wel wat meer aankon. 'Socialisatie betekent dat je met de pup naar een openbare gelegenheid gaat.' Nu kwamen alle drie de meisjes van de bank, en opnieuw hief ik mijn hand op. 'Jongens?' Ze keken me aan. 'Zitten.' Ze gingen zitten. 'Bedankt.' Dit ging een stuk beter dan ik had verwacht.

'Maar het moet echt heel kort zijn, goed? Ik wil dat alles goed gaat, en daarom moeten we ons vooral op haar instellen, bijvoorbeeld, doordat we haar, vlak voordat we naar binnen gaan, nog even laten plassen, en zo. Het belonen van goed gedrag is honderd keer effectiever dan het afstraffen voor dingen die ze fout heeft gedaan.' Ik glimlachte in het besef dat ik net zo klonk als Bill. 'Dus dan maken we alleen maar een rondje door het winkelcentrum, en dan gaan we meteen weer weg.'

De meisjes wisselden een nietszeggende blik, en toen keken ze mij weer aan.

'Kunnen we niet minimaal een uurtje blijven?' vroeg Lainey. Ze vroeg het niet echt op een zeurderig toontje, maar het scheelde niet veel.

'Nee. Dat is te lang voor mij en Heloise. En waar ik geen zin in heb, is helemaal daar naartoe rijden, en dan weer naar huis en nóg een keer naar het winkelcentrum om jullie te halen. Maar wat ik wel wil doen, is onderweg stoppen zodat jullie voor vanavond een film kunnen huren.'

'Goed. En mogen we dan ook MJEB?' vroeg Lainey. Ze kwam half van de bank, maar liet zich toen weer terugvallen.

'Mogen we wát?' vroeg Sara.

'Maak je eigen burrito,' antwoordde Lainey. 'Mam maakt allemaal verschillende dingetjes om erop te doen, en dan kan iedereen zijn eigen burrito samenstellen. Mogen we dat, mam?'

Ik smolt voor de manier waarop ze 'mogen wé dat?' vroeg. 'Best,' zei ik, 'zolang jullie al die dingetjes maar zelf maken.'

Ze fronste haar wenkbrauwen. 'Maar we weten niet hoe.'

'Dat zal ik jullie wel laten zien. Dus, gaan we naar het winkelcentrum?' vroeg ik. Ze haalden hun schouders op, en toen knikten ze. Een klassieke tienermanier om aan te geven dat ze bereid waren om iets te doen waar ze zin in hadden, maar dat laatste vooral niet wilden laten blijken.

Ik wilde best toegeven dat ik zowel zenuwachtig als opgewonden was over ons uitstapje. Wat als Heloise in het winkelcentrum zou poepen? Of erger nog, als ze zich uit haar halsband zou wurmen en weg zou lopen? Ik pakte mijn buideltasje en stopte er poepzakjes, een pakje vochtige zakdoekjes, haar witte botje en een hoeveelheid keukenpapier in – voor het geval dát. En mócht ze ontsnappen, dan waren we in elk geval met zijn vieren om haar achterna te gaan.

Toen we het huis uit gingen, regende het al niet meer, en tegen de tijd dat we bij het winkelcentrum waren, scheen de zon. Ik had de motor nog niet eens uitgezet toen de meisjes al uitstapten en zich naar de achterklep haastten om Heloise er als eerste uit te halen.

'Wachten, alsjeblieft,' zei ik, zelf uitstappend. In mijn hart wist ik dat ik gul zou moeten zijn, en hen om de beurt met Heloise zou moeten laten lopen – eerst het bezoek, dan Lainey en dan ik. Maar ik had het gevoel dat ik Heloise en mezelf in bescherming moest nemen. Ik ging naar de puppybijeenkomsten. Ik ruimde haar troep op. Ik stond midden in de nacht op om haar te laten plassen. En nu was ik degene die ook de eerste socialisatie met haar wilde doen.

'Laat mij haar als eerste nemen, om te zien hoe ze het doet.' Ik zette haar in het gras en ze deed haar behoefte. Ik slaakte een zucht van opluchting. Toen deed ik haar het groene dekje om, en maakte de riempjes onder haar buik en voor haar borst vast. Alle drie de meisjes maakten vertederde geluidjes toen ze haar zo met haar jasje zagen.

We trokken ontzettend veel aandacht en oogstten van alle kanten glimlachjes. Heloise stapte dapper voort aan haar riem, en veel mensen bleven staan om naar haar te kijken. 'Ahhh's' en 'Ooo's' waren niet van de lucht, evenmin als 'Kijk, kijk, kijk!' Ik had het gevoel alsof ik met Julia Roberts aan de riem door het winkelcentrum liep.

'Mag ik haar nu, mam?'

'Ik vind dat Nan eerst mag. Ze heeft vandaag de plas in de keuken opgeruimd.' Ik schonk Nan een trots glimlachje. Lainey ook. Ik was zo verbaasd dat ik me begon af te vragen of een deel van Lainey's 'verwachte' tienergedrag alleen maar te wijten was aan het feit dat... ik het verwachtte.

We kwamen allemaal aan de beurt, en het scheen Heloise niets uit te maken wie haar riem vasthield – ze stapte dapper verder. De meisjes liepen heel dicht op elkaar, de meeste tijd zelfs gearmd, om de wereld duidelijk te laten blijken dat ze alle drie bij dit bijzondere hondje hoorden, en we genoten allemaal van de aandacht die Heloise te beurt viel.

14

Mei was ongewoon warm. Om half acht 's ochtends was het al bijna niet meer uit te houden in de zon. Ik keek de tuin rond terwijl ik mijn koffie dronk uit de grote, niet helemaal symmetrische blauwe mok die Matt het afgelopen schooljaar tijdens handvaardigheid voor me had gemaakt.

De judasboom moest gesnoeid worden. Het had geen haast en kon wachten. Ik had inmiddels besloten dat ik dit jaar geen moestuin zou aanleggen. Ik had mijn handen vol aan de hond. Ik rekte mijn armen uit – de mok in de ene, en Heloise's riem in de andere hand – en slaakte een genietende zucht.

Mijn maag rommelde, en Heloise trok in de richting van het huis.

We aten pas nadat iedereen het huis uit was. We aten samen. Zij op de keukenvloer, en ik vlakbij aan de tafel – zij haar speciale, door *K-9 Eyes* voorgeschreven hondenvoer, en ik een of ander proteïneproduct dat deel uitmaakte van het nieuwe dieet dat ik aan het proberen was. Ik had een boek gekocht over vrouwen in de menopauze. Het was uitstekend geschreven, en de toon was precies goed – niet te betuttelend en niet te zoet. Er werden onderzoeken in beschreven waaruit bleek dat veel vrouwen minder last hadden van alle symptomen waar ik last van had – geheugenverlies, vermoeidheid, honger, pijntjes en opvliegers – wanneer ze minder koolhydraten aten. Dus terwijl Heloise haar proteïnerijke brokjes at, smulde ik van roerei, al dan niet overgoten met een sausje. Met zo'n ontbijt voelde ik me inderdaad een stuk beter dan met de muesli die ik mezelf voorheen had gedwongen te eten.

Heloise had haar tulbandvorm rond gegeten, en zelfs het allerlaatste kruimeltje opgelikt. Nu ging ze geduldig voor het hekje staan. Het programma had geen geheimen meer voor haar. Eten. Wandelen. Ik zorgde er altijd voor dat ik voor het ontbijt mijn wandelschoenen al aan had zodat we erna snel naar buiten konden. Ik deed haar aan de riem en pakte haar groene *K-9 Eyes*-trainingsjasje. Altijd weer verbaasde ik me erover hoe een aanbiddelijke pup er nóg aanbiddelijker uit kon zien door haar alleen maar zo'n groen dekje om te doen. Ik vond dat ik ook een groen jack zou moeten hebben – niet uit modieuze overwegingen, maar omdat ik vond dat ik best gezien mocht worden als Trainer in Opleiding. Maar ik leerde snel. Beiden leerden we snel.

Ik deed de deur open en Heloise probeerde als eerste voor me uit naar buiten te glippen, maar ik liet haar zitten en wachten. Pas nadat ik zelf naar buiten was gestapt en haar nog eventjes langer had laten zitten, zei ik: 'Oké!' En toen sprong ze naar buiten.

Ze vond het wandelen intussen heerlijk, en onze wandelingen werden steeds langer. De oprit was geen enkel probleem meer, en alles bij elkaar deed ze het ook steeds beter aan de riem, met uitzondering dan van het feit dat ze zich nog steeds geroepen voelde om de straat te stofzuigen – sigarettenpeuken, ganzenpoep, steentjes en zo nu en dan ook trage torren. Zelf genoot ik minstens net zoveel van onze tochten. Ik vond het heerlijk om naar haar te kijken, en me voor te stellen waar ze aan dacht. Maar daarnaast genoot ik ook van mijn eigen gedachten die ik tijdens het wandelen onbelemmerd de vrije loop kon laten.

Het koele briesje en de warme zon zorgden voor een volmaakte ochtend. Heloise en ik liepen over de stoep en maakten ons ommetje door de buurt. We verlieten onze, in de jaren zestig gebouwde, villawijk en begaven ons naar de wat hoger gelegen, en ook duurdere buurt erachter. Ik keek graag naar de onder architectuur gebouwde huizen met hun prachtige tuinen. Maar wat vandaag mijn aandacht trok, waren de bergen die achter de huizen oprezen – de geelgroene hellingen die oplichtten in de ochtendzon. Ik draaide me om en trok Heloise achter me aan. Ze volgde met tegenzin. De laatste tijd verzette ze zich altijd wanneer we de weg naar huis weer insloegen.

'Kom op, meisje. We gaan nog niet terug. Alles behalve.' Op de Majesty Drive sloegen we linksaf, en Heloise, die besefte dat onze wandeling nu pas écht begon, versnelde haar pas.

Een naar verhouding natte winter in combinatie met het warme voorjaar had geresulteerd in een ware overdaad aan veldbloemen.

Het was net alsof iemand verf van een kwast had geschud boven de heuvels en de bonte spetters overal terecht waren gekomen. Ik pijnigde mijn hersens in een poging me de namen te herinneren van alle bloemen waarvan ik wist dat ik ze ooit eens had gekend. Zoals die lichtblauwe, op hun lange stengels. Volgens mij begon hun naam met een F. Een enorme hoeveelheid gele bloempjes die een naam hadden die me altijd aan iets Frans had doen denken. Kantachtige witte bloemschermen die iets van kantkruid of zo moesten heten. Of zus-of-zo-kant. Op een gegeven moment ontdekte ik zelfs, in een holletje, een roest-rood oranje bloemetje waarvan de naam me op het puntje van de tong lag. Verdorie. De menopauze had zich in mijn brein genesteld en beslag gelegd op mijn voorraad zelfstandige naamwoorden. Er wilde me er niet één te binnen schieten. Heloise nam de bloem in haar bek. Namen interesseerden haar niet – zij wilde alleen maar van de dingen proeven. Ik viste hem uit haar bek omdat ik vreesde dat ze niet in staat was om giftige van niet-giftige planten te onderscheiden.

En de vogels deden niet onder voor de bloemen. In een populier zong een merel met fel oranje strepen op zijn vleugels. 'Roodvleugelmerel!' riep ik triomfantelijk uit, even het feit negerend dat die naam wel héél erg voor de hand lag. Ik liet Heloise stilhouden om naar het opgewekte tsjilpen van andere vogels te luisteren. Heloise keek om zich heen en probeerde te ontdekken waar het geluid vandaan kwam. Ze was gaan zitten en hield haar kop schuin naar rechts, en toen naar links, en deed dat op zo'n overdreven manier dat ik vreesde dat ze om zou kiepen.

'Boven je hoofd, meisje,' zei ik lachend, en duwde haar snuit omhoog in de richting van de boom. Ineens ging ze staan, en aan haar rechtovereind staande staart zag ik dat ze de bron van het mysterieuze geluid had ontdekt.

'Wat een malloot ben je toch!' Lachend drukte ik mijn lippen op haar kruin, en toen op haar fluweelzachte oor. Ze draaide zich om en likte mijn kin in een natte, automatische kus. Ik kwam tot de conclusie dat de geur van haar adem het midden hield tussen levenslust en spontane liefde.

We vervolgden onze weg, en mijn gedachten gingen terug naar de wandelingen die ik hier in het verleden had gemaakt. Sam zat in de Snugli, en in mijn buiktasje had ik een flesje water en boekjes met bloemen- en vogelnamen. Ik kon makkelijk een paar uur lopen, en Sam vond het schijnbaar al lang best, want hij sliep meestal.

Ik probeerde me te herinneren waarom ik gestopt was met het maken van dit soort wandelingen. Het leven, dacht ik. Of het leven van mijn kinderen. Mijn leven was opgegaan in dat van hen.

Ineens bleef ik staan. Overdonderd. Heloise bleef aan het eind van de riem staan wachten en keek geboeid naar een stoet mieren die over het pad kroop.

Ik had mijn leven met de grootste vanzelfsprekendheid en de grootste euforie ingeruild voor een bestaan als echtgenote en moeder. Amper twintig had ik me van mijn nog wat ongemakkelijk zittende zelf – een lukraak samengestelde lapjesdeken van ervaring en fantasie – ontdaan, en er het gewaad van vrouw en moeder voor in de plaats aangetrokken. Het had gevoeld als een tweede huid die speciaal voor mij op maat was gemaakt. En dat was ook zo. Maar nu voelde het alsof ik die huid, zonder dat ik daar zelf invloed op uit kon oefenen, beetje bij beetje aan het afstoten was.

Heloise trok aan de riem – ze wilde verder. Ik probeerde zoveel mogelijk te voorkomen dat ze elk steentje, takje en zelfs dennennaalden in haar bek nam.

Maar als het waar was en ik inderdaad bezig was om die huid af te stoten, hoeveel van mijzélf raakte ik daarbij dan kwijt? Of, en dat was eigenlijk nog belangrijker, hoeveel van mijzelf zat er ónder die huid? Ik vroeg me af in hoeverre dit alles aan hormonen kon worden toegeschreven. Ik had de neiging om alles, met inbegrip van een lekke band, aan hormonen toe te schrijven. Ik was ervan overtuigd dat het hormonen zijn die ons, wanneer we in de twintig zijn, op zoek doen gaan naar een partner en een vaste relatie. Naar een persoonlijke hechte en diepe band met een ander mens. Zo'n tien jaar later zorgen die hormonen ervoor dat nageslacht en moederen belangrijke thema's worden. En wanneer we dan in de veertig, of in de vijftig zijn... Wat dan? Houden die hormonen er dan gewoon mee op? Ik wist dat het zo was, en zelfs in meer dan één opzicht.

Ik was me ervan bewust dat Lainey's stemmingen en de mijne in feite dezelfde oorsprong hadden en elkaars spiegelbeeld waren. Alles wat zij op dit moment doormaakte, overkwam mij ook, maar dan in omgekeerde zin. Haar lichaam werd steeds vrouwelijker, het mijne was aan het... uitzakken, zeg maar. Je zou denken dat dit verschijn-

145

sel voorkomen zou worden door het feit dat je in de loop der jaren wat dikker werd, maar dat was dus niet het geval. En terwijl Lainey's seksualiteit zich aan het ontwikkelen was en sterker werd, nam de mijne juist af. Een motor die aan het opraken was. Ik verwachtte elk moment dat het werkelijk helemaal afgelopen zou zijn met die seksualiteit van mij.

In ieder geval voor wat Neil betrof. Maar met iemand anders...? Inmiddels had ik min of meer officieel mijn intrek genomen in Sams kamer. Ik had Neil gezegd dat ik daar beter sliep, en dat was ook zo. 'Nou, dan blijf je daar toch,' had hij nogal bruusk gereageerd. En dat had ik dus gedaan. En meer dan eens had ik laat op de avond gezelschap gehad van de knappe jongeman met de doordringende blik van een paginagrote zwart-witadvertentie in een of ander tijdschrift. Wat het product was geweest wist ik niet meer, maar zijn smeulende en jeugdige uiterlijk had me niet onberoerd gelaten. Hij was fantastisch materiaal om over te fantaseren. En dan had je Bill nog. Over hem fantaseren was een stuk minder veilig, want om de twee weken zag ik hem op de puppybijeenkomst.

Mijn gedachten werden onderbroken door een luide kreet. Een schitterende grote, blauw met zwarte vogel vloog pal langs ons heen en streek neer op een tak van een dichtbebladerde boom. Hij krijste opnieuw, en zijn kreet was duidelijk voor ons bestemd. Heloise begon als een gek te blaffen. Ik schoot in de lach, en was de vogel en Heloise dankbaar dat ze me uit mijn gedachten hadden wakker geschud. Maar ik moest Heloise corrigeren, en dat deed ik met een kort rukje aan de riem. Toen ze stil was geworden, aaide ik haar over haar kop. Ze keek me aan, likte mijn hand en beet er zachtjes in. Opnieuw een correctie. Ik vond het moeilijk om haar te corrigeren voor gedrag dat ze als geleidehond niet mocht hebben, maar dat voor mij persoonlijk als een balsem op emotionele wonden werkte. Wanneer ze mijn hand in haar bek nam, was dat altijd heel teder en zachtjes – ze beet nooit door, en het was haast als een tandeloze liefkozing. Als een klein kind dat, zonder erbij na te denken, zijn hand in de mijne liet glijden. De zuivere behoefte aan contact. Dus mijn correcties werden altijd gevolgd door een grote hoeveelheid contact van het soort dat was toegestaan.

We liepen verder, en minderden vaart bij het steile gedeelte. Ik wist nog precies waar het begon – vlak voor de bocht waar het ineens

146

weer omlaag ging. We hadden nog maar zo'n kilometer geklommen, en ik transpireerde overvloedig. Het was duidelijk dat er voor mijzelf en Heloise niet voldoende zuurstof voorhanden was. Ik hijgde en pufte, en had nog wel zo gehoopt dat ik, door al het wandelen door de buurt, redelijk in conditie was. Maar dit was anders. Het was steiler, de wandeling was langer en zwaarder. En we waren verder van huis.

Dankzij Heloise beleefde ik nieuwe hoogtepunten in mijn leven – letterlijk. Zelfs op deze relatief korte wandeling bereikten we een respectabele hoogte. Ik werd meegetrokken door Heloise's onstuitbare enthousiasme voor alles wat op haar pad kwam. *Een steen! Een bloem! Een zingende vogel! Ik doe een plas! Ik weet niet waarom je het zo geweldig vindt dat ik plas, maar ik vind het heerlijk dat je het zo geweldig vindt! Oh! Kijk daarginds. Wat is dat?* Het leven van een pup was vol uitroeptekens. Haar verlangen om te ontdekken wat achter de volgende bocht lag, werkte aanstekelijk.

Mijn dijspieren stonden in vuur en vlam en eigenlijk kon ik niet meer, maar ik concentreerde mijn gedachten op het hoogste punt van het pad, het keerpunt, waarin het weer omlaag ging. Als ik me goed herinnerde, was het nog een heel klein eindje verder, en dan kwam er een bocht, en van daar af was het bijna alleen nog maar omlaag. Jaren geleden had er op dat punt een bankje gestaan, en ik hoopte dat het er nog steeds was. Het was nog maar een paar minuten over negen, maar het was zeker al een graad of vijfentwintig.

Eindelijk waren we bij de bocht, en ik zag mijn bankje, maar tot mijn intense teleurstelling zag ik dat het al bezet was. Een oudere man zat in zijn eentje midden op het bankje, en hij had een hondenriem zonder hond eraan om zijn hand gewikkeld. Zijn kleren waren schoon maar, zo te zien, ongestreken – een kaki broek, een verschoten blauw overhemd en een wit tennishoedje met een lichtgeel lint. Hij observeerde een grote collie die bij een enorme kei stond te snuffelen.

'Heerlijk weertje, hè?' zei ik vanaf een afstand, om te voorkomen dat ze van me zouden schrikken. Zowel de man als de hond keek op, en beiden maakten een intens kalme en onbewogen indruk.

'Inderdaad,' antwoordde de man, terwijl hij zijn hoedje afzette en met zijn onderarm het zweet van zijn voorhoofd veegde. 'Maar het wordt wel erg warm.' Hij glimlachte, maar zijn lachje had iets vermoeids. Nadat hij zijn hoedje weer had opgezet, riep hij zijn hond. 'Teddy, kom hier.' De collie gehoorzaamde meteen, en ik zag aan zijn langzame tred en grijze snuit dat hij ook al op leeftijd was. Dit tweetal was waarschijnlijk samen oud geworden, dacht ik, en die gedachte raakte een gevoelige snaar.

'Heb je dat gezien, Heloise?' vroeg ik, terwijl ik naast haar op mijn hurken ging zitten en op Teddy wees. 'Als ik "kom" zeg, dan is dát de bedoeling!'

De man glimlachte. 'Het opvoeden van een jonge hond is veel werk. We hebben Teddy hier ook al sinds hij nog een pup was.' Zijn hand ging afwezig strelend over Teddy's nek. 'Laura – mijn vrouw – wilde een hond om het lege nest mee te vullen.'

Deed ik dat ook? Ik had juist veel meer het gevoel dat ik aan het nest wilde ontsnappen. Omdat ik niet wist wat ik daarop moest zeggen, haalde ik het flesje water uit mijn buiktasje, nam een paar slokken en goot er wat van in het kommetje van mijn hand voor Heloise. Ze likte het zo slordig op dat een groot deel ervan op de grond terechtkwam.

Hij wees op Heloise's dekje. 'Ik zie dat dit meisje in de wieg is gelegd voor een belangrijke taak.'

'Ja, mits het mij lukt haar de basiskennis bij te brengen.' Ze likte het laatste beetje water van mijn hand en raakte onmiddellijk afgeleid door een stuk of tien blauwe vlindertjes die boven een smal stroompje water dansten dat uit een spleet in de rotswand sijpelde. Ze leken net in de lucht zwevende turkooizen steentjes. Ik nam Heloise kort aan de riem om te voorkomen dat ze ernaar zou happen.

'Ik hoop dat het zo ver komt, maar van alle geselecteerde pups brengt uiteindelijk slechts de helft het tot geleidehond.' Dat had ik in het handboek gelezen. Ik ging weer rechtop staan en probeerde de schreeuwende pijn in mijn benen te negeren. Ik tilde mijn zonnebril op en veegde, met mijn schouder, een druppel zweet uit mijn oog.

'O, neemt u me niet kwalijk, mevrouw,' zei de man. Eerst dacht ik dat hij zich persoonlijk verantwoordelijk voelde voor het feit dat slechts de helft van de pups de status van geleidehond wist te bereiken. Maar toen wees hij naast zich op de bank. 'Waar zijn mijn manieren? Gaat u zitten, alstublieft.' Hij bood me zijn hand. 'Ik ben Merle Wenzell.' Ik veegde mijn hand af aan mijn broek, en nam zijn oude, koele en zachte hand in de mijne. Zijn greep was een tikje aarzelend – het soort handdruk dat typisch was voor een man van zijn leeftijd die een vrouw begroette.

'Dag Merle, ik ben Deena Munger,' zei ik, terwijl ik naast hem ging zitten. 'En dat is Heloise.' Ze werd nog steeds in beslag genomen door de vlinders. Merle liet zijn hand zakken en bewoog zijn vingers in een poging haar aandacht te trekken. Hij deed zijn lippen een heel klein beetje vaneen en floot hoog en schel. Heloise en Teddy keken beiden op. Heloise kwam met enthousiaste sprongen naar ons toe, maar Teddy had geen haast. Merle reikte over Teddy's rug en gaf hem een liefdevol klopje op zijn indrukwekkende ribbenkast. Met de wijsvinger van zijn andere hand kroelde hij Heloise onder haar kin.

Heloise zat opvallend stil en keek Merle in de ogen. Ik kon bijna zweren dat hij haar een telepathische boodschap gaf en dat ze naar hem luisterde. Ik hoopte vurig dat hij haar zei dat ze niet altijd alles moest eten wat ze op de grond zag liggen. Of, bedacht ik ineens, misschien vertelde Heloise hém wel wat. *Besef je wel hoeveel heerlijke hapjes er overal gewoon maar op straat liggen?* Hoe dan ook, ineens had ik het gevoel dat ik hier boven op de berg een of andere dierengoeroe was tegengekomen. Nou ja, niet echt bóven op de berg, natuurlijk, maar halverwege. De Hondenfluisteraar van Halverwege.

Even later ging Merle verzitten en keek me aan met zijn vochtige ogen. Het leek wel alsof hij mijn gedachten probeerde te lezen, en ik wist niet in hoeverre ik dat eigenlijk wel prettig vond. Om iets te zeggen vroeg ik: 'Is Teddy door Laura getraind?'

'O, ja! En met engelengeduld! Hetzelfde engelengeduld als ze altijd voor mij en de jongens heeft gehad!' Hij lachte zacht, en toen keek hij weg alsof hij de kruinen van de bomen ineens erg interessant vond. Heloise begon tegen de vlinders te blaffen.

'Heloise, stop!' Ik trok zachtjes aan haar riem en ze werd rustig. 'Die kleine blauwe vlindertjes zijn prachtig,' zei ik. 'Ik kan me niet herinneren dat ik ze ooit eerder heb gezien. Weet jij hoe ze heten?'

'Blauwtjes,' antwoordde Merle met pretlichtjes in zijn ogen.

'Echt?' vroeg ik grinnikend. 'Dat noem ik nog eens creatief.'

'Ja. Soms zijn de eenvoudigste namen het beste. Ik zal nooit vergeten hoe ik ooit eens naar de ijzerhandel ging om zo'n ding te kopen dat moet voorkomen dat deuren die te wild worden opengedaan of die door de tocht openwaaien, hard tegen de muur stoten.' Hij keek me aan om te zien of ik snapte wat hij bedoelde. Ik knikte.

'Hoe dan ook, ik geef die jongen een uitgebreide beschrijving omdat ik niet weet hoe je zoiets noemt. Hij kijkt me aan en zegt: "U bedoelt een stootdop?"'

Ik lachte. 'Was dat bij McDorn?' vroeg ik. Hij knikte, en ik knikte terug. 'Iets soortgelijks had ik ook, toen ik daar was voor een bepaald soort ketting dat mijn dochter wilde voor om haar hals. Ik vertel een heel verhaal over kleine kogeltjes die allemaal aan elkaar vastzitten, maar geen kralen zijn – het soort kettinkje dat je vroeger wel aan ouderwetse stoppen voor de gootsteen en de wastafel had zitten om ze gemakkelijk los te trekken...' Ik keek Merle aan, die zat te knikken.

'Weet je hoe ze dat noemen?' vroeg ik.

Merle schudde zijn hoofd, en keek me afwachtend grinnikend aan.

'Kogelketting!' zei ik. We lachten harder dan het onderwerp verdiende – het soort lach dat een opluchting en een bevrijding is van twee onbekenden die met elkaar aan de praat raken en een veilig onderwerp hebben gevonden. Ik vermoedde dat het feit dat we elkaar niet kenden in zekere zin iets bevrijdends had. We wisten helemaal niets van elkaar, en dat betekende dat we elkaar ook niets verplicht waren. Het was alsof we onze rugzak met zware lasten onder aan het pad hadden laten staan.

Terwijl we zo zaten te giechelen, kwamen de honden kijken om te zien of alles goed met ons was.

15

'Hallo, Deena! Kijk, Teddy, daar heb je dat leuke meisje met dat groene dekje weer!'

Merle stond aan het begin van het pad, tegen het bord geleund. Hij droeg dezelfde broek en dezelfde tennisschoenen als de vorige dag, maar in plaats van het blauwe overhemd droeg hij nu een geel exemplaar met korte mouwen dat bij de band van zijn tennishoedje paste.

'Wat leuk dat we elkaar weer tegenkomen,' zei Merle. Hij zette zijn hoed af en bood me zijn andere hand. Ik was totaal gecharmeerd van zijn manieren, en voor zover ik me kon herinneren, was hij de eerste man in mijn leven die zijn hoed voor me afnam.

'Wij hoopten ook al dat we jullie weer tegen zouden komen,' zei ik, zijn hand schuddend. De handdruk was anders vandaag, jovialer, van het soort dat vrienden elkaar geven wanneer ze elkaar mogen, maar nog niet zo ver zijn dat omhelzen geoorloofd lijkt. Langzamer, een steviger greep, meer oogcontact en oprechte glimlachjes.

'Zullen we?' vroeg Merle, op het pad wijzend.

'Ga je gang,' zei ik. 'Ik volg je wel.'

Het begin van het pad was vrij smal en er was onvoldoende ruimte om naast elkaar te lopen. We liepen in een aangename stilte. Teddy ging voorop, daarachter liep Merle, daarna kwam Heloise, en ik sloot de rij. Ik keek naar hoe Merle liep – langzaam maar met zekere tred, zijn schouders een beetje afhangend en zijn hoofd dat met elke stap een beetje mee veerde. Om de zoveel tijd voelde hij aan een blaadje of keek hij een vogel na. Wanneer een tak over het pad groeide, bleef hij staan om hem voor mij opzij te houden.

Alles aan Merle deed me verlangen naar een kennismaking met Laura. Ik wilde hun huis zien en zien hoe ze leefden. Ik realiseerde me dat ik me er al een voorstelling van had gemaakt. Aangezien hun kinderen al langere tijd het huis uit waren, stelde ik me voor dat hun wereld alleen nog maar uit geruststellende, kalmerende dingen bestond – soep die op een laag vlammetje stond te pruttelen, echte, met de hand geperste limonade in een glazen kan in de koelkast, en bonte voddenkleden, waaraan je nog steeds kon zien dat ze vol liefde geweven waren, op de donkere houten vloeren. Het soort huis waar geleefd werd, in plaats van dat het gemanaged werd. Een bejaard stel dat nog steeds verliefd op elkaar was, in hun eigen vertrouwde omgeving.

We kwamen bij het gedeelte van het pad dat wat breder was. Merle bukte zich en deed Teddy van de riem. 'Vooruit maar, jongen. Laat zien wat je kunt.' Merle keek me aan. 'Ik neem aan dat die jongedame van jou nog te jong is om los te mogen?'

'Ze mag helemaal nooit los,' zei ik, een beetje verdrietig. Ik dacht onwillekeurig aan Rocky en Fordy die altijd los hadden gelopen op het erf. Honden zijn dol op loslopen. Ik kon niet eens met Heloise áán de riem rennen, want hoewel ik vroeger heel wat gejogd had, deed ik dat al jaren niet meer. 'Geleidehonden in opleiding moeten altijd aangelijnd zijn, tenzij ze binnen een omheining zijn.'

'O.'

We liepen verder, Teddy voorop. Heloise trok aan de riem om hem bij te houden, en ik vond eigenlijk dat Teddy best dankbaar mocht zijn voor het feit dat ze aangelijnd was, want anders zou ze beslist tegen hem zijn opgesprongen om zijn snuit te likken en hem liefdesbeetjes te geven. En dat leek me niet iets waar zo'n oude, waardige heer als Teddy op zat te wachten.

Toen de stilte tussen ons zo lang had geduurd dat hij een beetje ongemakkelijk begon te worden, besloot ik Merle naar zijn vrouw te vragen. Ik had ook al gefantaseerd over een vriendschap met haar. Op dit moment had ik eigenlijk wel behoefte aan een oudere vrouw als vriendin. Aan de andere kant wilde ik niet al te nieuwsgierig lijken. 'Gaat Laura nooit mee wandelen?'

Merle keek naar de grond en krulde zijn lippen naar binnen – een gebaar waaruit bleek dat hij zijn emoties onder controle probeerde te houden. 'Nee. Nee, Deena, ze komt nooit mee. Het gaat niet zo goed met Laura. Haar verstand heeft haar in de steek gelaten. Ze lijdt al een aantal jaren aan de ziekte van Alzheimer.'

Ik bleef stokstijf staan. Dat had ik niet moeten doen, maar ik kon het niet helpen. Het beeld dat ik me van hun leven had gevormd was in gruzelementen gevallen, en de brokstukken van mijn fantasie lagen om ons heen. Dus dat was de last waaronder hij gebukt ging – een verdomd zware last bovendien.

'Ik... Dat moet heel erg moeilijk zijn,' stamelde ik. Hij knikte, en nu beet hij op zijn lip. Zijn pijn was naar de oppervlakte gekomen. We stonden midden op het pad en zwegen. Teddy, die voortdurend zo'n twintig meter voor ons uit had gelopen, keerde, kwam naast Merle staan en drukte zijn snuit tegen diens slappe hand. Hij had het natuurlijk gevoeld.

'Kom op, we gaan, Teddy!' zei Merle opeens, terwijl hij met zijn vingers knipte. Teddy liep gehoorzaam weer door. Merle ging verder en ik volgde zijn voorbeeld. Hij was energieker gaan lopen als om zijn verdriet te maskeren, en toen hij sprak, klonk zijn stem ook krachtiger dan hij voorheen had gedaan. 'Ik zorg voor haar. Ze heeft al die jaren zo goed voor mij en de jongens gezorgd, en dit is wel het minste wat ik terug kan doen. Leticia, het meisje van de pleegzorg, komt elke ochtend om een poosje bij haar te zitten, zodat ik met Teddy kan gaan lopen.'

Ik knikte en kon het niet uitstaan van mezelf dat ik tranen in de ogen had gekregen. Ik sloeg mijn blik neer en beet op de binnenkant van mijn lip omdat ik zijn verdriet er niet onnodig groter op wilde maken.

'Eerder dit jaar had ik haar in een verpleegtehuis ondergebracht, maar na een paar weken heb ik haar maar weer naar huis gehaald. Ik deed niets anders dan me voortdurend zorgen om haar maken. Dus...' Hij zweeg, haalde zijn hand over zijn mond en trok aan zijn gladgeschoren kin. 'Nu is ze weer thuis. Dat is lichamelijk zwaarder voor me, maar om haar niet thuis te hebben, was emotioneel een enorme belasting voor me.'

Ik wilde mijn armen om hem heen slaan, maar wist dat hij daar niets aan zou hebben. Hij leefde al jaren met deze realiteit – het was alleen maar nieuw voor mij. En een omhelzing zou voor hem in zekere zin gelijk staan met het opnieuw openrijten van een oude wond.

'Hoe lang zijn jullie al getrouwd?' Ik wist niet of dat wel de juiste vraag was, maar ik wist werkelijk niet wat ik anders moest zeggen, afgezien dan van hoe verschrikkelijk ik het voor hen vond.

'Vierenvijftig jaar. Ze was nog maar negenenzestig toen ze ziek is geworden. In het begin was ze alleen maar een beetje vergeetachtig. Ze dacht dat het bij de leeftijd hoorde. Hoe dan ook, de jongens hebben ons voor onze vijftigste trouwdag een cruise cadeau gegeven.' Hij liep met stevige pas verder, draaide zich naar me toe en grinnikte. 'Dat was fantastisch, dat mag je best geloven. Heb jij dat ooit gedaan?' En daarmee had hij duidelijk en heel behendig aangegeven dat hij het over iets anders wilde hebben. Maar ik had nog steeds moeite met het verwerken van wat hij had verteld.

Ik glimlachte en schudde mijn hoofd. Heloise was in de met gras begroeide berm gaan lopen, die, nog geen halve meter verder, plaatsmaakte voor een diepe afgrond. Ik trok haar terug op het pad. 'Hier blijven, meisje.' Ze ging iets voor me lopen, naast Teddy, die ook op mijn commando gereageerd had en voor me was komen lopen. Ik vertraagde mijn pas, keek Merle aan en zei: 'Neil – mijn man – en ik spraken vroeger regelmatig over een cruise. Dat wilden we doen zodra de kinderen eindexamen hadden gedaan. Maar nu die dag met rasse schreden naderbij komt, hebben we het er nooit meer over.' Ik stuurde het gesprek een andere kant op. 'Studeren is ook zo duur tegenwoordig, en zo,' voegde ik eraan toe, terwijl ik weer wat sneller ging lopen. Merle zette ook de pas er weer in.

'Nou, maar uiteindelijk valt het wel mee met wat het kost om een cruise te maken, want je krijgt daar zo verschrikkelijk veel te eten, dat je een week van tevoren en erna geen hap hoeft te consumeren!' Hij sloeg op zijn platte buik en lachte.

'Waar zijn jullie geweest?'

'O, een paar plaatsen in Mexico. Het was...' Hij zweeg en hield zijn hoofd even schuin. 'De zee was prachtig.' Ik vermoedde dat hij en Laura zich niet helemaal thuis hadden gevoeld in de pracht en praal van een cruiseschip, en al helemaal niet in de toeristische oorden waar ze hadden aangelegd.

'Waar komen jullie oorspronkclijk vandaan, Merle?'

'Hier vandaan, uit Colorado. Ik ben opgegroeid op een grote boerderij in de buurt van Hernsdale.'

'Echt? Ik ook! Nou ja, niet in Hernsdale, maar op een boerderij in zuidoost Colorado.'

Hij keek me even zo enthousiast aan dat het was alsof er een zonnetje in zijn binnenste was gaan schijnen. 'Kanteloep-land!'

'Precies! Het beste van het beste!'

'Rocky Fords!' Nu voelde ik in mijn eigen binnenste een zonnetje stralen – deze man wist waar ik het over had. 'Absoluut. Laura en ik aten er in het seizoen altijd wel een paar per week. We kochten ze op de boerenmarkt, of gewoon bij de supermarkt, en dan gaven we ze een cijfer.' Hij keek me grinnikend aan. 'We hadden een schaal van één tot honderd. Het hoogste cijfer dat we ooit hebben gegeven, was achtennegentig.' Hij dacht even na, maar bleef glimlachen. 'Maar wil je de waarheid horen?' Ik knikte, even gretig-afwachtend als hij de vorige dag was geweest toen ik over het kettinkje had verteld. Hij gaf me een knipoog en zei: 'Volgens mij had die achtennegentig best honderd mogen zijn. Hemels zoet. Het sap spoot er zo ongeveer uit. Stevig vruchtvlees en heerlijk geurig. Nog beter zou té volmaakt zijn geweest, als je begrijpt wat ik bedoel.'

Te volmaakt? Maar ik knikte.

'En daarbij kwam dat we op die manier konden blijven testen!'

We moesten alle twee lachen, en toen we opkeken, zagen we Teddy die rond dezelfde kei snuffelde als de vorige dag. We waren al bij het bankje. Merle en ik gingen samen zitten, haalden gelijktijdig ons water tevoorschijn en dronken.

Ik kon amper geloven dat we zo snel boven waren gekomen. Zo met Merle babbelend had de klim me nauwelijks moeite gekost. Ik transpireerde, maar was niet op een verschrikkelijke manier buiten adem. We gaven de honden uit onze hand te drinken. Teddy lebberde beheerst en ingetogen uit Merles hand, maar Heloise was even onstuimig als de dag ervoor. Ze snapte het ook nog niet helemaal, want ze probeerde steeds in de hals van het flesje te bijten en te likken.

'Mag ik?' vroeg Merle, terwijl hij mijn fles van me overnam en naar Heloise knikte. Ik hield mijn beide handen in een kommetje, en Merle hield het flesje er een heel eind boven en liet er maar een heel dun straaltje uit lopen. Ik boog me naar voren en hield mijn gevulde handen onder Heloise's neus, en ze likte het water op. Terwijl ze dat deed, keek ik op naar Merle, en we moesten alle twee glimlachen.

Toen Heloise genoeg had, gaf Merle me mijn flesje terug, waarna hij zijn hand in zijn zak stak en een rechthoekig wit doosje tevoorschijn haalde. 'Citroenzuurtje?' vroeg hij, terwijl hij me het geopende doosje voorhield.

'O, heerlijk!' Maar waar het me in werkelijkheid om ging, was het aannemen van wat hij me wilde schenken. En dat kon alles zijn geweest. Ik stopte het zuurtje in mijn mond, en de zoetzure explosie riep onmiddellijk herinneringen op. Wanneer had ik voor het laatst zo'n snoepje gegeten? Ik realiseerde me dat dit ene zuurtje zoveel meer genot opleverde dan een hele kom vol gesuikerde cornflakes.

Heloise sprong herhaaldelijk naar Teddy's oor, en leek vastberaden om er een hapje van te nemen. Teddy draaide zich half om en wierp ons een lijdzame blik van verstandhouding toe, alsof hij wilde zeggen dat hij zich erbij neer had gelegd dat dit soort jeugdige grillen en uitbundigheid nu eenmaal geaccepteerd moest worden. Na enig aandringen van mijn kant kalmeerde Heloise wat, ging zitten en leunde tegen mijn scheen. Merle nam zelf ook een zuurtje en toen aaide hij Teddy. We leunden alle twee naar achteren en schoten opnieuw in de lach toen we op hetzelfde moment 'Mmm' zeiden.

De twee puppybijeenkomsten van de maand juli vonden beiden plaats in het onoverdekte Cottonwood-winkelcentrum. We trokken onveranderlijk veel bekijks wanneer we met zo'n stuk of twaalf pups met hun groene dekjes door het drukke winkelcentrum wandelden. De eerste van de twee bijeenkomsten viel op de dag van Matts verjaardag, en hij vroeg of hij met me mee mocht. Lainey wilde ook mee. Neil kwam thuis voor het eten, gaf Matt een boek – Colleges That Change Lives – en omdat wij van plan waren om uit te gaan, keerde hij terug naar de kliniek. De kinderen en ik hadden een heerlijke avond. Zij vonden het enig om alle andere honden te zien, en ik vond het heerlijk om hen aan de groep voor te kunnen stellen. Om de beurt liepen we met Heloise, en oefenden met het negeren van afleidingen als standbeelden, roosters in het trottoir en mensenmassa's waarin zich ook kinderen op rolschaatsen, fietsers en mensen met kinderwagens bevonden. De honden moesten leren om op niets van dat alles te reageren. Het moeilijkst in dat opzicht waren kleine kinderen met ijsjes. We gingen met de hele groep mensen en honden naar een ijszaak om een ijsje te eten en om 'Lang zal hij leven' voor Matt te zingen.

Zeventien. Mijn kleine Mattie. Hij had besloten om weer te gaan autorijden, maar alleen met mij erbij. Die avond reed hij ons zonder ook maar één foutje te maken terug naar huis. Thuisgekomen gaf ik hem mijn cadeautje – een cheque ter waarde van vijftig dollar voor de *Art Department Store*.

Het werd augustus, en de pups in onze groep, met inbegrip van Heloise, waren nu echt honden. Ik was wat afgevallen en Heloise was duidelijk aangekomen, en beiden waren we redelijk gespierd als gevolg van onze lange wandelingen. We liepen regelmatig met Merle en Teddy, maar we gingen ook vaak alleen. Nu ik wat was afgevallen, begon ik voor de puppybijeenkomsten wat meer aandacht aan mijn uiterlijk te besteden, maar ik had niet het gevoel dat het Bill was opgevallen. Aan de andere kant had het ook weinig zin om overdreven modieus te willen zijn, want op het eind van zo'n avond zat iedereen flink onder de hondenharen.

Voor onze eerste bijeenkomst van augustus, waren we weer naar het magazijn gegaan omdat het daar koeler was.

'Mooi, de tijd zit er bijna op, maar wie heeft er nog problemen?' vroeg Bill. De groep lachte om de manier waarop hij dat had gevraagd.

Het tienermeisje dat een van de golden retrievers had, stak haar hand op. 'Bernadette is altijd zo druk wanneer ik socialisatie-training met haar doe.'

Ik bracht mijn hand omlaag naar Heloise, die stilletjes aan mijn voeten lag, en gaf haar een lovende aai. Ze was voorbeeldig wanneer we uitgingen, hoewel ons repertoire nogal beperkt was – de supermarkt, soms het winkelcentrum, boekhandels en één keer het postkantoor.

'Waar neem je haar mee naartoe?' vroeg Bill.

'Nou, mam en ik wilden met haar naar het winkelcentrum, maar bij de fontein buiten draaide ze al helemaal door, dus we zijn maar niet eens meer naar binnen gegaan. We hebben iets van vier of vijf keer geprobeerd om haar langs de fontein te krijgen, maar ze was telkens doodsbang en we zijn alle keren gewoon maar weer naar huis gegaan.'

'Goed. Ik ben blij dat dit ter sprake komt. Als je hond ergens bang van is, dan mag je het daar niet bij laten zitten. Doe je dat wel, dan leert ze daar twee dingen van die je haar geen van tweeën wilt bijbrengen – één, dat fonteinen inderdaad heel enge dingen zijn die je tegen elke prijs moet mijden.' Iedereen schoot in de lach, en ik ook, maar het zette me wel aan het denken. Ik had dat met mijn kinderen gedaan – en misschien zelfs ook wel met Neil. Ik had te veel en te vaak toegegeven aan hun angsten en paniek. Of aan die van mezelf. 'En ten tweede leert ze ervan hoe ze jóu zo ver kan krijgen dat je doet wat zíj wil. Je moet er doorheen – kalm, liefdevol en geruststellend.

Probeer haar af te leiden, gebruik verschillende tactieken. Door-gaans probeert een hond alleen maar zelf te leiden als hij geen zelf-verzekerde aanvoerder heeft om te volgen.'

Iedereen luisterde aandachtig naar wat Bill te vertellen had. Be-halve de honden. Een paar puppy's waren in slaap gevallen. Heloise lag op mijn schoen te knagen. Ik moest er onwillekeurig om lachen. Ze had geplast voordat we naar binnen waren gegaan, dus ik wist dat het de hondenversie was van wat mijn kinderen hadden gedaan toen ze klein waren – me aan mijn broekspijp of rok trekken wan-neer ze vonden dat ik veel te lang in de supermarkt was en wilden dat ik op zou schieten. Ik trok mijn voet weg en stopte een speeltje in haar bek. 'Braaf meisje,' zei ik zacht maar enthousiast, toen ze op het speeltje begon te knagen. Ik keek niet op, maar hoopte dat Bill het had gezien.

'Heel goed, Deena! Uitstekend.' Bill gaf me een knipoog en ik deed het bijna in mijn broek.

Gelukkig klapte Bill opnieuw in zijn handen, en trok hij ieders aandacht. 'Oké, jongens, het zit erop voor vanavond, maar ik wil nog snel even een mededeling doen. We hebben een speciale kans voor een heel bijzondere socialisatie-training. Jullie hebben waarschijnlijk allemaal wel eens gehoord van John Abrams, de autodealer die in heel Denver filialen heeft?' Iedereen knikte. 'Hij steunt *K-9 Eyes* op alle mogelijke manieren. Zijn zus is blind en heeft in de loop der jaren al drie werkhonden van *K-9 Eyes* gehad. Hoe dan ook, John heeft ons twaalf entreebewijzen geschonken voor de wedstrijd, donder-dagavond, van de Rockies tegen de Padres. Ik ben zelf niet echt be-zeten van sport, maar voor de pups is het een ideale gelegenheid om zo'n evenement bij te wonen.' Allemaal luisterden we geboeid naar wat hij ons vertelde. Wát hij ook zei, we waren in zijn ban. De man had puur charisma.

'Het is een geweldige oefening om de honden vertrouwd te maken met menigtes. Wie het eerst komt het eerst maalt – op is op – maar volgens mij hebben we er wel genoeg, want het is op een donderdag.' Hij haalde een papiertje uit zijn zak, vouwde het open en begon voor te lezen: 'We verzamelen om vier uur bij de shuttlebus-garage op Mesa Drive. De wedstrijd begint om half zes.' Hij keek op, weer met die ontwapenende glimlach. 'Wie wil er een potje ballen?'

Er gingen een paar handen omhoog. Ik wist niets van honkbal. Ik was nog nooit naar een wedstrijd geweest en had daar ook nog nooit behoefte aan gehad. Ik keek naar Heloise, die rustig op de vloer lag. Lainey moest donderdag voetballen, maar ze zou met Sara mee kunnen rijden. Matt zou opgehaald moeten worden van zijn scoutingproject. Nee, Josh had gezegd dat hij Matt thuis kon afzetten. En wat als Josh's oude auto panne had? En Neil kwam donderdag thuis van zijn medische conferentie. Ik zou –

Stop! Hou op met ze afhankelijk van je te maken! Heloise heeft deze oefening nodig. Ze moet eruit. En jij ook.

Ik boog me naar voren en knuffelde Heloise's oor met mijn rechterhand. Langzaam stak ik mijn linkerarm op.

16

Ik had voor Neil een briefje op de keukentafel gelegd om te zeggen waar ik was, en dat hij niet op hoefde te blijven omdat ik er geen idee van had hoe lang een honkbalwedstrijd duurde. Ik had Matt – twee keer zelfs – verteld dat Heloise en ik naar een wedstrijd van de Rockies zouden gaan. Hij stond met open mond, totaal ongelovig, naar me te kijken, terwijl ik in de keuken mijn buiktasje inpakte.

'Gaan Josh en jij vandaag aan die muurschildering werken?' vroeg ik. Ik was opgetogen over hun keuze.

'Josh komt hier omdat de parkeerplaats in het centrum opnieuw geasfalteerd wordt. We willen ons ontwerp een definitief karakter geven en kijken hoeveel verf we ervoor nodig hebben.' Dus dan hoefde ik me geen zorgen te maken over Josh's auto. 'Maar ga je echt naar die honkbalwedstrijd, mam?' vroeg hij nu voor de derde keer.

'Ja! En loop niet steeds voor mijn voeten!' zei ik, hem een speelse tik op zijn billen gevend.

'Lainey!' riep ik in de richting van de trap. Het was de tweede keer dat ik haar riep. Opnieuw wendde ik me tot Matt. 'Wat dóét je zus toch daarboven?'

'Mijn moeder, die naar een wedstrijd van de Rockies gaat,' zei hij lachend. 'En mag ik ook vragen waarom?'

'Ik heb in het geheim een oogje op de gooier.'

Matt sloeg dubbel van het lachen. 'Mam! Niet de gooier, maar de wérper!'

Ik gaf hem opnieuw een speelse tik, nu op zijn arm. 'Dat wéét ik, Matt, ik plaag je alleen maar. Ik ga omdat het een goede oefening voor Heloise is, en wie weet, misschien vind ik het nog leuk ook.' Ik ging verder met het volproppen van mijn tasje. Ik was aan de late kant, en bovendien irriteerde het me ook een beetje dat Matt weigerde te geloven dat zijn saaie oude moeder wel eens naar een officieel sportevenement zou kunnen willen. Met drie mueslirepen in zijn hand slenterde Matt de keuken uit en mompelde: 'Mam. Naar een wedstrijd van de Rockies. Ongelooflijk.'

'Matt!' riep ik hem na, nu echt gekwetst over het feit dat hij er maar niet over op kon houden. 'Ik zou willen dat je de verfvoorraad in de kelder naliep om te kijken wat nog goed is, en wat is uitgedroogd. En zet de blikken die niet goed meer zijn in een doos in de garage.' Hij keek me vanaf de gang strak aan, en ik keek even strak terug. Hij draaide zich om en liep hoofdschuddend de trap op. 'En ruim je kamer op!' Ik wilde er nog meer aan toevoegen. Maak het avondeten klaar! Maai het gras! Maak de wc's schoon geef de planten water doe de was doe de boodschappen stofzuig het kleed betaal de rekeningen bel de loodgieter. En, o ja, breng de kat naar de trimster om zijn haar te laten knippen.

In plaats daarvan riep ik Lainey weer. Voor de derde keer. Hoe kwam het toch dat mijn kinderen alles in drieën hebben moesten? Ik verstijfde. Ineens realiseerde ik me dat ik, net als met Heloise, de dingen niet voortdurend moest herhalen. Zij moesten leren om naar de eerste keer te luisteren. Eindelijk kwam Lainey vanuit haar kamer, en met de koptelefoon op, de trap af gesjokt. Ik gebaarde dat ze dat ding van haar hoofd moest zetten – één keertje maar – en wachtte terwijl ik haar strak aan bleef kijken. Ik rechtte mijn schouders, maakte me zo lang mogelijk, al was dat maar een fractie langer dan mijn dochter. Er verscheen een rimpel op Lainey's voorhoofd, en toen trok ze haar koptelefoon af en hing hem om haar nek.

Lainey leek geen moeite te hebben met het feit dat ik naar die honkbalwedstrijd wilde, maar wél met het idee dat ik haar zomaar in de steek liet. 'Maar je móét me naar voetbal brengen!'

'Je kunt vast wel met Sara mee,' zei ik. Hoewel de meisjes in verschillende teams zaten, speelden ze alle twee bij dezelfde club, en ze was al vaker met Sara meegereden.

Ik stond voor de gootsteen en vulde een grote fles met water opdat Heloise en ik niet gedwongen zouden zijn om alleen maar bier of fris te drinken. Ik controleerde of haar inklapbare waterbakje in mijn tasje zat.

'God, mam! Sara voetbalt al weken niet meer!'

Ik draaide me met een ruk om. 'Nee! Is Sara gestopt met voetballen?' Nu was het mijn beurt om verbaasd te zijn en alles drie keer te herhalen.

'Ja,' zei Lainey met een voldane grijns, en genietend van de macht van voorkennis.

'Waarom? Ze is al jaren helemaal bezeten van...' Ik zweeg terwijl ik in gedachten probeerde na te gaan hóé lang ze al gek was van die sport, en er schoot me een beeld te binnen van Sara's zesde verjaardag. Matt was naar haar partijtje gegaan, in een tijd dat jongens en meisjes nog gewoon vriendjes konden zijn. We hadden een sporttas voor haar gekocht, en nagenoeg alle presentjes die ze die dag kreeg, hadden wel iets met voetbal te maken gehad. 'Sara heeft haar hele leven gevoetbald. En ze heeft zoveel talent! Ze was een van de sterren van het staatsteam vorig jaar!' Ik was er altijd van overtuigd geweest dat dit meisje dé nieuwe vrouwelijke voetbalster zou worden.

'Nou, misschien had ze er gewoon genoeg van,' zei Lainey. Ze hurkte om Heloise over haar kop te aaien. 'En daarbij, nu heeft ze Kurt.'

Ineens was ik niet aan de late kant. Overal om me heen zag ik waarschuwingsvlaggen. Heloise keek naar me op, net alsof zij ze ook had gezien.

'Wat bedoel je precies met: "En daarbij, nu heeft ze Kurt?" Dat slaat werkelijk nergens op.'

Ze stond op, en Heloise ook, en drukte haar hoofd in Lainey's slappe hand. Voor Heloise liever passief aaien dan helemaal niet aaien. 'Je bedoelt, waarom zou iemand die zo goed speelt als zij, ermee ophouden?'

'Wat ik bedoel is, wat heeft het feit dat ze met Kurt is ermee te maken dat ze niet meer wil voetballen?'

'Kom zeg!' Lainey rolde weer eens met haar ogen. Het zou me niets verbazen als die ogen van haar weldra uit hun kassen zouden rollen. Heloise zou ze onmiddellijk achterna gaan, en wat zou ze een pret hebben!

Lainey slaakte een diepe zucht van berusting en verwaardigde zich mij de kwestie uit te leggen. 'Nou, mam, het is duidelijk dat hij meer tijd met haar wil doorbrengen. En dat vind ik lief. Ik wou dat ik een vriend had.'

Behalve dat ik overal vlaggen zag, hoorde ik nu ook alarmbellen afgaan. Geloof het of niet, maar Heloise spitste op dat moment ook haar oren, hoewel ik er zo goed als zeker van was dat ze alleen maar voelde dat ik me druk begon te maken.

Ik nam Lainey's hand in de mijne. Ze liet me met tegenzin begaan. Heloise ging bij ons zitten en keek van de een naar de ander, alsof ze naar een tenniswedstrijd keek. 'Lieverd, je krijgt heus wel een vriend, en vast wel meer dan één, en vast ook wel heel gauw. Maar ik hoop dat je beseft hoe belangrijk het is om je eigen dromen te behouden en ze niet op te geven voor –' Ik zweeg. 'Voor wat dan ook.'

Lainey keek me uitdrukkingsloos aan terwijl ze mijn woorden en de bezorgde klank van mijn stem op zich liet inwerken. Toen trok ze haar hand uit de mijne, rolde nog een keer met haar ogen en klakte met haar tong. 'Mam, ze zijn echt verschrikkelijk verliefd. Maar dat snap jij toch niet.'

Mijn mond ging open, dicht, en weer open. Maar er kwam geen woord over mijn lippen.

Wilde ze daarmee zeggen dat ze dacht dat ik niet van haar vader hield? En hield ik wel van haar vader? Of was het alleen maar een standaarduitspraak van tieners die zozeer in zichzelf opgingen dat ze automatisch aannamen dat niemand ooit had doorgemaakt wat zij op dat moment doormaakten? Ik realiseerde me dat iedereen in zijn leven wel eens momenten heeft dat je zo met jezelf bezig bent dat je normale perspectief op de wereld zo goed als verdwenen is. Bijvoorbeeld, wanneer je ineens een bepaald soort nieuwe macht bezit en daarmee een nieuwe verantwoordelijkheid. Je ziet het vaak bij kinderen van twee. En het gebeurde opnieuw, en in veel sterkere mate, in de puberteit. Ik dacht even na. En ja. Het was mij ook overkomen toen ik zwanger was.

En misschien was de menopauze ook wel zo'n moment. Werden al dat soort momenten in ons leven door hormonen bepaald? Was het een biologische noodzaak om enkel en alleen met jezelf bezig te zijn?

Of waren het alleen maar de perioden in je leven waarin je het recht had om medelijden met jezelf te hebben?

'Joehoe, mam.' Lainey bewoog haar hand voor mijn gezicht heen en weer. 'En hoe moet ik nu naar training?' Heloise was languit, en met haar kop op mijn voet, op de koele tegelvloer gaan liggen, en ze maakte een zacht, kreunend geluidje. Haar manier om te zeggen: 'Wat hebben mensen toch ontzéttend lang nodig om de deur uit te gaan.' Ik keek op de klok. Verdorie.

'Eh. Oké, luister. Ik moet opschieten. Even kijken... Is er iemand anders met wie je mee zou kunnen rijden? En, Lainey?' Ik legde mijn handen op haar schouders en keek haar doordringend aan. 'Ik wil het hier een andere keer nog eens over hebben. Ik wil je vertellen over –'

Over wat? Het leven? Ja hoor, daar zat ze, net als elke tiener, natuurlijk echt op te wachten. 'Ik wil je vertellen over fouten die ik in het leven heb gemaakt.' Haar wenkbrauwen schoten omhoog en ze keek me verbaasd aan. Ja, dit interesseerde haar wel. 'Maar is er op dit moment iemand anders met wie je mee zou kunnen rijden? Ik heb afgesproken om naar die wedstrijd te gaan en daar kan ik niet onderuit, en ik moet opschieten want ik moet met de bus mee.' Ik pakte mijn buiktasje, mijn handtas en draaide me met een ruk naar haar om. 'De bus! Je kunt met de bus!'

'De bu-hus?' Twee lettergrepen voor maximale minachting.

Ik zocht al in mijn tas naar een buskaart. Ik haalde er de pakjes kauwgom uit, de rolletjes pepermunt en ook nog een doosje met pepermuntjes. 'Hier,' zei ik, terwijl ik het een na het ander op het aanrecht legde, 'wil jij deze? Ik heb suiker afgezworen.' Ze keek me aan alsof ik een buitenaards wezen in het lijf van haar moeder was. 'Ah, hier! En weet je wat, Lainey? Ik heb een reclamebord gezien bij het busstation. Ze hebben heel goedkope maandabonnementen voor tieners. Dan ben je volkomen vrij om te gaan.' Ik gaf haar de twee kaartjes die ik had. 'Ik betaal het wel!' Haar lievelingswoorden. 'Maar nu moet je meteen online gaan om te kijken hoe laat de bussen vandaag rijden. Hier. De site staat op de kaartjes.' Ze keek me aan alsof ik gek was, en ik keek terug. 'Nu.'

Met haar ogen knipperend nam ze de kaartjes van me aan, en tegelijkertijd bewoog ze haar hoofd met een ruk naar achteren alsof ik haar een lading water in het gezicht had gegooid. Maar toen herstelde ze zich en zette, met een luid 'pfffft' haar koptelefoon weer op. Met de kaartjes in haar hand ging ze naar beneden, naar de televisiekamer. En de computer.

Mijn moment van voldoening was van korte duur, want vrijwel meteen – nog voor Heloise en ik goed en wel buiten waren – dacht ik weer aan mijn belofte. Wat moest ik haar later vertellen, wanneer we ons 'gesprek' hadden? Dat mijn huwelijk met haar vader een vergissing was geweest? Was het dat? Nee. Daarvan was ik overtuigd. We hadden een groot aantal echt goede jaren gehad samen. Was ik dan te jong getrouwd? Of was het dat zelfs sommige succesvolle huwelijken uiteindelijk uitgedoofd raakten?

Ik kon me niet voorstellen dat honkbal me een antwoord op mijn vragen zou verschaffen, maar het was tijd om te gaan. Ik startte de motor en keek via de achteruitkijkspiegel naar Heloise. Ze reed niet langer in de bench, maar zat nu los in de achterbak. Haar kop lag op een van de hoofdsteunen van de achterbank, en ze had haar oren gespitst – klaar voor haar rol van copiloot. Ik reed achteruit van de oprit en zei tegen haar: 'Hup meisje, op naar de wedstrijd.'

'Mogen we bij jullie komen zitten?' vroeg Bill, terwijl hij, een enorme Duitse herder achter zich aan trekkend, het gangpad van de bus kwam afgelopen. Heloise sprong overeind, en mijn hart volgde haar voorbeeld. Ik was laat geweest, en was helemaal achterin gaan zitten, op het enige bankje dat nog vrij was. Het was een normale bus, en afgezien van de in totaal zeven hondentrainers, zat hij vol met gewone honkbalfans. Bill was pas ingestapt nadat de laatste van onze groep aan boord was gegaan – ik dus.

'Ja hoor,' zei ik tegen Bill. 'Zit, Heloise.' Ik realiseerde me dat ik het commando verkeerd om had gegeven. Eerst de naam, dan het bevel. 'Ik bedoel, Heloise! Zit. Zit!' *O, verrek, je mag bevelen niet herhalen.* Alweer fout, en dat nog wel waar Bill bij was. Maar Heloise, de schat, ging braaf zitten. Ik gaf haar een klopje op haar schouder.

Bill ging naast me zitten, en de herder ging als een doorgewinterde beroepshond in het gangpad liggen.

'Wie is dat?' vroeg ik, met een knikje in de richting van de herder.

'Belladonna. Ze is van iemand uit Colton. De trainer is met vakantie, en ik heb het voor die tijd van hem overgenomen.'

'Hoe oud is ze?' vroeg ik. 'Ze is enorm!'

'Zeventien maanden. Herders hebben langer nodig om volwassen te worden dan labradors.' Hij leunde naar achteren. Ik voelde hoe de haren van onze armen elkaar raakten.

'En, Deena, hoe gaat het ermee?' vroeg hij, toen de bus wegreed. 'Zo te zien doet Heloise het uitstekend.' Ze was weer gaan liggen en knaagde op Bumpy, haar plastic dinosaurus met wratachtige uitsteeksels. Wanneer ik haar zo zag kauwen, deed me dat pijn in mijn mond, maar zij vond het heerlijk. Bill boog zich naar voren en masseerde haar oor. Zijn onderarm streek losjes langs mijn scheen – de aanraking voelde vurig. Elektrisch.

'Ze doet het geweldig,' antwoordde ik, met een bespottelijke hoeveelheid concentratie. 'En slim dat ze is! En je hebt gelijk, ze doet echt haar best om mij een plezier te doen. En ik kan zelfs precies beschrijven hoe slim ze is. Als ze iets fout heeft gedaan en ik betrap haar daarop, dan gaat ze onmiddellijk zitten en kijkt me afwachtend aan in het besef dat ik haar moet belonen omdat ze zo braaf is gaan zitten.'

Bills lach deed me huiveren van genot. 'Een uitgekookte tante, dat is ze,' zei hij. De rimpeltjes bij zijn ooghoeken plooiden zich van pure pret. Ze zouden hem moeten gebruiken voor een reclamecampagne voor een crème waar je kraaienpootjes van kréég. Ik keek omlaag naar Heloise om te voorkomen dat ik opnieuw zou blozen, en mijn veel te lange, uitgegroeide pony viel voor mijn ogen. Ik moest echt dringend naar de kapper!

Nadat ik mijn haren achter mijn oren had geduwd zei ik: 'En nu je toch naast me zit, Bill, en wel naar me móét luisteren, heb ik een vraag voor je. Of twee. Of misschien zelfs wel drie.' Alweer die heerlijke lach van hem. Ik laafde me eraan.

'Ga je gang. Ik ben geheel en al de jouwe.'

Innerlijk ging ik zowat van mijn stokje, maar daar liet ik niets van blijken. 'Daar gaan we. Weet je nog dat je hebt gezegd dat je ze niet in de bench mag zetten om ze te straffen?' Bill knikte. 'Maar je hebt ook gezegd dat we ze erin mogen stoppen als we gek van ze worden, of als we iets moeten doen waar we ze niet bij kunnen gebruiken.' Hij knikte opnieuw. 'En voelt dat dan niet als straf voor een hond, wanneer we hem erin stoppen omdat we gek van hem worden?'

'Kennelijk denk je hier dieper over na dan Heloise doet.' Weer die grijns.

Ik lachte. Charmant. Of liever, dat hoopte ik.

'Zolang je het maar met een opgewekte stem doet. "Vooruit,"' zei hij, zijn zangerige toontje demonstrerend, '"Bench."' Heloise keek naar hem op en hield haar kop schuin.

Ik knikte. 'En het tegenovergestelde? Ik bedoel, soms als ik haar eruit wil halen, begint ze te janken. Denkt ze dan niet dat ik haar eruit laat omdat ze jankt?'

'Exact hetzelfde. Je hebt gelijk in de zin van dat je het janken niet mag belonen. Praat een beetje tegen haar, voordat je het deurtje openmaakt. Opgewekt en prijzend. Maar ik zou me daar echt niet al te veel zorgen over maken, Deena. Ze doet het echt geweldig. Jíj doet het geweldig. Heb vertrouwen in jezelf.'

Als dat zou kunnen...

'Goed. Bedankt,' zei ik, naar de rugleuning van de stoel voor me kijkend, omdat ik hem nog steeds niet aan durfde te kijken. 'Een laatste vraag,' zei ik, op een haast verontschuldigend toontje.

'Deena, ik vind het fantastisch dat je vragen stelt. Ik wou dat iedereen zo oplettend was en over de dingen nadacht zoals jij.'

Ik waagde het hem aan te kijken, en viel regelrecht in zijn blauwe ogen. Ik kon me meteen niet meer concentreren. Menopauze in combinatie met de aandacht van een knappe man, zorgde ervoor dat mijn brein op slag onbruikbaar was geworden. Ik was alle werkwoorden en zelfstandige naamwoorden kwijt, en het enige wat me nog restte, waren twee persoonlijke voornaamwoorden. 'Ik – jij –' Opnieuw kreeg ik een kleur. 'Nu ben ik vergeten wat ik je wilde vragen.'

We schoten alle twee in de lach. De twee meisjes voor ons keken achterom om te zien of we lachten omdat een van de honden iets aandoenlijks had gedaan, en draaiden zich vrijwel meteen weer teleurgesteld naar voren.

Bill begon te vertellen over zijn naderende trip naar het *K-9 Eyes*-opleidingsinstituut in Californië voor het afstuderen van een van de pups. Ik leunde naar achteren, tegen het raampje, en luisterde naar zijn melodieuze stem. Hij vertelde over de verschillende honden die hij had getraind, en over een aantal van de blinde mensen bij wie ze terecht waren gekomen: een bankier in Wichita, een leraar in Seattle, de eigenaar van een groot bedrijf in Chicago. Ik zou zo wel uren naar hem kunnen luisteren, dacht ik. Hij was zo'n gulle man. Niet dat Neil dat niet was, maar het was alleen –

Terwijl ik zo zat te luisteren, was Heloise anders gaan zitten, en op mijn voeten in slaap gevallen. De elleboog van haar voorpoot prikte in mijn rechtervoet. Mijn been sliep. Maar terwijl Bill en ik zo zaten te praten, was ik het volkomen met het oude gezegde eens dat het geen goed idee was om slapende honden wakker te maken.

Het scheelde een haar of ik slaakte een gesmoorde kreet toen de bus voor het stadion stopte. Met Heloise en Bill naast me, was de rit van ruim een uur als het ware omgevlogen. Maar mijn rechterbeen was totaal gevoelloos.

Iedereen stapte uit, van voren naar achteren, en Heloise en ik kwamen van de bank en volgden Bill en Belladonna. Heloise trok aan haar riem en had, zoals altijd, haast om aan haar volgende avontuur te beginnen. Maar ik kon echt niet snel. Ik hobbelde, me aan de banken vasthoudend, en probeerde mijn nagenoeg waardeloze been en voet zoveel mogelijk te ontzien. Bij de uitgang van de bus verstijfde Heloise. Ze spreidde haar voorpoten en zette zich schrap, legde haar oren in de nek en haar staart vlak op de grond. Ik keek naar Bill, die al was uitgestapt en naar mij stond te kijken.

'Toe maar, Deena, til haar maar op. Als ze echt bang is, heeft forceren geen zin.'

Ik tilde haar onhandig op. Ze was al zo groot en zwaar, en het trapje van de uitgang van de bus was aan de smalle kant. Ik hinkte de eerste tree af, en mijn rechterbeen weigerde nog steeds om mee te werken. Heloise verstijfde in mijn armen en stak haar poten alle kanten op. Het nieuwe avontuur interesseerde haar niet meer. Het was duidelijk dat ze in de bus wilde blijven, en dat ze precies wist hoe ze het mij zo lastig mogelijk moest maken om haar van boord te krijgen. De een na de ander manoeuvreerde ik haar zijwaarts gestrekte poten door de deuropening.

Ten slotte zette ik haar met een hoorbaar 'oef!' op de grond, en bleef voorovergebogen staan om haar riem los te maken, die om haar poot en mijn pols zat gedraaid. Inmiddels was mijn been aan het wakker worden en in de elektrocutiefase, maar nog steeds volkomen onbruikbaar. Plotseling dook Heloise met een vaart tussen mijn benen door naar Belladonna, waarbij de riem zich als een lasso om ons heen wikkelde. Mijn waardeloze been sloeg dubbel, en ik kukelde om. Dat was nog niet eens het ergste, maar de riem trok ook Bill onderuit, die boven op mij belandde. We lagen met ons gezicht naar elkaar toe op het asfalt, en zaten met Heloise's riem, waarvan het ene uiteinde strak om mijn pols trok, aan elkaar vastgebonden. En mijn pols lag onder me. En ik lag onder Bill. En Heloise bevond zich op enkele centimeters van onze gezichten.

'Heb je je bezeerd?' vroeg Bill, terwijl hij zich, zo goed en zo kwaad als het ging met die riem om zijn benen, van me af liet glijden. Heloise keek alsof ze probeerde te beslissen of dit leuk was of niet.

Ik schudde mijn hoofd omdat ik het te warm had om iets te kunnen zeggen. Het was niet duidelijk of ik het zo warm had van het hete asfalt onder mij, of dat ik weer een opvlieger had. Of misschien was ik wel stervende van schaamte.

Ineens bracht Heloise haar kop boven mijn gezicht en begon ze mijn neus en mijn mond te likken, en toen ook die van Bill – ze was extatisch dat onze gezichten ineens binnen haar bereik waren. We schoten alle twee in de lach en duwden haar weg met de geringe bewegingsvrijheid die we hadden.

Marilyn kwam haastig naar ons toe, haalde Heloise's riem van onze ledematen en trok de hond weg. Ik schonk haar en Bill een wat beteuterd lachje. 'Het spijt me verschrikkelijk,' wist ik ten slotte uit te brengen, nadat ik was gaan zitten en mijn natte haren uit mijn gezicht had gestreken. 'Mijn been sliep.' Een voordeel van het overdadig transpireren was dat ik mijn lastige lange pony naar achteren toe kon plakken.

'Weet je zeker dat je je geen pijn hebt gedaan?' vroeg Bill, waarbij hij zijn hand even op mijn schouder legde.

Hoewel hij inmiddels van me af was, had ik nog steeds het gevoel dat ik geen adem kon halen. Opnieuw niet in staat om iets te zeggen, keek ik hem alleen maar aan en knikte.

'Kom op, meisje,' zei Marilyn. Ik nam aan dat ze het tegen Salsa had, tot ze mijn hand pakte, me overeind trok en meenam naar een plantsoentje met gras, waar onze groep zich had verzameld. Ik zocht een plekje in de schaduw en masseerde mijn been terwijl Marilyn onze beide honden liet plassen. In een teder gebaar legde Bill zijn hand om mijn elleboog. 'Weet je echt zeker dat alles oké is met je? Je ziet een beetje rood.' Ik knikte, en ineens, even plotseling alsof er een wonder was geschied, lag mijn hand op de zijne. 'Ja, dank je.'

En even plotseling was Marilyn weer terug. Ze pakte mijn hand, trok me mee en riep: 'Kom op, lui, tijd voor de wedstrijd!'

Met zijn veertienen – zeven bazen en bazinnen met hun hond – voegden we ons bij de mensenmenigte die op weg was naar de poort van het stadion. Ik lette angstig op Heloise's pootjes, want ik was bang dat er in het gedrang op haar getrapt zou worden. De meeste mensen keken goed uit en maakten glimlachend plaats voor ons. Maar één onverzorgde man in een afgedragen wit T-shirt dat amper over zijn enorme buik heen paste, probeerde op Heloise's poten te stappen en sputterde: 'Er horen geen honden in het stadion.' Snel en behendig wisselde Bill met mij en Heloise van plaats, waardoor de enorme Belladona tussen hem en de griezel in kwam te lopen. Griezel zei niets meer en liep met een wijde boog om de herder heen.

Het team speelde een slecht seizoen en het stadion was nog niet half uitverkocht. We hadden bijna een heel vak van de tribune voor ons alleen, en daarmee was er plaats genoeg voor ons en de honden. Heerlijke geuren gingen aan de verschillende rondlopende venters vooruit. Ik bedacht dat ik later wel een hotdog zou kopen, al was het maar omdat het eten van een hotdog nu eenmaal bij dit soort evenementen hoorde.

Marilyn en Salsa zaten rechts van mij, en haar ex-man, Jack, zat aan de andere kant naast haar. Bill zat links van mij. Jack kocht bier voor ons alle vier. Ik gaf het mijne aan Bill. Tegen het eind van de vierde inning had ik al iets geleerd wat belangrijk was voor het bijwonen van een honkbalwedstrijd – de meeste mensen keken maar zo af en toe, en er werd vooral veel gekletst. Ik kan niet precies zeggen wat ik had verwacht, maar dit was een aangename verrassing. Mijn groep, en Marilyn in het bijzonder, bracht me juist voldoende bij om me matig geïnteresseerd te houden in wat er zich op het veld afspeelde, maar Heloise eiste heel wat van mijn aandacht op totdat ze uiteindelijk, tijdens de derde inning, in slaap viel.

Tegen de zevende inning hadden Marilyn en Jack al meerdere biertjes op. Na een totaal onnodig gemiste slag begon Marilyn luid mee te roepen en te fluiten, en even later stond ze op en brulde: 'Hé, oen! Wil je mijn geleidehond soms lenen?' Dat leverde haar van alle kanten applaus en lachsalvo's op. Ze had mij eigenlijk al vanaf het begin van de wedstrijd aan het lachen gemaakt. We hadden al snel ontdekt dat we meerdere dingen met elkaar gemeen hadden – drie kinderen, hoewel haar jongste van de leeftijd van mijn oudste was, we waren alle twee opgegroeid in Colorado, hoewel zij in Denver, en we waren alle twee drieëntwintig jaar getrouwd. Alhoewel, in hun geval was dat alweer vier jaar geleden. Dat was het jaar geweest waarin Jack en zij hadden besloten te scheiden, om apart te gaan wonen maar wel goede vrienden te blijven. Na een huwelijk van drieëntwintig jaar.

'Voor ons is het een goede oplossing, maar ik denk wel dat het een redelijk ongewone situatie is.' Daar liet ze het bij, en omdat ik niet nieuwsgierig wilde zijn, vroeg ik niet naar de details, maar ik popelde om er meer van te weten.

Aan het begin van de negende inning nodigde Marilyn me uit om mee te gaan naar de damestoiletten. 'Als je daarmee wacht tot na de wedstrijd, kun je een uur in de rij staan.'

Met onze honden aan onze zij, liepen we het hele eind naar de toiletten. Onderweg werden we twee keer staande gehouden, en de vragen waren hetzelfde als altijd: Hoe lang mag je ze houden? Hoe kun je het verdragen om ze af te moeten staan? We antwoordden beleefd, maar na de tweede keer gingen we toch wat sneller lopen.

'Mag ik je iets persoonlijks vragen?' vroeg Marilyn opeens.

Daar overviel ze me een beetje mee, vooral ook omdat ik haar precies dezelfde vraag had willen stellen.

'Ja hoor.'

'Heb je een oogje op Bill?' Mijn hart sloeg onmiddellijk op hol en ik werd knalrood.

'Dat dacht ik al,' zei ze, omdat ze genoeg had gezien. 'Dat hebben we allemaal wel zo'n beetje. Maar ik ken hem al jaren en ik kan je vertellen, Deena, dat hij een, laat ik maar zeggen, gekwelde ziel is.'

Ik keek haar vragend aan.

'Hij is homo.'

Mijn mond viel open van verbazing. Daar had ik onmiddellijk spijt van, vooral omdat ik niet de indruk wilde wekken dat ik iets tegen homo's had. Want dat was precies wat ze nu scheen te denken. Ze bleef staan en nam me taxerend op. Ik bleef ook staan en probeerde het uit te leggen. 'Nee, ik ben alleen maar verbaasd, dat is alles. Ik heb er helemaal niets op tegen. Ik bedoel, niet dat ik er helemaal voor zou zijn,' stamelde ik. 'Ik heb er geen probléém mee. Mijn beste vriendin is lesbienne.' O, zeg, dat klonk wel heel erg zwak, ook al was het dan waar. Ik kon niet helder denken – het was ook zo onverwacht, en het was een schrik. Ja, ik was verliefd op hem geweest. Als een puber. Een fantasie, niets meer dan dat, maar ook niets minder.

Marilyn liep weer verder, en gelukkig had ze weer het woord genomen. 'Hij bazuint het niet rond, want hij heeft er zelf ook moeite mee. Hij heeft waarschijnlijk altijd al geweten dat hij homo is, maar door zijn opvoeding – zijn vader is priester en heel conservatief bovendien – heeft hij er nooit voor uit kunnen komen. Dus hij is braaf getrouwd en heeft kinderen gekregen. Lange tijd wist hij het redelijk goed geheim te houden, maar na een depressie van acht, negen jaar heeft zijn vrouw hem verlaten, en zij heeft de voogdij gekregen. Nu woont hij alleen met zijn honden. Zijn ouders en geloof kunnen hem niet accepteren zoals hij is, en zelf kan hij dat ook niet echt. Op grond daarvan heeft hij gekozen voor een leven zonder seks. Hij houdt iedereen op zo'n afstand.' Ze hield haar vrije arm stijf voor zich uit. 'Dat wil zeggen, wat intieme relaties betreft.'

Bij het binnengaan van de toiletten zei ze snel, zacht maar met klem: 'Hij is zo'n lieve, charmante man, en het is verduveld jammer dat er binnen onze maatschappij zo eenzijdig over liefde wordt gedacht.'

Het was niet druk, maar het gehandicaptentoilet was bezet en ik moest echt heel nodig, dus Heloise en ik wurmden ons in een gewone wc.

Bill. Homo. Nou, eigenlijk, nu het wat beter tot me door begon te dringen, verbaasde het me niet. Was het niet algemeen bekend dat je je als vrouw geen betere vriend kon wensen dan een homo?

Ik worstelde met het openritsen van mijn broek, het vasthouden van de riem en zorgen dat Heloise op minimale afstand van mijn intieme delen bleef. We hadden dit al eens eerder gedaan op de toiletten van de supermarkt, maar ik probeerde het echt tot een minimum te beperken. Over het algemeen zijn hokjes van dames-wc's niet groot genoeg voor dame plus hond. En al helemaal niet wanneer de hond nieuwsgierig is naar het geluid van de plas en haar best doet om onder de billen van de vrouw te snuffelen. Ik had haar riem vast en hield haar zo ver mogelijk van me af, zodat ze niet nog meer dan ze al deed van mijn plas getuige kon zijn. Mijn stijve arm deed me denken aan wat Marilyn over Bill had gezegd.

Ik wilde best toegeven dat haar woorden hard waren aangekomen. Het was niet alleen dat hij homo was; ik was nooit serieus geïnteresseerd geweest in een relatie met hem. Of wel? Maar het feit dat hij het idee had dat er voor hem geen partner mogelijk was... dat vond ik echt intriest.

Marilyn en Salsa waren eerder klaar en stonden voor de toiletten op ons te wachten. Tijdens de vijfde inning hadden we de honden laten plassen, en ik vroeg me af of we dat opnieuw moesten doen. 'Moeten de honden niet nog eens naar buiten?' vroeg ik aan Marilyn.

'Nee, ze kunnen wachten tot we weer met de bus gaan. De wedstrijd is bijna afgelopen.'

We liepen zwijgend terug naar onze plaatsen. Toen we er bijna waren, zei Marilyn: 'Ik hoop dat je het niet erg vindt dat ik je dat heb verteld. Van Bill.'

'O, nee, natuurlijk niet. En ik was natuurlijk niet echt verliefd op hem. Ik ben getrouwd! Ik vind hem alleen maar heel erg aardig.' Ik duwde mijn uitgegroeide pony achter mijn oor en keek strak voor me uit. 'Ik ben blij dat je het hebt verteld. Maar het is wel reuze zielig. Voor hem. Het is niet eerlijk dat iemand in zo'n positie zich gedwongen voelt om dan maar helemaal geen relaties te hebben.'

'Ja. En als er één ding is waarvan je zou verwachten dat mensen het accepteren, dan is het wel oprechte liefde tussen twee mensen. Je kunt immers niet zeggen dat er op deze aarde een overschot aan liefde is.' Ik knikte.

We voegden ons bij de anderen, en Marilyn stak haar wijs- en middelvinger in haar mond en floot naar de venters. Toen twee van hen naar ons toe kwamen, vroeg ik aan Bill: 'Mag ik een hotdog voor je kopen? Bij wijze van dankjewel voor al je hulp. Aan de groep.' Ik haalde diep adem. 'Maar in het bijzonder voor alles wat je voor mij hebt gedaan, en omdat je me deze kans hebt gegeven.'

Hij glimlachte, sloeg een arm om mijn schouders en trok me even tegen zich aan. 'Deena, je doet het fantastisch met Heloïse. Hoe staat het met het stoffen, vegen en dweilen?' We schoten alle twee in de lach, en toen keek Bill naar de twee mannen met de hotdogs. 'Ik vind het lief aangeboden van je, een hotdog, maar mag ik in plaats daarvan een zakje pinda's?' Hij grinnikte.

'Natuurlijk!' Ik betaalde voor mijn hotdog en Bills vers geroosterde, nog warme pinda's. Marilyn kocht een pak Cracker Jack, de typisch Amerikaanse lekkernij van popcorn, pinda's en gebrande suiker – met altijd een verrassing in het zakje. Het was zo voorspelbaar allemaal, en ik moest erom glimlachen. Bill bedankte me opnieuw voor de traktatie, en wisselde van plaats met Marilyn om een praatje met Jack te kunnen maken.

'Ik wed,' zei Marilyn tegen mij, 'dat jij een echt natuurmens bent. Ik bedoel, als je op een boerderij bent opgegroeid.' Ze stopte een handvol Cracker Jacks in haar mond.

'Nou, ja en nee,' antwoordde ik. Ik haalde het worstje uit het broodje en nam er een hapje van. Ik had altijd gehoord dat er geen betere hotdogs waren dan die welke je tijdens een honkbalwedstrijd at, en dat klopte. Hij was verrukkelijk.

Ik likte een restje mosterd van mijn lippen en vervolgde: 'Vroeger trok ik er eigenlijk nooit op uit. Maar nu, met Heloïse, loop ik bijna dagelijks door de bergen achter ons huis, en ik vind het zalig. Eenmaal buiten heb ik het gevoel dat ik daar pas echt adem kan halen.' Ik dacht aan de wandelingen met Merle en Teddy. Een paar dagen geleden nog hadden we samen gelopen. Toen had Merle gezegd dat hij een paar dagen niet zou komen omdat het zo warm was en de oude collie daar last van had. Het was die dag vijfendertig graden geweest, en volgens mij hadden we allemaal wel een beetje moeite met de hoge temperaturen.

'Ikzelf ben gek op de bergen,' zei Marilyn. Ze schudde nog wat popcorn uit het pak en de verrassing kwam mee. 'Ik maak graag lange wandelingen en ik doe aan mountainbiking. Maar mijn grote passie is vliegvissen.'

Ik keek haar aan. Ze moest tussen de vijfenzestig en zeventig zijn. Mountainbiking? Vliegvissen?

'Meen je dat? Vliegvissen? Ik kan me niet herinneren dat ik ooit eerder een vrouw heb ontmoet die vist. Van wie ik dat weet, althans.'

Voorzichtig en diep geconcentreerd trok ze het rood met witte papier van de verrassing. Zonder op te kijken vroeg ze: 'Wil je het een keer proberen? Ik wil je met alle plezier laten zien hoe het moet.' Ze trok het prijsje uit het papiertje. 'Ik heb een hengel die je kunt gebruiken. Ik weet zo goed als zeker dat je het enig zult vinden. Het is een geweldige vorm van meditatie. Als je ja zegt, mag je mijn verrassing hebben.'

Meditatie. Dat klonk goed. In de bergen. En het vissen op zich, dat klonk zelfs nog beter. Maar dat van die vlieg, dat zag ik minder zitten. Maar Marilyn intrigeerde me, en wat ze in haar leven had meegemaakt dat haar tot deze sport had gebracht. 'Dolgraag. Neem je Salsa mee?'

'O, soms. Maar zonder haar gaat het mediteren een stuk beter.' We schoten alle twee in de lach.

'Ah, pech,' zei ze, terwijl ze me een mini honkbalkaartje gaf. 'En ik had nog wel zo gehoopt dat het een decodeerring zou zijn. Die had je tenminste kunnen gebruiken.' We schoten alle twee in de lach, tot het korte, felle geluid van de knuppel die contact maakt met de bal ons deed opkijken, en de toeschouwers begonnen te juichen.

17

'Oké, nu jij.'
Marilyn had me gewezen hoe ik op de traag voortstromende rivier moest uitwerpen. We hadden onze honden die dag met een hondenoppas thuisgelaten, hadden een lunchpakket klaargemaakt en waren de bergen in getrokken. De lucht voelde fris aan, de hemel was diepblauw en het gras, het water, de keien en stenen – álles – leek een opvallende levenskracht uit te stralen. En daarbij, het was hier lang niet zo warm en benauwd als beneden in het dal.

Ik had het gevoel dat ik spijbelde. Ik had thuis zoveel dingen te doen – ik had een hele lijst! En al deed ik niets, ik zou toch op zijn minst voor Heloise moeten zorgen. Het had opvallend veel weg van de eerste keer dat ik een video had gebruikt en de film had stilgezet om popcorn uit de magnetron te halen. Maar dit was nog heftiger. Het was alsof ik de wereld op pauze had gezet en op wonderbaarlijke wijze een andere realiteit was binnengegaan. Of misschien had ik míjn realiteit wel stilgezet om de wéreld binnen te gaan. Ik haalde diep adem en glimlachte. Misschien was dit wel het enige wat op mijn lijstje hoorde te staan.

'Laat het me nog één keer zien,' zei ik verlegen. Marilyn grinnikte, maar ze pakte haar hengel op en liep ermee naar de oever van de rivier. Ze begon, en ik schudde mijn hoofd van pure bewondering. Ze was een visuele symfonie – de hengel, de vlieg en haar lichaam waren haar instrumenten. Ik had aanvankelijk een zwiepend geluid verwacht, maar haar bewegingen waren zo behendig en soepel dat de lijn geruisloos door de lucht oneed. Hij beschreef trage, bijna hypnotische bogen, ze boog haar arm en strekte hem in vloeiende, zinvolle bewegingen als van een in slow motion vliegende vogel. Ten slotte, op het moment dat de vlieg aan de overzijde in de rivier landde, verscheen er een serie concentrische cirkels op het wateroppervlak. Even later waren de cirkels opgegaan in de stroming van de rivier en verdwenen, en de vlieg dreef langzaam stroomafwaarts.

'Oké, nu ga ik corrigeren.' Ik zag haar onderarm minimaal bewegen, en de lijn in het water sprong op wonderbaarlijke wijze over de vlieg heen en kwam stroomopwaarts te liggen. 'Jouw beurt, Deena. Je kunt het best.'

Ik kon het niet helpen, maar ik voelde me net Dombo die van de muis te horen had gekregen dat hij kon vliegen. Voor het eerst die ochtend wou ik oprecht dat Heloise hier was.

Ik maakte de vlieg klaar, wikkelde wat lijn af, haalde diep adem en begon aan de dans. Maar in plaats van op een sierlijke vogel te lijken, moest ik er eerder uit hebben gezien als een gestoorde kip. Ik maakte twee passabele worpen, maar toen ik voor de derde keer naar achteren reikte, bleef de vlieg achter me terwijl ik mijn arm en de hengel naar voren bewoog.

'Hééé! Gefeliciteerd, Deena. Je hebt zojuist je eerste struik gevangen!'

Ik werd rood. 'O! Dat spijt me!'

Ze lachte. 'Nee! Dat is juist goed! Elke vliegvisser die er ook maar iets van bakt, heeft in haar leven minstens één of twee struiken gevangen. Of twintig. Blijf even stilstaan, zo.' Ze haalde haar lijn in om de mijne te redden.

Terwijl zij bezig was met het zoeken van mijn vlieg en het bevrijden ervan, stond ik evenzeer van mezelf te kijken als Matt een paar dagen geleden. Ik, Deena Munger, was in de bergen aan het vliegvissen! Vlíégvissen! Of in ieder geval, dat probeerde ik. Op dit moment had ik er nog geen idee van of ik het een tweede keer zou willen proberen. Maar dit, en de honkbalwedstrijd en zelfs het grootbrengen van de pup – het was alsof ik weer jong was en van alles uitprobeerde, zelfs dingen waarvan ik eigenlijk van tevoren al wist dat ze niet bij me hoorden. En al voelde ik me nu niet echt jong, gewáágd voelde ik me wel. En door alles wat ik deed, was mijn familie zich gaan afvragen of ik soms mijn verstand was verloren.

De vorige avond had Neil me in de keuken mijn rugzak zien klaarmaken. 'Vliegvissen?' had hij met grote, verbaasde ogen gevraagd. 'Jíj gaat vliegvissen?' Ik had alleen maar geknikt. 'Waarom? En met wie?' Ik hoorde de achterdocht in zijn stem. Ik wilde niet dat hij zich onnodig zorgen zou maken, maar aan de andere kant gunde ik hem dat wel een beetje. Wat Neil betrof, wist ik niet wat ik wilde. Maar ik wilde niet wreed zijn. Ik wilde alleen maar zíjn.

'Ik ga met iemand van de puppyclub.' Er gleed een verwonderde, gekwetste uitdrukking over zijn gezicht. 'Een vriendin,' voegde ik eraan toe.

Ik wist dat ze zich thuis afvroegen wat er met hun echtgenote en moeder was gebeurd. Grappig dat ik me juist zo verloren had gevoeld toen zij precies hadden geweten wat ze aan me hadden.

'Bijna...!' riep Marilyn triomfantelijk van achter me. 'Nog heel even volhouden. En hou je hengel wat hoger, alsjeblieft.' Zonder me om te draaien, tilde ik mijn arm wat op en hield de hengel omhoog. Er streek een briesje over het hoge gras aan de overkant van de rivier, en het volgende moment kwam het mijn kant op. Ik keek naar een dikke bij die rond mijn voeten danste en van tijd tot tijd midden in de vlucht, om redenen waar ik geen idee van had, in de lucht bleef 'staan'. Zijn zachte zoemen paste helemaal bij de ochtend. Op en neer vloog de bij, in cirkels. Proefde ze de lucht? Ving ze signalen op van een collega, of van de korf waar ze thuishoorde, met de mededeling waar de beste bloemen waren? *Naar links, nee, niet zo ver, rechts, een beetje hoger. Precies! En nu recht vooruit!* Ten slotte streek ze neer op een zachtjes op het briesje heen en weer wiegende oranje bloem, en kroop ongehaast naar haar zwarte hart.

'Klaar is Kees!' riep Marilyn. Ik draaide me om en zag haar brede grijns in het vroege ochtendlicht, en lachte terug. Ze hield de bevrijde vlieg triomfantelijk omhoog. 'Je bent vrij!'

Halverwege de middag pakten Marilyn en ik ons boeltje weer bij elkaar om naar huis te gaan, maar we besloten om eerst nog een ijsje te gaan eten in Danner, een oud mijnstadje waar altijd nog een mijn open was – vermoedelijk om toeristen te trekken. Maar er was daar een zaakje, Naz's Treat Shoppe, waar ze nog zelf ijs maakten en taarten bakten, en waar mensen uit de wijde omtrek naartoe kwamen. Toen we later de bergen uit reden, leek het met elke meter die we daalden, een graad warmer te worden. Een paar straten voor we bij mijn huis waren, passeerden we de First Bank of Fairview, waar op het bord afwisselend de tijd – 5:58 – en de temperatuur – 35 graden – te zien was.

Thuis maakten de kinderen wat te eten voor zichzelf terwijl ik een douche nam. Tegen de tijd dat ik – aangekleed en wel – beneden kwam, waren ze alweer naar de koele televisiekamer in de kelder gegaan. Ik maakte wat sla voor mezelf, waarmee ik aan de keukentafel een roman ging zitten lezen. Toen de sla op was, ging ik met mijn boek onder de plafondventilator in Sams bed liggen, en las verder over een vrouwelijke boswachter in een beschermd natuurgebied in de bergen.

'Deena?'

Het was Neil, voor de deur van mijn slaapkamer – Sams slaapkamer – waarin het, afgezien van de zachte gloed van het leeslampje, donker was. Ik besefte dat ik ingedut moest zijn.

Ik hield mijn ogen gesloten, mijn boek lag nog opengeslagen op mijn borst, en de ventilator boven mijn hoofd draaide lui zijn rondjes. Door het warme weer was het benauwd. Ik lag roerloos onder mijn laken, en mijn enige beweging was mijn ademhaling, waarvan ik hoopte dat hij klonk als van iemand die diep in slaap was. Ook al was het nog maar half negen, ik voelde me alsof ik zo weer in slaap zou kunnen vallen, als hij tenminste maar verder niets meer zei.

'Slaap je?' vroeg hij zacht. Hij was de kamer in gekomen. Hij wachtte. Ik bleef diep ademhalen. 'Slaap je?' vroeg hij opnieuw, luider nu.

Verdomme, een mens kon hier niet eens doen alsof hij sliep, laat staan écht slapen.

'Nee! Nu niet meer!' riep ik nijdig uit, terwijl ik het laken van me af gooide. Ik stond op, en realiseerde me nu pas dat ik nog steeds helemaal aangekleed was, hetgeen mijn positie van slapende natuurlijk wel enigszins ondermijnde. Heloise jankte in haar bench. Waarschijnlijk dacht ze: *Red mij!* Normaal gesproken ging ze 's avonds pas om half tien, tien uur in haar bench. Toen ik haar er om zeven uur in had gezet, moest ze alleen al bij de gedachte een volle blaas hebben gekregen.

'Wat is er, Neil?' vroeg ik.

'Nou, het eten. Er staat niets in de oven, en niets in de koelkast.'

Ik probeerde niet te briesen. 'Neil, ik heb niet gekookt vanavond, want daar is het te warm voor. Ik heb tegen de kinderen gezegd dat ze zelf maar wat bij elkaar moesten scharrelen. Kun je geen sla voor jezelf maken?'

'Een bord sla is geen maaltijd.'

'Nou, doe er dan wat tonijn doorheen, ofzo! Allemachtig Neil, het wordt echt hoog tijd dat je eens leert om voor jezelf te zorgen.'

178

Hij zweeg, trok aan een van de gesteven manchetten van zijn witte overhemd, en keek me toen aan. 'Wat wil je daar precies mee zeggen?' Heloise kermde.

'Niets. Ik moet Heloise laten plassen,' zei ik, terwijl ik haar bench openmaakte. 'Kom maar mee, meisje.' Ik sloeg op mijn dij en ging de kamer uit. Heloise kwam wel uit haar bench, maar in plaats van mij te volgen, liep ze naar Neil.

Boven aan de trap bleef ik staan en riep haar opnieuw. Neil boog zich naar voren en krabbelde haar met beide handen achter haar oren.

'Mag ik mee op jullie wandeling?'

'We gaan niet wandelen. Ik laat haar alleen maar even in de tuin.'

'O, nou, in dat geval ga ik dan maar een portie sla klaarmaken.'

Ik wachtte tot Neil beneden de keuken binnen was gegaan voor ik de trap af liep. Inmiddels had Heloise al lang geen problemen meer met het op- en aflopen van trappen, behalve met de keldertrap. Ik weet niet waarom, maar ze weigerde die af te lopen. De enige manier om haar naar beneden te krijgen was dragen, en daar was ze intussen wel een beetje te zwaar voor geworden.

'Wacht,' zei ik tegen haar, terwijl ik naar beneden liep. Onder aan de trap draaide ik me om. 'Oké!' Opgetogen kwam ze de treden af gesprongen. 'Wat ben je toch braaf!' beloonde ik haar. Ik deed haar aan de riem en we gingen naar buiten.

Ik was werkelijk niet van plan geweest om een wandeling te maken. Maar toen Heloise haar behoefte had gedaan, trok ze me mee naar de oprit alsof ze blij was om buiten te zijn, in plaats van in die warme slaapkamer boven. Ik volgde aan het andere uiteinde van de riem terwijl ze de oprit af liep en de stoep op ging.

Het was een warme avond, maar buiten was het aanmerkelijk koeler dan in huis. Het deed me goed. Ik haalde een paar keer diep adem totdat ik mijn woede een beetje voelde wegzakken. Heloise scheen niets van mijn boosheid te merken, en liep vrolijk voor me uit.

Ik was nijdig op Neil omdat hij van me verwachtte dat ik voor hem zou koken – sterker nog, hij eiste het bijna van me. En ik was ook boos op mezelf omdat ik in de loop van ons huwelijk een sfeer had gecreëerd waarin hij bijna altijd op zijn wenken was bediend. Ik was altijd voorbereid geweest op elke gelegenheid waarbij ik mogelijk niet aan mijn plicht zou kunnen voldoen. Zelfs wanneer ik ziek was, en na mijn bevallingen, had ik altijd een diepvries vol ovenmaaltijden, hartige taarten en soepen gehad. Tijdens zijn studie had Neil voor zichzelf gekookt, maar toen we getrouwd waren, was dat 'mijn' taak geworden, en ik had het ook niet anders gewild. Dat was niet omdat ik niet wilde dat hij zou koken, maar omdat ik het gevoel had dat ik, als ik dat niet deed, me aan mijn verantwoordelijkheden zou onttrekken. Maar intussen had ik veel te lang geleefd met een al dan niet denkbeeldige lijst van dingen die gedaan moesten worden. Die lijst, die nooit afgewerkt raakte, diende om mezelf het gevoel te geven dat ik iets waard was, en als ik één ding van de lijst deed, voelde ik me schuldig omdat ik de andere dingen liet liggen.

Heloise en ik staken over en gingen op weg naar het pad rond het meer. Het was intussen al bijna helemaal donker. Normaal gesproken ging ik in het donker nooit alleen over straat. Ik had het altijd te eng gevonden, en mijn fantasie maakte overuren. Op elke straathoek stonden tasjesdieven, en achter elke struik zat een verkrachter op me te wachten.

Maar ik was nu te boos om bang te kunnen zijn. En daarbij voelde ik me meer dan veilig met deze twintig kilo zware bundel van liefde, wiens wapen haar manisch heen en weer zwiepende staart was. Haar staart en een paar vlijmscherpe dolken in haar bek waarvan ik haar eindelijk aan haar verstand had kunnen brengen dat die níét bedoeld waren om mee te kussen.

Het meer glinsterde in het licht van de bijna volle maan. Ik keek op en vroeg me af of hij wassend was of niet, maar toen herinnerde ik me dat hij nog maar een paar dagen geleden vol was geweest. Tegenwoordig verbaasde ik me echter over elke volle maan. Alweer? Zo snel? Tegenwoordig leken de volle manen veel sneller achter elkaar te komen dan in mijn jeugd, en was het alsof ze langs zoefden als koplampen op de drukke snelweg van het leven.

Het briesje deed de blaadjes ritselen. Tussen het riet langs de waterkant ritselde iets groters. Heloise en ik schrokken tegelijk en sprongen opzij om vervolgens met een wijde boog om wat het ook geweest mocht zijn heen te lopen. *Waarschijnlijk alleen maar een gans die zich klaarmaakt voor de nacht*, dacht ik. Mijn woede nam af en was door de schrik veranderd in iets wat meer op vastberaden koppigheid leek. Ik stond van mezelf te kijken dat ik hier bij donker alleen durfde te lopen. Nou ja, niet echt alleen, maar met Heloise.

Er schoof een wolk voor de maan en even was het een stuk donkerder in onze wereld. Het maanlicht glinsterde niet langer op het water, dat nu eerder op een stroopachtige, zwarte massa leek.

Nu begon ik het toch wel echt een beetje eng te vinden, en ik trok aan Heloise's riem. 'Kom mee, meisje.' Ze liet zich gemakkelijk overhalen, en we verlieten het pad en liepen over het gras terug naar onze straat. Juist op dat moment kwam de maan weer tevoorschijn. Ik probeerde zoveel mogelijk maar met verdeeld succes de honderden ganzenpoepjes te omzeilen. En Heloise probeerde, met aanmerkelijk meer succes, er zoveel mogelijk op te peuzelen. Op dit soort momenten was het moeilijk om haar niet voortdurend strak aan de lijn te houden om haar met opgeheven kop te laten lopen, maar ik deed braaf wat er van me verlangd werd, en dat was de riem iedere keer weer laten vieren. Bill had ons op het hart gedrukt dat vaak aan de lijn trekken zinloos was – te veel bevelen achtereen leidde ertoe dat de hond ze uiteindelijk gewoon negeerde. We bereikten de overkant van onze straat toen er opnieuw een wolk voor de maan schoof.

Heloise begon ineens te blaffen. Ik volgde haar blik en in de verte ontwaarde ik een gestalte die onze kant op kwam. 'Rustig maar, meisje. Het is alleen maar iemand die een wandelingetje maakt.' Ik keek naar de huizen die we passeerden en stelde dankbaar vast dat er in de meeste licht brandde. Heloise sprong voorwaarts, bleef met een ruk staan, deed een paar pasjes naar achteren en blafte opnieuw. Ik bleef staan. De gestalte was nu bij de volgende hoek en kwam met snelle pas op ons af. Heloise's nekharen kwamen overeind en ze gromde. Ik trok haar tegen me aan.

Plotseling begon ze als een gek te kwispelen, en wilde ze naar de gestalte toe. Nog een paar stappen verder herkende ik de vertrouwde, zwierige manier van lopen.

'Neil?' vroeg ik luid, luid genoeg voor hem om te horen. Hij was me achterna gekomen. De gedachte, die me helemaal niet beviel, maakte me opnieuw boos. 'Wat doe jij hier?'

Hij bleef staan. 'Je zei dat je niet ging wandelen.' Ik kon zijn gezicht niet zien, maar zijn woorden hadden een vlijmscherpe kant. 'Je zou niet alleen over straat moeten gaan, en ik ben je tegemoet gegaan.' Ik liet Heloise's lijn vieren zodat ze naar Neil toe kon. Ze sprong tegen hem op, opgetogen dat het monster uiteindelijk toch geen monster, maar Neil bleek te zijn. Met haar voorpoten op zijn knie, kroelde hij haar achter haar oren tot ik haar weer een eindje naar me toe trok.

'Laat haar niet zo tegen je op springen,' zei ik. 'Dat mag ze niet.' Nu haalde ik haar helemaal naar me terug, en ze begon aan de paal van een brievenbus te snuffelen.

Neils beschermende houding had altijd veilig en geruststellend gevoeld, maar nu kwam het me ineens voor als controle, en alsof hij van mening was dat ik niet voor mezelf op zou kunnen komen. Hij liet me te weinig ruimte om te ademen, en dat was benauwend.

'Ik ben niet alleen. Ik heb Heloise bij me.' Hij deed een paar stapjes naar ons toe. Ik voelde een woede in me oplaaien die volkomen buiten proporties was. Of misschien was het wél in proportie, en was het zelfs nodig. Een raket kan niet zomaar zelfstandig en vrij het luchtruim kiezen, daar zijn dramatische explosies en vlammen voor nodig.

Neil bleef staan, mogelijk omdat hij zich bewust was van mijn woede, maar misschien ook wel omdat hij zelf boos was. De maan kwam weer achter de wolk vandaan, en het bleke licht wierp onze schaduwen lang en dreigend, en als op afstand van elkaar geplaatste palen van een hek, over het gemaaide gazon. Na lange seconden draaide hij zich om en liep terug naar huis. Ik bleef staan wachten. Toen sloegen Heloise en ik linksaf, om via een totaal andere weg naar huis terug te gaan.

18

'Mag ik de toga's doen, Matt?' riep Lainey vanaf haar kant van de muurschildering. 'Eentje rood en de andere wit?' Ze droeg een wit schilderspetje waar haar paardenstaart onderuit piepte, en haar witte overall, die uit een tweedehandszaakje kwam, en die, evenals haar gezicht en handen, onder de bonte verfspetters zat. Ze zag eruit om op te vreten.

Matt keek naar Josh, die bezig was met de afwerking van een van de honden – hij schilderde de zwarte nagels aan de tenen – en die, zonder echt op te kijken van zijn werk, zijn schouders ophaalde. 'We hadden ze paars willen maken, maar ik geloof niet dat we voldoende paars hebben, en eigenlijk maakt het me niets uit. Ik wil het zo snel mogelijk af hebben.'

'Oké, Lainey. Ga je gang!' riep Matt.

'Wie heeft het rood?' vroeg Lainey. Ze jogde langs de muur en keek in de verschillende open verfblikken.

'Hier!' Amy stak haar hand op, maar ging ondertussen verder met het schilderen van een bloem aan de onderkant van de muur. Op haar onderarm prijkte een brede streep opgedroogde gele verf.

Matt en Josh hadden naar verhouding veel te lang over het ontwerp gedaan. Daarna hadden ze het schilderen moeten uitstellen omdat de parkeerplaats geasfalteerd werd. En nu leek er ineens niet genoeg tijd meer te zijn, want maandag was de vakantie afgelopen. Hun school begon weer, maar ook deze school, de Head Start-school. Ze hadden zich heilig voorgenomen om vóór maandag klaar te zijn, om de kinderen er maandagochtend mee te verrassen. Uiteindelijk hadden ze voor dit ontwerp gekozen omdat het, in overeenstemming met de richtlijnen van de directeur, een leuk tafereel was waar tegelijk ook een element in zat dat de kinderen aanspoorde om hun best te doen.

Matt en Josh hadden me bij het maken van hun schetsen een paar keer om hulp gevraagd, maar ik had mijn best gedaan om me er zo min mogelijk mee te bemoeien, zodat het echt helemaal hun project zou zijn. Het viel niet mee, maar ik begon het al aardig te leren. Bovendien kon mijn zoon geweldig tekenen, en vond ik zijn talent inspirerend.

Heloise's invloed was meer dan duidelijk te zien, en hoewel we haar niet hadden meegenomen (uit angst voor veelkleurige pootafdrukken op het nieuwe asfalt, had ik haar het weekend naar een puppy-oppas gebracht), was ze er voor ons gevoel helemaal bij. De schets die de jongens op papier hadden gemaakt had zich getransformeerd in een enorme muurschildering van twee kinderen en hun hond, weergegeven in vijf taferelen die verschillende stadia uit hun gedeelde leven toonden. Het eerste tafereel was van de jongen en het meisje als baby, en de hond als pup, en de laatste scène was van de jongen en het meisje als stevige tieners tijdens hun diploma-uitreiking, en dát was de afbeelding waar Lainey nu de toga's van aan het inkleuren was. Matt legde de laatste hand aan de laatste hond, die met een baret op zijn hoofd naast de jongen en het meisje zat.

Om het project tijdig af te kunnen krijgen, had Matt Lainey en mij gevraagd om hen in het weekend te helpen. Neil was beide dagen druk in de kliniek. Inmiddels was het ziekenhuis open en vonden er behandelingen plaats, maar ze waren door het budget heen zonder dat alle bouwwerkzaamheden voltooid waren, en bovendien was er ook geen geld om alle nodige specialisten aan te kunnen trekken. Dat betekende dat Neil zo ongeveer dag en nacht werkte en zich op alle fronten inzette.

Maar we hadden nog meer hulp. Toen we zaterdagochtend op de oprit bezig waren geweest met het inladen van de blikken verf achter in mijn stationcar, was Amy naar ons toe gekomen. Ze had naar het project gevraagd en aangeboden om te helpen. Terwijl de kinderen binnen druk waren met het klaarmaken van een picknickmand met hapjes en drankjes, vertelde Amy dat Sara en Nan dat weekend bij hun vader waren nadat hij haar had verzekerd dat 'zij' er niet zou zijn.

Amy was snel weer naar huis gegaan, en was nog geen vijf minuten later teruggekomen in een oude, afgeknipte spijkerbroek, een T-shirt, Sara's oude basketbalschoenen en haar haren in een staartje. Ik maakte haar een complimentje en zei dat ze er geweldig uitzag, en dat meende ik echt.

Onderweg vertelde ze dat ze uiterst tevreden was met de afvloei-ingsregeling die ze van haar vliegmaatschappij had gekregen – ze had een groot bedrag gekregen, en meer gratis airmiles dan ze van haar leven op zou kunnen maken. Nu wilde ze eerst een paar weken vrij nemen, om dan aan haar nieuwe baan bij Fairview Realty te beginnen.

We hadden een erg gezellig weekend samen. Op zaterdag gingen we voor de lunch met zijn tweetjes naar een leuk café, terwijl de kinderen de voorkeur gaven aan een Taco Bell. En vandaag hadden we ook veel plezier, al was het wel een lánge dag.

Eindelijk bracht Matt de allerlaatste toetsen aan – zwart voor de neuzen van de honden. Het project was af, de muurschildering was voltooid. We stapten doodmoe maar voldaan en onder de verf in de auto, en ik reed naar de andere kant van de parkeerplaats en remde. Allemaal keken we naar de muur en we glimlachten voldaan.

'Het is echt prachtig geworden,' zei Amy zacht.

Ik knikte, en was zo trots op mijn kinderen en op ons, dat ik er tranen van in mijn ogen kreeg. Toen ik even later weer gas gaf en de straat op reed, zag ik Amy ook een traantje wegpinken. We schoten alle twee in de lach.

'Hé, Amy?' zei Matt vanaf de achterbank, en hij boog zich naar haar toe.

Amy draaide zich naar hem om. 'Bedankt voor je hulp. Zonder jou hadden we het nooit op tijd af gekregen. En mam en Lainey, dat geldt ook voor jullie.'

'Ja, reuze bedankt,' zei Josh.

Onwillekeurig sloten mijn vingers zich strakker om het stuur, dankbaar zoals alleen een moeder maar kan zijn wanneer haar kind eraan denkt om dankjewel te zeggen.

'Niets te danken, jongens, ik heb ervan genoten!' zei Amy. 'Jullie kunnen echt trots zijn op die muur, en ik weet zeker dat een heleboel mensen zich erdoor geïnspireerd zullen voelen. En niet alleen de kleintjes, want op mij werkt het ook heel inspirerend.'

Ik keek haar van terzijde aan – heel even maar, want ik moest op het verkeer letten. Ik was getroffen door de ingrijpende manier waarop ze in de afgelopen maanden veranderd was. Ze leek een heel andere vrouw – ontspannen en gelukkig.

'Nou, Amy,' zei ik, 'ik wilde je ook bedanken. Je hebt zomaar een heel weekend van je vakantie opgeofferd om mee te helpen schilderen. En dat terwijl je met al die gratis airmiles overal naartoe had kunnen vliegen!'

Ze leunde haar hoofd naar achteren en glimlachte voldaan. 'Ergens naar toe vliegen is op dit moment niet mijn idee van vakantie! Het na al die tijd kunnen helpen van jou en je familie is precies waar ik zin in had.' Ze lachte kort en oprecht, draaide zich even naar me om, grinnikte, en leunde toen weer zonder iets te zeggen naar achteren.

'Wat is er?' vroeg ik met een nieuwsgierig glimlachje.

'Niets,' zei ze. Ik keek haar weer even snel van terzijde aan en zag dat er wel degelijk iets was, maar drong niet verder aan. Ik vermoedde dat ik verf op mijn neus had of zo.

'Hé, Amy,' zei ik. 'Als we weer thuis zijn, wilden Lainey en ik naar de sportschool gaan om daar te douchen en een poosje in de jacuzzi te ontspannen. Heb je zin om mee te gaan?'

Haar ogen straalden. 'Dat is heel lief van je, Deena, en bedankt voor het aanbod, maar ik kan niet.' Ze haalde overdreven diep adem. 'Ik heb met iemand afgesproken. Hij doet me een beetje aan Neil denken. Maar ik maak me geen illusies.'

Ik had op slag ijskoude handen. Mijn ogen schoten als vanzelf naar de achteruitkijkspiegel, waar ik recht in Lainey's ogen keek. Snel keek ik weer voor me. 'Dat klinkt geweldig, Amy. Ik ben blij voor je en hoop dat het gezellig is.'

Ik liet me langzaam in het warme, borrelende water zakken. Lainey zat er al in en sloeg me gade. Hoewel ik me in het warme water van een jacuzzi altijd net een gekookte kreeft voelde, deed het wonderen voor mijn stijve armen en rug. Ik leunde naar achteren tegen een waterspuit, en mijn badpak, dat inmiddels te groot en uitgelubberd was, vulde zich vrijwel meteen met lucht.

'Mam,' zei Lainey lachend, 'je lijkt het Michelinmannetje wel!' Toen ook de boezem van mijn badpak naar het wateroppervlak bolde, schoten we beiden in de lach. Ik drukte de lucht er met mijn beide handen uit, waardoor er enorme, kwalachtige bellen vrijkwamen.

'Ben je afgevallen, mam?' vroeg ze, me met een kritische blik opnemend.

'Ja, een beetje,' antwoordde ik, zowel beschaamd als opgetogen dat mijn dochter het had gezien.

'Je ziet er goed uit,' zei ze met een knikje.

'Dank je, Lainey.' Ik liet me tot aan mijn kin in het water zakken en glimlachte. Lainey legde haar hoofd op de rand en sloot haar ogen. De sportschool zou over twintig minuten sluiten, en afgezien van nog een enkele zwemmer in het grote bad, hadden we de tent voor ons alleen.

'Lainers?' zei ik. Ze deed haar ogen open. 'Weet je nog dat ik zei dat ik graag met je wilde praten?' Ze schudde haar hoofd. 'Over de fouten die ik in mijn leven heb gemaakt?' Ze haalde haar schouders op en knikte. 'Lijkt dit je een goed moment?' Ze sloot haar ogen en knikte opnieuw.

'Ik wil alleen maar – Nou, het is niet dat ik een fout heb gemaakt. Nou ja, eigenlijk ook weer wel. Natuurlijk heb ik fouten gemaakt, en niet zo zuinig ook!' Ik lachte zenuwachtig. 'Ik weet niet, het is alleen dat –' Ik had hier onvoldoende over nagedacht, en bedacht dat dít wel eens mijn zoveelste fout zou kunnen zijn.

'Lainey, je weet wel, zoals Sara is veranderd sinds ze met Kurt gaat? Dat ze aldoor alleen maar bij hem wil zijn en het hem op elke denkbare manier naar de zin wil maken?' Opnieuw knikte Lainey terwijl ze haar schouders ophaalde. 'Nou, hier kijk je misschien van op, maar volgens mij is het heel gemakkelijk om je op die manier in een ander te verliezen. Je ziet het zowel bij jongens als bij meisjes. Maar vooral bij meisjes. We hebben de neiging om onze eigen identiteit op te offeren voor degene op wie we verliefd zijn, en ik denk dat het komt doordat het zo fijn voelt om te kunnen geven. Maar je kunt ook te véél geven. Een van de meest verslavende dingen ter wereld, is iemand helpen bij de verwezenlijking van een droom, en dat ís ook heel geweldig. Maar dat moet niet ten koste gaan van je eigen dromen.' Ze keek me aan en ik zag dat ze luisterde. Ik legde mijn vinger even op haar hoofd. 'Je moet wakker blijven en voortdurend aan jezelf werken, je leven lang. En natuurlijk zijn er momenten waarop je jezelf moet wegcijferen, maar die momenten mogen niet te lang duren. Verlies nooit uit het oog wie jíj bent en wat jóuw dromen zijn, en wat je moet doen om die te verwezenlijken.' Ik wachtte even, en vroeg toen: 'Snap je wat ik daarmee bedoel?'

'Mam?'

'Ja, lieverd?'

'Denk je dat het een fout was dat je met papa bent getrouwd?'

Even sloot ik mijn ogen. Help, tieners draaiden er bepaald niet omheen. Ik haalde diep adem, schoof dicht naar haar toe, nam haar kin in mijn hand en keek in haar vochtige ogen. 'Nee, liefje. Trouwen met je vader was geen fout. De fout is dat ik mijn eigen dromen en idealen heb laten varen. Het is net als... nou, het is een beetje als een tuin. Iedereen wordt geboren met een tuin vol mogelijkheden, en iedereen ziet andermans tuin beter dan de zijne – dat geldt met name voor moeders, denk ik. En dan vergeten we voor de onze te zorgen. En elke tuin die niet verzorgd wordt, verkommert. En als de tuin verkommerd is, verkommeren wij zelf.' Ze keek strak voor zich uit naar een onduidelijk punt in de verte. Naar alles. Naar niets. 'Lieverd, je vader is een geweldig mens en we hebben een fantastisch huwelijk gehad. En dat ruim twintig jaar lang!' voegde ik er, misschien net even té vrolijk, aan toe. En het wás goed geweest, ruim twintig jaar lang. En hoewel het de afgelopen jaren minder was geworden, vond ik het niet nodig om dat nu aan Lainey te vertellen.

Eindelijk keek ze me aan. 'Dus dan haten pappa en jij elkaar niet?'

Ze had haar knieën opgetrokken tegen haar borst en haar armen er strak omheen geslagen. Ik had het gevoel alsof ik elk moment open kon barsten. Niks geen kreeft. Een ei. Dat tegen het andere kokende ei aan stootte waardoor mijn zachte eiwit uit de barst ontsnapte.

'Nee, lieve schat, we haten elkaar niet. We zitten alleen in een moeilijke fase.' Ik wreef een verfspatje van mijn pols dat ik onder de douche over het hoofd had gezien. Ik keek mijn dochter aan. Mijn kind. Ze leek zowel ouder als jonger dan haar vijftien jaar. Mijn hart zwol op van liefde en de overweldigende behoefte om haar iets van moeizaam verworven wijsheid mee te geven.

'Lainey? Kijk me eens aan, lief.' Met tegenzin voldeed ze aan mijn verzoek. Opnieuw glinsterden haar ogen van de tranen. 'Weet je, lieverd, in zekere zin is het een soort van muurschildering. Je leven is lang en je gaat door verschillende fasen. Het groeien en veranderen houdt niet op bij je eindexamen. En zelfs niet bij je afstuderen. Je hele leven is één grote studie waarbij je voortdurend examen moet doen – zoals wanneer je trouwt en kinderen krijgt, en wanneer jóuw kinderen trouwen en kinderen krijgen.' Ik glimlachte en gaf haar met mijn elleboog een porretje in haar ribben. Ze schoof met een ruk van me af, en ik had meteen spijt van dat porretje. Dat had ik niet moeten doen. Dit was een serieus onderwerp. De zoveelste fout.

'Neem me niet kwalijk, Lainey. Wat ik wil zeggen, is dit: je vader en ik, we bevinden ons in een examenfase. Het enige is dat we nog niet precies weten wáár we examen in doen.'

Geen van tweeën zei iets. Het enige geluid was het borrelen van de luchtbelletjes in het bad.

'Maar dat komt nog wel,' zei ik, en nu moest ik een glimlachje forceren. Ik wist dat ik mijn kinderen in de loop der jaren té vaak in bescherming had genomen, maar ik was ervan overtuigd dat dit een heel belangrijk moment was. Ik wist ook dat Neil en ik wel een oplossing zouden vinden, ik had er alleen nog geen idee van wat die oplossing zou zijn, en het was nergens voor nodig om mijn dochter nog onzekerder te maken over de relatie tussen haar ouders dan ze al was. Ik was de aanvoerder van de roedel, en als zodanig zou ik me zelfverzekerder voor moeten doen dan ik me voelde. Ik sloeg mijn armen om haar heen. Ze liet me begaan en legde haar hoofd op mijn schouder. 'Ik hou van je, Lainey. Dat doen we allebei. Heel erg veel. Pap en ik vinden heus wel een oplossing, lieverd, echt. Het komt allemaal goed.'

Ja hoor, daar deed ik het weer – tegen een angstig jong ding zeggen dat het allemaal goed zou komen terwijl haar lot in mijn onzekere handen lag.

19

Op 24 augustus zat de vakantie erop en moesten de kinderen weer naar school. Het leek wel alsof de vakantie elk jaar sneller voorbij was. Op de eerste schooldag hadden Amy en ik afgesproken om samen met de honden een stevige wandeling rond het meer te maken. Dat hadden we al een paar keer eerder gedaan, maar dit was haar laatste dag voordat ze met haar nieuwe, volledige baan bij de makelaardij zou beginnen. Het was weer verschrikkelijk warm, dus ik nam automatisch aan dat Merle en Teddy die dag thuis zouden blijven.

Na twee power-walking-rondjes om het meer, was het tijd voor onze cooldown, en de honden waren zichtbaar blij dat ze weer gewoon konden lopen in plaats van te moeten draven. Ze sjokten, met hun tong uit de bek, achter ons aan. Heloise was zo verhit en uitgeput dat ze niet eens geïnteresseerd was in de ganzenpoepjes.

We gingen op weg naar huis, en ineens had ik het gevoel alsof ik op het randje van een afgrond balanceerde. Alsof ik me op een keerpunt bevond. Misschien kwam het wel doordat de kinderen weer naar school waren. Of door de eerste gele blaadjes van de populieren, het teken dat de herfst in aantocht was. Of door de naar het zuiden overvliegende ganzen. Of misschien had het ook wel te maken met het feit dat Amy morgen aan haar nieuwe baan begon, en ze de hele ochtend had laten blijken hoe spannend ze dat vond.

'Amy?' zei ik, toen ik weer op adem was.

'Ja?'

'Ik wil alleen maar even zeggen dat ik zo'n bewondering voor je heb. Ik bedoel, je hebt je leven echt bij de hoorns gevat. Met je nieuwe baan en zo. En ik weet dat je het de afgelopen maanden erg moeilijk hebt gehad.'

Haar ogen werden vochtig, en de mijne ook, en toen moesten we alle twee lachen.

'Help! Wat een stelletje huilebalken!' zei ze, terwijl ze haar tranen wegveegde met de loshangende mouwen van de sweater die ze om haar middel had geknoopt. Ze draaide zich naar me toe en pakte mijn pols vast. 'Je beseft niet half hoeveel je woorden voor me betekenen, Deena, en helemaal gezien het feit dat ik jóu zo bewonder.'

'Mij?' vroeg ik stomverbaasd.

Ze knikte. 'God, ja! Je bent zo – zo nuchter, weet je? Ik bedoel, je hebt dat vermogen om voor een heleboel mensen tegelijk een heleboel verschillende dingen te doen. En je hebt zo'n fantastische relatie met je kinderen en je man.' Nog voor ik mijn mond open had kunnen doen, begon ze op de plaats te huppen en in haar handen te klappen. 'Ik kan geen seconde langer wachten! Kom mee!' We waren net onze straat ingeslagen, en ze liet die arme Melba alweer draven. Heloise en ik haastten ons achter haar aan, haar huis binnen.

'Dit had ik je eigenlijk als kerstcadeautje willen geven,' zei ze, met een overdreven grimas, 'maar ik kan het onmógelijk nog vier maanden bewaren!' Ze jogde de woonkamer in en riep over haar schouder: 'En misschien wil je voor Kerstmis wel ergens naartóe!' Beide honden hadden de waterbak bij de keukendeur gevonden, en begonnen er luidruchtig uit te drinken. Amy trok een laatje onder in de boekenkast open en kwam toen, met haar handen op de rug, naar me toe.

'Oké, Deena,' zei ze op strenge toon, 'ik ga níet huilen!' Ze haalde diep adem. 'Dit is om je te bedanken voor alles wat je in de loop der jaren, en in het bijzonder het afgelopen jaar, voor ons hebt gedaan. Ik ben echt blij dat...' Ze zweeg, en alweer had ze tranen in haar ogen. Haar stem klonk een octaaf hoger toen ze er de volgende woorden uit perste: 'we vriendinnen zijn.' En nu voelde ik dat mijn eigen ogen zich vulden met tranen.

Ze haalde haar armen achter haar rug vandaan en reikte me iets aan wat op folders leek. Ik pakte ze aan en keek er even naar. Het waren er vier in totaal. Vier tegoedbonnen voor retourvluchten.

'Nu kunnen jullie met zijn allen naar Sam! Of naar Disney World! En daar heb ik ook gratis entreebewijzen voor!' Ze was weer aan het huppen, en sprak heel opgewonden en snel achter elkaar als een kind van twaalf dat op het punt staat haar kerstcadeautjes uit te pakken. 'Of waar dan ook naartoe, zolang het maar binnen de Verenigde Staten is.' Ze hield op met huppen. 'O, en Hawaï kan ook niet. En Alaska en Puerto Rico ook niet.' Haar ogen straalden van pure vreugde.

Vliegtickets. Om ergens naartoe te vliegen. En uitgerekend dát moest Amy me geven. Ons.

Ik omhelsde haar, en ze beantwoordde mijn omhelzing. Voor het eerst hielden we elkaar in de armen.

'Deena?' Neil keek om het hoekje van Sams kamer. Ik keek op de klok. Het was tien over elf 's avonds. Ik zat aan het bureau in mijn *Maximizing Midlife*-oefenboek te werken – het hoofdstuk waarin ik mijn karakter en vaardigheden in kaart bracht, op grond waarvan zou blijken voor wat voor soort werk ik geschikt was. Heloise werd onmiddellijk wakker van Neils stem, en ze sprong onder het bureau uit, waar ze op haar nieuwe rood-zwartgeruite deken had liggen slapen. Intussen sliep ze al niet meer in haar bench.

Nog voor Neil de kamer binnen had kunnen komen, duwde Heloise haar kop tegen hem aan en sloeg met haar staart een aanhoudend ritme tegen de open deur.

'Kom binnen,' zei ik. Ik draaide mijn stoel naar hem toe. Hij kwam binnen met de vliegtickets in zijn hand. Ik had ze beneden op tafel gelegd met een briefje erbij om te zeggen wat het was.

'Kunnen we hierover praten?' vroeg hij zacht.

Ik knikte. 'Natuurlijk. Ga zitten.' Hij deed de deur dicht en ging op het bed zitten. Heloise ging naast hem zitten en leunde deels tegen het bed en deels tegen mij, en keek mij aan. Het was alsof ze op haar eigen manier probeerde de afstand te overbruggen.

Neil schraapte zijn keel. 'Zoals je weet, heb ik op Labor Day weer een conferentie,' zei hij. Ik knikte. 'In Florida?' Ik knikte opnieuw. 'Voor het ministerie van Gezondheid?' Ik knikte nog eens. Ergens was ik nog steeds trots op hem, op zijn inspanningen op politiek niveau voor een, speciaal op minder vermogenden gerichte, vorm van gezondheidszorg. Het wás belangrijk werk.

Ah, ineens begreep ik wat hij wilde. Natuurlijk. Hij betaalde zijn vliegtickets altijd zelf. Met zo'n tegoedbon zou hij de kosten van die vlucht kunnen uitsparen.

'Ik zou er graag zo'n tegoedbon voor willen gebruiken.'

Bingo. Ik knikte.

'En ik zou Matt en Lainey mee willen nemen.' Mijn wenkbrauwen schoten omhoog. 'Ik zou ze een extra dag van school kunnen halen om er een lang weekend van te maken. Het lijkt me fijn om wat tijd met ze door te brengen. Ik –' Hij keek omlaag naar zijn handen. Hij hield ze tussen zijn knieën geklemd, en één duim streelde de andere. 'Ik ben zo weinig thuis, en nog even en dan zijn ze het huis uit. Dit leek me een kans bij uitstek.' Hij keek me aan. 'Ik heb het gevoel dat ik een heleboel kansen heb laten liggen.' Hij liet zijn blik weer zakken en tuurde naar de vloerbedekking. 'Met Sam en zo.' Toen haalde hij snel en diep adem, en keek met een ruk naar me op. Hoewel zijn stem zacht was, hadden zijn woorden een scherp ondertoontje. 'Ik heb met de gedachte gespeeld om alleen met jou ergens naartoe te gaan, Deena. Maar ik wist dat je toch niet zou willen, want je haat vliegen, en zo. En ik weet –' Hij staarde naar zijn handen. Hij verdroeg het niet om me langer dan een paar seconden achtereen aan te kijken. En dat terwijl hij zijn ogen vroeger niet van me af kon houden. 'Ik weet dat dit geen goed moment voor ons is.' Hij keek weer op als om duidelijk te maken dat hij verder niet over dat onderwerp wenste te spreken. 'Dus, je wens gaat in vervulling – een paar dagen helemaal alleen. Het huis voor jezelf.'

Ik deed mijn mond open om iets te zeggen, maar hij was me voor. 'En ik had het vierde ticket aan Sam willen sturen. Misschien wil hij wel komen, voor Kerstmis of zo, of met de voorjaarsvakantie.' Sam had ervoor gekozen om de hele zomer op Stanford te blijven, een paar extra cursussen te volgen en – niet helemaal toevallig – als vrijwilliger in de kliniek voor minder vermogenden te werken.

Het vierde ticket. Mijn ticket. Zo op het eerste gezicht was er niets mis met wat hij zei. Hij tijd met de kinderen, en ik tijd voor mezelf. En kijken of Sam thuis wilde komen. Alleen, hij had me van dat alles niets gevráágd, hij had het me méégedeeld. En ik kon ook niet nalaten om te denken: *Stel dat hij een romantisch reisje met je had willen maken, Deena?* Wat dan?

Het was waar dat iedereen, mogelijk met uitzondering van Amy, wist dat ik een enorme hekel had aan vliegen. Ik zag mezelf niet in het een of andere paradijselijke oord, zonder mezelf tegelijkertijd in een neerstortend, brandend vliegtuig te wanen. Ik keek Neil aan.

Ik wist niet wat ik moest zeggen. Dus knikte ik maar weer, terwijl ik probeerde mijn opkomende tranen weg te slikken.

Nadat het busje van de oprit was gereden, liepen Heloise en ik gedurende enkele minuten door het lege huis. We liepen van de ene kamer naar de andere, door de stilte. Hairy volgde ons op een afstandje. Hij leek net een geheim agent, zoals hij van de ene schuilplaats naar de andere schoot. In gedachten zag ik hem in een trenchcoat en met een zonnebrilletje op zijn platte neus, en ik moest er hardop om lachen. Met zijn drieën gingen we naar boven.

Me over mezelf verbazend keek ik in de lege kamers van mijn kinderen. Het hele huis voelde groot en leeg. Maar ik voelde me helemaal niet eenzaam. En ook niet bang. *Ik voelde me blij.* We gingen terug naar beneden. De zon scheen volop naar binnen door de hoge vensters van de woonkamer, en trok strepen van hoopvol jong daglicht over de houten vloer.

'Hé, meisje, wat vind je ervan, zullen we de bergen in gaan? Lopen?' Heloise's oren schoten onmiddellijk omhoog bij het horen van haar op één na favoriete woord. We sprongen in de auto en reden in westelijke richting. Door met de auto te gaan, hoopte ik nog op tijd te zijn om met Merle en Teddy mee te kunnen lopen, vooropgesteld dat ze nog steeds op hetzelfde uur liepen als voorheen.

Heloise en ik waren al een tijdje niet meer in de bergen geweest. Met het warme weer gaven we de voorkeur aan de schaduw van het meer, en vaak hadden we op die wandelingen gezelschap gekregen van Amy en Melba. Maar Amy was druk met haar nieuwe baan. Mijn gezin was weg. En ik had de eerste schreden gezet op een pad dat ik al niet meer had betreden sinds...? En hád ik me ooit wel op dit pad begeven?

Bij nader inzien realiseerde ik me dat ik nog nooit op deze manier alleen was geweest. Van mijn ouderlijk huis was ik naar het slaaphuis van de universiteit gegaan, en vandaar naar een flat met Elaine, en daarna was Neil gekomen. Ik was nog nooit echt alleen geweest.

Het voelde heerlijk om zo vrij te zijn. Ik had zin om de berg op te rennen, mijn armen te spreiden en uit volle borst te zingen – à la Julie Andrews. Ik besloot evenwel de omgeving mijn valse gekrijs te besparen.

De schitterende herfstdag maakte mijn gevoel van vrijheid er alleen nog maar heerlijker op. Groepjes goudgele esdoorns zorgden voor glorieuze kleurentoetsen op de heuvels. De droge, koele lucht was goed voor een hemel die zó blauw was dat je erin zou kunnen zwemmen.

Ik was bezweken en had speciaal voor dit soort frisse ochtenden een polyester trainingspak gekocht. Mijn afgedragen grijze trainingsbroek had eraan moeten geloven. Maar het was niet gemakkelijk geweest. Er was een heftige strijd van 'noodzaak versus begeerte' aan voorafgegaan, maar toen ik dit pak in een rek met afgeprijsde artikelen had zien hangen en het maar acht dollar had gekost, had ik de verleiding niet kunnen weerstaan. Acht dollar! Voor de set! Goed, hij was twee maten te groot. En ja, hij was felgroen. Maar het was een koopje!

We liepen vanaf de parkeerplaats naar het begin van het bergpad. Heloise nam haar riem in haar bek. Ik haalde hem eruit en versnelde mijn pas, en dat hielp. Als ik maar snel genoeg doorstapte, liep Heloise als een showhond – kop omhoog en staart in de lucht – met me mee. Ze was zeven maanden oud. Groter dan ze inmiddels was, zou ze niet worden, alleen nog maar een beetje voller. Een paar weken eerder was Bill langsgekomen om de twee kleinere benches om te ruilen voor een groot exemplaar. Nu ze op haar rood-zwarte bed sliep, hadden we er nog maar ééntje nodig. Ik was ongelooflijk trots op alles wat ze had bereikt, en sinds kort was ze ook in het bezit van haar definitieve stevige halsband met daarop het gegraveerde goudkleurige plaatje waarop vermeld stond dat ze een *K-9 Eyes*-hond was. De halsband was haar, zelfs op het strakste gaatje, nog een klein beetje te groot, maar de puppy-halsband was echt te klein. Ze had ook een veel groter dekje, maar tegenwoordig liet ik haar dat alleen nog maar dragen als we ergens naartoe gingen waar publiek was – op onze gewone wandelingen liet ik het thuis. Heloise was prachtig, slank en sterk, en ze was lichter van kleur dan de meeste blonde labradors, wit bijna, terwijl alleen de puntjes van haar oren, het puntje van haar staart en de vacht boven haar ruggengraat een vage rossige gloed vertoonden.

Ik keek op mijn horloge – elf over half negen. Ik moest opschieten! Als Merle nog steeds op dezelfde tijd ging lopen, was hij ondertussen al een eindje geklommen. Ik ging nog wat sneller lopen, en Heloise bleef aan mijn voet. Haar ogen straalden en ze had zichtbaar zin in avontuur. We waren bij het begin van het pad en staken de brug over. Toen we van achter de bosjes vandaan kwamen en de weg op liepen, meende ik Merle een eindje verderop net de bocht om te zien gaan. Ik wilde niet roepen voor het geval het iemand anders bleek te zijn, maar begon te joggen. Heloise begon te draven, en omdat ze wat sneller was dan ik, moest ik haar kort houden. 'Hier, meisje, voet.' Ze paste haar tempo aan. 'Braaf, meisje!' Ik pufte, dat wel, maar het voelde heerlijk om te joggen. Ik realiseerde me dat ik er, in mijn groene pak, waarschijnlijk uitzag als Shrek die zijn ochtendrondje deed. Het kon me niet schelen, want het voelde veel te lekker. 'Braaf, meisje!' herhaalde ik zacht.

Ik jogde verder de helling op, en was behoorlijk buiten adem toen ik Merle eindelijk had ingehaald. 'Hallo... Merle,' bracht ik hijgend uit, toen we bij hem waren gekomen.

Hij bleef staan en draaide zich om, en hij begon te stralen. 'Goeiemorgen, dames! Wat fijn om jullie weer te zien.'

Heloise was met een paar grote sprongen bij Teddy, en beide honden begonnen als gekken te kwispelen. Ze begroette de oudere hond door bevallig haar voorpoten te strekken, haar kop te laten zakken en te kwispelen. Teddy stak zijn indrukwekkende snuit in de lucht alsof hij totaal niet in haar geïnteresseerd was, maar tilde toen zijn voorpoot op en legde hem op haar schouder. Ik steunde mijn handen op mijn knieën en probeerde op adem te komen.

'Gaat het, Deena?' vroeg Merle, een tikje bezorgd.

Ik ging onmiddellijk rechtop staan. 'Ja, ja, uitstekend!' antwoordde ik. 'Ik ben alleen maar een beetje buiten adem. Pffff. Maar het voelt wel goed, hoor.' Ik deed het jack uit en bond de mouwen om mijn middel. 'Heloise zorgt ervoor dat ik steeds fitter word, maar er zijn grenzen aan de mogelijkheden voor een dikke vrouw van middelbare leeftijd.'

Merle schoot in de lach. 'Je bent helemaal niet dik! En volgens mij ben je ook heel wat afgevallen. Hoe dan ook, blijf maar gewoon in de buurt van deze oude man,' zei hij, terwijl hij zijn hand even op mijn schouder legde, 'dan heb je niets te vrezen.' Hij knipte met zijn vingers en zei kortaf: 'Kom mee, ouwe jongen!' Teddy gehoorzaamde meteen en begon het pad verder op te lopen. Ik kortte Heloise's lijn in, en met zijn drieën gingen we de collie achterna.

'Ik ben blij dat je terug bent,' zei Merle. We liepen in de maat – links, rechts, links, rechts. 'Teddy en ik, we hebben je gemist.'

'Dank je, Merle. Wij hebben jullie ook gemist. Ik heb het erg druk gehad met de kinderen en zo.' Ik was blij over de manier waarop ik zo snel weer op adem was gekomen en ook blééf, want we liepen echt met stevige pas de helling op.

Merle knikte. 'Dat kan ik me nog herinneren.' Er gleed een bijna sluw lachje over zijn gezicht, en hij wreef zijn wijsvinger over zijn kin. 'Laura was altijd dol op de herfst. Dat was om het weer, zei ze, maar volgens mij was het omdat de jongens eindelijk weer naar school waren.' Nu hield hij zijn kin tussen zijn kromme wijsvinger en zijn duim. Ik moest bijna lachen in het besef dat er een verhaal zou komen.

'Ik weet nog een jaar, en ik geloof dat dit het jaar was waarop onze vijf zoons op drie verschillende scholen zaten – de tweeling op de lagere school, de twee middelsten op de middenschool en de oudste op het gymnasium – toen ik op een middag thuiskwam voor de lunch, zomaar, om Laura te verrassen. Ik geloof dat het tijdens die eerste schoolweek was.' Hij keek me aan en grinnikte. 'En weet je waar ik haar vond?' Ik schudde natuurlijk van nee, en grijnsde met hem mee. 'Midden in de achtertuin. Op het gazon. Daar zat ze gewoon te zitten, met haar benen gekruist, haar handen op haar schoot en haar ogen dicht. Ze leek net zo'n goeroe, je weet wel. Dus ik vraag haar wat ze daar doet.' Hij gebaarde met zijn handpalmen omhoog. 'En weet je wat ze zegt? Doodkalm zegt ze: "Ik zit zomaar wat te zitten, dat is alles!" Dus ik zeg: "Waarom zit je zomaar wat te zitten?" En zonder zelfs maar op te kijken of een spier te vertrekken, antwoordt ze, op diezelfde doodkalme toon: "Omdat het zomaar ineens kan."' Merle grinnikte en schudde zijn hoofd. 'Arm mens. Drie maanden lang had ze geen seconde rust gehad.'

'Nou, dat kan ik me voorstellen met vijf jongens,' zei ik. 'Dat is een roedel!'

Merle lachte. 'Ja, dat waren ze. Maar Laura kon ze uitstekend de baas, en dat wisten ze. Ze was nooit overdreven streng, maar ze was strikt en rechtvaardig. Ze wist altijd precies wat ze moest doen. Ze had een geweldige intuïtie voor wat kinderen betreft...' Hij keek naar de honden die naast elkaar liepen. 'En voor dieren. Ze voelde van alle twee precies aan wanneer ze in moest grijpen, of wanneer ze ze het beste hun eigen gang kon laten gaan.'

Ik realiseerde me dat ik nu pas aan het ontdekken was wat het betekende om mijn kinderen 'hun eigen gang te laten gaan'. Ineens grinnikte Merle opnieuw. 'En een week daarna? Nadat ik haar zo in de achtertuin had gevonden? Toen meldde ze zich aan als vrijwilligster bij een dagcentrum voor ongehuwde moeders met een minimuminkomen! En daarna deed ze een cursus fotografie, en maakte ze foto's van de moeders en hun kinderen. Ze was goed. Ze heeft zelfs ooit nog eens een expositie in de kerk gehad. Ze had nooit lang nodig om weer op krachten te komen, en ze was er voortdurend op uit om nieuwe dingen te leren. Ze is dan misschien niet beroemd geworden of zo, maar haar gave lag meer op het terrein van hoe ze in alle mensen hun kwaliteiten zag, en hoe ze hen hielp groeien. Planten, baby's, kinderen, buren. En mij net zo goed.'

'Een geweldige vrouw, Merle.' Hij knikte, en ik zag de tranen in zijn ogen. Heloise bleef opeens staan om een cactus te onderzoeken. *Kijk! Alweer iets interessants!* Niet, dus. Ik kortte haar lijn in, en ze kreeg Teddy in het oog, die al bij de bank was. Ze trok me naar hem toe.

Merle lachte en wees op Heloise. 'Kom niet te dicht in de buurt van die cactussen, meisje. En datzelfde geldt voor egeltjes!'

We gingen zitten. Ik hield mijn handen op en Merle schonk er water in voor Heloise. 'Ik had Laura weer in het verpleegtehuis laten opnemen,' zei hij opeens, zó zacht dat ik hem amper kon verstaan. 'Maar vorige week heb ik haar er toch weer uitgehaald.'

Hij hield op met schenken en keek naar de grond. Ik keek naar hem, naar zijn vermoeide profiel. Hij keek me aan. We hadden geen woorden nodig. Hij wist dat ik wist wat het betekende om te geven tot je niets meer over had om te geven, maar dat liefde en plichtsgevoel nog sterker waren dan dat.

'Ik kan me voorstellen hoe moeilijk en zwaar het moet zijn, Merle.' Ik veegde mijn handen af aan mijn short en legde mijn hand op zijn schouder. Zijn ellebogen lagen op zijn dijen, en hij had de waterfles nog in zijn rechterhand.

'Ik kan het lichamelijk amper aan wanneer ze thuis is. Maar als ze niet thuis is, ga ik er emotioneel aan onderdoor.' Hij was zo moe dat hij vergeten was dat hij dat al eens eerder tegen me had gezegd. Of misschien wist hij het nog wel, maar wie had hij verder nog om het tegen te zeggen? Ik vermoedde dat hij dit niet tegen zijn zoons zou zeggen, omdat zij er waarschijnlijk hoe dan ook al onder leden dat ze zo ver uit de buurt woonden en hun ouders niet echt konden helpen.

Mijn hand lag nog op zijn schouder. Ik gaf er een bemoedigend kneepje in. Ik probeerde me Neil voor te stellen als iemand die 24 uur per dag, zeven dagen per week, op mijn zorgen was aangewezen. En dat terwijl ikzelf eind zestig, begin zeventig was. Op de een of andere manier kwam dat beeld me aannemelijker voor dan ons leven op dit moment deed.

'Ik wed dat je uitgeput bent, Merle,' zei ik. 'En ik heb met je te doen.'

'Nou, ze heeft zoveel jaar zo goed voor mij en de jongens gezorgd, en waarschijnlijk was ze in die tijd meer dan eens aan het eind van haar krachten!' Hij forceerde een glimlachje. 'Niets was haar te veel. Vaak merkten we niet eens wat ze allemaal deed, totdat ze ermee ophield. En als ik degene was geweest die ziek was, zou ze tot het eind toe voor me hebben gezorgd, dat weet ik zeker. Ze is mijn partner, mijn maatje. Tot de dood ons scheidt.'

'Is er iets wat ik voor je kan doen, Merle? Waar ik je mee kan helpen?'

Hij schudde zijn hoofd.

'Kun je Leticia niet wat vaker laten komen?' vroeg ik.

Hij keek op, knipperde met zijn ogen en haalde diep adem. 'Soms raakt Laura over haar toeren wanneer ik niet thuis ben, Deena. Ze raakte zelfs van streek toen de jongens de laatste keer op bezoek waren – ze leek niet een van hen te herkennen, dus heb ik gezegd dat ze maar niet meer moeten komen. Het is te moeilijk voor haar, en het is te moeilijk voor hen. En ik heb Leticia ook alleen maar om elke dag deze wandeling met Teddy te kunnen maken.' Hij wreef in zijn ogen en forceerde opnieuw een glimlachje. 'Ach, moet je mij toch horen! Alsof ik wat te klagen zou hebben! Ik heb, verdorie nog aan toe, het beste leven van iedereen op deze planeet!'

Ik glimlachte en begreep dat hij erover op wilde houden. Hij zat klem tussen een leven lang onwrikbare liefde voor Laura en de enorme moeilijkheden van een ziekte als alzheimer die het leven van hen had gestolen waarvan ze altijd hadden gedacht dat het hun tot aan hun dood was gegeven.

Opnieuw viel er een stilte, en toen wees Merle: 'Moet je die jongen zien! Hij denkt dat hij de koning is.' Ik volgde de richting van zijn vinger en zag Teddy, die zo'n twintig meter verder lekker op het gras in de schaduw lag. Hij had inderdaad iets vorstelijks, met zijn opgeheven kop en de waakzame manier waarop hij om zich heen keek. Ik keek omlaag om te zien of Heloise hem ook bewonderde, of dat ze daarentegen weer op mijn schoenveters zat te kauwen. Mijn hart stond stil. Mijn vingers spanden zich rond de riem. Op de grond, aan mijn voeten, lag de ring van Heloise's lege halsband.

20

'O nee!' Mijn maag balde zich samen, en ik hield de lege riem zo stevig vast dat mijn knokkels er wit van zagen. 'Heloise!' riep ik, wanhopig om me heen kijkend.

Merle stond op en floot Teddy. De collie ging onmiddellijk staan, maar wilde – en dat was heel vreemd voor hem – niet komen.

'Deena!' zei Merle. Hij tikte me op mijn arm en wees weer. Achter Teddy zag ik een volmaakte lichtbruine cirkel. Heloise's kop lag netjes tussen haar gebogen poten – een strak opgerolde, rijzende en dalende donut, die heerlijk diep lag te slapen.

Met de riem in de hand deed ik een stap haar kant op, maar Merle raakte mijn arm aan. 'Kun je haar niet nog even laten liggen, Deena? Ze doet alleen maar een dutje. En Teddy laat haar heus niet ontsnappen.' Hij grinnikte. 'Kijk dan toch, hoe heerlijk ze slaapt. Ze wéét niet eens dat ze vrij is. Je kunt dat hondje van je echt wel vertrouwen – ze komt vanzelf weer bij je terug.'

Ik keek van Heloise naar Teddy en terug naar Merle. Ik knikte, ging weer zitten en voelde een golf van emoties in me opwellen. Merle noch ik was in staat de banden en restricties waaraan we in ons leven onderworpen waren geraakt te verbreken, maar het lag in ons vermogen een hondje vrij en zonder halsband onder een boom te laten slapen.

Merle gebaarde naar Teddy. 'Ga maar weer liggen, jongen. Af.' Teddy ging weer naast Heloise liggen.

We zaten met zijn vieren, heerlijk stil en rustig, en snoven de schone, naar dennen geurende berglucht in ons op. Er heerste een vredige stemming om ons heen. Ik leunde naar achteren, strekte mijn armen boven mijn hoofd, en rekte me uit tot aan mijn tenen. Ik keek naar een havik die boven ons hoofd op de thermiek van samenkomende warme en koelere lucht, trage en hypnotische wijde cirkels beschreef – de ene cirkel na de andere, zonder zijn vleugels te bewegen.

Zonder mijn armen te laten zakken keek ik op mijn horloge. 'Help! Het is al kwart voor tien!'

Merle schrok. 'Hemel! Leticia moet weg. Ik had er geen idee van dat het al zo laat was!'

We stonden alle twee op, en terwijl Merle haastig onze waterflessen bijeen pakte, deed ik de halsband weer terug over Heloise's kop. Ze sloeg haar zwart omrande ogen zwaar op en keek me aan.

Achter elkaar begonnen we het pad af te dalen – Heloise sjokte slaperig achter me aan. 'Ik weet zeker dat je je geen zorgen hoeft te maken, Merle. Leticia gaat heus niet zomaar weg.'

'Dat is zo, maar ze heeft nog andere patiënten. Ik heb haar nog nooit laten wachten.'

'Hoe laat gaat Leticia normaal weg?' vroeg ik, terwijl ik Heloise wat sneller liet lopen. Ze keek me lijdzaam aan, maar versnelde haar pas.

'Ik ben meestal zo rond kwart voor tien weer thuis, en dan gaat ze om tien uur weg.' Hij liep zo snel dat ik bang was dat een van ons zou uitglijden op het kiezelpad.

'Nou, in dat geval is er niets aan de hand, Merle,' zei ik, wat vaart minderend. 'Ik ben vandaag met de auto gekomen. Ik breng je naar huis. Woon je ver van hier?'

Hij ging ook wat langzamer lopen en keek me aan. 'Nee, op Columbia. Aan het meer.'

'Dan is er geen enkel probleem. Over een paar minuten ben je thuis.'

Hij glimlachte die beminnelijke glimlach van hem, en ik zag hoe opgelucht hij was. 'Jij, lieve Deena, bent een engel.'

Ik stopte voor Merles huis – hij woonde aan de overkant van het meer waar ik vaak met Heloise omheen liep. In plaats van de oude, in victoriaanse stijl gebouwde villa waarin ik hem in mijn fantasie had zien wonen, woonde hij in een, in de jaren zestig gebouwd, twee verdiepingen tellend huis dat in grote lijnen op het mijne leek. Een laag, smeedijzeren hekje scheidde het trottoir van de tuin, waarin een groot aantal margrieten bloeiden. Naast de voordeur stonden gele klimrozen.

'Heb je zin om binnen te komen?' vroeg Merle, terwijl hij zijn gordel losmaakte. Ik bespeurde iets van onzekerheid in zijn stem. Was dat omdat hij hoopte dat ik nee zou zeggen, of omdat hij bang was dat ik nee zou zeggen? Ik besloot een gokje te wagen in het besef dat de meeste mensen het liefst zo min mogelijk met ziekte geconfronteerd wilden worden.

'Graag,' zei ik. 'Als jij dat ook wilt.' Op die manier kon ik niet in de fout gaan.

Merle glimlachte en knikte vol overtuiging. 'Ja, dat wil ik graag. En als het even meezit, lukt het me misschien ook nog wel om iets van limonade te produceren.'

We lieten de honden uit de achterbak van de auto en gingen naar binnen. Een aantrekkelijke Zuid-Amerikaanse vrouw van in de dertig kwam ons tegemoet. 'O, meneer Merle! Ik maakte mij zorgen!'

'Leticia, het spijt me echt verschrikkelijk –'

Leticia hief haar hand op en keek opzij. 'Nee, nee, geen probleem, meneer. Geen probleem!' riep ze uit. Ze had een zwaar Spaans accent. 'Ik maakte mij zorgen om Teddy!'

Merle wendde zich tot mij. 'Teddy heeft de afgelopen tijd twee keer last gehad van iets van duizelingen. Volgens mij kwam het door de hitte, maar Leticia maakt zich zorgen om hem.' Merle wendde zich weer tot haar. 'Leticia Cruz-Gomez, dit is Deena –'

'Munger,' zei ik, mijn hand uitstekend.

'Hoe maakt u het!' Haar brede glimlach maakte haar nog knapper. Tegen Merle vervolgde ze: 'Mevrouw Laura slaapt daar.' Ze wees op een vertrek achter een boogdoorgang, en ik vermoedde dat daar de woonkamer was.

Merle knikte en trok zijn portefeuille. 'Hier, dan geef ik je wat extra –'

Leticia hield haar hand op als een agent die overstekende voetgangers tegenhield. 'Nee, nee! U stopt dat terug!' blafte ze. Ze deed een stapje naar hem toe, gaf hem een afscheidszoen, pakte haar tas en liep naar de deur. Met één voet op de veranda en haar hand nog op de hordeur, draaide ze zich weer om en zei: 'Tot ziens, mevrouw Deena. Kunt u er niet voor zorgen dat hij beetje goed eet, en niet altijd maar worstjes?'

Ik beet op de binnenkant van mijn wang om niet te lachen, en knikte.

Merle lachte echter vrijuit en keek me aan. 'Ik ben nu eenmaal dol op cocktailworstjes. Helaas mag ik ze niet hebben. Er zit te veel zout in. Da-ag, Leticia! Dank je.' Leticia zwaaide zonder om te kijken. Heloise trok aan haar riem – ongeduldig om dit nieuwe huis te verkennen.

'Hier in huis mag ze toch wel los, hè?' vroeg Merle.

'Merle, ik zou niet durven. Ze knaagt nog steeds op dingen als ze zenuwachtig is.'

Hij knikte en ging me voor naar de keuken. 'Heb je zin in limonade? Al vrees ik dat het maar simpel poederspul is.' Hij pakte een blik uit de kast.

'Nou, een glaasje water lijkt me heerlijk.'

Hij glimlachte. 'Mij ook. Maar laat me eerst even snel bij Laura kijken.'

'Ik doe het water wel,' zei ik. 'Waar zijn je glazen?' Hij wees op het kastje links van het aanrecht.

Ik was bezig met het vullen van het tweede glas toen hij terugkwam.

'Ze slaapt nog steeds. Dat is een van de positieve kanten van deze ziekte, dat ze zoveel slaapt. Wacht, dan doe ik de keukendeur even dicht, en dan kan Heloise hier bij ons blijven.' Hij sloot een houten schuifdeur aan de ene, en een oude vouwdeur van donker houtfineer aan de andere kant. Het magnetische slotje maakte een zacht klikkend geluid. Ik reikte omlaag en maakte Heloise's riem los.

'Ziezo, meisje, je bent vrij.' Nog geen drie seconden later had ze Teddy's drinkbak gevonden, en begon het water luidruchtig op te lebberen. Teddy keek naar haar vanaf zijn plekje in de hoek van de keuken, en toen legde hij zijn kop tussen zijn voorpoten en sloot zijn ogen.

'Mijn beide metgezellen slapen veel de laatste tijd. En ik hoop echt dat het jou lukt om wakker te blijven, want anders ga ik nog denken dat het aan míj ligt dat iedereen om me heen in slaap valt!' Hij glimlachte en nam zijn glas in beide handen terwijl we alle twee aan de eiken keukentafel gingen zitten. Het tafelblad was in de loop der jaren donker geworden. Er zaten een aantal butsen en diepe krassen in, ongetwijfeld van de verschillende projecten die de jongens er, al dan niet met toestemming van hun moeder, aan hadden gerealiseerd. Het interessante was dat de tafel er extra karakter door had gekregen, en het had ook wel iets van een kunstwerk. Mijn eigen, al ruim twintig jaar oude, kersenhouten tafel vertoonde niet één krasje. Het blad was spiegelglad en glanzend, hoewel er tegenwoordig regelmatig een laagje stof op lag. Terwijl ik mijn vingernagel half afwezig over al die beschadigingen liet gaan, werd ik bijna duizelig bij het idee van Laura en de jongens, en Merle, zoals ze rond de tafel hadden gezeten. Een opeenvolging van herinneringen, die niet eens van mij waren, trokken als spookbeelden in hoog tempo aan me voorbij.

Onder het drinken van ons water, beleefden we onze eerste pijnlijke stilte. Ik keek naar Heloise die aan het oude zeil – met een patroontje van bakstenen – op de vloer snuffelde. Voor de gootsteen, de koelkast en het fornuis was de vloerbedekking donker en versleten – stille getuigen van Laura's toewijding. Ik liet mijn blik over de donkere, gelamineerde keukenkastjes gaan, en over de goudkleurige koelkast en het fornuis. Kennelijk had zij een nieuwe keuken nooit nodig gevonden. Ik keek naar de slijtplekken op de vloer en voelde iets van jaloezie.

Heloise bleef de keuken af snuffelen in de hoop iets – al was het maar een kruimel – te eten te vinden. Maar ze vond niets. Dat betekende dat Merle een uitstekende huisman was, of dat Teddy Heloise voor was geweest.

'Heb je honger?' vroeg Merle, half van zijn stoel komend. Ik merkte dat hij zich ook slecht op zijn gemak voelde. Buiten, met de honden, hadden we nooit om gespreksstof verlegen gezeten, maar nu wisten we geen van tweeën waar we over moesten praten. We hadden de grenzen van de anonimiteit overschreden.

'Nee, dank je,' zei ik. 'En ik kan ook niet lang blijven want ik moet nog boodschappen doen.' Alsof ik elke woensdagochtend om klokslag half elf een vaste afspraak in de supermarkt had. Nou ja, in zekere zin was dat wel zo. Het afprijzen begon altijd op woensdag, en dat betekende dat er nog van alles volop te krijgen was. Bovendien, als ik later ging, was het er altijd erg druk met schoolkinderen die er het snoepgoed kwamen kopen dat ze voor de lunch aten. Het was ondoenlijk om dan boodschappen te doen met al die tieners die Heloise wilden aaien. Maar nu had ik het gevoel dat ik dit als excuus gebruikte om weg te kunnen.

Vanuit de woonkamer klonk een staccato-achtig grommen.

'Zo te horen is Laura wakker. Wil je nog even kennis met haar maken voor je gaat? Dat hoeft niet, natuurlijk. Ik weet dat het voor sommige mensen erg moeilijk is. En ik vraag het ook alleen maar omdat ik op de een of andere manier het gevoel heb dat ze jou ook kent.'

Ik glimlachte, maar voelde me gedwongen om te vragen: 'Denk je niet dat ze van streek zal raken van iemand die ze nog nooit eerder heeft gezien?'

'Ik geloof van niet. Ik heb haar over je verteld. Ik heb juist het gevoel dat ze vooral van streek raakt van de mensen die ze kent. Mensen die ze kent en die ze zou moeten herkennen, maar dat niet doet.'

Ik knikte. 'In dat geval, graag, Merle.'

Hij straalde, maar ik kon niet zeggen of dat van trots was of van dankbaarheid. Misschien wel alle twee. 'Deze kant op,' zei hij.

Ik volgde hem naar de woonkamer. Laura bevond zich aan het uiteinde van de lange, smalle kamer. Ze zat onderuitgezakt op een zeker veertig jaar oude, oranje leunstoel. Zoals met mijn meeste fantasieën, had ik me ook in deze kamer vergist. Voor het grootste deel, dan. De details waren anders, maar de warmte en de gezelligheid klopten wel. Er lagen geen gehaakte kleden, maar in plaats daarvan lagen er, tegen de andere muur, meerdere opgerolde oosterse tapijten boven op elkaar. De donkere houten vloer was kaal – niets om over te struikelen. Een ziekenhuisbed stond voor het raam met uitzicht op de bergen. Aan de andere kant, rondom de televisie, een antieke schommelstoel waarvan de rieten zitting was doorgezakt, een oud en verschoten roze tweepersoonsbankje met twee kussens, en Laura's oranje fauteuil.

Laura zat onderuitgezakt op de stoel voor de televisie. Ze had een bonte, gehaakte deken over haar knieën. Haar grijze haar was kort en aan één kant geplet, en op haar achterhoofd had ze een kale plek – ik vermoedde van het schuren tegen het kussen of de rugleuning van de stoel. Maar op dat moment hing haar hoofd naar voren en hield ze het ook een beetje schuin, alsof ze vanuit haar ooghoeken naar het programma keek. De tv stond aan, maar het geluid was afgezet. Het was een oude zwart-wituitzending, een aflevering van een serie die *Andy of Mayberry* heette. Het was net begonnen, en ik glimlachte toen ik de kleine Opie een steen in het meer zag gooien.

'Je moet geen reactie van haar verwachten, maar ik zal je aan haar voorstellen,' zei Merle. Hij ging voor haar staan, liet zich op één knie zakken en nam haar hand in de zijne. Ik vond hem eruitzien alsof hij op het punt stond haar een aanzoek te doen.

'Laura, lieve, ik zou je graag aan iemand willen voorstellen.' Het was duidelijk dat ze haar hoofd niet kon optillen en niet kon opkijken, dus ik volgde Merles voorbeeld en ging voor haar op mijn knieën zitten. 'Laura, mijn grote liefde, dit is Deena. We hebben elkaar bij het hondenuitlaten ontmoet, op het bergpad bij Ute Rock. Waar het bankje is.' Haar mond hing slap open en haar ademhaling was een beetje rochelend. Ik kon zien hoeveel inspanning het haar kostte om van Merle naar mij te kijken. Haar ogen werden iets groter, keken me verward aan, en toen keek ze langs me heen.

Ik keek haar aan, glimlachte en legde mijn hand even op haar arm. 'Dag, Laura, ik vind het fijn om kennis met je te maken.' Haar enige reactie was om, alweer met grote inspanning, haar hoofd weer naar Merle toe te draaien.

'Heb je dorst, lieve?' vroeg hij. Hij pakte het glas dat naast haar op tafel stond en zette het voorzichtig aan haar lippen. Hij hield een hand onder haar onderlip, liet er de rand van het glas op steunen en kantelde het glas langzaam om een kleine hoeveelheid water in haar mond te laten lopen. Ze hoestte, en slikte een deel van het water door terwijl het andere deel uit haar mondhoek droop. Hij nam het op met een doek die over de armleuning van haar stoel hing. 'Ziezo, liefste.' Hij nam het puntje van de nu vochtige lap en haalde hem teder over haar voorhoofd. Ten slotte drukte hij een kus op haar slappe wang – hij sloot zijn ogen en liet zijn lippen daar even rusten. Ik kon me voorstellen hoe er, toen ze jonger waren, op dit soort momenten een vonk tussen hen was overgesprongen. Het was mogelijk de miljoenste kus die hij op die wang drukte, maar het leek de eerste.

Ineens voelde ik me een indringer die getuige was van hoe Merle, op de enige manier die hem nog restte, de liefde bedreef met zijn vrouw. Ik stond op en liep terug naar de keuken, waar ik weer aan tafel ging zitten. Het volgende moment was Merle ook weer terug.

'Dank je,' zei hij. Zijn stem klonk een tikje onvast. Ik had een brok in mijn keel en mijn ogen waren vochtig. Ik reikte over de tafel heen, pakte zijn hand en zei hetzelfde tegen hem, maar alleen door mijn lippen te bewegen.

Zonder zijn hand los te laten stond ik op. 'Wandelen we morgen weer?' Hij knikte en drukte mijn hand. Toen ik de vouwdeur open wilde doen, zag ik dat hij al open was, en toen ik snel even naar de plek keek waar de honden hadden gelegen, zag ik dat Teddy er alleen lag. Verdorie! Heloise had niets anders hoeven doen dan dat magnetische slotje open duwen, en ik had gewoon aangenomen dat ze dat niet zou kunnen verzinnen. En daarmee had ik me alweer in haar vergist. En ze had nog wel zoveel water gedronken. Ik kon me helemaal voorstellen dat ze moest plassen en zenuwachtig was geworden.

Terwijl ik in gedachten al een vernielde stoelpoot of op zijn minst een ondergekwijlde bank voor me zag, liep ik, zachtjes haar naam roepend om Laura niet te storen, de gang weer af. Laura. O help. Ik liep de hoek naar de woonkamer om, en zag de achterkant van Laura's hoofd in haar oranje stoel. Ernaast kon ik nog juist een deel van Heloise's billen en haar blonde staart onderscheiden. O, God! Stel dat ze op Laura's kamerjas, of op haar slippers zat te knagen? Ineens stond Merle naast me. 'Niets aan de hand,' fluisterde hij.

Zonder iets te zeggen deed ik nog een paar stapjes om alles te kunnen zien.

Heloise zat stilletjes naast Laura, en in plaats van ergens op te knagen, lag ze met haar kop op de dij van de oude vrouw. Eén van Laura's bevende handen streelde Heloise over de kop. Laura zat met gesloten ogen en met een vredige uitdrukking op haar gezicht, die volkomen tegenovergesteld was aan de verwarring die ze had getoond toen wij met elkaar hadden kennisgemaakt. Ik bleef roerloos staan kijken en vroeg me af of ze, in de flarden van het geheugen dat haar nog restte, een dierbare hond uit haar jeugd was tegengekomen die ze nu over de kop aaide.

Wat het ook was dat Laura in Heloise had herkend, zij had duidelijk ook iets in Laura herkend. Heloise's bruine ogen keken naar haar op, en ze knipperde, maar verder zat ze roerloos en liet zich strelen door een ziel in nood.

Ik deed weer een paar stapjes naar achteren en leunde tegen de muur met de boogdoorgang. Vanaf die plek keek ik naar Laura's kruin en mijn dierbare, onvoorspelbare pup.

21

Die avond ging ik met Heloise naar de film. Of misschien ging zij wel met mij. Het was de eerste keer dat ik in mijn eentje naar de bioscoop ging. We zagen een echte meisjesfilm, vol van sentimentele romantiek en een happy end. Ik vond het prachtig. Heloise was enthousiast over alle plakkerige heerlijkheden op de vloer. Na afloop gingen we naar een cafeetje vlakbij, waar we op het terras een hapje aten. Het was een warme avond, en het was heerlijk om buiten te zitten onder de overhangende takken van indrukwekkende oude bomen en naast grote potten met rode en roze petunia's. Ik had brokjes voor Heloise meegenomen maar was haar bak vergeten, en dat betekende dat ze letterlijk van de straat moest eten. Ik nam de tijd voor mijn bestelling, genoot eerst van een glas rode wijn, dacht na en probeerde me te ontspannen en me niet opgelaten te voelen in mijn eentje. Dat lukte na het wijntje en het uitgebreid aaien van Heloise. Ik begon zelfs steeds meer te genieten. Er was niemand die meelijwekkend naar me keek. De meeste andere gasten probeerden juist mijn aandacht te trekken door bewonderend naar me te lachen, te knikken en te laten blijken dat ze wisten wat Heloise's dekje inhield.

Het enige ongelukje van die avond was toen er een eekhoorn op een tak vlak boven ons sprong, Heloise overeind schoot en ik, in een bliksemsnelle reactie om haar te pakken, mijn salade in mijn schoot kieperde. Maar ze blafte niet, en gehoorzaamde meteen toen ik haar beval dat ze moest gaan liggen. Voor de rest was de avond als een volmaakt eerste afspraakje. Het was niet de eerste keer dat ik in mijn eentje ergens at, maar het was wel de eerste keer dat ik ervan genoot.

Het was een paar minuten over negen toen Heloise en ik thuiskwamen in een stil, verlaten huis. Heloise liep rechtstreeks door naar haar bench in de keuken, en ging slapen. Ik luisterde naar de stilte. Mijn hand ging tastend over de muur naar het lichtknopje, maar ik deed het niet aan. In plaats daarvan liep ik door mijn stille, lege huis.

Beetje bij beetje raakten mijn ogen gewend aan het weinige licht dat vanaf de straat naar binnen viel. De stoelen, de bank, de boekenkast, het bureau, de kleden, alles leek te slapen – het leek bijna alsof de tijd stil was blijven staan. Het voelde alsof ik na sluitingstijd een museum was binnengegaan.

Vroeger had ik me nooit op mijn gemak gevoeld, 's avonds, in mijn eigen huis. Nu voelde het magisch. Ik ging de maanverlichte serre binnen, spreidde mijn armen en begon langzaam in een kringetje rond te draaien.

Ik had bij het eten maar één glaasje wijn gedronken, maar nu had ik behoefte aan meer. Ik ging terug naar de keuken, deed het licht aan en knipperde tegen het schijnsel dat me nu ongewoon fel voorkwam. In de drankkast zocht ik naar het voorraadje flessen dat we voor speciale gelegenheden bewaarden, en haalde er eentje uit. Toen ik er met een stukje keukenpapier het stof afveegde, zag ik een paar oliespatjes op mijn T-shirt en spijkerbroek. Ik wist dat ik de vlekjes meteen zou moeten behandelen, maar daar had ik geen zin in. Ik had zin in wijn. Een Shiraz. Ik was bepaald geen wijnkenner, maar ik wilde iets stevigs, iets intens en pittigs.

Ik trok de fles open, zette hem op het aanrecht om hem even te laten ademen en deed het licht weer uit. Het licht van de straatlantaarns wierp geometrische schaduwen op de vloeren en de muren. De woonkamer, met zijn vier grote ramen en de vier grote rechthoeken van licht op de donkere houten vloer, leek ineens iets heiligs te hebben gekregen. Ik trok de servieskast open en voelde voorzichtig tastend aan de stelen van onze enorme, maar prachtige kristallen wijnglazen die ons trouwcadeau van Elaine waren geweest. Ik was dol op deze glazen, en daarom gebruikte ik ze maar hoogst zelden, en ineens realiseerde ik me hoe absurd dat was. Ze waren groot en rond – voluptueus op een manier die me aan Rubens deed denken. De bewerkte stelen hadden elk een andere kleur. Ik haalde er eentje uit de kast en hield hem in de dichtstbijzijnde rechthoek van licht. Het was de paarse steel. Perfect.

Terug in de keuken schonk ik de wijn in het glas, en terwijl ik daarmee bezig was, kwam Hairy, achterdochtige blikken op Heloise werpend, de keuken binnen. Heloise deed één oog open, maar verroerde zich verder niet.

'Braaf zo, meisje, Heloise,' beloonde ik haar. Ze sloeg een paar keer met haar staart en ging weer slapen. Hairy sprong op de tafel en begon van zijn brokjes te knabbelen.

Ik bracht het glas naar mijn mond en genoot van het gevoel van het dure, koele kristal tegen mijn lippen. Bij het volgende slokje knipte ik de plafondventilator aan, om de lucht een beetje in beweging te krijgen. Terwijl de rotorbladen begonnen te draaien en hun tempo vonden, voelde ik mijn huid tot leven komen. Ik voelde de luchtstroom langs mijn armen trekken, de koelte van de tegels onder mijn verhitte voetzolen, en elke haar op de plek waar hij in mijn schedel wortelde. Nog een slokje. Ik kreeg het warm en dacht even dat het een opvlieger was, maar dat bleek het niet te zijn. Waarschijnlijk lag het alleen maar aan de warme avond.

Ik zette het glas op het aanrecht en begon, heel langzaam, de knoopjes van mijn blouse open te maken. Toen stopte ik, keek over mijn schouder en lachte zenuwachtig, waarop Heloise opnieuw haar ogen even opendeed. Even later waren alle knoopjes los, en ik liet mijn blouse van mijn schouders op de vloer glijden. Nadat ik beide handen naar mijn rug had gebracht, maakte ik de sluiting van mijn beha open, en liet hem op de blouse vallen. Ik nam nog een slokje wijn en zette het glas weer terug op het aanrecht. Na even heel diep adem te hebben gehaald, deed ik de rits van mijn broek open, en trok ik ook mijn broek en mijn slipje uit. Ik herinnerde me de vlekjes op mijn blouse en mijn broek. Ik deed de stop in de afvoer van de gootsteen, liet de spoelbak vollopen met warm water en deed er wat afwasmiddel in. Nadat ik eerst mijn blouse onder het sop had geduwd, stopte ik er ook mijn broek en ondergoed in. Bij het zien van de verschillende kleuren bij elkaar in één sopje, glimlachte ik. Stel je voor, mijn beha en mijn spijkerbroek samen in de was! Dat zou ik vroeger niet in mijn hoofd hebben gehaald.

Ik droogde mijn handen aan de theedoek, nam mijn glas weer op, legde beide handen eromheen en dronk. Het glas haast eerbiedig voor me uit houdend, liep ik weer terug naar de kamer. Ik liet mijn vinger op en neer over de cd-toren gaan en zocht naar iets wat ik op zou willen zetten.

De telefoon ging. Het was alsof iemand plotseling had geschreeuwd. Ik schrok me wild, en het scheelde een haar of ik had wijn gemorst.

'Je bent naakt!' schreeuwde de telefoon voor de tweede keer.

Mijn hart ging als een gek tekeer. Wie belde er nog zo laat? Neil.

De kinderen! Ik zette mijn glas neer, rende naar de keuken en griste in het voorbijgaan de theedoek van het haakje. Terwijl ik met één hand de telefoon oppakte, hield ik met de andere de vochtige theedoek voor mijn borst.

'Hallo?' zei ik zacht. Mijn handen beefden.

'Hé, vriendinnenmens!'

'O, Elaine! Hé, hallo.' Ik slaakte een diepe zucht, en de theedoek gleed van één boezem.

'Is alles goed met je?' vroeg ze. 'Is dit een goed moment, of ben je ergens mee bezig?'

'Eh, nee.' Ik hing de theedoek weer over mijn beide borsten. Ik moest een beetje naar achteren leunen om te voorkomen dat hij er opnieuw vanaf zou glijden. 'Nee hoor, ik was alleen maar aan het... eh... opruimen,' jokte ik. En daarbij, ik wist ook niet hoe je dat noemde wanneer je bloot door je donkere huis liep en wijn dronk.

'Zo laat nog? Verdorie, meid, leg die tandenborstel nou toch eens weg. Ik heb nieuws!'

Ik ging op de stoel aan de keukentafel zitten en schoof hem naar achteren tegen de muur, waar het donkerder was en ik me minder kwetsbaar voelde. 'Wat voor nieuws?' vroeg ik. De bekleding van de stoel voelde kriebelig aan mijn blote billen. En het voelde ook niet... fris.

'Nou...' begon ze op theatrale toon. 'Het heeft te maken met kunst... met mijn werrrrk....'

Ze wilde dat ik ernaar zou raden.

'Eh, even denken.' Ik stond op, liep naar het fornuis, pakte twee ovenwanten, keerde ermee terug naar de stoel, legde ze strategisch op de zitting en liet me er langzaam op zakken. Dat voelde een stuk beter. 'Eh, je krijgt een expositie in Gallery One.' Om het spelletje mee te spelen probeerde ik iets te verzinnen wat me onhaalbaar vergezocht voorkwam. Gallery One was een nationaal bekende galerie in Madison. Maar wat ik eigenlijk echt wilde, was dit gesprek zo snel mogelijk beëindigen.

Elaine zei niets. Ik legde mijn voeten op tafel, en een duim van één van de ovenwanten gleed naar een plekje waar hij niet hoorde. Langzaam ging ik verzitten. 'Elaine?'

'Jjjjjaaaaaa!' schreeuwde ze.

Mijn mond viel open en ik ging staan. De theedoek viel toen ik de telefoon met twee handen vastpakte en van oor verwisselde. 'Dat meen je toch niet? Gallery One? Is dat echt waar, Elaine?'

'Ja, dat meen ik, het is geen grapje! De zaterdag na Thanksgiving, en dat is een van de allerbeste data die je voor een vernissage kunt krijgen!'

En toen schreeuwde ik, zo luid dat Heloise er wakker van werd: 'E, dat is godvergeven fantastisch!' Ik liep terug naar de woonkamer en pakte mijn wijn.

'Help.' Elaine klonk overdonderd en geamuseerd tegelijk. 'Ik heb je al in, ik weet niet... iets van twintig jaar niet meer horen vloeken.'

Ik lachte en keerde, van mijn wijn nippend, terug naar de keuken. 'Dat klopt.' Ik zette het glas op de tafel, pakte de theedoek, hing hem netjes over de rugleuning van de stoel en ging weer op de ovenwanten zitten. Nadat ik mijn wijn weer had gepakt, leunde ik naar achteren en legde mijn voeten weer op tafel. 'Dat staat in het handboek voor ouders. Vloeken mag niet meer. En al die andere dingen waar een mens heimelijk van kan genieten. Maar er is niemand thuis. Ik kan doen en laten waar ik zin in heb.' Nog een slokje. 'Dat is geweldig, E, Gallery One! Jezus Christus, dat is gewéldig!' Ik liet mijn haar over de rugleuning van de stoel vallen en zwiepte het heen en weer.

'Ik ben zó opgewonden,' riep ze uit. 'Ik heb het vanmiddag pas gehoord. En zoiets geweldigs is me al niet meer overkomen sinds... sinds Wendy!'

Ik glimlachte. Ik was echt blij voor haar. Blij-blij. Haar geluk en blijdschap waren mijn geluk en blijdschap. En de wijn hielp ook een handje mee.

'Kan ik je overhalen om bij de opening aanwezig te zijn?'

Ik ging zitten. Keek naar mijn borsten. Ze maakten een vermoeide indruk. Een gedeprimeerde indruk, zelfs. Ik zette mijn duim en middelvinger erboven en hees ze als het ware op – bij wijze van tijdelijke lift, zullen we maar zeggen. Ik zuchtte in de telefoon. En omdat ik op dit moment geen zin had om uitgebreid op mijn vliegangst in te gaan, zei ik alleen maar: 'Nou, ik beloof je dat ik erover zal denken. En dat meen ik.'

Nadat ik had opgehangen, keerde ik terug naar de cd-toren. Eindelijk vond ik de cd die ik voorheen had gezocht en die, na jarenlang genegeerd te zijn, helemaal onderaan was beland. Neil had die cd kort voor onze verhuizing naar dit huis voor me gekocht, nadat we hadden besloten om niet langer met onze platenverzameling te zeulen – en de beste lp's door cd's te vervangen.

Ik nam nog een slokje wijn, zette het glas neer, haalde het zilverkleurige schijfje uit het doosje en bestudeerde de knopjes van de cdspeler. Ik draaide nauwelijks nog cd's. Het was veel gemakkelijker om de radio aan te zetten, of de tv. Ik vond het knopje dat ik zocht, drukte erop, en het laatje van het apparaat schoof open alsof het ding zijn tong uitstak. Ik legde het schijfje in de cirkel, drukte opnieuw op het knopje en keek het na tot het verdwenen was. In het schaarse licht liep ik naar het bureau van mijn grootmoeder, trok de la open en haalde er de resterende vliegvoucher uit. Het enige geluid was het zoemen van de geluidsinstallatie die naar de cd zocht. Toen de muziek begon te spelen, stopte ik de voucher terug in de la en deed hem dicht.

Opnieuw nam ik een slokje, en ik liet de wijn rondgaan door mijn mond. Bij het horen van de pianoklanken sloot ik mijn ogen en gaf me eraan over. Met elke noot kwam een herinnering.

Ik ging zijdelings op de leunstoel zitten – mijn knieën over een van de armleuningen. Mijn naakte huid op het zachte, koele leer voelde heerlijk en verboden. Veel prettiger dan de keukenstoel. Onder het nippen luisterde ik naar Carole King die de al lang vergeten woorden van mijn al lang vergeten leven zong.

Er kwam een moment waarop de emoties me te veel dreigden te worden en ik de wijn niet door kon slikken. Ik zette de voet van het glas op mijn knie en forceerde de drank door mijn keel. Heloise was wakker geworden van de muziek en ze was de kamer binnengekomen. Ik liet mijn hand over de rand van de stoel hangen, en nadat ze me een paar likken had gegeven, slenterde ze weer weg. Ze was inmiddels redelijk te vertrouwen. Ze kauwde eigenlijk alleen nog maar op dingen wanneer ze gespannen was of haar behoefte moest doen. Kort voordat we naar binnen waren gegaan, had ze nog wat gedaan, en aangezien ik dacht dat we alle twee volkomen ontspannen waren, nam ik automatisch aan dat ze er niet meer uit hoefde voor de nacht.

Ik liet mijn wijsvinger over de rand van het glas gaan en was in gedachten terug in het verleden. Wat hadden Elaine en ik van deze muziek genoten! Al die heerlijke, sentimentele nummers over het vinden van de liefde en het verliezen ervan. Liefde, waar we op dat moment nog geen idee van hadden. Een romantische fantasie die op volmaakte wijze gestalte kreeg in de foto achter op het hoesje – de afbeelding van Carole King in een lange, wijde rok op de rug van een prachtige, grote hengst, bij zonsopgang op het strand. Of was het zonsondergang? En hoewel ik in de loop der jaren zeker honderden keren naar deze intens romantische foto had gekeken, drong het nu pas voor het eerst tot me door dat ze alleen stond afgebeeld.

In mijn herinnering zag ik mezelf weer alleen door onze flat – van Elaine en mij – dansen nadat Neil en ik ons eerste afspraakje hadden gehad. We waren naar de bowlingbaan geweest. Onromantischer kón bijna niet, maar toch was het wel romantisch geweest. Romantisch op een onschuldige manier. We konden geen van tweeën bowlen. We waren uitgegaan van het idee dat, om het ijs tussen ons te breken, we iets zouden moeten doen waar we alle twee slecht in waren. En dat was ook gebeurd. We hadden gelachen tot de tranen ons over de wangen waren gestroomd – om te beginnen om Neils oranje-met-groene clownsschoenen (mij hadden ze een veel beschaafder paar in rood en bruin gegeven), en daarna over ons totale gebrek aan vorm en de enorme hoeveelheid ballen die van koers waren geraakt. Na het bowlen waren we naar mijn huis gegaan – Elaine was zo lief geweest om de nacht elders door te brengen – voor een eenvoudige eenpansmaaltijd. De dag ervoor had ik, totaal overmeesterd door de zenuwen, een indrukwekkend ogende cake gemaakt waarvoor geen enkel kooktalent vereist was – dunne chocoladewafeltjes die met slagroom op elkaar werden geplakt, waarna het geheel versierd met hagelslag in de diepvries werd gezet. Ik had het recept ooit eens van het pak van die koekjes gehaald. Dus toen Neil zijn vork in de laagjes van wafeltjes en slagroom had gezet en me had gevraagd hoe deze cake heette, had ik, om niet te zeggen dat ik dat niet wist, 'Chocoslagcake' gezegd.

'Hemel, chocoslagcake. Dat klinkt geweldig,' had hij gezegd. 'Ik ben diep onder de indruk, hoor.'

Tot op heden weet ik niet of hij dat werkelijk meende, of dat hij mogelijk iets anders had verstaan dan ik had gezegd. 'Nou, ik ben blij dat je hem lekker vindt,' zei ik alleen maar, en ik probeerde niet te grijnzen als de verliefde dwaas die ik op dat moment al was.

Toen hij die avond wegging, keek ik hem stiekem na zoals hij fluitend, en met lichte tred, naar zijn auto liep. Toen pas deed ik de deur achter hem dicht en keerde dansend terug naar de woonkamer. Misschien niet zozeer dansend, als wel zwijmelend. Ik was volkomen in vervoering. Ik zette Carole Kings *Thoroughbred* op en danste met Neil. Mijn fantasie was zo compleet en zo echt, dat de werkelijkheid mogelijk minder fysiek zou zijn geweest. Terwijl Carole zong, vertelde ik haar over zijn ontelbare positieve eigenschappen, over zijn lange, en tegelijkertijd krachtige handen, zijn vierkante kin, zijn zandkleurige haar en zijn bruine ogen. Het kuiltje in zijn wang. Zijn intelligentie. Zijn charme. Zijn gevoel voor humor. Zijn gevoeligheid. Zelfs zijn auto was perfect – een oude VW-kever. Ik had de ware gevonden.

'Carole,' zei ik nu hardop. Heloise, die de vloer van de kamer aan het besnuffelen was, keek op. 'De mensen realiseren zich niet dat ze, wanneer ze verliefd zijn, aan de drugs zijn. Griezelig sterke, hallucinaties opwekkende en zwaar verslavende verdovende middelen. Helder denken kunnen ze niet meer, laat staan nuchter oordelen. Alles ziet er even ongelooflijk uit, en alles voelt... hemels.' Ik nam een agressieve slok van de wijn. 'Het zou verboden moeten zijn om in een dergelijke toestand belangrijke beslissingen te nemen. Beslissingen zoals trouwen. Of kinderen krijgen.'

Carole luisterde niet naar me.

Ineens moest ik om de tekst lachen en voelde ik me weer verliefd. Op Heloise.

Heloise. Waar was ze?

Ik riep haar naam. Ze keek op vanaf de andere kant van de boekenkast. Waarschijnlijk had ze het voorzien op de spinnenwebben erachter. Ze nieste, keek me aan en – ja hoor – likte de spinnenwebben van haar neus. Met gespitste oren en stralende ogen kwam ze naar me toe om te vertellen hoe geweldig het was. Ik kroelde haar even achter haar oor en liet haar toen weer gaan om nog meer spinnenwebben te vangen. Ik had het huishouden de laatste tijd aardig laten versloffen, en was al lang blij dat zij me wilde helpen. Ze liet zich voor de bank door haar voorpoten zakken, kwispelde en snuffelde eronder.

'Wat, probeer je de stofwolken te verleiden om met je te komen spelen?' Ik schoot in de lach. Op dat moment begon het tweede nummer. Het leek de ideale song om bij naar Heloise te kijken. *Daughter of Light*.

En toen kwamen de tranen. Van het ene moment op het andere. Vrouwen van middelbare leeftijd waren de Maserati's van emotie. Nou ja, misschien niet álle vrouwen van middelbare leeftijd, maar ik wel. Ik voelde me schuldig over het feit dat ik bij het horen van dit nummer niet langer aan Neil moest denken, en zelfs niet aan Lainey, maar aan Heloise. Ik verbaasde me over het feit dat muziek het vermogen bezat de soundtrack van je leven te worden.

Het grappige was dat ditzelfde nummer als de soundtrack van mijn leven had gevoeld toen ik twintig was. Hoe bestond het dat het nu, nu mijn leven zo totaal anders was, net zo voelde? Ondanks alles wat ik zo-even aan Carole had verteld, wilde ik niets liever dan die eerste liefde opnieuw te kunnen voelen. Ik nam weer een slok, maar in plaats van de wijn genietend te proeven, slikte ik hem meteen door. De derde track begon te spelen. Ik nam het glas in beide handen, liet de inhoud erin ronddraaien en dronk opnieuw. Deze wijn was echt lekker, en met de opeenvolging van nummers werd hij alleen maar nóg lekkerder.

Onder het inschenken van mijn tweede glas, zong Carole over nagloeiende resten van oude liefde, en ik moest automatisch aan Merle en Laura denken. Meeneuriënd, en té geëmotioneerd om mee te kunnen zingen, keerde ik terug naar de woonkamer.

Yesterday's gone, but today remembers.

Ik danste over het parket, ging op de leunstoel zitten, liet me onderuitzakken op de bank en eindigde wijdbeens op het kleed.

Er sloeg iets hards tegen mijn gezicht, en mijn ogen schoten open. Het licht was onaangenaam fel en ik kneep mijn ogen half dicht. Het licht was aan, en de tijdschakelaar maakte een zacht tikkend geluid. Neil moest hem voor zijn vertrek hebben ingesteld, alsof er niemand thuis was. Het was te schel en bepaald niet welkom. Alsof Neil zelf thuis was gekomen en met een zaklantaarn in mijn ogen scheen.

Heloise's kop verscheen vlak boven mijn hoofd – ze had haar oren gespitst, haar mond hing open, en doordat ze haar kop liet hangen, plooide haar huid zich in ongewone rimpeltjes rond haar ogen. Ze keek me stralend aan, en haar snuit had een allerliefst lichtblauw kleurtje.

Ik greep haar bij de halsband en schoot, met mijn ogen knipperend en met dreunend hoofd, overeind. Het was doodstil in huis – de cd was allang afgelopen. Een aangevreten viltstift zonder dop lag op het kleed, vlak naast de plek waar mijn hoofd had gelegen. Ik raapte hem op. Hemelsblauw.

'O, o, dit is geen goed nieuws.' Mijn tong was een beetje dik. Ik richtte mijn blik op Heloise en probeerde haar zo scherp mogelijk in beeld te krijgen. Uit haar hemelsblauwe tong, snuit en rechtervoorpoot bleek dat ze de viltstift grondig had onderzocht op zijn mogelijkheden als speelgoed om op te kauwen. Waarschijnlijk had ze hem, bij het opzuigen van spinnenwebben, onder een van de stoelen of kasten gevonden. Waar die hond al niet op wilde knagen.

Ik krabbelde overeind, maar realiseerde me ineens dat ik, met die stomme lamp aan, voor de buitenwereld te zien zou zijn. Nou ja, voor dát deel van de buitenwereld dat uitgerekend om twee uur 's nachts langs mijn raam liep. Ik liet me weer op mijn knieën zakken en kroop naar de andere kant van de kamer, waarbij mijn borsten tegen mijn bovenarmen wiebelden. Heloise keek ernaar op een manier die me zenuwachtig maakte. Ik kwam een beetje overeind, pakte het koordje van de jaloezieën en trok ze dicht. Toen stond ik op, rekte me uit, pakte mijn glas, de halflege fles, de viltstift en strompelde, in het voorbijgaan het licht aan doend, naar de keuken. Ik zette de fles en het glas naast de gootsteen op het aanrecht, gooide de viltstift in de vuilnisbak, ging met mijn rug tegen het aanrecht aan staan, nam mijn gezicht in beide handen en begon het te masseren in de hoop de nevel van wijn en slaap weg te kunnen wrijven. Toen ik opkeek, slaakte ik een gesmoorde kreet. De gang. Vanaf de keuken tot aan de voordeur liep, ter hoogte van Heloise's bek, een bibberige blauwe lijn over mijn gebroken wit geschilderde muur.

Ik zette me af tegen het aanrecht, liep de hal in en bukte me om het kunstwerk beter te kunnen zien. Ze moest de viltstift in de woonkamer hebben gevonden, er voor een stevige knaagsessie mee naar haar bench zijn gegaan en er onderweg mee langs de muur hebben gestreken. Terug in de keuken keek ik in haar bench. Ja hoor, er zat blauwe inkt op haar kussen en op de plastic wandjes van het hok. Ik keek de keuken rond. Zelfs het kleine beetje water in haar drinkbak was blauw. Zo te zien kreeg je dorst van viltstift.

Heloise kwam naast me staan. Haar blauwe tong hing vrolijk uit haar bek, en ze keek me aan met die bekende 'Wat gaan we nu doen'-grijns van haar. Ineens veranderde haar gezichtsuitdrukking, net alsof haar iets te binnen was geschoten. Ze liep naar de deur, keek ernaar, en keek me toen over haar schouder weer aan.

O, help! De hemel weet hoe lang geleden ze al dat water had gedronken. 'Eén seconde, Heloise!' piepte ik, met een blik op al mijn kleren die nog in de gootsteen lagen te weken. Met het idee dat het sneller zou zijn om iets uit de wasmand te halen dan, met Heloise achter me aan, naar boven te rennen, vloog ik de trap af. Ze weigerde nog steeds om de keldertrap af te gaan, waardoor ik haar, als ik haar mee wilde nemen, altijd moest dragen.

In de kelder werd ik verwelkomd door stapels vuil wasgoed. Zo snel als ik kon, pakte ik een spijkerbroek en trok hem aan. Te strak! Ik kreeg de knoop niet eens dicht. Hoe kon dát nu weer? Ik snapte er niets van. Maar ik moest opschieten, want anders zou Heloise een ongelukje hebben, en dat hadden we al zó lang weten te voorkomen. Ik griste een sweatshirt van de berg en schoot het aan terwijl ik de trap op snelde. Heloise stond bovenaan, met een geduldige maar behoeftige snuit naar me te kijken. Ik pakte de riem. 'Kom op, meisje! We gaan!' Ze liep voor me uit, en dit was niet het moment om haar bij de drempel te laten wachten. Ze was nog maar amper op het gras toen ze zich al door haar achterpoten liet zakken.

'Braaf, Heloise! Braaf. Doe je behoefte. Het spijt me, meisje. Wat ben je toch een brave hond.'

Ik geeuwde, en mijn mond voelde alsof ik er heel recentelijk nog een aantal washandjes in had bewaard. Heloise was nog steeds aan het plassen. Ze was los – ik had de riem in mijn hand, maar vond het niet nodig om haar aan te lijnen. Ze zou toch nergens naartoe gaan. Het was kil geworden, en de wind blies dwars door mijn broek. Ik keek omlaag naar mijn koude, blote voeten die voor het grootste deel schuilgingen onder spijkerstof. Waarom is mijn broek te strak en te lang? Ik draaide me half om en keek naar mijn achterzak, en toen schoot ik in de lach. 'Deze broek is van Lainey!' liet ik Heloise vrolijk weten. Ik had Lainey's broek aangetrokken! Wel heb je ooit! Ik keek op. Heloise plaste nog stééds! Ik paste in mijn dochters spijkerbroek! Nou ja, páste was dan misschien wel niet helemaal het juiste woord, want ik kreeg hem niet dicht en hij zat veel te strak. Ik ritste de paar tandjes die ik dicht had weten te krijgen weer open, en dat voelde prompt een stuk aangenamer. Heloise, de schat, was eindelijk klaar met haar plas. Ze ging staan en tuurde met nietsziende ogen, maar met een enorm opgeluchte uitdrukking op haar snuit, voor zich uit.

'Het spijt me echt verschrikkelijk, meisje,' zei ik, haar tegen me aan trekkend. Ze begon te kwispelen en likte mijn pols. Ze had redenen te over om boos op me te zijn, maar ze had er geen idee van hoe je dat deed.

We gingen weer naar binnen en ik deed wat brokjes in haar bak omdat het me een goed idee leek om wat van die inkt in haar maag te absorberen. Gelukkig was het een niet-giftige en uitwasbare viltstift geweest, dus ik was er zo goed als zeker van dat Heloise en mijn muur er geen blijvende schade van zouden ondervinden. Ik moest er alleen maar aan denken dat ik morgen niet zou schrikken wanneer ze een blauwe drol deed. Heloise had haar brokjes op, en ik droeg haar – zo groot en zwaar als ze was – de trap af omdat ik, onder het doen van de was, behoefte had aan haar gezelschap. Ik had bedacht dat ik, aangezien ik toch naar beneden moest om de spijkerbroek terug te brengen, net zo goed een lading in de machine zou kunnen stoppen.

Het eerste wat ik beneden gekomen moest doen, was die strakke spijkerbroek uittrekken. Ik stroopte hem van mijn benen en vond mijn eigen broek in de stapel. Een stuk beter, of eigenlijk veel te groot. Ik trok een beha van het droogrek, en dacht met iets van verlangen terug aan de tijd waarin ik er net zo lief geen had gedragen. Die dagen waren al lang voorbij. Ik keek naar de drie, van drie mensen afkomstige, bergen wasgoed die voor me op de grond lagen. Lusteloos pakte ik er een van Matts T-shirts vanaf, en staarde naar de berg witgoed. Heloise stond er met gretige ogen naast, en leek zich bij voorbaat te verheugen op de enorme hoeveelheid goed om haar tanden in te zetten.

En ondertussen dacht ik: in hoeverre zal het ergens ook maar iets toe bijdragen als ik de selecties van deze kleren op de juiste temperatuur, met de juiste waskracht, met het juiste wasmiddel en gedurende het juiste aantal minuten in de machine stop? In hoeverre schiet ik daar zelf iets mee op? Of mijn relatie met mijn gezin? Ze hadden helemaal geen waardering voor schone kleren, ze rékenden er gewoon op. Zal iemand ter wereld ooit weten dat ik geleefd heb om het feit dat mijn kinderen altijd schoon ondergoed in de la hadden? Ik keek opnieuw naar Heloise. Ze hield haar kop naar me opgeheven, en ik besefte dat ze zich verschrikkelijk inhield. Ik wist dat ze op zijn minst een theedoek wilde pakken en daarmee door het huis wilde rennen.

Ik bukte me en gaf een paar liefdevolle klopjes op haar borst. 'Kom op, meisje, we houden het hier voor gezien.' We keerden terug naar boven. Heloise wilde niet de trap áf, maar met naar boven gaan had ze geen enkel probleem.

Terug in de keuken keek ik op de klok van de magnetron – 2:38 in de ochtend. Heloise en ik liepen de volgende trap op, en ik aarzelde op de overloop. Waar ging ik slapen? In Sams kamer, of in de grote slaapkamer? Geen van beide voelde als míjn slaapkamer. Uiteindelijk koos ik voor Sams kamer. Ik liet me op bed vallen en Heloise drukte haar neus tegen mijn arm. Ik wilde haar dolgraag bij me op bed nemen, maar dat was volledig in strijd met de regels. Ik stond op, trok het sprei en de deken van de matras, en maakte een nest voor ons op de vloer. Ik ging erop liggen, tikte met mijn vlakke hand op de deken, en Heloise kwam op haar zij naast me liggen. Ik kroop tegen haar rug, sloeg mijn arm om haar schouder en kroelde de dikke vacht op haar borst. Ze beet zachtjes in mijn hand. Ik glimlachte maar liet haar ermee ophouden, en gaf haar een kauwspeeltje van onder het bed. Terwijl ik er het ene uiteinde van vasthield, knaagde zij op het andere. Ze hield haar ogen dicht en maakte zachte, tevreden geluidjes alsof ze aan de borst van haar moeder lag. En ik wil best toegeven dat mijn eigen voldoening niet minder was.

22

'Echt! Het is heus waar! Ik heb het ticket hier in mijn hand!'
Lachend hield ik de telefoon een eindje van mijn oor af terwijl Elaine het luidkeels uitschreeuwde. Ik legde mijn ticket op de keukentafel en liet mijn wijsvinger over mijn naam gaan – Ms. Deena Munger. Alleenreizend. Het was echt doodsimpel geweest. Ik had de voucher overhandigd aan een medewerker van het reisbureau dat Amy me had aanbevolen, en zij hadden verder alles voor me geregeld.

'Wanneer? En hoe lang blijf je? En wat doe je met Heloise? Kun je haar meenemen?' Achter elkaar vuurde Elaine haar vragen op me af. Ik zat half tegen de tafel geleund en keek grinnikend naar Heloise, die aan mijn voeten op haar nieuwe grote blauwe bot zat te knagen. Het leek haar oude bot, maar dan na een poos steroïden te hebben geslikt, en het was haar huidige favoriet.

'Als het goed is, komen we woensdag, de dag voor Thanksgiving. En ja, Heloise komt mee. Bill zegt dat het goed is, en het reisbureau regelt alles met de luchtvaartmaatschappij. Ze hebben zelfs voor me geregeld dat ik voorin mag zitten, in de eerste klasse, waar meer beenruimte is.'

'Ja, ja, ik weet dat er in de eerste klasse meer beenruimte is. Jij bent waarschijnlijk de enige mens ter wereld die dat niet wist. Nou ja, jij en al die andere mensen die niet vliegen. Wie is Bill?'

'Je weet wel, de man die het hele puppygebeuren leidt. Die knappe, charmante en aantrekkelijke man?' Ik lachte, maar er kwam geen reactie. 'Elaine, hij is homo.'

'O. Oké.' Ik wist dat ze zich niet alleen zorgen maakte om mij, maar ook om Neil. Elaine was de grootste fan van ons huwelijk. Ze was van het begin af aan dol geweest op Neil, en zei dat als er twee mensen zielsverwanten waren, Neil en ik dat waren. Maar volgens mij had zij, net als Amy, zo haar eigen fantasieën over mijn volmaakte huwelijk.

'Deena, ik vind het zoooo heerlijk dat je komt, maar het spijt me, ik moet weg. Naar de galerie. En ik bén al te laat.'

Ik glimlachte. Elaine kwam altijd overal te laat. 'Geen probleem.' Neil en de kinderen konden ook elk moment thuiskomen. 'Ik moet ook verder. Heloise moet uit.' Ik wou dat ik ook een galerie had waar ik met Heloise naartoe kon.

'Maar geef me snel nog even de details,' zei ze. 'Hoe laat kom je aan?' Ik gaf haar, met één vinger op mijn ticket, alle logistieke gegevens door, terwijl mijn hart ondertussen wild tekeer ging van opwinding en paniek tegelijk.

Ik hing op en controleerde haast automatisch of er boodschappen waren. Tot mijn verbazing bleek er een ingesproken bericht te zijn. Ik luisterde naar de aanhoudende toon. Ik was verrast maar niet opgewonden. Ik stond het mezelf intussen al niet meer toe om zelfs maar te hopen dat Sam zou bellen. Ik toetste het nummer van de voicemail in, en vervolgens onze code. Ik nam automatisch aan dat het een bericht van de bibliotheek was om te zeggen dat een van ons een boek niet tijdig had teruggebracht.

Uit de tijd die werd genoemd, bleek dat het gesprek letterlijk drie minuten geleden was binnengekomen, terwijl ik met Elaine aan de telefoon was geweest. 'Hé. We zijn op weg naar huis.' Het wás Sam! Mijn hart sloeg op hol van de adrenaline. 'We zitten in de shuttle en rijden net de snelweg op.' O, het was Neil. Hun stemmen leken ook zo sterk op elkaar. 'Ik schat dat we over een halfuurtje of zo thuis zijn, afhankelijk van het verkeer. Tot zo.'

Ik keek op de klok. Ze konden er elk moment zijn. Ik liep snel het huis nog even door. De vorige dag had ik schoongemaakt, nadat ik met de voucher naar het reisbureau was geweest. Ik was zó zenuwachtig geweest dat ik me had afgereageerd op het stof en de troep. Het huis blonk weer, maar ik ontleende er lang niet zoveel voldoening aan als vroeger. Het deed me denken aan die keer dat ik, toen ik een jaar of elf was, 's ochtends vroeg mijn oma, met wie ik nauwelijks contact had, in de gang was tegengekomen. Ik had haar nog nooit eerder zonder haar make-up en ingewikkelde kapsel gezien, en we maakten een heel geanimeerd praatje. Maar toen ik haar wat later terugzag, had ze haar masker weer op en zaten alle spelden weer in haar haren, en was ze weer even afstandelijk als altijd.

Maar ik dacht dat een schoon huis me mogelijk een beter gevoel

zou geven wanneer ik Neil vertelde dat ik had besloten om mijn voucher toch te gebruiken. En dat ik hem niet zou gebruiken voor een
reis met hem. Of de kinderen. En dat Sam er ook geen gebruik van
kon maken. Dat ik hem gebruikte om er alleen met Heloise mee naar
Madison te vliegen, naar de plaats waar Neil en ik elkaar hadden
leren kennen, waar we verliefd waren geworden en we ons hadden
verloofd. Ik kon me voorstellen dat hij gekwetst zou zijn. Bij de gedachte aan de confrontatie ging ik zwaar en moedeloos aan de keukentafel zitten. Ik had dit helemaal verkeerd aangepakt. Ik had iets
moeten zeggen toen hij ermee naar mijn slaapkamer, Sams kamer,
was gekomen om me van zijn plannen met de tickets op de hoogte te
brengen. Wanneer ik niet in de buurt was van mijn gezin voelde ik me
compleet en sterk en in staat om mijn eigen koers te bepalen. Maar
in hun aanwezigheid was het alsof ik werd meegesleurd op een stroom
van zwijgen en zelfopoffering.

Heloise kwam naar me toe gelopen, liet haar grote blauwe bot op
mijn schoot vallen, deed een pasje naar achteren, spitste haar oren en
begon te kwispelen. Het volgende moment deed ze nóg een pasje achteruit, en keek vol verwachting van mij naar het bot. 'Nu niet, meisje,' zei ik, het bot op de grond leggend. Ik had geen zin in spelen.
Maar zo makkelijk gaf ze het niet op. Ze nam het bot op en legde het
opnieuw op mijn schoot. 'Nee, Heloise, nee,' zei ik met wat meer
overtuiging, en legde het bot opnieuw op de grond. Ze dook er bovenop, pakte het op met haar tanden, liet het op mijn schoot vallen
en – daarvan was ik overtuigd – glimlachte. Ik legde het bot voor de
derde keer op de grond, maar nu bleef ik het vasthouden en keek
haar daarbij doordringend aan. 'Nee, nee!' zei ik, mijn best doend
om niet te lachen om haar vastberadenheid. Terwijl ik langzaam
rechtop ging zitten, liet ik het bot even langzaam los. Ze reageerde
onmiddellijk. Ik wist dat ik er fout aan deed, maar ik kon het niet
helpen dat ik moest grinniken toen ze het nogmaals op mijn schoot
deponeerde. Ze kronkelde genietend met haar hele lijf, en het was net
alsof ze wilde zeggen: 'Nu jij weer!' Dit beest kon zelfs van corrige-
rend gedrag een spelletje maken.

Een geluid op de veranda aan de voorzijde van het huis deed ons
alle twee verstijven. Heloise deed een paar stapjes naar achteren en ik
ging wat rechter op zitten. We keken elkaar aan toen we de voordeur
open hoorden gaan.

'Mam! We zijn thuis!' riep Lainey.

Heloise rende met zo'n vaart naar de deur dat ze met haar achterpoten uitgleed op de tegels. Ze krabbelde onmiddellijk weer overeind en maakte dat ze bij de teruggekeerde leden van de roedel kwam. Ik legde haar bot weer op de grond en stond op om haar te volgen. Mijn achterwerk gleed niet onder me vandaan terwijl ik langzaam op weg ging naar het einde van mijn eenzaamheid. Dat wil zeggen, in ieder geval tot Thanksgiving.

Heloise begroette Lainey, Matt en Neil terwijl ze zich met hun koffers en tassen door de deur en langs een hysterische hond de gang in wurmden. Heloise ging van de een naar de ander, en ik zag hoeveel moeite het haar kostte om 'laag' te blijven, zoals van haar werd verwacht. Ze had zich heilig voorgenomen om het stel bij wijze van welkom te besnuffelen en van natte likken te voorzien. Zelden had ik zo'n enthousiaste begroeting gezien.

'Hallo, hallo, Heloise,' zei Matt. Hij probeerde achter zijn zusjes koffer langs te reiken om haar te aaien.

'Hallo, hondenbeest, hoe is het met je – Heloise! Hou daarmee op!' riep Lainey. Heloise had een deel van haar lichaam ontdekt waar haar begroetingen ongewenst waren.

Ik trok Heloise van Lainey af. 'Nee, nee! Heloise, zit!' Ze gehoorzaamde en keek me verontschuldigend aan. 'Braaf zo. Oké,' zei ik toen, haar weer loslatend. Ze kronkelde zich opnieuw tussen het drietal door om ze welkom te heten, maar nu deed ze dat net iets minder enthousiast.

Ik wendde me met een geoefend glimlachje tot de kinderen. 'Hé, wereldreizigers! Hoe hebben jullie het gehad?' Ik vond het fijn om ze weer te zien, al wou ik dat ze mij ook zagen. Degene die ik de afgelopen vier dagen was geweest. Maar ik wist dat dat nooit zou gebeuren. De enige die ze zouden zien, was Mam. En net zo zou Neil alleen maar Vrouw zien. De Onzichtbare Doener. Meer had ik ze ook nooit van mezelf laten zien. En terwijl ik daar zo stond, kon ik voelen hoe de authentieke zelf die ik gedurende een paar dagen had mogen zijn in rap tempo verdween. Ik zag nu al huizenhoog op tegen het moment waarop ik Neil zou moeten vertellen dat ik de laatste voucher voor mezelf had gebruikt. Hij zou me, met een boze en gekwetste blik in de ogen, vragen waarom ik, als ik nu toch bereid was om te vliegen, niet met hém ergens naartoe wilde. En daar had ik geen goed antwoord op, afgezien van het feit dat ik deze reis alleen wilde maken. Om mezelf te bevrijden uit iets hards en donkers en beklemmends.

Neil, die een rood hoofd had van pure frustratie, keek naar rechts en naar links om te zien waar hij met zijn jasje aan was blijven haken. Terwijl Matt en Lainey mijn vraag beantwoordden met 'Geweldig,' en 'Leuk', keerde Heloise, die kennelijk vond dat ze iedereen voldoende afgelebberd had, terug naar de keuken. Neil beantwoordde mijn vraag met een vermoeid glimlachje en een schouderophalen. 'De kinderen waren geweldig, de vergaderingen waren te lang en alles was buitensporig duur. Maar alles bij elkaar was het een heerlijke reis.' Hij gaf Matt en Lainey een knipoog.

'En hoe was de vlucht?' vroeg ik. Ik stapte op de kinderen af en sloeg mijn armen om hun schouders.

'Te gek! Nou ja, de terugvlucht dan,' zei Matt. Hij gaf me een uiterst vluchtige kus op mijn wang en maakte zich van me los. Zijn ogen straalden. 'We hebben *Profound Justice* gezien.'

'Bah!' zei Lainey. Ze drukte zich met onverwachte innigheid tegen me aan, maar maakte zich toen ook snel weer van me los om me, door met haar ogen te rollen, duidelijk te maken wat zij van die film had gevonden. 'Al dat geweld! Maar op de heenweg draaiden ze *Until Venice,'* voegde ze er met een dromerig zuchtje aan toe. 'Die moeten we huren, mam. Echt zoooo aandoenlijk.'

'Toe zeg, doe me een lol!' kreunde Matt. 'Wat een slap gedoe. *Profound Justice* had tenminste nog een plot!'

Lainey keek naar Matt en hij naar haar, en tegelijkertijd deden ze hun wijsvinger in de mond alsof ze moesten braken. Ik lachte en hield elk bij de mouw.

'Nou, het was boffen dat jullie uiteindelijk allebei een film hebben gezien die jullie leuk vonden,' zei ik. Mijn liefde voor hen voelde als hernieuwd – mijn kinderen, die uitgroeiden tot prachtige, unieke wezens.

Heloise kwam met haar bot terug uit de keuken. Ze liet het voor mijn voeten vallen en deed vervolgens afwachtend kwispelend een paar pasjes achteruit. Haar boodschap was duidelijk: 'Jouw beurt.'

Ik keek naar het bot. Ja. Já! Ik schonk Heloise een glimlach en keek toen op naar Neil. 'Nou, dan is het nu mijn beurt, vind je niet?'

Neil zette zijn koffer neer en trok de zak van zijn jasje, waarmee hij aan de deurkruk was blijven haken, los. Hij schonk me een zelfvoldane grijns en zei: 'Best, hoor.' Hij stapte naar voren en gaf me de omhelzing waar ik volgens hem om had gevraagd. Ik voelde zijn armen te innig om me heen, sloot mijn ogen, en het kleine openingetje dat ik in mijn harde, donkere schild had gemaakt, vulde zich met het cement van misverstand.

Later die avond zaten Neil en ik in de woonkamer – ik op de bank en hij stijf op een stoel. Hij was even woedend en gekwetst als ik had verwacht. 'En wat moeten wíj dan voor Thanksgiving?' vroeg hij op beschuldigende toon. 'Ik heb van mijn leven nog nooit kalkoen klaargemaakt, en ik zou ook niet weten hoe dat moest.' Even zweeg hij, en toen voegde hij er venijnig aan toe: 'Is Sams kamer je soms nog niet ver genoeg?'

Het was volgens Neil al erg genoeg dat ik ze 'in de steek liet,' maar het was nog veel erger dat ik, om met zijn woorden te spreken, 'had besloten om uitgerekend weg te gaan op de voor het gezin allerbelangrijkste feestdag van het jaar.' Ik twijfelde er niet aan dat de kinderen niet alleen Kerstmis, maar ook hun verjaardag en desnoods zelfs Halloween veel belangrijker vonden dan Thanksgiving. En ook voor Pasen viel het een en ander te zeggen. Maar het maakte niet uit. Het was hopeloos. Hij had zich stellig voorgenomen om mijn reisje als een persoonlijke belediging op te vatten.

Ik had echt mijn best gedaan om het volgens het boekje te doen, en was al mijn zinnen begonnen met 'Ik'. 'Dit zou wel eens de allerbelangrijkste dag van Elaines leven kunnen zijn, en ik wil er voor haar zijn,' zei ik. 'Ze is zo vaak hier geweest, en ik nog nooit bij haar. En daarbij, Neil, ik heb op dit moment behoefte aan tijd voor mezelf. En ik wil nu eindelijk wel eens van mijn vliegangst af. Dat wil ik alleen doen. Nou ja, met Heloise. Het zal bovendien een goede training voor haar zijn.' Hij zat, met een gekweld gezicht, naar zijn ineengeslagen handen op zijn schoot te kijken – gekweld, verslagen en geïntimideerd. En ik voegde er – hopend dat het oprechter klonk dan het voelde – aan toe: 'En als ik dat dan eenmaal heb gedaan – vliegen bedoel ik – kunnen we misschien samen ergens naartoe.' Nog steeds geen reactie.

'Ik heb behoefte aan een beetje afstand,' probeerde ik nog eens. 'Om er een paar dagen eens helemaal uit te zijn. En weet je wat, Neil?' Ik wachtte tot hij me aankeek. 'Hoewel ik het in zekere zin echt moeilijk vind om weg te gaan, geloof ik dat het juist goed voor me is om dit jaar nu eens geen kalkoen te hoeven bereiden. Je weet toch hoe ik mezelf altijd probeer te overtreffen en dan verschrikkelijk in de stress raak.' Het jaar ervoor hadden we Neils ouders en twee van zijn collega's te eten gehad, en ik had een kalkoen van negen pond, en een ham van zes pond gemaakt, en daarbij ook nog eens doperwten en gestoofde uitjes (Lainey's favoriete schotel), aardappelpuree (Matts favoriete schotel), dubbelgebakken zoete aardappelen (Neils favoriet) en pecannotentaart (waar Neils vader zo dol op was). Het enige wat ik niet had gemaakt, was limoensorbet, waar Neils moeder een moord voor deed. Ik kocht een liter kant-en-klaar, maar toen bleek dat Helen op dieet was en geen suiker at. Dat nam niet weg dat ze toch dankbaar was. En hoewel Sam er niet zou zijn, had ik ook nog de brioches willen bakken waar hij zo gek op was, maar op de een of andere manier was ik dat vergeten. Toen ik me dat, vlak voordat het bezoek zou arriveren, realiseerde, stortte ik in. Ik verstopte me boven in onze inloopkast, en miste mijn zoon zo verschrikkelijk dat ik het gevoel had alsof er een groot gat in mijn borst zat. De tranen stroomden over mijn wangen toen onze eerste gast beneden op de bel drukte. Neil had me ten slotte uit de kast gekregen door me een schoudermassage te beloven en te zeggen dat ik tijd genoeg had voor een douche, en dat hij ondertussen voor bier en wijn zou zorgen en met het bezoek naar de rugbywedstrijd op de televisie zou kijken. 'En als je dan beneden komt, zetten we hem uit en gaan we wandelen.'

Een wandeling voor de maaltijd op Thanksgiving was traditie. We gingen niet ver – alleen maar tot het meer en terug – maar waar het om ging, was dat we vanaf de steiger om de beurt een blaadje in het water gooiden terwijl we hardop iets noemden waar we dankbaar voor waren om vervolgens in gedachten een wens te doen. Dat van die wens was iets wat we er een aantal jaren geleden aan toe hadden gevoegd omdat we genoeg hadden van het geruzie onder de drie kinderen die elk de *wishbone* – het vorkbeentje waar je volgens de Engelse traditie een wens mee mocht doen – wilden hebben. Daarna hadden de kinderen erbij bedacht dat je wens uit zou komen als je blaadje bleef drijven, en dat je wens niet uit zou komen als het blaadje zonk. Aangezien de meeste blaadjes blijven drijven en het meer met Thanksgiving meestal bevroren was, keerden we doorgaans allemaal in hoopvolle stemming naar huis terug.

Misschien moest ik toch maar thuisblijven, dacht ik.

Ik keek naar Neil, die me vanaf de meest ongemakkelijke stoel in de kamer strak zat aan te staren.

'Neil?'

Zijn woede was inmiddels tastbaar. Hij trok zijn wenkbrauwen op en zei: 'Het voelt alsof je me in steek laat. Wil je bij me weg, Deena?'

Ik liet mijn ingehouden adem langzaam ontsnappen. 'Nee, Neil.' Ik stond op, ging naar hem toe en bood hem mijn handen. Het was de waarheid. Het was op dat moment niet mijn intentie om bij hem weg te gaan. Hij keek naar me op, en ik zag het gezicht van een klein angstig jongetje.

Aan de ene kant had ik verschrikkelijk met hem te doen, maar aan de andere kant deinsde ik terug. Ik vroeg me af hoe het zou voelen als hij blij voor me was geweest en hoopte dat ik het gezellig zou hebben bij Elaine. Maar we wisten allebei dat ons huwelijk in nood verkeerde, en hoe vreemd het ook klonk, hoe meer hij me pijn probeerde te doen en hoe meer hij me aan zich probeerde te binden, in beide gevallen was het enige wat hij ermee bereikte, dat ik zo ver mogelijk uit zijn buurt wilde zijn. Hoe verder, hoe beter.

Halverwege september zat ik rekeningen te betalen toen Matt over zijn toeren thuiskwam van school, en vertelde dat hij te laat was geweest met het inleveren van het ruimschoots van tevoren door mij ingevulde en ondertekende formulier voor een excursie, de week erna, met zijn klas. Hij had het formulier nergens kunnen vinden, en nu hoopte hij dat ik zijn lerares kunstgeschiedenis wilde bellen om een goed woordje voor hem te doen. Ik had de telefoon al in mijn hand en liep de lijst met nummers van school door, toen ik me ineens bedacht. Ik gaf de telefoon aan hem. 'Bel jij mevrouw Zeckser zelf maar. Je kunt het haar uitleggen en haar zeggen dat het je spijt, en dan vragen of er misschien nog iets is wat je kunt doen. Dit is jouw verantwoordelijkheid, Matt, niet de mijne.' Hij zette de telefoon terug op de basis, keek me woedend aan en ging naar zijn kamer. Maar die avond onder het eten vertelde hij me trots wat hij had gedaan.

'Ik heb mevrouw Zeckser opgebeld,' verklaarde hij, en nam grinnikend een slokje van zijn melk. We waren met zijn tweetjes. Nou ja, met zijn drietjes. Heloise lag in een hoekje van de eetkamer te slapen.

Lainey was naar een slaapfeest. Dat Neil niet thuis was, zal niemand verbazen. Maar waar hij was, dat wist ik niet.

'Mooi zo,' zei ik, met een glimlach. 'En heb je het kunnen regelen?'

'Ja. En ze deed ook helemaal niet moeilijk, of zo. Ze zei dat ze me maandag een nieuw formulier zou geven dat ik dan na schooltijd moest laten tekenen en weer terug zou moeten brengen, en dan zou ik haar moeten helpen met het doornemen van alle formulieren en het maken van concrete plannen, en zo.'

'Dat is geweldig, Matt. Ik ben blij voor je dat je alsnog mee kunt. En wat ga je nu doen om te voorkomen dat je in de toekomst nog eens te laat zult zijn met het inleveren van formulieren?'

Hij keek me aan – zijn lepel halverwege zijn open mond. 'Wat ik ga doen?'

Ik schudde mijn hoofd, schoot in de lach en moest onwillekeurig aan Heloise denken, aan die momenten waarop ze zich realiseerde dat ze iets stouts had gedaan, maar niet precies wist wát. Ik herkende diezelfde verwarring in mijn zoon, en dat ondanks de eindeloze discussies die ik in de loop der jaren met mijn kinderen had gevoerd over het opschrijven van dingen die belangrijk waren. Maar, anders dan met Heloise, was het me bij hen nooit gelukt om hen zo ver te krijgen dat ze een idee werkelijk oppakten en bleven herhalen tot het een automatisme was geworden. In plaats daarvan stond ik uiteindelijk altijd klaar om de brokstukken op te rapen – ze van en naar school te rijden, ze wakker te maken wanneer ze vergeten waren hun wekker te zetten en hun werkstukken op het allerlaatste moment en tot diep in de nacht uit te typen. En dat niet één of twee keer, maar talloze keren.

'Ja, een plan, een systeem, om dingen te onthouden. Je moet een manier bedenken waar je iets aan hebt. Weet je, lieverd, ik heb me gerealiseerd dat jij en je zus veel te afhankelijk zijn van mij, in de zin dat ik jullie altijd aan dingen moet herinneren en dat ik van alles voor jullie moet doen. En dat is voor een groot deel mijn schuld. Ik heb waarschijnlijk structureel veel te vaak aangeboden om iets voor jullie te doen.' Ik nam een slokje van mijn bouillon en liet mijn woorden in mezelf doorklinken. Matt zat me nog steeds stomverbaasd aan te kijken. 'Moet je horen,' vervolgde ik, terwijl ik met mijn lepel op hem wees. 'Nog even, en je gaat het huis uit, en dan heb je mij niet meer om je 's ochtends te wekken, om je huiswerk voor je te maken – om formulieren voor je in te leveren...'

'Dat is zo,' zei hij. Hij haalde zijn schouders op, stopte zijn volle lepel in zijn mond en knikte instemmend. Ik vond de verschillen tussen mijn zoon en dochter altijd fascinerend. Lainey accepteerde pas iets na er eindeloos over geruzied of gediscussieerd te hebben, of na een verschrikkelijke scène. Matt, daarentegen, ging met nauwelijks iets meer dan een schouderophalen van punt A naar punt B.

'Dus... Wat ga je doen?' vroeg ik, terwijl hij met nietsziende ogen voor zich uit staarde en op een stukje stoofvlees kauwde.

'Hè?'

'Een systeem?' Diezelfde nietsziende blik, maar nu in de richting van mijn gezicht. 'Om te voorkomen dat je dingen vergeet?'

'O. Eh, nou, ik zou het in mijn agenda kunnen schrijven.'

'Dat lijkt me een uitstekend idee, lieverd,' zei ik, trots op mezelf omdat ik me zo had ingehouden.

Ik nam een slokje water en herschikte het linnen servet op mijn schoot. 'Matt?' zei ik even later. Vanuit mijn ooghoeken zag ik hem naar me kijken. 'Ik denk dat het daardoor komt dat Sam sinds hij het huis uit is nauwelijks nog contact met me heeft. De overstap is erg moeilijk voor hem geweest en ik vermoed dat hij zelfs heeft overwogen om helemaal nooit meer iets van zich te laten horen.' Ik zuchtte en keek op.

Matt grijnsde. 'Dat klopt. Hij heeft het me verteld.'

Ik deed mijn best om mijn eigen mond niet open te laten zakken. *Doe alsof het je niet deert.* 'O ja?' Ik pakte mijn lepel op, stak hem in mijn kom, duwde een stukje wortel heen en weer en moest me beheersen om hem niet te vragen wát ik precies verkeerd had gedaan. Matt zocht niets achter de geforceerde stilte – net als zijn vader had hij geen enkele moeite met stiltes in een gesprek.

Hoewel ik op het puntje van mijn tong beet, floepte de vraag er toch uit. 'Wat zei hij dan?'

Matt haalde zijn schouders op, viste naar de stukjes vlees en aardappel en omzeilde de erwten en de worteltjes. 'O, nou, je weet wel. Dingen die je van Sam kunt verwachten.' Hij grinnikte en keek me toen opeens aan. 'Ach, hij zit midden in zijn "en-nu-ben-ik-een-man-fase." Hij heeft iets van een konijn. Zolang je achter hem aan zit, blijft hij voor je op de loop, maar als je hem een poos met rust laat, komt hij vanzelf wel weer terug.'

Ik keek naar hem, naar zijn verwarde donkerblonde haar, zijn kin die ineens niets kinderlijks meer had, en naar zijn grote, sterke handen. En toen keek ik naar de hoek van de eetkamer om na te gaan of Heloise daar nog steeds lag, in plaats van opgetogen de parels van wijsheid na te jagen die mijn zoon zojuist zo achteloos had laten vallen.

De sneeuwval in de eerste week van november brak alle records. Tijdens een van die sneeuwstormen waren Lainey en ik bezig met het bakken van cakejes voor de bazaar van het schoolkoor die heel toevallig plaatsvond op haar zestiende verjaardag, toen opeens de stroom uitviel terwijl er nog maar net een lading in de oven stond.

'Mám!' viel Lainey boos tegen me uit, waarna ze woedend de keuken uit stampvoette.

'Lainey! Daar kan ik toch niets aan doen,' riep ik haar na. 'De stroom is uitgevallen!'

'Kun je de cakejes dan niet bij de Kellermans bakken?' vroeg ze, vanuit de woonkamer. Ik hoorde aan haar stem dat ze haar best deed om niet te huilen.

'Lieverd, ik weet bijna zeker dat de stroom bij hen ook is uitgevallen. Maar we kunnen toch ook cakejes kopen?'

Ze stampvoette de keuken weer in. Ze had een rood hoofd en keek me nijdig aan. 'We hebben gezegd dat we ze zelf zouden bakken, mam!' En ze verdween weer naar de woonkamer.

Ik probeerde gewoon adem te blijven halen. Ik had de boeken gelezen en wist dat een tiener – net als ikzelf – klem zat tussen ónafhankelijkheid en áfhankclijkhcid, dat de ontwikkeling van hun hersenen zich in een fase bevond waarin ze afwisselend wél of niet functioneerden, dat alles zwart of wit was en dat volwassenen en met name ouders vooral nergens om geprezen mochten worden en alleen overal de schuld van kregen. Ik had voor haar verjaardag een boek over tienermeisjes voor haar gekocht, van dezelfde uitgever als mijn boek voor vrouwen van middelbare leeftijd. Dat van haar pretendeerde een handleiding te zijn voor het nemen van beslissingen – een wegwijzer bij meningsverschillen en dilemma's. Ik overwoog het boven te gaan halen en het oningepakt aan haar te geven. Maar ik was op een punt beland waarop ik de confrontatie niet langer uit de weg wenste te gaan. Mijn geduld was op. Mijn bloed kolkte als een woeste branding door mijn aderen.

Ik had net twee stappen naar de woonkamer gedaan, waar Lainey woedend op de bank zat te schreeuwen, toen Heloise voor me ging staan. Meer niet. Ze keek me niet aan en liet ook niet blijken dat ze wilde spelen of zo. Niets. Ze bleef daar gewoon maar staan. Ineens was het alsof de camera die mijn leven filmde heel ver uitzoomde.

Mijn gebalde vuisten ontspanden zich, en ik besefte dat dit niets, maar dan ook helemaal niets met mij te maken had. Ik zei kalm en zacht: 'Liefje, ik laat je even alleen om over deze situatie na te denken. Zodra je er een duidelijker beeld van hebt gekregen, kom je maar naar me toe. Ik ben in de kelder.'

Ik liep de trap af, maar was vergeten dat er beneden geen licht zou zijn. Toen ik achterom keek, zag ik Heloise bezorgd op de bovenste trede staan. Ik vertikte het om weer naar boven te gaan. 'Rustig maar, meisje.' Op de tast vond ik mijn weg naar het washok. Ik kroop naar een grote berg wasgoed, propte er een deel van in elkaar tot een geïmproviseerd kussen en maakte het me gemakkelijk.

Ik werd wakker van Lainey die me van boven aan de trap aarzelend stond te roepen. 'Mam? Ma-ham?'

'Ja? Wat is er? Ik ben hier,' antwoordde ik slaperig.

Even later stond ze onder aan de trap en scheen het licht van de zaklantaarn over mijn nest. 'Is alles goed met je?'

Ik ging zitten en hield een hand voor mijn ogen om ze tegen het felle schijnsel te beschermen.

'Ja hoor.' Ik wreef in mijn ogen, en ze liet de lichtbundel zakken. Terwijl ik me langdurig en genietend uitrekte, besefte ik dat het méér dan alleen maar goed met me ging. Ik voelde me heerlijk uitgerust en verfrist.

'Heb je... geslápen?'

'Eh, ja. Hoe lang ben ik al beneden?'

'Ik weet niet, een halfuurtje of zo.' En toen: 'Mam? Waarom slaap je... híer?' Ze kwam met aarzelende pasjes naar me toe en nam me verbaasd op.

Ik deed mijn best om niet te lachen. 'Omdat het zomaar ineens kan.'

Haar gezicht lichtte op in de weerkaatsing van het schijnsel van de zaklantaarn. Haar lange haren glansden, alsof ze net geborsteld waren. Ze droeg een eenvoudige, getailleerde witte blouse op een spijkerbroek. Haar lange, smalle en blote voeten met roze gelakte nagels, waren zo mooi dat ze wel van een model konden zijn. Ze was lang, had een vrouwelijk figuur en ze was fit. Een heel, heel aantrekkelijk meisje. De blik in haar ogen verzachtte. 'Het spijt me, mam,' zei ze. 'Jij kunt er niets aan doen dat de stroom is uitgevallen.'

Ik ging staan. 'Dat klopt. Dank je. Je excuses zijn aanvaard. En weet je wat?' Ik streek mijn kleren glad en keek haar aan. Ze hield haar hoofd schuin. 'Volgens mij had jij daarboven je eigen kleine stroomstoring. En ik eigenlijk ook. En ik denk dat ik daarom behoefte had aan een dutje.'

Ze knikte.

'Zou ik dat ding even mogen vasthouden, alsjeblieft?' Ik hield mijn hand op voor de zaklantaarn. Ze gaf hem aan mij, en ik stopte het uiteinde met het brandende lampje in mijn mond en blies mijn wangen op, zoals we vroeger met Halloween voor de kinderen hadden gedaan – we deden alsof we in monsters waren veranderd en dan krijsten ze het uit in een mengeling van angst en plezier.

Lainey deed verbaasd een stapje naar achteren, en toen schoot ze in de lach. 'Ik weet werkelijk niet wat je de laatste tijd hebt, hoor mam,' zei ze. Ze nam de zaklantaarn weer van me aan, sloeg een arm om mijn schouders en trok me mee naar de trap.

Communiceren met Neil werd steeds moeilijker. Enkele dagen voor mijn vertrek vroeg ik hem of hij met Heloise en mij een wandeling rond het meer wilde maken. Ik had die ochtend al, samen met Merle en Teddy, een lange wandeling met haar gemaakt, maar de spanning in huis tussen Neil en mij was ondraaglijk geworden. Ik hoopte dat praten in de buitenlucht wat gemakkelijker zou zijn.

Het was een grauwe, koude zondagnamiddag. We droegen alle twee onze parka, muts en wanten, waardoor er, behalve de emotionele afstand tussen ons, nu ook nog een barrière van kleding tussen ons in stond.

Het meer was bevroren, en de eenden waggelden bijna op komisch aandoende wijze over het ijs. We liepen in stilte. Neil hield zijn blik strak op de grond gericht, terwijl Heloise en ik naar de eenden keken, en naar hoe ze met hun driehoekige pootjes over het spekgladde oppervlak glibberden. Ze deden me aan Charlie Chaplin denken, en ik werd er helemaal vrolijk van. Van de eenden, én van mijn ophanden zijnde vrijheid.

234

Opnieuw bracht ik mijn naderende vertrek ter sprake, en probeerde dat op een zo luchtig mogelijke toon te doen. 'Het is een soort cadeautje aan mezelf voor mijn vijftigste verjaardag, Neil. Een paar dagen voor mezelf om na te denken over hoe het van nu af aan alleen nog maar bergafwaarts kan gaan.' Ik lachte vrolijk terwijl ik met mijn hand een neergaande lijn beschreef.

Neil zei niets. Zijn enige reactie bestond uit het afwenden van zijn hoofd – van mij af, naar de bergen die voor het grootste gedeelte schuilgingen onder de laaghangende, donkere wolken. Neil had zich steeds meer verschanst in zijn eigen harde bestaan. Sinds ze samen op reis waren geweest, bracht hij meer tijd door met Matt en Lainey, maar mij probeerde hij zoveel mogelijk te mijden. Het was alsof we alle twee niet wisten hoe we de kloof die tussen ons was ontstaan moesten overbruggen, of dat we dat niet wilden, of er gewoon niet de energie voor hadden. Ik wist dat het voor een deel voortkwam uit het gebrek aan seks en uit het feit dat we niet meer in hetzelfde bed sliepen. Maar ik had op dit moment echt behoefte aan mijn eigen bed, mijn eigen ruimte. Ik was eindelijk aan het leren hoe ik voor mezelf moest zorgen en in mijn eigen behoeften moest voorzien.

En dat was het moment, terwijl ik met mijn laarzen door de paar centimeter verse sneeuw schuifelde en naar Heloise's pootafdrukken op het pad naast mij keek, waarop ik het opgaf. Ik wist dat hij wilde dat ik zou blijven proberen contact met hem te maken. Dat was ook het idee achter deze wandeling geweest, maar van hem kwam er niets. Jaren geleden zou ik alles, maar dan ook álles hebben gedaan om hem te bereiken, en om 'ons' te redden. En hij had zijn eigen, charmante manier gehad om me terug te winnen – door het bad voor me vol te laten lopen of door bloemen mee te nemen. Koffie op bed. Een tijd lang was het werkelijk geven en nemen geweest. Maar de afgelopen jaren was hij meer en meer opgegaan in zijn werk en later in de kliniek, en was het mijn verantwoordelijkheid geworden om de batterij van ons huwelijk opgeladen te houden. Op avonden dat de kinderen er niet waren, organiseerde ik romantische etentjes voor ons tweetjes, alleen om eindeloze verhalen over zijn werk – compleet met de verkeerde details – te moeten aanhoren. Jaren geleden was ik zelfs begonnen met het doordeweeks plannen van seksuele afspraakjes – niet omdat ik daar zelf zo'n behoefte aan had, maar om hem terug te winnen. Om elkaar weer te vinden. Maar nu waren mijn eigen batterijen zo leeg dat er bij mij nog nauwelijks iets te halen viel.

Op weg terug naar huis bedacht ik hoe prettig het zou zijn als er ergens een tankstation voor op-geraakte huwelijken zou zijn – de een of andere externe bron waar we allebei onze tank vol konden gooien om er opnieuw tegenaan te gaan. Misschien dat er op die manier heel wat echtscheidingen voorkomen zouden kunnen worden.

23

'Kom op, Deena, opschieten! We moeten weg!' riep Neil van onder aan de trap, terwijl ik als een gek nogmaals de slaapkamer rondkeek. Ik had hem gezegd dat ik, net als hij en de kinderen hadden gedaan, met de shuttle naar het vliegveld wilde, maar hij stond erop me te brengen en had er de middag voor vrij genomen. De middag vóór Thanksgiving, een dag die voor veel mensen een vrije dag was. Maar een vrije middag was ook goed voor hem, dus ik legde me erbij neer.

Ik keek naar buiten. Het had aanvankelijk licht gesneeuwd, maar nu was het grijze wolkendek hier en daar wat opengebroken en waren er stukjes blauwe lucht te zien. Ik was blij omdat de weg nu vrij van sneeuw zou zijn, en omdat ik niet bang hoefde te zijn voor ijs op de vleugels van het vliegtuig – een van de angsten voor het vliegen die ik van mijn lange lijst kon schrappen.

Na nog een laatste keer de slaapkamer rond te hebben gekeken, rende ik de badkamer in en griste een pakje Rennies uit het medicijnkastje. Misschien waren die in het westen wel uitverkocht. Toen vloog ik naar mijn commode en griste mijn badpak uit de onderste la. Het was nu dan wel onder nul in Wisconsin, maar je kon nooit weten. Halverwege de trap bleef ik staan, vloog terug naar Sams kamer, pakte de lippenbalsem van mijn nachtkastje en maakte dat ik naar beneden kwam.

En vlak voordat ik het huis verliet, drong het tot me door dat ik mijn badpak en de Rennies op het gangtafeltje had laten liggen, maar wel het lippenvet in mijn tas had laten glijden. Neil en Heloise zaten al in de auto te wachten – de een met zijn vingers op het stuur trommelend, de andere kwispelend toen ze me aan zag komen.

De rit naar Denver verliep ongemakkelijk. Neil vroeg of Elaine en ik plannen hadden. Ik antwoordde dat we, voor zover ik wist, voor Thanksgiving met zijn drietjes zouden zijn, en dat we zaterdagavond naar de galerie gingen. Afgezien daarvan waren we niets van plan. Hij knikte en hield zijn lippen opeen geperst, alsof er wel andere plannen waren maar ik hem die niet wilde vertellen.

'Heb je iets voorbereid?' vroeg hij.

'Voorbereid? Voor de vlucht, bedoel je?'

'Nee, voor ons. Maaltijden –' Hij beet op zijn lip, en ik vermoedde dat dat was omdat hij zichzelf eindelijk hoorde. 'Laat maar. We redden ons wel.'

Ik voelde me onmiddellijk schuldig en boos tegelijk – een gevaarlijke combinatie. Ik had al veel eerder weg moeten gaan, dacht ik, maar ik zei het niet.

Eindelijk reden we over de lange, rechte Peña Boulevard, en was het einde van de rit in zicht. Het was een troosteloze weg door verlaten woestijngebied met, in de verte, de absurde, Sahara-achtige witte tenten van het vliegveld. We zwegen opnieuw. Het was me een raadsel waarom hij erop had gestaan me te brengen. Gelukkig stroomde het zware vakantieverkeer op Peña redelijk goed door, en ik slaakte een zucht van opluchting toen we het bord voor het parkeerterrein passeerden en Neil de richtingaanwijzer aandeed.

'Neil?' zei ik opeens. 'Kun je me niet gewoon afzetten? Ik heb alleen maar handbagage, en met al die drukte en de beveiliging zou het best wel eens een gekkenhuis kunnen zijn daarbinnen.' Zijn knikje was zo minimaal dat het nauwelijks waarneembaar was, maar hij stuurde de auto de rijstrook naar het afzetpunt op. Even later stopte hij naast een wit bestelbusje waar een enorm gezin uit tevoorschijn kwam. Toen ik mijn gordel los wilde maken, legde hij zijn hand op de mijne en hield me tegen.

'Deena?' *Niet hier, Neil. Alsjeblieft, laten we dit nu niet hier doen.*

'Hier, neem dit aan, alsjeblieft.' Hij stak zijn hand in de binnenzak van zijn donsjack, haalde er een dubbelgevouwen bankbiljet uit, drukte het in mijn hand en klemde mijn vingers eromheen. 'Voor noodgevallen.'

Hoewel ik opgelucht was dat hij het niet over 'ons' wilde hebben, kon ik niet nalaten me af te vragen of hij soms dacht dat ik twaalf was. Ik had contant geld, creditcards en een bankpasje. Ik probeerde mijn hand terug te trekken. 'Neil, dat is heus niet nodig.'

Hij hield zijn hand rond de mijne geklemd en forceerde een glimlachje. 'Nou, geef het dan maar uit aan iets voor jezelf, aan iets wat je normaal nooit zou kopen. Doe voor de verandering nu maar eens iets wat niet verantwoord is.' Hij boog zich naar me toe en drukte een aarzelende kus op mijn wang. Ik ving een vleug op van een onbekende aftershave.

Het feit dat hij het niet nodig vond om het op dat moment over 'ons' te hebben, dat hij had besloten me het geld voor een gril te laten gebruiken in plaats van als financiële zekerheid, dat hij de middag vrij had genomen en dat hij een nieuwe aftershave had opgespoten, dat alles zorgde ervoor dat ik me meer dan een beetje schuldig voelde. Maar tegelijkertijd ontkwam ik niet aan het gevoel dat ik dit al jaren eerder had moeten doen. Omwille van ons beiden. Ik stopte het dubbelgevouwen briefje in mijn broekzak en gaf hem ook een zoen op zijn wang. 'Dank je, Neil. O, en ik heb een duidelijk en goed leesbaar kookboek op het aanrecht neergelegd. Daar kun je alle informatie in vinden die je maar nodig zult hebben. En Lainey weet hoe je burrito's maakt.' Hij zag eruit alsof hij elk moment kon gaan huilen. 'Ik hoop dat jullie een gezellig weekend hebben,' zei ik, zo opgewekt als ik maar kon. Ik sloeg mijn blik neer en deed alsof ik mijn horloge opwond dat niet opgewonden hoefde te worden. 'Dan ga ik nu maar.'

Op het vliegveld was het al Thanksgiving. Aan de plafonds van de eindeloze gangen hingen lange, dikke, gouden slingers. De wanden waren opgesierd met reusachtige kransen. Maar de mensen maakten bepaald geen vrolijke indruk. Heloise stapte door de benauwde en gespannen mensenzee, en sorteerde hetzelfde effect als een clown op een rodeo – die voor glimlachjes zorgde en de stieren even afleidde van hun angst en paniek. We stapten een voor honden bestemde binnentuin met gras op. Er was een vrouw met een klein, rossig hondje dat een platte snuit had, waardoor hij op een hondenversie van Hairy leek. De vrouw smeekte het dier aan één stuk door om toch vooral haar behoefte te doen voor ze aan boord moesten voor hun lange vlucht. 'Toe dan toch, Fergie! De vlucht duurt ruim vier uur! Toe dan, doe plie-pla-plasje voor mammie!' Ik gaf Heloise haar commando, en tot mijn opluchting deed ze onmiddellijk wat er van haar werd verwacht.

Heloise was ook voorbeeldig geduldig terwijl we eindeloos in de rij moesten staan voor de veiligheidscontrole. Toen het eindelijk onze beurt was om door het poortje te lopen en ik mijn schoenen al had uitgetrokken en overhandigd, werden we terzijde genomen. 'U moet er alleen doorheen, mevrouw,' zei een jonge vrouwelijke bewaker. 'Geeft u de riem maar aan hem.' Ze wees op een aantrekkelijke zwarte man aan de andere kant van het poortje, die naar me glimlachte en knikte. Ik gaf hem de lijn aan en Heloise liep er braaf doorheen. Het alarm ging af, ik vermoedde op grond van het metalen plaatje op haar halsband waarop stond dat ze een *K-9 Eyes*-hond was, en de andere labels in een nylon tasje aan de riem, maar de bewakers toonden geen bezwaar. De tweede bewaker wachtte tot ik er doorheen was. Dat deed ik, zonder dat er bellen begonnen te rinkelen, en nadat ik Heloise's riem weer van hem had aangenomen, betastte hij de halsband op de plek waar het plaatje zat. Na de halsband was Heloise's lijf aan de beurt, en ze werd van alle kanten betast. Ik vond het eerlijk gezegd nogal bespottelijk, maar aan de andere kant zou ik ook niet graag de bewaker willen zijn die de kidnappers-blindengeleidehond-in-opleiding door de veiligheidscontrole had gelaten. Heloise leek alle aandacht en het graaien wel leuk te vinden. Nadat ik een meter of tien verderop was gaan zitten om mijn schoenen weer aan te trekken, trok ze aan de riem en gaf te kennen dat ze wel weer terug wilde naar die man. Het was duidelijk dat ze dacht dat ze haar nieuwste beste vriendje had gevonden.

Roltrappen en loopbanden zijn verboden voor *K-9 Eyes*-honden. Dat is in verband met de veiligheid – de haren van de poten kunnen klem komen te zitten. Een werkende geleidehond die ze moest gebruiken zou daarvoor speciaal worden getraind, en haar poten zouden om die reden dan ook regelmatig bijgehouden en getrimd moeten worden. En dus legden we de afstand naar de gate lopend af. We waren alle twee wel toe aan een wandelingetje. Heloise was een beetje zenuwachtig in de trein naar de gates. Ik was haar dankbaar voor haar gezelschap, want zelf was ik ook een beetje nerveus. Ik hield het beeldscherm met de haltes strak in de gaten, en luisterde naar het blikken, robotachtige stemmetje dat elke halte aankondigde.

Maar het ergste moment voor ons beiden kwam nadat we bij de gate aan de beurt waren geweest, onze instapkaart hadden afgegeven, door de lange, benauwde slurf waren gelopen en bij de spleet tussen de loopgang en het feitelijke vliegtuig waren aanbeland. Ik had er niet op gerekend dat ik de grond eronder zou kunnen zien. De spleet was hooguit twee centimeter breed, maar het had net zo goed de Grand Canyon kunnen zijn. Konden ze daar nu niet gewoon iets overheen leggen?

Heloise bleef staan zoals ze geleerd had te doen voordat ze een deur door moest, maar toen ik met een bibberig stemmetje 'oké' zei, deinsde ze achteruit. Alle twee keken we door de kier naar het platform in de diepte. Door de ruitjes zag ik de minuscule wieltjes van het toestel, die me echt absurd klein voorkwamen in verhouding tot dit monster van een vliegtuig. Het leek net alsof de echte banden op waren geweest en ze er maar een stel speelgoedbandjes onder hadden gezet. Heloise en ik keken elkaar aan, en we wilden er geen van tweeën overheen stappen. De passagiers achter ons begonnen aan te dringen. Ten slotte beet ik op mijn lip, greep Heloise's riem stevig vast en nam een veel grotere stap dan nodig was – voor het geval de spleet ineens wijder zou worden. 'Oké, meisje!' Maar Heloise zette zich schrap, trok naar achteren en legde haar oren in de nek. Precies zoals ze maanden geleden thuis op de oprit had gedaan. Ik sprong snel weer uit het vliegtuig, trok haar naar de kant, en liet de rij passagiers die ook met voorrang in mochten stappen – ouderen en stellen met kleine kinderen – voorgaan.

Terwijl de mensen ons passeerden, ging ik op mijn hurken naast Heloise zitten, bij de wand van het ronde uiteinde van de slurf. Ik vroeg me af of het luchtvaartpersoneel een lollig bijnaampje voor deze plek had. Iets in de geest van Punt Paniek. Het leek speciaal te zijn gemaakt voor mensen die zich op het allerlaatste moment nog bedachten. Ik gaf Heloise een zoen, aaide haar over haar hele lijf en fluisterde haar geruststellende woordjes toe. Ze kwispelde maar kauwde op mijn mouw – een teken dat ze bang was. Onwillekeurig vroeg ik me af of ze net zoveel wist als ik – dat we in deze metalen buis, hoog boven de aarde door de lucht geslingerd zouden worden. Of dat ze mijn angst bespeurde en daarop reageerde.

Ik overwoog naar huis terug te keren. Neil zou voldaan reageren, de kinderen zouden er grappen over maken. Geen goed idee. Ik haalde diep adem, verzamelde moed en zei: 'Kom mee, Heloise!' We voegden ons weer in de rij, en de mensen gingen glimlachend opzij om ons erdoor te laten. Bij de spleet maakte Heloise opnieuw pas op de plaats, keek naar het platform in de diepte, en vandaar naar mij, alsof ze wilde zeggen: 'Moeten we nu echt?' Ik klemde mijn kiezen op elkaar en moedigde haar vastberaden en opgewekt aan. 'Waar is Elaine, meisje? Kom mee, we gaan Elaine zoeken!' Ik wist dat haar enthousiasme om iemand te zoeken voldoende zou zijn om haar over dit moeilijke punt heen te helpen, en nam me voor om mijn angst van nu af aan voor haar verborgen te houden. Ja hoor. Alsof ik die paniek van mij niet uit al mijn poriën kon voelen stromen. Maar we haalden alle twee, elk op onze eigen manier, diep adem en stapten samen van de slurf in het vliegtuig.

We zaten voorin, in de eerste klasse, die middels een wandje van de rest van de cabine was gescheiden. Er was wat meer ruimte, en dat was prettig, want het zat er dik in dat het vliegtuig vol zou zitten. Onze rij was inmiddels al helemaal bezet. Naast ons zat een ouder echtpaar – zij in het midden naast mij, en haar man, met een stok, aan het gangpad.

'Dat is een prachtige hond,' merkte de vrouw op. Ze ging chic gekleed in een lichtroze, wollen pakje met een gouden parelbroche op de revers. Ik slaakte een zucht van opluchting. Niet iedereen vond het waarschijnlijk even prettig om met een hond aan zijn voeten te moeten reizen.

'Dank u,' zei ik. Na het standaardgesprekje over Heloise's opvoeding, pakte zij een boek, terwijl haar man al in een zakelijk tijdschrift zat te lezen. Heloise, die voldoende plaats had op de vloer, ging lekker liggen, maar ik zag dat ze emotioneel een beetje van streek was. Ik gaf haar het grote blauwe bot, maar ze had er geen oog voor. Ze keek zenuwachtig naar het plafond, naar het gangpad en naar mij. Toen ten slotte iedereen aan boord was, de stewardess haar veiligheidsdemonstratie had gegeven en ik de kaart met veiligheidsinstructies had doorgenomen en op mijn schoot had gelegd, kwam het toestel in beweging. Even later denderden we steeds sneller de startbaan af. Het lawaai was oorverdovend. Ik boog me naar voren en aaide Heloise, en vond het een geruststellende gedachte dat ik in de houding voor een noodlanding kon zitten terwijl het eruitzag alsof ik alleen maar zo zat omdat ik mijn hond wilde aaien. Heloise zat met gespitste oren en ze hijgde – een teken van stress. Haar ogen waren groot, en het was duidelijk dat haar angst te wijten was aan het kabaal dat vanuit de buik van het toestel klonk. Uit de manier waarop ze me om de haverklap aankeek, bleek duidelijk dat ze van mij verwachtte dat ik haar gerust zou stellen. Met op elkaar geklemde kiezen en snel en oppervlakkig ademhalend, fluisterde ik: 'Het is oké, meisje. Je hoeft niet bang te zijn.'

De neus van het toestel kwam van de grond, en door de toenemende zwaartekracht werd Heloise tegen de vloer, en ik tegen de rugleuning van mijn stoel gedrukt. Ik keek naar haar en zij keek naar mij. Ze hield haar kopje schuin en leek te vragen: 'Waarom voelen we ineens zo zwaar?' Het volgende moment klonk er een gierend geluid, gevolgd door een *ka-plonk* pal onder ons – de wielen waren naar binnen geklapt. We schrokken alle twee. Ze zat maar te hijgen, en toen ze me weer aankeek, kriebelde ik haar op haar buik terwijl ik zelf mijn best deed om zo normaal mogelijk adem te halen. Nadat we een poosje gestegen waren, hadden we de gewenste vlieghoogte bereikt. Het toestel kwam horizontaal te liggen en het luide motorgeronk ging over in een gelijkmatig gonzen. Ik ging verzitten, rechtte mijn rug, haalde diep adem en dwong mijn spieren te ontspannen.

Toen het lampje van de veiligheidsgordel uitging, liet ik de mijne voor de zekerheid vastzitten, waarna ik, onder het slaken van een diepe zucht, de rugleuning van mijn stoel naar achteren liet zakken. Wonder boven wonder legde Heloise vrijwel op hetzelfde moment haar kop op haar poten en ging slapen. Ik vermoedde dat slapen haar manier was om haar angst een plaats te geven. De steward, een keurig verzorgde man van eind dertig, schatte ik, kwam met een karretje het gangpad af om drankjes te verkopen. En dat was nu net waar ík behoefte aan had om mijn angst een plaats te kunnen geven.

Het stel naast mij bestelde bloody mary's. 'Een dubbele wodka met dubbel limoen, graag,' zei ik tegen hem. Ik probeerde te klinken alsof ik iets te vieren had, in plaats van dat ik behoefte had aan een verdovend middel. Ik keek naar zijn naamplaatje – Kyle, heette hij – en hij gaf me een knipoog terwijl hij een paar ijsblokjes in een plastic bekertje schepte. Betekende die knipoog dat hij me aantrekkelijk vond? Of dat hij me dóórhad en wist dat ik die dubbele wodka nodig had om mijn vliegangst de baas te worden? Of wilde hij er alleen maar mee zeggen dat hij homo was en iedereen een knipoogje gaf? Ik betaalde hem en hoopte maar dat ik niet echt zo rood zag als het voelde, en hij overhandigde me mijn bekertje ijs met twee schijfjes limoen, en twee miniatuurflesjes wodka. De vrouw naast me moest me laten zien hoe het tafeltje uit de stoelleuning getrokken kon worden.

Ik leunde naar achteren en dacht over wat voor soort knipoogje ik wou dat het geweest was. Tussen de kier tussen de stoelen door, luisterde ik naar hoe hij aan het stel op de rij achter ons vroeg wat ze wilden drinken. Ze probeerden hun jengelende baby stil te krijgen. Ik wilde me omdraaien en zeggen dat ze moesten ophouden met zich zo druk te maken om die baby. 'Neem toch lekker een cognacje en ontspan je!' Ik keek op naar de steward. Hij ving mijn blik op en gaf me nog een knipoogje. Vrijwel op hetzelfde moment voelde ik mijn gezicht weer knalrood worden, en ik wendde me zo snel als ik kon van hem af. Mijn blik ging naar mijn handen – de ene had de stoelleuning stevig vast en de andere was om Heloise's riem geklemd alsof mijn leven er vanaf hing. Ha, en ík wilde die mensen zeggen dat ze zich moesten ontspannen? Ik hoorde hoe ze elk een Sprite bestelden.

Ik kon mijn blos duidelijk voelen, en wendde me opzij, naar het raampje. Ik trok mijn schouders op. Ontspan je toch. Doe alsof je iemand anders bent. Ik haalde nog eens diep adem, draaide me helemaal opzij zodat niemand kon zien wat ik deed, haalde mijn verlovings- en trouwring van mijn vinger en stopte ze in de zak van mijn spijkerbroek. Ze stootten ergens tegenaan, en ik herinnerde me het geld dat Neil me had gegeven. Op slag voelde ik me schuldig, en ik wist niet hoe snel ik mijn ringen weer om moest doen. Langzaam stak ik mijn hand in mijn zak om het geld eruit te halen. Ik wist zo goed als zeker dat het een briefje van twintig was – ik kende Neil immers. Zijn gevoel voor de waarde van spullen was, net als mijn kapsel, nog altijd zoals het in de jaren zeventig was geweest. Maar twintig dollar was altijd nog voldoende om bij de supermarkt een bos bloemen voor Wendy en Elaine van te kopen. En als het vijftig dollar was, nou, dan kon er ook nog een fles champagne bij. Ik vouwde het biljet open, en mijn hart begon sneller te slaan. Het was niet één biljet, maar het waren er twee – twee briefjes van elk honderd dollar. Even was ik met stomheid geslagen. Wat had Neil in vredesnaam bezield?

Ik stopte het geld terug in mijn zak, goot de inhoud van de flesjes in het plastic glas en nam snel achter elkaar een paar kleine slokjes. Daarna dronk ik wat langzamer, kauwde op de schijfjes limoen en keek, zonder mijn greep op de hondenriem te ontspannen, uit het raampje naar buiten. Nog voor ik de helft van mijn wodka op had, viel ik in slaap.

We werden alle twee wakker van de stem die aankondigde dat we weldra op het vliegveld van Madison zouden landen. Tijdens mijn slaap waren de lege wodkaflesjes weggehaald, maar het glas met de waterige inhoud stond er nog. Ik was bezig de slaap uit mijn ogen te wrijven toen een lange vrouw in broekpak, die naar de wc was geweest, bij onze rij bleef staan. Met één hand op het schotje boog ze zich voor ons langs en zei: 'Hoe is het mogelijk! Zo braaf als die hond is geweest!' Fluisterend vervolgde ze: 'In tegenstelling tot de baby achter u.' Grappig, ik had niets gehoord. Ze ging weer rechtop staan, glimlachte, en zei tegen Heloise: 'Brave hond!' Toen Heloise dat hoorde begon ze te kwispelen, strekte ze haar voorpoten voor zich uit en boog haar kop naar achteren. Haar lijf trilde van het genot van de stretch, en het volgende moment liet ze een lange, sissende wind.

'Oei, ik moet er vandoor!' zei de lange vrouw lachend, en ze keerde terug naar haar plaats. Ik kromp ineen en voelde me knalrood worden toen de ondraaglijke zwavellucht het aardige echtpaar naast me en mezelf bereikte. Ik reikte omhoog en draaide aan het knopje van de airco. Ze volgden mijn voorbeeld. Toen pakte ik de kaart met veiligheidsinstructies en waaierde ermee door de lucht boven Heloise's billen. De vrouw deed hetzelfde met haar boek, en de man met het tijdschrift.

'Het spijt me,' zei ik.

Ze lachten. 'Niets aan de hand, hoor, mevrouw,' zei de vrouw, er dapper op los wapperend. 'Onze hond thuis is een regelrechte windenfabriek.' Ik moest lachen om de manier waarop deze chique mevrouw dat had gezegd.

Haar man grinnikte, knikte peinzend en zei: 'Inderdaad. Maar dat neem je voor lief, want je krijgt er zoveel warmte en liefde voor terug, nietwaar?'

Ik knikte en was hen onuitsprekelijk dankbaar voor hun begrip. Het volgende moment hoorde ik achter me flarden van zenuwachtig gefluister. Ik bleef met de kaart wapperen, ging verzitten en hield mijn oor bij de spleet tussen de stoelen.

'Jezus nog aan toe, Jen! Waarom verschoon je hem niet?'

'Sst, vloek toch niet zo! Ik weiger hem wakker te maken! En als jij het niet zo zou rondbazuinen, zou niemand het weten. Ik verschoon hem wel zodra we geland zijn.'

In gedachten zag ik hen onopvallend om zich heen kijken, terwijl ze zich afvroegen of andere mensen het ook hadden geroken. Ik boog me naar Heloise toe en dankte de hemel voor kleine, onschuldige baby's. En even later landden we, en waren die kleine wieltjes groot en sterk genoeg gebleken om onze terugkeer op het aardoppervlak te verzachten.

We lieten de mensen met haast het eerste uitstappen, en dat bleek zo goed als iedereen te zijn. Heloise en ik waren de laatsten die over het gangpad naar de uitgang liepen, en daar werden we staande gehouden door de bemanning. Ik gaf beleefd antwoord op alle vragen. *Hoe oud is ze? Hoe lang mag u haar houden? Hoe kunt u het over uw hart verkrijgen om haar af te staan? Zal dat niet verschrikkelijk moeilijk zijn?* Ten slotte bedankte ik ze voor de goede vlucht, en Heloise en ik gingen opgelucht van boord.

Op weg naar de bagagebanden werd er van alle kanten naar ons gewezen en geglimlacht. We passeerden een zwarte man met een werkende zwarte labrador met een tuig om. Heloise wilde naar ze toe, maar ik hield haar dicht bij me. 'Nee!' zei ik, waarop ze haar koers bijstelde en we snel verder liepen. De werkende geleidehond schonk Heloise nauwelijks enige aandacht en liep met zelfverzekerde stap door. We gingen de hal binnen waar de afhalers stonden, en ik keek om me heen of ik Elaine ergens zag.

'O, mijn God!' klonk een vertrouwde stem links van mij. Heloise en ik draaiden ons met een ruk om. 'Daar ben je dan, eindelijk!' riep Elaine, terwijl ze op een holletje en met gespreide armen op ons toe kwam. 'Ik had je al willen laten omroepen, en was bang dat je je vlucht had gemist!'

Ze was onveranderd, klein, compact en twee centimeter kleiner dan ik, wilde krullen, een grijze lok van voren en peper-en-zout opzij en van achteren. En op haar neus een uiterst modieuze en artistiekerige, knalrode bril.

'Ja, het spijt me,' zei ik, terwijl ik in haar armen liep. 'Ik ben als laatste van boord gegaan om te voorkomen dat Heloise in het gedrang zou komen. En toen wilde de hele bemanning –' Ze nam me in haar sterke armen, en terwijl ik haar krullen langs mijn wang voelde strijken, voelde ik me ineens een heel stuk sterker en energieker. Intens blij beantwoordde ik haar omhelzing, terwijl Heloise zich intussen opgewekt kwispelend tussen ons in probeerde te wurmen.

Elaine hield mijn schouders vast maar keek omlaag naar Heloise. 'O, mijn God, wat een schat!' Ze drukte haar handen tegen haar wangen, volledig van haar gecharmeerd. 'Maar wat is ze groot! Ik dacht dat ze nog een pup was! Hoe oud is ze nu?'

'In technisch opzicht is ze nog steeds een pup. Half januari is ze een jaar.'

'Ik ben het vergeten, hoe lang mag je haar ook alweer houden?'

'Een jaar of zo, totdat ze wordt opgeroepen om naar school te gaan. In de praktijk komt het meestal neer op iets van veertien tot zestien maanden. Dus ik schat tot april.'

'Mag ik haar aaien?' vroeg ze, bijna ademloos.

'Ja, maar wacht even tot ik haar heb laten zitten.' Ik gaf Heloise het commando, en ze gehoorzaamde meteen.

'Nu?' vroeg Elaine.

Ik knikte en grinnikte. Elaine ging op haar hurken zitten, hield haar hand gestrekt onder Heloise's neus, en toen kriebelde ze haar tegelijkertijd aan weerszijden van haar kop. Heloise kwispelde er als een bezetene op los, en als de vloer al niet zo glanzend schoon was geweest, zou ze een halve cirkel stofvrij en glimmend hebben gepoetst.

'Hallo, mooie meid. Ik ben je peettante!' Elaine keek naar me op. 'Ja toch, hè?'

'Reken maar,' zei ik.

Elaine ging weer staan, maar bleef Heloise achter één oor kroelen. Heloise leunde zwaar tegen haar hand. 'Wat een schat van een hond, Deena. Ik ben nu al helemaal verliefd op haar.' Elaine keek me aan met een treurige blik in haar ogen, en ik wist precies wat ze dacht. Wat iedereen dacht, en wat de meesten ook vroegen. Maar gelukkig deed zij dat niet, en wees ze in plaats daarvan op mijn koffertje. 'Is dat al je bagage?'

'Ja, dat is alles.' Ik tilde het een eindje van de vloer. 'En ik denk dat Heloise het heel fijn zal vinden om even naar buiten te kunnen.'

Elaine wees met twee vingers alsof ze een pistool richtte, en zei: 'Doen we!' Toen nam ze mijn koffertje van me over, gaf me een arm en nam ons mee, de aankomsthal uit, naar buiten. In het schelle licht van Wisconsin voelde ik me ineens weer jong – niet direct twintig, maar jong genoeg.

24

Ik likte wat van de poedersuiker van de rand van mijn koekje en sloot mijn ogen van puur genot. Ik had al in geen maanden meer een koekje gesnoept en was vergeten hoe lekker zoet kon zijn.

We zaten aan Elaines bonte keukentafel, en deden ons te goed aan *Constant Comment*-thee en pepernoten. Dat was een traditie die we elk jaar voor Thanksgiving, voordat we voor de feestdagen naar ons ouderlijk huis terug zouden keren, in ere hadden gehouden. Elaine was dol op pepernoten, een kruidige lekkernij die je alleen maar in deze tijd van het jaar kon krijgen. Ze zaten in doosjes, en ze kocht er altijd een heel stel van in, waarvan ze ruim de helft in de diepvries bewaarde, waar ze maanden goed bleven. Ze beweerde dat ze even lekker, of zelfs nog lekkerder, waren wanneer ze keihard waren. Als het voorjaar was aangebroken, noemde ze ze geoden, en het maakte haar als Jodin niets uit dat ze met Pasen of Chanoeka een kerstverpakking op tafel had staan.

Ik sopte het randje van mijn pepernoot in de thee en haalde me daarmee een berispende blik van Elaine op de hals.

'Dat mag je pas doen wanneer het geoden zijn,' zei ze met gespeelde verontwaardiging. 'Maar aangezien ik zo verduveld blij ben dat je er bent, zal ik er verder niets van zeggen.'

Ik stopte de doorweekte pepernoot in mijn mond en verzuchtte luid hoorbaar: 'Mmmmm!' Heloise keek op – hoopvol maar slaperig. Ze was doodmoe na de lange wandeling die we meteen na aankomst door Tenney Park hadden gemaakt. Heloise had aan de sneeuw langs de rand van het pad gesnuffeld, en Elaine en ik hadden weer echt contact met elkaar gemaakt. We spraken over de kinderen, over Wendy's werk (ze had haar eigen reclamebureau, dat was uitgegroeid tot een van de grootste in Madison) en over Elaines naderende expositie waarvan ze vertelde dat er een paar verrassingen aan vast zaten. Op dat moment van het gesprek was ze – heel vrolijk – overgeschakeld op een ander thema. Kortom, we spraken over van alles en nog wat, behalve dat én mijn huwelijk.

Op de terugweg naar haar huis gingen we over een brug van een van de vijvers, en we bleven staan om over de leuning gebogen naar de lachende, draaiende en vallende schaatsers te kijken. Een jong stel van een jaar of twintig glibberde onzeker onder ons door. Het meisje droeg een bontmuts en had een bijpassende mof, die aan een koordje om haar hals hing. Ik glimlachte en had inwendig met haar te doen omdat ik er geen moment aan twijfelde dat ze haar kleren voor dit afspraakje met veel zorg had uitgekozen. Ze had duidelijk een fantasiebeeld gehad van hoe een meisje er op een schaatsafspraakje uit hoorde zien. De mof was totaal nutteloos, want met één hand hield ze zich aan de elleboog van haar vriendje vast, terwijl ze haar andere arm ver uit hield gestrekt om in evenwicht te blijven. Zo te zien kon de jongen al evenmin goed schaatsen, maar ze hadden alle twee een rode neus en ze lachten, en hun adem bolde in blije wolkjes voor hen uit. Tenney Park was zo mogelijk nog idyllischer dan ik me herinnerde. Ik dacht aan de romantische prenten van Currier en Ives, en had er geen enkele moeite mee om me voor te stellen dat ik hier weer woonde. Alleen. Misschien nadat Lainey eindexamen had gedaan. Hoe dromen kunnen veranderen.

Maar nu we aan de keukentafel zaten en dankzij de thee weer op temperatuur waren gekomen, wisten we alle twee dat het onderwerp van mijn huwelijksproblemen niet langer uitgesteld kon worden.

Heloise zat nog steeds naar mijn pepernoot te staren, dus ik haalde haar blauwe bot uit mijn buiktasje. Ze snuffelde er even aan, maar was niet geïnteresseerd. Uiteindelijk legde ze zich erbij neer dat ze toch niets anders van me zou krijgen, en ging slapen.

'Wat een te gekke tafel, E,' zei ik, terwijl ik mijn wijsvinger over de kleurige motieven liet gaan. De tafel was oud – een eettafel uit de jaren vijftig – en viel op door de zilverkleurige rand om het blad en de metalen V-poten. Ik vermoedde dat hij indertijd, zo'n halve eeuw geleden, toen hij als hippe keukentafel was aangeschaft voor een van de vele nieuwbouwpanden die toen als paddenstoelen uit de grond schoten, wit was geweest. Nu zou hij zichzelf niet eens meer herkend hebben. Onder de nieuwe glasplaat bevond zich een veelheid aan kleine afbeeldinkjes die er in werkelijk elke denkbare kleur en over het hele blad op waren geschilderd. De meeste afbeeldinkjes waren van gelukkige, naakte, cartoon-achtige vrouwen in uiteenlopende frivole poses – dansend, vliegerend, hand in hand, zwemmend, springend, vliegend, enzovoort. Elk figuurtje was in goud getekend. Het was de enige op cloisonné lijkende keukentafel die ik ooit van mijn leven had gezien.

'Hij is echt fantastisch, Elaine!' zei ik, mijn pepernoot doorslikkend. Ik wilde er nog een, maar ik beheerste me. Daarvoor genoot ik te zeer van mijn nieuwe figuur en het feit dat ik zo fit was. 'Heb jij hem zo beschilderd?'

'Ja!' Ze glimlachte. 'Hij komt van een garageverkoop, en toen heb ik er voor Wendy's verjaardag al die figuurtjes op geschilderd.' Ze wees met een overdreven gebaar op de tafel. 'Voilà! Een decadente keukentafel!'

'Ik vind hem helemaal niet zo decadent,' zei ik, en ik liet mijn blik over het gehele oppervlak gaan. 'Het zijn gewoon plaatjes van naakte vrouwen die plezier hebben. Ik vind hem mooi. Sterker nog, ik vind hem prachtig. Kan ik hem van je kopen en in mijn koffer mee naar huis nemen?'

'Grappig dat je daarover begint...' zei Elaine, op dat zangerige toontje van haar.

'Meen je dat?' Ik keek haar aan. 'Verkoop je hem?'

'Nee, niet deze tafel, maar dat was de verrassing, dus nu kan ik het net zo goed vertellen. Ik heb een aantal andere, gelijksoortige dingen gemaakt en verkocht. Op de een of andere manier kwam dat in de publiciteit, en ze zijn waanzinnig populair geworden. Volgens mij is het Tijdperk van de Godin aangebroken.'

Ineens werd ik ernstig en zei: 'Weet je, Elaine? Dat idee heb ik ook. Ik denk dat het daardoor komt dat ik zo graag alleen wil zijn.' Ik keek naar mijn slapende hond en slaakte een hoorbare zucht. 'Sinds ik Heloise heb, weet ik weer hoe het is om onder de mensen te zijn.'

'Wat bedoel je daar precies mee? Dat je het huis uit komt?'

'Meer dan dat. Mensen – mensen die ik helemaal niet ken – kijken me aan en beginnen een praatje met me omdat ik deze schat van een hond met haar groene dekje heb, en die over enige tijd iemands onmisbare partner zal zijn. Dus ze kijken eerst naar de hond, en dan naar mij, alsof ík belangrijk ben. Alsof ik meetel.' Mijn stem brak en Elaine pakte mijn hand. 'Ik denk dat het komt doordat ze weten dat ik haar moet afstaan, of omdat ze denken dat ik weet waar ik aan ben begonnen – ik weet niet.' Ik haalde diep adem, keek mijn vriendin aan en zei, nu weer met krachtige stem: 'Ik kan me niet herinneren dat ik zoiets ooit eerder heb meegemaakt. Dat ik zo zichtbaar ben en... word gerespecteerd. En ik moet zeggen dat, hoe moeilijk het africhten van haar ook was, plus het feit dat het veel meer werk was dan ik aanvankelijk had gedacht, het toch stukken eenvoudiger is dan fulltime moeder zijn. Vreemd genoeg echter, is er niemand die met evenveel respect en ontzag naar een moeder kijkt.' Elaine had mijn hand nog steeds vast en ze keek me heel open aan. Ze luisterde echt naar wat ik zei. En daarmee deed ze me aan Merle denken.

'Elaine, ik heb sinds de geboorte van mijn kinderen zoveel moeten leren – een zware studie is er niets bij. Je moet dingen leren over gedrag, psychologie, fysiologie, gezondheid en ziekte, logistiek, mechanica, voeding, de ontwikkeling van de hersenen – jezus! Alles! Maar je krijgt nergens een diploma voor. Er is geen enkel podium waar je op wordt geroepen om een bul in ontvangst te nemen. Integendeel. Het is alsof je steeds onzichtbaarder wordt en naar de achtergrond verdwijnt tot je, als je twintig jaar later opeens opkijkt, ziet dat iedereen het huis uit is!'

Ik trok mijn hand uit die van Elaine en wreef mijn voorhoofd. 'Tegen de tijd dat Heloise wordt opgeroepen, heb ik een jaar, anderhalf jaar voor haar gezorgd. Maar voor je kinderen zorg je maar liefst achttien jaar!' Ik keek naar buiten – mijn longen voelden klein, mijn hart voelde gezwollen. 'Ik wou dat ik een dollar had gekregen voor elke keer dat een volslagen vreemde me staande heeft gehouden, naar Heloise heeft gekeken en heeft gevraagd: "Is het niet ontzettend moeilijk om straks afstand van haar te moeten doen?" En ik kan me echt niet voorstellen dat zo iemand diezelfde vraag ooit aan een moeder zou stellen.' Elaine knikte en deed haar ogen even dicht.

Ik nam een slokje van mijn koude thee en keek toen naar de verdronken kruimels onder in mijn kopje. Toen keek ik weer naar de tafel. Ik kon het niet helpen. Mijn vinger ging bijna automatisch over de omtrekken van een geelgroene vrouw in een felroze zeilboot op schitterend blauw water.

'Elaine? Weet je nog toen we in de twintig waren en we onze tienerangsten te boven waren en het gevoel hadden alsof de hele wereld met al zijn avonturen en het meest volmaakte leven dat we ons maar voor konden stellen, ons toebehoorde? Zoals bij die quizprogramma's op de televisie, met die glanzende gordijnen waar allemaal mooie prijzen achter verborgen liggen?' Ik keek op en ze knikte weer. 'En toen heb ik een aantal van die prijzen gekozen – prijzen van achter het trouwen-en-kinderen-krijgen gordijn. Daar heb ik geen spijt van, maar ik heb er toen geen moment bij stilgestaan dat ik, door díé keuze te maken, een heleboel andere prijzen nooit zou kunnen krijgen. Ik bedoel, wie ben ík? Neil is heus geen slecht mens, en ik kan ook niet zeggen dat ik niet meer van hem houd. Maar door te kiezen voor wat er achter gordijn A lag, zal ik nooit weten wat er achter B of C heeft gelegen. Ik wilde trouwen en ik wilde kinderen krijgen en ik wilde fulltime moeder zijn. Ik heb van dat leven genoten maar – nu wil ik weten wat er achter B lag. Of achter C. Voor mezélf. Snap je wat ik bedoel?'

Ik legde mijn hoofd op mijn armen, en eindelijk kwamen de tranen. Elaine masseerde mijn rug, maar ze zei niets. Ik was nog niemand van mijn leven ooit zo dankbaar geweest. Om alleen maar getroost te worden, om iemand te hebben die naar me luisterde, die niet probeerde om me allerlei verstandige adviezen te geven. Dat is waar een vrouw behoefte aan heeft. En dit is wat vrouwen geven. Waarom had ik mijn vriendschappen met mijn vriendinnen laten verpieteren? Of zelfs helemaal laten verkommeren? Had ik me laten meesleuren op de stroom van het leven waarin alleen mijn huwelijk en gezin nog maar telde?

We zwegen alle twee. Maar niet Heloise. Ze rekte zich uit en liet een luide wind. Alweer. Ik herinnerde me dat ze thuis, vlak voor het vertrek, in de afvalemmer had gezeten en een halve oude sandwich en de hemel weet wat nog meer had gevonden. Daardoor had ze nu zo'n last van winderigheid. Elaine en ik schoten in de lach en zochten iets om de stank mee weg te kunnen wapperen. Ik pakte de doos met Kleenex, en Elaine griste een rekening van het stapeltje achter het zoutvaatje. Heloise, die zich van de prins geen kwaad wist, dutte weer lekker verder. Maar toch vroeg ik me af hoeveel ze begreep van wat er werd gezegd en gedacht, en hoe ze het voor elkaar had gekregen om, precies op het juiste moment, een luchtige noot in mijn leven te laten klinken.

We brachten de lucht voldoende in beweging om te kunnen blijven ademhalen.

'Misschien zijn die gordijnen er nog steeds, vlak voor je, maar net niet dichtbij genoeg om ze duidelijk te kunnen zien,' zei Elaine zacht.

'Ik wil alleen...' Ik liet me tegen haar aan leunen. 'Ik zweer je, Elaine, ik zie ze werkelijk niet, niet vanuit mijn huis. Niet vanuit mijn leven. Maar hier voelt het alsof ik er wél wat van zie. Hier voelt het alsof er van alles mogelijk is.'

'Nou, lieverd, dat krijg je als je even afstand neemt van je alledaagse leven. Volgens mij heb je nog steeds heel wat hartstocht te geven, maar ik denk dat je dat genegeerd hebt. En nu wil je dat uittesten. Het is net zoiets als homo zijn.'

'Wát?' Ik snapte werkelijk niet wat ze bedoelde, en schudde mijn hoofd.

'Soms willen we de grootste waarheid niet zien, en zijn we bang om de meest duistere plekken van ons innerlijk onder ogen te zien. Onze geheime hartstocht.'

'En waarom is dat, E?' vroeg ik. 'Waarom doen we zo verschrikkelijk ons best om juist die dingen die we zo hartstochtelijk graag willen, uit de weg te gaan?'

'Dat weet ik niet. Ik denk omdat we ooit eens van iemand hebben gehoord dat we dat niet mogen. En dan maken we onszelf dat wijs.' Ze haalde haar schouders op. 'Mensen kunnen ontzettend dom zijn, soms.' Ze boog zich naar me toe, glimlachte en drukte een kus op mijn wang. 'Zelfs vrouwen.'

25

Na een verrukkelijk Thanksgivingmaal van kip en *kneidlach*
– waarvan ik er zelfs eentje at omdat ze Elaines specialiteit waren – belde ik naar huis, maar er werd niet opgenomen. Ze waren waarschijnlijk de wandeling naar het meer aan het maken. Ik sprak een boodschap in en wenste ze allemaal een vrolijk Thanksgiving, zei dat ik voor elk van hen dankbaar was, gaf ze een zoen en hing op. Het was een opluchting om mijn verplichte telefoontje achter de rug te hebben. Toen deden Wendy en ik de afwas, terwijl Elaine naar buiten ging om achter het huis met Heloise te spelen.

'Ik ben blij dat je eindelijk bent gekomen, Deena,' zei Wendy, terwijl ze me een van het sop druipend wijnglas aangaf.

Ik spoelde het af onder een dun straaltje warm water en knikte. 'Dank je. En je hebt er geen idee van hoe heerlijk ik het vind om hier te zijn.' Ze glimlachte. Ze was echt knap – lang, golvend rood haar, een prachtige teint en heel lichte sproetjes. 'En helemaal voor Elaines grote dag,' voegde ik eraan toe.

'Ja,' zei ze, met een verliefde grijns. Ze keek naar buiten, naar de verlichte tuin. Het leek of Elaine en Heloise aan het dansen waren. Elaine raapte een grote hoeveelheid sneeuw op, gooide deze hoog in de lucht, en Heloise sprong blaffend op en probeerde de sneeuw in haar bek op te vangen. Wendy en ik bleven even naar hen staan kijken, en glimlachten om het tafereel van zuivere joie de vivre aan de andere kant van het keukenraam.

We deden de rest van de afwas en babbelden er gezellig op los, en ook lachten we zo af en toe om grappige situaties in de tuin. Wendy was bezig het aanrecht af te nemen en ik droogde mijn handen af, toen Elaine het halletje achter de keuken binnenkwam, op de voet gevolgd door Heloise. Ze bleven alle twee staan om de sneeuw van zich af te schudden, en beiden waren in een opperbeste stemming.

'Het sneeuwt weer! Grote, dikke vlokken. Het is prachtig! Laten we glühwein maken en in de jacuzzi gaan!' Ze wreef haar rode handen warm en keek glimlachend van mij naar Wendy en terug.

O, help. Ik was het vergeten, van hun jacuzzi. En dat terwijl we er in de afgelopen jaren regelmatig over hadden gesproken. Ik wist zelfs dat hij zich op het terras van hun slaapkamer bevond. Verdorie! Hoe ironisch! Dan had ik mijn badpak toch mee moeten nemen. Ik ging op mijn hurken zitten, en Heloise kwam naar me toe en drukte haar koude neus onder mijn arm. Ik krabde haar nek en vroeg me af wat ik daarop tegen Elaine moest zeggen.

Ze moest mijn onthutste gezicht hebben gezien. 'Wat?' vroeg ze.

Een beetje beschaamd kwam ik overeind en fluisterde in haar oor: 'Ik heb mijn badpak niet bij me.'

Elaine schoot in de lach. 'Och, allemachtig toch, Deena! Je hebt heus niets wat we niet allang hebben gezien. Of wel?' voegde ze er speels aan toe. 'Maar luister, lieverd,' zei ze nu, zachter en oprecht, 'als het voor jou niet prettig voelt dan kun je mijn badpak wel aan, hoor. Volgens mij hebben we weer dezelfde maat.'

Mijn schroom sloeg om in een warme gloed vanbinnen. Ja, ik hád waarschijnlijk wel weer min of meer hetzelfde maatje als Elaine! Ik ging weer op mijn hurken naast Heloise zitten en sloeg mijn arm over haar rug. Ze kwispelde en likte mijn kin. Ik haalde diep adem. 'Ach wat, ik doe gewoon mee. Maar dan wil ik wel een glas glühwein met iets extra sterks erin.'

Na lange tijd in het bad en een heerlijke warme glühwein, voelde ik me in de jacuzzi in slaap dutten. Ik excuseerde me, verliet de jacuzzi zo elegant als ik maar kon – de alcohol hielp in die zin weinig mee – en als het trapje geen leuning had gehad was ik er nu waarschijnlijk niet meer geweest. Op het moment dat ik uit het bad het terras op stapte, ging binnen de telefoon. Ik keek Elaine vragend aan.

'Laat het antwoordapparaat maar opnemen,' zei ze, mijn vraag wegwuivend. Snel trok ik een dik badlaken uit de stapel in de houten warmkast, en wikkelde het strak om me heen.

'Dát noem ik nog eens een decadente handdoek, Elaine!' Ik trok de bruine velours op tot aan mijn kin, en de damp sloeg van mijn lichaam af, de koude avond in. Het sneeuwde niet meer, maar de temperatuur was gezakt en ik schatte dat het een graad of zes, zeven onder nul was. Te koud om langer hier te blijven staan dan nodig was.

'Nou, heel veel dank voor alles.' Ik wurmde mijn vingers uit mijn badstof cocon en blies ze een handkus toe. 'Welterusten, dames.' Elaine blies een handkus terug. Zodra ik het bad had verlaten, waren ze dicht tegen elkaar aan gekropen. Nu keken ze elkaar even aan en barstten in koor uit met hun eigen versie van 'Goodnight Ladies'. Lachend trok ik de deur open, waar ik enthousiast werd begroet door mijn eigen vriendin.

De volgende ochtend werd ik wakker van de zalige geur van versgezette koffie en gebakken bacon. En het heerlijkste was nog wel dat het door iemand anders was klaargemaakt en beneden op me wachtte.

Ik kleedde me haastig aan en liep naar de trap. Heloise stond bovenaan te kwispelen. Ze zag Elaine, die beneden in de gang stond te wachten.

Elaine moest ons gehoord hebben. Ze had haar badjas aan, haar peper-en-zout-kleurige krullen vormden een aura om haar hoofd. In haar uitgestoken handen hield ze een mok koffie en mijn donsjack. Wat een levensredder was die vrouw. Ze wist dat Heloise zo snel mogelijk naar buiten moest. Ik gaf Heloise het teken dat ze naar beneden mocht, trok mijn jack aan en nam de koffie dankbaar in ontvangst. Elaine en Heloise begroetten elkaar als oude vrienden, en Heloise stak haar kop tussen Elaines knieën en liet zich lekker even kroelen.

Ik nam een slokje van de koffie, en een intens voldaan gevoel maakte zich van me meester. Om uit te kunnen slapen, om een kant-en-klare mok verse koffie aangereikt te krijgen voordat je zelfs maar één woord had hoeven zeggen? Laat staan dat je er iets voor had moeten doen? Dit was hemels. Ik gaf haar de mok terug. 'We zijn zo weer terug.'

Heloise en ik stapten de kou in. Het licht was onverwacht fel, en Heloise en ik knipperden als een stelletje mollen met onze ogen. De wereld strekte zich schoon, wit en schitterend voor ons uit. Takken met een laagje sneeuw erop staken, boven ons hoofd, scherp af tegen de intens blauwe hemel. We waren de eersten die de nog maagdelijke sneeuw van de achtertuin betraden.

Heloise stak eerst haar poten, en toen haar neus in de verse sneeuw. Ze aarzelde met het doen van haar behoefte, en dat kon ik best begrijpen. Ik zou hier ook niet met mijn billen in willen zitten. Ik stampte een plekje sneeuw onder de boom aan en gaf haar het commando. Ze gehoorzaamde onmiddellijk, en ik moest lachen om haar opgeluchte snuit. Toen ze klaar was, trok ze me terug naar de deur, en net als zij verlangde ook ik naar de warmte en iets te eten. We haastten ons naar binnen – ik voorop en Heloise gehoorzaam achter me aan.

Nadat ik mijn laarzen en jack had uitgetrokken, voegden we ons bij Wendy en Elaine in de keuken. Het rook er naar lekker eten en gezelligheid. Elaine had nog steeds haar dikke badjas aan van weelderig zwart velours met grote, kleurige, geometrische motieven erop. Wendy droeg een zakelijk maar elegant mosgroen broekpak dat haar rode haren en groene ogen uitstekend tot hun recht deed komen. Elaine knikte in de richting van de magnetron. 'Je koffie staat daarin. Mag ik Heloise te eten geven?'

'Natuurlijk!' antwoordde ik, mijn mok pakkend. Ik klemde mijn handen om de beker, sloot mijn ogen en nam een slokje. Niet echt zo overrompelend als dat eerste slokje was geweest, maar toch heerlijk warm en verrukkelijk van smaak.

Genietend van het aroma ging ik aan tafel zitten. Ik wist niet of dit nu echt zulke goddelijke koffie was, of dat het alleen maar kwam doordat ik met vakantie was – alleen met mijn Heloise, vertroeteld door twee fantastische vrouwen in een stad waar ik van hield en die ik miste, en met het vooruitzicht van een groot feest. Het voelde als tientallen jaren terug in de tijd. Alleen. Vrij. Midden in de wereld. Het was duidelijk dat er nog steeds iets van die jeugdige Deena in mij leefde. Een vrouw die zich ergens op verheugde. En ik moest toegeven dat dit op zich ruim voldoende was om elke kop koffie tot een godendrank te maken.

'Meisjes, ik moet er vandoor,' zei Wendy, terwijl ze opstond. Ze keek me aan. 'Als ik jou was, zou ik nog maar een koffie nemen en stevig ontbijten. Elaine heeft allerlei plannen met je. Grote plannen.' Ze glimlachte, boog zich naar Elaine toe, gaf haar een vluchtige kus op de wang en beroerde haar andere wang even met haar vingertoppen. De vonk die tussen hen oversprong, was sterk genoeg om een klein huishoudelijk apparaat mee aan de praat te krijgen. Hoe deden ze dat toch? Na al die jaren?

Wendy was al bijna bij de deur, toen ze zich met een ruk weer omdraaide. 'O, Deena. Er is een boodschap voor je op het antwoordapparaat. Dat telefoontje van gisteravond – het waren je kinderen.' Ik bedankte haar. Ze salueerde en ging het huis uit.

Elaine toetste het nummer van hun voicemail in en gaf me de telefoon aan.

'Hé, mam, vrolijke Thanksgiving!' Lainey klonk vrolijk – uitbundig, zelfs. 'Kom even, Matt, jij ook,' Ik hoorde geritsel, en toen zei Matt: 'Vrolijke Thanksgiving, Matt.' Lachen. Een heleboel lachende stemmen, en toen Matt die 'Oef!' zei, vermoedelijk omdat Lainey hem een zet gaf, en toen lachte hij weer. 'Vrolijke Thanksgiving, mam. Ik hoop dat je het ontzettend leuk hebt.' Lainey nam de telefoon weer van hem over. Ik kon haar onder het praten naar een andere kamer horen lopen. 'Je raadt nooit wie er met een kant-en-klare kalkoen met alles erop en eraan voor de deur stond!' Een dramatische pauze. *Was mijn moeder soms gekomen?* 'Amy en Sara en Nan!' kraaide Lainey. 'En we hadden nog wel spaghetti willen eten! Amy had de kalkoen bij de supermarkt besteld, wist jij dat dat kon?' Een luide stem in de verte. 'Wat?' Lainey riep terug en zei dat ze eraan kwam. Ik haalde de telefoon van mijn oor en glimlachte. 'Ik moet ophangen, mam! We beginnen met Monopoly! Hou van je!'

Ik gaf de telefoon terug aan Elaine en ze legde hem op het toestel. Wat ongelooflijk lief van Amy. Stel je voor, dat ze gewoon in staat was om een kant-en-klare kalkoen te kopen! Haar gevoel van eigenwaarde was kennelijk op geen enkele manier gekoppeld aan haar prestaties in de keuken. Ik nam me voor om hier een kerstcadeautje voor haar te kopen. Mijn opluchting nam toe. Nu kon Neil zich niet beklagen over het feit dat hij met Thanksgiving spaghetti had moeten eten.

Nadat ik mijn mok opnieuw had gevuld, ging ik bij Elaine aan de wilde-vrouwen-tafel zitten, op dezelfde plaats als de dag ervoor. Er ging een belletje, en Elaine stond op en haalde een schotel met *latkes* – rösti – en bacon uit de oven. Typisch Elaine. Aan de ene kant een typisch joods gerecht, maar dan wel met varkensvlees erop!

'Kan ik ergens mee helpen?' vroeg ik, toen ze vervolgens een koekenpan met roereieren van het fornuis haalde en op tafel zette.

'Ja. Je kunt de appelmoes en de slagroom uit de koelkast pakken.'

Ik trok de koelkast open. 'Vertel eens, wat zijn dat voor grote plannen die je met me hebt?' Ik voelde me net een klein meisje dat de dag mocht doorbrengen met haar lievelingstante die altijd fantastische avonturen voor haar in petto had.

Elaine brak een stukje erg warme *latke* af, stopte het in haar mond en zei: 'Een ei-ei-elf-eng-ig-kach.'

'Pardón?' vroeg ik, de appelmoes op het aanrecht zettend.

Elaine grinnikte en slikte de hap rösti door. 'Een mij, mijzelf en ik-dag. We gaan een heel ander mens van je maken, lieverd. En dan moet je nóg maar eens naar die gordijnen kijken.'

'Attentie, attentie, Madison City, we komen eraan!' brulde Elaine uit haar open raampje terwijl we in haar Volvo stationcar Johnson Street af scheurden. 'Eerste halte: Evan!'

'Hé, idioot, doe dat raampje dicht!' riep ik lachend. 'Het vriest! En wie is Evan?' vroeg ik, terwijl ik naar achteren reikte om Heloise een aai te geven. Ze zat als een vorstin op de achterbank. Elaine had lijsten en andere schilderspullen in de achterbak, dus we hadden Heloise op de achterbank gezet. Ik zag aan haar snuit dat ze het als een promotie beschouwde. Ze stak haar neus tussen de twee stoelen door en leek daarmee om een volgende promotie te vragen.

'Evan geeft je een fantastisch nieuw kapsel,' zei ze, over Heloise's kop heen reikend om zachtjes aan mijn paardenstaart te trekken.

Ik raakte in paniek. Jarenlang had ik me alleen maar laten knippen. Alleen als ik hoofdpijn had, waagde ik het mijzelf te verwennen met ook wassen erbij. En ik ging ook alleen maar naar heel goedkope kappers. Het idee van 'naar Evan' te moeten om mijn haar te laten knippen, klonk me veel te duur en veel te riskant.

'Eh, Elaine, die Evan werkt zeker niet bij een *Quickie Clips*, hè? En daarbij, ik ben niet zo heel lang geleden nog bij de kapper geweest...'

'Ik breng je niet naar Evan voor een gewone knipbeurt, Deena. Je krijgt een heel nieuw hoofd. Je moet gaan beseffen dat je nog steeds meedoet met de wereld. En nee, Evan is eigenaar van een fantastische salon, *Deedee Sweet*. Maar je hoeft je geen zorgen te maken, hoor, want deze hele dag is mijn cadeautje aan jou. Je verjaardags- en kerstcadeautje. En we maken er een geweldige dag van!' Ze lachte quasi-vals en gaf me een klopje op mijn knie.

Deedee Sweet. Wat een naam. Mijn meest gehate bijnaam nog wel. Ik voelde er niets voor om mijn lokken, hoe muiskleurig en onopvallend ze ook mochten zijn, over te dragen aan iemand die zijn kapsalon *Deedee Sweet* had genoemd. Maar even later reed Elaine de besneeuwde parkeerplaats van een klein winkelcentrum op en vond een vrij plaatsje, pal voor de ingang van de kapperszaak. Boven de ingang hing een bijzonder duur aandoend bord – een ondergrond van een materiaal dat mat platina leek, met koperen letters erop – met de naam van het bedrijf: SALON DIX DIX-HUIT. Ik herinnerde me nog voldoende van het Frans dat ik vroeger op school had geleerd om te weten dat dat 'tien achttien' betekende, en dat je dat uitsprak als 'Die dieswiet', oftewel, *Deedee Sweet*! En dat was het huisnummer van de zaak! Ik schoot in de lach terwijl Elaine de motor afzette. 'We zijn er, lieverd. Je nieuwe ik staat op je te wachten!'

Mijn gezicht verstrakte en ik greep me beet aan de zitting van mijn stoel.

Evan was uiterst vriendelijk en haastte zich me te kalmeren en gerust te stellen. Hij verzekerde me dat ik wég zou zijn van het resultaat en dat hij 'voor een passende omlijsting van dat beeldige hartvormige gezichtje van je' zou zorgen 'en je levenslast zou verlichten door je haar van lichtende zonnekussen te voorzien'. Ik geef toe, het was overdreven en belachelijk, maar desalniettemin voelde ik me als een prinses, compleet met een dienstmeisje in de gestalte van een jonge vrouw die me, terwijl ik met talloze stukjes aluminiumfolie in mijn haar zat te wachten, koffie bracht in een mooie porseleinen kop met schotel. Op een gegeven moment zag ik mezelf in de spiegelwand aan de andere kant van de ruimte. Ik zag eruit als een slagveld van aluminiumfolie. Elaine, die naast me zat, had een kleurtje gekregen om het grijs te camoufleren, en nu had ze een crèmebehandeling in haar haren en een plastic zak om haar hoofd. Wat wrang vroeg ik me af hoeveel belegde boterhammen bewaard hadden kunnen worden in de folie op míjn hoofd, en die grote plastic zak om dat van haar.

Maar uiteindelijk moest ik Evan gelijk geven. Ik was helemaal wèg van mijn nieuwe haar. Elaine was eerder klaar geweest dan ik en ze was met Heloise gaan wandelen. Toen ze de salon weer binnenkwam, keek ik op van het tijdschrift waarin ik zat te lezen.

'Help! Je ziet er fantástisch uit!' riep Elaine. Heloise, die blij was dat ze me weer zag, begon te kwispelen. Haar maakte het niet uit hoe mijn haar zat. Ik maakte een pirouette en gaf Evan een spontane zoen. En toen Elaine. En ten slotte Heloise.

Elaine betaalde de rekening (ik stelde geen vragen en bleef uit de buurt) en we keerden terug naar de auto. Ik kon het niet helpen, maar móést gewoon even in de buitenspiegel kijken. Ik was zo goed als onherkenbaar. Wat vanochtend nog redelijk lang, onopvallend, saai bruin haar was geweest, was nu schouderlang en in laagjes geknipt op een manier waarop het, volgens Evan, 'als een voorjaarsbries' bewoog. De highlights gaven mijn gezicht inderdaad iets stralends, waardoor het leven ook meteen iets luchtigers en speelsers kreeg. Ik voelde me tien jaar jonger en was klaar voor ons volgende avontuur.

Heloise sprong op de achterbank en ging liggen. 'Het is zoooo leuk om winkels met haar binnen te gaan,' zei Elaine enthousiast, terwijl ze de auto startte. 'Het voelt net alsof je met de koningin van Engeland bent, of zo.'

'Ik weet het. Het is soms wel heel overweldigend, hè, de aandacht die ze trekt.'

'Overweldigend? Welnee! Ik vind het heerlijk!' zei ze. Ze had een kleur van opwinding, en keek achterom over haar schouder om van de parkeerplaats te rijden.

'Je ziet er geweldig uit, Elaine,' zei ik. 'En ik voel me fantastisch. Nogmaals heel, heel erg bedankt.' Ik kon het niet helpen. Ik sloeg het zonneklepje neer en bewonderde mijn haar opnieuw. 'Hij is echt goed, hè?'

'Soms krijg je echt waar voor je geld, Deena,' zei ze, terwijl ze naar de uitgang van de parkeerplaats reed.

Ik negeerde haar opmerking die op mijn legendarische, op mijzelf gerichte zuinigheid sloeg. 'En waar gaan we nu naartoe?' vroeg ik, van onderwerp veranderend. Ik was echt opgewonden. Ik was zó in mijn nopjes over het resultaat van de 'eerste halte' dat ik bereid was om me volledig bij haar plannen neer te leggen.

Ineens gaf ze gas en reed door een hoop sneeuw die door een sneeuwschuiver langs de oprit was geduwd. 'Winkelen!' riep ze, terwijl de sneeuw aan beide kanten van de auto opspatte.

Het was lunchtijd toen we bij het grote winkelcentrum kwamen, en opnieuw nam Elaine Heloise's riem vast. Op deze dag na Thanksgiving leek iedereen min of meer een slechte bui te hebben, want overal zagen we sombere gezichten. Heloise, echter, wist zelfs aan de meest chagrijnige mens een glimlach te ontlokken, en zoals gewoonlijk werd er van alle kanten naar haar gewezen. Elaine wuifde naar de mensen alsof ze de koningin van het bloemencorso was.

'Honger?' vroeg ze. We waren op de afdeling waar de restaurants waren, en ze bleef staan.

'Nou, eigenlijk nog niet. Ik zit nog vol van dat ontbijt wat je hebt gemaakt.'

'Ik ook. Laten we dan eerst maar naar Vicky gaan, dan kunnen we daarna bij Maddie gaan lunchen. Het is hoe dan ook verstandig om vóór het eten naar Vicky te gaan.'

Vicky. Een plaatselijke dure boetiek? Een leuke maar betaalbare (dat hoopte ik tenminste) juwelier? Ik genoot alleen al van het raden. We liepen gearmd, en met Heloise links van Elaine, door het winkelcentrum.

Mijn hart sloeg een paar slagen over toen Elaine vaart minderde voor de laatste winkel die ik verwacht had. Vicky bleek Elaines codenaampje voor Victoria's Secret te zijn.

'Elaine!' siste ik, naar haar toe gebogen en met mijn hand voor mijn mond. 'Ik háát deze winkel.'

Elaine bleef staan en keek me verbaasd aan. Heloise was al met één poot naar binnen gestapt en stond, met gespitste oren en haar kop schuin, strak naar een enkel lovertje te kijken dat op de vloerbedekking lag te glimmen. 'Laat liggen, Heloise. Nee,' beval ik. Haar lichaam beefde en trilde van verlangen. Ze kon dat lovertje al bijna proeven, en het lag letterlijk voor het oprapen. Maar ze deed het niet. Ik zag dat het haar de grootste wilskracht kostte om de verleiding te weerstaan. 'Brave hond,' beloonde ik haar. Ik nam de riem van Elaine over en draaide me om, om weg te gaan. 'We wachten buiten wel op je.'

'Wacht!' zei ze, me aan mijn jack weer de winkel in trekkend. 'Wat is er mis met Victoria's Secret?' Ik had gefluisterd, maar dat deed zij niet. Ik kreeg een kleur en voelde me beschaamd. Ik keek naar Heloise, die vragend naar me opkeek omdat ze niet wist wat er van haar verwacht werd. Ze had het lovertje weerstaan. Ik was zo trots op haar. Ze had zóveel geleerd.

Ik keek de winkel rond. Er waren twee verkoopsters – beiden waren blond, de ene was in de twintig en de andere een jaar of achttien – met klanten bezig. Maar achter de kassa zat een vrouw met donker haar, die ongeveer van mijn leeftijd was. En ze was ook niet broodmager. Ze droeg een vrolijke turkooizen blouse en een grote bril met schildpadmontuur, die aan een bonten kralenketting om haar hals hing. Ze was vrolijk en lachend in gesprek met een klant die voor de toonbank stond. En die klant! Zíj was eerder van de leeftijd van mijn moeder dan van de mijne.

'Vooruit dan maar,' zei ik. 'Heloise, kom mee!' We liepen de winkel verder in, en zoals gebruikelijk werd er van alle kanten eerst glimlachend en vol bewondering naar Heloise, en vervolgens naar mij gekeken. Heloise liep met opgeheven hoofd en liet zich niet meer afleiden door wat er verder mogelijk nog op de vloer zou kunnen liggen. Ik volgde haar voorbeeld en liep ook met opgeheven kin en probeerde een zelfverzekerde indruk te maken.

Elaine en ik bleven staan om aan verleidelijk geurende, satijnen oogmaskers te voelen. Ik haalde een prachtig rood met gouden exemplaar uit de bak. Ik moest meteen aan Amy's kamerjas denken. Het zou het ideale kerstcadeautje voor haar zijn, een manier om haar te bedanken. Ik vond er eentje in een doosje en liet Elaine, die een groen exemplaar in een doosje voor Wendy wilde hebben, verder zoeken.

Terwijl Heloise en ik langs een veelheid van rekken, stellingen en bakken vol kleine slipjes en behaatjes liepen, kreeg ik opeens een visioen van een kerstboom die met die kleurige niemendalletjes versierd was. Geamuseerd bij het idee schudde ik mijn hoofd, en mijn nieuwe haar zwiepte luchtig rond mijn schouders. Grinnikend keek ik achterom naar Elaine om haar naderbij te wenken. Het zou me niet eens verbazen als ze het idee in praktijk wilde brengen – een Victoria's Secret Slipjesboom. Maar er stonden twee andere vrouwen van middelbare leeftijd tussen ons in die een minuscule, met veertjes afgezette tanga ophielden en onbedaarlijk moesten lachen. Toen ze me zagen kijken, trokken ze wit weg.

'Die veertjes zijn voor de warmte,' zei ik, waarop we alle drie in de lach schoten.

'Ik wil niet overdrijven, maar dit is verduveld nog aan toe de lekkerste salade die ik ooit heb gegeten!' Ik boog me naar voren en stopte nog een hap kip met mandarijntjes in mijn mond.

'Als je het mij vraagt,' zei Elaine, 'zijn het die slipjes die aan het woord zijn.'

Nadat we in Victoria's Secret succesvol inkopen hadden gedaan, waren we terechtgekomen in een allerliefst restaurantje dat Maddie's heette. Elaine zwaaide regelmatig naar allerlei mensen die ze kende. Sommigen waren naar onze tafel gekomen om iets over de expositie van de volgende dag te zeggen.

'Zo te horen wordt het stampvol morgenavond, niet?' vroeg ik haar op een gegeven moment.

Elaine wist dat ik niet zo'n liefhebber van menigten was. 'Je hoeft nergens bang voor te zijn. Het wordt een knalfeest, wacht maar af. Maar eerst –' Ze ging rechtop zitten, sloeg haar handen onder haar kin in elkaar en boog zich naar me toe. 'Eerst gaan we een spéctaculaire jurk voor je kopen.' Ik begon te protesteren, maar ze wiebelde haar vinger heen en weer. 'Stil, jij! Een mens heeft tegenwoordig nog maar zo weinig gelegenheden om zich echt mooi te kunnen maken. Dus, zo lang een van ons niet wordt uitgenodigd voor een inwijding of een kroning en de ander vraagt om mee te gaan, is mijn vernissage voorlopig onze enige kans om optimaal te laten zien wat we in huis hebben!'

'O, maar ik héb al iets prachtigs,' zei ik, het roze met wit gestreepte tasje optillend dat bij mijn voeten stond. Met deze vleeskleurige, enigszins 'push-up'-achtige, satijnen beha en bijpassend slipje, zou ik me zelfs in mijn coltrui en dikke vest nog sexy voelen. Ik had aanvankelijk een paar gebloemde katoenen onderbroekjes uitgezocht bij Victoria's Secret, maar Elaine had ze uit mijn hand gegrist en me naar de setjes met tijgermotief geduwd. En daar waren we tot een compromis gekomen.

'Om híér nog maar over te zwijgen,' zei ik, mijn haren ophoudend. 'En trouwens, ik heb een jurk bij me, weet je. Je hebt echt al meer dan genoeg gedaan. Heus, Elaine.'

Ze stak haar wijsvinger op. 'Eén jurk maar. Alsjeblieft?'

'Moet je horen, de kapper was echt een enorm verjaardagscadeau, en ik ben er helemaal wèg van! En het –' ik boog me naar haar toe en vervolgde fluisterend– 'ondergoed is een prachtig kerstcadeau. Maar, E, genoeg is genoeg.'

'Kom nou maar met me mee naar die winkel.' Ze pakte mijn hand. 'Ik wil niet bot zijn, Deena, maar ik weet dat je je dit niet kunt veroorloven. Wendy verdient een heleboel geld, en mijn kunst begint ook steeds beter te lopen. We hebben geen kinderen en hoeven geen schoolgeld te betalen. We hebben zelfs geen hond om te eten te geven.' Ze reikte onder tafel naar Heloise die, zoals gewoonlijk, weer eens haar beste restaurantgedrag toonde en doodkalm op de grond lag en om zich heen keek. 'Laat mij je nu voor één dagje verwennen, alsjeblieft. Alsjeblieft?'

'Ik weet gewoon niet hoe ik dit allemaal moet accepteren,' zei ik zacht. Ze gaf een klopje op mijn hand.

'Dat weet ik, en daar gaat het ook om, lieve. Jij weet niet hoe je van anderen iets aan moet nemen. Het hoeft echt niet altijd van jou te komen, D. En daarbij, wacht nu maar eerst eens af tot je die jurken hebt gezien!'

De winkel was klein maar onvoorstelbaar. Een très chic boutique. Er stonden pakweg vijftien ronde rekken waaraan uitsluitend de meest schitterende creaties hingen van zijde, chiffon, satijn en ik weet niet wat voor andere prachtige stoffen nog meer. Je kon het je zo sexy, verleidelijk en opwindend niet voorstellen of ze hadden het er wel. Er waren lange japonnen, japonnen tot halverwege de kuit en jurkjes die bijna obsceen kort waren. Er waren er met een open rug, met één of meerdere heel dunne schouderbandjes, en ook met een hooggesloten halsje maar met blote schouders. Een groot deel – heuse kunststukken – was van met de hand geverfd materiaal. Alles wat ik aanraakte, was zacht, soepel en elegant. Ik had nooit verwacht dat ik zo'n japon zelfs maar zou mogen pássen.

Langzaam duwde ik de hangertjes over het ene cirkelvormige rek na het andere, op zoek naar iets wat ik ook voor een andere gelegenheid aan zou kunnen. Maar ze waren allemaal veel te mooi voor de gelegenheden en diners waar ik voor werd gevraagd.

'Wat vind je van deze?' Elaine hield drie jurken op – de ene was een prachtig, vloeiend en golvend aandoend geheel van groenblauwe zijde, waarin ik me een zeemeermin zou wanen die de oceaan aan had. De tweede had spaghettibandjes en was, op drie oranjerode klaprozen op de voorzijde na, helemaal zwart. En nummer drie leek bijna een heus Grieks gewaad. Hij bestond uit twee lagen – de onderste van mokkakleurig satijn, met daaroverheen een doorschijnende laag van ragfijne, botergele zijde. Het algehele effect was goudkleurig. De creatie had een laag, maar niet ordinair laag decolleté, een reeks kleine, soepele plooitjes die op suggestieve wijze over de boezem vielen, een strakke taille en een rok die tot op de knieën viel.

'Die gouden jurk is te klein,' zei ik, met een blik op de taille.

'Nou, Deena-leh, ik denk van niet! Volgens mij moeten je ogen nog wennen aan die nieuwe maat van jou. Waarom probeer je ze niet alle drie?' Ze drukte ze me alle drie in de armen. Volgens mij had ze evenveel plezier als ze als meisje van tien had gehad moest hebben toen ze haar Barbie al haar mooie feestjurken aantrok.

Ik ging naar een paskamer en kleedde me uit. Helemaal. Ik hield de gouden jurk op zijn hangertje voor me. Misschien. Nadat ik hem aan het haakje had gehangen, pakte ik het tasje van Victoria's Secret. Pas toen ik mijn nieuwe beha en slipje had aangetrokken, liet ik de gouden japon over mijn hoofd glijden. De stof streelde mijn huid, en leek voor mijn lichaam gemaakt te zijn. Ik keek in de spiegel.

Wauw. De kleur van de stof en de highlights in mijn haar leken elkaar te versterken, met het gevolg dat ik er in die jurk gewoon góéd uitzag. Zo had ik er van mijn leven nog nooit uitgezien. Ik hoefde de andere japonnen niet eens te proberen. In deze jurk kon ik de hele wereld aan. Ik voelde me sterk in deze jurk. Sterk en imponerend.

Maar eerst zou ik mijn benen moeten scheren.

26

We hadden de avond nodig om bij te komen van ons winkelavontuur. Opnieuw genoten we van een lekker drankje en de jacuzzi, maar deze keer koos ik voor druivensap. Ik sliep er heerlijk op, en die ene keer dat ik wakker werd, liet ik mijn hand over de rand van het bed vallen om Heloise aan te raken, die eveneens heel tevreden op een grote gewatteerde deken lag te slapen. Ik glimlachte, draaide me op mijn andere zij en viel opnieuw in een droomloze slaap.

Zaterdagochtend maakten Heloise en ik, om Elaine en Wendy een beetje privacy te gunnen, een lange wandeling naar de stad. Het was heerlijk fris weer met een zonnetje. Ik kocht champagne voor bij de verrassing die Wendy – dat had ze me verteld – die avond vóór de opening voor Elaine had voorbereid, en ook nog een pot geurige witte narcissen voor in hun woonkamer. Daarna deden we het in de voormiddag lekker rustig aan, dronken uitvoerig thee en kwebbelden over van alles en nog wat. Om drie uur begonnen we ons klaar te maken. We hadden er uren voor nodig, maar het was gewoon leuk om rustig te douchen en elkaar te kunnen helpen met dingen als ritsen, haarspelden en kettingen. Misschien wel de grootste verrassing voor mij die middag, was toen Wendy mijn goedkope (maar nieuwe!) panty uit mijn handen pakte en me er een doosje kostbare kousen voor teruggaf, die als zijde voelden op mijn geschoren benen. De uren vlogen om – het plezier, de complimentjes, de geruststelling en het gevoel van 'meisjes onder elkaar' was tijdloos.

'Je ziet er fantastisch uit, E,' zei ik. Ik nam haar handen in de mijne en bewonderde haar nauwsluitende, knielange, fonkelende rode jurk. Ze had, aan één kant, een klein, schitterend speldje in haar haren – een cirkeltje van echte diamantjes en robijnen. In een haarspeld! En die had ze niet van Wendy gekregen, maar van zichzelf.

'Dank je! Jij ook. Zie je nu wel? Is dit niet leuk? Ik heb het gevoel alsof ik naar mijn eerste schoolfeest ga en tot de koningin van het bal word gekroond!' riep ze uit.

Ik lachte en knikte, maar had geen behoefte om haar erop te wijzen dat er op schoolfeesten geen balkoninginnen worden gekroond, en dat het om twee verschillende evenementen ging.

Buiten toeterde Wendy's verrassing. Snel trokken we onze jas aan, en ik haalde vlug de fles champagne uit de koelkast. Wendy voelde aan de katoenen tas over haar schouder. Haar knipoog vertelde me dat ze de glazen had. We gingen naar buiten en Elaine klapte als een klein kind in haar handen. De witte stretch-limousine vormde de perfecte omlijsting voor wat dé avond van Elaines leven beloofde te zullen worden.

De chauffeur was, om het instappen zo gemakkelijk mogelijk te maken, onder de carport gaan staan, waar het droog was. Even later zaten we met zijn vieren op de hoefijzervormige leren bank. Elaine had nog steeds een blos van opwinding en trots. Ik wist dat ze jarenlang keihard had gewerkt voor deze grote expositie. Het was haar debuut als gevierd kunstenares.

Wendy en Elaine zaten op de achterste bank, met hun gezicht naar voren, en ik zat opzij, met mijn gezicht naar hen toe. Wendy trok de champagne open – heel voorzichtig om niets op haar zilvergrijze broekpak te morsen. Haar lange rode haren waren opgestoken en werden met een lange, zilveren speld op de plaats gehouden. Ze was het toonbeeld van chic. Heloise lag middenin op de vloer. Afgezien van haar gebruikelijke *K-9 Eyes*-dekje, had Elaine haar voor de gelegenheid ook een schitterende zilveren strik om gedaan.

'Oei!' riep Wendy lachend uit. De champagne borrelde over de zijkant van haar glas toen de limousine over de hobbels van verharde sneeuw op het wegdek reed. Ze boog zich naar voren en dronk van het overvolle glas, terwijl Heloise geen moment aarzelde en werk maakte van de paar druppels die op de vloerbedekking waren gevallen.

Toen we alle drie een vol glas in de hand hadden, bracht Wendy een toost uit.

'Op mijn grote liefde, wier hartstocht voor zoveel dingen de hartstocht in óns leven levend houdt.' We klonken, en hadden alle drie tranen in de ogen.

'Niet huilen, verdorie! Mascara!' blafte Elaine. Ze keek naar boven, knipperde als een gek met haar ogen en wapperde met haar vrije hand verse lucht naar haar ogen.

Een kwartier later moesten we ons haasten om de champagne op te krijgen, want we waren op onze bestemming aangekomen – bij Gallery One, juist om het hoekje van het grote plein. De chauffeur deed het portier open, en Elaine, die als eerste uitstapte, werd door haar glunderende vrienden, die rillend onder de luifel stonden te wachten, met een enthousiast applaus begroet. Twee van hen rolden een rode loper uit – van de ingang van de galerie tot aan de stoeprand. Ze boog haar hoofd naar achteren en lachte, alsof ze een Hollywoodster was. Wendy wees me deze en gene aan om me alvast een paar namen te vertellen, en zei erbij dat de meesten tot Elaines kliek van kunstvrienden behoorden die hadden aangeboden om de expositie tot in de puntjes te verzorgen en voor de catering te zorgen zodat Elaine de afgelopen twee dagen vrij had kunnen nemen. Ik was me er dankbaar van bewust dat ze die twee vrije dagen in hun geheel aan mij had besteed. Aan de manier waarop ze naar haar keken, zag ik dat ze haar op handen droegen. Ik voelde me trots en vereerd om ook haar vriendin te mogen zijn.

Wendy gebaarde me dat ik als tweede uit moest stappen, en ik knoopte de witte wollen jas dicht die ze me had geleend, en waarvoor ik ook haar intens dankbaar was. Mijn donsjack zou het effect van de jurk wel heel erg bedorven hebben.

Ik strekte mijn benen, pakte de uitgestoken hand van de chauffeur, en was enorm dankbaar voor zijn stevige greep en de rode loper. Ik had me al afgevraagd hoe ik op deze sexy hooggehakte sandalen – die eveneens van Wendy waren – door de sneeuw zou moeten baggeren. Ze pasten perfect bij de jurk, maar ze waren me wel een maatje te groot. Maar het was óf dit, óf mijn bruine instappers. Ik had al lang geen hoge hakken meer gedragen, en ik vond het al moeilijk genoeg om ermee over een normale, droge vloer te lopen, laat staan over een besneeuwde stoep. Ik hees het lange, smalle bandje van het zwartsatijnen avondtasje dat Elaine me had geleend over mijn schouder. Het enige wat ik erin had zitten, waren mijn creditcards, Neils tweehonderd dollar en een lippenstift, maar het stond chic. Al met al – met de kapper, de cadeaus en alles wat ik had kunnen lenen – hadden Elaine en Wendy een echte Assepoester van me gemaakt.

Zodra ik was uitgestapt, gaf ik Heloise het commando dat ze uit de auto moest springen. 'Oké, meisje, we gaan!' zei ik enthousiast, maar Heloise vond het niet erg logisch om de mooie, warme en goed verlichte limousine te moeten verruilen voor de donkere en bitter koude avond. Pas toen Wendy haar een zetje had gegeven en ik aan haar riem had getrokken, sprong ze met tegenzin op de rode loper.

Op hetzelfde moment begon het groepje onder het afdak 'ooo' en 'ah' te roepen. Elaine draaide zich met een stralende glimlach naar mij om en stak haar hand uit naar de riem, die ik lachend aan haar overdroeg. Ik had me niet gerealiseerd hoe verliefd Elaine op Heloise was, en hoe ze genoot van alle aandacht die Heloise trok. Ik vermoedde dat het wederzijds was. Toen Wendy uitstapte, begon het groepje opnieuw te klappen, en vervolgens haastten we ons alle drie de warme galerie in.

Het eerste wat opviel, was de enorme hoeveelheid kleur. Het formaat van de doeken aan de wand varieerde van opvallend klein tot enorm, en alle maten ertussenin.

Ik was op slag diep onder de indruk. Elaine was een meester van de kleur. Elk werk was een bonte explosie. De meeste waren van plaatselijke taferelen in en om Madison. Het terras bij de universiteit. De boerenmarkt in het centrum. De draaimolen van Ella's Deli. Kinderen die op de oever van Lake Monona met emmers aan het spelen waren. De schaatsers in Tenny Park. Ik liep terug naar het schilderij van Ella's Deli. Ongelooflijk. Uitgelaten kinderen op de dieren van dc draaimolen. Ouders die langs het hek eromheen stonden te wachten, maar met totaal verschillende uitdrukkingen op het gezicht. Sommigen van hen waren met elkaar in gesprek, anderen waren opgelucht dat ze even niet op hun drukke kinderen hoefden te letten. Vlakbij, op een bankje, een oude man die, met zijn hoed op zijn hoofd, naar de kinderen zat te kijken. Ik zocht naar woorden om de uitdrukking op zijn gezicht te omschrijven, en schudde mijn hoofd van puur ontzag. De kleur, de gezichten, de vaart die erin zat. Elaine zou heel groot worden. Ik slenterde verder. De werken in het volgende gedeelte hadden meer een fantasie-karakter. Mijn aandacht werd getrokken door het kleinste van alle tentoongestelde werken, een doek vlak bij de bar. Ik liep erheen. Het was ongeveer vijftien bij vijfentwintig centimeter groot. Op een donkerblauwe ondergrond stond een perzikkleurige vrouw afgebeeld. Ze hield haar armen boven haar hoofd gestrekt en had haar kin opgeheven alsof ze op het punt stond een duik achterover te nemen. Ze glimlachte op naar een veelkleurige zon waarvan de stralen bovenaan nog maar net zichtbaar waren. Pas toen ik wat beter keek, zag ik dat de vrouw onder haar armen werd opgetild door honderden vrouwelijke engeltjes. De titel luidde simpelweg '*Woman*', en op het prijskaartje stond $100.00. Ik liet mijn wijsvinger even over de lijst gaan, en haastte me toen, met mijn hand al in mijn tas om het geld te pakken, terug naar Elaine.

Ik had ruim een minuut nodig om door de mensenmassa heen te komen. Doordat ik haar van achteren naderde, kon ze me niet zien, maar Heloise had me wel opgemerkt. Ze zat naast Elaines voeten en ging staan om me te begroeten, en haar wild kwispelende staart sloeg tegen meerdere schenen. Ik legde mijn hand om haar snuit en drukte een kus op haar voorhoofd. Elaine draaide zich grinnikend naar mij om. 'O! Jongens, dit is mijn vriendin! Mijn fantastische vriendin Deena! Uit Colorado!' Elaine sprak vanavond uitsluitend in uitroeptekens. Ik schonk de groep een verlegen glimlachje.

De mensen zetten hun gesprekken weer voort, en ik boog me naar Elaine toe. 'E? Dat schilderijtje, *Woman*?' Ze knikte.

'Het is verkocht,' zei ik nadrukkelijk, terwijl ik haar een van Neils dubbelgevouwen briefjes van honderd dollar in de hand drukte.

Ze zette grote ogen op en spreidde haar armen. 'Fantastisch!' Ik beantwoordde de omhelzing. De menigte drong zich opnieuw aan ons op. Ik voelde me gedwongen om Elaine af te staan aan de tientallen bezoekers die in de rij stonden om haar geluk te wensen.

'Tot strakjes, lieverd. Het is geweldig, Elaine.' Ik gebaarde om me heen. 'Het is echt geweldig. Wil je Heloise nog bij je houden?'

'Ha, wat dacht je!'

Ik drukte haar hand en keerde terug naar mijn schilderij. Míjn schilderij!

Ik had nóg een briefje van honderd dat een gat in mijn zak brandde. Misschien dat ik nog iets zou kopen. Ik keek rond, maar alle andere doeken waren groter, en daarmee kwam ik tot de conclusie dat ik niets meer voor dit geld zou kunnen krijgen. Opnieuw keek ik naar '*Woman*', en elke keer dat ik mijn blik erover liet gaan, vond ik het mooier. Het was genoeg. Het was volmaakt. Ik zuchtte en keek zenuwachtig om me heen. Achter in de galerie was een aparte hoek waar alle door Elaine beschilderde meubels tentoongesteld stonden. Ze waren allemaal in de stijl van de keukentafel.

Hoewel ik al een beetje licht in mijn hoofd was van de champagne, wilde ik eerst naar de bar, al was het maar om een glas te hebben waaraan ik me vast kon houden. Afgezien van Elaine en Wendy kende ik hier niemand, en alle twee werden al door een menigte belegerd. Ik realiseerde me dat het een lange avond zou worden, maar hopelijk zou het niet zo'n marteling zijn als Neils schoolreünie een paar jaar geleden. Ik weet nog steeds niet waarom ik daar naartoe ben gegaan. Vermoedelijk het zoveelste geval van misplaatst plichtsgevoel.

'Wat kan ik voor je maken?'

Wauw! Wat een knappe barkeeper! Dik, golvend, donker haar en ijsblauwe ogen. Zo moest Bill er in zijn jonge jaren uit hebben gezien, schoot het door me heen, hoewel beide mannen voor de rest nauwelijks enige gelijkenis vertoonden. Deze man was zelfs nog knapper! Ik voelde me vanbinnen warm worden, en dankzij de champagne was ik moediger dan normaal.

'Hm, ik weet niet,' zei ik, een beetje flirtend. Hij was echt sexy – sexy met een hoofdletter. Hij droeg een wit katoenen overhemd, en het zou me niets verbazen als hij homo was. Maar in mijn fantasie kon ik hem van alles toedichten, immers, niemand kende me hier en ik woonde hier niet. Daarbij realiseerde ik me dat het in zekere zin veilig voelde om te flirten met een man die ik van mijn leven niet meer zou zien. 'Wat is de meest mondaine cocktail die je kent?'

Hij lachte, en zwiepte, met een sexy draai van zijn hoofd, zijn pony uit zijn gezicht. 'Nou, dat hangt waarschijnlijk af van wat je mondain noemt. Hoewel, er is een cocktail die Mondaine heet – er zit rum in, cranberrysap, meloenlikeur en een beetje Fanta-citroen. Ik doe er een schijfje limoen bij. Wil je er een?' Hij trok zijn wenkbrauwen op en keek me uitnodigend aan. Hoe kon deze man ooit met ijsblokjes werken? Hij hoefde er maar naar te kijken, dacht ik, en ze zouden op slag smelten.

Ik knikte omdat ik ineens niet wist wat ik terug moest zeggen.

Terwijl hij een cocktailglas en zijn shaker pakte, verzon ik zijn verhaal. Hij was hetero, op zoek naar een ouder en wijzer iemand, maar niet iemand om een vaste relatie mee te hebben. Waar het hem om te doen was, was een ervaren vrouw die het kon waarderen om met

272

jeugdige seks te worden verblijd. En hij heette... Trevor, besloot ik.

Ho, ho! Wat was hier aan de hand? Wat voor bizar spelletje waren mijn hormonen aan het spelen? Ik was van een nagenoeg aseksuele vrouw veranderd in een vrouw die ineens weer zin had in seks. Wanneer, dat was niet duidelijk, maar mogelijk wel binnen afzienbare tijd.

Vertel eens, Trevor. 'Ben jij ook kunstenaar?' vroeg ik, terwijl ik, zonder te weten waarom, mijn rechterwijsvinger op de tafel zette. Waarschijnlijk omdat ik dat in een film had gezien, of zo. Ik knipperde onwillekeurig met mijn wimpers en ging rechter op staan. Te veel films.

'Nee, hoor, mijn terrein is heel wat minder lucratief,' antwoordde Trevor met een glimlach. Volmaakte witte tanden. Het werd warmer in de galerie. Toen drongen zijn woorden tot me door.

'Minder lucratief dan dat van een hongerlijdende kunstenaar? Weet je wel dat ze hier al jaren mee bezig is, en dat dit haar eerste belangrijke expositie is? Ze begint nu pas echt te verdienen met haar werk.' Help, hoe defensief had dat wel niet geklonken?

Trevor glimlachte opnieuw, en heel even hield zijn blik de mijne vast. Of keek hij naar mijn kraaienpootjes? Nee, Trevor zou mijn ogen aantrekkelijk vinden – diepe poelen die getuigden van ervaring en een wijze kijk op het leven.

'Ja, dat weet ik, maar afgezien van het onderwijs is er voor wat ik doe helemáál geen markt te vinden. Ik ben bezig met mijn doctoraal filosofie,' vertelde hij, terwijl hij met drie lange, vloeiende, op en neer gaande bewegingen van zijn arm rum in de shaker schonk. 'Er zijn tegenwoordig vrijwel geen steden meer te vinden die bereid zijn om grote denkers te betalen voor de eer hen in hun midden te mogen hebben.' Uit een groene fles met een meloen erop, schonk hij een flinke scheut bij de rum.

'Was dat vroeger dan wel het geval?' vroeg ik. Het cranberrysap ging erbij. De open boord van zijn overhemd ging wat verder vaneen toen hij zich opzij draaide om de fles in de koeler terug te zetten, en ik zag precies de juiste hoeveelheid borsthaar.

'Nou, nu je het zegt, nee, waarschijnlijk niet,' antwoordde hij grinnikend, terwijl hij zich weer naar mij toe draaide. En nu een scheut Fanta-citroen. Hij schudde de zilveren shaker en keek me ondertussen recht aan.

'Hi-hi,' lachte ik dom, maar ik voelde me fantastisch.

Hij schonk het drankje in een glas, klemde een schijfje limoen op de rand en gaf het aan me met een roze servetje erbij. Ik nam een slokje. Help. Sterk. Verrukkelijk.

'Mmm, lekker!' zei ik, alhoewel ik vermoedde dat er iets mondainers te zeggen moest zijn van deze godendrank.

Trevor ging weer op zijn kruk zitten, sloeg zijn armen over elkaar en vond het kennelijk nog steeds plezierig om naar me te kijken. Om met de nodige intensiteit naar me te kijken. Ik nam nog een slokje. Als dit geen flirtende blik was waarmee hij naar me keek, wat was het dan wel? Goede vraag. Alsof ik wist wat flirtende blikken waren. Ik nam nog een slokje en bedacht dat ik, terwijl hij zo naar me zat te kijken, iets grappigs zou moeten zeggen. Maar voor hetzelfde geld zat ik er helemaal naast. Misschien verbeeldde ik me alleen maar dat hij met me flirtte. Waarschijnlijk was hij alleen maar uit op een fooi. Ik keek of ik ergens een potje voor fooien zag staan. Nee. Alleen maar een zilveren lijstje met daarin de tekst: Geen fooien svp.

Trevor wees op me met zijn kin. Ook dat gebaar had ik in films gezien. 'En wat doe jij?' Voor ik iets terug had kunnen zeggen, hield hij zijn handen op. 'Wacht, laat me raden.' Hij nam me schattend op. Twee keer. 'Je bent model. En volgens mij herken ik je nu ook. Stond je niet op de cover van de Lands' End Kerstcatalogus?'

Verdikkie! Ja, hoor, hij flirtte wel dégelijk! Met míj! Ik lachte om zijn absurde, maar goedbedoelde woorden. 'Ja, hoor!' Ik zwiepte mijn haren naar achteren en zette het glas aan mijn lippen, maar zonder mijn blik van Trevor los te maken. *Deena, je bent een getrouwde vrouw.* Ik nam nog een slokje.

'Nee, nee, ik meen het, en als jij het niet was, dan moet het je tweelingzus zijn geweest. Heb je hem niet gezien? Die foto met de vader en moeder en hun twee kinderen op kerstochtend? Ik noemde ze het gezin van Lake Wobegon.' Hij lachte. 'Je weet wel, waar alle mannen... nee, wacht, waar alle vrouwen...' Terwijl hij dat zei, maakte hij behendig twee flesjes bier open en gaf ze aan de jonge man die aan het eind van de tafel stond te wachten. Toen haalde hij zijn schouders op, schudde zijn hoofd en zei: 'Nou ja, ze zijn langer dan gemiddeld, en ook knapper. Zoiets.'

Ik lachte opnieuw, nu om zijn niet geheel correcte referentie aan het boek van Garrison Keillor, over een fictief stadje met fictieve inwoners. Wat ik ook amusant vond, was dat het model waarvoor hij me aanzag, een moeder was. Nou ja, ik wist tenminste dat hij het niet meende. En wat me ook beviel, was dat het dus niet alleen vrouwen van middelbare leeftijd waren die zich dingen niet meer konden herinneren.

Een elegant gekleed ouder echtpaar was bij de bar komen staan en bestelde sidecars. Ik had geen idee wat dat was, maar Trevor wist het wel, want hij ging onmiddellijk aan de slag om ze voor hen te maken. Ik draaide me om naar de galerie en stelde vast dat het inmiddels een heel stuk drukker was. De tafel met hapjes aan de andere kant van de ruimte was nog maar amper te zien. Ik wist zo goed als zeker dat er uitsluitend calorierijke dikmakers te krijgen zouden zijn. De cocktail in mijn hand was in dat opzicht voor één avond al meer dan genoeg. Maar ik had wel een beetje trek.

Opnieuw nipte ik van mijn glas en lette erop vooral met niemand te veel oogcontact te maken, maar tegelijkertijd de indruk te wekken dat ik openstond voor iedereen –vrouw of man – die zich aan me voor wilde stellen. Ik paste ervoor om zo'n zielige vrouw te zijn die de hele avond alleen maar met de barkeeper praat. Ik bedoel, in principe had ik daar niets op tegen. Maar hij moest zijn werk doen, en dat was altijd een beetje pijnlijk, wanneer je je af moest wenden en van je drankje moest nippen alsof je dat toch al van plan was en die mensen die wat kwamen bestellen je gesprek niet onderbraken, of zo. En dat was dus ook precies wat ik nu deed.

Ik besloot Trevor te verlaten. Het zou toch niets worden. Hij was veel te jong. Na verloop van tijd zou hij tot dat inzicht komen en iemand anders vinden. Ik keek de galerie rond, zag een slanke jonge vrouw met glanzend, steil blond haar in een kort leren rokje en een witte angoratrui waarvan de wijd uitlopende mouwen haar tengere handen bijna helemaal bedekten. Ze was van Trevors leeftijd. Hip en aantrekkelijk. Ja. Dat moest haar zijn. Trevors ideale partner. Sylvia. De danseres.

Ach nee, dat zou nooit goed gaan – een danseres en een filosoof. Eén van hen zou geld moeten hebben. Ik dacht even na. Een mondhygiëniste. Maar! Ze doet mee aan een van die nieuwe talentenjachten die je tegenwoordig op de televisie had, en dan wint ze het platencontract. Haar artiestennaam is gewoon haar voornaam, zoals Cher. *Sylvia.*

Kom Deena, tijd om weg te gaan bij de bar! Ik besloot de meubels te gaan bekijken en wurmde me een weg door de menigte. Ik glimlachte, mensen glimlachten terug. Een jong stel baande zich een weg naar me toe, maar ze waren natuurlijk op weg naar de bar. Op een gegeven moment werden ze door twee of drie andere mensen van elkaar gescheiden, maar ze bleven elkaars hand vasthouden en tilden ze over de hoofden van de anderen heen. Zij lachte en zat gevangen in de mensenmassa. Ik draaide me opzij en liet haar passeren.

'Dank je!' zei ze. Ik knikte en grinnikte. David en Dannica. Hét favoriete stel op feesten en partijen. Ze konden echt fantastisch dansen. Maar... ze hadden een huurachterstand.

Ik staakte mijn spelletje toen ik zag dat ik bij de meubels was gekomen. Het probleem was, dat niemand een stap deed en iedereen vanaf de plek waar hij of zij zich bevond Elaines werk stond te bewonderen. Ik nipte van mijn drankje en liet mijn blik over de vele bezoekers gaan. Het was een hip gezelschap. Er was één man die een snoer knipperende kerstverlichting langs de revers van zijn witte colbertje had hangen, maar mijn blik bleef rusten op een oogverblindend knappe man aan de andere kant van de zaal. Hij keek strak naar iemand achter mij. Ik draaide me om, maar zag niemand naar hem kijken. Toen ik me weer naar hem toe draaide, zag ik hem lachen en op mij wijzen. Ik wendde me af, probeerde mijn op hol slaande hart onder controle te houden en wierp hem vanuit mijn ooghoeken onopvallende blikken toe. Hij was meer van mijn leeftijd, en hij was, net als Trevor, oogverblindend knap. Een beetje het type George Hamilton, stelde ik vast, maar wel met een vleugje Omar Sharif. Hij betrapte me een paar keer op mijn heimelijke blikken en toen kon het me ineens niets meer schelen. Nu keek ik openlijk. Hij was lang, had een olijfkleurige huid, smeulende donkere ogen en een glimlachje dat onschuldig leek maar ook van een dosis ervaring getuigde. Hij droeg een donkerbruine coltrui – kasjmier, zo te zien. Hij keek me recht aan, gebaarde met zijn kin en ik schoot bijna in de lach. Het leek wel alsof alle mannen dat deden. Waar leerden ze dat? Het zat er dik in dat zowel Trevor als George-Omar homo was. Elaine had me ooit eens verteld dat homo's het heerlijk vonden om met vrouwen te flirten. Vooral met oudere vrouwen.

Ik keek hem weer aan, glimlachte en trok mijn wenkbrauwen op. Toen sloeg ik mijn ogen neer, nam een slokje en wendde me af. Ik bleef mijn best doen om meer van de meubels te zien, maar ondertussen was mijn ademhaling snel en oppervlakkig en voelde ik me duidelijk opgewonden. Ik voelde de zoom van mijn rok op zinnelijke wijze rond mijn knieën bewegen, en deed nog een paar stapjes. Hier waren ineens minder mensen – zo te zien bevond de hoogste concentratie zich rond de bar. Toen ik weer naar George-Omar keek, bleek dat hij, me onafgebroken aankijkend, mijn kant op kwam. Ik draaide me met mijn rug naar hem toe en deed mijn ringen af. Mijn vingers moesten ook slanker zijn geworden, want de ringen gleden moeiteloos van mijn vingers.

Terwijl ik ze in mijn tasje liet glijden, stapte ik tussen de meubels. Een golf van warmte verspreidde zich vanaf mijn heupen naar mijn borst en naar mijn gezicht. Het was geen opvlieger. Die had ik al maanden niet meer gehad. Nee, dit was een hel van schuldgevoel en opwinding. Van spanning om wat er komen zou.

Ik voelde me... allesbehalve onzichtbaar.

27

Hij stond achter me. Pal achter me. Ik hoefde niet te kijken. Het was alsof mijn rug en nek onder stroom waren komen te staan. Ik schudde mijn hoofd om het gevoel kwijt te raken. Wat wás dit? Goed, hij was aantrekkelijk, maar dit! Ik was mezelf niet eens.

Of misschien was ik dat juist wel. Misschien was dit wel zoals ik in het diepst van mijn wezen was. Een Deena met emoties, die risico's durfde te nemen en die vrij was. En daarvan genoot.

Het werd steeds voller hier, bij de meubels. De mensen duwden tegen elkaar aan, maar niemand leek dat bezwaarlijk te vinden. Het was een soort van gedwongen maar plezierige intimiteit. Mensen lachten naar elkaar terwijl ze zich langs elkaar heen wurmden – borsten streken langs borsten, een hand op de heup van een ander, bij wijze van hulpje om sneller door het gedrang heen te kunnen komen. De soep van geuren was op zich al verdovend genoeg. Ik nam nog een slok van mijn drankje.

O! Zijn trui streek langs de achterzijde van mijn blote arm. Ja, het was kasjmier, dat had ik goed. Mijn benen voelden alsof ze geen botten of spieren meer bevatten – hooguit een wat waterige gelatine. O, wat had ik dit gevoel gemist. Deze elektrische connectie met mezelf.

Ik probeerde naar de artistieke stoel voor me te kijken. *Vooruit, Deena, concentreer je op die stoel!* Katten. De stoel was beschilderd met talloze katten. Katten die muizen achterna zaten. Klimmende katten... – *ik ruik zijn aftershave.* Katten. Katten die aan een boomtak hingen. Dansende katten... Katten... *Zijn ademhaling in mijn nek. Een hand in mijn nek. Een vastberaden hand in mijn nek.*

'Pardon...'

Hij had een diepe stem, zoals die van Omar. In alle eerlijkheid kon ik me de stem van Omar Sharif niet herinneren, maar hij zou best wel eens diep kunnen zijn.

Ik keek om. Mijn hoofd was werkelijk het enige deel van mijn lichaam dat ik nog kon verroeren.

'Kom jij niet uit Colorado?' vroeg hij opgewekt.

Er gleed een dwaze – ik wist zeker dat-ie dwaas was – glimlach over mijn gezicht. Het deed me plezier om te denken dat iemand aan mijn uiterlijk kon zien dat ik uit Colorado kwam. Langzaam maar zeker drong er een sprankje nuchter verstand door in mijn benevelde brein. *Toe zeg, idioot, je ziet er heus niet uit alsof je uit Colorado zou komen! Hij moet Elaine hebben gehoord toen ze dat zei.*

'Nou nee, uit Georgia,' zei ik met mijn beste zuidelijke accent. *Wie was dit wezen in mijn lijf dat zich van mijn mond bediende?* Het maakte niet uit. Ik kon hier wie dan ook zijn. Wie dan ook behalve Deena Munger, moeder. Deena Munger, echtgenote.

Zijn gezicht betrok en maakte plaats voor verwarring. Ik giechelde. 'Dat was maar een grapje!' Omdat mijn ellebogen tegen mijn zij werden gedrukt, tilde ik mijn vrije hand naar hem op. 'Deena...' zei ik, en ik beet op het puntje van mijn tong. Op zo'n avond als deze moest een voornaam voldoende zijn.

Hij pakte mijn hand en schonk me een stralende glimlach. Zijn volmaakte tanden waren nagenoeg oogverblindend wit – en in zijn donkerbruine ogen lag een onmiskenbare sexy blik. Zijn zongebruinde gezicht viel op in de zee van het plaatselijke winterwit – afgezien dan van de twee zwarte vrouwen die zich in het groepje bevonden dat zich rond Elaine had verzameld. Hij zou Italiaan kunnen zijn, dacht ik. Of misschien wel een warmbloedige Spanjaard.

Hij was lang en waarschijnlijk had hij een buiging willen maken, maar dat liet de dicht opeengepakte mensenmenigte niet toe – hij kwam niet verder dan een wat overdreven neigen met zijn hoofd. 'Wat leuk om kennis met je te maken, Deena uit Colorado. Ik ben Kent uit Wisconsin. Kent Mills.' Dat klonk Italiaans noch Spaans. We gaven elkaar een hand en hij glimlachte opnieuw, en hij wekte de indruk dat hij blij was dat hij iemand had om een praatje mee te maken. Misschien was hij hier vanavond ook een soort van vijfde wiel.

Ik keek in zijn ogen en probeerde niet scheel te kijken. De ruimte om me heen was wazig geworden en begon te draaien. En iemand had luide jazz opgezet. Een van de luidsprekers hing vlak boven ons.

Kent moest bijna schreeuwen. 'Ik moet het even kwijt, maar dat is werkelijk een schitterende jurk die je aan hebt.' Hij kreeg een kleur en ik voelde mijn hart een heel klein beetje smelten. 'Kan ik nog iets te drinken voor je halen?' Hij gaf een knikje in de richting van het drankje in mijn andere hand. Ik keek naar mijn glas en naar hoe ik het vasthield – niet helemaal recht. Was dat omdat ik aangeschoten was? Bovendien realiseerde ik me tot mijn schrik dat ik mijn cocktail inmiddels al helemaal op had.

Ondanks mijn niet geheel nuchtere staat, wist ik dat hij een glanzende vlieg had uitgeworpen in de hoop er een vis mee aan de haak te slaan. Ik dus. Maar ik vond het fijn om die vis te zijn. Het was opwindend. Deze man, deze knappe man, vond mij aantrekkelijk. En een beetje flirten kon geen kwaad.

'Nee, dank je. Ik geloof dat ik al genoeg op heb voor één avond,' zei ik. Ik moest bijna schreeuwen om me verstaanbaar te maken boven de herrie uit. Nu maar hopen dat ik vrij normaal en niet dronken overkwam. Ik legde mijn hand om mijn mond en hij boog zich naar me toe om me te kunnen verstaan. 'Waar ken je Elaine van?'

Hij schudde zijn hoofd. 'Ik ken haar niet. Ik ben een vriend van een man die hier met zijn verloofde is. Dus eigenlijk ben ik een soort indringer.' Hij glimlachte verlegen. 'Ik ken hier verder niemand. Nou ja, afgezien van jou dan.' Dat was lief. Hij had een aardige manier van doen. Hij zweeg even en keek om zich heen. 'Maar ik ben onder de indruk van haar werk.'

'Ben jij ook kunstenaar?'

Hij lachte. 'Hemel, nee! Verre van. Ik zit in de IT. Maar ik ben een klant – ik ben één van die mensen die, zonder er iets van te begrijpen, kopen wat ze mooi vinden. En jij? Ben jij kunstenaar?'

Ik wist niet goed wat ik daarop moest zeggen, en dat moest aan mijn gezicht te zien zijn. Was ik kunstenaar? Nee. 'Nou, er is een tijd geweest waarin ik dacht dat ik later in de kunst terecht zou komen.' Maar dat is niet doorgegaan omdat ik getrouwd ben en kinderen heb gekregen. Het leek me beter om van onderwerp te veranderen. 'Ik had nog nooit kunst gekocht, maar vanavond heb ik mijn eerste aankoop gedaan.' Ik schreeuwde bijna, met al het lawaai. Daarbij kwam dat ik het gek genoeg opwindend vond om hem dit te kunnen vertellen. Zijn gezicht begon te stralen.

'Echt? Welke heb je gekocht?'

'Dat kleintje daar, bij de bar.'

'*Woman?* De kleuren zijn prachtig, maar ik vrees dat het niet echt mijn onderwerp is.' Hij grinnikte. 'Zelf ben ik helemaal weg van die van Ella's Deli. Die draaimolen?' Ik knikte. 'Ook die kleuren zijn prachtig. En de beweging die erin zit. De gezichten van de kinderen op de draaimolen? Schitterend. En die oude man die zit te kijken. Zijn blik gaat gewoon dwars door je heen. Het is alsof de jeugd, de kleuren en het leven aan hem voorbij flitsen, maar hij is tevreden, heeft er geen moeite mee om het allemaal los te laten, snap je wat ik bedoel?' Ja, ja. We grinnikten en stonden als een stelletje idioten naar elkaar te knikken.

Ik begon hoofdpijn te krijgen van de harde muziek en het schreeuwen, maar ik genoot van mijn praatje met Kent. Hij was... volmaakt.

'Wil je iets eten?' riep hij, met een blik naar de andere kant van de overvolle galerie, waar de tafel met hapjes stond. 'Ik heb vroeger veel gevoetbald, en ik zou zigzaggend naar die tafel kunnen rennen, hier en daar een paar mensen tackelen, en die oude man daar onderscheppen, en dan via de zijlijnen iets naar jou terugspelen.'

Ik lachte opnieuw en hij glimlachte, en leek verlegen en voldaan tegelijk over het feit dat hij me aan het lachen had gemaakt.

Ik liet mijn blik over de schalen met hapjes gaan – gepaneerd, gefrituurd, chips met machtige dips, zoetigheden. Typisch Elaine. 'Jammer dat ze geen saladebar hebben.' Ik lachte onzeker, bang dat ik onnozel zou overkomen.

'Meen je dat? Nou, daar denk ik net zo over! Ik ben een fan van gezond voedsel.' Opnieuw wisselden we een waarderende blik. Nu hield hij zijn hand bij zijn mond en boog zich naar mij toe. 'Ik heb mijn auto hier. Zou het heel erg ongemanierd zijn als we een poosje verdwenen? Hier vlakbij is een restaurantje met een saladebar. Een beetje een alternatief tentje.'

Ineens was ik weer helemaal nuchter, en ik stapte uit de rol van flirt uit een oude film van Doris Day. Ik voelde me oprecht aangetrokken tot deze man, deze bijzonder aardige man, en het maakte me doodsbang. Maar op een bizarre manier genoot ik van die gevoelens. Van al die gevoelens. Ik tintelde van de emotie. Ik wist dat ik ja moest zeggen, en het voelde alsof die harde schil om me heen weer even openbarstte en er verse lucht naar binnen kon stromen.

Ik knikte. 'Kom op.' Vooruit dan maar. Dit wordt een avont –

Ik kon het woord niet eens in zijn geheel dénken. Nu wist ik tenminste hoe het je kon overkomen. Verrassend snel. Gemakkelijk. Maar ik was me er tegelijkertijd van bewust dat het me zonder de alcohol niet overkomen zou zijn.

Mijn hart sloeg op een vreemde, nadrukkelijke wijze. Alsof het wilde dat ik me bewust was van het werk dat het verrichtte.

'Ik weet zeker dat onze vrienden het zullen begrijpen,' zei ik. 'Ik heb werkelijk behoefte aan een gezond maal. Laat het me even tegen Elaine zeggen.' Ik stond ervan te kijken hoe moeiteloos ik in een heel ander bestaan was overgestapt – als vanuit mijn huissloffen in deze glazen muiltjes.

Kent bood me zijn hand, en ik nam hem aan – groot, vierkant, tegen het vlezige aan, maar zacht en teder. Hij trok me achter zich aan mee naar de garderobe. Om de zoveel seconden keek hij achterom om te zien of alles goed met me was. Op een gegeven moment vroeg hij dat ook, zonder woorden, maar alleen met zijn lippen bewegend. *Alles oké?* Ik knikte en volgde hem, net als Dannica haar David had gevolgd. Maar wat ik niet deed, was mijn hoofd in mijn nek gooien en lachen – ik glimlachte zelfs niet eens. Dit was niet iets wat ik wílde doen, het was iets wat ik móést doen. Hoewel ik wel toe wilde geven dat ik onder de invloed verkeerde van het verdovende middel dat aantrekkingskracht heet – een middel dat ik al veel te lang niet meer genomen had. Met onze jassen, en met mijn hand nog steeds in die van Kent, gingen we naar Elaine.

Elaine zat op een van haar beschilderde stoelen, die op een soort van podium was geplaatst, met haar rug naar ons toe. Ze leek net een koningin op haar troon. Toen pas dacht ik aan Heloise. Ze lag, met haar kop van me afgewend, onder Elaines benen te slapen.

Hoe had ik Heloise kunnen vergeten? Ik kon haar meenemen naar het restaurant, maar hoe moest het daarna? Hoe moest het daarna.

Ik zei tegen Kent dat hij de auto maar vast moest gaan halen, en dat ik naar hem naar buiten zou volgen. Hij knikte en haastte zich naar de uitgang van de galerie – nog voordat ik bij Elaine was, was hij al bij de deur. Ik wachtte op een goed moment, ving Elaines blik en begon als een wilde te wuiven.

De mensen gingen uiteen om me erdoor te laten. Heloise sprong onmiddellijk op, draaide zich om en begroette me kwispelend en met gespitste oren. Hoe had ze geweten dat ik er was? Had ze me geroken? 'Hallo meisje, brave hond. Lig.' Ze ging gehoorzaam weer liggen en spitste haar oren in afwachting van het volgende commando. Ze gaf een likje aan mijn schoen toen ik me naar Elaine toe boog. 'Ik ga ergens wat eten, en dan neem ik misschien wel een taxi om een ritje door het centrum te maken. Ik heb een behoorlijk maal nodig om al deze alcohol op te nemen.' *En om een gordijn te zien.* Elaine lachte en gaf een klopje op mijn arm. Ik zag aan haar dat ze zelf ook opgewonden was.

'Mag ik Heloise bij jou laten?' vroeg ik. Vanavond zou ik alle regels overtreden. Heloise mocht in principe alleen maar aan een goedgekeurde hondenoppas worden toevertrouwd. Nou, ik keurde Elaine goed. En Heloise had haar eveneens goedgekeurd.

'Of dat mág?! Natuurlijk!' Ze schreeuwde, luider dan nodig was, om boven de muziek uit te komen. 'Geniet van je maal!' Ze zwaaide ten teken dat ik kon gaan.

Ik lachte – ineens voelde ik me vrij en uitgelaten. Alsof ik toestemming had gekregen. 'Dat zal ik zeker doen! Dank je wel dat je op haar wilt passen. Is ze uit geweest?'

Elaine knikte. 'Ik heb haar een paar minuten geleden laten plassen.' Ik drukte haar hand en glimlachte, en stond op om weg te gaan, maar op dat moment pakte Elaine me bij de schouder en trok me naar zich toe. Dus dan had ze Kent toch gezien. Mijn hart sloeg een slag over. Ze drukte iets scherps in mijn hand.

'Neem mijn sleutel maar. Wendy heeft de hare. Heb je geld voor een taxi en het eten?' Ik knikte opgelucht en legde mijn hand op mijn tas. 'Mooi. Ons adres is Lake Street negentien-nul-één,' zei ze. 'Heb je dat? Negentien-nul-één.' Ik knikte opnieuw en glimlachte. Alsof ik dat zou kunnen vergeten, na al die kaarten en brieven die ik haar in de loop der jaren had geschreven.

Toen ik me omdraaide en weg wilde gaan, sprong Heloise op. Het was duidelijk dat ze verwachtte dat ze met mij mee zou gaan. Ik bukte me en krabbelde haar achter haar oor. Ze probeerde mijn hand te likken, maar ik hield haar tegen, voor de verandering in de overtuiging dat ik daar goed aan had gedaan. Ik drukte een zoen op haar kruin en ging weg.

De koude buitenlucht was als een ontnuchterende klap in het gezicht. Kent zat in zijn kleine SUV op de laad-en-losplaats voor de deur op me te wachten. Er dansten een paar sneeuwvlokken door de lichtbundel van zijn koplampen. Hij zat voorovergebogen en met zijn hoofd opzij gedraaid naar de deur van de galerie te kijken. Toen ik naar buiten kwam, brak er een brede, opgetogen grijns door op zijn gezicht. Hij zwaaide uitbundig. Hoe lang geleden was het dat mijn verschijnen op zich voldoende was geweest om zo'n enthousiaste reactie aan iemand te ontlokken? Niet lang. Zo-even nog had Heloise heel enthousiast gekwispeld.

Ik stapte in, en de verwarmde stoel voelde als een warme omhelzing. Hij had een cd van Andrea Bocelli op staan. 'Klaar?' vroeg Kent.

'Ja.' Ik beantwoordde zijn glimlach. We keken elkaar even in de ogen, toen ging hij weer recht zitten, schakelde in de eerste versnelling en reed langzaam weg. Ik leunde naar achteren, sloot mijn ogen, haalde diep adem en liet de aria over me heen komen. Bocelli's stem was sereen en eerbiedig. Ondanks de warme stoel en de verwarmde auto, had ik kippenvel. Ik voelde de auto linksaf slaan, en even later rechts, en toen nog een keertje rechts, en toen stopten we. Ik hoorde Kent de handrem aantrekken.

'Ben je er nog?'

Ik deed mijn ogen open. We stonden op de parkeerplaats van het restaurantje. Op het eenvoudige, onverlichte bord stond *The Harvest*.

'Ja. Die stem van hem. Beter dan welk kerstnummer dan ook.'

Kent knikte. 'Dat ben ik volkomen met je eens.'

Ik maakte mijn gordel los. 'Het was dus waar wat je zei – het is echt dichtbij!'

'IT-jongens spreken altijd de waarheid,' zei hij quasi-ernstig. 'Soms spreken we een taal waar niemand iets van begrijpt, maar liegen doen we nooit.' Ineens drong het tot me door dat ik gewoon maar had aangenomen dat IT voor *Information Technologies* – informatica – stond. Maar ik was weggegaan met een man die ik helemaal niet kende. Stel dat die letters voor Internationaal Terrorisme stonden?

'Eh, dat is toch *Information Technologies*, hè?'

Hij lachte en zei: 'Nou we hebben het in ons wereldje vaak over Infernale Technologie, maar ja, dat is de officiële naam.' Hij had echt een heerlijke glimlach. 'Kom, dan doe ik het portier voor je open.' Hij sprong uit de auto, haastte zich om de voorkant heen en bleef zich aan de motorkap vasthouden om niet uit te glijden op de parkeerplaats met bevroren sneeuw. Ik haalde mijn hand van het portierhendel en wachtte.

'Wees voorzichtig. Het is glad hier.' Hij bood me zijn arm, en ik nam hem aan. Stapje voor stapje schuifelden we over de parkeerplaats naar het restaurant, waar we, lachend van de opluchting, het warme halletje in stapten.

Overheersend in het decor was het onafgewerkte hout. Er waren zes vrijstaande tafeltjes en drie tafeltjes met vaste bankjes aan het raam. Elk was voorzien van een wit tafelkleed en een wit kaarsje. Het was er doodstil. We kregen een tafeltje aan het raam. Ik gleed in het bankje en keek door het raam naar buiten, terwijl Kent op het bankje tegenover me ging zitten. We keken uit op een soort parkje met slingerende paden en lage lampen met een driehoekige bovenkant. De heg die de scheiding vormde tussen het restaurant en het park, was versierd met een snoer knipperende kerstverlichting, en de lampjes twinkelden onder een doorschijnend laagje sneeuw.

De serveerster gaf ons de kaart en wees op een bordje dat op tafel stond. Ze las het hardop voor. 'We serveren water alleen op verzoek, aangezien we van mening zijn dat het van invloed is op de spijsvertering.' Kent keek me vragend aan, en ik keek hem aan. We glimlachten op hetzelfde moment, en zeiden in koor: 'Ik wil graag een glas water.'

Ze knikte vriendelijk en liep weg.

'Kom je hier vaak?' vroeg ik, terwijl ik mijn jas van mijn schouders liet glijden. Ik had meteen spijt van mijn stereotiepe vraag en wou dat ik hem weer in kon slikken. Maar Kent vatte hem even oprecht op als ik hem bedoeld had.

'Redelijk vaak. Vaak genoeg om te weten dat de serveerster nieuw is. Maar de laatste keer dat ik hier was, is ongeveer een maand geleden. Ik ben bijna drie weken in Frankrijk geweest voor een conferentie.'

'Wauw! Frankrijk. Dat is een land waar ik altijd van heb gedroomd. Maar ik hou niet van vliegen.' Hij keek me lichtelijk verbaasd aan, maar op dat moment kwam de serveerster terug met twee glaasjes water op kamertemperatuur. Ik nam het mijne meteen op en dronk het, dankbaar voor het non-alcoholische vocht, in een paar slokken leeg. Kent lachte en schoof zijn onaangeroerde glas naar me toe. 'Een dorstig meisje! Hier, neem het mijne ook maar. Ik vraag wel om nieuw.'

Ik pakte zijn glas en hief het in een soort van toost naar hem op. 'Dank je wel. Ik wist niet dat ik zó'n dorst had.' Met gebaren maakte hij de serveerster duidelijk dat we meer water wilden hebben, en ik vroeg: 'Krijgen we nu straf, omdat we onze spijsvertering volledig in de war hebben gestuurd?' Hij lachte en schudde zijn hoofd. Even later bracht de serveerster ons een hele kan, alweer op kamertemperatuur. Ik vulde onze glazen onder Kents goedkeurende blik.

'Je hebt prachtige handen, sterk, maar heel erg vrouwelijk.' Ik zette de kan harder neer dan de bedoeling was terwijl mijn hart zich samenbalde en ik even mijn ogen sloot.

'Dank je,' zei ik zacht, terwijl ik wou dat hij dat niet had gezegd. Het waren bijna precies dezelfde woorden als Neil jaren geleden, op een van onze eerste afspraakjes, tegen me had gezegd.

De serveerster kwam terug, en we bestelden alle twee salade van de saladebar. Toen we van ons bankje schoven en op weg gingen naar het overdekte karretje waarin de ingrediënten voor de salade zich bevonden, raakte Kent mijn hand even aan, boog zich naar me toe en fluisterde: 'Wacht maar tot je het bordje ziet dat ze daar hebben hangen.' Zijn aanraking was elektrisch, maar in plaats van als extra energie, voelde het nu als een stroomstoot die schadelijk was.

Ik naderde de stapel borden, zag het bordje dat hij bedoelde, en draaide me glimlachend naar hem om.

Onze saladebar is het enige wat u zou moeten eten.

We namen onze volgeladen borden mee terug naar ons tafeltje en vielen meteen aan. Nadat we enkele minuten in stilte hadden gegeten, leunde ik met een zucht naar achteren. Ik kauwde op een plakje komkommer en keek naar buiten. Het was harder gaan sneeuwen. De lichtjes in de haag waren nog steeds te onderscheiden, maar als het zo bleef doorgaan, zouden ze weldra niet meer te zien zijn. De verse sneeuw op de grond vormde een glad, kristallijn oppervlak dat de laag eronder bedekte. De lampen in het park deden me denken aan Chinese sneeuwpoppen. Ik nam nog een hap en dacht aan alle jaren waarin ik met mijn kinderen sneeuwpoppen had gemaakt. En één jaar, een reusachtige, kronkelende draak. Er lag een laag van twee meter, en niemand kon ergens heen, zelfs Neil niet. We hadden er met zijn vijven de hele ochtend aan gewerkt. Later die dag had ik foto's genomen van alle drie de kinderen en van Nan en Sara, die op de rug van de draak zaten. En Sara had er per se eentje van mij en Neil willen nemen. Ze had ons de 'Drakenmeesters' genoemd. In gedachten kon ik ons nog steeds zien zitten – Neils arm om mijn schouder, ik tegen hem aan geleund, alle twee glimlachend en met rode wangen.

'Is er iets?' vroeg Kent. Ik realiseerde me dat ik mijn vork op mijn bord had gelegd en dat mijn handen vlak op tafel lagen, net alsof ik op wilde staan. Ik schudde mijn hoofd, maar keek hem niet aan. Hij boog zich naar me toe, raakte mijn linkerhand even aan en zei zacht: 'Deena?' Ik trok mijn hand met een ruk terug.

'Kent, ik ben getrouwd. Ik ben getrouwd.' Ik sloeg mijn blik weer neer en fluisterde zo zacht dat het nauwelijks verstaanbaar was: 'Ik ben getrouwd en ik denk dat ik getrouwd wil blijven.' Ik keek op, verbaasd en dankbaar dat ik niet huilde. Hij leunde naar achteren, tegen de houten planken die de rugleuning vormden, en zijn ogen waren groot.

Ten slotte zei hij: 'Ik begrijp het.' Hij maakte een teleurgestelde indruk. Ik wist niet of dat om mij was, of om de situatie, of om alle twee.

'Het spijt me echt heel erg. Ik – Je bent zo'n aantrekkelijke man, en je bent ook verschrikkelijk aardig, maar – Momenteel gaat het niet zo goed thuis en – Nou, ik dacht...' Ik schudde mijn hoofd. 'Ik weet niet wat ik dacht.'

'Deena?' Ik keek hem aan. Er lag een tedere blik in zijn ogen. Hij reikte over tafel en bood me zijn beide handen. Hoewel ik me niet langer schuldig voelde, was ik nog wel erg onzeker, maar toch legde ik mijn handen in de zijne. 'Het is goed wat je hebt gedaan. Ik wist het niet. Ik zou nooit iets – nou ja, niet dat ik vanavond al meteen iets – nou ja –' We moesten allebei glimlachen. 'Maar als ik had geweten dat je getrouwd was, zou ik je nog steeds mee uit eten hebben gevraagd, maar dan wel op een andere manier.' Ik drukte zijn handen en was hem dankbaar voor zijn begrip en vriendelijkheid.

Hij liet mijn handen los en leunde weer naar achteren. 'Ik ben getrouwd geweest. Mijn vrouw had een verhouding. Het is een verwoestende ervaring. Absoluut verwoestend. En dat bedoelde ik, met te zeggen dat het goed is wat je hebt gedaan. Ga naar huis, probeer de boel bij te leggen, en als het niet lukt, dan houd je ermee op. Maar maak iets wat nu al niet goed is er niet nog slechter op.' Hij wreef over zijn wangen, schudde zijn hoofd en lachte zacht. 'Hemel, neem me niet kwalijk,' zei hij, terwijl hij het bordje met de tekst van tafel pakte en weer terugzette. 'Je krijgt de hele avond niets anders voorgeschoteld dan preken over wat goed voor je is.' Ik lachte. Aan de ene kant wilde ik hem omhelzen, maar wat ik nog liever wilde, was weggaan.

Ik stond op, pakte mijn jas en hees het bandje van mijn avondtasje over mijn schouder. 'Ik moet gaan. Ik betaal wel voor mijn eten.'

Kent was ook gaan staan en hield zijn hand op. 'Nee, Deena, dat wil ik niet. Ik wil ervoor betalen.'

Ik keek hem recht aan. 'Kent, je bent een fantastische kerel. De vrouw die jouw hart weet te veroveren, mag zichzelf meer dan gelukkig prijzen. Maar ik moet betalen.' Hij knikte en keek me aan alsof hij wou dat de situatie anders was.

'Kan ik... kan ik je dan tenminste weer terugbrengen naar het feest? Of naar Elaines huis?'

Ik schudde mijn hoofd. 'Nee. Ik neem een taxi. Maar dank je wel, Kent. Ik ben je echt erg dankbaar.' Ik haalde diep adem en keek hem aan alsof ik mezelf zag. 'Ik moet zelf de weg terug naar huis zien te vinden.'

Ik zag dat hij begreep wat ik bedoelde.

28

De volgende dag, op de vlucht terug naar Denver, dronk ik alleen maar water. Heloise was uitgeput na het drukke weekend en lag aan mijn voeten te slapen. Deze keer had ze veel minder lang nodig gehad om tot rust te komen, en was ze alleen maar zenuwachtig geweest tijdens de luidruchtige start. Haar rust had een kalmerende uitwerking op mijn eigen nervositeit. En zolang ik maar fysiek contact met haar bleef houden, durfde ik het zelfs aan om naar buiten te kijken. Dus terwijl ik met mijn voet haar buik masseerde, liet ik mijn blik over het golvende wolkendek onder ons gaan. Ik verbeeldde me dat ik er overheen liep, dat ik er doorheen zwom, er plukken van op mijn hoofd plakte en aan mijn kin – ik zag mezelf, getooid met wolkenbaard en wolkenhoed, handenvol wolk opgooien naar Heloise, die opsprong om de wolkenballen op te vangen.

Het toestel helde een beetje over in een flauwe bocht en de middagzon scheen mijn raampje binnen. Ik vroeg me af hoe die talloze krasjes op de binnen- en buitenkant van de dubbele ruit waren gekomen. Hou op, niet aan denken, riep ik mezelf onmiddellijk toe. In plaats daarvan keek ik toen maar naar de omtrek van de schitterende zon, en realiseerde me dat we er op deze hoogte dichterbij waren dan beneden op aarde. En ik dacht aan Icarus, om toen meteen weer te denken dat ook dát geen verstandige gedachte was, en dus keek ik maar weer naar de slagroomtoeven van wolken. Ongelooflijk eigenlijk, dat een beetje waterdamp er zo prachtig en stevig uit kon zien. En toch helemaal niet stevig was.

Ik strekte mijn benen, deed mijn schoenen uit en wreef met mijn teen achter Heloise's oor. Ze tilde haar voorpoot op en legde hem waarderend op mijn scheen. Toen sloeg ze slaperig haar ogen op, keek me even aan, en liet haar zware oogleden weer zakken.

Ergens hield ik nog steeds van Neil. Maar we hadden zoveel laten verdampen. Ons huwelijk, onze persoonlijkheid. We waren ons steeds meer gaan vereenzelvigen met onze rollen. Gedurende deze drie dagen in Wisconsin had ik me méér gevoeld dan alleen maar waterdamp. Misschien niet de echte Deena, wie dat dan ook was, maar in ieder geval iets met meer stevigheid. Ik vroeg me af of er een manier was om een eind te maken aan mijn huwelijk, om dan weer opnieuw te kunnen beginnen.

Ik keek naar buiten, naar de eindeloze hemel en de kromming van de wereld. En verbaasde me erover hoe grappig en wonderbaarlijk het was dat de zon die door al die krasjes scheen, de wereld erbuiten zo'n fonkelend aanzien gaf.

Hoewel ik alleen maar mijn kleine koffertje handbagage had, waren Neil en ik het erover eens geweest dat de bagagehal de beste plaats zou zijn om elkaar te treffen. Hij stond helemaal achteraan tegen de muur geleund en keek naar een grote groep reizigers en afhalers vlak voor hem. Een stuk of zeven grinnikende oma's en opa's, die allemaal een band leken te hebben met dezelfde twee kleuters, zaten naar voren gebogen en luisterden, al dan niet met het hoofd opzij gedraaid, aandachtig naar wat een meisje met een roze rugzakje vol enthousiasme te vertellen had over haar eerste vlucht. Neil keek op toen Heloise en ik naar hem toe kwamen lopen. Hij keek van mij naar Heloise, en keek nog eens – de tweede keer met half dichtgeknepen ogen.

Lang voordat we bij hem waren, stak hij, in een verlegen en onhandig gebaar, een wit, kegelvormig pakje naar me uit. Bloemen. Mijn hart balde zich samen in een mengeling van ontroering en verdriet. Ik kon niet zeggen dat hij echt glimlachte, maar dat deed ik zelf ook niet.

Heloise kreeg Neil in het oog, en ze begon meteen te kwispelen, met haar billen te draaien en aan de lijn te trekken. Een warmte zoekende raket. Een liefdesbom met een vaststaand traject. Met mij, met uitgestrekte arm als een waterskiër achter zich aan hobbelend, deed ze de glimlachende, bereidwillige menigte uiteengaan.

Eindelijk bij Neil gekomen, drukte Heloise haar snuit tussen zijn knieën. Nu grijnsde hij van oor tot oor. Hij hurkte naast haar en liet haar zijn kin likken, en het scheelde een haar of ze waren, door haar opgetogen gedraai, alle twee omver gekukeld. Zonder waarschuwing vooraf duwde ze haar neus in het boeket, en voordat Neil het had kunnen voorkomen, had ze er al een feloranje gerbera uit getrokken. We lachten alle twee toen ik de bloem uit haar bek haalde. Gerbera's. Ooit waren dat mijn favoriete bloemen geweest, tot ik had ontdekt hoe snel ze verwelkten. Had ik dat nooit aan Neil verteld? Had ik hem verteld dat ik tegenwoordig veel meer van anjers hield? Als je ze maar goed verzorgt, kun je er doorgaans weken plezier van hebben. En toen, op het vliegveld, vroeg ik me af of híj nog steeds zo van seringen hield.

'Ik had een hondenkoekje voor haar mee willen nemen, maar herinnerde me toen dat ze geen snoepjes mag hebben.' Op dat moment zag ik een opmerkelijke gelijkenis tussen Neils bruine ogen en die van Heloise. 'Je ziet er... goed uit,' zei hij. 'Anders.' Hij legde zijn hand om zijn hoofd. 'Je haar.'

'Dank je, Neil,' zei ik. Nu pas zette ik mijn koffertje neer en nam de opnieuw aangeboden bloemen aan. Ik wist niet zeker of zijn opmerking over mijn haar een complimentje was of niet, maar vond het ontroerend dat hij aan Heloise had gedacht, en zich herinnerd had dat ze geen snoepjes mocht. Ik gaf hem een vluchtige zoen op zijn wang. Zijn aftershave was vermengd met Heloise's onmiskenbare luchtje – niet meer helemaal het zoete puppygeurtje van weleer, maar voor mij was het nog steeds even bedwelmend. De aftershave was hetzelfde nieuwe merk dat me bij het afscheid was opgevallen. Vagelijk bespeurde ik iets van vlinders in mijn buik. Gefladder als van heel ver.

'Nou, ik ben zover,' zei ik, met een knikje op mijn koffertje. Ik klemde de bloemen onder mijn arm en pakte mijn koffertje weer op.

'Heb je het fijn gehad?' vroeg hij. Hij stak zijn hand uit naar het koffertje, waarin onder andere mijn zorgvuldig verpakte schilderijtje zat. Met tegenzin liet ik het hengsel los. Ineens wou ik dat ik ook een kleinigheid voor hem had gekocht. En voor Matt en Lainey. O, verdomme! Matt en Lainey. Werden ouders niet áltijd geacht om van elke reis iets voor hun kinderen mee te nemen? Ik wist dat Neil dat altijd deed.

'Eh, ja,' antwoordde ik ten slotte. 'Het was heerlijk om Elaine weer te zien. Neil? Zouden we misschien even naar een souvenirwinkel kunnen? Ik wil iets voor Matt en Lainey kopen.'

Hij deed zijn best om zijn gezicht neutraal te houden, maar ik zag hem denken: bedoel je daarmee dat je dat nog niet hebt gedaan?

'Natuurlijk,' zei hij, en hij liep verder. 'Maar dat hoef je niet te doen. Volgens mij rekenen ze helemaal nergens op.' Ik keek hem van onder mijn wimpers aan alsof ik wilde zeggen: sinds wanneer rekenen tieners nergens op? Hij haalde zijn schouders op en we zetten koers naar de winkeltjes in de centrale hal.

Neil hield Heloise vast terwijl ik tussen de sleutelhangers met miniatuur-nummerborden van Colorado, en andere rommeltjes die min of meer met de omgeving te maken hadden, snuffelde. Waarom had ik niet voor elk een muts van de Universiteit van Wisconsin meegenomen? Daar zouden ze alle twee blij mee zijn geweest. Het zou doodgemakkelijk zijn geweest om zoiets voor ze te kopen toen Elaine en ik in het winkelcentrum waren. Als ik eraan had gedacht. Ik voelde me verschrikkelijk egoïstisch.

Maar tegelijkertijd ook wel een beetje triomfantelijk.

'Laat maar, Neil,' zei ik, me omdraaiend. 'Er is hier niets waar ik ze een plezier mee kan doen.' We gingen op weg naar de uitgang.

Op weg naar huis wilde het gesprek niet echt vlotten. Ik vertelde hem dat we met Thanksgiving kip met *kneidlach* hadden gegeten. Hij zei dat er niet veel over was van de kalkoen die Amy had meegenomen, en dat hij haar en de kinderen daarom de volgende dag had gevraagd om pizza te komen eten. We hadden het over het weer. Daar was het koud geweest, hier warm. De afvoer van de gootsteen was verstopt geraakt, maar hij had hem weten te ontstoppen.

Toen we thuis waren gekomen, zag ik tot mijn verbazing dat de kerstverlichting was opgehangen. Hij had me wel eens geholpen, maar het was nog nooit eerder gebeurd dat hij op eigen initiatief aan de kerstversiering was begonnen. En zeker niet al zo lang voor Kerstmis. Door het raam van de woonkamer zag ik dat ze ook een boom hadden opgetuigd. Zonder mij erbij. Ik was bang dat hij tegen Kerstmis kaal en uitgedroogd zou zijn, maar glimlachte toch. Ik zou de lagere versieringen hoger moeten hangen. Heloise was braaf, maar alleen al met haar staart zou ze alles van de onderste takken zwiepen.

Neil drukte op de afstandsbediening van de garage, maar liet de auto op de oprit staan. 'Mooie boom,' zei ik.

'Ja, Amy's kantoor deelde ze uit, en ze heeft er eentje voor ons kunnen regelen. En een fraaie ook, vooral als je bedenkt dat hij niets heeft gekost.' We keken door het grote raam van de kamer naar de boom. Het was een grote, dikke spar. We kochten doorgaans een den, want die zijn makkelijker op te tuigen. Deze spar leek echter minder stug dan gewoonlijk. 'We hebben de piek voor jou bewaard.' We keken elkaar aan en glimlachten even – verlegen bijna.

Ik nam Heloise mee naar binnen, en Neil bracht mijn koffertje naar boven. Toen ik bezig was vers water in haar drinkbak te doen, kwam Hairy de keuken binnen geslenterd. Heloise sprong op hem af en bleef met een ruk pal voor hem staan. Ik zette de bak op de grond en hield ze argwanend in de gaten. Hairy verstijfde. Ik kon Heloise bijna zien tintelen, en begreep dat ze probeerde te kiezen tussen Kattenpret en Braaf. Ten slotte liet ze zich door haar voorpoten zakken alsof ze een buiging maakte en hem vróég of hij zin had om te spelen.

'Braaf meisje, Heloise,' zei ik. Ze keek me aan, kwispelde en ontspande zich wat. Hairy bleef strak naar Heloise kijken. Ik kon hem bijna horen denken: verdomme, ze is terug.

En toen zag ik nog iets anders in de manier waarop hij keek. Het was alsof hij op dat moment een beslissing nam. Hij hief zijn hoofd op en schreed waardig naar de andere kant van de keuken. *Nou, Hondenmeisje, tijdens jouw afwezigheid heb ik mijn huis weer opgeëist. Ik zou me er maar bij neerleggen.* Hij liep parmantig, zijn voorpoten bij elke stap kruisend, naar haar drinkbak, liet zijn kop zakken en begon luidruchtig, en met zijn staart zwaaiend te drinken. Heloise en ik bleven roerloos staan kijken. Volgens mij dronk Hairy veel meer dan hij wilde. Hij genoot van zijn publiek en het feit dat hij haar drinkbak had bezet terwijl zijn eigen water op het aanrecht stond. Toen hij ten slotte klaar was met drinken, ging hij zitten en likte bevallig een druppeltje weg dat aan zijn snor was blijven plakken. Hij keek voor zich uit en keurde ons geen blik waardig. Heloise stapte behoedzaam om hem heen en begon uit haar bak te drinken. De drinkbakvrede.

Ik bukte, tilde Hairy op en drukte een zoen op zijn wollige wang. 'Hallo, jij ouwe rakker.' Ik zette hem voorzichtig op de tafel, haalde het blikje kattensnoepjes uit de koelkast en schudde er een paar uit. Hairy dook er meteen op af, en ik tikte er eentje, die op de rand van de tafel was beland, naar Heloise. 'Joepieeee!' riep ik, toen Heloise eropaf sprong en het zo snel doorslikte dat ik me niet kon voorstellen dat ze er ook maar iets van geproefd kon hebben.

'Dat heb ik gezien,' zei Neil, terwijl hij de keuken binnenkwam.

Ik bloosde. 'Ik had even geen controle over mijn vinger.'

Hij glimlachte en haalde zijn sleutels uit zijn zak. 'Ik moet Matt halen, en ik ben aan de late kant. Hij is het weekend bij Josh geweest. Lainey was het weekend bij Nan, en ze heeft beloofd dat ze niet voor zessen thuis zal komen om je even de tijd te geven te acclimatiseren voor we je zouden overvallen met... ons.' Ik trok mijn wenkbrauwen op en glimlachte. Neil glimlachte niet. Op weg naar de deur, en met zijn rug naar me toe, zei hij: 'Je kunt je koffer uitpakken en je ontspannen. Ik neem pizza mee.' Bij thuiskomst had ik een stuk of zes lege pizzadozen in de garage zien staan. Die arme Neil had dat weekend waarschijnlijk heel wat pizza gegeten.

'Weet je zeker dat je het niet erg vindt om alweer pizza te moeten eten?' vroeg ik. Nu kreeg hij een kleur.

'Nee, hoor. Je koffer staat boven.' Hij ging de deur uit.

Ik keek hem na, zei 'Dank je', en toen was ik alleen.

Ik schonk een groot glas jus d'orange voor mezelf in en was blij dat het pak in de koelkast had gestaan. Het was zo ongeveer het enige wat de mayonaise gezelschap hield. Bij Elaine was ik weer aan sap verslingerd geraakt, maar ik beloofde mezelf dat ik morgen weer op dieet zou gaan.

Nadat ik met mijn jus aan de eettafel was gaan zitten, keek ik de – zo te zien ongelezen – kranten door die daar op een keurig stapeltje lagen. Ik bekeek de voorpagina's en bladerde vervolgens door de dikke zondagkrant – te beginnen met de kleurige reisbijlage die aan cruises was gewijd. Daarna las ik 'Dear Abby' en toen sloeg ik het plaatselijke nieuws op. Bij de mededelingen van de te houden kerkdiensten en begrafenissen, was één naam die als het ware van de pagina leek te springen. *Wenzell*. Ik kreeg op slag ijskoude handen en mijn hart klopte in mijn keel.

Zaterdag om twee uur zal, in alle beslotenheid, een herdenkingsdienst voor Laura Wenzell worden gehouden in de Community Church, 2122 Mesa Drive.

Snel zocht ik in de kranten van de dagen ervoor naar de rouwadvertenties. Ik vond hem in de krant van donderdag. Laura was overleden op de dag dat ik was weggegaan. De dag voor Thanksgiving.

'O, Merle,' zei ik hardop. Ik sloeg mijn handen ineen, legde mijn voorhoofd op mijn knokkels en liet de tranen over mijn wangen rollen. Ik vond zijn nummer in het telefoonboek, maar er werd niet opgenomen. Zelfs niet door het antwoordapparaat. Ik zocht in mijn la met wenskaarten, vond een blanco exemplaar met een foto van Turret Peak, schreef een korte tekst, kopieerde het adres uit het telefoonboek en legde de envelop klaar op het bureautje om morgen naar de post te brengen.

Ik besloot om meteen, voordat Neil en de kinderen thuis zouden komen, naar boven te gaan, uit te pakken en een warm bad te nemen. Ik was Neil dankbaar voor de extra tijd die hij me voor mijn thuiskomst had gegund, en waar nu nog een halfuurtje van over was.

Boven aan de trap liep ik, gevolgd door Heloise en Hairy, de gang af naar onze slaapkamer, en bleef staan om een familiefoto – wij met zijn allen voor een kerstboom en Lainey, als baby, in mijn armen – recht te hangen. Ik deed een stapje naar achteren en keek de gang af, naar al die andere vrolijke familiekiekjes die daar hingen. De foto's leken lager te hangen dan ik me herinnerde, en het voelde alsof ik weken weg was geweest in plaats van dagen.

Ik ging onze slaapkamer binnen. Mijn koffer lag niet op het keurig opgemaakte bed. Ik keek aan de andere kant van het bed. En in de kast. Geen koffer. Ik ging op de rand van het bed zitten en knikte bij de herinnering. Er ontsnapte een zuchtje aan mijn lippen, toen stond ik op en stak de gang over naar Sams kamer. Mijn koffertje en tas lagen op het bed.

Snel pakte ik alles uit en hing mijn nieuwe jurk in de kast van de logeerkamer, in dezelfde kledingzak als mijn trouwjurk. Nadat ik nog even aan het vergeelde kant had gevoeld, deed ik de kastdeur weer dicht. Het nieuwe ondergoed kwam helemaal achter in de bovenste la van Sams commode, achter alle beha's en slipjes die ik daar drie maanden eerder naartoe had verhuisd.

Even later was ik klaar met uitpakken, en ik nam het vuile wasgoed op om het naar beneden te brengen, maar boven aan de trap bedacht ik me. In plaats van naar de kelder te gaan, ging ik de badkamer van de kinderen binnen en liet het wasgoed in de wasmand vallen. Ik was nog niet zo ver dat ik bergen wasgoed onder ogen kon zien.

Ik ging met een tijdschrift naar de grote badkamer, draaide beide kranen helemaal open en deed er een paar druppels van Lainey's badschuim – een paars goedje dat Lavender Bliss heette – bij. Even later liet ik me tot aan mijn kin in het warme schuim zakken en slaakte een hoorbare zucht. Heloise kwam de badkamer in en legde haar kin op de rand van het bad.

'Hallo meisje! Wil je een hoed?'

Ik legde twee vingers vol belletjes op haar kop – een puntig elfenmutsje. Vervolgens dompelde ik mijn handen weer onder het schuim, plakte er, bij wijze van baard, een klodder van aan mijn kin en zei tegen Heloise: 'Wel fijn om weer thuis te zijn, hè?'

Toen ik schoon en lekker warm, en in mijn paarse badjas, beneden kwam voor het avondeten, spreidde ik mijn armen voor Matt en Lainey. Ik had een handdoek om mijn hoofd omdat ik op de een of andere manier nog niet toe was aan commentaar op mijn nieuwe kapsel. Het omhelzen van Matt was zoals altijd als het omhelzen van een strijkplank. Lainey omhelsde me innig, maar weigerde me aan te kijken. Even later deed ze het toch, maar op een heel vluchtige, schichtige manier.

We gingen direct aan tafel. Het was doodstil, en het enige geluid kwam, zo nu en dan, van bestek dat tegen de slakom tikte. Ik was ontroerd en ook een beetje verbaasd dat Neil een salade voor bij de pizza had gemaakt. Ik trok stukjes salami en kaas van de broodbodem en stopte ze met mijn vingers, tussen de happen sla door, in mijn mond.

'Heb je het leuk gehad bij Nan, Lainey?' vroeg ik, de stilte verbrekend. Lainey keek niet op, en haar blik schoot even heel snel naar Neil.

'Ja,' antwoordde ze, weer naar haar bord kijkend. Ik wachtte, maar daar liet ze het bij.

'Wat hebben jullie gedaan?'

Ze haalde haar schouders op. 'Voornamelijk gepraat.'

'Matt? En wat is jouw nieuws?'

Hij haalde zijn schouders op. 'Niet veel.' Hij wilde me ook al niet aankijken.

Ik vermoedde dat deze moeilijke situatie onvermijdelijk was – niemand wist immers waar hij of zij aan toe was. We zouden alles stukje bij beetje weer moeten lijmen.

Na het eten bood Neil aan om af te wassen. 'Je zult wel moe zijn na je reis,' zei hij. 'Waarom ga je niet lekker vroeg naar bed? Dan kun je wat slaap inhalen.' Hij glimlachte en wreef zenuwachtig aan de huid bij zijn ooghoek. Hij liet de gootsteen vollopen, deed er een scheut afwasmiddel bij, en het sop schuimde hoog op. De reparatie van de kapotte afwasmachine kon echt niet langer worden uitgesteld. Maar dit was niet het moment om daarover te beginnen. Ik drukte een kus op zijn wang, en hij hield stil met een bord in zijn hand.

'Bedankt voor het eten, Neil. Voor de pizza, maar in het bijzonder voor de sla.' Hij knikte, maar met zijn blik strak op de gootsteen gericht. 'En bedankt voor het afwassen. Weet je zeker dat ik je niet ergens mee kan helpen?'

Hij schudde zijn hoofd en schonk me een zuinig glimlachje. 'Ik ben er al aardig goed in geworden.' Ik ging naar boven.

Matt en Lainey waren al op hun kamer en hadden hun deur dicht. Ik ging voor Lainey's deur staan, hief mijn hand op om aan te kloppen en liet hem toen weer vallen. We konden beter tot morgen wachten met praten, wanneer we niet zo moe waren. Ik slofte naar Sams kamer en deed ook mijn deur achter me dicht.

Midden in de nacht, in het donker, werd ik wakker. Ik knipperde met mijn ogen en betastte het hoofdeinde om te voelen waar ik was. Ik liet mijn hand over de rand van het bed vallen om Heloise te voelen, maar hoorde haar zware ademhaling toen vanaf haar bedje bij het bureau. Nu zag ik ook Sams wekker, waarvan de rode cijfers zeiden dat het 2:13 was – en even later 2:14. En toen 2:15. Ik rekte me uit en was klaarwakker. Opgewonden, zelfs. Ik rekte me nog eens uit, stak mijn hand onder mijn nachtjapon en liet hem over mijn schaambeen en mijn buik gaan. Niet alleen was ik tijdens mijn uitstapje niets aangekomen, ik wist zo goed als zeker dat ik nog een pondje of zo was afgevallen. Dat moest van al dat lopen zijn geweest. Ik streek over mijn buik en toen over mijn heupen.

Mijn hand ging verder met inventariseren – koel tegen mijn warme borsten en dijen. Ik sloot mijn ogen. In gedachten zag ik een fotoalbum voor me met kiekjes van Neil en mij, uit de tijd voordat de kinderen er waren. De universiteit, onze verkering, de kennismaking met zijn ouders en zijn ontmoeting met mijn ouders. Een lange autoreis van Wisconsin naar Colorado, door Minnesota, South Dakota en Wyoming. Overal hadden we de liefde bedreven. Telkens had ik een nieuw stukje van mezelf gevonden om aan hem te schenken, maar nooit had ik het gevoel gehad dat ik mezelf weggaf. Misschien wel omdat ik alle stukjes van hem die hij mij zo teder had gegeven, zo dankbaar had geaccepteerd.

Ik duwde de deken van me af en liep naar de deur. Achterom kijkend zag ik dat Heloise rustig op haar bedje lag te slapen. Ik keek naar haar op de manier zoals ik naar de kinderen had gekeken toen ze nog klein waren – in opperste verbazing dat zo'n druk wezentje wanneer het sliep zo intens stil en onschuldig kon zijn. Stilletjes trok ik de deur achter me dicht en ik liep op mijn tenen de gang af.

Hij had de jaloezieën opengelaten; een driekwart maan hing voor het raam en wierp een rechthoek licht over het bed en de vloer. Ik trok mijn nachtjapon uit en kroop naast hem onder de dekens. Zijn ademhaling was langzaam, geruisloos bijna. Ik snoof zijn natuurlijke geuren diep in me op, en voelde me erdoor omarmd. Zijn geur was, evenals zijn lichaam, naakt – lijf en adem zonder ook maar een spoor van enig misleidend kunstmatig luchtje. Het was een diepe, zoete en eerlijke geur.

Ik drukte vederlichte kusjes op de sproeten op zijn schouder en liet mijn vinger er overheen gaan. Hij trok een beetje met zijn mond, maar werd niet wakker. Ik legde mijn hoofd naast het zijne op het kussen en zoog zijn warmte in me op. En gaf me over aan herinneringen.

Nadat ik me op één elleboog had gehesen, liet ik mijn hand heel langzaam over zijn armen gaan – eerst over de ene, daarna over de andere. Ik kamde met mijn vingers door zijn dunne borsthaar, voelde zijn borstspieren, en vervolgens zijn ribbenkast en zijn buik. Ik had het idee dat hij ook was afgevallen. Hij voelde slanker, steviger. Ik liet mijn hand nog wat verder zakken – over de stevigheid daar bestond geen enkele twijfel.

Hij kreunde zacht. Het was me niet duidelijk wat dat kreunen betekende, 'ik wil slapen' of 'niet ophouden'. Er was maar één manier om zekerheid te krijgen. Ik ging boven op hem liggen, en hij legde zijn handen op mijn heupen terwijl hij langzaam zijn ogen opendeed. Ik zag aan de manier waarop hij me aankeek dat het hem langzaam maar zeker begon te dagen. En ik was me bewust van de reactie van zijn lichaam.

'Deena...' fluisterde hij op effen toon, en dat was het enige woord dat er tussen ons werd gezegd.

Toen we klaar waren, was de maan achter de bergen gezakt, en lagen we in het donker stilzwijgend naast elkaar. Even later werd zijn ademhaling weer regelmatig. Zijn mond zakte open, en hij begon zachtjes te snurken. Ineens had ik het koud. Ik draaide me op mijn zij, trok de dekens tot onder mijn kin en drukte op het knopje van de elektrische deken.

29

Ik stond aan het begin van het bergpad en snoof de schone, frisse lucht in me op. Het was een schitterende winterdag – Colorado op zijn best. Maar zelfs ik kon voelen dat Laura er niet meer was, en ik miste haar.

Ik had geprobeerd om vroeg te zijn, maar we waren wat opgehouden door de sneeuw. Ik wilde Merle persoonlijk condoleren, voordat hij mijn kaart zou krijgen, maar ik wilde niet naar zijn huis gaan voor het geval hij nog logés had vanwege de begrafenis.

Hoewel Neil en ik die ochtend niet met elkaar hadden gesproken – hij was weggegaan zonder me te wekken – was ik zonder meer hoopvol gestemd. Mijn reisje enerzijds, en daarnaast het lezen van Laura's overlijdensadvertentie, had iets in mij losgemaakt. Iets losgeschud. Ineens was het alsof ik me instelde op de rest van mijn leven, in plaats van op dat wat er nog van mijn leven restte. Deze eerste dag van december leek meer beloften in te houden dan welke nieuwjaarsdag ooit voor mij had gedaan.

Zelfs het weer leek mee te werken – alles was wit, en het voelde als een schone lei. Het was koud, maar niet zo doordringend koud als het in Madison was geweest. Er was een paar centimeter verse sneeuw gevallen en de bergen boden een spectaculair aanzien – besneeuwde toppen, berijpte dennen en sparren, witte heuvels en dalen. Zoals de meeste sneeuwstormen in Colorado, was ook deze snel weer overgewaaid om plaats te maken voor een intens blauwe hemel. Het weerbericht had vanavond meer sneeuw voorspeld, maar vooralsnog scheen de zon.

Ik jogde op de plaats om mijn bloed in beweging te houden en keek opnieuw op mijn horloge. Merle had er al lang moeten zijn. Misschien was het voor hem wel te snel na Laura's dood om alweer te gaan wandelen. Maar ik wist zeker dat hij met Teddy zou gaan lopen, al was het maar om de hond de beweging te geven die hij nodig had om fit te blijven. En ik kon me niet voorstellen dat hij ergens anders zou willen wandelen dan hier. Met name nu. Ik besloot van start te gaan. Misschien hadden we hem wel gemist en was hij juist vroeg geweest vandaag.

Heloise en ik zetten er stevig de pas in. Ik vroeg me af of ik na een paar dagen weg te zijn geweest moeite zou hebben met de hoogte, maar ik had vandaag het gevoel alsof ik de Mount Everest aan zou kunnen. De sneeuw op het pad vertoonde al andere sporen – van mensen en van honden. Ik moedigde Heloise aan te draven, maar toen we even later bij het bankje kwamen, viel er nog steeds geen spoor van Merle en Teddy te bekennen.

Ik ging zitten om op adem te komen. Heloise tuurde het pad af. Ik wist dat ze begreep op wie we wachtten. Ze draaide zich om toen er een oudere man met een zwarte terriër van een van de hoger gelegen paden onze kant op kwam. De hond liep voortdurend van het pad, de hogere sneeuw ernaast in, en weer terug. Toen ze dichtbij genoeg waren gekomen zei ik goedemorgen.

Hij knikte. 'Wat een dag, hè?'

'Ja,' antwoordde ik, 'prachtig. Neemt u mij niet kwalijk, maar kent u Merle Wenzell toevallig? Hij loopt hier altijd met zijn collie, Teddy.'

'Ja, treurig, hè?'

'Ja.' Ik knikte ernstig. 'Hoe is het met Merle?'

'Nou, de dood van zijn vrouw was al moeilijk genoeg, ook al was het dan een zegen, maar toen ook Teddy zo kort daarop nog stierf...'

'Wat?' Ik sprong van de bank. 'Teddy?'

Hij legde zijn hand op zijn borst. 'O, neemt u mij niet kwalijk. Ik wist niet... Ja, Teddy is ook gestorven. Even kijken, ik geloof dat het vrijdag was. Een paar dagen na Laura. Het was eigenlijk zo'n beetje als je wel van echtparen hoort. Als de een gaat, gaat de ander ook.' De man wees. 'Hij is hier, bij dit bankje, gestorven. Daarom dacht ik dat u het wist. Volgens mij wist die oude hond dat hij hier naar boven wilde, en toen ze er waren, ging hij onder de bank liggen en is hij langzaam weggegleden. Ik heb Merle geholpen hem naar beneden te dragen.'

Ik wilde niet huilen waar deze man bij was, maar kon niet voorkomen dat de tranen over mijn wangen stroomden. Ik hield Heloise's riem tegen mijn hart gedrukt. 'O, nee, die arme Merle. O, niet Teddy ook.' Ik liet me weer op het bankje vallen. Heloise kwam bij me staan en likte mijn hand. De man ging naast me zitten en gaf me een verlegen klopje op mijn knie terwijl ik Heloise over haar kop aaide.

'Ik weet het, lieverd. Ik moet er niet aan denken dat er ooit een dag zal komen dat Blackie hier er niet meer is,' zei de man. 'Maar ja, we moeten er nu eenmaal rekening mee houden. En ik geef toe, het was nu niet bepaald het beste moment voor Merle, maar volgens mij was hij er wel zo'n beetje op voorbereid. Weet u wat hij zei, toen we hem naar beneden droegen?' Ik schudde mijn hoofd. 'Hij wil gewoon bij Laura zijn. En nu zijn ze samen aan het spelen.'

Ik barstte opnieuw in snikken uit, en weer gaf de man me een klopje op mijn knie. 'Maar u heeft nog een pup,' verklaarde hij nadrukkelijk, en ik realiseerde me dat hij dit emotionele vertoon van mijn kant maar pijnlijk vond. 'U kunt nog jarenlang van haar genieten.'

Ik haalde mijn mouw over mijn ogen, keek hem aan, glimlachte flauwtjes en keek toen naar Heloise. Voor het eerst stond ik mezelf toe om stil te staan bij het telefoontje dat ik binnen drie tot vier maanden kon verwachten, en dat me zou vertellen wanneer de camper kwam die haar terug zou brengen naar Californië.

Pas toen de man zich geëxcuseerd had en verder was gelopen, gaf ik me volledig over aan mijn verdriet.

Thuis maakte ik snel de boel aan kant, maakte een koffiecake, zette deze en Heloise in de auto en reed naar Merles huis. Het kon me niet schelen of hij bezoek had. Ik wilde hem zien. Hij deed open, en hij leek jaren ouder te zijn geworden. Maar hij glimlachte toen hij ons zag.

'Dat doet een mens goed, om jullie meisjes te zien.' Hij nam me onderzoekend op. 'Van wie weet je het?'

'Gisteren, bij thuiskomst van mijn reisje, zag ik de advertentie van Laura in de krant, en vanochtend, bij het bankje, sprak ik een meneer met een zwarte terriër die het me van Teddy vertelde.' Hij had de deur nog vast en ik legde mijn hand op zijn arm. 'Heloise en ik hadden nog wel zo gehoopt jou en Teddy daar te ontmoeten. O, Merle, wat moet dit zwaar voor je zijn.'

'Komen jullie toch binnen, alsjeblieft.' Zijn ogen waren vochtig. Hij draaide zich om en ging ons voor naar de keuken. Ik zag niets wat op logés wees. De mensen die voor de begrafenis waren gekomen, waren duidelijk alweer vertrokken. Ik keek de woonkamer in en zag de deken netjes opgevouwen over de rugleuning van Laura's lege stoel hangen. Het ziekenhuisbed was weg, de televisie zwijgzaam en zwart, afgezien van het raam met de kale bomen ervoor, dat in het scherm werd weerspiegeld. De kleden lagen nog steeds opgerold tegen de achterste muur. De echo van haar afwezigheid was voelbaar.

'Het water heeft net gekookt,' zei hij, toen we de keuken binnen gingen. De ketel stond op het fornuis. Hij legde drie vingers op het houten hengsel. 'Thee?' vroeg hij, met zijn blik op het fornuis gericht.

'Dat lijkt me heerlijk, Merle, graag. Ik heb een cake voor je meegebracht. Zal ik een plakje voor je afsnijden?'

Hij stond, nog steeds met zijn rug naar me toe, in een kastje te rommelen. 'Je zult mij nooit nee horen zeggen tegen iets lekkers. In dat opzicht ben ik net een hond.' Even viel er een stilte tussen ons, gevolgd door het respectievelijke gerinkel van de porseleinen kopjes en schoteltjes. Ten slotte keek hij me aan – zijn vertrouwde grijns was terug, maar zijn ogen glommen nog steeds van de tranen.

Onder het snijden van de cake zag ik Heloise de keuken af snuffelen. Om de zoveel tijd keek ze me vragend aan. Omdat ik het niet hardop wilde zeggen, antwoordde ik haar in gedachten: *Hij is er niet meer, lieverd. Teddy is dood.* Uiteindelijk draaide ze twee rondjes om haar eigen as en ging, met haar poten onder zich getrokken en haar kop in een ongewone hoek op de vloer, in zijn hoekje liggen. Alles aan haar houding straalde gemis uit, en verlies. Ik reikte omlaag en aaide haar rug.

Die avond belde Neil naar huis om te zeggen dat het erg laat zou worden, dat hij wel ergens een hapje zou eten en dat ik niet op hem moest wachten. Met een zucht schepte ik de rest van de lasagne in een plastic bewaardoos.

Die nacht sliep ik in ons bed, maar ik had net zo goed alleen kunnen zijn. Hij was er kennelijk geruisloos in gekropen, en er de volgende ochtend op dezelfde wijze weer uit verdwenen. Het enige waaruit bleek dat hij thuis was geweest, waren zijn overhemd en onderbroek in de wasmand, en het theezakje in de spoelbak van het aanrecht. Ik maakte een potje koffie, at een hardgekookt ei, zette Heloise in de auto en ging weg.

Bij het oprijden van de parkeerplaats zag ik Merle die op ons stond te wachten. Ik had de auto genomen naar het begin van het pad omdat ik vermoedde dat het ons, met de flinke laag sneeuw die er nu lag, te veel tijd zou kosten om erheen te lopen. De afgelopen nacht was ongeveer een decimeter gevallen, en nu sneeuwde het ook nog licht. De blauwe lucht was verdwenen, maar de temperatuur van rond het vriespunt was aangenaam. Merle droeg een donkerblauw donsjack. Hij had de capuchon opgezet, en het touwtje ervan strak aangetrokken rond zijn gezicht. Hij zag er met dat jack, zijn dikke wollen broek en bruine laarzen perfect gekleed uit voor deze wandeling door de sneeuw. Ik droeg Lainey's skibroek, Matts snowboard-jack en mijn eigen bergschoenen. Ik zou behoorlijke winterkleren voor mezelf moeten kopen.

We keken elkaar aan en spreidden onze armen op hetzelfde moment en omhelsden elkaar, en toen begonnen we gedrieën aan de klim.

30

Vanwege de sneeuw hadden we bijna twee keer zo lang nodig om bij het bankje te komen als anders. Mijn beenspieren stonden in vuur en vlam en ik snakte ernaar te kunnen gaan zitten. Ik veegde de sneeuw van de zitting, en Merle en ik ploften neer – het hoopje weggeveegde sneeuw naast Merles voeten, Heloise naast de mijne.

Onze adem vormde kleine wolkjes voor onze gezichten terwijl we uitkeken over de witte wereld en luisterden naar de intense stilte die het gevolg was van deze ijzige witte deken. Een paar vogeltjes fladderden rond de boom voor ons. Het enige andere spoor afgezien van het onze – van een konijn? – liep van de boom langs het bankje en ging vervolgens op in de andere sporen op het pad. Maar het was iets in de buurt van het bankje wat mijn aandacht trok.

'Moet je daar zien, Merle!' zei ik zacht, terwijl ik naar voren boog en rechts van hem wees.

'Wat?' Hij keek opzij, duidelijk in de verwachting een dier of een vogel te zien.

'Die hoop sneeuw daar. Vind je niet dat hij ergens op lijkt?'

Hij hield zijn hoofd schuin en bestudeerde de hoop, maar keek me even later nietszeggend aan.

Ik stond op, gaf hem Heloise's riem en liep naar de hoop sneeuw. Ik bekeek hem van alle kanten en begon er toen met mijn gehandschoende handen wat meer vorm in aan te brengen. Beetje bij beetje werd er een lijf zichtbaar, een kop. Het was ideale sneeuw om sneeuwpoppen van te maken. Mijn huid begon van pure opwinding te tintelen, en het voelde net alsof er vlak onder mijn huid een zwerm bijen zoemde. Toen trok ik mijn handschoenen uit en liet me op mijn knieën vallen. Met mijn vingers gaf ik vorm aan de voorpoten, de oren, de ogen en, ten slotte, de staart. Ik groef in de sneeuw tot ik drie steentjes had gevonden en gebruikte er twee voor de ogen en één voor de snuit. Toen ik klaar was, stond ik op en deed een stapje naar achteren om mijn werk te bewonderen. Al zei ik het zelf, het was een duidelijk herkenbare hond, die aandachtig oplettend naast Merles benen zat.

'Een monument voor Teddy!' zei ik, blozend van het plezier en de kou. Ik hield mijn handen bij mijn mond en blies op mijn ijskoude vingers om te voorkomen dat Merle mijn glimlach zou zien.

'Dat is echt opmerkelijk, Deena,' zei Merle zacht, terwijl hij zijn blik over de hond van sneeuw liet gaan. Hij keek me aan, eerst teder, en toen zag ik die vertrouwde fonkeling in zijn ogen verschijnen. 'Opmerkelijk in de zin van dat hij helemaal niet op Teddy lijkt.' Hij zweeg. Glimlachte. 'Maar het evenbeeld van Heloise is!' Hij stond op, kwam naast me staan en sloeg zijn arm om mijn schouders. 'Je hebt talent, lieverd. Echt waar. En ik vind het een fantastisch monument. Teddy en ik zijn je dankbaar.'

Na de wandeling had ik Merle uitgenodigd om mee te gaan lunchen. Hij had beleefd bedankt, en gezegd dat hij wilde rusten. Ik besloot alleen te gaan.

Ik bracht een vork vol omelet met Zwitserse kaas en champignons naar mijn mond, en verbaasde me over het feit dat ik iets wat ik zo afschuwelijk had gevonden – om ergens alleen te moeten eten – nu zo plezierig, ja, zelfs een ware traktatie vond. Onder tafel hoorde ik zachtjes snurken, en ik moest lachen.

Even kwam ik in de verleiding de krant op te pakken, maar besloot toen me er niet achter te verstoppen. Mijn voet vond Heloise, en ik voelde me volkomen tevreden en voldaan. Ik vroeg me af of ik hier ook zo van zou genieten wanneer Heloise er niet meer was, en ik vermoedde van wel.

Ineens voelde de tijd als fluweel – zacht en uitnodigend. Ik zat op mijn bankje te genieten van de textuur en de smaak van de omelet, luisterde naar de typische restaurantgeluiden van tegen elkaar stotend porselein en bestek, flarden van gesprekken, en snoof de geuren van vet, gist en koffie in me op. Ik voelde me dankbaar voor elk detail van mijn leven zoals het op dat moment was.

Ik keek naar buiten, naar de auto's die maar langzaam vooruit kwamen met al die sneeuw op de weg. Iemand van het personeel maakte de stoep van het restaurant sneeuwvrij. Een moeder, haar peuter in een oranje skipak en hun beagle waren een wandelingetje aan het maken, en ze bleven staan bij een grote blauwspar. Mijn vork bleef vlak boven mijn bord in de lucht hangen terwijl ik het drietal observeerde. De hond snuffelde en tilde zijn poot op tegen de stam van de boom. Zijn snuit met sneeuw erop keek mijn kant op. Het kind, dat zo dik ingepakt zat dat ik niet kon zien of het een jongen of een meisje was, keek omhoog naar een tak alsof het de daar opgehoopte sneeuw uitdaagde om te vallen. De moeder, met in de ene hand het handje van haar kind en in de andere de riem van de hond, staarde met een niets-ziende blik voor zich uit. Het kind trok haar mee naar de boom en wees opgewonden naar iets op een van de takken. De hond, die verderop een andere wandelaar met hond zag aankomen, trok zijn vrouwtje die kant uit. De vrouw stond met haar armen wijd gespreid. Ze sloot haar ogen en hief haar gezicht op naar de lucht.

Ik wenkte de serveerster, vroeg om de rekening en een doosje voor de rest van mijn omelet.

Het was hooguit anderhalve kilometer. Parkeren zou een probleem kunnen zijn, maar de sneeuw werkte in mijn voordeel. Ik bofte en vond een plekje pal voor de winkel. Het Art Department. Ik was er al jaren niet meer geweest. Ik passeerde de gang met de penselen en de gang met de tubes acryl- en aquarelverf en probeerde niet te denken aan de enorme hoeveelheid uitgedroogde tubes in mijn kelder. Heloise en ik liepen net zo lang langs de stellingen tot ik het had gevonden. Ik bekeek de mogelijkheden en koos voor twee pakken Marblex – een grijze, vanzelf hard wordende klei die niet gebakken hoefde te worden – waarmee ik me naar de kassa begaf. Heloise moest bijna draven om me bij te kunnen houden.

Thuisgekomen ging ik als eerste aan de slag met de commode. Ik haalde al mijn ondergoed uit de laden en stopte het weer in mijn eigen la van de commode in de grote slaapkamer. Ik legde de beha en het slipje van Victoria's Secret vooraan. Wie weet, dacht ik, misschien trok ik het setje vanavond wel aan. Om, voor de verandering, Neils aandacht mee te trekken zolang hij nog wakker was.

Nadat ik al mijn spullen weer had overgebracht naar de grote slaapkamer, waren Sams meubels aan de beurt. Achtereenvolgens bracht ik zijn nachtkastje, zijn zitzak en, uit zijn kast, zo'n grote oranje kegel van plastic waar ze de weg mee afzetten, en die ik nog nooit eerder bij hem had gezien, naar de kelder. Even vroeg ik me af waar hij dat ding vandaan had, maar bedacht toen dat ik dat niet wilde weten, en stopte hem weg tussen de kampeeruitrusting. Mijn hand bleef even liggen op de nylon zak waar de tent in zat, en ik vroeg me af hoe het zou zijn om alleen met Neil te gaan kamperen. Dat hadden we nog nooit gedaan.

Terug in Sams kamer schoof ik de commode tegen zijn garderobekast, haalde zijn bed af en gooide er een oud laken overheen. In de kelder vond ik grote plastic afdekzeilen die ik had bewaard van toen ik twee jaar geleden de eetkamer had geschilderd. Met de blokken Marblex onder mijn arm geklemd om ze een beetje op temperatuur te krijgen, keerde ik terug naar Sams kamer.

Heloise was me overal naartoe gevolgd, behalve naar de kelder, maar nu stond ze me vanaf de drempel aan te kijken omdat ze duidelijk niet wist wat ze aan moest met mijn koortsachtige activiteit. Ik legde de klei op de met plastic afgedekte commode, ging op de stoel zitten en begon onbeheersbaar te grinniken. Mijn buik getuigde van opwinding en angst tegelijk. Maar ik was nog niet helemaal zo ver dat ik kon beginnen.

Ik keek om me heen. In de boekenkast stond Sams oude cd-speler – we hadden hem een kleinere gegeven om mee te nemen naar de universiteit. Ik keek naar de muren. Eigenlijk konden ze best een schilderbeurt gebruiken. Moest ik de kamer schilderen? Iets anders. Helder en licht. Turkoois? *Nee, dat is uitstel. Begin nu toch gewoon. Maak die pakken open!'*

Goed, goed, onderhandelde ik met mezelf. Ik zou niet schilderen, maar er was één ding dat nog wel moest gebeuren. Ik sprong op en rende naar beneden. Heloise, die er genoeg van had om me steeds maar trap-op trap-af te volgen, bleef boven op de overloop staan, en ging toen met een zachte grom van overgave liggen, waarbij ze haar voorpoten over de rand van de bovenste tree liet hangen. Ik keek naar haar en moest lachen, en haastte me naar de woonkamer. Ik was net een kind van vier dat haar vriendinnetjes op bezoek kreeg voor een kopje thee. Ik zocht tussen de cd's, vond het exemplaar dat ik zocht, rende weer naar boven en sprong over Heloise heen. Ik stopte het schijfje in het laatje, maar drukte niet meteen op *play*. Nu haastte ik me naar de slaapkamer. Onze slaapkamer. Ik pakte mijn schilderij en haalde er, terwijl ik ermee terugliep naar Sams kamer, voorzichtig het bubbeltjesplastic vanaf.

Nee, niet Sams kamer. Ik ging midden in de ruimte staan, drukte mijn schilderij tegen mijn borst en dwong mezelf het hardop uit te spreken: 'Mijn atelier.'

Ik haalde een honkbalplaquette van de muur en hing *Woman* aan de vrijgekomen spijker. Ik haalde diep adem, en nu pas drukte ik op de *play*-toets van de cd-speler. Ik ging bijna eerbiedig op de stoel zitten, en voelde mijn sterke bilspieren spannen. Ik haalde de klei uit het pak en snoof de geur van vochtige kelders, voorjaarsregens en mogelijkheden in me op. Carole King begon te zingen, en mijn vingers drukten zich in het koele, stugge materiaal, en nog eens en nog eens, net zo lang tot het warm en kneedbaar was geworden.

Bijna twee uur en twee honden – eentje die zat en een andere die lag – later, keek ik op de klok en schrok toen ik zag hoe laat het was. Ik had toch minstens één huishoudelijke taak moeten verrichten voor iedereen thuiskwam. Ik bewonderde mijn honden, elk ongeveer even groot als een hotdogbroodje. Ik had moeite gehad met de koppen, maar door regelmatig naar Heloise te kijken, was het me uiteindelijk toch gelukt een aannemelijk resultaat te verkrijgen. En elke hond had een eigen gezichtsuitdrukking – de ene was waakzaam en wakker, terwijl de andere iets dromerigs had. Ik waste mijn handen in de badkamer van de kinderen en verbaasde me over het opgetogen gezicht dat me vanuit de spiegel aankeek.

Ik had op dat moment voldoende energie om de bergen wasgoed onder ogen te zien waarvan ik wist dat ze in de kelder op me lagen te wachten. Ik haalde de zakken uit de twee wasmanden, zwaaide ze over mijn schouders alsof ik de kerstman was, en liep er de twee trappen mee af.

Er lag zoveel vuile was op de vloer van het washok dat er vrijwel geen vrij plekje meer over was. Maar iemand had zijn best gedaan. In plaats van één enorme hoop, waren er drie: wit, donker en kleuren. Er zaten spullen bij die met de hand gewassen moesten worden, en andere die alleen maar gestoomd mochten worden, maar dat vond ik niet erg. En iemand had méér gedaan dan alleen maar sorteren – op het droogrek hing een van Lainey's lievelingstruien, dermate gekrompen dat een klein uitgevallen poedel hem nog maar net aan zou kunnen. Als Lainey haar trui op die manier had laten krimpen, zou ze een hysterische huilbui hebben gekregen en hem hebben weggegooid, ze zou hem nooit voor iedereen zichtbaar op het droogrek hebben gehangen. Ik kon me van Matt niet voorstellen dat hij zich aan de was zou wagen, en als hij dat wél had gedaan, zou hij zich nooit om Lainey's wasgoed hebben bekommerd. Het moest Neil zijn geweest.

Neil. Ik glimlachte, liet het goed uit mijn armen vallen en begon de drie stapels te sorteren.

Neuriënd haalde ik een wollen trui van Matt van de hoop donker, en een zijden blouse van Lainey van de hoop wit. Daar zaten ook een paar overhemden van Neil bij. Ik viste ze eruit en hield ze in mijn armen. Nu pas zag ik in dat het doen van de was helemaal niet zo eenvoudig was – het was zelfs een soort kúnst.

Ik stopte de trui en de blouse in een lege wasmand, en Neils overhemden gingen in een andere. Ik waste zijn overhemden altijd apart zodat ik ze regelrecht uit de wasmachine kon stijven en drogen. Terwijl ze vanuit mijn armen in de wasmand tuimelden, viel mijn oog op een rode vlek te midden van al het wit. Ik pakte de vlekkenverwijderaar uit het kastje en viste het overhemd weer uit de mand. Ik zag mezelf staan – als een oude wasvrouw voorovergebogen en met mijn arm gestrekt – en bleef als verstijfd naar de vlek staan staren.

De wereld kwam tot stilstand.

Lippenstift. De onmiskenbare, wasachtige vlek van lippenstift, uitgesmeerd op de schouder van een overhemd.

Als in slow motion gingen mijn vingers over de stof. Ik tilde het overhemd op en hield het voor me. De keldervloer zakte onder mijn voeten vandaan – eerst langzaam, als een lift, maar toen met een enorme vaart.

Ik greep me met mijn linkerhand beet aan de tafel. De lippenstift was knalrood. Een kleur die ik nooit had gedragen, behalve één keer, heel lang geleden tijdens Halloween, toen ik me voor een schoolfeest van Sam als Cruella De Ville had verkleed.

Ik hield het overhemd bij mijn neus en rook eraan. Het gekke was dat ik dat eigenlijk niet wilde doen, maar ik kon het niet helpen. Geen parfum, dat scheelde. Alleen een vage geur van zijn deodorant en aftershave.

Die nieuwe aftershave.

Hij had zijn leven lang Old Spice gebruikt, en opeens was hij een ander merk gaan kopen. Ik vloog de trap op. Ik nam, het overhemd in mijn hand geklemd en tegen mijn borst gedrukt, de keldertrap met twee treden tegelijk. Heloise stond bovenaan op me te wachten, en was zoals gewoonlijk dolblij dat ik weer terug was uit de kelder. 'Opzij! Opzíj!' Ik duwde haar met mijn knie uit de weg, stoof de gang af en de volgende trap op. Heloise kwam opgetogen achter me aan en hapte enthousiast naar de fladderende panden van het overhemd. Ze vond het een enig nieuw spel.

'Heloise! Nee! Af!' schreeuwde ik. Halverwege de gang bleef ik staan, greep haar halsband en gaf er een flinke ruk aan. 'Néé!' Ze ging onmiddellijk zitten, legde haar oren in haar nek en keek verontschuldigend naar me op. Terwijl ik mijn hart in duizenden stukjes voelde breken, haastte ik me de badkamer in.

Ik rukte het medicijnkastje open. Daar. Een donkerblauw flesje. Mijn arm voelde alsof hij niet bij mijn lichaam hoorde toen ik hem ophief en mijn hand uitstak. Ik raakte het flesje aan en draaide het toen langzaam om.

Aramis.

Mijn longen leken gekrompen en ik moest bewust mijn best doen om adem te blijven halen. Met bevende handen pakte ik het op. Ik had de artikelen in de tijdschriften gelezen en had zeker tien uitzendingen van Oprah gezien die over overspelige echtgenoten gingen. De tekenen waren me bekend, en nu kon ik ze moeiteloos aanwijzen. Het uitproberen van nieuwe dingen, zoals een andere *aftershave.* Het slapen in aparte slaapkamers. *Hij had mijn koffertje ongevraagd in Sams kamer gezet.* Onbereikbaar, onaanspreekbaar. *Zijn afstandelijkheid op het vliegveld, onder het eten en zelfs tijdens het bedrijven van de liefde.* Afvallen, fitness. *Hij had slanker gevoeld, gespierder ook.* Voor haar. Ik keek opnieuw naar het overhemd. In mijn hand hield ik het meest onverbiddelijke bewijs dat een echtgenote ooit zou kunnen vinden, een rode, ontrouw schreeuwende veeg lippenstift op de schouder van zijn overhemd.

Ik ging op de rand van het bad zitten en haalde in korte stootjes adem terwijl ik mijn borst, armen en benen langzaam maar zeker in beton voelde veranderen. Heloise kwam aarzelend de slaapkamer in, bleef op de drempel van de badkamer staan en keek naar van alles en nog wat, behalve naar mij. Ze zag eruit alsof ze aan het smelten was. En misschien wás alles wel aan het smelten.

Ik stond op, boog me over de wastafel en dacht dat ik moest overgeven. Ik draaide de kraan open, spatte koud water op mijn gezicht en dwong mezelf dieper en rustiger adem te halen. Ik trok het handdoekje van zijn ring en bette mijn wangen, ogen en mond. Ik keek in de spiegel. De lichtgele handdoek – zonnebloem noemden ze die kleur – viel slap in de wasbak. Ik keek naar mijn nieuwe haren rond hetzelfde oude gezicht.

Hoe had ik zo arrogant kunnen zijn! Hoe had ik kunnen denken dat ík degene was die besliste of ik mijn man wel of niet zou verlaten? Terwijl hij ondertussen míj al had verlaten? Hoe lang was het al gaande? Weken? Maanden? Járen? Heloise, in de slaapkamer, ging liggen – het was duidelijk dat ze niet begreep wat er aan de hand was. Ik ging weer zitten, maar nu op de deksel van de wc. En keek naar het overhemd dat over de rand van het bad hing. Ik merkte hoe mijn levenskrachten me in de steek lieten en plaatsmaakten voor een gevoel van schaamte en schuld.

Ik was afstandelijk geweest.

Ik was naar een andere kamer gegaan.

Ik was op reis gegaan.

Ik had mijn ringen afgedaan.

Ik was met Kent gaan eten.

In welk opzicht verschilde Neils affaire van waar ik maandenlang aan had gedacht? Wat ik, gedurende die paar uur in Madison, ook van plan was geweest om te doen?

Dat was waar. Maar ik had het níét gedaan.

31

Maar wie? En wanneer kon hij dan –
O, mijn God, Amy.

Thanksgiving. Kalkoen. Pizza de vrijdag erna. Mijn echtgenoot had een verhouding met onze gescheiden buurvrouw. Wat goedkoop en wát een cliché!

Ik vloog de trap weer af – het bloed dreunde in mijn oren. Ik rukte de voordeur open en rende op mijn blote voeten de oprit af. Bij de stoeprand bleef ik staan en keek naar de smerige, verijsde bandensporen. En naar de overkant, naar Amy's huis. Naar de kleine sneeuwpop in de voortuin, waarvan ik bijna zeker wist dat Nan hem had gemaakt. De stokken die als zijn armen hadden gefungeerd, waren op de grond gevallen, en de drie ballen waaruit zijn gestalte was opgebouwd, waren half gesmolten en in elkaar gezakt, waardoor hij op een gedrongen, misvormde figuur uit een lachspiegel leek. Ik draaide me om en liep op van de ijskou verdoofde voeten het huis weer in.

Ik sjokte van de ene kamer naar de andere. Mijn voeten, die langzaam maar zeker weer op temperatuur kwamen, gloeiden en ze voelden als lood. Het leek wel alsof elke kamer het wist.

Zij was hier, fluisterde de serre. *Toen jij weg was.* De muren hadden haar woorden gehoord. Had de eetkamer naar haar bede voor Thanksgiving geluisterd? Op welke stoel had ze gezeten? De mijne? Haar kalkoen had op mijn glimmende eettafel gestaan. 'Haar' kalkoen, die ze niet eens zelf had gemaakt, en waarvoor ze niet om het halfuur in de oven had gekeken, haar hoofd afwendend voor de enorme golf van hitte die eruit ontsnapte. Ze had hem niet keer op keer liefdevol met vet bedropen terwijl Neil en de kinderen in de kamer ernaast Monopoly zaten te spelen. Nee, in plaats daarvan had ze samen met hen Monopoly gespeeld.

Ik stond voor de gootsteen en hield me met beide handen vast aan het aanrecht. Had ze, na het eten, met haar armen in mijn gootsteen gestaan? Zij aan zij met Neil? Had ze gelachen terwijl ze samen de afwas deden? Zoals ik jaren geleden op die manier met Neil had gelachen? Neil had elke avond aangeboden om te helpen. Elke keer wanneer ik met een baby uit het ziekenhuis was gekomen, had hij erop gestaan de afwas te doen. En daarna had ik er – mogelijk veel te snel – op gestaan om het zelf te doen. Ik had hem uit de keuken gejaagd en gezegd dat hij al een hele dag had gewerkt, en dat hij moest gaan zitten.

Ik liet mijn hoofd hangen. Elaine had gelijk. Ik was degene die had geweigerd mijn eigen kaart in de prikklok te steken.

Ik liep doelloos door het huis. Heloise volgde me op enige afstand. Ze hield haar kop laag, en haar oren lagen naar achteren gebogen. Ik ging naar boven, pakte me aan de trapleuning vast en hees mijn gewicht van de ene naar de andere tree. De gang aflopend liet ik mijn vingers hier en daar over de foto's gaan. Sportfoto's van de kinderen – de typische basketbalfoto's van de jongens. Matt die met één knie op de grond zat en met een nog kinderlijke hand de bal vasthield die op de opgeheven knie balanceerde. Alles – knie, handen en glimlachjes – in de perfecte positie. Een identiek kiekje van Lainey, maar dan met een voetbal. Deze foto was net een jaar oud. Ik had op deze individuele opnamen gestaan, hoewel ze een vermogen hadden gekost. Maar inmiddels gaf ik toch de voorkeur aan het kleinere, door onszelf gemaakte kiekje van Sam die, met opgeheven armen en omhoog kijkend, aan het eind van de oprit stond waar hij zojuist de bal in de korf boven de garagedeur had geworpen. En dan die andere van Matt –die toen een jaar of vier, vijf moest zijn geweest – die in zijn zwembroek grinnikend en met gesloten ogen op een strandbal onder de sprinkler zat. En dan deze. Ik liet mijn vinger over het roze dubbele lijstje gaan – de linkerfoto van de driejarige Lainey in haar roze tutu, de armpjes hoog opgeheven boven haar hoofd en haar mollige vingertjes die elkaar net niet raakten. Op de foto ernaast was ze ongeveer een jaar ouder en stond ze naakt, en onder de modder, met een bladvormig dienblad vol zandtaartjes op haar knie. Mijn blik ging over deze stille getuigen van ons leven als gezin. Foto's als een snoer van bonte kralen. Een aaneenschakeling van herinneringen. Een ketting die nu kapot was en waarvan de kralen verloren over de grond rolden.

Ik liep de slaapkamer in, ging op de rand van het bed zitten, pakte de telefoon en toetste een nummer in.

'Dag Phyllis, je spreekt met Deena. Ik zou Neil graag even spreken. Het is dringend.'

Ik hoorde Phyllis' ademhaling versnellen. 'Is... Zijn...? Ja, natuurlijk. Ik ga hem even voor je roepen, Deena.'

Tijdens het wachten probeerde ik mijn eigen ademhaling onder controle te krijgen. Ik trok een kussen onder de sprei vandaan en drukte het tegen mijn borst.

'Deena?' vroeg Neil geschrokken.

Mijn hart. Ik kon niet spreken met mijn hart in mijn keel. Ik slikte. 'Neil, er is niets met de kinderen, maar ik wil dat je zo snel mogelijk naar huis komt. Nu meteen. Alsjeblieft.'

'Wat is er aan de hand, Deena?' Ik kon zijn paniek duidelijk horen.

'Met de kinderen is alles goed.'

'Ja, Deena, dat zei je al. Ik heb patiënten vanmiddag. Wat is er aan de hand? Ben je ziek?' Even niets, en toen, zachtjes: 'Is er iets met Heloise?'

'Nee, Neil. Dit is de eerste keer dat ik je vraag om van je werk naar huis te komen. Voor mij. Doe het alsjeblieft. Al is het maar voor deze ene keer.'

Een pijnlijk lange stilte. En toen gedempt – ik vermoedde dat hij zijn hand over de telefoon had gelegd – 'Phyllis, bel mevrouw Ye en...' In gedachten zag ik hem met zijn vinger over de namen in zijn afsprakenboek gaan. 'En de moeder van de McKenzie-tweeling, ze heeft een andere achternaam, Johnson, geloof ik, en – wie dit ook zijn mag. Wil je voor iedereen nieuwe afspraken maken, alsjeblieft?' Nu sprak hij weer gewoon in de telefoon. 'Ik kom eraan, Deena.'

Nog geen twintig minuten later hoorde ik de voordeur opengaan. Ik zat nog steeds op het bed. Heloise sprong op, rende de gang op en de trap af. Haar nagels op de eikenhouten treden klonken alsof ze naar beneden gleed, in plaats van de treden om de beurt te nemen.

'Hallo, meisje,' zei Neil. Ik hoorde hoe hij haar een paar liefkozende klopjes gaf. 'Deena?'

'Boven,' riep ik terug. 'In de slaapkamer. In ónze slaapkamer.' Ik hoorde hoe hij zich met zijn lange benen met twee treden tegelijk naar boven haastte. Heloise's nagels volgden hem op de voet.

Neil kwam naast me zitten. Heloise wurmde zich tussen onze benen. 'Deena? Liefste?' Hij legde zijn hand aarzelend op de mijne. 'Wat is er?' De uitdrukking op zijn gezicht hield het midden tussen angstig en moedig.

Ik draaide me naar hem toe – niet met de vurige, uitdagende houding die ik van mezelf had verwacht, maar met een openheid en een overtuiging waar ik zelf van stond te kijken. Het was alsof ik ineens wist dat het op wat voor manier dan ook goed zou zijn. Als dit het einde was, zou ik opnieuw kunnen beginnen. Ik wist wat ik wilde, maar als ik het niet kon krijgen, dan zou mijn leven hoe dan ook voor me liggen, niet achter me.

'Neil, ik wil dat we bij elkaar blijven, en ik wil ervoor vechten. Ik wil weer terug naar een "ons". Maar daarbij wil ik mezelf niet verliezen. Ik wil dat we elk op zich een individu zijn. Ik wil kunstzinnige dingen gaan doen en werk zoeken. Ik wil dat jij minder gaat werken en ook leuke dingen voor jezelf gaat doen. Ik wil soms alleen zijn, maar voor altijd bij elkaar zijn. Ik wil oud met je worden, Neil.' Ik had het er allemaal achter elkaar uitgegooid. Al mijn waarheden – één voor één.

Hij had zijn ogen dicht, liet de ingehouden adem uit zijn longen ontsnappen en keek me toen aan. Er lag een tedere blik in zijn bruine ogen. 'Lieveling, je weet niet half hoe opgelucht ik me voel nu je dat hebt gezegd. Want dat wil ik ook.' Hij boog zich naar me toe om me te kussen, maar ik legde mijn hand op zijn schouder en hield hem tegen. Heloise ging liggen en legde haar kin op mijn voet.

'Dus maak je het dan uit met haar?' Ik keek hem recht in de ogen. 'Betekent dat dan, Neil, dat jullie affaire hiermee voorbij is?'

Zijn gezicht vertrok tot een gekweld en diep ongelovig masker.

'Deena –' begon hij, en hij schudde zijn hoofd. 'Ik heb helemaal geen verhouding, met niemand. Hoe kom je daarbij? Ik dacht dat jíj een verhouding had. Ík heb niemand. Hoe kom je daar in vredesnaam bij?'

Ik bleef hem strak aankijken. 'Neil, ik heb een overhemd van je gevonden. Beneden. Er zit lippenstift op. Rode lippenstift. Je bent een andere aftershave gaan gebruiken. Je bent gaan sporten. Je hebt mijn koffer in Sams kamer gezet. Je –' Ik verscherpte mijn blik. 'Neil, ik weet dat ik een tijdje min of meer verdwaald was. En jij was dat ook. Maar, Neil –' Nu keek ik strak voor me uit. 'Het is Amy, hè?'

'O, lieveling!' Hij wilde me in zijn armen nemen, maar ik duwde hem weg. 'O, mijn God, Deena. Nee. Nee! Ik héb geen verhouding. Het spijt me heel erg dat je dat hebt gedacht.' Ik deed mijn mond open, maar nu stak hij zijn hand op en hield me tegen. 'En ik begrijp ook hoe je op het idee hebt kunnen komen. Dat snap ik. Het spijt me. Maar ik zal het je uitleggen. O, God! Amy? Dacht je echt dat ik een affaire had met Amy?' Hij schudde zijn hoofd en lachte een beetje. Ik ging rechtop zitten – uitdagend en toch nog steeds boos. Haastig vervolgde hij: 'De lippenstift is van – een patiënte. Nou ja, zo kun je haar wel noemen.' Ik voelde de achterdocht in mijn blik kruipen. 'Wacht, Deena.' Hij greep mijn hand stevig en liefdevol tegelijk vast. 'Ik moet haar privacy respecteren.' Dat was waar. Ik wist ook dat er artsen waren die het daar niet zo heel nauw mee namen, en die meenden dat het, zolang je maar geen namen noemde, niet erg was om over hen te vertellen. Maar Neil had die zwijgplicht altijd heel serieus opgevat, en in de loop van de vele jaren had hij me nauwelijks iets over zijn patiënten verteld. En daar had ik altijd diep respect voor gehad. Maar dit was anders. Ik moest het weten.

'Kun je me dan op zijn minst vertellen hoe die lippenstift daar is gekomen?

Hij zuchtte. 'Ik ben bereid je meer te vertellen dan dat. Ik vind dat je het moet weten. En eigenlijk is ze in technisch opzicht ook niet mijn patiënt. Trouwens, Lainey weet het ook. Van Nan. En Lainey heeft het weer aan Matt verteld.'

Lainey? Nan? Matt? Mijn verbazing was zo groot dat ik mijn eigen gezicht ervan voelde vertrekken.

Opnieuw nam Neil mijn hand in de zijne. 'Sara is zwanger.' Ik had meerdere lange seconden nodig om zijn woorden tot me door te laten dringen. Toen liet ik mijn hoofd hangen, kneep mijn ogen dicht en was mijn eigen zorgen op slag vergeten. Ik keek Neil vragend aan, en hij vertelde hoe hij het te weten was gekomen. 'Met Thanksgiving had ik sterk de indruk dat ze ergens mee zat, en vrijdagavond, toen ze pizza kwamen eten, ook. Maar ik dacht dat het kwam omdat ze boos was dat ze van Amy mee had moeten komen, in plaats van naar haar vriendje te mogen, of zo. Lainey heeft zaterdag bij Nan gelogeerd, en ik vermoed dat Sara het niet langer voor zich kon houden en het aan de beide meisjes heeft verteld. Toen hebben ze haar overgehaald om het aan mij te vertellen. De volgende ochtend stond ze op de stoep. Haar ogen waren dik en rood van al het huilen, en ze had zich zwaar opgemaakt om het te verdoezelen.' Neil schudde zijn hoofd. 'Ze had zo haar best gedaan om er stoer en volwassen over te doen, de stakker. Ik heb haar natuurlijk niet onderzocht, maar we hebben erover gesproken en ze heeft me de twee zwangerschapstesten laten zien die ze had gebruikt. Beide waren positief geweest. Ik beloofde haar dat ik een afspraak voor haar zou maken in de kliniek, en zei dat we er tot op dat moment natuurlijk niet honderd procent zeker van konden zijn, maar ja, alles leek erop te wijzen dat ze zwanger is. Toen het verhaal eruit was, stortte ze in. En zo moet die lippenstift op mijn overhemd zijn gekomen. De arme stakker heeft het niet gemakkelijk gehad het afgelopen jaar met de scheiding van haar ouders, en nu dit.' Hij zweeg en streelde mijn hand. 'Lisa Radelet, de gynaecologe van de kliniek, heeft de zwangerschap bevestigd. En voor zover ik heb begrepen, wil Sara de baby houden.'

Ik slaakte een diepe, diepe zucht. Aan de ene kant was ik opgelucht voor wat de lippenstift aanging, maar aan de andere kant maakte ik me enorme zorgen om Sara. Amy. En zelfs Nan. 'O, Neil. En weet Amy het al?'

'Ik geloof van niet. Lisa heeft Sara doorverwezen naar een psychologe die haar daarmee kan helpen, en zo.'

'O, help. En dat terwijl ze die scheiding nog maar net te boven zijn! Wat moeten ze doen?'

'Zich er doorheen worstelen, vermoed ik, net als iedereen.' Hij zuchtte, en toen glimlachte hij. 'En ik vermoed dat ze wat vaker op de stoep zal staan dan tot nu toe.'

Ik voelde zoveel tegelijk, maar toch moest ik lachen. Neil stak zijn armen naar me uit, maar wachtte om te zien wat mijn reactie zou zijn. Ik nestelde me tegen hem aan en sloeg mijn armen om hem heen. We kusten elkaar. We kusten elkaar zoals we elkaar al lange tijd niet meer hadden gekust. We hoorden de deur niet eens opengaan, maar Heloise vloog de slaapkamer weer uit en schoot de trap af.

'Hallo, *Wheezy*! Ben je een braaf meisje?'

'Hé, puppy! Hé, meisje!'

Matt en Lainey, terug van school. Neil en ik maakten ons van elkaar los, maar we bleven elkaars hand vasthouden.

'Geweldig hoor, eindelijk een intiem moment en dan moeten juist de kinderen thuiskomen. Dat hebben wíj weer!' zei Neil. Ik lachte, sloeg mijn armen weer even om hem heen en kuste hem, en toen gingen we staan. Hand in hand liepen we de gang af. We hadden nog steeds een heleboel te bepraten, maar dit was er niet het moment voor. Vanavond, in bed.

Vanaf de overloop begroetten we de kinderen. Ze waren stomverbaasd – niet alleen om ons samen te zien, maar bovendien nog wel hand in hand, en boven aan de trap. Ze grinnikten en gaven elkaar een por. Waarschijnlijk dachten ze dat we seks hadden gehad. Laat ze maar denken.

'Hé!' zei ik, me eerst tot Neil, en toen tot de kinderen wendend, 'laten we vanavond naar de bowlingbaan gaan!' Matt en Lainey begonnen onmiddellijk te kreunen. 'Ah, toe nou!' smeekte ik. En toen, op een verleidelijk toontje: 'Dan maak ik bowlingeten!'

'Een chocoslagcake?' vroeg Lainey.

'Ja,' zei ik.

'He-le-maal per-fect,' zei Matt, elke lettergreep met een knikje benadrukkend.

32

Heloise en ik vonden Neil en de kinderen bij baan acht, waar ze net een partij hadden afgesloten. We waren met twee auto's gegaan, aangezien ik het vlees op het vuur had willen zetten en de cake nog in de vriezer had moeten doen. Nee, niet omdat ik dat móést, of omdat het van me verwacht zou worden, maar omdat ik er echt zin in had. Neil en de kinderen waren vooruit gegaan om een baan te bemachtigen vóór de drukte van na vijven. In Fairview was geen bowlingbaan, dus we waren naar het vijfendertig kilometer verderop gelegen Clifton gegaan, waar bowlen nooit uit de mode was geraakt.

Neil gaf me mijn schoenen aan – een onopvallend paar van rood met bruin leer. Ik keek naar de zijne. Fluorescerend roze. 'Leuke schoenen, lieve.'

'Hij heeft om dat paar gevráágd, mam! Dat gelóóf je toch zeker niet?' riep Lainey opgetogen uit. 'De man gaf hem eenzelfde paar als die van jou, maar toen zag hij die monsterlijke roze dingen in zijn maat staan, en vroeg hij of hij die mocht hebben.'

Matt keek zijn vader aan en zei, met een volkomen strak gezicht: 'Ja, en nu weten we het dus zeker. Pap heeft ze echt niet meer allemaal op een rijtje.'

Lachend trok ik mijn schoenen aan en strikte de veters terwijl zij mijn naam in de computer typten. Toen ik opkeek, was het helemaal niet míjn naam die op het scherm boven ons hoofd was verschenen, maar die van Heloise.

'Zal ik dan maar voor jou spelen, meisje?' vroeg ik aan Heloise. Ze kwispelde bij wijze van instemming. Ik pakte een bal van het rek en slingerde hem de baan af. Aanvankelijk zag het er goed uit, maar toen raakte hij in een spin en rolde, vlak voordat hij bij de kegels was, in de goot.

'Gootbal voor Heloise!' riep Matt. Ik stond met mijn handen op mijn knie te lachen.

In het begin was Heloise een beetje bang voor de herrie van de ballen die hard tegen de kegels sloegen, maar ze was gefascineerd door de machine die de ballen weer terug liet komen. Ze zat zeker een kwartier lang te kijken naar hoe de ballen oprezen uit de duistere onderwereld en weer de goot in kwamen gerold. Wanneer er geen ballen kwamen, bleef ze met haar kopje schuin zitten wachten, terwijl ze zich afvroeg wat er aan de hand was. Maar wanneer ze dan het diepe bonken hoorde van een bal die weer op weg was naar boven, ging ze staan om de bal te begroeten en begon ze, zodra ze hem zag, te kwispelen. Matt vond het zó komisch dat ze hem bijna de slappe lach bezorgde.

'Wat is ze toch een schatje, hè, mam?' zei Lainey. 'En ze is ook zo groot geworden, en zo braaf. Wie had ooit gedacht dat mijn moeder een hond zo goed kon trainen?' zei ze, terwijl ze me in de arm kneep.

'Nou, ik,' zei Matt, zonder ons aan te kijken. Hij had zijn positie ingenomen en stond op het punt zijn bal te werpen. 'Kijk maar wat voor kanjer ik ben geworden.' Nu keek hij achterom over zijn schouder, en trok hij á la Groucho Marx zijn wenkbrauwen een aantal keren op. En natuurlijk schoten we allemaal weer in de lach.

Neil en ik zaten op het bankje te kijken naar de kinderen, die na elkaar aan de beurt waren. Neil legde zijn arm achter me langs, aarzelend, eerst op de zitting, en toen pas om mijn schouders. Mijn huid tintelde. Ik voelde elke centimeter van waar zijn arm contact maakte met mijn rug, van hoe zijn vingers teder mijn arm vasthielden. Ik liet me tegen hem aan leunen. We keken elkaar in de ogen en zeiden niets, maar desondanks zeiden we o zoveel. Matt moest voor ons gezicht met zijn vingers knippen om ons te laten weten dat wij aan de beurt waren.

Het was donker en koud en het sneeuwde hard toen Heloise en ik het bowlingcentrum verlieten. Neil en de kinderen hadden alle schoenen al ingeleverd en waren op weg naar huis om alvast de tafel te dekken. Neil had aangeboden salade te maken, 'zijn specialiteit', had hij er grinnikend aan toegevoegd. Ik raakte aan de praat met een gezin dat op onze baan stond te wachten – ze vroegen me van alles over Heloise en dachten erover ook een blindengeleide-puppy te nemen.

'Het is heel veel werk,' zei ik. Heloise zat braaf naast me. 'Maar het is zeer de moeite waard.'

'Heeft uw hele gezin meegeholpen?' vroeg de moeder. Haar drie kinderen, die zo'n vijf jaar jonger waren dan de mijne, luisterden mee. Ik glimlachte. 'Nou, ze zijn erbij betrokken geraakt, zou je kunnen zeggen.' Mijn hand ging naar Heloise's kop ter hoogte van mijn knie. 'Maar het is zonder meer een feit dat we allemaal verliefd op haar zijn geworden, en dat is een groot deel van de training.' Ik vertelde hun over de website waar ze meer informatie konden vinden, en toen excuseerde ik me.

De sneeuw die 's middags was gesmolten was weer opgevroren, en er lag een dun laagje verse sneeuw overheen. Heloise en ik namen kleine, voorzichtige stapjes over de glibberige stoep en de parkeerplaats. Toen we bij mijn auto kwamen, moest ik glimlachen. Iemand, of misschien wel alle drie, had de motorkap, het dak en de raampjes sneeuw- en ijsvrij gemaakt.

Bij het verlaten van de parkeerplaats was ik dankbaar voor de dure, speciale sneeuwbanden die Neil een paar jaar geleden per se onder mijn oude auto had willen zetten. Ik had indertijd gezegd dat het net zoiets was als een lijk van diamanten oorbellen voorzien. Maar meerdere sneeuwstormen hadden me er inmiddels van overtuigd dat Neil gelijk had gehad.

Ik gaf een beetje gas en reed van de parkeerplaats de weg op. In het licht van elke straatlantaarn dansten driehoekige vlokjes sneeuw. Het was nog geen zeven uur, maar in Clifton was al geen kip meer op straat. Bij het verlaten van de parkeerplaats had ik maar twee auto's langs zien komen. Het was als een bevroren spookstadje, maar het was prachtig, en ik was me bewust van de aura van heiligheid die dit jaargetijde omgaf.

Ik besloot om via de snelweg naar huis terug te gaan. Het leek me waarschijnlijk dat ik daar minder last van de sneeuw zou hebben dan op de kleinere achterafweggetjes. Ik moest stoppen voor een rood licht. Hier moest ik links, en dan snel rechts voorsorteren voor de oprit van de I-25.

Een blik in de achteruitkijkspiegel – mooi, geen achteropkomend verkeer. Dat betekende dat ik rustig kon afslaan en voorsorteren. Ik zag Heloise's silhouet. Ze zat naar buiten te kijken en leunde met haar forse lijf zijdelings tegen de rugleuning van de achterbank, en haar neus drukte bijna tegen het zijraampje. Ik moest om haar glimlachen – voor zeker al de miljoenste keer. Ik zette de radio aan, zocht een paar zenders af en stelde vast dat er vrijwel overal kerstmuziek werd uitgezonden. Ik koos voor 'O Little Town of Bethlehem.' Een van mijn lievelingskerstnummers.

How still we see thee lie...

De ruitenwissers leken op de maat mee te bewegen. Ik zong uit volle borst mee, en Heloise spitste haar oren. '*Above thy deep and dreamless sleep...*'

Na lange seconden sprong het licht op groen. Ik trapte het gaspedaal in, en de achterkant van de auto slipte een beetje, maar het volgende moment hervonden de banden hun grip op het wegdek en kwam de auto in beweging. Ik keek vooruit om te zien waar de oprit was, en toen keek ik naar boven om me ervan te verzekeren dat het licht nog steeds groen was en dat was het gelukkig nog. Ten slotte wierp ik nog een blik in de achteruitkijkspiegel om achter me te kijken. Nog steeds geen andere auto's. Mooi. *Rustig nu maar, Deena, alles is in orde. Ontspan je.* Andere mensen waren zo slim om gewoon thuis te blijven met dit weer en deze gladde wegen.

Heloise kreunde zacht, en via de achteruitkijkspiegel zag ik haar op de vloer springen om zich daar lekker te installeren voor de rest van de rit naar huis. '*The everlasting light...*' kweelde ik.

Geen van tweeën hadden we die andere auto aan zien komen.

Mijn eerste gedachte was dat er een bom was ontploft. Er klonk een oorverdovende klap, gevolgd door het knarsen van metaal en rondspattend glas. De airbag knalde tegen me aan en trof me hard tegen mijn rechterwang terwijl ik eerst naar de ene kant opzij werd geslingerd, en vervolgens, toen de auto in een slip raakte, naar de andere kant. Mijn hoofd sloeg tegen het zijraampje terwijl de witte, kalkachtige lucht van de airbag zich door het interieur verspreidde. Toen de auto ten slotte tot stilstand kwam, wees onze neus in de richting waar we vandaan waren gekomen. De radio stond nog aan, en ik realiseerde me dat ook de motor nog draaide. Ik wilde het contact uitdraaien, maar op het moment dat ik mijn arm uitstak, voelde het alsof iemand een mes in mijn borst stak, terwijl de gordel zich strak over de pijnlijke plek heen spande. Ik kon niet bij het sleuteltje.

While mortals sleep, the angels keep.

Het werd steeds benauwder in de auto. Ik hoestte en proestte, en schreeuwde om Heloise. Ik keek in de achteruitkijkspiegel maar zag haar nergens. En ik kon de sluiting van de veiligheidsgordel niet vinden. Mijn borst deed pijn. Met mijn linkerhand bij mijn heup tastend, probeerde ik hem te vinden. Even later had ik de handrem te pakken, maar ineens wist ik niet meer of de knop van de gordel daar nu voor, of áchter zat. *Het is vierkant en het zit bij je heup. Vooruit!* Hebbes. Ik legde mijn duim er bovenop, drukte, hoorde de klik, en duwde de gordel en de leeggelopen airbag van me af. Opnieuw probeerde ik bij het contactsleuteltje te komen, en opnieuw die verschrikkelijke pijn in mijn borst. Ik was niet in staat het sleuteltje om te draaien. Ik was duizelig, mijn ogen prikten van de rook en ik kon nauwelijks iets zien. Ik had een metaalachtige smaak in mijn mond.

'Heloise!' Ik probeerde me om te draaien om te zien waar ze was, maar schreeuwde het opnieuw uit van de felle pijnscheut die van mijn borst naar mijn zij flitste. Ik tastte naar het portierhendel, en liet mijn hand als een bezetene over het paneel gaan. Ik probeerde te bedenken waar alle knopjes in de armleuning zaten, het hendel om het portier mee open te trekken. Verdorie! Ik reed al ik weet niet hoe lang in deze auto! Waar was die hendel?

'Heloise?' riep ik, zachter nu. Ik huilde, en mijn hand ging nog steeds tastend over de binnenzijde van het portier. 'Heloise, lieverd. Ik kom eraan, meisje.'

How silently, how silently.

Ik haalde mijn andere hand over mijn gezicht en vroeg me af of de nattigheid die ik voelde tranen waren, of bloed. Eindelijk had ik het kleine hendeltje te pakken. Ik trok eraan, maar er gebeurde niets. Ik zocht tastend naar het knopje om de sloten mee te ontgrendelen. Alles duurde veel te lang! Het zat vlak achter het hendeltje, hield ik mezelf voor. *Rustig blijven. Ademhalen.* Uiteindelijk vond ik het knopje, drukte erop en trok opnieuw aan het hendeltje. Het portier ging open, en het voelde alsof er een wondertje had plaatsgevonden.

Heloise kon waarschijnlijk ook geen lucht krijgen!

Ik zette mijn voet op de grond en ging staan, maar nog voor ik goed en wel één stapje had gedaan, gleed ik uit op het ijs en kwam hard op mijn elleboog en kin terecht. Snikkend riep ik opnieuw: 'Heloise!'

Iemand tilde me op. 'Ik help u wel even, mevrouw. We moeten weg bij de auto, want er komt rook uit de motorkap.' In de verte hoorde ik een sirene.

Opnieuw schreeuwde ik: 'Heloise! Ze zit achterin!' Iemand wikkelde een deken om me heen. Het vocht op mijn gezicht droop nu van mijn wangen. 'Mijn hond! Mijn hond!'

'Er is iemand met haar bezig, mevrouw. Ze wordt nu uit de auto gehaald.' Het klonk als een claxon. Was dat binnen in mijn hoofd? Ik kon niet scherp zien. De man sloeg een arm om mijn schouder en trok me weg bij de auto. Vrijwel op hetzelfde moment voelde ik een tweede man onder mijn andere schouder, en samen tilden ze me op, bij de auto vandaan. Mijn lichaam was slap en mijn voeten sleepten lichtjes over het ijs. De pijn in mijn borst en mijn zij was onbeschrijfelijk.

'Deze kant, deze kant op, mevrouw.'

Ik probeerde me los te trekken, zijn schouder van me af te duwen. 'Heloise,' riep ik. 'Het spijt me!'

'U kon er niets aan doen, mevrouw,' zei de man. 'Die idioot is dwars door het rode licht gereden, en hij heeft niet eens geremd. Ik reed vlak achter hem.' Door mijn tranen heen zag ik dat mijn barmhartige Samaritaan een bruine suède jas aan had. Het laatste wat ik me herinnerde, was het beeld van een rode veeg bloed op de schouder van die mooie suède jas.

Ik werd wakker in een donkere kamer, maar door het raam viel een akelig geel schijnsel van een straatlantaarn naar binnen. Een monitor piepte zacht en regelmatig. Rechts van mij stond een doos met een brandend groen lampje. Neil zat in een min of meer gemakkelijke stoel die hij bij mijn bed had geschoven. Hij hield mijn hand vast. Zijn kin lag op zijn borst en hij had zijn ogen gesloten.

Ziekenhuis.

Heloise!

Op dat moment voelde ik ineens de pijn.

'Neil,' fluisterde ik, en ik drukte zijn hand. Zijn ogen vlogen open, en vrijwel gelijktijdig schoten ze ook vol.

'O, Deena! O, mijn lieve, liefste Deena,' fluisterde hij. Hij bracht zijn hoofd naar mijn hand en drukte de meest tedere kus op mijn knokkels.

Ik drukte zijn hand. 'Neil? Is Heloise...?' Ik kon de woorden amper over mijn lippen krijgen.

'Alles is goed met haar, liefste. Alles is oké.' Een enorme opluchting maakte zich van me meester en lekte uit mijn ogen. 'Ze is natuurlijk geschrokken,' ging Neil verder, en hij gaf een klopje op mijn hand, 'maar de ambulancebroeders hebben haar onderzocht, en ze is met je meegekomen naar het ziekenhuis. Zo te zien was alles in orde, maar ik heb Bill gebeld. Hij kwam meteen, en hij is met haar naar een dienstdoende dierenarts geweest, want ze hinkte een beetje. Hij zegt dat ze een gekneusde schouder heeft en nog wel een poosje mank zal blijven lopen, maar dat er verder niets met haar aan de hand is. Hij bood aan om haar voorlopig te houden, maar ik heb gezegd dat we liever hadden dat ze gewoon bij ons bleef.' Neil glimlachte. 'Ze zit met Matt en Lainey in de wachtkamer. Toen ze haar uit lieten om haar haar behoefte te laten doen, nam ze de riem in haar bek en wees hen de weg.'

Ik liet mijn tranen de vrije loop. 'O, godzijdank,' riep ik uit.

'Deena?'

Ik keek hem aan.

'Ik hou van je.' Nu rolden er ook tranen over zijn wangen. Zonder mijn hand los te laten, drukte hij de rug van zijn hand tegen zijn linker- en toen tegen zijn rechteroog om de tranen weg te vegen. 'O, God, Deena, ik was zo bang dat het te laat was en dat ik geen kans zou krijgen om je dat te zeggen. Ik dacht dat ik je kwijt was, eerst toen je naar Madison ging, en toen opnieuw, vanavond, toen de politie op de stoep stond. Toen dacht ik dat ik je écht kwijt was!' Hij huilde hardop nu, met luide, gierende uithalen.

Mijn tranen rolden over mijn slapen. Neil schudde zijn hoofd, beheerste zich, pakte een tissue van het nachtkastje en drukte het op mijn wangen, mijn kussen en ten slotte zijn eigen ogen. Hij boog zich over me heen en drukte zijn lippen, zo teder als maar mogelijk was, op de mijne.

'Neil?'

'Ja, lieveling?'

'Ik hou ook van jou.' Opnieuw drukten we elkaars hand, en we luisterden een poosje naar elkaars ademhaling.

Na een tijdje ging Neil rechtop zitten, haalde diep adem, forceerde een glimlachje en herwon zijn uiterlijke kalmte. 'Oké. Wauw. Ben je nu aan je volgende bezoek toe? De kinderen hebben me gevraagd om hen te waarschuwen zodra je bijkwam.' Ik knikte opnieuw maar zei niets, omdat het ademhalen op zich me al moeite genoeg kostte. Nadat Neil elk van mijn handen, die hij nog steeds vasthield, een kus had gegeven, stond hij op. 'Dan geef ik ze maar even een gil.'

Hij hield de deur open terwijl Matt, Lainey en Heloise zich letterlijk verdrongen om als eerste de kamer binnen te komen. Beide kinderen hielden Heloise's riem met één hand vast, duidelijk bij wijze van compromis over wie van hen beiden de hond bij me mocht brengen. Hoewel het pijn deed, moest ik er onwillekeurig om lachen. Toen ze zich rond mijn bed schaarden, leek het wel alsof ze alle drie kwispelden.

Hoewel mijn gekneusde borstbeen en ribben bij nagenoeg elke beweging pijnlijk waren, voelde ik me, de dag waarop ik uit het ziekenhuis werd ontslagen, een stuk beter, maar zag ik er bepaald beroerder uit. De bloeduitstortingen onder mijn ogen waren paars geworden. Over mijn linkerwang liep een diepe, horizontale snee. Mijn kin en elleboog waren gezwollen en blauw als gevolg van mijn val nádat ik was uitgestapt, en dus niet van het ongeluk zelf. Maar ondanks mijn verwondingen en mijn treurige uiterlijk, voelde ik me blij en opgewekt. De dag ervoor had ik zo ongeveer het beste medicijn gekregen dat er voor mij beschikbaar was – een telefoontje van Sam. Op mijn vijftigste verjaardag. Neil en de kinderen hadden een taart voor me meegebracht. Of liever, een cake – de chocoslagcake die ik voor het maal na de bowling had gemaakt. Ze beloofden dat we het op een later tijdstip, zodra ik fitter was, opnieuw zouden vieren, en dan goed. Maar mijn mooiste cadeau was dat telefoontje van Sam geweest.

Neil had hem op de avond van mijn ongeluk meerdere sms'jes gestuurd, en de dag daarop nog een paar. Toen hij maar niet terugbelde, had Neil de decaan gebeld. Het bleek dat Sam bij 'een kennis was gaan logeren' en zijn mobiele telefoon was verloren. Maar ze hadden hem in een van de collegezalen weten te vinden, waar hij een biologietentamen deed. Hij had direct het mobieltje van een studiegenoot geleend, was naar buiten gerend en had me gebeld.

Het gesprekje was kort maar krachtig. Tijdens de vijf minuten dat het duurde, vroeg hij me wel vijf keer of echt alles goed met me was. Uiteindelijk lukte het me hem ervan te overtuigen dat mijn letsel reuze meeviel en dat hij terug moest naar zijn tentamen. Opeens zei hij: 'Mam, ik ben voor Kerstmis uitgenodigd bij een kennisje thuis in Catalina, maar als je wilt, kan ik ook thuiskomen.'

'Dat is lief van je, schat, maar dat hoeft niet. Catalina lijkt me een geweldige kans,' zei ik, en ik meende het.

'Nou, als je het zeker weet... Maar in de krokusvakantie wil ik echt naar huis, hoor mam. Om wat tijd met jou door te brengen, en Heloise te leren kennen.' Wat zachter voegde hij eraan toe: 'En misschien dat we ook een keertje kunnen gaan skiën, als je fit genoeg bent.' Ik glimlachte weer en keek Neil, die zoals hij de afgelopen twee dagen vrijwel onafgebroken had gedaan, aan mijn bed zat, veelzeggend aan.

'Ja, hoor, lieverd. We halen je van het vliegveld.'

'Nou, ik had eigenlijk met de auto willen komen. Een kennisje van me heeft een goede, betrouwbare auto. Is dat goed, mam... als ik iemand meebreng?'

Een kennisje... iemand. Ik keek naar Heloise, die op een dubbelgevouwen, groene ziekenhuisdeken op de vloer lag. De deken zat al onder haar blonde haren.

'Dat is uitstekend, liefje. Hebben we het over een vriendinnetje?' vroeg ik plagend, maar ik had daar meteen spijt van.

Gelukkig lachte hij alleen maar en antwoordde: 'Ja.'

Het voelde als een eenzaam lovertje op de vloer, maar ik liet het liggen. 'Fijn zo. En ga nu maar gauw terug naar je tentamen.'

Hij zei dat hij na zijn laatste tentamen opnieuw zou bellen.

Nu zaten Neil en ik op mijn ontslagformulieren te wachten, en op de dokter die me voor de laatste keer moest onderzoeken. Het duurde eindeloos.

'Kun je niet gewoon ergens je handtekening zetten?' vroeg ik aan Neil.

'Ik zou niets liever willen,' zei hij, met een wellustig knipoogje.

Ik gaf hem een speelse tik op zijn knie en zuchtte. 'Ik vrees dat we de eerstkomende tijd geen wilde dingen kunnen doen.'

'Mmm,' beaamde hij. 'Alweer niet.' Hij glimlachte. 'Maar zolang ik je hand vast kan houden...' En dat deed hij.

'Neil?'

'Wat?'

'Ik geloof dat ik nog steeds een beetje in de war ben. Je weet wel. We hebben het er al over gehad, dat weet ik, en misschien heb ik ook een beetje te veel naar Oprah gekeken, maar van het lijstje met de tien belangrijkste punten op grond waarvan je kunt nagaan of je man een verhouding heeft, heb je me er ongeveer acht gegeven. Het is niet alleen de lippenstift, maar ook de nieuwe aftershave, en je had mijn koffertje in Sams kamer gezet en niet in de onze, en toen ik die nacht bij je in bed kroop en we –? Nou, ik kan niet zeggen dat je echt enthousiast reageerde. Je was eerder behoorlijk kil en afstandelijk.'

'Deena, ik probeerde alleen maar om jóuw afstand te respecteren! Jouw zelfopgelegde afstand.' Zachter vervolgde hij: 'Ik heb mijn eigen crisis gehad, weet je, met die onzekerheid van of je nu wel of niet bij me weg wilde. En de kinderen.'

Ik wist niet goed wat ik daarop moest zeggen, en hield mijn mond. 'Het spijt me, Neil. Ik heb dat niet goed aangepakt. Ik had alleen maar behoefte aan een beetje afstand. Ik wilde mijn identiteit terug, en ik wist niet hoe ik dat moest doen.' Ik had oprecht spijt, maar zat toch nog steeds met vraagtekens. 'Maar waarom dan die nieuwe aftershave? En het kan niet anders dan dat je naar fitness gaat, of zo, want –' Ik kon mezelf wel voor de kop slaan toen ik begon te blozen. 'Nou, ik heb het gemerkt. Het viel me op.' Hij glimlachte, ging rechter op zitten en hield zijn buik in.

Ik lachte, maar haastte me eraan toe te voegen: 'Neil, elk damesblad dat ik ooit in handen heb gehad, schrijft over al dat soort dingen die je van een man kunt verwachten die een verhouding heeft.'

'Deena.' Ik bespeurde een spoortje van irritatie in zijn stem. 'Datzelfde kan ik van jou zeggen. Je weet het misschien niet, maar ik lees die bladen ook. Ik heb ze wel eens in de wachtkamer. Sterker nog, door jouw gedrag ben ik ze expres gaan lezen.' Hij begon af te tellen op zijn vingers: 'Wil je partner ineens alleen op reis? Is hij of zij betrokken bij een bepaalde groepsactiviteit of een project waar jij niets mee te maken hebt? Is jullie communicatie niet meer wat het geweest is?' Hij zweeg, keek me aan en keek toen naar de vloer. 'Heeft je seksleven te lijden?'

Goeie god, ineens realiseerde ik me wat ik had gedaan. Ik had getracht me uit de strop van mijn gezin te wurmen om te zien ik als zelfstandige eenheid binnen het geheel kon functioneren, maar ik was wel heel erg egoïstisch te werk gegaan. Ik keek Neil aan en pakte zijn hand weer vast. 'Het spijt me verschrikkelijk, Neil.' Ik haalde zo diep mogelijk adem als mijn pijnlijke borst maar toeliet.

'Dus toen ik in de nacht bij je ben gekomen? Had ik dat beter niet kunnen doen? Je was er nauwelijks.'

'Ik snapte er niets van, Deena. Ik bedoel, we hebben een hele tijd niet met elkaar gesproken en dan ga je weg. Je zult moeten toegeven dat het ook een nogal stroef afscheid was, daar op het vliegveld. Lainey en Matt en ik, we wisten het allemaal van Sara, maar de situatie was nu niet bepaald zo dat we het zomaar aan je konden vertellen. Ik wist immers niet waar je was, waar wíj waren, snap je wel? En dan, beng, kom je opeens bij me in bed. Ik begreep er niets van, Deena. En ja, ik geef toe dat ik er niet helemaal bij was. Ik had een slaappil genomen. Ik had in die tijd nogal moeite met slapen – met alleen te slapen.'

'En dan die aftershave... en dat je de wás deed, en bent gaan sporten?' Hij grijnsde. 'Dat komt door al die vrouwenbladen. 'Heb je dat artikel gelezen met "De top tien voor een gelukkig huwelijk"?' Hij beschreef aanhalingstekens in de lucht. '"Doe eens wat nieuws! Neem een ander geurtje! Doe ook eens wat je zelf leuk vindt! Zorg ervoor dat je in conditie blijft!"' Hij hield zijn hoofd schuin, keek even weg, glimlachte en keek mij toen weer aan. 'Mijn hemel, het is altijd dezelfde lijst waar ze mee aankomen, of het nu is om na te gaan of je partner overspel speelt, of omdat je je relatie wilt verbeteren.' Ik kon het amper geloven, maar nu hij het zei, moest ik het wel met hem eens zijn. We glimlachten naar elkaar, maar toen werd Neil opeens ernstig. 'Ik heb je gemist, Deena. Ik heb ons gemist. Ik wist me geen raad. Het was alsof een gesprek tussen ons totaal onmogelijk was geworden. Toen je naar Sams kamer verhuisde, heb ik me in mezelf teruggetrokken en ben ik extra veel gaan werken. En toen je zei dat je alleen op reis wilde, realiseerde ik me dat alles op het spel stond. Ik heb geprobeerd... te veranderen. Ik heb ik weet niet hoeveel artikelen gelezen. Het enige wat ik wist, dat we iets moesten veranderen.'

Heloise ging verliggen. Ze kreunde zacht, maar het klonk als een commentaar op ons dwaze gedrag.

'En, vind je die nieuwe aftershave lekker?' vroeg hij verlegen.

Ik legde zijn hand op mijn wang. 'Hm, ja hoor.' Ik glimlachte. 'Maar ik mis Old Spice.'

Hij lachte. 'Wat een opluchting... ik ook.'

Ik was ontroerd in het besef van wat hij door mij had moeten doormaken. Maar tegelijkertijd was ik ook blij met het gevolg ervan, met waar we ons nu bevonden. Ik bleef zijn hand tegen mijn wang gedrukt houden en was niet in staat om iets te zeggen. Hij boog zich langzaam naar me toe en drukte zijn lippen weer heel teder op de mijne. Het had gemakkelijk onze miljoenste kus kunnen zijn. We keken elkaar in de ogen, en ik moest mijn blik afwenden.

'Deena?'

'Neil, ik heb erover gedacht. Over het hebben van een verhouding.' Zijn gezicht betrok. 'Maar ik heb het niet gedaan! Ik heb het niet gedaan. Het spijt me. Het spijt me echt heel erg, Neil. Ik weet niet precies wat ik wilde. Ik had gewoon het gevoel dat je mij alleen maar zag als Mijn Vrouw, en dat ik voor de kinderen alleen maar mam was. Ik snakte naar iemand die me als Deena zou zien. Om me Deena te kunnen voelen. Ik wist niet eens wat dat was, laat staan hoe ik het moest doen. Ik was mezelf volledig kwijt.'

Even zeiden we geen van tweeën iets, maar toen keek Neil me weer aan. 'En heb je jezelf weer gevonden? Heb je ons weer gevonden?'

Ik wist dat hij op een enthousiast 'ja' hoopte, maar dat kon ik hem niet geven. 'Ik ben nog steeds naar mezelf op zoek, maar het begint te komen. Ik voel me een beetje als een tiener die stapje voor stapje probeert zijn eigen identiteit te ontdekken. Het is heel spannend, maar aan de andere kant is het ook ontzettend waardeloos.' We schoten alle twee in de lach.

'Ja, ik weet wat je bedoelt. Ik ken dat gevoel.'

'Maar ik denk dat we de weg naar ons wel weer terug zullen kunnen vinden. Zolang we er alle twee maar ons best voor blijven doen. We zouden bijvoorbeeld ook hulp kunnen zoeken.'

Hij knikte, en opnieuw schoten zijn ogen vol. Zijn ongeschoren kin trilde een beetje. 'Alsjeblieft, Deena, laten we het proberen.' Ik knikte ook en was me bewust van een gevoel dat het midden hield tussen opluchting, uitputting en hoop. Maar eindelijk leek ik door mijn tranen heen te zijn. Eindelijk.

Neil lachte kort en streek zijn eigen tranen weg. 'Ik wil je zó graag in mijn armen houden dat het pijn doet!' Hij beroerde mijn wang en fluisterde: 'Ik hou van je, Deena.'

Weer was ik niet in staat om iets te zeggen, en ik kuste zijn hand. Kennelijk was ik dus toch niet door mijn tranen heen. En dat zou ik vermoedelijk ook nooit zijn.

33

Langzaam maar zeker ging het beter met mijn gekneusde borstbeen en ribben. De warme chinook-winden van februari deden elk beetje sneeuw dat viel onmiddellijk smelten, dus zodra ik me ertoe in staat voelde en de paden sneeuwvrij waren, kreeg ik toestemming om te gaan wandelen. Maar wat ik onder geen enkele voorwaarde mocht, was Heloise's riem vasthouden, hoewel ze intussen zo goed luisterde dat ze nauwelijks nog trok. Op doktersvoorschrift – zowel die van het ziekenhuis als degene met wie ik getrouwd was – mocht ik absoluut niets tillen dat 'zwaarder was dan een mueslireep.' Ik was braaf en gehoorzaam, maar zelfs als ik had gewild, zou ik nog geen kans hebben gekregen om iets te doen wat niet mocht. Mijn man en kinderen namen me zo goed als alles uit handen, en dwongen me om als een vorstin op mijn stoel te zitten en toe te kijken.

'Alwéér spaghetti met gehakt?' klaagde Matt op een avond, toen we aan tafel waren gegaan.

'Best, waarom kook jíj dan niet, meneertje donzenveertje?' vroeg Lainey. Ze had een groot deel van het koken voor haar rekening genomen, maar haar repertoire was nogal beperkt. Matt daarentegen had het grootste deel van de was gedaan, en hij had zijn bijnaam te danken aan de keer dat een naad van een donzen dekbed in de droger was opengebarsten. Het was niet geheel en al zijn schuld. Ik had hem gezegd dat hij er een schone schoen bij moest doen om de deken lekker donzig te krijgen, en hij was tot de conclusie gekomen dat als één schoen de deken donzig zou maken, vier schoenen de deken éxtra donzig moesten maken. Neil had de algehele leiding en liet de kinderen klussen doen die ze nog nooit eerder hadden gedaan, en mijn eerste avond thuis had hij nota bene zelf voor ons gekookt. Hij had een recept voor gehaktbrood gekregen van een verpleegster in de kliniek.

We waren net klaar met eten toen er werd aangebeld.

Neil liet Amy de woonkamer binnen terwijl Matt me hielp om, met de nodige kussens in de rug, op de bank te gaan zitten. Heloise was in de keuken – ik kon horen hoe Lainey met haar en haar trekspeeltje speelde. Hun nieuwste spel was dat Lainey op de stoel met wieltjes van het bureautje ging zitten, en dat Heloise haar dan door de keuken trok. Ik wist zo goed als zeker dat dit soort spelletjes niet was toegestaan, maar ze vonden het alle twee prachtig.

Amy kwam met een bespottelijk grote bos witte margrieten en mijn Tupperware-bewaardoos waarin ik iets hoorde rammelen. Ze gaf de doos aan mij, terwijl Neil de bloemen overnam en op zoek ging naar een vaas. Ik maakte de doos open en schonk Amy een brede grijns. Erin zaten twee grote blikken kippensoep.

'Ik heb overwogen om ze open te trekken en op te warmen en in de doos te doen, en dan te zeggen dat ik die soep zelf had gemaakt, maar ik wist dat je het toch meteen zou merken.' Ze glimlachte en krabde aan haar elleboog op een aandoenlijk verlegen manier.

Neil en de kinderen trokken zich terug terwijl Amy en ik voor de haard zaten te praten. Ik vroeg naar haar werk. 'Het blijkt dat ik heel goed ben in het verkopen van huizen!' Ze zei het op een toon alsof ze het zelf amper kon geloven. 'En daarbij kan ik ook zelf mijn uren bepalen, en dat is natuurlijk heel prettig. Vooral nu.' Vervolgens vertelde ze dat Sara en Nan en zij alle drie in therapie waren – zowel afzonderlijk als samen – dat ze heel blij waren met de therapeut die ze hadden gevonden, maar dat het een langzaam proces was.

Sinds mijn thuiskomst, een paar weken eerder, had Sam verschillende keren gebeld. Ik had ontdekt dat ik moest luisteren om hem aan de praat te krijgen. Dat klinkt simpel, dom bijna, maar ik vond het onvoorstelbaar moeilijk. Meer dan eens moest ik, wanneer er weer eens zo'n lange, pijnlijke stilte viel, op het puntje van mijn tong bijten om niets te zeggen. Maar dankzij het feit dat ik niets had gevraagd, had Sam me verteld dat zijn vriendin Bree heette. Dat ze uit Californië kwam. Ze studeerde ook medicijnen. Haar moeder was kinderarts, haar vader leraar.

Op 19 januari hadden Neil en de kinderen een dubbel verjaardagsfeest voor ons georganiseerd toen Heloise, ruim een maand na mijn vijftigste verjaardag, één jaar was geworden. Van Lainey kreeg ik vier blokken Marblex, van Neil een tegoedbon van honderd dollar van het Art Department, en van Matt een door hem zelf gemaakt houten bordje om op de deur te hangen waarop MAMS ATELIER stond. Heloise kreeg vier nieuwe, door *K-9 Eyes* en Heloise zelf, goedgekeurde speeltjes om op de kauwen.

Tijdens mijn herstelperiode had Neil de taak van Heloise te eten geven op zich genomen, en samen met de kinderen zorgde hij ervoor dat ze elke ochtend en avond even naar buiten werd gelaten. Ze stopten haar zelfs in bad toen ze, op een van mijn doordeweekse wandelingen in de bergen, in de modder had liggen rollen. Maar het was Merle die op dat soort wandelingen haar lijn vasthield.

De dag na mijn thuiskomst uit het ziekenhuis was Merle me bloemen komen brengen. Ik stelde hem aan mijn gezin voor en voelde me heel trots toen hij van iedereen om beurten de hand in zijn beide handen nam – eerst die van Lainey, en toen die van Matt en Neil. De week daarop maakten we onze eerste wandeling, en in de tweede week van februari was ik alweer zover in vorm dat we het tot aan het bankje haalden.

Het was na een van die wandelingen, toen Merle en ik juist met een kopje thee aan mijn keukentafel waren neergestreken, dat de telefoon ging.

'Ik laat de voicemail wel opnemen,' zei ik tegen Merle.

'Misschien is het wel een van de kinderen,' zei hij. Hij kende me zo goed.

Grinnikend nam ik op. 'Hallo?'

'Ik bel even om te horen hoe het met de patiënte gaat,' zei Elaine. Ze had sinds het ongeluk al minstens vijf keer gebeld.

'Hé, Elaine!' zei ik, met een dankbaar knikje naar Merle, die gebaarde dat ik rustig mijn gang kon gaan, en dat hij zich wel met Heloise zou vermaken en zijn thee zou drinken.

'Hoe voelt het?'

'Het begint te komen. Ik mag nog steeds lang niet alles, maar gelukkig kunnen Heloise en ik met Merle samen weer lekkere lange wandelingen maken.'

'Mooi zo.'

'En hoe is het bij jullie?'

'Nou, toevallig heb ik geweldig nieuws! Echt geweldig nieuws!'

Het zou beleefder zijn geweest als ik gezegd zou hebben dat ik Merle op de thee had en dat ik haar later terug zou bellen, maar ik kon mijn nieuwsgierigheid niet de baas. 'Gauw, vertel! Merle is hier en we zitten net aan de thee.' Ik zag hoe Merle onbewust met zijn mond trok terwijl hij en Heloise elk aan een kant van het trektouw trokken.

'Oké dan. Ik had het je beetje bij beetje willen onthullen, maar dan zal ik het meteen maar zeggen. Wendy en ik hebben een baby!'

Ik had net een slokje thee willen nemen, maar verstijfde met mijn kopje tegen mijn lippen. *Een baby? Op hun leeftijd? Juist nu ze alle twee zo enorm succesvol waren in hun werk?* 'Een wát?'

'Goed, goed, misschien dat ik het toch beter in fasen had kunnen vertellen. Vooruit, een hint. Miauw.' Even was het stil, en toen riep Elaine: 'Verdorie, Deena! Een kat! Uit het asiel.'

Ik voelde me onuitsprekelijk opgelucht. 'Mijn hemel, ik was echt even geschrokken, E! Een kat. Dat is geweldig.' Ik schudde mijn hoofd, geamuseerd om zowel Elaine als Merle. Hij probeerde zijn thee te drinken zonder zijn spel met Heloise te onderbreken, en toen ze een harde ruk aan het touw gaf, klotste de thee over de rand van zijn kopje.

'En ik moet je vertellen hoe we uitgerekend haar, uit al die tientallen katten daar, hebben uitgekozen.'

Ik keek weer naar Merle. Hij had Heloise zo ver gekregen dat ze het touw had losgelaten, en hij had het op tafel gelegd. Nu stond hij voor mijn voorraadkast, haalde er een doosje Oreo's uit en keek me overdreven vragend aan terwijl hij van het pak op zijn mond wees. Ik grinnikte en knikte nadrukkelijk.

'Vertel, hoe heb je haar uitgekozen?'

'Nou, om te beginnen, is ze al wat ouder. We voelden niets voor al dat wilde gedoe met jonge katten. Maar wat uiteindelijk de doorslag gaf, was haar naam. Drie keer raden.'

Ik moest me beheersen om niet te lachen. Te pijnlijk. 'Ik heb geen idee.' Ik wachtte. Niets. 'Elaine! Zeg op!'

'Ze heet *Dina*, maar met een "i"! Kun je dat verdragen?' Ze lachte en snoof. 'Maar eigenlijk noemen we haar voortdurend Meshugana. Je ziet, we hebben haar naar jou genoemd.' Nu moest ik toch lachen. Meshugana, het oorspronkelijke Jiddische woord voor mesjogge. Ik hield mijn ribben vast. En ondertussen was Merle een foto waard, zoals hij aandachtig de beide helften van een Oreo van elkaar trok.

Elaine zweeg even, en voegde er toen op dat zangerige toontje van haar aan toe: 'Bel me vanavond, dan vertel ik je alles!'

Hoofdschuddend hing ik op. 'Mijn vriendin Elaine,' zei ik tegen Merle. 'Die schilderes bij wie ik met Thanksgiving heb gelogeerd.' Merle knikte. 'Ze heeft een kat geadopteerd.' Daar liet ik het bij. Merle had juist de theepot opgetild om mijn kopje bij te vullen, toen de telefoon opnieuw ging.

'Het spijt me Merle, nu laat ik toch echt de voicemail opnemen.'

'Nee, neem nu maar op, alsjeblieft. Kinderen?'

Ik nam op in de overtuiging dat het Elaine weer moest zijn met een korte anekdote over de kat, en dat ze daarna meteen weer zou ophangen.

'Hallo?' zei ik, bij het vooruitzicht al half lachend. Merle en Heloise waren weer bezig met het touw, en beiden maakten knorrende geluidjes van de pret.

'Deena? Hallo, met Bill.' Ik schudde mijn hoofd om mijn verwachting plaats te laten maken voor de realiteit.

'O, hallo, Bill! Neem me niet kwalijk, ik dacht dat het iemand anders was. Hoi. Hoe is het met je?' vroeg ik vrolijk, terwijl ik me afvroeg waarom hij belde.

Ik verstijfde en mijn hart sloeg op hol. Nee. Het was nog te vroeg.

'Met mij gaat het uitstekend, liever, maar ik vrees dat dit het bewuste moeilijke telefoontje is.' We zwegen alle twee. Ik ging aan de keukentafel zitten omdat ik me ineens te zwaar voelde voor mijn benen.

'Deena?'

'Ja, ik ben er nog.'

'Dus dan weet je wat ik bedoel?'

Ik slikte en haalde diep adem. 'Ze moet terug?'

'Ja. Ik weet dat het wat aan de vroege kant is, maar als gevolg van jullie ongeluk willen ze haar screenen voor het geval ze er een bepaald soort trauma aan over heeft gehouden. We gaan er natuurlijk vanuit dat alles in orde is, en in dat geval komt ze gewoon met haar groep in de opleiding.' Hij zweeg. Ik zei ook niets. 'Josie komt met nieuwe pups en ze wil Heloise graag mee terugnemen.' Hij zweeg opnieuw. Ik zei alweer niets. 'Het spijt me dat je het zo op de valreep moet horen, ik was er al bang voor, en ik heb het gisteravond laat pas gehoord.'

'Dus dat is het dan?' vroeg ik zacht. Ik keek strak naar mijn knieën om niet naar Heloise te hoeven kijken.

'Ja, dit is het dan,' zei Bill even zacht.

Ik kon niet boos worden. Ik kon er niet tegenin gaan. Ik kon niet eens smeken. Het was van het begin af aan de afspraak geweest. Ik had het alleen pas over een paar maanden verwacht. 'Wanneer?' vroeg ik. Ik hield de telefoon met beide handen vast. Merle, die aanvoelde dat er iets ernstigs aan de hand was, en misschien ook wel had begrepen wát het precies was, legde zijn hand op mijn schouder. Nu keek ik naar Heloise, die met het touw in haar bek afwachtend naar haar speelkameraadje stond te kijken. Mijn borstbeen deed pijn. Of misschien was het wel niet mijn borstbeen.

'Vrijdag. Overmorgen. Je kunt met Heloise naar het vliegveld om Josie daar te ontmoeten. Maar ik kan haar ook brengen, als je dat liever hebt.' Ik kon zijn ademhaling horen.

Ik kon geen woord uitbrengen. Twee dagen! Ik had nog maar twee dagen met haar? Dit was veel te snel, veel te onverwacht.

'Deena?'

Mijn longen voelden volkomen waardeloos, maar uiteindelijk fluisterde ik: 'Ja, ik heb je gehoord.'

'Het spijt me dat ik je dit moet aandoen, helemaal nu je nog steeds herstellende bent. Het had voor jou niet op een slechter moment kunnen komen, maar voor de organisatie is dit de beste oplossing. En voor Heloise, want op deze manier hoeft ze niet met de bus maar kan ze vliegen. En dankzij jou heeft ze al ervaring met vliegen.' Opnieuw viel er een stilte tussen ons, en na een poosje zei Bill: 'Ik stel voor dat je het allemaal een beetje op je laat inwerken, en dan bel ik je vanavond, goed?' Alweer was ik niet in staat om ook maar iets te zeggen. 'Deena? Ben je alleen? Zal ik naar je toe komen?'

Ik keek naar Merle en voelde zijn sterke, oude hand op mijn schouder. Ik ging rechtop zitten en schraapte mijn keel. 'Nee, ik ben niet alleen. En het gaat ook alweer.'

'Mooi, nou, dan bel ik je later.'

Zonder nog iets te zeggen hing ik op.

34

Het was donderdagnacht, in de kleine uurtjes, en Neil en ik lagen wakker in bed, hand in hand, afwisselend pratend en dan weer zwijgend. Ik wist dat ik vannacht, onze laatste nacht met die lieve Heloise, geen oog dicht zou doen. Ze lag in de hoek van de kamer te slapen op haar bedje van de roodgeruite plaid.

Neil had de volgende dag vrij genomen. Hij had tegen de assistente gezegd dat ze zijn patiënten moest laten weten dat zijn geadopteerde dochter naar kostschool ging en dat hij in alle rust afscheid van haar wilde nemen.

'Deena?'

Ik draaide mijn hoofd opzij. Het licht in de kamer kwam van een paar grote geurkaarsen die we hadden aangestoken. We hadden Heloise bij wijze van afscheidsmaal een biefstuk gegeven en moesten als gevolg daarvan nu haar stinkende winden verdragen, maar de kaarsen hielpen. Neil had zich op één elleboog gehesen en keek met een tedere, liefdevolle blik op me neer.

'Ja?'

'Ik vind eigenlijk dat we maar weer verkering moesten hebben,' zei hij. 'Je weet wel, net als in het begin. We moeten elkaar opnieuw leren kennen als de mensen die we zijn geworden, of die we aan het worden zijn.' Hij glimlachte. 'Of die we straks, zonder kinderen, zullen zijn.' Hij ging op zijn rug liggen. 'Ik doe het licht aan. Denk om je ogen.' Hij klonk opgewonden, kinderlijk bijna. Ik legde mijn hand op mijn ogen en hoorde hem de lichtschakelaar indrukken. Langzaam haalde ik mijn hand weg en liet mijn ogen wennen aan het licht. Neil draaide zich weer op zijn zij naar me toe, en ik zag dat hij iets in zijn hand had. 'Ik ben bij het reisbureau geweest.' Hij gaf me een stapel reisgidsen aan. Een paar waren van cruises, eentje voor rondreizen door Europa, een andere van een B & B op twee uur rijden van Breckenridge, en nog eentje van een romantisch hotelletje in de buurt van Estes Park. Er was zelfs een folder bij van een hotelletje speciaal voor kunstenaars in Door County, Wisconsin.

'Ik had gedacht dat het een goed idee zou zijn als we elk jaar een keer apart, dus zonder de ander, een reisje maken. Maar dat we dan ook één of twee keer samen met vakantie gaan – jij en ik samen. Volgens mij hebben we op dit moment alle twee behoefte aan beide – tijd alleen en tijd met elkaar.'

'Maar zoveel vakanties kunnen we toch helemaal niet betalen!' riep ik uit, hoewel ik het een geweldig idee vond.

'Ja, dat kunnen we wel. Wat we ons niet kunnen veroorloven, is om het niet te doen. We staan er heus niet zo slecht voor, Deena. We hebben ons leven lang elk dubbeltje omgedraaid.'

'Ja, maar dríé studerende kinderen?' vroeg ik.

'Jij en ik hebben gewerkt tijdens onze studie. Sam werkt, én hij heeft een beurs. Maar ook zonder dat zouden we het hebben kunnen betalen. Alleen, dat hoeven ze niet te weten. Volgens mij betekent het meer voor hen als ze er zelf ook iets voor moeten doen.' Ik wist precies wat hij bedoelde, en ik hoorde hem zijn ingehouden adem uitblazen. 'Het leven is te kort, Deena.' Hij keek in mijn ogen. 'We moeten ook wat tijd en geld aan onszelf spenderen.' Hij nam de reisgidsen van me over en deed het licht weer uit. Ik wachtte tot mijn ogen weer aan het kaarslicht gewend waren.

We hielden elkaars hand vast en keken naar de flakkerende gloed op het plafond.

'Neil?'

'Ja?'

'Ik ben een beetje bang.'

'Waarvoor?'

'Hiervoor. Voor deze nieuwe fase die in aantocht is. Nou ja, eigenlijk is het al begonnen.'

Ik verwachtte dat hij de gelegenheid zou aangrijpen om me moed in te praten, maar dat deed hij niet.

'Ja, ik begrijp wat je bedoelt.' Er viel een stilte.

'Ik heb ontslag genomen bij de kliniek,' zei hij toen zacht. 'Alles draait en loopt op rolletjes, en ze hebben mij niet meer nodig. En ik wil ook minder praktijkuren gaan draaien, of in ieder geval niet meer dan veertig uur per week.' Hij hees zich weer op zijn elleboog. 'Ik wil leren vliegvissen!'

Ik lachte, hield mijn ribbenkast vast tegen de pijn en gaf hem een klopje op zijn schouder. 'Ik zal je alles leren wat ik ervan weet,' zei ik. 'En ik schat dat we daar ongeveer een minuut aan kwijt zullen zijn.' Hij boog zich naar me toe en drukte een kus op mijn wang.

Een uur later waren we alle twee nog wakker, en lagen nog steeds hand in hand – onze handen onder de deken. Heloise was diep in slaap, maar ze maakte fladderende geluidjes met haar lippen en produceerde hoge, piepende blafjes. Ze trok met haar poten, en de nagels van een van haar poten krasten over de muur. Ik drukte Neils hand en we moesten alle twee zachtjes lachen.

Ik wou dat ik haar dromen kon zien. Ik wist bijna zeker dat ze rende. Los en vrij. Ik probeerde het in gedachten voor me te zien, in slow motion, zoals ze in volle vaart door een bloemenwei galoppeerde. In mijn droombeeld was ik bij haar, en ik verbeeldde me dat ze mijn kant op kwam gerend.

Neil liet mijn hand los en streek met zijn knokkels over mijn arm. Ik moest onwillekeurig glimlachen. Het was niet dat hij om seks vroeg. We wisten alle twee dat mijn ribben een dergelijke activiteit nog niet aankonden, en dát leidde er, paradoxaal genoeg, weer toe dat ik meer behoefte had aan seks dan ik de afgelopen jaren had gehad. Of misschien lag het ook wel aan de hormonen. Of aan het feit dat ik Neil weer zag, maar nu met andere ogen.

Nee, dit was een aanraking van het type 'Ik ben hier, het is maar dat je het weet.'

Ik draaide mijn hoofd en keek hem in zijn ogen. Hij lag op zijn zij, met zijn gezicht naar me toe gekeerd, en keek in mijn ogen. Hoe vaak had ik in de loop der jaren niet naar dat gezicht gekeken, gezien hoe de rimpeltjes bij zijn ooghoeken steeds dieper werden en er ouderdomsvlekken op zijn gezicht verschenen. Ik beroerde het eerste grijs boven zijn oor. Mijn hand zakte naar zijn schouder, en zijn vingers beroerden mijn wang. De stekende pijn in mijn ribben negerend, reikte ik omlaag. Ik drukte mijn lippen op zijn schouder, kuste hem zachtjes en liet mijn wijsvinger over de sproetenconstellatie daar gaan. Ik kende dat patroon beter dan enige andere constellatie aan de hemel.

Ineens wist ik hoe een verdwaalde zeeman zich moest voelen wanneer hij eindelijk de nachthemel ziet die hem zo vertrouwd voorkomt.

Daar! Daar zijn de sterren waaronder ik heb gespeeld, waaronder ik heb liefgehad, waaronder ik ben opgegroeid. De sterren die er altijd zijn, ook wanneer het dag is en ik ze niet kan zien. Wanneer hij na zijn lange omzwervingen die sterren eindelijk weer ziet, weet hij dat hij bijna thuis is.

35

Ik vroeg Matt en Lainey of ze thuis wilden blijven van school, maar geen van tweeën voelde voor een afscheid op het vliegveld, en nog minder in het bijzijn van iemand die ze niet kenden. De vorige avond hadden we hen haar die biefstuk laten geven – ik had hem in stukjes gesneden, die ze om beurten in haar bak lieten vallen. En net als Neil en ik die nacht onder haar stinkwinden te lijden hadden gehad, stond Josie aan boord van het vliegtuig mogelijk eenzelfde lot te wachten. Maar we hadden allemaal de behoefte gehad om op onze eigen manier liefdevol afscheid van haar te nemen, en voor Heloise was eten hetzelfde als liefde. Goed, wandelingen waren dat ook. En kauwen. En wanneer een van ons thuiskwam, of gewoon wanneer we vanaf de gang de kamer binnengingen waar ze lag. Dat alles was liefde voor haar.

De kinderen knielden naast hun rugzak en sloegen, elk aan een kant, hun armen om Heloise's hals. Heloise probeerde de tranen van hun wangen te likken – eerst bij de een, en toen bij de ander. Hairy zat op de trap bij de deur naar ons te kijken. Zijn prachtige staart zwiepte met trage, majestueuze bewegingen heen en weer over de eikenhouten trede. Matt was de eerste die weer ging staan. Hij hees de banden van zijn rugzak over zijn schouders en liep, zonder een woord te zeggen, het huis uit. Lainey fluisterde iets in Heloise's oor. Ik kon het niet verstaan, maar ik vroeg er ook niet naar. Het was iets tussen hen beiden. Toen kwam Lainey overeind, keek me aan, sloeg haar armen om me heen – voorzichtig vanwege mijn ribben – en barstte in snikken uit. Ik huilde ook en drukte haar tegen me aan – alles deed me pijn, véél meer dan mijn ribben alleen.

Even later onderdrukte ze haar snikken en haastte ze zich naar de voordeur, naar Nan, die met Matt op de oprit stond te wachten. Ze wurmde zich tussen hen in, en gedrieën omhelsden ze elkaar – met hun lange, slanke armen om elkaar heen geslagen, en Lainey's hoofd op Nans schouder. Nadat ze even zo hadden gestaan, gingen ze, zonder elkaar los te laten, op weg naar school. Ik hurkte naast Heloise, tuurde door de ruit van de voordeur, sloeg mijn arm om haar schouders, en keek ze na. Heloise zat met gespitste oren, en haar staart lag roerloos achter haar op de vloer.

Josie stond opzij van de incheckbalie. Op grond van de veiligheidsvoorschriften hadden we geen toestemming om met haar naar de gate te gaan. We zouden hier afscheid moeten nemen, in het bijzijn van zakenlieden op weg naar Toledo, gezinnen die met vakantie gingen naar Florida en anderen die met Heloise mee zouden vliegen naar Californië.

Neil ging op zijn hurken naast Heloise zitten en nam haar kop in zijn grote handen. Heloise, met haar – door Matt – pas gewassen en gestreken groene dekje, bleef geduldig zitten. Neil drukte zijn lippen op haar kruin.

'Zorg ervoor dat we trots op je kunnen zijn, meisje. Wees een vlijtige leerling en doe je best voor alle proefwerken,' zei hij. Hij probeerde een lachje te forceren. 'Je zult...' Zijn stem brak en hij zweeg. Hij sloot zijn ogen, legde zijn voorhoofd even op haar hoofd en liet haar zijn oor likken. Ten slotte haalde hij diep adem en fluisterde: 'Je zult altijd ons meisje zijn.' Toen stond hij met een ruk op, deed een paar stappen naar achteren en drukte met zijn duim en wijsvinger tegen zijn gesloten ogen.

Ik knielde naast Heloise, sloeg mijn armen om haar schouders, legde mijn wang in haar nek en liet mijn geruisloze tranen in haar vacht rollen. Hoe vaak had ik mijn verdriet niet op deze wijze bij haar de vrije loop gelaten? Hoe vaak had ze me niet getroost? Hoe vaak had ze me niet vergeven wanneer ik weer eens iets doms had gedaan? Ontelbare keren.

Ze kauwde op mijn haren. Ik wilde haar niet onnodig zenuwachtig maken, maakte me van haar los, keek haar aan en drukte een laatste kus op haar wang terwijl ik haar altijd nog zoetige adem in me opsnoof en ze mijn hand likte als om me te verzekeren dat alles goed zou komen.

'Vooruit, meisje, daar ga je,' fluisterde ik, mijn best doend om ondanks mijn tranen zo enthousiast en geanimeerd mogelijk te klinken. 'Ik zal je missen, mijn lieve Heloise. Ik hou van je. Ik hou van je.'

Voor de allerlaatste keer drukte ik een kus op haar zachte oor, haalde haperend adem en kwam weer overeind. Nadat ik de lus van de riem aan Josie had overhandigd, nam ze mijn hand even in haar beide handen, en toen liet ze me los, draaide zich met een ruk om en liep met kordate pas naar de gate. Neil en ik klampten ons aan elkaar vast en keken Heloise snikkend na, zoals ze monter en opgewekt, de oren gespitst en met haar heupen draaiend, het volgende avontuur in haar leven tegemoet ging.

Epiloog

De zon scheen volop en het liep tegen de vijfendertig graden, zelfs aan de picknicktafel in de schaduw van de populieren. Op de parkeerplaats was het zelfs nóg heter. Het was de hele zomer, met inbegrip van september, al ongewoon warm geweest. Eind juni had Neil besloten om airconditioning aan te laten leggen om te voorkomen dat ik in mijn atelier zou bezwijken. En ik denk ook omdat ik vaak zo lang mogelijk in het kunstenaarscentrum van Fairview bleef – aanmerkelijk langer dan de paar uur die ik betaald kreeg – omdat het daar zo lekker koel was. Ons huwelijk was niet volmaakt, maar ik kan rustig zeggen dat we onze tweede wittebroodsweken beleefden. En het was eigenlijk net als met de kanteloepmeloenen van Merle en Laura – nóg zoeter, en het zou mogelijk té volmaakt zijn geweest.

In juli waren Neil en ik een paar dagen voor de hitte gevlucht, en we waren met zijn tweetjes naar die kleine B & B in Breckenridge gegaan. Matt en Lainey hadden alle twee een vakantiebaan, beiden hadden inmiddels hun rijbewijs, en ze deden samen met een oude Volvo die we voor hen hadden gekocht, en waar zij de verzekering voor betaalden. Matt had besloten om na zijn eindexamen een jaar vrijaf te nemen om te werken, alvorens te gaan studeren – hij was aangenomen op de prestigieuze kunstacademie van Rhode Island, en dat betekende dat ik volgend jaar aan elke kust een studerend kind zou hebben. Lainey spaarde voor haar studie en voor een reis naar Frankrijk met haar eindexamenklas Frans.

In augustus waren Neil en ik naar Californië geweest. We waren twee dagen bij Sam en Bree geweest, hoewel we in een goed motel hadden overnacht. We hadden een erg gezellige tijd gehad toen ze in maart een paar dagen bij ons hadden gelogeerd, en toen we hen in Palo Alto bezochten, waren we opnieuw van haar gecharmeerd, evenals van hun flatje, hun liefde voor elkaar en hun politieke betrokkenheid. Nadat we uitvoerig afscheid van hen hadden genomen, stapten Neil en ik weer in ons huurautootje en reden naar de andere kant van de baai voor Heloise's diploma-uitreiking.

Het weerzien was een bitterzoete ervaring. Ik had me afgevraagd of ze ons nog wel zou herkennen, maar dat deed ze. Neil en ik moesten alle twee huilen tijdens de plechtigheid, waar vele andere puppyverzorgers zoals wij van heinde en verre naartoe waren gekomen om, voor de laatste keer, de riem van hun hond vast te houden en hem te overhandigen aan de blinde man of vrouw die in de maand ervoor met de hun toegewezen hond had gewerkt. Het was voor iedereen een kroon op het werk.

Ik liep met Heloise over het podium naar Margarita, die op ons stond te wachten. Ze droeg een zonnebril en bewoog haar hoofd heen en weer terwijl ze ons naderbij hoorde komen. Ze was een beeldschoon tenger vrouwtje uit Spanje. Ze had vier jaar voor een geleidehond op de wachtlijst gestaan. Ze was zelfstandig naar de Verenigde Staten gereisd om te trainen met de hond die zijn gidsopleiding in het centrum voltooid had. Ze had onze Heloise toegewezen gekregen, en ik zag dat er nu al een hechte band tussen hen was.

Ik mocht Margarita zeer, en ondanks het feit dat haar Engels nogal gebrekkig was, hadden we in de loop van de dag een paar plezierige gesprekjes met elkaar. Ze noemde Heloise Ge-lo-bie-ze, maar ze had alle commando's in Engels geleerd. Sindsdien wisselden Margarita en ik meerdere e-mails per week met elkaar. Bij de eerste van haar was ik achter mijn computer in snikken uitgebarsten:

Beste Deena en familie,
Hoe kan ik uitdrukking geven aan mijn dankbaarheid om hier met die fantastische Heloise te mogen zitten? Alle liefde die jullie aan haar hebben gegeven, geeft ze nu aan mij. Vergeef me mijn slechte Engels, want het kost erg veel tijd om alles in het woordenboek op te moeten zoeken. Met Heloise gaat er een wereld voor me open. Ik word door veel mensen aangesproken – in de bus, in de trein, op straat – want met Heloise kan ik nu gewoon deelnemen aan de wereld. Hoe kan ik jullie hier ooit voor bedanken? Mijn dank kent geen grenzen, dus ik zeg samen met Heloise dat we van jullie houden.
Met heel hartelijke groeten,
Margarita

Nu zaten we aan dezelfde picknicktafel in de schaduw van dezelfde populieren waar ik anderhalf jaar geleden – het voelde echter als een heel leven – had zitten kijken naar die jongen die afscheid had genomen van zijn zwarte labrador. We dronken met zijn vijven van de blikjes fris die we bij de 7-Eleven aan de overkant hadden gekocht. De rest van het gezelschap zat onder de bomen of liep zenuwachtig over de parkeerplaats te dwalen. Bill stond met twee nieuwe verzorgers onder het afdak van het gebouw. Ik zwaaide naar hem. Hij zwaaide terug, en op hetzelfde moment hoorden we het. Iedereen draaide zich om in de richting van het geluid.

De inmiddels vertrouwde groen-met-witte camper reed de parkeerplaats op naar de zijkant van het gebouw, waar schaduw was, en waar de mensen die daar stonden uiteen weken alsof het Mozes zelf was die achter het stuur zat. Het duurde even, maar toen zwaaide het portier open, en Josie sprong naar buiten.

'Hallo, allemaal! Wat is het hier ontzettend warm zeg, dus zorg er alsjeblieft voor dat de honden maar zo kort mogelijk op het asfalt blijven. Net als altijd beginnen we met het afleveren van de pups, en daarna laden we de honden in die retour gaan. Zodra ik je naam noem, kom je zo snel mogelijk naar voren, neem je je pup van me aan en maak je dat je weer wegkomt. Ik wil de motor met de airco niet al te lang zo laten draaien, dus we moeten er vandaag echt vaart achter zetten.'

Ze verdween in de camper en kwam terug met een slaperige zwarte labrador op de arm. Haar assistente stond naast haar met alle papieren. 'Franks! De familie Franks!' riep ze. Een meisje van een jaar of zeventien met donker haar kwam op een holletje naar voren en nam het hondje van haar aan.

'Hé, mam!' zei Matt, terwijl hij me opgewonden op mijn arm tikte. 'Dat is Zoey! Van het kunstenaarscentrum!' Ik glimlachte en knikte toen ik haar ook herkende. Matt had een vrijwilligersproject met haar gedaan in hetzelfde gebouw als waar we met zijn allen die muurschildering voor hadden gemaakt. Zoey en hij gaven de kinderen er na schooltijd tekenles. Ze hadden geen verkering; ze waren alleen maar bevriend, maar beiden hoopten naar de kunstacademie van Rhode Island te gaan. Matt had haar alles over het verzorgen van een *K-9 Eyes*-pup verteld en haar enthousiast gemaakt.

'Dit is Hildegard,' riep Josie, voor iedereen verstaanbaar.

'Hildegard!' herhaalde Zoey lachend. Ze pakte ook de papieren aan en jogde terug naar haar moeder – de kop van het hondje wipte op en neer in haar armen. Matt en Lainey herhaalden de naam van de pup en moesten er hardop om lachen.

Josie riep een aantal namen af, en eindelijk klonk: 'Munger!' Ik liet Matt en Lainey naar voren gaan om onze blonde pup in ontvangst te nemen. Een gecastreerde reu, deze keer, en we wisten dat zijn naam met een L zou beginnen.

Matt hield zijn armen op en Josie legde het mollige hondje erin. Lainey begon hem onmiddellijk onder zijn kin te kroelen. 'Jongens, dit is Louis!' zei Josie. Matt gaf Lainey een por en grijnsde op een samenzweerderige manier. Lainey was die zomer een paar keer uit geweest met een jongen die ze bij het zwemmen had leren kennen, een zekere Jake Lewis. De kinderen draaiden zich meteen om en kwamen stralend naar ons terug gelopen. Louis was groter en een stuk donkerder dan Heloise was geweest – hij had veel rood in zijn vacht. Zijn snuit was vierkanter dan die van Heloise, en hij had een dikkere staart. Hij stak onder Matts elleboog uit en kwispelde als een gek. Matt hield hem voor ons op. Louis gaf iedereen om de beurt een enthousiaste lik. Toen Matt hem voor mij ophield, pakte ik hem onder zijn voorpoten vast en snoof zijn heerlijke puppygeur in me op. Ik hield hem voor me in de druppelhouding.

'Wat fijn om kennis met je te mogen maken, Louis,' zei ik, het diertje in zijn donkerbruine ogen kijkend.

'Louis, dit is mam,' zei Lainey, een van zijn stevige poten voor me ophoudend. 'Doe wat ze zegt en je hebt niets van haar te vrezen.' We moesten allemaal lachen, maar waren ineens weer stil toen we Josie een andere naam hoorden roepen. Ze had de hele tijd namen geroepen, maar deze kenden we.

'Wenzell!' herhaalde Josie, wat luider. Ik gaf Louis aan Neil, die hem als een baby vasthield, waardoor het dier zich onmiddellijk ontspande. Neil boog zich voorover en drukte een kus op Louis' bolle buikje. Ik gaf Merle een arm.

'We komen eraan!' riep ik, terwijl we over de parkeerplaats jogden. We wisten dat de naam van dit hondje met een E zou beginnen, en we hadden er tijdens de vele barbecues in onze en in Merles tuin regelmatig over gefantaseerd, en allemaal hoopten we op het onmogelijke – dat het Elaine zou zijn.

Ik trok mijn arm los en pakte de papieren aan terwijl Josie Merle de meest donzige Duitse herder overhandigde die ik ooit had gezien.

'Dit is Electra!' zei ze.

Ik deed erg mijn best om niet te lachen terwijl Merle de pup met haar lichte ogen aannam. Ze kronkelde haar lijfje, en Merle legde haar goed in het holletje van zijn elleboog.

'Nou, daar gaan we dan, eh, kleine Electra,' zei hij.

Ik keek naar mijn gezin. Neil stond nog steeds met Louis op de arm, en zijn ogen straalden. Matt en Lainey gierden om de wollige pup met de aparte naam.

Ze kalmeerden wat toen we naar hen terugliepen. Merle glunderde, maar ik zag ook iets van onzekerheid op zijn gezicht. Hij hield Electra dicht tegen zijn borst gedrukt tot we bij mijn gezin waren. Ik nam Louis van Neil over, en Merle en ik zetten onze pups op het gras om ze kennis met elkaar te laten maken.

Een woord van dank

Er komt een heel dorp bij kijken om een schrijver te produceren...
Mijn dank gaat uit:

Naar de vrouwen in mijn schrijfclub (zij die er nog in zitten en zij die er inmiddels afscheid van hebben genomen), die zich gedurende bijna vijftien jaar als schrijfster en als vrouw over mij hebben ontfermd: Ina Robbins, Phyllis Perry, Leslie O'Kane, Ann Nagda, Claudia Mills, Claire Martin en Marie DesJardins. Naar mijn agent, Marcy Posner – volgens mij heeft het zo moeten zijn dat we ons die dag met sneeuw in april bevonden waar we niet geacht werden te zijn. Dank je voor de vele keren dat je mijn verhaal hebt doorgelezen, voor je ideeën, je geloof in mijn werk en je vriendschap. Naar mijn redacteur, Tracy Bernstein, die ik eveneens op een hoogst onverwachte manier heb leren kennen – ook die ontmoeting voelt als een beslissing van het lot. Dank voor je enorme gevoel voor humor en scherpe oog voor het verhaal op zich en voor het detail, waardoor het een beter boek is geworden. Naar mijn leraren in de loop der jaren, bekend en onbekend, maar vooral naar mijn dierbare ouders, John H. Wrenn en Catherine B. Wrenn (die ons altijd de volgende hoek om lieten gaan en daar op ons wachtten). Naar mijn andere ouders, mijn lieve schoonouders en zelf gekozen ouders voor hun wijsheid en liefde, Bernita Franzel, David en Beverley Grogan en Claire Woodward Wrenn. Naar mijn zussen, voor een leven lang liefde en steun, Ali Yarnell, Peggy Wrenn en Jenny Wrenn. Naar de CUCC-familie, mijn spirituele bron, en met name naar Pete Terpenning en de vrouwengroep. Naar Wendy Davis Crocker, voor een tussen de sequoia's ontstane vriendschap die even lang en krachtig is als de sequoia's zelf. Naar Claire McCrea, die me tijdens mijn eerste journalistieke opdracht weken achtereen niet uit het oog heeft verloren en zich in de jaren daarna heeft ontpopt als een even trouwe vriendin, en naar Peter Moore, vriend, mentor en chocoladekampioen. Naar Sharon en Michael Doucet – dank voor het feit dat jullie om mijn brieven lachten en om meer vroegen. We hebben nog heel wat kapperssessies en Mexicaanse etentjes voor de boeg. Naar Karen Leve Braverman, voor de bijna dertig jaar waarin ze mij steeds maar weer heeft aangemoedigd en opgevrolijkt. Ik koester onze mei-december-vriendschap. Naar Sue Nazarenus, wier gezicht een hele kamer kan verlichten, en dat ook deed toen de kaars het dreigde op te geven. Je inspireert me op talloze manieren. Naar Landis Parsons, voor vriendschap en een portret van liefde.

Mijn speciale dank gaat uit naar de GDB Puppy Raisers Club van Boulder, naar jullie allemaal, voor al jullie informatie, anekdotes en steun. En een extra schouderklopje voor Heidi en Lauren Grimditch, Cathy Greenwald, Susan Sterling, Angela Schwab, Bonnie Gallagher, David en Sara Pahl en Jill Nieglos (voor zowel het hondenadvies als dat op het gebied van de luchtvaart). En hoewel dit verhaal en *K-9 Eyes* volledig fictie zijn, zijn de geweldige mensen van Guide Dogs for the Blind in Californië en Oregon, en hun verzorgers in alle westelijke staten wél echt, en doen ze dag in dag uit hun geweldige werk, net als alle puppyverzorgers overal ter wereld. Ik groet jullie allen.

Dank aan Lucca voor... alles.

Ten slotte, en met innige dankbaarheid, dank aan Stuart en Ella. Jullie hebben er geen idee van hoeveel jullie eeuwige steun en aanmoedigingen voor mij betekenen. Ik hou meer van jullie dan deze woorden, of welke woorden dan ook, ooit kunnen zeggen.